# 2023 中国生态散文年选

胡 伟　刘 军◎主编　　梁路峰◎执行主编

作家出版社

图书在版编目（CIP）数据

2023 中国生态散文年选／胡伟，刘军主编；梁路峰执行主编 . -- 北京：作家出版社，2024.7

ISBN 978 - 7 - 5212 - 2909 - 7

Ⅰ.① 2⋯　Ⅱ.①胡⋯　②刘⋯　③梁⋯　Ⅲ.①散文集 – 中国 – 当代　Ⅳ.①I267

中国国家版本馆 CIP 数据核字（2024）第 111701 号

## 2023 中国生态散文年选

**主　　编**：胡 伟 刘 军
**执行主编**：梁路峰
**责任编辑**：李亚梓
**封面设计**：琥珀视觉
**出版发行**：作家出版社有限公司
**社　　址**：北京农展馆南里 10 号　　**邮　　编**：100125
**电话传真**：86 – 10 – 65067186（发行中心及邮购部）
　　　　　　　86 – 10 – 65004079（总编室）
**E – mail: zuojia@zuojia. net. cn**
**http: // www.zuojiachubanshe.com**
**印　　刷**：唐山玺诚印务有限公司
**成品尺寸**：145 × 210
**字　　数**：368 千
**印　　张**：14
**版　　次**：2024 年 7 月第 1 版
**印　　次**：2024 年 7 月第 1 次印刷
**ISBN** 978 – 7 – 5212 – 2909 – 7
**定　　价**：68.00 元

# 序 一

# 我看见生态散文之花正在艳丽地开放

胡 伟

我国自古有自然文学的传统，从老子、孔子等哲学先贤，到文学大师李白、杜甫、王维、陶渊明、苏轼等，作品中的自然光辉灼灼其华，至今照耀当代文学的每一个角落，还对世界文学的发展起到不可替代的影响。欧美许多著名生态作家，庞德、斯奈德等莫不受到中国古典自然文学作品的影响。

自然藏着无与伦比的美与秘密。与自然相交，可以获得自然的美和沉静，让生命变得更加美丽，具有更好的活力。自然文学是自然的文学，来自自然，擘画自然，让人们靠近自然。时代变迁，自然文学开始被生态文学遮盖，有深刻的背景。

生态文学始于现代，发轫当代，脱胎于自然文学。其使命在于平衡人与自然的关系，其意义在于让读者从内心找到自然的家园，进而保护人与自然和谐共存的关系。这是高速发展的时代对文学提出的客观要求。

生态文学的发展和生态文明建设息息相关。当代中国，上上下下致力于生态文明建设。通过生态文明建设，中国更好地处理在一定时间内经济发展和可持续发展之间的矛盾关系。考虑到中国历史、自然留存和庞大人口的现状，生态文明建设重任尤其艰巨。我国的生态文明建设是一场实实在在的革命。生态文明建设是一个长期的战略，不可能一蹴而就，不仅需要顶层设计，还需要全民点点滴滴参与。

作为大众文化建设的重要组成部分，生态文学应时而生，具有重大的社会性启迪价值。大量的生态文学作品，形成可触可融的生态文化，可以浇灌人们内心尚未完全绿化的沙化地方，激发人们从内心世界种植和保护起一片新绿，全力保护我们生存的家园。

自然美，人美。人美，生态更美。生态文学，就是这样波浪般推动社会不断前进。

如果将生态文学比喻成一座花园，那么生态诗歌、生态散文、生态小说，甚至生态影视、生态戏剧、生态书法等艺术形式，都是花园里的重要成员。不得不说，生态散文具有独到的阅读体验和价值。在生态文学的天空里，生态散文以其蓬勃汪洋的可读性、亲民性，吸引着广大读者。国内近十年出现的生态散文热，辐射了生态话题的方方面面，广度和宽度都有，值得为之高兴，为之欢呼！

只是更具深度、更具美学色彩的生态散文数量还不够丰赡，中国式生态散文更是在酝酿之中。希望各个方面都进一步努力，争取创造出世界级的中国精品。我们这次生态年选的出版，是一次小小的努力和推动，广泛收集了今年广大生态作者丰富的作品，给全国读者提供一个可欣赏性的高级文本。欢迎作者、读者朋友多提建议和意见，有你们的鼓励，下次我们会做得更好！

（胡伟，《中国林业》《生态文化》杂志主编、中国生态地学诗派倡导者。）

# 序　二

# 生态散文在路上

刘　军

进入二十一世纪第三个十年之际，从国家层面到社会力量再到民众，统摄环境保护的生态意识苗壮成长。文学作为感应社会生活的神经，迅速捕捉到这一前沿信息，并做出反应。生态文学写作快速破土，并演化为理论批评与写作实践的热点。2021年1月初，《雨花》杂志邀约批评家、作家开展了一次以"生态文学的传统与当代书写"为主题的座谈会。也是在这一年，《草原》杂志在卷首推出"自然写作"的概念特辑。为了迎接生物多样性大会在昆明的召开，《滇池》杂志也相应推出与自然生态有关的专栏写作。而在2020年，生态环保部主办的《绿叶》杂志在生态文学的讨论上明显加速，同时行动的还有，《西部》的自然文学特辑，《文艺报》《文学报》刊发的生态文学批评文章，另有苇岸作品集的整理出版以及胡冬林作品研讨会的召开，等等。似乎都在预示着一种新的文学征候的显现。而在此之前，《生态文化》兼收并蓄，推出了诸多具备生态属性的文学作品，刊物的默默耕耘滋润了生态写作的园地。生态散文作为其中的支流，延展面更广，所产出的作品也是数量众多。笔者曾依托《广西文学》散文新观察栏目于2020年主推生态散文，总计选编了十一篇生态散文,形制与处理方式不一,有涉及西北动物的自主性描写,有高山峡谷呈现出的自然意志,有珍稀植物的现实保护问题以及动物于生活现场的退却,有植物自身的生存之道,有自然对个人的覆盖和注入,有都市化进程中个体的生态之思。很显然,如果将生态散文的范畴限定在生态环境保护的散文式书写上面,必然是狭隘的。对于正在生长的体式,不妨少设置藩篱,多增加探索的可能性。毕竟,在边界的开放性上,散文本身就比小说、诗歌、戏剧、影视等要自由得多。

毋庸置疑,今天的我们遭遇了一个越来越人文化的世界,人工智能、信息高速公路、生物工程技术等等,加速了人文世界从自然世界的脱离速度。人文世界本来也是自然世界的一部分,尽管是其中的特殊的部分。观乎天文以察时变,自然律本来应该预设在前,并以此推导出人文世界的特殊规律。然而中国传统的思维方式总是要把人伦纲纪置诸首位,然后再把它扩大为自然界的普遍法则,于是全宇宙就都被等级秩序或品级制所伦理化了。伦理窄化带来的是实用理性的快速膨胀,如同毒素在人体内的沉积一般,一旦超过限度,其危害不仅表现在纲常伦理上,整个社会的精神生态系统也会出现一系列问题,比如价值观的产生,信念的生成,终极关怀的展现,皆会深受其害。一个社会的思维观念系统乃中枢神经所在,文明的进步和社会的演进,归根结底,取决于思维观念系统的滚动。文学作为感知时代讯息的容器,参照恩格斯所提出的"意识到的历史内容"这一命题,就前瞻性而言,当代中国文学面对正在全球兴起的生态主义理应做出反应。就像教育的本质在于一棵树摇动另一棵树一样,通过生态文学的写作实践推动生态行动主义的展开。

2002年,诺贝尔经济学奖得主史密斯教授提出了一个介于康德的纯粹理性和东方智慧之间的理性概念,名为"生态理性"。所谓

"生态理性"就是要人类正确地看待并善待地球上一切生命的存在，主张把"生态理性"与"文化理性""经济理性"结合起来作为价值判断的标准与原则，乡野或文化边缘地带不仅仅作为所谓贫穷、落后、愚昧、经济欠发达的地域性存在，也必须作为一种人类赖以维系、不可或缺、需要重点保护、细心呵护的文化存在。就像阿尔贝特·施韦泽所分析的那样："敬畏生命产生于有思想的生命意志，它内在地和共同地包含着肯定世界的生命与伦理。从而，敬畏生命始终是对一切伦理文化理想的思想。"

生态散文的写作对于当下而言，还处于"在路上"的状态，尽管成熟且成型的生态散文作品并不多见，不过，已经有不少作家自觉或者不自觉地投入到生态散文写作的行列中来。对于什么是生态散文，不必急于给出定义，探索的过程中，关注两个基本的点位即可。第一，就是在价值观层面所呈现出来的生命共享主义，以及这一价值链条下生物多样性、生命多元性的展示。利奥波德曾指出："一件事物，当它倾向于保护生命共同体的完整性、稳定性和美时，就是正确的，反之，就是错误的。"第二是在思维机制上，对人类中心主义是否具备基本的反省意识，能否站在他物的立场上理解他物和认识他物。这种换位思考的方式当然不同于王国维的"以物观物"命题，"以物观物"对应着虚室生白、物我两忘的美学原则，而理解他物和认识他物则意味着观念系统的转型。认识是需要高度的，这恰恰就是生态散文带来的挑战。

本年度生态散文年选的编选工作实际上包含了跨度的内容，我们摘取了2022—2023年度的生态属性突出的作品。这个选本在基本思路上兼容了生态散文和自然写作两种路数，在地域呈现上，从东北森林到内蒙古草原，从西北的祁连山系到西南的山地，从东部的海岛到海南的热带雨林，从长江到黄河，可谓四方汇聚。当然，不同的地域实则内嵌了作者地理分布的多元。在书写对象上，从不同地域的动植物系统到鸟类系统，从鱼类到村庄树木，从山地生态、河流生态到海洋生态等等，皆有触及。从主题呈现上，有生态修复的主题，有生态忧思的表达，有对一线生态环境保护志愿者的刻画，也有自然意志的深刻启示。尽管我们在视野上，在生态主题的把握层面，在典范作品的推介上，努力做到精确到位，然而受限于时间的因素，受限于编选者的阅读面等客观因素，部分优秀作家以及优秀作品未得以收录，免不了挂一漏万。很多事情就是这样，生活在别处，完美的东西总是在地平线之外，在读者诸君的包容和勉励下，我们当低头慎思并努力前行。

（刘军，散文批评家）

# 目

# 录

# 泛舟什刹海

## 李一鸣

### 一

壬寅年八月十六日夜，我与来自故乡的三位好友相约，同游什刹海，意欲一览湖上胜景。

我们在后海野鸭岛码头登上一艘脚踏船，欸乃一声，小船划入辉映着漫天星光的湖水之中。

时维仲秋，天朗气清，空气中透出一股子清冽甜润的气息。放眼四望，后海和前海岸边灯光闪烁，流光溢彩，红的点、黄的点、绿的点，连成直线、斜线、弧线，勾勒出五颜六色的三角形、四边形、多边形、圆形，组合成闪闪发光的柱体、锥体、球体，装点着飞檐的建筑、尖顶的亭子、卧波的桥。近岸的湖水中，倒映着岸边的灯火，湖心则水光潋滟，泛着多色的波痕，游船行处，湖水发出含混的呢喃。

一轮圆月，静静悬在什刹海的上空，朗照着这片湖、湖上的船、船中的人。

### 二

什刹海名自何来？

考其名称，在金称白莲潭，元时唤积水潭，明朝始作什刹海。什刹海之名，或言以其周边曾有十座"刹"而得名，捻指算来，净业寺、广化寺、龙华寺、慈恩寺、观音寺、汇通祠、三官庙、火德真君庙、广福观、灵宫殿等，确有十座之多，然有学人予以否定，称将佛界之寺、道家之观混杂并数不合规范，此论不可取；或曰湖名本是"十岔海"，后演化而为今名，观其周围"岔道"，即有鸦儿胡同、大金丝胡同、小金丝胡同、北官房胡同、南官房胡同、大祥凤胡同、小祥凤胡同、三不老胡同、棉花胡同、花枝胡同、羊角灯胡同、石碑胡同、鼓楼西大街、白米斜街、马尾巴斜街……确乎有不止"十岔"之众，此为坊间一说，似有几分道理；或说它本名"十汊河"，且考证有据，清朝诗人端木埰的《碧瀍词》中就有一首描写什刹海的词作，题目为《绿意·十汊河观荷酿饮》；或讲其名乃由"石闸海"语音化来，该说言之凿凿，清末名家张之洞即有诗作《晓起至石闸海看荷花，奇克坦泰观察邀入水轩置酒，素不识主人，赋诗谢之》。众说纷纭，但有一说认同度相对较高，即明万历年间，后海西岸曾有"什刹海寺"，明代刘侗、于奕正在其名作《帝京景物略》中称"京师梵宇，莫什刹海若者"，可见该寺声名之隆，湖泊以紧邻名刹命名，的确符合取名常理。

　　什刹海何以形成？这要追溯到一千七百年前的三国时期。彼时魏国征北将军刘靖驻守蓟城，"登梁山以观源流，相㶟水以度形势"，后委派干将丁鸿率领千名军士，修戾陵堰，导高梁河，开车箱渠，引水灌溉万顷农田，水系于此洼地积聚成潭，终成汪汪一湖。七百五十年前，时任元都水监的郭守敬，引龙泉山白浮泉之水，导入瓮山泊（今昆明湖），汇入积水潭，使其水势更为丰沛。郭守敬又耗时一年，规划修治大都至通州之运河，连通积水潭与京杭大运河，这里从此成为京杭大运河漕运终点码头，遂成就一时繁华。史载 1293 年 7 月，忽必烈从上都回到大都，路过积水潭，见其上"舳舻蔽水"，"大悦"，乃亲赐河名"通惠河"。

遥想当年，这里是何等气象。什刹海周边处处舞榭歌台，酒肆里人声鼎沸，店铺中熙熙攘攘，街巷间人头攒动，一派喧腾热闹景象。陆上丝绸之路和海上丝绸之路的开通，使得外国人"往来互市，各从所欲"，波斯的地毯、大食的异药、新罗的檀弓、吕宋的烟草、天竺的郁金香……自形自色，林林总总，在这里获得交易。到了夜晚，散落四边会馆灯火通明，诗酒唱酬，弦歌沸天，波斯语、马来语、高棉语、朝鲜语、英语、俄语……不绝于耳。而前海、后海、西海里，帆樯如林，灯晕如雾，光影成流，千帆往复，不舍昼夜……

## 三

时光到了明代，什刹海不复是漕运码头，但仍不失其繁华昌盛。《帝京景物略》中描绘了什刹海的独特景致：

> 水一道入关，而方广即三四里，其深矣，鱼之，其浅矣，莲之，菱芡之，即不莲且菱也，水则自蒲苇之，水之才也。北水多卤，而关以入者甘，水鸟盛集焉。沿水而刹者、墅者、亭者，因水也，水亦因之。梵各钟磬，亭墅各声歌，而致乃在遥见遥闻，隔水相赏。立净业寺门，目存水南。坐太师圃、晾马厂、镜园、莲花庵、刘茂才园，目存水北。东望之，方园也，宜夕。西望之，漫园、湜园、杨园、王园也，望西山，宜朝。深深之太平庵、虾菜亭、莲花社，远远之金刚寺、兴德寺，或辞众眺，或谢群游矣。

可见，彼时什刹海水之清、莲之茂、鸟之盛，沿岸名园之多、香火之旺、游人之炽，果然不负"城中第一佳山水"之盛名。

《帝京景物略》中还叙写了什刹海四时不同之风情：

岁初伏日，御马监内监，旗帜鼓吹，导御马数百洗水次。岁盛夏，莲始华，晏赏尽园亭，虽莲香所不至，亦席，亦歌声。岁中元夜，盂兰会，寺寺僧集，放灯莲花中，谓灯花，谓花灯。酒人水嬉，缚烟火，作凫雁龟鱼，水火激射，至菱花焦叶。是夕，梵呗鼓铙，与宴歌弦管，沉沉昧旦。水，秋稍闲，然芦苇天，菱芡岁，诗社交于水亭。冬水坚冻，一人挽木小兜，驱如衢，日冰床。雪后，集十余床，鲈分尊合，月在雪，雪在冰。

试想夏日伏天，瓦蓝晴空、烈烈灿阳下，什刹海边"日月旗"飘扬，鼓乐齐鸣，湖中岸上，几百匹骏马，或鬃毛飞扬、昂首望天，或低眉垂眼、自在静默，或翘首嘶吼、跃跃欲试，或纵情湖水、欢实腾奋，这是何其美妙的一幅画境。而七月十五中元之夜，什刹海中水火激射，花灯明亮，寺庙里鼓铙清亮，梵音凌云，酒馆里接杯举觞，矫手顿足，好不醑畅。而深秋时节，金灿灿芦苇随风飘摇，白色苇穗如烟如雪。到了冬天，鹅毛大雪铺天盖地，月光照雪，雪凝成冰，一个空明澄澈、晶莹剔透的冰湖世界，诞生在京华寒夜的梦里……

"西湖春，秦淮夏，洞庭秋。"谁说的？一语道尽什刹海冠绝京华的神采风韵。

## 四

恋上一片湖，便想和它住。当清朝遇上什刹海，亲王大臣们的梦中就有了这片大水。

坐落于前海西沿的恭王府，占地千亩，其规制宏大，气势非凡，极尽富丽堂皇，曾相继作为大臣和珅的宅邸，庆郡王永璘、恭亲王奕䜣的王府。和珅一度权倾朝野，永璘是皇帝之子，奕䜣掌握朝廷实权二十余年。岁月兀自流逝，楼台水榭犹在，恭王府几代风云人物早已化为云烟；雕梁画栋几度剥落，这座古老的园子看到了一个王朝渐行渐远的苍凉背影。

想那和珅，既是乾隆皇帝的宠臣，又是权臣，更是奸臣。他官拜军机大臣首辅，居于一人之下、万人之上权位，呼风唤雨，何其威风，但他却心中无国，弄权当朝，贪赃枉法，成为绝代巨贪大佞。"和珅跌倒，嘉庆吃饱"，看那高堂、廊舍、花园、假山、湖石、池塘，都已成为和珅骄奢淫逸的见证，遍布王府的百"福"也不能拯救他终罹大祸的宿命。历史铁律从来如此刚性，日光不曾被暗夜窒息，什刹海边每天升起的太阳，总是纯净如洗。

当然，比起恭王府，我更流连后海边的醇亲王府。爱这座王府，不为这里曾经出了两个皇帝、一个摄政王，打动我心的乃是纳兰容若一人而已。三百六十八年前，纳兰生于京师，他自幼饱读诗书，颖悟过人，十七岁入国子监，十八岁参加乡试考中举人，十九岁会试中第成为贡士，二十一岁殿试以二甲第七名赐进士出身。他不仅文才出众，而且文武兼修，五岁即习骑射，此后长期担任康熙御前一等侍卫。纳兰之得我心，在于他的真性情也，他是一位真正的多情佳公子、人间惆怅客。他侍老至孝，母亲生了重病，他"衣不解带，面色黧黑，疾愈乃复"。可见其孝心之真，亲情之诚。他重情重义，夫人难产去世，纳兰断肠之音由此而起，一首《青衫湿·近来无限伤心事》道尽柔情：

近来无限伤心事，谁与话长更？从教分付，绿窗红泪，早雁初莺。

当时领略，而今断送，总负多情。忽疑君到，漆灯风飐，痴数春星。

面对夫人的离世，诗人清泪滴滴，柔肠百转，伤心到了无限，自责到了极点，痴情无所寄托，倾诉之声凝绝。沉痛之情，何以表达？短词一阕，令人潸然。

再看一首《浣溪沙·谁念西风独自凉》：

> 谁念西风独自凉，萧萧黄叶闭疏窗。沉思往事立残阳。
> 被酒莫惊春睡重，赌书消得泼茶香。当时只道是寻常。

窗外肃杀的西风肆虐，落叶萧萧，残阳如血，诗人独自置身其间，不仅体感凉风飕飕，而且心也凉透。明明注定"独自凉"，无人念及，却无端生出"谁念"的诘问。一个人孤寂神伤，哪堪重负？更想起当初历历温情往事：诗人酒后沉睡，妻子行动轻轻，唯恐惊扰好梦；更有夫妻以茶赌书为乐，以至茶泼于地，满室生香。昔日的雅趣、和谐、温暖，与当下的凉风、黄叶、残阳对比，便陡然生出巨大鲜明的反差。"当时只道是寻常"，明白如话的七个字，却载着多少沉痛、多少忆念、多少酸苦、多少追悔、多少忧愁！

对母亲深情如斯，待妻子情真如斯，与同道朋友亦如是。纳兰交友以性情相投为念，绝不趋炎附势，所交"皆一时俊异，于世所称落落难合者"。而且，他对朋友仗义疏财，至性至情，面对好友吴兆骞突然离世，严绳孙辞官归去，他满怀惆怅，挥写一首《夜合花》：

> 阶前双夜合，枝叶敷花荣。疏密共晴雨，卷舒因晦明。
> 影随筠箔乱，香杂水沉生。对此能销忿，旋移迎小楹。

谁料，这首词竟成纳兰绝笔。

1685年暮春，他抱病与好友一聚，一醉一咏三叹，而后一病不起，七日后溘然而逝，年仅三十岁。这位天分绝高的"国初第一词手"、承平少年、乌衣公子，就这样匆匆离去，但他的词作载入了文学史，吟咏于讲坛、诗会、逆旅、行舟之中，他的传说与什刹海永在，那湖水的层层涟漪中混合着他的低唱，那碧波的呼吸里有着他的清音……

## 五

我们的脚踏船从后海驶往前海，远远便看到银锭桥上游人如织，桥的下方，桥拱与水中倒影组合为一个立面的圆形。此时，天上挂着一轮圆月，湖中晃着一团月影，桥下立着一面圆镜，沉浸在清凉玉色清辉中，人不禁神思恍惚，如幻如梦。

这银锭桥是一座单孔石拱桥，因形似银锭而得名。当年住在附近的明代大学士李东阳，有一次畅游积水潭慈恩寺后，曾登上银锭桥远眺西山，吟成《慈恩寺偶成》一诗：

> 城中第一佳山水，世上几多闲岁华。
> 何日梦魂忘此地，旧时风景属谁家。
> 林亭路僻多生草，浦树秋深尚带花。
> 犹有可人招不得，诗成须更向渠夸。

"城中第一佳山水"，当为诗人对什刹海和银锭桥的至高评价。

明代《燕都游览志》也描绘了银锭观山的壮景："银锭桥在北安门海子桥之北"，"桥东西皆水，荷芰菰蒲，不掩沦漪之色。南望宫阙，北望琳宫碧落，西望城外千万峰，远体毕露，不似净业湖之逼且障目也。"进而称银锭桥为"城中水际看山第一绝胜处也"。至于现代，由于高楼入云，大厦耸立，"银锭观山"在许多年中只能写在书本中，活在想象中。令人惊喜的是，2021 年，随着一座大楼的拆除，银锭观山的景观视廊终被打通，秀色如黛、蜿蜒清俊的西山山脊，重新映入凭栏西望的人们的视野中。

银锭桥之有名，还与历史上一个重大事件有关。

1907 年，同盟会相继发动镇南关起义、河口起义，均以失败告终。特别镇南关起义告败后，清政府恼羞成怒，将革命军及送枪送水群众全部屠杀，血流数十里，惨不忍睹，同盟会会员情绪日渐消沉。1910 年，汪精卫决心以一死激励革命，于是邀黄树中、喻培伦、黎仲实等前往北京从事暗杀活动。汪精卫等人初拟行刺庆王奕劻和贝勒载洵、载涛，均未得手，最后确定以炸弹刺杀摄政王载沣，遂于银锭桥下实施埋弹，不料行动时为人发觉举报，汪精卫、黄树中被捕。汪精卫本是抱着必死信念来京，他给胡汉民的信中说："此行无论事之成否，皆必无生还之望。""弟虽流血于菜市街头，犹张目以望革命军之入都门也。"

在狱中，汪精卫作诗歌《慷慨篇》表明心迹：

衔石成痴绝，沧波万里愁。
孤飞终不倦，羞逐海鸥浮。
姹紫嫣红色，从知渲染难。
他时好花发，认取血痕斑。
慷慨歌燕市，从容作楚囚。
引刀成一快，不负少年头。
留得心魂在，残躯付劫灰。
青磷光不灭，夜夜照燕台。

这当时的革命青年决意以精卫填海之志，践行自己的信仰信念，哪怕掉头，亦不足惜。"慷慨歌燕市，从容作楚囚。引刀成一快，不负少年头。"成一时名句。

人是会变的，谁料到这曾经的意气风发的革命才俊，最终却成为可耻汉奸，慷慨悲歌，终沦为笑柄。他的肉体没死在清廷刀下，灵魂却死在累累汗青之中。汪精卫发表艳电投降日寇后，时任上海《大美晚报》主编朱惺公将其当年诗作添字为诗："当时慷慨歌燕市，曾慕从容作楚囚。恨未引刀成一快，终惭不负少年头。"予以极尽讽刺。近日上网浏览，发现网友"红尘怡梦"亦改诗评说汪氏："慷慨前半世，弃楚投倭酋。引狼成巨孽，终负少年头。留得污名在，残躯付东流。青史光不灭，夜夜照新愁。"可谓鞭辟入里，切中肯綮。人的历史最终由自己书写，过去辉煌不代表永远辉煌，一时英勇不代表永生英勇，大节不可夺，临难不能苟，世人不可不察也！

正思忖间，猛听得岸边那家酒吧传来一阵扬声器的巨响，紧接着是吉他急雨般扣人心弦的拨动声、连绵不绝的进行军式小鼓声、纯厚深沉的贝斯声、高亢辉煌嘹亮的长号声，随着架子鼓紧张而激越的噼噼啪啪——咚的敲打声，一个高亢嘶哑苍凉的声音突出出来：

> 一条路要走多长才能抵达远方
> 一首歌要唱多久人们才不会遗忘
> 一条河要绕过多少高山多少峡谷
> 才能看见海洋
> 或许我们追求了一生
> 仍要从追求本身寻找
> 或许答案不在远方
> ……

歌迷狂呼伴唱的声音时而嘈杂，时而整齐，热烈而响亮。

什刹海四岸的灯光明灭闪烁。

几条小船静静泊在月光中。

# 巫山大雨时

叶 梅

## 一

似乎是从 6 月以来，就有了雨。而到了 7 月，郁积在半空中的厚厚云层更像发酵的面团一样膨胀开来，大三峡巫山两岸的山峰渐渐被铺展的云雾遮挡，本来就是"除却巫山不是云"，而此时的云不是那种轻柔、若隐若现的，却是沉甸甸、灰蒙蒙的，蓄积了多个夏日的雨水就在连天成片的云团包裹之中。雨和云的交织密谋已经多时，终于有一刻，在老天的撕扯下，强势的雨水破云而出。

大雨来了。

2023 年夏天的大雨是从干旱多时的北方开始的，先是北京、保定、涿州，然后从北到南，从东到西，大雨受风云的驱使，而变幻的风云像是出自一支巨大的神笔，在天空中任意涂抹。

的确是一幅让人惊吓的云图。

雨哗哗地从天而降，像是有一道密令催逼，半点也不敢迟缓。在这秦岭和大巴山汇合之处的长江三峡两岸，万千生物仰头迎着这大雨的浇淋，任由它率性洒落。雨水迅速地渗入到山林的隐秘处，化作一道道溪流小蛇一般窜走，然后汇入平日的潺潺小河，小河陡然间被鼓涌起来，一转身就化作巨龙，不假喘息地裹挟起河边所有枯干的草根、杂枝、碎石，甚至顺势拔起半躺的树木，横冲直撞地奔腾而下。

鸟儿躲藏起来，它们在大雨将至的前夕，早已从看似一动不动的云团中穿过时，嗅到了雨的各种气息，雨的大小，何时降临，降于何处，都在鸟儿们的掌握之中。毫无疑问，聪明的鸟儿是天地间的使者，它们从远古的祖先开始，一直到如今，自由地飞翔在赤手空拳的人类无法企及的高度，不需要任何仪器的探测，便自知路径地飞越千万里，从地球的一端到另一端。

每年随着季节既定的远行，飞去再飞回，这在鸟儿们来说是重大而又平常的生命经历，巫山的一些鸟儿也是如此。它们的路线各有不同，长腿的白琵鹭自北方而来，燕子却是更远的地方，它们在异地的家园不知是何情状，但在这森林茂密的巫山，它们的窝巢可以建在树上，也可建在冬暖夏凉的山洞里，它们会离得河岸稍远一些，这样，即使再猛烈的山洪在山谷间咆哮，鸟儿们也仍可安稳地歇息在巢里。

但小魏和他的同事们不能像鸟儿一样只顾安歇，在这个大雨滂沱的7月，他们比平时更忙些。

二

小魏瘦瘦的，清瘦的身材，清瘦的脸，或许是常在山林间走动，生怕惊扰了鸟儿和河里的鱼儿，他说话总是细声细气的，但又是清亮的，又如他那双目光清澈的眼睛，专门察看山水，被绿树环抱的碧水一遍遍洗过，便也总是清亮的了。

小魏是重庆市巫山县生态环境监测站的副站长。

巫山与神女相伴，这片带有奇魅色彩的地方水资源丰富，是长江流域重要的生态屏障、全国水资源战略储备库。浩荡的长江干流自西向东横贯巫山，再经湖北巴东、秭归、兴山、宜昌，进入长江中下游。巫山县境内的大溪河、大宁河、神女溪、抱龙河、三溪河、小溪河 6 条支流呈树枝状分布，将巫山的清泉抑或山洪逐一汇入长江。小魏和站里的同事每月上旬都会按时对长江干流及这 6 条支流开展水质常态化监测，上、中、下旬则会对各支流的回水段开展"水华"巡查及预警，每天都要对水质自动监测站的数据进行审核，可以说，时时刻刻都在关注着水质的变化，为的是保证流经巫山的一江清水向东流。

小魏做这些事已经长达 18 年。

80 后的小魏，2005 年毕业于青岛理工大学，所学的专业正是环境科学，离开那座美丽的海滨城市回到家乡巫山之后，他就进了生态监测站，开始跋山涉水野外监测采样。当年刚开始乘船外出采样，在船上晃荡着工作一天，小魏晚上回到家，躺在床上都还会感觉到天旋地转，身体像是在随波摇晃。还有好几次，甚至从船上掉到了水里，但现在他已经身轻如燕，可以在船舷上健步如飞。至于徒步行走山路，风餐露宿，风吹雨淋更是家常便饭。

当地俗话形容一个人走路走得多，会说"腿都走细了"，小魏的腿确实也是走细了，18 年间，日复一日的，他走遍了巫山全县 26 个乡镇（街道），走遍了巫山的每一条小河，每一座水库，他每年都会去这些地方采样监测。八千里路云和月，是一个漫长的概念，而小魏的足迹显然更加漫长，算起来，他至少已经走过了八万多公里的水路、陆路。

现在的条件和设备比 18 年前好多了，让小魏有些骄傲的是，在可以通航的水道上采样有了专门的监测船，不能通航的河流水库采样则有专门的监测车，外形和救护车差不多，白底红字，看来治理环境和治病救人都有着相通之处。

但采样看起来简单，其实规矩很严，小魏和他的同事得开车或乘船，或步行到每条河流的采样定位点，近者十几公里，远者上百公里，戴着手套将消毒净化过的容器投入水中，取上水来，再按照不同的指标将水置入不同的容器，有透明玻璃的、聚乙烯的、棕色玻璃瓶的不等，进行各项水质指标的实验分析。

按照国家地表水环境质量标准规定，分析指标共28项，重庆市生态环境监测中心又根据长江上游流域的情况增加了一个流速流量的分析，因此共有29项。在现场可以马上分析出5个参数：pH、水温、溶解氧、电导、浊度；在实验室则主要分析水的总磷、总氮、氨氮、化学需氧量、五日生化需氧量、重金属和阴离子、阴离子表面活性剂等等。

难怪小魏和他的同事们看上去都文质彬彬，要知道从样品的取量，药品试剂的称量、配制，到操作精密的分析仪器设备，都相当于"绣花"一般，既要有扎实的专业功底，还需要专心致志，心灵手巧。唯有准确、熟练的操作，才能分析出真实反映水质状况的数据。

小魏所在的生态环境监测站，每年取得的环境质量监测数据约两万余个，为防治污染、精准治污、科学治污、保护长江提供了重要依据。

在这个风雨交加的7月，常规取样分析的工作仍然不能中断，小魏和他的同事们分成几组，分别到长江干道和支流去采样。小魏带人去的是神女溪和抱龙河。神女溪上游点位距县城七十多公里，开车顺利时也得一个多小时，其间必经一条长约4公里、狭窄的挂壁路。所谓"挂壁"就是挂在悬崖上，一边是百丈深涧，一边是随时可能会有石头掉落的陡岩。

挂壁路上，逢多雨季节落石很常见，7月的连日降雨，陡壁上的岩石更为松动，车开到挂壁路前时，果然见前方路上一堆堆垮落的石头，不怀好意地躺在路中间。手扶方向盘的驾驶员忍不住说："今天真的是有点恼火哟。"

巫山话的"恼火"可以用于多处，这里指的是麻烦。小魏心里也明白，今天确实是有些麻烦，但麻烦也得把采样取回来，况且这条窄路根本无法掉头。这时的云层仍然灰蒙蒙的，一场接一场的暴雨过后，山间依然闷热，鸟儿低飞，预示着仍有大雨将至。小魏和驾驶员身上却冒着冷汗，那4公里的路前方就是一个黑洞洞的隧道，他们相互打气，说："没得事，开得过去。"

"是嘛，开得过去。"

绕过那些落石，悬崖下乱云飞渡，他们的车就像一艘云中船，又像一艘战舰，穿越危险的战火，冲往前线。小魏和他那些同事都还很年轻，但他们把眼前要做的事情看得很重，或许老天爷也知道照应这群为保护生态环境而付出的人。

他们一路平安。

# 三

神女溪就在神女峰下，那位美妙绝伦的仙子千古以来亭亭玉立，于高山峡谷之巅含情脉脉地注视着大地江河，从她脚下流出的小溪是她飘拂的裙裾，人们一直小心呵护着。

但等小魏他们来到神女溪的源头、规定的取样点时，发现山上的落石已将去往河边的步道和栏杆全都打烂，他们只能避开滚落的乱石，迅速从灌木野草丛生的林间来到河边，用最快的手法却又程序一样不少地从河水中取样，装入各色瓶中，便不敢再做过多的停留，拎着水样箱赶紧撤退。

每到一个取样点，都是一场战斗，都是一场冒险。

在这个7月，小魏他们没有中断任何一条巫山河流的取样分析，为的就是掌握山洪时节的水质量数据。神女溪、抱龙河的水都将在几十公里之外进入长江，尽量能够到源头采样点位上去采样，然后做出分析，小魏和他们的监测站才能放心，

驾车到抱龙河源头，走着走着发现路面整个都塌陷了，河岸成了一道陡坎，于是弃车绕道找稍平缓的地方下河。小魏想找到从前走过的一条弯曲小路，从农户家旁边绕过，可通到河边。但没想到

农户已迁离，蒿草间的小路也全都被山洪冲毁，不知路在何方。

在坎上左看右看，小魏突然眼睛一亮，他发现乱石丛中露出铺设的防洪管道和水泥墩子，那是近些年兴建的设施，从山间直通到河里。小魏忙招呼同事们顺着管道往下爬，好在管道粗大坚实，也好在这些年的翻山越岭练就敏捷身手，一阵手脚并用的爬行后，终于从陡坎下到河滩，再深一脚浅一脚蹚进浑浊的河水，取出水样，这才松了一口气。

捧着那堆瓶子，就像捧了一堆宝贝。

当然，小魏他们的生态监测站要做的并不只是这些，除了每月常规对长江干流及支流开展水质监测，上、中、下旬开展"水华"预警及巡查，对城区污水处理厂、大昌镇污水处理厂、摩天岭污水处理厂开展监督监测外，还有其他很多业务。

就说今年吧，4月以来开展了国控及市控土壤的采样，5月开展了41家乡镇污水处理厂的监督监测，6月配合开展国际环境日的宣传，配合巫山高中、三峡医专、北京林大等学校师生参与水质监测采样及分析，宣传环保知识，7月配合完成大宁河入河排污口——雨洪排口、雨水冲沟、乡镇污水处理厂排口等的排查。今年还会对全县乡村监测，逐步削减农村面源污染，鼓励使用环保肥，加强畜禽养殖业的监管，还有对地灾创面修复、河面清漂和消落带治理；同期还要进行站内技术人员个人持证上岗的考核……

这里面的每一项，做起来都不简单。

"水华"一词听来蛮顺耳，但对生态来说却是一种令人厌恶的灾难，指的是水体中的藻类不受控制地增长，在水温、光照、营养盐成分（氮和磷）充足的情况下会长满整个水面。不同藻类，水的表观颜色也会不同，一般是绿藻，也有偏黑色的甲藻，就和海里赤潮差不多，会导致水体富营养化，水质恶劣、鱼类死亡，一片恶臭。小魏说，2015年，巫山大宁河就曾爆发了一次"水华"，那怪模怪样的绿藻几乎吓退了游客。就跟当年太湖、滇池也都曾有过骇人的绿藻出现一样，都经过了很长时间的治理，才算清除。

为了防止"水华"再现，必须控制污染物的进入，降低氮、磷的浓度，所以河流两岸划分了禁养区，非禁养区内也要做好畜禽粪污干湿分离，污水规范处理。小魏他们为此每月至少要三次巡查，有时还与检察院一起配合进行。

巫山所有乡镇都已建立污水处理厂，随之建立了一到三级管网。对于普通人而言，似乎会觉得这些"管网"与自己不相干，殊不知它连接着千家万户，担负城市小区、街巷、乡村的排水，从主管道、次管道的动脉到毛细血管，不通则痛，污染更会形成顽疾。

这个道理其实一说就明白，生态环境的每一个细节，与每一个人都息息相关。

## 四

7月连续大雨中的忙碌，尽管格外艰辛，但好在大家平安，都没出什么大事。只是有一天，小魏他们来到一条布满青苔的小水沟旁，除了取样，他还要去查看排污口，特别是一些隐藏的排污口，想一一查看仔细，没想到脚下苔滑，一不留神就摔倒在沟里。

同事们连忙问："怎么样？"

小魏从泥水里爬起来，说："没事，没事。"

等到夜晚回到县城家里之后，身上的湿衣也都干了，脱下衣裤时一番撕扯，火辣辣地疼，原来胳臂、腿都摔伤了。他不想让妻子儿女知道，忍住疼一声不吭。

小魏有一个幸福的家庭，漂亮的妻子和一双儿女，跟他一样，全家人的眼睛都清亮亮的。所以小魏在外一身泥一身水的，忙到再晚，心里也很笃定。

7月26日，重庆市生态环境监测中心对长江"培石断面"开展新污染物的采样，培石断面——也就是长江重庆段通往湖北段的最后一个断面，而对新污染物的采样分析也正是长江监测新的研究重点。

小魏带着站内的业务骨干，到现场配合和学习新污染物的采样，然后现场分装，用遮光的锡纸封口。对新污染物的采样分析与平时的水质分析又有所不同，要求在长江左岸、河中心和右岸都要采相同体积的样品，在大玻璃瓶里充分混合后再按项目进行分装。

2023 年 1—7 月，长江重庆段出境断面达到国家 Ⅱ 类水质标准。依据就是按照国家地表水环境质量标准 GB3838-2002，对分析的 28 个项目明确的限值要求，主要以自动站的数据为主，手工数据为辅。从目前来看，三峡一带影响水质的主要污染因子是总磷这一项，但令人欣喜的是，长江干流培石断面总磷浓度持续下降，由 2016 年 0.103 毫克每升降低至 2022 年 0.043 毫克每升，降幅 58.3%。2023 年的春天水质最佳。

达到国家 Ⅱ 类水质标准的水，可以滋养所有生灵，巫山人引以自豪地说，我是喝着长江水长大的。而那些几乎灭绝的江豚也开始浮现在江面上，野生的鱼儿们在江水里嬉戏，没有人敢惊扰它们，十年禁渔，长江回归大自然。

8 月 24 日，小魏正在另一个县云阳进行生态监测检查。这种检查是根据《环境保护法》《计量法》及其实施细则、《检验检测机构资质认定管理办法》等有关法律法规，受到重庆市环境监测综合质控与管理工作安排和委派的。小魏曾因突出的工作业绩和生态学术研究，接受更多具有难度的工作，也受到过各种表彰，2021 年入选生态环境部生态环境监测"三五"人才技术骨干，获得 2021 年度"感动重庆十大人物"称号，2022 年度被中国生态环境部授予"中国生态文明先进个人"荣誉称号等等。小魏在这些荣誉面前仍然瘦瘦的，眼睛清亮地干着他 18 年来一直干着的活儿。

小魏的名字叫魏岿。

就在瘦瘦的小魏在长江边检验水质的时候，日本那边的核污染水排海正式启动，一股股含六十多种放射性元素的核污染水开始不停地流向人们用最具有诗意的语言赞美的大海。

德国海洋科学研究机构采用计算机模拟发现，福岛沿岸拥有世界上最强的洋流。从排放之日起57天内：放射性物质将扩散至太平洋大半区域；3年后：美国和加拿大将遭到核污染影响；10年后：蔓延全球海域。

从事水质量检验的小魏懂得，核污染水虽然经过处理，但依然还有较高浓度的放射性元素氚、铯等无法清除干净，排入海洋后，氚还会产生低强度的β射线，有可能长期影响鱼类、浮游生物、底栖生物、鸟类等生物多样性，所含碳14在数千年内都存在危险，并可能造成基因损害。排放30年，污染的是整个海洋生态系统，乃至整个地球，此举绝对是反人类。

一江清水向东流，流向东海之后，却将会遭遇核污染，18年来小心呵护这一江大水的小魏，还有他的同事们，望着滔滔东去的长江，怎能不深深地担忧。

这些天，巫山雨仍在下着，我想，那是神女的眼泪。

# 天籁与精灵

杨海蒂

　　1800公顷森林覆盖着的霸王岭，是海南热带雨林国家公园交响乐中一段宽广如歌的行板、一首充满诗情画意的交响曲。

　　20年前，我在报社当记者时，兼任海南省歌舞团报幕员，经常随团"送文艺下乡"，数年的演出生涯，给我留下最深记忆的是"三月三"上王下乡那次。王下乡地处霸王岭腹地，为昌江黎族自治县的最偏远山区，被称为"中国第一黎乡""黎族最后的部落"，一直保留着最本真的民族风情。农历三月初三是海南岛少数民族地区黎族、苗族同胞的传统节日，简称"三月三"，每年的这一天，黎、苗同胞要举行各种节庆活动，省歌舞团总是忙得不亦乐乎，只恨分身乏术。

　　"大篷车"在崎岖山路上盘旋颠簸，我有些晕车，但奇美的自然风光不断映入眼帘，又让我兴奋不已，舍不得闭眼休息。山路一旁是奇、险、峻的熔岩地貌，崖岸上有奇形怪状、色彩缤纷的各种图案，仿佛亨利·马蒂斯的狂野线条和马克·夏加尔的梦幻色彩；山路另一边"河水清且涟猗"，河岸繁花似锦水鸟成群，美得让我意乱情迷，曾经钟情过的那些河流，一下子就黯然失色了。越往深山里走，景色越发奇绝，我仿佛来到《绿野仙踪》中的奇妙世界：古木参天、藤萝密布、奇花斑斓、异草芳香、彩蝶飞舞、小鸟啁啾。童话般的美景告诉我，安徒生童话世界里的森林就是这儿：霸王岭。我贪婪地看着眼前的一切，想起阿尔卑斯山谷中那句著名的广告语："慢慢走，欣赏啊！"真想对司机也大喊一声：慢慢走，欣赏啊！

傍晚到达王下乡政府所在地三派村。三派村，一个宁静古朴的村庄，一片黎族人世代繁衍的土地。简易舞台早已搭好，台下坐满了身着民族服装的观众，妇女衣裙花色图案多是山川树木花鸟虫鱼，她们把大自然穿到了身上。没有热情的队列和热烈的掌声，但有衣着色彩和纯真笑容带来的热度和感染力，孩子们的大眼睛里没有丝毫杂质。趁着团友布置音响整理服装的空当，我偷偷开溜四处溜达。村里椰林婆娑竹林苍翠；一只只青涩的小芒果，像一个个害羞的小新娘，挂在一棵棵芒果树上；果实硕大的菠萝蜜，一边开花一边结果，一边还与蝴蝶眉来眼去；芭蕉树很有情调，芭蕉花分开雄雌，更好看的是芭蕉叶，国乐名曲《雨打芭蕉》就是抒写初夏时节雨打芭蕉叶的情景，极富南国情趣。

海南是全国唯一的黎族聚居区，古老的黎族是岛上最早的居民，热带气候与原始丛林赋予他们以野性的血液与性情：男子身佩弓刀孔武有力，女子头戴巾帕妩媚多情。

第二天，我没有随"大篷车"回海口，跟阿霞去了她老家洪水村。阿霞在省歌舞团管理服装道具，我们相处得亲如姐妹。四面环山的洪水村，是王下乡一个完整的黎族自然村，田野连着雨林，村舍沿着洪水古河道两侧并列排布，别致的金字屋簇拥着掩映于雨林中，带有一种迷人的梦幻色彩。

我住在阿霞家，吃地道的黎族竹筒饭，喝香醇的黎家山兰酒，吃山上采来的"黎药"野菜。黎族同胞倍加珍惜大自然的恩赐，与世代相依的雨林相濡以沫，尽情享受这片土地的丰饶，把身边的树木花草运用到极致，让植物成为民族文化的一部分。他们利用"南药"历史已久，黎医黎药与其生活息息相关：家家户户有黎药秘方，他们把黎药泡酒喝、炒菜吃，生病了就采些草药来喝。有很多黎药外人不了解，只有当地人知道它们的功效。在海南岛，多数妇女上山采药、下田种稻，对她们来说这是生活，也是乐趣。我白天跟阿霞上山采药，晚上向她学制陶器、织黎锦。

大自然深刻影响着黎族人，他们从中汲取宝贵资源，融入民族文化艺术中。黎族只有语言没有文字，口口相传的黎族原始制陶技艺，传承至今已经三千多年，是最古老的不使用任何机械的泥条盘筑法，不用设窑，直接在柴火上烧成。2007年，它被列入国家首批非物质文化遗产保护名录。黎锦为海南岛特有的黎族民间织锦，纺、织、染、绣均有鲜明的民族特色，黎族女子采用植物做染料，她们是色彩搭配的高手，织出的复杂图案秒杀现代提花设备。宋末元初，被后世誉为"人间织女星"的黄道婆，正是借鉴了黎锦纺织技术，创制出全新的纺车，发起一场纺织业革命，改写了中国纺织业的历史。2009年，"黎锦技艺"被列入联合国教科文组织首批"急需保护的非物质文化遗产"名录。

这是一个阳光明媚的早晨，阿霞和她哥哥阿刚领我去霸王岭原始密林，沿途看到一片红艳如霞的木棉花海，在微风的吹拂下如跳动的火焰。步行是亲近土地的美好方式，在一路的交谈中，我感知到兄妹俩对家乡发自内心的热爱，他们怀着感恩之心看待自然万物。阿刚爬起树来敏捷勇猛，他洞悉这片土地的奥秘，能叫出花草树木的名字，连椰子狸会从哪个树洞钻出来都了如指掌。黎族同胞是"森林之子"，对树木有原始崇拜，他们敬天信神乐天知命，与大自然和谐共生，保持与大自然的沟通能力，这种古老的智慧来自对天与地的敬畏。

霸王岭保存着原始的雨林生态，保持着迷人的原始风貌，是海南热带雨林的典型代表：景观层次丰富，有低地雨林、季雨林、山地雨林等，植被类型多样，有木棉群落、桫椤群落、油楠群落、桄榔群落、萨瓦纳群落、陆均松群落……因为拥有全国最大的野荔枝群落，霸王岭别名"野荔枝之乡"，每到果实成熟的季节，沟谷中高大的野荔枝树上红彤彤一片，似灿烂的天边红霞美轮美奂。

雨林虽繁密，却并非不见天日。阳光透过枝丫照射进来，让整个空间生动起来。微风穿过林间，树木暗中兴奋，树脂从大树上滴落，空气中飘浮着淡淡的芳香。一条清溪在林间静静地流淌，溪水缓缓前进深入更深的雨林，最后在一棵大榕树旁一泻而下形成瀑布，令人愉快的瀑布声在寂静的林中格外响亮。霸王岭上，几十米高的参天巨树随处可见，需三四人合抱的大树比比皆是，它们向四周伸展出粗壮的枝条，像一个个要隐蔽苍生的巨人。那些"根生冠、冠生根"的古榕树，树冠能长到一千多平方米，上面竟密集着数百只鸟儿，让人看傻了眼。听说昌江有棵树冠覆盖九亩地的"榕树王"，令我惊得咋舌。

骄阳当空烤灼大地，我们在遮天蔽日的雨林中，并不觉得酷热难当。森林中的一切生灵，随着大自然的脉搏，快乐而不动声色地律动。阿刚、阿霞教我识别绿楠、坡垒、母生、琼棕等热带植物，那幅画面现又浮现于脑海，什么时候想起来都是那么亲切暖心。

长在陡壁上的雅加松，还有树形优雅的海南油杉，是霸王岭特有树种。海南榄仁、毛萼紫薇是霸王岭热带季雨林的标志种，国家一级保护植物坡垒则大量分布于霸王岭热带低地雨林。霸王岭上近10万亩以南亚松为主的热带针叶林，是海南最大的热带天然针叶林集中分布区。在霸王岭热带山地雨林中，以陆均松为代表的植物顶极群落保存完好。霸王岭有许多罕见的珍稀名木，如野生荔枝王、陆均松王、天料木王、海南油杉王、古老的赛胭脂和鹧鸪麻树等。2017年，中国林学会评选出85棵"中国最美古树"，海南仅有的两棵都在霸王岭，一棵是有一千六百多年树龄的陆均松，另一棵是有1130年树龄的红花天料木，两棵树都有三十多米高，都需要七八个人才能合抱。

"霸王岭归来不看树"，可不是浪得虚名。

俗话说"良禽择木而栖"，野生动物自会择地而居。霸王岭有野生动物365种，其中五十多种被列入国家一、二级保护名录，四十多种被列入"中、日候鸟保护协定"，十多种被列入"中、澳候鸟保护协定"。

霸王岭当之无愧的霸主，是地球上独一无二的海南黑冠长臂猿，它是海南热带雨林的标志性动物，有"热带雨林中的精灵"美名。

黑冠长臂猿是仅存的四大类人猿之一，是灵长类动物中最显赫的名门望族，"黑冠没尾"是它的体貌特征，不长尾巴是它"类人"的重要标志，它们时髦的"黑冠"弥补了皮毛纯色的不足。海南长臂猿幼时雌雄同色，成年后，公猿是清一色的威武刚猛黑金刚，母猿通体毛发金黄光彩灿灿。

只有在原始季雨林中，海南长臂猿才能安身立命。在森林里，最好的位置就是在树上，高智商的海南长臂猿就是完完全全的树栖动物。它们仙气儿十足，只饮树叶上的露水，食物以雨林原生植物的嫩芽、浆果、花苞为主，野荔枝是它们的佳肴，榕树果实是它们的最爱。它们极其机警，一有风吹草动便迅速消遁，超长的四臂能使它们快如闪电从树梢上飞过。

海南岛曾经遍地猿猴，"琼州多猿"是清代李调元在《南越笔记》中所写。曾经由于滥垦、滥伐、滥采、滥猎，海南长臂猿难以适应不断变化的环境，一度濒临灭绝，成为全球极度濒危物种、全球最濒危的灵长类动物。可喜的是，海南人民的环保意识被唤醒了，热带雨林得到了有效保护，自然生态空间得以扩大，加上护林员的日夜守护，海南长臂猿现在享受着岁月静好，去年喜添了可爱的新生命，种群数量已升至5群35只。喜讯不断传来：2020年8月，国家林业和草原局依托海南国家公园研究院，成立国家林草局海南长臂猿保护研究中心，旨在吸引和汇集全球范围内的顶尖人才和科研力量，共同致力于海南长臂猿保护；2020年12月17日，世界自然保护联盟、海南国家公园研究院联合发布《全球长臂猿保护网络协议》，在国内外产生了广泛影响。海南黑冠长臂猿会越来越好运的，祝福它们。

多年没上霸王岭了，多少次在梦里，它"一枝一叶总关情"，因为阿霞，我跟它的缘分一直没断。已经回到家乡安居的阿霞告诉我：2018 年，王下乡被评为全国第二批、海南省唯一的"绿水青山就是金山银山"实践创新基地；2020 年底，王下乡被评为第六届"全国文明村镇"。真希望尽快再去王下乡，去探望我的黎族好姐妹，去探访 6 万年前古人类洞穴遗址钱铁洞，去探寻海南最早人类的生产与生活场景。

# 千年运河美姑苏

陈国栋

初秋黄昏的姑苏，凉爽里透彻着一种静美。我沿着苏州运河环古城河由南向北散步，只见两岸枝叶苍绿，白鹭、灰鹭不时掠过水面飞进茂密的树林；运河边的古道公园内，人们在夕阳下健步行走；在河岸走廊处，三五桌老人正悠闲打着扑克，几位钓鱼者专注地盯着水面上的鱼漂……一幅"落霞与孤鹜齐飞，秋水共长天一色"般人与自然和谐共生的景象映入眼帘。

我随"中国作家运河行·走进运河城市"采风团走进9月的苏州，触摸着季节的温情，执意秋色明净悠远，在梦里水乡、繁华姑苏留下一串串浅浅的印迹。

一

以环古城河为主体的大运河苏州段，开凿于公元前六世纪。史载春秋时期，苏州是吴国的国都，吴国大夫、军事家伍子胥以"相土尝水，象天法地"的理念，策划设计和构筑了周长47里的阖闾大城和10里长的姑苏内城，并建设了坚固的城墙。其中，8座巍峨的城门和森深的护城河奠定了吴国强盛的基础。当年环城而建的护城河就是今天江南运河苏州段的雏形。环古城河的建设，也是隋唐时期形成完整大运河体系的最早理论基础。历史上，西侧环古城

025

河、南侧环古城河与下胥江、山塘河、上塘河共同组成江南运河苏州城区段的主航道；环古城河与苏州古城相辅相成、相伴相生千年，古城水陆并行的城市格局延续至今，成为人类文明建设的重要遗产。

"君到姑苏见，人家尽枕河。古宫闲地少，水港小桥多。"从唐朝诗人杜荀鹤的这首诗中，可以想象出当年姑苏城的建筑风格及典型的江南韵味。苏州市辖区有大小河流两千一百多条，河流长度一千四百五十多公里，大小桥梁有355座，其桥梁的数量与意大利的著名水城威尼斯的378座可以堪比。苏州境内的水域面积达到42%，是名副其实的"水乡泽国"。

姑苏古城好风光，小桥流水静安详。苏州市姑苏区委宣传部部长李忠向我们介绍，姑苏古城已有2500年的建城历史，京杭大运河由南向北，贯穿古城，水系发达，小桥多，水域景点多，加之古城内有1606条小街小巷，古宅多，现在的城市布局与2500年前的吴国建都时期相比，并没有发生大的改变，依旧保持着水陆纵横交错格局，保留一街一河，小桥流水、粉墙黛瓦的传统风貌。耳听为虚，眼见为实。在苏州市城市规划展览馆里，我细看一幅南宋时期刻绘的平江府城市地图——《平江图》，与一张前不久拍摄的平江历史文化街区的卫星图像认真对比，发现历经近800年的沧桑岁月，平江路水陆并行、河街相邻的水乡格局确实延续至今。

苏州古城是一座因运河而兴、因运河而盛的城市，也是我国唯一以古城概念参与大运河申请世界文化遗产保护的城市。城市规划展览馆电子屏幕显示，2014年6月，在卡塔尔多哈召开的联合国教科文组织第38届世界遗产委员会会议上，中国大运河成功列入世界文化遗产名录，大运河苏州段与古城水系连为一体进入中国大运河名单中；2018年11月，在世界遗产城市第3届亚太区大会上，苏州被授予"世界遗产典范城市"称号。

为保护好姑苏这座千年古城的江南韵味，维护好人们心目中的天堂形象，自 1982 年至今，苏州城市总体规划经历了六版的修订，但无论城市战略规划如何演变，古城始终作为整体、作为核心存在，保护古城的意识在苏州市历任领导中一脉相承。近十余年间，苏州市将原平江、沧浪、金阊三个老城区合并，设立姑苏区，成为全国首个和迄今唯一的国家历史文化名城保护区；出台加强苏州国家历史文化名城保护和管理的系列政策，并在编制国土空间总体规划时，将城市性质和发展方向重新定义为：国家历史文化名城和风景旅游城市，国家先进制造业基地和产业科技创新中心，长三角世界级城市群重要中心城市。

可见，苏州市在古城保护中坚持"世界眼光、国际标准、中国特色、高点定位"，以达到古宅"形态"、产业"业态"、文化"神态"、古城"生态"的融合统一。恰如苏州国家历史文化名城保护区党工委书记、姑苏区委书记方文浜说的那样，他们正在打造的"平江九巷"依然遵循"修旧如旧"的总原则，"从外面看有 2500年的历史，走进去体验的是 2035 年，既要保留苏州古城 2500 年的历史积淀，又要让硬件设施、软件水平向 2035 年现代化的标准看齐，做到让历史文化与现代生活融为一体"。

二

过去，大运河是完全穿城而过的，与护城河相连，两岸粉墙黛瓦鳞次栉比，码头石埠错落有致，绿杨城郭淡烟芳草，惊艳了姑苏的千年时光。大运河苏州段有 98 公里，最宽处达 150 米，最窄处有 50 米，据说每年的水上运输量可以与长江的水上运输量相媲美，是繁荣的黄金水道。1992 年，为更好地保护历史建筑文化遗产，运河主航道避开了姑苏古城区和沿途的宝带桥、觅渡桥、吴门桥、水陆古盘门等，改道城外河，继续承担北上南下的水上运输功能。现存穿过姑苏古城的古运河有 30 公里长，与粉墙黛瓦温柔相融，游客坐在船上可以慢悠悠观览两岸古城建筑、体验江南水乡韵味。

大运河文化研究中心首席代表周伟茋早有精心安排，他领着采访团一行乘船游览了古运河，实地体验了船在城中行，城在河两岸，白鹭浮水面，岸上见景点的江南水城风光。

我们是在觅渡桥码头登船的，解说员小蒋对苏州古城的历史了然于胸，她不时地向我们介绍运河的变迁，两岸的建筑风格，以及历史人物、典故，给我们留下了深刻的印象。在船上，小蒋还熟练地拨着琵琶琴弦，一曲评弹《苏州好风光》从她口中悠然而出，尽管我没有听懂她的唱词，却能跟着节奏让自己的思绪融化在吴侬软语中。

在古运河上行驶中，我还看到左岸保存下来的长两百多米，宽1米的纤道，这是清朝乾隆皇帝下江南时，为纤夫拉船所建的走道。单从纤道保护这一细节，足以体现苏州对古城遗产保护的细致程度。

船从觅渡桥码头由西向东大约行驶了5公里时，右岸城墙内的苏州市少年宫展现在眼前，小蒋介绍说，当年毛主席的题词"好好学习，天天向上"，就是为在这里读书的陈永康小朋友题写的。

这可是我们刚读小学时就学过，几代人都牢记在心的至理名言，而这一名言源于苏州的8岁小学生陈永康用自己的智慧抓特务的故事，我倒是第一次听说。那是1951年5月3日下午，陈永康和两个小朋友在离学校不远的城墙上玩耍，一个梳着西式发型、穿着黑色皮鞋的年轻男子叫住了他："小朋友，你在什么地方读书？"陈永康指了指学校的方向回答："金闾小学。"男子随即拿出一包糖给他，又神秘地给了他一些钱和一包黄粉说："这是面粉，放在你们老师的桌子上。"陈永康联想到老师讲过"反革命分子会用火药、手榴弹及杀人方法来破坏我们的工厂、学校"。他心想这个人鬼鬼祟祟的，一定不是好人，于是十分镇定地说："我陪你一起去吧！"走了100米左右，陈永康看见城墙的另一端有几名解放军正迎面走来，于是马上放下手中的东西，紧紧抱住男子的腿不放，并大声喊："解放军叔叔快来抓特务！"男子见状慌了，挥拳狠狠打陈永康的头，陈永康被打得口鼻鲜血直淌，但他仍死死抓住男子不放，直到解放军战士赶来制服这个男子。事后证实，这名男子的确是特务，黄粉是炸药。苏州市政府授予陈永康"革命小英雄"的光荣称号，毛泽东主席获悉此事，亲笔题写了"好好学习，天天向上"，并派人制成锦旗赠给陈永康，同时向全国青少年发出了"好好学习，天天向上"的号召。

游船到达白居易码头，码头连通护城河和山塘河，护城河是主河道，是吴王夫差命伍子胥修建，山塘湖则是白居易在苏州当刺史时修建的从阊门到虎丘的水路。

上岸后，我们跟着熙熙攘攘的游人穿行在山塘历史文化街区主街，一路参观了宋锦织机、苏绣绣工、苏扇制作，最后我们来到位于河边的山塘街玉涵堂，听了一折昆曲《牡丹亭·游园惊梦》，体验了苏州园林的秋意之美。

游览苏州古运河，将评弹置于游船上，让昆曲置于街巷戏馆和园林古宅中，让宋锦、缂丝、苏绣、桃花坞木版年画这些非遗工艺和产品，在游人的行走中就能看得到。这就是诗意和人间烟火气并存，衣美、食鲜、宜居、行便（河船）的东方水城的现代生活景象。

此时，我想起了白居易那首七律《正月三日闲行》："黄鹂巷口莺欲语，乌鹊河头冰欲销。绿浪东西南北水，红栏三百九十桥。鸳鸯荡漾双双翅，杨柳交加万万条。借问春风来早晚，只从前日到今朝。"

乐天先生用"东西南北水""三百九十桥"写出了苏州古城的独特景观。

# 三

法国作家阿尔贝·加缪说：秋是第二个春天，此时，每一片叶子都是花朵。

秋天的姑苏古城，正值秋高气爽，阳光下风姿飒爽的绿叶，在秋风里轻盈飘逸，缱绻多姿，正应了"你若盛开，清风自来"的风雅。当然，只有当你身临其境，你才能感觉那种肆意风流的美，也才能够体验到千年文脉的延续。

我曾经在南京工作过10年，到苏州不下20次，而这次到苏州，尽管也就是两天的时间，主要在14平方公里的姑苏城区行走，但所见所闻是那么新鲜，仿佛是第一次来到这座千年古城，深深感受到这座古城厚重的历史文化。

苏州在中国大运河申遗中，作为唯一以古城概念申遗的城市，城内有4条运河故道、7个遗产点段，列入世界文化遗产名录。透过千百年来留下的丰富历史遗产，我仿佛看到2500年前吴王夫差为统一中原开凿邗沟的情景以及隋唐盛世的鼎盛、宋元明清时的风华。

如今，大运河苏州段两岸155.26公里的堤防加固工程的完成，大运河特色田园乡村示范区和农文游项目的实施，大运河苏州段已建成绿美村庄77个，再现了"一江烟水照晴岚，两岸人家接画檐"的诗意江南风光。

初秋的清晨，微风吹来像一汪清泉，清爽而又沁人。我按照百度导航，沿着人民路由北向南，途中经过苏州图书馆、苏州中学、文庙。在苏州中学大门口，我驻足观察了很久，这是一所有近千年历史的学校。公元1035年，由北宋政治家、文学家范仲淹捐出宅地，奏请皇帝批准，在这里创办了苏州府学，首开东南兴学之风。史载，苏州府学是宋代历史上规模最大的官办地方学府，号称"东南学官"之首。北宋至今，苏州中学历经千年沧桑，任凭风云变幻，它在姑苏城南这片钟灵毓秀的土地上办学历史未断，校址未变，格局基本保存，先后培养出化学工程学家钱伟长、教育家叶圣陶、哲学家胡绳、中共早期领导人秦邦宪、美籍华人物理学家李政道、诗人柳亚子、语言学家吕叔湘、作家陆文夫、体育界的袁伟民等各个领域的杰出人才，各自为中华民族屹立世界之林做出卓越贡献。从一所中学走出 62 名院士，这在全国也是绝无仅有的。可以说，有着千年文脉的苏州中学，从一个侧面代表着古城苏州历史文化底蕴的深厚和文化教育的繁盛程度。

姑苏古城小桥多。如今，以水为波、桨帆为歌，传唱着中华民族奔腾浩荡的历史壮歌的苏州大运河，积淀了浓厚丰富文化内涵的千年古城，在社会主义现代化建设中，正发挥着示范引领作用。我站在小桥上赏景遐思，望见一艘艘船儿从桥下经过，逐渐感知到苏州人民对大运河、千年古城呵护的至爱之心，也感知到他们为了更好建设"水城交融"的江南天堂，在不断地奋楫扬帆。

# 原来武夷也姓"赣"

韩小蕙

我觉得自己变成了那些小飞虫，只想紧紧地粘在保护区的每一株绿树上，每一朵鲜花上，每一片白云上，每一丝雾岚上，每一滴溪水上，每一缕阳光上，以及每一位守山人的心上……

一

中国的大名山实在是多，即使如此，武夷山肯定也是在列的。然而我敢说，大多数中国人都会认为武夷是福建的山，而并不知晓它居然也姓"赣"。其实该山有 21.8% 的面积是属于江西省的，而且总面积 1280 平方公里的武夷山国家公园，一峰连绵一峰，一岭接续一岭，无数奇峰林立的山头中，最高峰黄冈山是在江西界内，海拔 2160.8 米，不仅是武夷山众峰统领，而且在我国东南诸山之中，也有雄踞第一的威名。

早年我是到过武夷山桐木关的。桐木关是武夷八大关之一，雄踞闽赣两省交界处，通关盘山而上可至黄冈山顶。现在的关楼是一个不太高的中式建筑，下面中央是一个倒 U 形门洞，上面站着一个双翅飞翘的大屋顶，形象有点普通。那年我是从福建那边到关参观的，当时还有人说，大家都跨过去站一站啊，就算到江西地界了。可惜后面的话他没说，我们也没往深一层想，那不就是原来武夷也姓赣的红土地之省吗。

今天这一趟走到江西铅山县，才得知赣武夷的三代老表们，为这片国家自然保护区（现已升格为国家公园），做出了多么巨大的贡献！

二

桐木关城楼下，簇新的公路像山间溪水，仿佛带着"哗啦啦"的歌唱欢畅地流过关门。两旁高立的山头上，油桐、青竹、绿藤、碧草、翠苔、鸟语、花香，景致完全是无缝衔接，大自然才不管你是姓"闽"还是姓"赣"。然而，增加了人的因素，俨然就觉得是两个不同的世界了。

——却原来，这边有一片山崖做成的大墙，上书斗大的红字"未经批准，禁止任何人进入自然保护区的核心区"，下面是同样鲜红醒目的英文标示。回头看，穿着森林警服的工作人员，正一丝不苟地站在岗亭前，一丝不苟地检查核验，一丝不苟地严阵以待，一丝不苟地准备出列，就像将要冲出战壕的将士。

——却原来，这边的关楼上，还有一层楼高的一排黑体字"江西武夷山国家级自然保护区"。那字相貌很凶的，从高高的城楼上压下来，形成一种不怒自威的压顶之势，很有一种张飞喝断当阳桥的不可冒犯的凛然。

——却原来，关楼下面的岗亭旁，还立有两大块一米多高的牌子，红底大黑体白字"禁止松材及其制品进入武夷山国家公园"，"非法买卖调运松材线虫病疫木是涉嫌犯罪行为"。我虽不太知道什么是"松材线虫病"，但可想而知，这是对林木非常严重的一种危害，同时也能触类旁通，联想到其他一切病虫害。这两块牌子虽然只有一米多高，但也给人一种泰山石敢当的威严感，亦让我看到保护区"双肩"上的重担！

——却原来，我们今天得以进山采访，也是提前多日就递交了申请，经过层层严格审批的。在这样严格的审批下，赣武夷这片自然保护区，每天只允许5辆车上山，多一辆都不行。为什么呢？是怕惊扰到山上的精灵们。

三

我替江西武夷山国家级自然保护区的精灵们幸福着。

——你看，那边兴高采烈来的是一只黑熊，看来它是惯犯了，胳膊一抬，冲着保护区饲养的蜂箱伸出毛茸茸的大爪子，轻车熟路地一提拎，就把整个箱子抱走了。它知道里面有自己最喜欢吃的蜂蜜，今天又可以美美地大"甜"一餐了。

——你看，那边奔来了一头野猪，小而窄的头颅里面，不知在打谁的主意。全身黑毛厚厚的，像穿了好几层绒衣，个头儿真不小，以至于让我露了个大怯，以为它是黑熊，从此落下一个"指猪为熊"的笑柄。

——你看，那边蹦跳着来了一只小鹿，像一个娉娉婷婷的少女，机机警警地抬头看看四周围，然后才放心地翩翩起舞。不，它哪儿是小鹿，而是武夷山特有的黄麂，它可珍贵呢，是国家级保护动物。比它更珍贵的是它的小弟黑麂，这顽皮小弟个头大，胆子却特别小，娇生惯养到白天根本不出门，只藏在山洞里吃斋，念不念佛谁也不知。因为它们的数量太少了，研究数据非常缺乏，因此被称为"世界上最为神秘的鹿科动物"。它们和大熊猫一样是中国特有的物种，是国家一级保护动物，亦被称为"黄冈三宝"之一。我最喜欢的是它们的发型，天然地呈怒发冲冠之势，朝天支棱着，像火焰一样，也不知它们愤怒什么？对谁愤怒？干吗要愤怒？

——你看，说曹操，曹操就到了，"黄冈三宝"之二的黄腹角雉来了。真是傲慢啊，迈着帝王般的步子，真有点像拿破仑。当然我说的是雄性雉，它们头上竖着两根蓝色的角，像古埃及皇冠上的翎毛，在今天来说更像路由器上的两根天线。身上披着华美的羽毛，仿佛帝王的大氅。最为奇特的是胸前吊着一个翠蓝底色、上面整齐排列着一指宽红色条纹的肉裙，呈 U 字形，长至肚腹，花环一样盛开着。奇妙的大自然真能把人惊倒，这种造型，不能不让人立刻联想到奥林匹克运动会的颁奖仪式，获奖的运动员们往往伸着脖子，让颁奖者把缀着奖章的金红色绶带套在他们胸前。有样学样，你不能不承认，我们愚笨的人类，真的可能就是跟黄腹角雉这可爱的小鸟学来的。不过"黄腹角雉"这名字读起来真有点拗口，所以当地人更愿意称它们为"角鸡""寿鸡"。它的个头比家鸡稍大一点，是 1857 年由英国人 Google 在福建西北部发现并命名的（我说这名字怎么这么别扭呢，敢情是老外的洋腔洋调）。目前这"鸡"在世界上只有 4000 只左右，零星分布在我国湖南、江西、浙江、福建、广东、广西等亚高山地区，珍稀程度堪称"鸟中大熊猫"。由于它们的最大密度种群在黄冈山核心区内，因此江西铅山县被命名为"中国黄腹角雉之乡"。

——你看，白鹇也迈着优雅的步子走来了。如果说黄腹角雉是皇帝，那么白鹇就是皇后。它从头上的红顶子一直到长长的尾羽，披着一件雪白的斗篷，覆盖着肚子上的纯黑羽毛。再如果说黄腹角雉像拿破仑，那么白鹇就像伊丽莎白女王，娴静从容，心态特别好。我记得曾在福建太姥山的茶丛中见到它，当时手心里托着几粒花生米，它就温良地前来啄食，不急不躁，不争不抢，那时我就爱上了它。赣武夷白鹇比太姥山的要大一些，羽毛更干净，红黑白分明，大概是远离人类的原因。

——你看，不得了了，所有的鸟儿似乎都听到了信儿，纷纷都赶来了，宛如过去闭塞乡村里的大姑娘、小媳妇围观看热闹一样。光国宝二级的就有凤头鹰、大鵟、普通鵟、勺鸡、褐林鸮……还有斑嘴鸭、环颈雉、翠鸟、冠鱼狗（是鸟不是狗）、黄冠啄木鸟、家燕、烟腹毛脚燕、白鹡鸰、红嘴蓝鹊、北红尾鸲、红尾水鸲、红嘴相思鸟、黄颊山雀、黄眉林雀、冕雀……最后，和黄腹角雉同等级的白颈长尾雉也耐不住寂寞，终于放下国家一级保护动物的高贵架子，加入了这场森林大狂欢。你就看吧，头顶上，百鸟展翅舞翩跹；你就听吧，众喙放声齐歌唱，本来大山里就绿树婆娑，光影迷蒙，这一下更成为童话世界了。

于是从四面八方、大山深处，又跑来更多看热闹者。不，准确地说，是赶来了更多参与热闹的动物们，除了怒发冲冠的黑麂和呆萌可爱的小黄麂，还有藏酋猴、黄猴貂、中华鬣羚、毛冠鹿、豪猪、果子狸、猪獾、鼠獾、华南兔……今天这是怎么了，是动物们的"六一"儿童节吧，众生平等，和睦相处，一个比一个玩得高兴，直看得我目眩神迷，陷入了一种真想投身其中的冲动。

这真是个让人艳羡的生灵仙境啊，大山里还有着多达五千多种植物呢，植被分布的海拔梯度由低向高，依次为常绿阔叶林、针阔混交林、针叶林、中山矮曲林、中山草甸，是中亚热带最典型的植被垂直带谱。还有几百种漂亮得像七彩霞光般鲜亮的昆虫。还有我不愿提及名字的"五毒"，它们虽然相貌丑陋，但也是大自然之子，它们生猛的存在也是环境上佳的证明。可惜我不能再写下去了，因为还有更重要的事情要讲。

## 四

赣武夷的大山林中，也并非满目皆绿。当然绿色是背景，是基调，是主旋律，而参与演奏这场绿色交响曲的，还有雪色的条条山溪，金色的斑斑阳光，树影间露出的点点蓝天，以及雨后横跨山崖的煌煌彩虹。负氧离子之多不用说了，人的肺都被洗得清清爽爽，连说话的声音都变得脆甜脆甜的了。

——我们沿着他的足迹，在大山里寻寻觅觅，他是辛弃疾，这条路是他当年走过的。

苏轼与辛弃疾是我心中的两位大神。我最崇拜"大江东去，浪淘尽、千古风流人物"的豪迈，苏东坡的豁达可说是人而为人、笑对人生的最高境界；我更敬仰"想当年、金戈铁马，气吞万里如虎"的壮怀，辛弃疾的家国情怀永远都在子孙万代的心中熊熊燃烧。稼轩先生的一生，首先不是文人，他也并不想做个"一代词宗"，那是他看不上的轻飘飘，他22岁就结集了两千多人投入抗金的战斗，曾带着几十名亲兵闯入数万金兵的大营，将叛徒张安国捉了回来。可惜他被偏安江南的南宋小朝廷不容，42岁起就被免掉官职，在江西信州（今铅山一带）闲居了二十多年，最后终老在这里，至死也未看到北国收复的那一天，也再未回到出生地山东老家。他把自己的忠骨，永远地留在了赣武夷青山怀抱的瓢泉。

我们在先生的墓前肃立，献上三炷香，饮尽一杯酒。一片云彩飞过，遮去阳光，"沙沙沙"洒下一阵英雄泪。"我见青山多妩媚，料青山见我应如是"；"陌上柔桑破嫩芽，东邻蚕种已生些"；"稻花香里说丰年，听取蛙声一片"；"大儿锄豆溪东，中儿正织鸡笼；最喜小儿无赖，溪头卧剥莲蓬"；"谁家寒食归宁女，笑语柔桑陌上来"……以前背诵辛词时，这些句子都不是我特别喜欢的，因为觉得太闲适、太烟火气了，远不如他的"把吴钩看了，栏杆拍遍，无人会、登临意"。如今才明白，原来这是被闲适的稼轩，被迫从将军变身为文人的稼轩，被"凭谁问，廉颇老矣，尚能饭否"的不甘的稼轩。

蓦然回首，个人只是微尘一粒，若不幸赶上暗黑时代，即使"弓如霹雳弦惊"的大英雄辛弃疾，也只能无奈地"唤取红巾翠袖，揾英雄泪"！

——我们沿着他们的足迹，在大山里寻寻觅觅，他们是朱熹、陆九渊、陆九龄、吕祖谦，这条路是他们当年走过的。

朱熹是南宋时期的大哲学家、教育家，被称为理学大师，其学术思想在中国文化史和思想史上卓有地位，后人评价甚多甚高，此处无须多说。陆九渊的头衔也是南宋时期著名哲学家、教育家，被称为"心学之魁"，他的心学说"主要强调人的本心作为道德主体，自身决定道德法则和伦理规范，使道德实践的主体性原则凸显出来"，恰与朱熹的理学说分庭抗礼。精彩的是浙东学派代表人物吕祖谦，还嫌事情闹得不大，于南宋淳熙二年（1175 年），特在赣武夷山脚下的鹅湖寺设了一个局，请朱熹、陆九渊当面辩论，还请来饱学之士陆九龄助阵。史载，四位学问家相与激辩，众多文化名士座下旁听，场面盛极一时。朱说朱有理，陆言陆有道，话锋锐利无比，气势夺人心魄，最后谁也没能说服谁，留下了"理学"与"心学"共存的局面，也流传下史称"鹅湖之会"的佳话。善哉，古往今来，我中华有多少大神级别的精英，又有多少卓然不群的才人，然而哪一位也不可能穷尽真理，因而只能共存，"顿渐同归"，各自贡献出个人的一点认识与发现，涓涓细流，汩汩流淌，从而汇成浩浩汤汤的文明的大河，滋润和哺育民族的子子孙孙。何况目送青天，横览大地，世界各民族亦都创造出了辉煌灿烂的文明与文化，薪火相传，共荣共生，才使我们这个星球能够筚路蓝缕地走到了今天。

如此说来，"鹅湖之会"具有了更深广的意义，四位学问大家不仅擦出了学术火花，更碰撞出人类文明之花。四子后人在此建立起"四贤祠"以为纪念，经过千年以来的演变，今天此地已成为供人参观游览的"鹅湖书院"，全国重点文物保护单位。

古人真有眼光，会选择好风景好风水，书院背靠连绵青山，被远远近近的绿树环抱着。最外面的大门楼上，依然高悬着古意盎然的"鹅湖书院"四字，一看就非今人所书，据传是清代铅山县令李淳所题。书院内的四贤祠、御书楼、文昌阁、讲堂、碑亭等处，亦在都有题匾，比如"斯文宗主""穷理居敬""敦化育才""继往开来"等，一匾匾也都是古雅沉静，遒劲厚重，全无浮躁与浮华之气，不由不让人心生敬仰，浮想联翩。

整座院落仍完整，全部建筑依然在，其森森古意、琅琅书声、烨烨精气神儿，也都还像庭院内的老树一样，挺着腰杆，开阔胸襟，不卑不亢，沉稳有度地挺立着，向后来人讲述着诸子先贤们的谆谆教诲……

——我们沿着三位大师的足迹，在大山里寻寻觅觅，他们是白居易、王安石、李商隐，这条路他们当年都来走过。

白、王当年是什么心情，因为丢失了他们的诗文，已渺不可考。唯有李商隐，这位中国最早、最优秀的朦胧诗人，留下了一首《武夷山》：

> 只得流霞酒一杯，
> 空中箫鼓几时回。
> 武夷洞里生毛竹，
> 老尽曾孙更不来。

这是什么意思？一千个人有一千个哈姆雷特。对照他的"沧海月明珠有泪，蓝田日暖玉生烟"等朦胧诗句，很难言说他的真实心情究竟是什么，但至少从字面上看不出"正能量"。李商隐这个文学气质一流高端的大才子，只因无意间卷入党争，致使一生不顺，困顿坎坷，有时竟到了吃不上饭的极贫地步，简直比杜甫活得还悲苦。他哪儿有心情像今天的我们，不断高声地歌吟山高林密，颂扬潺潺流水？

然而重要的，是他来过，让赣武夷更多了一个支点。

## 五

对，支点。伟大的阿基米德曾说过："给我一个支点，我能撬动整个地球。"

　　——我在空寂无人的大山里，踩着坑坑洼洼的土路，深一脚浅一脚地行进。路只有两米多宽，地面上的成分是土和碎石渣，时不时还会被大一些的石块绊一下，这种路，二十世纪八十年代以前很普遍，这几十年已经渐渐陌生化了。走得我的膝盖好辛苦，脚好疼。

　　为了不干扰动物们、昆虫们、植物们的生活节律，保护区里，坚持不修新路。没有文件硬性规定，这是守护者们自己的选择。结果，辛苦的是他们自己，困难的是他们自己，麻烦的是他们自己，但是他们心甘情愿。如今这里的守护人已经薪火相传到第三代，三代人坚守着相同的"支点"。

　　程林，保护区科研管理科科长，算是"护二代"。恰好姓了一个"程"，父亲给他取名"林"，谐音"成林"，表达了"护一代"的所想所愿，令人眼眶发热。程林在这样的氛围中长大，出去上了几年大学，选择的是植物学专业，毕业后就立即回来了，所学所用，用武之地上展开了英雄的功夫。没学过的比如昆虫学和动物学，在保护区这所大学校里自学。十多年下来，天上飞的、林里跑的、地下扎根的，差不多所有的生灵都跟他熟了，以至于有一次，一条剧毒的竹叶青蛇跟他猝不及防撞了个脸贴脸，竟然没咬他，就滑走了。万物有灵，其实无论是他、她、它，内心里都明白谁对自己好。程林笑称自己是被剧毒蛇亲吻过的人，我定定地看着他平静的脸，思忖着他的"支点"在哪里。

　　——我在空寂无人的大山里，踩着坑坑洼洼的土路，深一脚浅一脚地行走。在保护区最著名的铁杉树王面前，我虔诚地站住了，双手合十。这株王者，已有近500岁高龄，主干笔直笔直的，顶端直插青天，仰头看不到它的梢头；树腰以下又直插向下面的悬崖，俯身看不见底，只看到袅袅云雾升腾着，让人头晕目眩。最漂亮的是它一条一条"手臂"，错落伸展着千手观音一样的造型，因而也真得到了这个美名。在这位"观音菩萨"身后，率领着一眼望不到边的铁杉军团，一株株像阵仗里的士兵，挤挤挨挨地密集排列，一个军团接续又一个军团，乃至方圆四百余公顷全是它们的军营。南方铁杉为松科铁杉属下的一个变种，是我国特有的珍稀裸子植物，第三纪孑遗物种，被誉为植物界的"活化石"。在我国其他地区只有零星分布，唯在黄冈山区域保留着树龄约300年的铁杉原始林，因而也是"黄冈三宝"之一。不知为什么，我脑海里浮现出辛弃疾的《破阵子》，不由得吟诵出声："醉里挑灯看剑，梦回吹角连营。八百里分麾下炙，五十弦翻塞外声，沙场秋点兵……"

一辆小而轻的电动摩托车无声地停在面前，原来是护林员。他们是铁杉以及保护区所有林木的忠诚卫士，一天24小时，一年365天，天天不停地在大山里巡逻。最早，第一代护林员们靠的是双脚，后来有了自行车，现在换成了电动轻骑。我有点冒失地说："这么百丈深渊的，即使公开施工，调机械来伐树，都很难做到啊。"护林员严肃地看了我一眼："嘻，你可小看偷盗者们了，他们的能量大着呢。"我愣住了，想起2021年贵州发生的盗砍古树案，连同一株春秋时代的2600岁古楠王在内，一共有三十多棵古楠木被盗毁。现在，这看似平静的赣武夷大山里，竟也隐藏着如此残酷的"战争"呢！我定定地看着护林员严肃的面容，思忖着他的"支点"在哪里。

——我在空寂无人的大山里，踩着坑坑洼洼的土路，深一脚浅一脚地行走。大山突然在这里站住了，眼前的小小山坳里，出现了一排简陋的铁皮房。屋子里有四张上下叠床，简单的被褥，还有一张小小两屉桌，上面摆着一台24英寸的老式大肚子电视机。对面是间小厨房，立着两个煤气罐，几只盘子和碗，很简陋。屋外，却赫然立着三块牌子：

海南师范大学·江西武夷山国家级自然保护区　生态学野外研究基地

北京师范大学·江西武夷山国家级自然保护区　濒危雉类研究基地

南京林业大学·江西武夷山国家级自然保护区　生物多样性保护研究基地

虽然经过风吹雨打，牌子都很旧了，褪色，裂纹，布满尘土，然而光彩照人。这排朴素的房子是给来这里搞科研的师生们提供的临时住所，物质条件虽然简陋，但从精神意义上讲，却高贵得令人肃然起敬。

空寂的大山，可不是空洞的大山，而是一座宝库。保护区承担的任务多了，护林、科研、教学仅是其中的三大项。仅就科研来说，长江有多少条支流，黄河有多少朵浪花，保护区的科研项目就有多少分支分属。那么人手呢？保护区管理局从上到下，仅有三十多人，当然是远远不够的。于是他们无论男女，无论老少，无论是"护X代"，每个人都干成了一尊"千手观音"。

张彩霞，管理局宣教中心一级主任科员，年纪40出头吧，是风风火火的那种女人，说话干事都直奔主题，不耐烦拖泥带水。她和丈夫是大学同学，毕业后远离山西老家，跟着来到这片遥远又陌生的大山里，并像铁杉一样扎下了根。女儿从6岁起，就经常性地过上了爸妈不在家的日子，现在长到16岁了，更是自己照顾自己，基本上自己解决一切问题。委屈不委屈？那是肯定的，但母女俩嘴里说出的，都是淡淡的三个字："习惯了。"

就在我们说话的时候，"小客人"们可来劲了，它们是不知从什么地方赶来的小飞虫，比小米粒还小，劲头却无与伦比地大，飞蛾扑火一般地往我们的衣服里钻，往头发里钻，往鼻孔里钻，往嘴里钻，最受不了的是往眼睛里钻！钻！钻！大概平时太难得见人了，它们死缠烂打，前赴后继，宁死不屈，粘上你就不撒手，不一会儿白色衣服就被"霸黑"了。我们不断地扭动着身体，倒腾着双脚，挥舞着胳膊，严厉地拒绝着这份太过分了的爱情。唯有张彩霞钉子一样站在那里，像一尊刀枪不入的女金刚。我定定地看着她安之若素的脸庞，思忖着这位北方女子的"支点"在哪里。

## 六

告别的时刻还是来到了。

依依不舍。这会儿，一切都颠倒了过来，我觉得自己变成了那些小飞虫，只想紧紧地粘在保护区的每一株绿树上，每一朵鲜花上，每一片白云上，每一丝雾岚上，每一滴溪水上，每一缕阳光上，以及每一位守山人的心上——正是他们和保护区的所有生灵，共同发力，举起了座座山峰，举起了道道彩虹，举起了高天厚土，举起了古往今来，举起了千秋万代。

像高举着一面辉煌的旗帜，他们把整座巍峨的武夷群山，高高举向苍穹。

# 茉莉为远客

龙仁青

## 一

一个印度男人，名叫拉兹或者沙鲁克·汗，但他不是电影明星或是明星扮演的角色，他只是一个普通的农民。他裸露着上身，头发蓬乱，面颊窄长，眼睛大而无神，与面颊一样窄长的鼻子就像是在平缓起伏的山丘正中赫然隆起的一座山峰，带着刀锋一样的气性，把整个面部分切成了两半，而扁平的嘴唇则阻拦了鼻子的这种垂直分切企图，倔强地横在鼻子下方，微微张开着，像是一个固执的山洞。或是因为嘴唇的阻拦，使得上嘴唇上的唇须和下巴上的胡须有了安全感，便有些肆无忌惮，以一种葳蕤之势，如茂密的森林一样围拢住了他的嘴唇。他有些溜肩，两只瘦弱的胳膊慵懒地耷拉在肩膀两边，胳膊下端显得无所事事的两只手却很大，看上去有些不协调。他的胸部干瘦，两边的胳膊夹裹着两排对称排列的肋骨，一如泥石流冲刷出来的沟壑一样凹凸毕现。肋骨所围拢着的，是他微微隆起的肚皮。他刚刚从麦田干完农活回到家里。忙了一天，他十分疲累。这会儿是晚饭时分，他的妻子，名叫丽达或者卡琳娜·卡普尔，当然，她也不是电影明星或明星扮演的角色，她和男子在同一个村里长大，到该结婚的时候就结婚了。他们有一双儿女，都是小学生，这会儿还没放学，所以家里只有他们两个人。妻子正在做饭，简单的咖喱米饭，还有一些青菜，这样的饭食，几乎日复一日，没有什么变化。男人也没有什么食欲，就想着等儿女放学回来了，和他们一起吃完饭，早点上床睡觉。

正是春末夏初的季节，温度很高，太阳即将落山，但依然酷热难耐。男人躲开妻子因为要做饭而生起的火炉，坐在敞开的屋门前的一只木墩上，低着头，他感觉无所不在的热气在他的身边蒸腾，让他心里烦躁不安，他有一种就要发火的冲动。他强忍着内心的焦灼，猛然抬起了头，他的目光扫过他的妻子，又盲目地向前划去。就在这时，他看到了那一株茉莉。

茉莉开花了，素素白白地缀满了枝头。从那一株茉莉的角度去看，太阳的光线形成了侧逆光，整个儿裹拥住了她，把她身上一朵朵白花和衬托着它们的绿叶打亮，通透的白花和同样通透的绿叶便有着宝石一样的色泽和质地，似是随意堆砌在一起的白水晶和绿翡翠。在那一株茉莉的前方，形成了一片小小的绿荫。

男人的鼻翼忽然动了一下，他深深地吸了一口气，一缕馥郁的花香即刻蹿入他的鼻孔，浸入了他的身体。他感到他身上的燥热一下子消减下来，整日劳作的疲累似乎也得到了缓解，那些花费在麦田里的力气正一点点地回到他的身体。他站起身来，走到那一株茉莉的面前，站在那一小片绿荫里，开始凝视那一树的白花，吸吮空气中的花香。白花清净，更加浓烈的花香向他袭来，素洁和芬芳立刻包围了他，好像那一小片树荫就是由颜色和味道构成的。

男人伸手摘了一朵茉莉花，又摘了一朵，接着又摘了几朵。为了不让那素洁的花儿受到哪怕是轻微的伤害，他是有意连带了几片绿叶把花儿摘下的。他把摘在手里的茉莉花凑到眼前和鼻子上。顷刻间，一抹白云掠过，更加浓烈的花香直入他的肺腑，他感觉他变成了那片树荫，抑或说，他感觉他变成了洁白和芬芳，变成了白水晶和绿翡翠。

他心中的那一团怒火就这样被这一株茉莉熄灭了。他手捧着摘下来的那几朵茉莉花，回身去看妻子，妻子用有些怯懦的目光回应着——刚才，男人回来的时候，妻子看到他闷闷不乐的样子，便没敢吱声跟男人打招呼。这会儿男人忽然看她，她不知道什么意思。然而，男人忽然笑了，一排白牙忽然从那被黑色胡须围拢着的嘴唇中显露出来，黑白对比，眼睛也因此清亮活泼起来，一脸的灿烂。妻子立刻报以男人一个更加灿烂的微笑。

男人走过来，走到妻子跟前，伸手把胡乱粘连在妻子脸上的一些纷乱的头发整理好了，便把手中的几朵茉莉花小心地插在了妻子的鬓间，然后仔细端详着妻子的脸。"真漂亮！"他说。他的话让妻子在心里涌过一股暖流，她含情脉脉地看着男人，说："孩子们马上回来了，咱们吃饭吧！"

茉莉花在印度栽植的历史悠久，身上佩戴茉莉花，也逐渐成为印度人们的一种习惯，他们相信，茉莉花不但有着消暑安神的作用，在炎热的夏天，她浓郁的花香还能够遮盖人们身上不太好闻的体味。所以，他们不但自己戴茉莉花，也会赠与别人。甚至会把摘下的茉莉花用丝线串成花环，戴在脖子上。特别是尊贵的客人到来，迎迓之时奉上一只茉莉花的花鬘，就有了隆重的仪式感。慢慢的，这也成了一种习俗或礼仪。后来佛教诞生，供奉在神坛上的诸多神灵受到膜拜，宗教与礼仪结合衍变成了佛教的供花仪轨。

对中国来说，茉莉花是一种异域之花，据说她的故乡是古罗马，也曾经在波斯、印度等地遍地开花。大约在汉武帝时期，她通过海上丝绸之路来到了中国。也有人认为，她是伴随着佛教的传入，从佛教的产地印度一并来到了中国。

二

这是北宋年间的南中国，坐落在南京城郊的一户人家：南方独有的天井庭院，院内栽植着花草，靠窗的花台上摆放着盆景，扶桑花、天竺葵等，花儿灼灼地开着，让略显阴沉的院落有了几分亮色，鲜活了许多。还有几盆多肉植物，肥厚的肉质茎叶紧紧簇拥着，泛着一缕暗绿的光。这是这家的女主人的最爱。女主人叫云莉，与丈夫新婚不久。丈夫在草市上做点小本生意，整日忙碌，每天清晨一早就离家，所以在白日里，总是女主人一个人独守空房。这会儿时值晌午，女主人从里屋搬出来一盆花，放在了花台的顶端。这是一盆尚未开花的绿植：微微有些扁平的茎枝上密布着稀疏的柔毛，对生的叶片从茎枝两侧伸出来，就像是一双要去捧住太阳的绿色小手。叶片上的叶脉纹路清晰，从中轴的主脉上形成对称的弧度，极力向上伸出来，好像是铆足了劲要帮着叶片去捧住阳光。绿植被打理得很干净，每一片叶子都是仔细清洗过的，看上去绿油油的，让人惬意。

这盆绿植是她的丈夫从草市上带回来的。丈夫偶然认识了一位天竺商人，这位会说汉语的天竺商人便把这样一盆绿植送给了他。并告诉他要好生养护，白天拿出室外让它晒太阳，晚间则要移入屋内，勿要让它受风受冷。待到开出花儿来，花色素白，花香四溢。

丈夫怀着好奇把这盆绿植带回家里，交与了妻子，并把商人对他说的话给妻子说了一遍，妻子听了也好奇，便问丈夫：这是什么花儿呢？丈夫却回答不上来。

其实，这盆绿植是茉莉。她刚刚来到中国，也许因为初来乍到，有些水土不服，所以才显出楚楚可怜的娇嫩来，需要悉心养护。

茉莉到了南中国，即刻惊艳了原本就爱花养花的南人。那时，漂洋过海来到中国的茉莉极为稀少，见过她的容颜、闻到她的体香的人更是没有几个，但她就像是一位有着绝世美貌的异域女郎，让见到她的人们一见倾心，一眼难忘。她不张扬，一袭白色的花衣，有一种不屑以浓艳的装束博人眼球的清高，她香气浓淡相宜，却不是涂脂抹粉的脂粉味道，而是来自自身的天然体香，恰好符合国人内敛克制的审美心理。人们纷纷打问她的名字，那位天竺商人便把她的梵语名字说了出来：mallikā。

异域女郎，自然有着异域的名字。人们立刻记住了她的名字，抑或说记住了这个名字的发音，并用汉语方块字，写下了她的名字。起初，人们除了记音，并没有在意用字美不美，寓意好不好。于是，初到中国的茉莉，便有了末利、末丽、没利、抹历、抹利等诸多音同字异的名字。因为急于记住她的名字，有点"慌不择字"，这些名字除了读音，从字义上甚至有了一些令人避讳的意味，诸如没利、抹利等。直至后来到了明朝，集录撰书《本草纲目》的李时珍在提及茉莉花时也有些看不过去，他说：盖末利本胡语，无正字，随人会意而已。

那个时候，伴随着海上丝绸之路的畅顺，茉莉花或是"风韵传天竺，随经入汉京"，与佛教一起传入中国，或是"名字唯因佛书见，根苗应逐贾胡来"，通过商路涌入中国。开始在南中国的土地上广泛种植。

异域的茉莉，已经逐渐适应了中国的水土，她野蛮生长，"直把杭州作汴州"，对她曾经和现今的生境，已经不分彼此了，但她依然没有一个统一好听的名字，因此她不论怎样入乡随俗，她的异域身份依然暴露在她的名字上，她因此而感到焦虑。

喜欢她的人们也为她焦虑。或许，曾有这样一位正在备考乡贡的书生，笃信佛教，家中庭院里也栽植着茉莉。他对民间和佛经之中把这样一种高洁清香的花木的名字写成没利、抹利等心存芥蒂，他觉得这些名字太过随意，只取其音，而不重其意，配不上茉莉花的精神和气韵。他打算从众多的汉字里，找出两个能够与茉莉相匹配的字来，不但取其音，并赋予它美好的寓意，让茉莉名实相副。揣测这位书生当时的苦苦思索和字字斟酌，想他最先想到的应该是"莉"字，这个字，常用于人名之中，特别是女子的名字之中，上面的草字头表示四方，下面的"利"代表顺利，意思便是不论走到哪里皆能顺畅。茉莉来到中国，虽然也逐渐适应，但也跌跌撞撞，最初时候，稍有不慎，便会夭折——张邦基在他的《墨庄漫录》里提及茉莉时，就有"经霜雪则多死"之句。所以，书生先把一句祝福给了茉莉。继而他开始苦思冥想第一个字，他的心思从那些念"mo"音的汉字上掠过，但没有一个字是他中意的，于是他大着胆子自创了一个字：茉。有关"茉"字，辞书里的解释是，"茉"为后起字，从"艹"，音"末"。继而又解释，"茉"字不单用，只用在联绵词"茉莉"中。所以在辞书的词条里，也就只有"茉莉"一个词条。在这里，后起字的意思，是指一个字的后起写法，以合体字居多，由此可以判断，"茉"是"末"的后起字。

从此，"茉莉"才有了一个无可替代、绝世无双的名字，这也预示着"茉莉"在中国逐渐完成了本土化。

在女主人云莉的悉心照顾下，那一盆茉莉开花了，先是几朵花蕾，接着，是在一个早晨，丈夫起身，没有惊扰女主人的睡眠，匆匆洗漱，简单地吃了一点早点之后就去了草市。就在丈夫轻轻关上房门的那一刻，女主人醒来了。当她就要睁开眼睛时，她的鼻子里立刻充满了馨香的味道。她知道茉莉花开了。她急忙起身，走到那一盆茉莉近旁，几朵素白的花儿，却弥漫出了整个屋子都装不下的馨香。她想喊丈夫回来，即刻打开房门时，丈夫已经走远了。

三

茉莉花依然保持着一种高贵的矜持：佛教的供花仪式伴随着佛教传入中国，她们大多时候的角色，是在供花仪式上成为圣洁的供花，她们因此身份特殊，使命神圣。人们怀着崇敬的心情把她们采摘下来，串联成花鬘，虔诚地摆放在佛前的供台上，这隆重的行为，其实也把她们束之高阁，成为"小众"。

然而，中国文化有一种柔韧的宽容度，在注重内在精神提升的同时，也在意世俗生活的丰美，既看重节庆活动的仪式感，也讲究平日衣食住行的烟火气。在这样一种文化态度下，一些原本"养在深闺人不识"的事物，却也"酒香不怕巷子深"，渐次传播开来，普及民间。茉莉从异域进入中国，历经汉唐宋元，到了明朝时，茉莉花也从一种仅供神灵享用的奢侈品，逐渐成为熏制茶叶的"天香"，走入了寻常百姓家。

民间有关茉莉花茶诞生的传说，也意味深长：一位茶商邀请他的茶友品茶，茶商在精致的茶碗里，放了一撮青绿的香茶，冲入了滚烫的沸水。香茶与沸水相遇，即刻升腾起一缕袅袅热气，带着花香的茶香顿时弥漫满屋。茶商和茶友张开鼻翼，深深呼吸，顷刻间沉醉在香气之中。就在此时，热气幻化成一位婀娜的女子，手捧一束茉莉花，向着茶商和茶友轻轻挥舞，瞬即又化为乌有，消失不见了。二人见状，大为惊讶。茶友急忙向茶商问香茶的来处，茶商这才想起这是江南一位女子所送——女子在危难时刻曾经得到茶商的救助，奈何红颜薄命，茶商再下江南之时，女子已经香消玉殒，临走之时留了一包香茶，托人送给茶商，以感谢曾经相助之恩。茶商把香茶带回来，一直没有启封，今日茶友应邀到访，这才特地打开。茶商便把这段经历讲给茶友听，茶友听了感叹说：呜呼，这江南女子或为茶仙转世也，如今她手捧茉莉，借袅袅热气现身，是在暗示茉莉花也可入茶！此前，以花熏茶的制茶工艺已经在南中国普及，只是未敢启用佛前供奉的茉莉花，而自此，茶商便用茉莉花制茶，熏制出了茉莉花茶，一时，在南中国，品饮茉莉花茶渐成风尚。

这个故事，似是在为茉莉花从神坛走向民间做铺垫，其实也应是茉莉花在中国传统文化中的一种必然走向。如此，人间俗世与天上神灵便共享这绝世的素洁与芳香了。

# 四

一朵花被民间吟唱，足以说明她不但盛开在民间的土地上，也已经盛开在民间的内心深处。而茉莉花被作为美好爱情的象征进入一首脍炙人口的民歌，说明这种异域花朵已经完成了本土化，完全被民间"视如己出"，甚至已经不记得她的来路了。

或许，这是茉莉花在中国民间完成的一次"破茧成蝶"，好一朵茉莉花！

《好一朵茉莉花》是一首在吴侬软语中滋长出来的民间歌谣，曲调、旋律、歌词都透着南方的阴柔和温润，有着南人细腻的情感表达方式，且民族特色鲜明：

> 好一朵茉莉花啊
> 好一朵茉莉花，
> 满园花开香也香不过它。
> 我有心采一朵戴，
> 又怕看花的人儿骂……

《好一朵茉莉花》一经诞生便传唱开来，成为南中国的好声音，甚至借助歌剧《图兰朵》等蜚声中外。这首歌也通过传播登上了高寒的青藏高原。

作家苏南，生活在青海牧区乡镇，高个子，红脸膛，大颧骨，完全北人长相，有着典型的蒙古人种或是藏缅人种特征，但他却是汉族，据说祖上来自南京，在他家的家谱上，有着详细记载：先祖世居南京，明洪武年间迁来西域……传说，青海汉族祖籍南京，原本住在南京朱子巷。明太祖朱元璋推翻元朝刚刚登上皇位的某年元宵灯会上，他们的先祖沿着街巷挂出灯笼，庆贺佳节，其中一只灯笼上画了一个女人，女人长了一双大脚。有好事者见此，便向原本就长着一双大脚的马皇后打小报告，说百姓大胆，竟借灯会之机耻笑当今皇后。马皇后听了大怒，当日晚上便给丈夫朱元璋吹了枕头风。朱元璋为了取悦马皇后，惩治朱子巷居民，把整条街巷的居民发配到了青海。苏南对此深信不疑，偶尔有人问起故乡，他会学着南京话说：我四蓝今人（我是南京人）。或许是因了"寻根问祖"的心理，苏南执着于青海与南京之间文化上蛛丝马迹的关联，从语言、歌谣等方面发现不少可以说到的实据，他甚至在《红楼梦》里找到了大量的"青海方言"，并打算据此写一本书。他还发现，民间传唱的青海小调里，居然也有一首《好一朵茉莉花》。苏南说：先祖被发配，家园财产皆被掠去，两手空空，带不了任何物质的东西，但一首歌谣却可以装在心里，一路带着。如此，这首民歌便从南中国带到了青海。

然而，当这首歌从"小桥流水"的江南到了"古道西风"的青海，历经强劲西北风的劲吹，原本的阴柔细腻渐渐消失，一种与高原狂野的地理风物相契合的粗犷与直接，却出现在了歌曲中：

> 好一朵茉莉花啊，
> 好一朵茉莉花，
> 满园的花儿赛也赛不过它。
> 我也不采它呀，
> 我也不摘它，
> 有朝一日连根挖回家！

歌曲也不再是南方的轻吟浅唱，而是一种撕心裂肺的吼叫。苏南还说，据他猜测，这首歌里"有朝一日连根挖回家"的表达，也许是受到北方少数民族抢亲习俗的影响，是对这一习俗的一种反映。

青藏高寒，除了香茶与歌谣中的茉莉花，茉莉花本尊并没有抵达这里。然而，沿着文化的路标，茉莉花的身影也曾闪现在藏文化里，偶尔查阅藏文典籍，赫然发现茉莉花在藏语中的名字，共有两个，一个名字系用梵文直接书写："མ་ལི་ཀ"——藏文是松赞干布时期根据梵文创制，所以在藏文中有许多直接来自梵文的字词，有点像汉文与日文的关系。而另一个名字则为"མོ་ལི"，显然是汉语"茉莉"的谐音书写。因此也可以判断，茉莉花也曾以文化的方式抵达青藏，而且兵分两路，分别从中原和印度走来，来到了青藏。

其实，高原也不是没有茉莉花，有一种叫喜马拉雅紫茉莉的野生花卉，开放在青藏高原的高处，如果在盛夏季节去可可西里，就会一睹她的芳容。喜马拉雅紫茉莉属于紫茉莉科植物，被毛的茎枝，对生的绿叶，小巧的紫色小花，是一种药用价值极高的本草，藏医用于阳虚水肿等病症的治疗。紫茉莉绽放高原，或许，也可以把它理解为茉莉的精神触角向高原的一种延伸吧。

如今，茉莉的本土化已经完全获得文化认同，人们不再提及她曾经的异域身份，只有宋代诗人张敏叔依然站在历史的某个路口，以一句"茉莉为远客"提醒着她曲折苍茫的来路。

# 在蒙古高原洄游

王樵夫

蒙古高原上的达里诺尔湖，是蒙古人心中的圣湖。"达里诺尔"是蒙古语，汉意为"像大海一样的湖"。因为盐碱度高，湖里的生物几乎绝迹，却生长着一种耐高盐碱的华子鱼，每年四月，它们逆流而上，游到一百余公里的河流上游，

途中艰难困苦，死亡者十之八九。尽管如此，侥幸活下来的鱼，也要义无反顾地回到出生地，产卵繁衍，科学家称之为"死亡洄游"。

在当地蒙古人心中，这种"定时返回来的鱼"，创造了"地球上最伟大、最壮观的旅程"。

## 风把冰层吹化

三月。天上的月亮还没有升起来。花儿摆动了一下尾巴，随着四周漾起来的湖水，她眨着圆溜溜的眼睛。花儿心里知道，即使月亮升上来，也是清冷的，就像贡格尔草原上刮过的风，硬朗朗的，像刀子一样。

"花儿"是一条正值青春妙龄的母华子鱼。华子鱼，特殊的鱼类种群，体形梭状，当地的蒙古人称华子鱼为"查干拉吉"。

贡格尔草原上，没有树。星星挂在更加空旷的天宇上。冷冷

地，眨着眼。

星星的倒影，一朵朵开在湖面上，像白灿灿的白凌花。

月，终于出来了，却是一弯残月，映照在深不可测的达里诺尔湖里，映照在刚刚融化的冰凌上。

湖面上，有风刮起来，白天的水蒸气凝成霜，挂在贡格尔草原的枯草上。

天，越来越冷了。这是黎明前温度最低的时刻，几乎把残月和星星的倒影也冻在湖里。

忽然，传来海鸥的聒噪声，它们早早起来，做好了大餐的准备。

花儿游在达里诺尔湖黑暗的深水中，听到千里之外的黄河地段，强劲硬朗的北风，吹化了冰冻了一季的黄河，松动的冰块，裂成大小不一的浮冰，汹涌而下，咆哮着，一泻千里。世界上有些声音，人听不到，但是狗能听得到，鱼能听得到。在地球上，人类已经失去了某些特殊的倾听与辨认的能力。

也就是这一天，寒气渐渐退去。越来越大的风，蕴含着摧枯拉朽的力量，带着不可阻挡的气势和霸道，吹过广袤的贡格尔草原，在广约二百四十平方公里的达里诺尔湖上，切割融化着冰冻的湖面。

湖冰逐渐融化。先从湖面开始，然后是湖的四周。冰面在缩小，逐渐露出波光粼粼的水面。微风吹来，清澈的水面漾起一圈圈涟漪，映出了蓝蓝的天空，白白的云朵。

暖风里带来刚刚化冻的泥土的气息，混着青草味，还有湖水的咸味，都在湿润的空气里发酵。

一只刚从冬眠中醒来的狗獾，从洞穴中小心翼翼地探出头，转着脑袋瞅了一圈。最先觉醒的是空荡荡的肚腹，干瘪的胃因为收缩而灼痛，急需食物的填充和抚慰。

狗獾的鼻子湿润而敏感，它把头扬起来，摇晃着，捕捉空气中更多的气息。每走一段时间，它就会停下，仰起头，伸出鼻子，寻找它期待的味道。

当它穿越一片草原，终于捕捉到风带来的信息。那微弱的一缕风，已经将信息稀释得微不足道。这也足以让它浑身一震，它立刻筛选出期待已久的信息。

它猛烈地翕动着鼻子，将更多的空气吸进鼻腔里。分析、比对，唤醒遥远的记忆，它已经判断出食物的源头和方向。

那是来自达里诺尔湖冰化开湖的信息，每年一度的华子鱼饕餮大餐，让它的胃条件反射地痉挛，它感觉到胃对食物的强烈渴望。它的舌头开始分泌唾液。

它开始一颠一颠地奔跑，像一只目标明确的追踪猎犬。它浑身置于美味的气息之中，那是鱼肉的气息，鱼血的气息。

狗獾在奔跑的途中，惊起了一小群海鸥。达里诺尔湖海拔高，光照条件好，水面广阔，人烟稀少，湖域岛屿垒垒，为一百多种鸟类的栖息繁衍，提供了良好的环境。

海鸥、苍鹭、天鹅、秃鹰、狐狸、草原狼，它们都渴望并守候着华子鱼的到来。

狗獾的奔跑声，海鸥觅食的叫声，惊动了湖水深处的花儿，她四处搜寻，发现游在她身后的石头不知跑到哪里去了。

"石头，石头！"花儿急切地喊了起来。

## 嗅到了淡水的气息

"石头"是一条公鱼，身躯修长矫健，在食物稀少的冷水湖，生长缓慢的华子鱼，能长得这么大，实属罕见。

在他还是少年的时候，在达里诺尔湖的深水处，愣头愣脑的石头，不经意间邂逅了娇小的花儿。从此，一条青涩幼稚的小公鱼，一条涉世未深的小母鱼，再也没有分开。

鱼的心中，始终有一条母亲河。

湖水中传来"咔嚓、咔嚓"的声音，清脆悦耳，惊动了湖水深处的花儿。尽管声音很轻很细，但对花儿来说，不啻春天第一声惊雷，如战鼓般激荡着她的耳膜。花儿知道，这是厚厚的冰层解冻破裂的声音，打破了达里诺尔湖漫长寂寥的冬天，预示着每年一度的华子鱼大洄游即将开始。

在欢快的游动中，在湖水深处，花儿突然嗅到一丝淡水的味道，她为之一震，这是出生时的味道，她马上循着这味道的来源，向前寻觅，流线型的身体游起来快捷迅速。

花儿的尾鳍迅速摆动，她兴奋极了，翕动着嘴唇，不停地嗅着，千真万确，这就是出生时的味道，这是家乡的味道！

花儿率先出发了，她奋力游向的方向，是贡格尔河道的方向，那里河道宽阔，水流平缓，河中杂草丛生，是花儿出生的地方。

石头在身后紧紧跟随，如同花儿的影子。

## 鱼 祭

但是，他们争先恐后抵达的河口地带，却存在着巨大的、无处不在的死亡陷阱。

为了种族繁衍，华子鱼要用自己的肉体和生命，祭祀天、地和达里诺尔湖的鸟、兽。这是生命之祭。贡格尔草原，成了华子鱼向天地鸟兽献祭的巨大祭坛。

最擅长捕杀华子鱼的水鸟群——海鸥，在河口上空，织就了一张白色的"巨网"，一旦锁定目标，海鸥迅速紧缩双脚，然后俯冲垂直而下，利箭般，插入湖中，瞬间激起四处乱溅的水花，随即钻出水面，腾空而起，嘴里叼着一条华子鱼。其他的海鸥见状，意欲口中夺食，它们如离弦之箭，直扑空中的海鸥，奋力争夺它刚刚捕获的华子鱼。

在第一批洄游的鱼群中，以公鱼居多，他们不惜牺牲自己的生命，向天敌献祭，从而保护腹中满是鱼卵的母鱼。

鱼们的当务之急，就是快速离开这个被死亡笼罩的恐怖之地。但是，达里诺尔湖的湖水，和流入湖中的淡水，二者盐碱度不同，渗透压有差异，因此洄游的华子鱼在冲过河口时，往往需要在咸淡混水区滞留一段时间，以适应生理机能的转变。这，无疑给了海鸥更多的捕食机会。

海鸥吃不了的华子鱼的尸体，横陈在湖面上，白花花一片，随波涛晃动着、翻滚着……

有些华子鱼好不容易穿入贡格尔河道，湍急的水流，将他重新冲回达里诺尔湖主库区，但是，只要水流一缓下来，他们就会立刻反回身，重新向上游进发。

华子鱼冲过河口，躲过了海鸟的围追堵截，侥幸过关的华子鱼，十有八九也难逃死亡的厄运。

那些早已经准备好的狗獾也来了，在河水中拦截华子鱼。它们多出现在无人的夜晚，还有狐狸、草原狼……

最糟糕的，是蒙古高原变幻莫测的天气。

每当初春季节，天气剧烈变化，西伯利亚和蒙古高原会形成超大范围的高压区，强盛的冷高压，致使冷空气大量堆积，受季风环流影响，寒潮携带大风肆虐而至，虽然到了四月，贡格尔草原已经升温，但是温度升得越高，就会降得越猛，贡格尔草原会出现"倒春寒"的反常天气。

尤其是到了晚上，高原的温度骤然降到零下十摄氏度以下，那些身强体壮的公鱼，似乎预感到死亡的来临，他们奋力挤到鱼群的最顶层。鱼群层层叠叠，像一块漂浮的陆地。经过一夜的降温，流水的河面上结起一层薄冰，叠罗汉般的公鱼被冻死在冰冷的河床上。他们僵硬的尸体下，大批的母鱼们仍然拥挤着，一堆堆、一群群，聚拢在一起，以各自的体温相互取暖，一俟翌日的太阳升起来，她们便如昨日一样，无所畏惧地前行，就像设定在华子鱼体内的固定程序一样，不容改变。在洄游的路上，她们没有退路。

最可怕的是草原上的雪，纷纷扬扬地下起来，落在河面上，落在河面的鱼群身上。随着深夜温度的骤降，河面落满了厚厚的雪。鱼在积雪覆盖的公鱼尸体下面扭来扭去。有雪落下来，鱼和雪搅拌在一起，他们大多脑袋拱出雪面，仰头望天，或尾巴翘在外面，这是自然界少有的奇观。第二天，河流解冻，冻死的华子鱼，白花花一片，随着雪块，顺流而下，堵塞河道。

湖水依然清澈，天空有如倒悬。鱼落十米，万物重生。当一条条华子鱼死去，沉到湖水深处，华子鱼的尸体，经过腐烂分解，把氮、磷等营养物质释放出来，通过溪流，滋养了贡格尔草原一百五十多万亩土地，然后土地生长出上百种牧草，牧草又供养了数以万计的牛羊。生生不息，唯变长存。

慢慢腐烂分解的尸骨，既是献祭，又是供养。

## 没有哪条鱼是一座孤岛

花儿终于冲进了贡格尔河的河道。

石头一马当先，他引导着花儿逆水而上，花儿紧紧地跟在后面。

仍然是由公鱼开道。洄游队伍最前头，靠近两岸的，以公鱼居多，这是对母鱼最好的保护。

除了要躲避海鸥的空中袭击，花儿遇到的最大考验，是上游汹涌而下的激流。临近两岸的河水中，由于水流较缓，挤满了密密麻麻的鱼群，致使河流中间的水流量增多，流速更快更急。要想超越前行，就要躲开岸边的鱼群，从中间的急流中逆流而上。只有身体强壮的华子鱼，才能冲进中间的河道，前行数米后，必须马上挤进堵塞的鱼群里，借以喘息休息。

歇息了一会儿，花儿又顶着湍急的水流上路了，她摇头摆尾，搅动着河水，哗哗作响。

此时正是中午阳光最烈的时节，贡格尔河迎来了一天涨水的高峰，湍急的河水，让花儿举步维艰，她瞪圆眼睛，每一块肌肉，都绷紧了力，一米，两米……越过了一群又一群的洄游鱼类，她向前游动着，她瞥见一条堵在鱼群里的母华子鱼，向她投来羡慕而无奈的目光，她不禁笑了。她的笑声感染了一直陪在身边的石头，他用头顶了花儿的尾鳍一下，这是他们表达亲昵的方式。

他们游得更快了。正当他们欢呼雀跃的时候，一块冰冷的重物狠狠地砸在了花儿的头上，是一块随波而下的冰凌，花儿一下子被砸蒙了，顿时被水流冲翻了身体。在汹涌的激流中，迷迷糊糊的花儿努力摇摆着身体，保持平衡，终于停靠在一块水中的巨石边。

石头马上调转过身体，看到被冲出数米之外的花儿。

花儿狼狈的样子，身体乱扭的样子，让石头笑出了声儿。

可是花儿精疲力竭的样子，身心俱毁的样子，他看了，心底突然疼了一下。

她的背鳍、尾鳍，努力张开，给人一种在风中飘动的感觉。她是河里最美的精灵。

花儿忍着疼，向他游过来。她一游动起来，自带水中霸主的气势。

鱼的声音，只有鱼知道。情侣的表达，只有情侣懂得。

傍晚，天空晴朗，天边的火烧云，似火一样。

夜幕降临。不一会儿，风刮起来，草原上更冷了。

花儿抖擞精神，重新上路了，她要尽快游到深水区。每到夜晚，气温下降，上游的积雪就会冻结，河里水位下降，很多鱼被困在一个又一个的小河湾里。

在蜿蜒曲折的河道两岸，聚集了大量的海鸟，还有饥饿难耐的苍鹭，它们俗称"长脖子老等"，站在浅滩处，守在华子鱼的必经之路，轻而易举地捕捉送到嘴边的美食。

黑夜笼罩的河岸成了名副其实的"恐怖之地"，成群的狗獾、狐狸、猞猁、河狸、狼及野猪等野生动物，趁着夜色的保护，在河边频繁出没，开始属于它们的饕餮晚宴。

只有最强壮的华子鱼，才能坚持度过一次又一次的涨水和降水，躲过一次又一次的被捕食，才有机会游到终点。

太阳又升了起来，刚刚解冻的河水，在阳光下泛着金色的光芒，不急不缓地流淌着。

花儿和石头，跟随着成群结队的华子鱼，开始了新一天的旅程。花儿的周围，散落着被野兽吃掉的华子鱼的残骸，更多的，是无数耗尽体力的华子鱼累死在了冰水里。在尸体僵硬之前，他们仍旧保持着冲向上游的方向和姿势。

没有一条华子鱼退缩，华子鱼的一生，基本上只能洄游一次，他们宁愿选择死亡，也不放弃洄游。在自然界中，丧失生育能力，就等同于死亡。

拦坝前，洄游的华子鱼越聚越多。

他们不断地从水中跃起，产生巨大的声浪，同时新的鱼群还在不断涌来，水面上全是鱼头和背鳍。它们跳动着，碰撞着，河水到处泛起白泡沫，水喧闹起来，像烧开了似的。

花儿游到河水平缓的地方，停止了游动。她在蓄积力量。

石头游到她的身边，嘴唇凑到她的嘴边，翕动着，吐出一个又一个水泡。像问候，又像鼓励。

花儿转着圈，在水里游了起来，游速越来越快。她游到坝前，她的尾部竭力击水，快速扭动着身躯，顶着激流腾空而起，借其高速向前上方斜跃出水面。她即将跃过石坝，一只苍鹭狠狠地啄了过来，她急忙摆头，躲开，此时身体如铅坠一般，重重地落回水中。失败了。

这样的跳跃，以华子鱼的体形来说，相当于人类跳过四层楼的高度。体格健壮的华子鱼能跳过一米高的水浪，这是他们经过数百万年的进化形成的能力。

花儿一个长长的深呼吸，毅然决然地再次昂首直冲，对她而言，生死在此一搏。

花儿进行冲刺。几乎与此同时，石头也开始了起跳。

跃在半空中的花儿哽咽了，她知道，石头是在分散苍鹭的注意力，他是在保护她，用自己的生命。

泪眼模糊中，花儿感觉自己落在了一片平缓的水中，平稳着陆，她成功了。

但是，石头却重重地撞在石崖上，然后"啪唧"一声，弹落在了花儿的身旁。华子鱼极薄的腹壁，经不起石崖的重撞。石头左侧腹部鲜血淋漓，肠子流了出来，触目惊心。

花儿抬起头，关切地注视着他。

他强忍着疼，眼里淌着泪，反倒傻乎乎地朝她笑了。他怕吓着花儿。

他顽强地从血泊中举起头，示意她先走，赶紧到上游去。可是，她坚决不。她分明闻到了血腥的味道，她的眼睛蒙着一层蒙眬的雾气，始终湿润的眼眸中，明显含着担心和心疼。

石头挣扎着，掉过头，撞了一下她的肚子，这是出发的信号。

拦坝下，数以万计的华子鱼游来游去，他们在酝酿着，试探着……终于，一条鱼跳了起来，她高高地跃起，摆动着强有力的身子，优雅地向拦坝上跳了上去，落在了拦坝的石头上，重重地摔了下去；另一条鱼，也跳了起来，他使尽了全身的力量，奋力地向上跃起，却被守株待兔的苍鹭一口咬住，几乎在同一时刻，不断有鱼跃起，游上了拦坝。一条鱼的牺牲，换来了数百条鱼的安全。

没有哪条鱼是一座孤岛。

越来越多的鱼群到来，纷纷飞跃而上。


## 一直游到湖水变淡


花儿的体腔里，充满了日渐成熟的卵子，她变得臃肿笨重。

她所积累的脂肪、蛋白能量，在艰辛的洄游道路上，孕育了数以万计的卵子。

花儿坚持往前游，她要游得更远些。为了避免刚产下的鱼卵，或者刚孵出的小鱼，被过早地冲入湖中，溺亡于高盐碱的湖水，她们必须力争游到最上游，增加成活的概率。

花儿的性腺终于发育成熟，她精疲力竭地到达了最上游。她一刻也不能停歇，需要尽快找到合适的产卵场地。

花儿选择了一处宽阔、温暖、洁净的水湾，她摆动着尾鳍，清除掉水底的淤泥和水草，然后伏在河底的沙面上，把头迎向水流的方向。她的身子剧烈地摆动着，把沙砾分向两边，掘出一个比自己的身子大的、椭圆形的浅坑，这是她育婴的摇篮。

此时的石头，靠在了花儿的身边。遍体鳞伤，瘦骨嶙峋，奄奄一息。

石头挤挨着花儿，用头顶她的肚子。两条鱼的身体，极力地靠在一起。

石头最后用力摆了一下尾巴，长吁了一口气，恋恋不舍的眼神，望着花儿。他的身体慢慢地翻转，漂在水面上，露出了白白的肚皮。

花儿紧紧地追逐着石头的尸体，陪他一起在水流中翻滚辗转，花儿的眼神含满无限的悲伤、痛苦，往日的任性和高傲荡然无存。

石头的尸体漂向远方，花儿也贴着身游向远方；她的头，不断地触碰着他的头，那亲密的样子，仿佛在耳边呼唤，在耳边安慰。

然而，九死一生之后，花儿需要活下去。

花儿与石头这对伴侣之间的爱情，如同贡格尔河的河水永远奔腾不息，如同曼陀山在大地上永远屹立，如同美丽的萨日朗在草原永远绽放。

更多的华子鱼相继死去。他们的尸体，零乱地躺在河底或沙砾上，或者被河水冲刷成碎片，或者被河水顺流冲下，或被鸟类吃掉，或腐烂分解成为水中的养分，河水冰冷刺骨，等鱼卵孵化出来，成为新生的仔鱼成长的最佳食物。

花儿喘息着，伤心地守护在鱼卵旁。失去伴侣的伤恸，夜以继日的劳累、饥饿……两眶泪水，一胸哽咽。花儿的眼泪，融进河水里，只有河知道。

此时，蒙古高原上，已经进入了充满浪漫与活力的五月。白音敖包云杉林的树尖开始泛绿；黄岗梁的杏花已开；杜鹃花还没开，粉红色的花骨朵，已经圆圆地鼓起，正在酝酿情绪，准备盛大地绽放。

一场春雨降下来，贡格尔草原清新湿润，春雨过后，荒凉的草原便是花与草的海洋。

# 徜徉新安山水间

赵克红

不知为何，每次走进新安的山水，便会被这里山的巍峨、水的柔美深深陶醉。徜徉在新安的山水间，感受天地自然的神奇，走着走着，便走出一路繁花来。人生历程的苦难与艰辛仿佛顷刻间已被抹去。

一

新安县位于河南省西部，它东接十三朝古都洛阳，西通古都西安，南连伏牛山脉，北临滔滔黄河，是古"丝绸之路"必经之地，被誉为"豫陕孔道""中州锁钥"。它拥有两个世界文化遗产，一个是汉函谷关，一个是王屋山——黛眉山世界地质公园。新安历史文化悠久，两千多年前，秦始皇推行郡县制，新安县应运而生。新安，取心治安宁之意，其名蕴含着人们对美好生活的向往。而如今的新安，与它的名字高度吻合，犹如芙蓉出水，声名鹊起，早已成为人们心仪的绿色家园。

放眼新安，龙潭大峡谷飞瀑溅玉，万山湖碧波荡漾，荆紫仙山白云缭绕，黄河湿地诗意浪漫……随着"绿水青山就是金山银山"理念的推广与普及，绿色、环保、生态已成为新安高质量发展和乡村振兴的底色，人民群众有了更多的获得感和幸福感。

"仁者乐山，智者乐水"是圣人的咏叹；"水是眼波横，山是眉峰聚"是词客的情怀；"水光潋滟晴方好，山色空蒙雨亦奇"是诗人的雅兴。而新安的山，巍峨叠翠；新安的水，清澈灵秀。每一座山峦，都蕴藏着动人的传说，每一条河流都浓缩着荡漾的诗意。这里的灵山秀水，牵引着我们的脚步，宛若一曲美妙乐章，飘荡在新安的角角落落。

二

汽车从新安县仓头镇王村出发，在沿黄生态廊道向西行驶着。公路两边，一侧是雄浑壮美的滔滔黄河，一侧是气势磅礴的青山叠翠。平坦宽阔的柏油路上，画着黄、蓝、绿三种不同颜色的道路标线，每隔十几米就有一只展翅飞翔的雄鹰图案。沿黄生态廊道两边一株株挺拔的白皮松、雪松、大叶女贞等十几种不同品种的植物迎风而立，满眼翠色，让黄河愈发显得生机盎然。

近年来，新安县大力实施黄河小流域综合治理水土保持工程，累计投资 8 亿元，先后建设了大河田园、畛河生态谷、黄河神仙湾等水土保持工程，完成水土流失治理面积 675 平方公里，极大改善了治理区的生态环境和农业生产条件，打造了具有地区特色的文旅、农旅融合示范带，将黄河两岸的一座座荒山秃岭，通过退耕还林、植树造林、绿化美化，打造成了花木繁茂、青山如画、万顷碧水的美景，使昔日黄河岸边无人问津的荒山野岭，如今成了远近闻名的网红生态打卡点。

石井镇东北隅的黄河神仙湾位于黄河之滨、万山湖畔、黛眉山麓。这里依山傍水，万里黄河碧波荡漾，一行白鹭在天上翱翔，住在黄河岸边的护鸟老人高兴地对我们说："白鹭到神仙湾定居，少说也十几个年头了。当初，只是偶见有白鹭光临，一双青色修长的爪子，洁白羽毛，又细又尖的嘴儿，不侵食庄稼，长相嘛，蛮好看的，村里人不知道是啥鸟。后来，爱鸟的人来得多了，才知道，这就是白鹭。现在，白鹭成群结队到这里来，天气好的时候，恐怕要有几千只白鹭，在神仙湾来回盘旋。"他一边说着，一边用手指着留宿黄河神仙湾的白鹭，一群停栖在北岸丛林，一群在南岸嬉戏，两两相望，估摸着有千只之多。我从朋友手里接过望远镜，但见一只只白鹭或单腿挂地，或浅水觅食，或振翅飞翔，或梳理羽毛，风姿绰约，美丽动人。

鸟类对生态有着相当苛刻的要求，而这里水如明镜，倒影如画，生态状况良好，湿地植被类型丰富多样，是众多水禽及候鸟的栖息场所。湿地和水同生命、互相依，具有保持水源、净化水质、调节气候、提升生物多样性、美化景观等多种重要生态功能，因此被誉为"淡水之源""地球之肾""物种基因库"。同时，湿地作为生活、生产、灌溉的重要水源，发挥着调节流量、控制洪水的重要功能与作用，是天然的储水系统。而经过保护和治理后的黄河湿地也成了人们回归自然、回归宁静、回归和谐的心灵停泊的港湾……曾经在唐诗宋词里翩然飞舞的精灵，在黄河神仙湾成为最寻常的风景。

"问渠哪得清如许，为有源头活水来。"诗意与远方共融，生态与发展和谐，如今的新安成了和谐宜居的"心安之地"，森林绕城郭，绿意荫新安，新安恰似一幅丹青高手绘制的山水画轴正在徐徐打开。

## 三

沿着黄河廊道，我们驱车前往荆紫仙山，那里的桃花开得正艳。透过车窗，满眼尽是春色。当深深浅浅的绿、铺天盖地的绿，从眼睛流到身后的那一刻，我被这里的景色深深打动。

荆紫仙山，是一座有着悠久历史的名山，它位于新安县石井镇北部，黄河南岸，山势沿黄河南岸东西走向，其主峰海拔829米。据《山海经》中记载，荆紫山原名敖岸山。查阅《新安县志》得知，荆紫山因山上多荆树，每逢花季，紫色的荆花漫山遍野，因此得名荆紫山。

我们此行的目的，是观赏那里的桃花，尽管天上淅淅沥沥下着小雨，却丝毫不影响我们的游兴，登上桃花岛，漫山遍野的桃花直击人的心灵，大家的激情，没有被雨淋湿，反而全被这漫山遍野的桃花点燃了。相传，这里的桃花，原是龟山金母赐给黛眉圣母观赏的仙桃花，时间久了，后人便将"仙"，误为"山"，称之为"山桃花"了。山上桃园的胜景，的确妙不可言。与桃花一同盛开的还有连翘花、山樱花、黄刺玫等，十里长坡，如锦似绣，一片花的海洋。

我们兴致勃勃地登上山巅，在荆紫仙山主峰下的山腰间，但见岚烟四横，云海弥漫，那高高低低、绵延起伏的群山，似一条条蜿蜒的巨龙在眼前舞动；俯瞰山脚下的万山湖，烟波浩渺，好一幅集高山、幽峡、平湖、竦岛于一体的山水画卷。多年前，我曾与友人泛舟湖中，观鹰嘴山之苍劲，品始祖山之神奇，望荆紫山之高耸，会九龙戏水之妙趣，赏八里峡之幽美，览黛眉山之风情，每一处山水美景都令我流连忘返，回味无穷。在葱郁厚重的山水间，大自然早已巧妙地把美景融合在了一起。从喧闹嘈杂的都市来到这里，真是一种奢侈的享受。人生有时候真的需要慢下来、静下来，放下该放下的，舍弃该舍弃的，拥有该拥有的，你才会获得轻松与快乐，这其实也是生命中的一种成熟。

在荆紫仙山，我们匆匆用过午餐，便驱车向黛眉山景区进发，一路上，各色花草树木铺展的画卷，美不胜收。形态各异的白云，有的停泊在树梢上，有的挂在山腰间，仿佛伸手就能够摘到。各种各样的鸟鸣，此起彼伏、不绝于耳，汽车沿山路盘旋而上，那高高低低的山峦，被绿色的树木覆盖。不知不觉中，汽车便到达黛眉山景区。

　　黛眉山，一个多么好听的名字！我曾多次到过这里。关于黛眉山的由来，还有一个感人的故事。相传，黛眉是商汤的妃子，有着倾国倾城之貌，商汤爱美人胜过爱江山，竟甘愿沉迷于温柔乡里。而黛眉深知江山社稷的重要，毅然潜于山中修行，商汤从此也收敛了心性，决心以天下为己任，治理国家，造福百姓。后来，黛眉成仙而去，为了纪念黛眉，便有了黛眉山这个名字。

　　小雨里的黛眉山，水汽蒸腾，云雾缥缈，恍若人间仙境，近在咫尺的黄河河道在浓厚云层的遮挡下，有几分梦幻的朦胧。黄河自北向南在中条山和崤山的夹峙下一路蜿蜒向东，进入新安县境内的第一座高山即为黛眉山。黛眉地处崤山山脉，远古之时，它与黄河北岸的王屋山都处于海面之下，沉积了大量的泥沙，经压实后形成石英砂岩，随着地壳的抬升，砂岩露出地表，因含有高价铁离子呈现出紫红色。

　　千年之吻、飞来石是黛眉山砂岩山体上的标志性景观。它们的形成，也与垂直节理的风化作用密不可分。只不过，在欣赏者眼中，它们有了其他特殊的人文含义。

　　山顶往往是风化作用最剧烈的部位，黛眉山顶在风化作用下，形成了一片面积广阔的夷平面。各类美丽的野花沐浴阳光雨露，肆意生长，争奇斗艳，编织成巨大的花毯，漫步其间，宛如置身天然花园。黛眉山兼有北方的雄奇、南方的灵秀。以黛眉山世界地质公园为代表，集山地、丘陵、峡谷、河流、湖泊等各种地貌为一体，或险或秀或奇或幽，和谐生趣，赏心悦目。大自然经过25亿年描摹、造化，构思出了这里奇山秀水的盛景。水，是大自然最伟大的雕刻师，这在距离黛眉山数公里的龙潭大峡谷表现得淋漓尽致。

# 四

山不在高，有水则灵。可以想象，一座没有河流的山，就像一个没有血管的人一样，失去了生命和灵魂。龙潭大峡谷内植被茂密，花草葳蕤，皆因一条河流，这河，名曰：青河，它贯穿了整个景区，让这个大峡谷充满诗意，一下灵动了起来。青河是新安县境内黄河的重要支流，发源于黄帝密都青要山北麓，流经龙潭大峡谷，注入今天的黄河万山湖，也就是现在的小浪底水库。

常言道：山得水而活，水得山而媚。这里的山，少了几分霸气，却多了几分巍峨峻拔的锐气，这要归功于它得天独厚的水资源。水冲淡了山的几分高傲，山衬托了水的一方温柔，这里峡谷幽深、草木茂盛，峭壁、怪石、青草、绿树、激流、飞瀑和谐地搭配在一起，让一切人工雕琢的园林景观，在它面前相形见绌、黯然失色。龙潭大峡谷以峡谷的地貌、地质内涵著称，称得上一个"红色砂岩峡谷博物馆"。大峡谷发育于12亿年前后的紫红色石砂岩之中，这里的岩石沉积了12亿年，让龙潭大峡谷享有中国嶂谷第一峡"古海洋天然博物馆"和"黄河水画廊"等美名。峡谷长12公里，置身于大自然鬼斧神工造就的神仙境界，思绪在时空任意穿越，雨中清新甜润的空气，洗净了心肺肠胃中的污浊。

这种奇特的地貌景观，其实，是由水塑造而成的。水，磨平了岩石棱角，下切出长达十余公里的U形谷，旋蚀出巨大的瓮谷，描画着优美的层理和曲线。经年累月，水流穿石，砂岩裂隙一点点扩张，逐步形成了峡谷、隘谷、箱谷地貌，构造成令人叹为观止的红色砂岩嶂谷群的自然奇观。沿峡谷上行，四处可见的瀑布、跌水、溪流，轻盈灵动。

与龙潭大峡谷仅一山之隔的青要山，主要景观也由流水所塑造。

青要山因青女峰而得名。这座巨大的砂岩山体在云雾散去后露出峭拔险峻的面目，让人不由得发出"危乎高哉"的惊叹来。青要山的制高点，一处是青女峰，一处是和合塬。塬者，乃四周陡峭，山顶平坦的高台状地貌，同样由流水冲刷侵蚀而成。

和合塬上，散落着一片巨大的尚未被完全侵蚀的砂岩岩体，这里本是一整块山体，在强烈的风化作用下，山体支离破碎，形成了笼罩着神秘色彩的巨石阵，契合了远古时期，黄帝、炎帝、蚩尤部落罢战言和，在此结盟的传说。

与龙潭大峡谷精致细腻略有不同的是，青要山的九曲峡谷更加磅礴大气，气势如虹。

下午，我们到达青要山。青要山景区幽谷交错，清流纵横，植物繁茂，称得上是现代都市文明夹缝中难得的一方自然原始生态园地。

《山海经》记载："青要之山，实惟帝之密都。"据专家考证，这里的"帝"指的就是轩辕黄帝，因此，青要山又有"黄帝密都"之称。青要山景区内西大塬海拔 1385 米，是新安县最高峰，也是有"新安母亲河"之称的畛河的发源地。这里山环水抱，沟谷纵横，溪潭交织，峡深谷幽，融山、石、水、洞、林、草、花、鸟为一体，雄、险、奇、幽交相生辉。形成各具特色的双龙峡、联珠峡、和合塬等游览区，是一处集秀、美、奇、壮于一身的天然之作。导游说，青要原为"青腰"，话音刚落，便引起大家的热议，一致认为，作为景区名字，"青腰"远比青要更生动和形象，也更引人联想，尤其与青要山毗邻有座黛眉山，黛眉与青腰，一对绝配的孪生姐妹。

庄子说："独与天地精神往来。"精神的最高境界是物我两忘、天人合一。这里，是"两忘""合一"的绝佳圣地。龙潭大峡谷养眼、养心、养魂，在这里我品到了山水的真性情，领悟到了人生的真趣味。大自然的出神入化，成就了新安山水的绝世之美，和山水抑扬顿挫间所展示着浓浓的诗意。

# 五

　　新安的山水之美，不仅适宜用眼睛去看，而且适宜用心去品，用灵魂去感受。龙潭大峡谷的深情吟唱，万山湖的湖光山色，黛眉山的山顶花海，荆紫仙山的桃花烂漫，黄河湿地上空翱翔的白鹭，无不扣动着我的心弦，滋养着我的灵魂。

# 重生般的喜悦

辛 茜

风雪交加的一天，祁连山下白雪茫茫。

嵩草、苔草匍匐在地，一只褐色的鸟无力地在空中滑翔，暗自涌动的地下水漫延为平坦光滑的冰板。寒冷无所不在，拿相机的手红萝卜般透明，呼出的气顿然凝固，绵羊嘶哑的声音在干枯的草原上回荡。

神山依旧，次第打开，逐渐延伸，将我引向深处。很快，慷慨无私的年钦夏格日雪山敞开了胸怀，一行雪豹的脚印出现在雪地上。与其他野生动物不同，雪豹的脚印沉着、圆满、稳健，无明显凹痕，如一朵朵富态的梅花。不远处，一具风干的岩羊尸骨，横卧于坚硬的斜坡。肋骨干枯，脂肪、内脏、肌肉全无，撕扯下来的羊毛粘在草尖上。这是雪豹七八天前享用过的美食。之后，饱腹的它不再进食，可这几天怕是雪豹再次下山的日子……

夹着淡雪的风，顺着黑暗的山谷爬上巨岩，一排模样相似的岩羊站立山冈，英俊，年轻，气宇轩昂。年钦夏格日雪山是祁连山南麓青海湖北岸的水库，调节着分散或相互冲突的自然力，又将大气与水凝聚为冰山，供给日日夜夜生命不息的泱泱大湖，湿润的那仁草原。此时，灰色天空下的群峰一片银白，山中的岩羊、盘羊、狐狸、鼠兔毫无察觉，腹中空空的雪豹正在下山的路上……

很多年前，见过一种神秘、优雅的大鸟缓缓落下，在那仁草原上梳理羽毛，兀自漫步。后来得知，它就是格萨尔大王坐骑江噶佩布的守护者神鸟"格萨达"，地球上只生活在青藏高原的珍贵涉禽黑颈鹤。黑颈鹤最喜欢吃的是植物根茎、叶子、淡水鱼、昆虫和鼠类，可是，因为偶尔偷吃斑头雁、赤麻鸭和鸬鹚的雏鸟和卵，与其他鸟类关系有些紧张，只能将自己的巢安置在深水区和深草区，或地势较高的地方。为了全力保护自己的领地和幼雏，那仁草原上的所有动物都表现出本能的凶猛，但是在双腿修长、神情傲慢、身姿挺拔的黑颈鹤面前，斑头雁、赤麻鸭、灰雁和白骨顶鸡都显得有些无能为力，只能眼睁睁看着黑颈鹤一家趾高气扬地踏入它们的领地。

除了忍受黑颈鹤的傲慢无礼，候鸟最惧怕的是胡兀鹫、鹰、游隼、金雕、大鵟、秃鹫，它们是草原上的猛禽，目光敏锐，矫健有力，深谙高寒地区生存之道。大鵟在山地草原高飞，也可停歇在山丘和田野上空捕食小鸟、沙鼠、野兔、狐狸。鹰喜欢鲜肉，也不拒绝猎物死后再吃。游隼动作敏捷，总是尾随鸟群身后，在空中用翅膀打击猎物，再将利爪陷入猎物体内。金雕性情刚烈，急速滑翔中，直扑猎物，从没见它失过手。胡兀鹫常在山顶或山坡上空缓慢飞行，能从天而降，瞬间击碎猎物脑骨，让猎物当场毙命。秃鹫心思缜密，脖颈围着一圈极细的绒毛，神态极其威严，又仿佛经历过沧桑事变，它们很少猎杀，只在途中等候，直取腐尸内脏。

快乐的夏季过去了，栖息在那仁草原上的黑颈鹤、斑头雁、赤麻鸭、灰雁已经离开这里赴南方度假，漫长的冬天让野生植物大黄、马先蒿、秦艽、羊羔花披上风衣，低头耷脑不敢大口呼吸，让飞翔在蓝天的大型禽鸟，显得格外精明，万分谨慎。有一天，凯旋的胡兀鹫，有意识地向仰面朝天的牧羊人扔下一粒石子。就在牧羊人瞪圆茫然的大眼搜寻它的身影时，胡兀鹫又突然风一样掠过他的头顶，抛下另一粒石子。看到牧羊人傻乎乎的样子，站在山崖上的胡兀鹫一家忍俊不禁。不过，它们一向不善言辞、察言观色，只是展开足足3米长的翅膀，在牧羊人头顶盘旋了一圈又一圈。

又有一天，趁小胡兀鹫的父母带孩子出外练习飞行，胆大的牧羊人攀至山腰偷窥胡兀鹫的巢穴。胡兀鹫的巢穴在环境粗粝的峭壁、石岩上，经年积存的排泄物挡在洞口十分隐蔽。哪知小胡兀鹫的父亲早已明察秋毫、心知肚明，及时赶来阻止了牧羊人的冒失行为，挑衅性地把吃剩下的半只野兔扔在摄影师脚下。是出于好感，还是在发出警告？牧羊人颇为费解，小胡兀鹫的父亲更缺乏试探人类智商的耐心，扇扇翅膀扬长而去。

一位躺在草地上、遥望高空的牧羊人还发现，胡兀鹫会在餐后重复一个动作：咽下去一块小石头，吐出来；然后再咽下去，再吐出来。经请教西部高原生物研究所研究员才知，这是小胡兀鹫认真学习，强化自身消化系统的过程。难怪！牧羊人曾亲眼看见胡兀鹫把整个狐狸吞咽下去的骇人场面，更惊人的是，过上一阵子，胡兀鹫又会慢条斯理地把狐狸的毛发骨头吐出来。胡兀鹫的胃酸是人的18倍，完全有能力消化骨头，但它不愿意让胃过度受累，它天生知道如何保护自己、延缓衰老，懂得如何选择动物的脂肪和肌肉，维持自己强健的生命。

同样有趣的是，胡兀鹫还会把褪去皮肉的动物腿骨，从高处用力扔向石头摔碎，吃净里面的骨髓。它们还另有办法取出动物脑浆喂小胡兀鹫，或吮吸骨头与骨膜之间的营养以增强骨密度。胡兀鹫的寿命较长，长达七八十年，活动范围不超过7公里，巢穴一般选择筑在光线较弱的阴坡。但是，当它们千挑万选寻找到理想、安全的地方，并决定在此筑巢、产仔育幼，便决不轻言放弃。

除了观察、发现、追踪、惊讶，人类对野生动物的好奇从来就没消失过。在高寒草原、湖泊、滩涂、河流、草甸的冷酷与威严面前，在灵魂与灵魂相互碰撞，尚需加强自身修炼时，人类才会选择沉默与敬畏。或许多年后，对大自然的这种崇敬之情，才会为江山润色，才会将远古祖先的神谕传递给现代人。

太阳还未升起，那仁草原清冷多风，杳无人迹。离开沙地的普氏原羚来到草地啃食草尖，啜饮雪水。等牧人挥动牧鞭，驱赶羊群来到草地，它们已吃好早餐退入沙地。傍晚，草原沐浴在晚霞中，牧人和羊群渐渐离开了草原，普氏原羚又从沙漠中走出，在天黑前匆匆进餐。十九世纪，俄罗斯探险家普热瓦尔斯基在我国内蒙古鄂尔多斯草原，发现了这种敏感、强健、奔跑如飞的高原生灵，被人们激动地称为"普氏原羚"。随后，来到青海湖畔的普热瓦尔斯基，再一次看到了群居在青海湖畔的大量普氏原羚，并为它们在海拔3300至3800米的艰苦环境中顽强生存的毅力感喟不已。然而多年后，广泛分布于青海、宁夏、内蒙古和新疆东南部地区，种群上千的普氏原羚，被人类大量捕杀，只有三百多只仅存于青海湖流域，湖东种羊场与小北湖一带人迹罕至的半固定沙丘和流动沙丘。其实，青海湖北岸和东北岸是人类活动强度较高，季节性轮牧的地区，又是草原与沙漠的交错区，如果不是因为躲避猎杀，普氏原羚更愿意待在比较平缓的丘陵草地和平坦的草原，还能有机会越过围栏进入草地，以芨芨草、沙生植物为食。而如今，大雪纷飞的冬季，它们只能用前肢拨开雪啃食沙地上的草根，任坚硬的沙子磨破自己的前肢。

荒漠中生活的普氏原羚，从不擅自登上山顶，或进入戈壁地带。它们喜欢群聚，特别是冬季，一百多只的大群会让它们感到安全。能够侥幸躲过野兽一次次的攻击和伤害，是因为普氏原羚非凡的奔跑速度。但是，在带有尖刺的网围栏前，它们跳跃式的奔跑在空中划出一道优美曲线，又使它们难以抵抗更可怕的死亡威胁。不知有多少人，见到过被尖刺挑破胸腔的普氏原羚，或吊在网围栏上血流黄草，或被草原狼撕扯饱腹后只剩一具白骨的惨状。

被饿狼追杀的恐惧，是普氏原羚必须面对的生存竞争，但由于人为因素造成栖息地破碎、种群分割、基因交换困难，进而导致珍稀野生动物濒临灭绝的现状罪不可赦。我们知道，经过千百年的自然选择和生存竞争，一个物种所携带的特殊基因，代表的是该物种适应自然环境变化的能力，其中可能蕴藏着对人类未来生活有所裨益的基因。如果普氏原羚，这个稀有物种在我们了解其生态、进化和遗传特征之前灭绝，那么这座宝贵的基因库将永远消失。

2016年8月，83岁高龄的美国动物学家、博物学家、自然保护主义者乔治·夏勒博士来到青海湖畔，他身体健康，精神矍铄，两只灰蓝色的眼睛和那仁草原一样湿润明亮。犹如神助，在他沿那仁河向北行进，距那仁草原30公里时，他和他的研究团队在天峻县关角乡一处巉岩交错的峭壁间，首次见到了一头下山觅食的雪豹。不远千里来到青海湖畔调查保护区外雪豹活动的夏勒博士终于如愿以偿，轻声叹道：beautiful（美极了）！

同一天，夏勒博士又见证了雪豹绝非独自生活的事实。当时，他正躲在浓密的灌木丛中50米开外的地方，一头刚被雪豹咬死的牦牛倒在血泊中。战场并无厮杀痕迹，死一般沉寂，填饱肚子的雪豹从牛尸上优雅地抬起头，朝远处看看，微微闭了会儿眼，抖动了几下前爪，朝山中慢慢遁去。望着它移动的背影，夏勒博士屏住呼吸轻轻离开藏身之地，拨开灌木枝继续向前，脑袋里只有刚才的一幕。就在这时，一头同样嵌满银灰斑纹的雪豹又在他的视野里一闪而过，夏勒博士心头一惊，难道这是另一头雪豹？根据以往经验，夏勒博士很快做出判断，出没于关角乡的雪豹是雌雄一对，在不超过10平方公里的领地生活，母豹一旦怀孕，即可分离，又彼此关照。

年钦夏格日雪山不是祁连山系最高的山，旱獭、狐狸和岩羊在这里生活了很多年，海拔不同的高山裸岩，荒漠植物蒿草、苔草、针茅、灌木杜鹃、绣线菊、金露梅、野生刺柏的枝叶吸引着通身青灰、与裸露岩石极难分辨的岩羊。它们在冬日清晨的黎明时分出现在山坡、沟谷、山崖，啃食枯草，到固定的地点饮水或舔食冰雪。岩羊的攀登技能在动物中无与伦比，悬崖峭壁间只要有一脚之棱，便能轻松地一跃而上。为啃一口干草，从十多米处纵身一跳的惊险姿势，也足以使人瞠目结舌。但岩羊逃生时不能慌乱和恐惧，在它跃上山脊时，猛然回头张望的致命弱点，往往让垂直而下的胡兀鹫、金雕、鹰、隼，或者暗中追踪等候的雪豹找到机会被一剑封喉。

大自然是残酷的，但大自然正是以这样的气势，在这样的地方创造着生命。什么也不能让这些坚强的生灵气馁，什么也不能阻止它们强壮，力大无比，桀骜不驯，毫不畏惧。在它们面前，任何虚假的伟大、世俗的权力、膨胀的欲望都会黯然失色，只有野性、真实、自然熠熠生辉。尽管极度缺乏安全感的岩羊，除了秋季发情期才下来与大群同居，其他季节宁愿待在孤峰上栖息。尽管普氏原羚飞奔的身子，在饿狼撕咬下变得血肉模糊；尽管斑头雁、灰雁、白骨顶鸡常被傲慢的黑颈鹤蔑视侵犯，但生存与繁衍后代的希望，依然生机勃勃地倾注在无限深厚的生命里。千百年来，不知雪豹如何生存，面临的困境那么多，雪灾、风暴、地震、饥饿、枪弹。但它们毫无怨言，从不虚张声势，从不哗众取宠，从不卖弄自我，始终深居简出、修炼心性、韬光养晦，漫漶于精神空间的全部秘密，是生存的智慧、野性的魅力，是披着东方锦绣的含蓄之美、力量之美，一次又一次重生般地喜悦。

当英国生物学家查尔斯·罗伯特·达尔文在《物种起源》中为我们描绘了一个弱肉强食、充满竞争的动物世界，英国博物学家、探险家、地理学家、人类学家、生物学家阿尔弗雷德·拉塞尔·华莱士却把整个地球当作自己的研究对象，指出野生动物之间的相互竞争，最终将导致大多数物种彼此间相互合作，成为整个地球生态系统一部分的重要学说，成为就像空气、水、土壤和生命一样和谐的统一体。

从清晨到傍晚，雪没有停止的意思，我一再回头张望，不知此生是否还有机会来这里探寻雪豹的踪迹。神山离我越来越远，雪雾中，亿万年前被海水浸泡、掺杂着冰冷而含有贝壳成分的砂石沉泥，长久地被禁锢在透明的冰川中，山底下的一丛丛刺玫还保留着干枯的花瓣。

　　牧羊人说，大雪后食物极度短缺的日子，相貌威武、双眼炯炯有神、远看犹如人面的兽王雪豹会以刺玫花果腹，在星星遍布的夜空下踏雪疾行，窥伺山中的岩羊、盘羊、鼠兔、旱獭、雪鸡……

# 听花开的声音

卞毓方

花房设在阳台，阳台外面是柳荫公园，公园的树梢衬着一轮呆呆的春阳，阳光肆无忌惮地染亮我沙发的靠背，我背倚沙发半躺半坐，双腿搁在圆凳上，手里拿着一本书，迷迷糊糊地睡着了。

蓦地惊醒，是听到了——花开的声音。

这是第二回了。

第一回在前天，不，大前天。也是因为伏案过劳，身心俱疲，索性步出书斋，移坐阳台，捧一本书，权作休憩。没承想才翻得几页，就让暖融融的阳光拽入了梦乡。恍惚中，捕捉到花瓣舒张的翕动，若呼若吸，若吟若哦。我一个激灵，醒了，四处张望，啊！是蝴蝶兰，扇着翅膀报然吟笑的蝴蝶兰。

我把惊喜报告夫人。

"你神经病！"夫人说，"花开的声音，人的耳朵是听不到的，要用专门的仪器。"

我不服气。我明明听到了的。

我的听觉一向敏锐，能把一切细微的声波——如蚊子的嗡嗡叫——放大十倍百倍。从前人们说我神经衰弱，医生也是这么诊断的。我睡眠时，需要严格的安静，同室的鼾息、时钟的咔嗒、水龙头的滴漏，固然属于困扰，就连室外的风喧、深巷的狗吠、远处隐隐的市嚣，也令我辗转反侧。现在这所居宅，就是在充分考虑上述因素后置下的，它背对马路，面临公园，闹中取静，是难得的安宁社区。只是也有微憾，公园里有数湾湖塘，每年清明前后，自暮至夜，水浒草泽雄蛙群体求偶，呱呱而啼，此呼彼应，如瀑如潮。戴复古诗曰"身在乱蛙声里睡，心从化蝶梦中归"，我可没有那本事，唯一的应对，就是关严窗子，塞紧耳塞，实在不行，服一粒安眠药。

那是两年前春末夏初的某日，也是阳台，我边翻书，边听歌曲。是《郊道》合集，三十位男女歌星轮番炫技。很酷，简直像打擂台。第四位是邓丽君，甫一开口，"夜深沉，声悄悄，月色昏暗——"，我旋即震撼了，震撼了而且扔掉书本正襟危坐贯注全神，惊讶那歌声不是从丹田迸发，而是从茫茫太空九重云霄倾泻。

"曲有误，周郎顾"，语出《三国志》。周郎就是周瑜，天纵英武，而且雅善音律，酒酣耳热之际，抚琴女子偶尔按错一个音节，他也能瞬间警觉，并且朝女子扬眉一瞥，以示提醒。我耳笨，这种幽微之"误"是听不出来的，但是唱得好呢还是不好，总归是茶壶里煮饺子——心里有数。前面三位歌星，名字忘了，听其中最佳者亮嗓，顿时想起王勃的诗"爽籁发而清风生，纤歌凝而白云遏"——这是写在《滕王阁序》里的——称得上是人籁、地籁。唯邓女士的歌喉，令我想起王勃的另两句诗"落霞与孤鹜齐飞，秋水共长天一色"，不折不扣的天籁。

王勃的"落霞、秋水"句，曾遭人质疑，理由是从庾信的"落花与芝盖齐飞，杨柳共春旗一色"化来，涉嫌模仿。庾信是南北朝人，名家；"落花、杨柳"句出自《马射赋》，名篇。初唐的王勃博洽多闻，不会漏过庾信的大作，受其影响也在情理之中。难得的是，难能可贵的是，王勃推陈出新而更上层楼，破茧化蝶而语惊天下，跻身于千古绝唱。

天籁、地籁、人籁云云，出自庄子的《齐物论》。籁，是古代的一种管乐。天籁，指自然界的声响，如风声、鸟声、流水声。

咦——哈！我一拍大腿。既然风声、鸟声、流水声皆为天籁，那么，蛙鸣岂不也可与之并列？

既然青蛙为益虫，蛙鸣可以归为天籁，我的耳朵为什么如此缺乏修养，抵死不肯接纳？

随即上网，点开一首熟悉的《森林狂想曲》，那里有大自然的百种吟弄千种喧阗，其中，间杂着蛙鸣。

听了，觉得不过瘾，夜晚去公园，蹲在湖塘草岸，录了一段蛙界歌手的合唱。

接下来的聆享，我不说，你也猜得到。在既往，那是蛙鸣鸥叫，蛙鸣狗吠，蛙鸣蝉噪，听觉的重度污染；在如今，观念一变，感情随之升温，那是"黄梅时节家家雨，青草池塘处处蛙"，"稻花香里说丰年，听取蛙声一片"，此曲只应乡间有，城市哪得几回闻！

蛙鸣为了求偶，求偶为了繁衍，繁衍是亿万年宇宙进化赋予生物的本能，是最大的爱，最高的善。

我从雄蛙的引吭高歌中听出了气质、音色、音量，听出了觅爱追欢、琴瑟和鸣、海誓山盟，听出了乾坤一理、万古相传的生命秘咒，不，密码。

我特意为它配上钢琴曲《梦中的婚礼》。

我对户外的其他声响，曾经认为是噪音的，如风啸、狗吠、蝉鸣，也日渐滋情生爱，那都是钧天广乐的自然生态，是万类生而享有的"自在权""自如权"。

过了一段日子，蛙哥蛙妹谈情完毕，进入婚配，生男育女，昼劳夜作。歌声停歇，我倒觉得寂寞起来。

今日，刚才，我在蒙眬中再次听到花开的声音，细细碎碎，喁喁窃窃。睁开眼，阳台高高低低搁着数十盆花，大半盛开着，一律掩口笑，让我糊涂了，难以判断究竟是杜鹃，还是水仙；是月季，还是山茶。想给夫人说一下，又怕再惹嘲讽，我就掖着，自个偷着乐。花是草木的性器，植物学家如是说。花是示爱，求爱，楚楚怜爱，秦欢晋爱。生命的真谛，在于繁衍，那么星系是宇宙之花了，那么人类是地球之花了。难怪多子的青蛙曾被视作"生殖崇拜"的对象。难怪……张靓颖的那首歌是怎么唱的？"不在乎这世界有多吵／听花开的声音／暖暖的你看着我灿烂的微笑。"

今朝黎明即起，赶写一篇关于韶年的回忆，在电脑上忙活到晌午，毕竟韶华不在，龙钟不是龙马，我需要继续休息，哪怕是片刻的假寐。潜意识中，犹自得陇望蜀，得寸进尺，企盼捕获花卉的心语，不仅是瓣音。

我在梦花，花在笑我。

花如解梦，我亦解花。

昔年唐玄宗自得于"争如我解语花"，吾今快意于"争如我解花语"。

花的密语，是传给纵她宠她的自然的，只有神的耳朵才能聆听——偏偏今朝又让我窥听到了，叨天之幸，在这一点上，我也成了神。

不知道昏睡了多久，一种从未感受的异质音籁将我唤醒，恍若满室的花朵如童话中的仙女在载歌载舞。啊，是，但不完全是；主角，或者说总指挥，是破空而至的阳光：它在无垠无梦的太虚中飞啊飞啊飞了一亿五千万公里，抵达地球，穿房入户，在我的心之耳鼓弹奏出黄澄澄、金灿灿、绝对纯粹、绝对明净的光之和弦。

# 原生草

艾 平

长松落落，卉木蒙蒙。你会发现森林里倒下了一棵树，却永远不会发现草原上失去了一株草。

在呼伦贝尔大草原，极目到天边，会被一碧千里所震惊，草原仿佛一幅铺天盖地的丝绒，让人不由赞叹——这片草原如此壮美辽阔。你告诉远方的亲友——我在呼伦贝尔，天地之间唯有我，地平线就在我的肩头扛着。那一刻，你看到的草原是一个完整的偌大的整体，完全想不到自己正和一千六百多种原生植物在一起，也不会知道，在你脚下 1 平方米的范围内，就可能存在大约 100 种草本植物。除了那些专门来研究生态的植物学家，没有谁会把自己的眼睛调到微距，一丝一缕地把草原拆分成一棵棵的小草来认知，也没有人知道那些被你忽视的小草，事实上是形形色色的，各有千秋的。如果被一一单挑出来细思，你会发现每一种草都是大草原的血肉肌理，都是生物圈伦理的践行者和守护者。

对于大草原，草是最渺小的不可或缺，是最平凡的奇迹，是最强大的柔弱。认识它们，让我从呼伦贝尔大草原的碱草讲起。

碱草是牛羊马的主食。民以食为天，碱草是牛马羊的天，而牛马羊就是牧民的天。一到春风吹来，整个呼伦贝尔就变成了同一种关切——草怎么样？草好不好？只有呼伦贝尔人才听得懂，这里所说的草，并不是泛指草原上的一片碧绿，说的是碱草。在牧区，春天里的关切，归根结底就是对卓越的多年生的禾本科、赖草属宽叶植物碱草的期望。草原是绝对不可以没有碱草的，只要碱草好，一年的辛苦就不会付诸东流，生活就会唱起喜滋滋的祝酒歌。当然，草原上还有冰茅，还有无芒雀麦，还有野韭菜，还有冰草，还有草木樨，还有紫花苜蓿，还有很多含有各种维生素和矿物质的草，牛马羊也是可以食用的，它们的存在也很重要。但是对于牛马羊来说，那也只是辅食、点心，或者中草药。我习惯用一个久远年代的词来讲述这些草——"瓜菜代"，就是在没有碱草的情况下牛马羊也可以将就着吃的替代品。所以牧民干脆就把碱草的名字顺嘴一叫，改成了羊草。他们认为，在很早很早以前，长生天庇佑万物生灵，特意为它们一一准备了喜欢的食物。比如，给骆驼准备了柳条芽，给草狐狸准备了鼹鼠，给鼹鼠准备了各种草籽。碱草是长生天特意给牛马羊准备的，长生天一扬手，把牛马羊撒了一地，接着又一扬手，在牛马羊的跟前撒了一地碱草的种子。长满碱草的草原，六畜兴旺。牛马羊在草原上奔跑，用蹄子、毛皮、粪便，再一次播撒草籽，同时还用蹄子拨弄刺激草原的腐殖层，使其更加活跃地孕化出各种适合植物生长的营养。亦可言，碱草是草原生机的一个引子。

碱草在草原上长得漫山遍野，连绵成片，无处不在。碱草看上去貌不惊人，朴素的枝叶直直地向上长，开着几乎让人看不见的小花，结着比麦粒小许多的种子，往往与其他禾本科草种混在一起，一般人不容易辨识，只有牧人才可以找到它们。碱草是极好的牧草，它的好，是根本上的好，是牧草中无与伦比的好。按照植物志上的介绍，它在没有开花之前，身体里就储存了占干物质11%的粗蛋白质，到分蘖期，这种蛋白质占比高达18.53%。碱草还含有丰富的矿物质、胡萝卜素。即使把碱草晾晒成干草，每公斤仍然含胡萝卜素49.5—85.87毫克，粗蛋白质含量保持在10%左右。

用牧民的话说："碱草有油性，牛羊吃了上膘。"

呼伦贝尔草原的春夏秋三季，无外乎两种天气，不是干燥暴热，就是冷雨带霜。有时候碱草会被晒到几近干枯的程度，但它是不会旱死的，因为碱草的身体里储存了大量的营养，就像肥吃肥喝了一个夏季的旱獭子，早早就为预知的冬天做好了准备，从容不慌。

　　早秋时节，受西伯利亚冷空气影响，呼伦贝尔的天气变化无常，随时可能降温到零摄氏度，一夜之间草原就被涂上白霜，或者被浸泡在冷雨中。碱草却依旧绿绿的，在寒风中摇曳却腰杆不倒。原来聪明的碱草，自有对付低温的妙招儿，它给自己设计了一个暂停键，天气一凉，它就不再长高，用静默的方式保持能量，等到气温回暖，它们立马满血复活，继续开启光合作业。夏天的碱草场上，总是悬浮着一股醇厚的芳香，到了冬天，你若翻动草垛，这种芳香还会扑面而来，让你感觉突然回到了夏天。碱草除了散发香气，还散发温暖，在没有棚圈的年代，牧人只要把羊群赶到碱草垛跟前，羊就会停下脚步，依偎着草垛，不再离开了。三伏天打草的时候人们常常住在草原上，夜里又湿又冷的，有个当年的知青这样回忆——她出了个主意，让大家用草捆子围了个窝，躺在里面避风。夜幕降临，周天寒彻，同伴们往身上盖一层干草，透过草窝的缝隙仰望满天的星星，大有"坐地日行八万里，巡天遥看一千河"之感，一时间心里有了高远博大的意境。

　　登上草原的山坡，俯瞰四周的牧草，守看牧人放羊，你就知道了谁是优秀的牧羊人，哪一群羊到了秋天会膘肥体壮。首先，羊群应该放在油绿色连片的地方，那就是碱草多的地方，再看羊群是一簇簇聚堆儿状，还是均匀散开着边走边吃状。撒开的羊群，羊不会互相抢食，以致过度啃食光碱草，导致短时间难以恢复，而是够着前面鲜嫩的碱草尖吃，还会不由自主地向前方走动，这样羊吃得香甜，还不会原地践踏草原。当然，羊群疏散开的面积越大，牧羊人就越辛苦，他要骑着马，不停地围着羊群的外圈转，一次次把聚堆儿的羊驱开，把单个走远的羊赶回大群，还要提防着突然出现的草原狼。

植物志上说，碱草可以长高到 90 厘米，呼伦贝尔人大都没有见过 90 厘米高的碱草。呼伦贝尔草原的无霜期太短，只有不足100 天，所有的植物没等长高便匆匆忙忙地开花结籽了。例如芍药花，一辈子也开不出内地那种花瓣纷繁的样子，花瓣都是单层的；苹果到了呼伦贝尔就变成了牛眼珠大的沙果；沙果到了大兴安岭以西就变成了黄豆大小的山丁子。细想一下，25 万平方公里的呼伦贝尔并没有什么甘甜的野果，全是酸味的，因为季节压根没有给它们糖化的时间。呼伦贝尔的草本植物更是如此，它们在温差极大的草原上，百倍珍惜地吸纳着有限的阳光，一丝不苟地蕴积能量，争分夺秒地追赶着季节的脚步，虽然长相并不出挑，终是不负韶华。

呼伦贝尔只能耕种一季麦子，且产量不高，但是麦粒生就得结实肥硕，磨出来的面特有"面味儿"，应该说这种亘古如初的味道，得益于顺其自然种植。还有，每当油菜花一打好籽，呼伦贝尔大地紧跟着就下霜了。这只能种植一季的油菜籽榨出的油，拥有最丰富的脂肪和有益脂肪酸含量。我所说的碱草呢，从 5 月长到三伏，达到三四十厘米左右高，茎节间还在往外冒嫩嫩的新叶，枝头上已经匆匆地结籽了。这时候的碱草对于牛马羊来说，可谓恰到好处，不仅口感鲜嫩，而且营养充足，对于养育它的草原也不辜负，已经留下了飞翔的草籽。牧民年年抓住三伏天打草，他们在意的是保持住碱草的营养，不在意碱草还没有长高，也没有去想呼伦贝尔的碱草到底能长多高。

作为呼伦贝尔草原牧草的主力，在每年的季节盛宴上碱草担当主演的日子不长，5 月萌发，花、籽期 6—8 月，被割去时，芳华并未荼蘼，或默默地以草捆的姿态，成为冬季的备品；或通过牛马羊的胃肠，做一粒种子的旅行，回归泥土；还有相当的一部分，通过更长的辗转，最终成为某一张纸的纹理。碱草在草原上，从未完整彰显生命的周期。然而，对于草原，碱草儿女般的长情不变，年年岁岁，如期而至。

你的问题应该来了——第二年春天，碱草靠什么复发，靠的是所剩无几的比蚊虫还要微小的种子吗？事实上，只有很少一部分碱草种子会粘在羊身上、马蹄和马腿上随风播撒。年复一年的碱草，大都来自隐于草原腐殖层里的多年生根脉。牧民说长生天早就设计好了，分给牛马羊的是碱草的茎叶，留给草原的是碱草之根。草原的腐殖层很浅，一般只有 20 厘米左右，轻轻拨开腐殖层上的泥土，就会看到碱草那些纤细而坚韧的根脉，它们就像生命机体里的一道道血管，蕴含着丰沛的汁液，柔韧、绵长。如果说碱草的茎叶更多地依赖光合作用，那么腐殖层就是这些根脉的襁褓，腐殖层虽然非常脆弱，一不小心就会被无情撕裂，然后爆裂成沙地。但这薄薄的腐殖层里，蕴含了千百万年积淀下来的植物、菌类、昆虫以及其他小动物的遗骸，这些东西慢慢转化成丰富的高能量物质，使腐殖层成为草原取之不尽用之不竭的营养库。碱草的根茎穿透力很强，且彼此间能形成强大的根网，日夜吸吮腐殖层的营养，盘根错节地固持土壤，到了春天，会强有力地探出头来，以自身丰沛的能量与阳光吻合，生出优质的碱草。

并非所有的禾本科植物都如此幸运，长生天没有给很多草类以优良的根系，它们只好一岁一枯荣地腐化。但是它们永不放弃，年年把种子撒在自己的周边，用枯干的叶子一层层覆盖，任其慢慢地陷入泥土，在腐殖层的抚慰中沉睡一个冬天，一到开春，在温度和雪水的作用下，发芽生长，和碱草一起构成博大的草原。

近年海拉尔城市扩容到郊外，开发商买来了进口的草坪皮子，在本是原生态草原的河畔、小区和广场上铺了一层。他们觉得，草原即荒野，荒野上的草，既没有仪仗队的庄严感，也不会绿到天衣无缝。然而事与愿违，腐殖层虽然被掘开了，草的生命却一如既往地不可战胜，几乎是一夜之间，各种各样的草就从嘎嘎新的草皮子下拱了出来，洋气又漂亮的舶来草羸弱而娇贵，生生被原生草"欺负"到了尘埃里，铺就的草坪变得一塌糊涂。可是那些人偏偏不甘心，又将原地翻了，种上麦苗，意取麦地清一色的嫩绿，结果麦子地里的杂草依然不可遏制，又高高矮矮、斑斑驳驳地冒了出来……我实在看不下去，便上前进了一言——草原城市坐落在草原上那是天道，全世界都在守护原生态，我们为何倒行逆施？后来其中的某老板进了盐酱，开始顺其自然，不过两年，被翻开的腐殖层上，各种原生草葱茏勃发，其间繁花灿灿，彩蝶翩然，芳香四溢。我们这些城里的草原人，一下楼就回到了岁月的深处。

# 蓝莓记忆

鲁微

莽莽林海傲长空，兴安八万听涛声。

永冻层下蓄神奇，漫山遍野蓝莓生。

一路向北，在中国最北极的大兴安岭密林永久的冻土层中，生长着一种被联合国粮农组织列为五大健康水果之一的野生"水果皇后"——中国北极蓝莓。

蓝莓的味道酸酸的、甜甜的，还伴有一丝羞怯与苦涩，是记忆中爱的味道。蓝莓的味道，让人回味无穷，这回味中有幸福、有忧伤。熟稔蓝莓的人都说，蓝莓就是人生的味道……

小的时候，我和小伙伴们是在大兴安岭密林中长大的。那时，我们几乎天天在老林中与驼鹿、黑熊、野猪、猞猁、狼、狐狸、狍子、雪兔、啄木鸟、猫头鹰、斑鸠、布谷鸟等为伍；与野蓝莓、野李子、野草莓、野葡萄为伍；与灵芝、木耳、蘑菇为伍；与黄芪、党参、玉竹、木灵芝、五味子为伍……

大山里数不尽的宝贝，是我永远的记忆。

那时，我们一帮十四五岁的半大孩子，秋天的时候就去大山里采木耳、采蘑菇。采到的山货拿到集市上去卖，每次都会卖不少钱带回家，每当这时，父母就会很开心。野生山货很值钱，采山货的人就愈来愈多，附近山里的山货就少了。为了能采更多的山货，我们就去几百里外的密林中搭个窝棚，一住就是五六天。那时，正是初生牛犊不怕虎，进山也不怕迷路，穿过黑森森的林子，蹚过一条又一条汹涌的河流，最后到达人迹罕至的地方，用树枝搭个简易窝棚，住下。说是窝棚，其实就半米来高，晚上能钻进去睡觉就行。安营扎寨后就开始去周边采山。当时年龄小，走几百里路，带不了多少干粮。平时都是省着吃，可那样的年龄，又整天在森林里穿越，体力消耗大，饭量也就出奇地大。遍地蓝莓，伙伴们饿了，随时饿随时吃。开始的时候，一口气吃得很多，有时吃着吃着就会犯困，而且还会在吃多的时候浑身轻飘飘的。后来才知道，蓝莓中的花青素含量极高，营养价值更高。但是，花青素摄入量过大，会导致人醉酒一样困顿嗜睡。我们采山累了，吃一顿野生蓝莓后，就能在密林中的草地上美美睡一觉。醒来后，身轻如燕，继续在森林里穿越，继续寻找不尽的山货。

多年后，对蓝莓的浓浓记忆，成了一种情愫。大兴安岭的蓝莓，有很多传说。说在很久以前，因为地处高寒和高纬度，天气寒冷，无霜期短，大兴安岭的水果和蔬菜都不能生长。一天，天宫里的蓝莓仙子和红雅仙子随王母娘娘凡间巡视，当她们来到这里的时候，王母娘娘口渴，便叫蓝莓仙子和红雅仙子去给她寻找水果。可是，两位仙子找遍了所有山野和百姓家，却什么也没有找到。她们询问当地人，为什么这里没有水果。当地人说："这里一直都是天寒地冻的状态，吃不到新鲜蔬菜水果的……"

两位仙子不忍让这里的百姓因长期吃不到水果而影响身体健康，她们便恳求王母娘娘，自愿留在了人间，分别化身为蓝、红两种果实。蓝莓仙子所化之身为"笃柿"，即蓝莓；红雅仙子化身为"雅格达"，即红豆，从此滋养着大兴安岭的百姓。正因为是仙女的化身，所以遍地生长的蓝莓和红豆才婀娜多姿，飘飘洒洒。正所谓"婷婷碧丽落人间，清古风姿也嫣然"。

其实，这只是个美丽的传说罢了。

真实的大兴安岭是冬长夏短，北纬53度的高纬度，无霜期只有90—110天。漫长的冬季长达七八个月，日照时间非常短；夏季只有3个月左右时间，但日照时间可长达17个小时。这里平均气温为-3℃，最低温度-55℃，早晚温差很大。这样的气候极其适合蓝莓生长。

大兴安岭有森林湿地和沼泽湿地一百多万公顷，永久冻土层有效地阻隔了地表水的下渗，有益于形成常年积水的湿润环境。得天独厚的自然气候、土壤条件等地理环境，孕育出了植株喜阴、果实喜阳、喜酸、喜湿、耐寒的中国独一无二的北极蓝莓。

在民间，关于蓝莓的故事有很多。

其中之一是光绪十二年，慈禧太后准了黑龙江将军恭镗奏请，任命二品大员李金镛主持办理黑龙江漠河金矿的开采事宜。1886年，李金镛带领大队清兵由墨尔根（今嫩江市）进入漫无边际的大兴安岭森林。山高林密，无法骑乘，他们只好徒步前往最北漠河。由于道路崎岖难行，原本预计两个月内到达漠河老金沟。可五十多天过去了，目的地仍遥遥无期。此时粮食快要吃光了，后继运粮队伍还没有赶上来。为了节粮，士兵们只好采摘野果充饥。他们发现一种生长在林甸边缘地带的矮丛蓝色小浆果，果肉细腻，果味甜美，口感极佳，而且食用后精神旺盛，体力充沛，眼明心亮，多吃还有醉酒的感觉。李金镛品尝了野果后赞叹道："极寒之地竟有极品之果，真乃上苍恩赐。"后经多方打听得知，当地鄂伦春人称这种野果为"笃柿"。有了遍地"笃柿"果的充饥，兵士们精神抖擞，终于在第58天的时候到达了漠河老金沟。在老金沟开金矿的同时，李金镛命人大量采集笃柿果，并酿制了笃柿酒饮用。年底进京之际，李金镛将黄金、贡果（笃柿）、贡酒（笃柿酒）作为老金沟"三宝"，一起献给慈禧太后，受到了慈禧太后的赞赏。

著名历史学家、教育家翦伯赞赞美大兴安岭："无边林海莽苍苍，拔地松桦亿万章。久矣羲皇成邃古，天留草昧纪洪荒。"

可惜的是，那个时代，北极蓝莓还没有被发掘，纵然身为历史学家和教育家，也不知道，就在他深深赞美的那片原始森林里，生长着具有极强的抗氧化活性，属高氨基酸、高锌、高钙、高铁、高酮、高维生素的营养保健品的北极蓝莓。《明外史·本传》中记载，名医李时珍年轻时患有眼疾，偶有视物不清、目涩模糊，后采药至鞑靼（今内蒙古、黑龙江北部）时，发现根部生长在常年冰冻层中的蓝色浆果（蓝莓）对此症有奇效。李时珍自此经常食用，到晚年仍耳聪目明，遂告知当地鄂伦春族人：此物润目，多食无妨。

大兴安岭盛产蓝莓已有三十多年历史，林区百姓以出售野生蓝莓原果及果汁为主。随着人们对来自大森林产品的消费趋热，大兴安岭野生蓝莓资源的稀缺性和独特性吸引了人们关注。一簇簇、一丛丛、一片片如紫色宝石般散布在原始老林中的野生蓝莓一举成名，成为大山里的新宠。在大兴安岭与俄罗斯隔江相望、面积5608平方公里的阿木尔因蓝莓丛生，被中国经济林协会评定为"中国野生蓝莓之乡"，同时也被命名为"中国蓝莓小镇"，而今已成为南方游客的打卡地。

在北极蓝莓的产地大兴安岭林区，很多作家、诗人、画家、摄影家也都对蓝莓情有独钟。艺术家们把喜爱蓝莓的情愫融进了艺术创作中，所以出现了大量脍炙人口和赏心悦目的作品。我多年的朋友、作家孙喜军在《蓝莓赋》中写道："天有独造之处，地有钟灵之属。蕴寒暑之瑞气，集月日之精华。秀宇宙之物化，毓北极之仙葩。纤枝舒英，不谐花朵之媚形；外丰内腴，专志星果之神凝。细质如膏，珠圆润泽；触齿即化，香充甜盈……"

大兴安岭有位词作家名叫计伟，他创作的蓝莓歌曲在当地广为传唱。其中的歌词大意是："天上的星星多不多，没有我们的蓝莓多。弯弯的小河，弯弯的波，那是童年的欢乐，更是唱不完的歌……"

而今，我已经离开了茫茫林海大兴安岭。但对那里的一切记忆，都如永远不能忘怀的野生蓝莓——酸酸的、甜甜的，还伴有一丝羞怯与苦涩，是记忆中的味道、人生的味道，更是爱的味道！

# 竹山可望

徐 迅

## 一

春山可望。可望的不仅是春山，还是竹子的山——天柱山传说中的竹山。说得再仔细一点，就是天柱山脚下的万亩竹山。竹，千棵万棵地紧紧依偎一起，青绿的竿与青嫩的叶，挺直碧绿，拥青泻翠，或峭拔伟岸，齐刷刷指向蓝天；或偃伏一侧，作掩鬓托腮之状。风平浪静时，翠竹呢喃燕语，如水般轻漾。有风过耳，竹叶立即哗哗响成一片，满山修篁攒动，犹如惊涛骇浪一般。

这次走进竹山是在春天。春天茂盛的竹林里，柔嫩的春笋破土而出，新老之竹交接，青黄相错之间，新竹直蹿云天。溪涧里，一条春水潺潺湲湲流淌。溪流之上，时而有一阵婉转清脆的竹林鸟鸣叫。踩着竹叶铺就的厚且绵软的小道，我们轻轻地走着，脚底嗫嗫有声，稍不留意就会被什么磕绊一下。只是不用看，便知道那是春笋了。俯身扒开蓬松的竹叶，果然就见地上一丛嫩绿，春笋正从竹山的地下冒尖……转而，此起彼伏，竹林里噼噼啪啪，都是笋壳的剥落声与新竹的拔节声。仿佛竹山正在举办一场春天的盛宴。竹根盘根错节，鞭芽生长繁衍，就有一鞭如链，将竹山紧紧地捆绑在一起了。

说话间，眼前几株黄褐色绒毛的笋尖，大颗大颗晶莹的水珠晃动着。不知那是露水，还是刚刚落下的雨水。

很快，我就知道这是春天的雨水了。因为伴随我们进山的突然就有一阵急促而酣畅的春雨。春雨使劲地拍打在竹叶上，大珠小珠落玉盘，犹如雨打芭蕉，或像竹林里有人炒着一锅蚕豆。只是竹山的雨如孩子的脸，来得快，去得也快。一俟雨过天晴，我们见那竹叶就愈加地浓绿明亮、可爱逼人了。这时，有趣的是竹林里显出的一二株星星点点，吐着猩红花蕾的映山红，远远望去，像是竹林里聚集了一群狐的红唇，让人如梦如幻。

春笋脱掉笋衣，便快捷迅速地长成了一竿竿新竹。对于在一夜间长得老高的新竹，老竹知趣地为它让开了道，阳光雨露不失时机地照射进去——好竹连山觉笋香。也就在这时，三三两两的，很多人闻着笋香就进山采春笋了。在去竹山的路上，我就看见公路上许许多多的货车正在装着春笋。毛茸茸的春笋让他们一捆捆搬上车，又被网兜一网一网地兜着，仿佛竹山一群活蹦乱跳的精灵；又宛若春天一支支箭镞，整装待发，不知要射向哪里。

## 二

竹山深处有人家。

掩映在竹山深处的人家姓氏繁杂。姓方，姓陈，姓刘，姓张……人丁最多的便是姓杨的了。他们的祖上说是从江西的鄱阳湖迁徙而来。宋绍定元年（1228 年），杨氏迁移到这里，先是居住在天柱山的东麓。后来听风水先生说此地形若凤凰，有百鸟来朝之势，便凿井筑室，建起了两间小屋。后来子孙繁衍延绵，终成规模。到了清代，这里就有了杨家老屋、杨花屋、杨家大屋，等等。比如杨家老屋，大大小小几百间房屋，却共有一个门厅，一座中堂与一座后堂。所谓三进院落，四水归堂。即便从老屋大堂门楣上所挂的"荆萼常荣""翰苑储材""劲节凌霜"等匾额中，也能领略到杨氏家族"太尉遗风"以及当年曾有过的繁盛。

杨家老屋、杨花屋、杨家大屋……杨家人一多，自然就会建一座祠堂。杨家的祠堂坐南朝北，屋后青山逦迤绵延，屋前溪流潺潺。祠堂与杨家老屋一样，也是由青砖小瓦建成的皖派建筑。灰瓦翘檐，马头墙高，也是三进院落。只是与老屋不一样的是，祠堂的前厅为戏楼，中厅为"四知堂"，后厅为寝堂。

进门就是皖西南那座著名的古戏楼。戏楼亦飞檐翘角，雕梁画栋，花鸟禽兽的形象栩栩如生。据说，当地衍生的一些高腔、弹腔、黄梅戏等戏曲演员，都在古戏台上登台亮相过。只是曲终人散，竹林里，再也听不见嘹亮的丝竹锣钹，咿咿呀呀吊嗓之声了。杨家祠堂名曰"四知堂"，仿佛杨氏一族在经常提醒我们，他们是东汉太尉杨震的后裔，也是名门望族。祠堂里，杨氏先祖的牌位与戏台上那"杨家将"的传说，真实而虚幻地融为一体，互为印证。似乎也在向我们诉说，杨震"四知"存大义，修竹性直有高节，都是德君子……这一方竹山深处的家族，曾是怎样推崇天人合一，相互砥砺，守着生命的节操？

然而，让我们心生惆怅的是，万亩竹山掩映的世外桃源，如今人去楼空，空空荡荡，门庭冷落。我们心里只有一片苍凉，还情不自禁地生出荒芜之感。

走出杨家祠堂，我看见门前溪涧里有一块巨石突兀着，如卧如立。当地人把这块巨石称为"猫头石"。细细看那巨石，浑圆无凿，果然是不俗。其一缝如眯，似睁若闭，仿佛心如明镜，仿佛胸有丘壑，活脱脱就是一副"天知，地知，你知，我知"的样子。望了望四周的竹林，我心想，这哪里是猫头石，分明就是竹山的一种神示。遂为其重新命名，曰："四知石"。


三


我说是传说中的天柱山竹山，是因为以前天柱山交通不便，人们攀登天柱山，登的都是天柱山前山。著名作家余秋雨游天柱山，写《寂寞天柱山》，他不知道真正寂寞的还有天柱山万亩竹山。天南海北，一批又一批游人尽情游览天柱山，他们哪里晓得天柱山这一片美丽而神秘的竹山呢！

　　远在汉武帝时，天柱山就被封为南岳。"奇峰出奇云，秀水含秀气"，唐诗人李白对天柱山也曾饱蘸诗情——这里层峦叠嶂，群山起伏，烟云起处，有悬泉飞瀑、幽洞翠谷、奇松怪石……雄奇灵秀的山水，曾让李白和北宋王安石、苏轼、黄庭坚都产生了卜居安家的梦。但显然，他们也没有走进这片竹山。他们留恋的都是天柱山前山。天柱山人说，前山是天柱山的前厅，是豪华的宫殿。这后山便是天柱山民间庭院，是天柱山的后花园。靠山吃山，靠水吃水。后山自有后山的好处。好处之一就是竹山有他们取之不尽、用之不竭的资源。他们守护竹山，就有用不完的竹器，享受不尽的美食。

　　竹山除了毛竹，还有水竹、元竹、苦竹、淡竹、斑竹、华箬竹……毛竹又称"苗竹"。苗竹的枝繁叶茂，躯干粗，枝叶细密。粗粗细细都有用处。他们用毛竹搭竹楼，做竹床、箩筐、晒具……编织各式各样竹器，用箬竹的叶包粽子或蒸米粑。剖竹取丝，他们还用水竹编织竹席，甚至替代毛竹，用作打造竹器的钉铆绳索。各种竹子都派上了用场。日长天久，这用场就生出一门叫"篾匠"的手艺。望着如笋样的天柱峰，篾匠手艺一代代相传。他们说，这是老天赏赐给他们的饭碗。

　　捧着老天赏赐的饭碗，他们自然是幸福的。

　　这幸福还因为竹山不仅赋予他们实用，还馈赠了他们美味。竹山里的春笋、竹荪等，就是他们桌上一道独特的佳肴。用竹笋或竹荪炒肉丝，煲汤煨鸡，煎炸炒煮焖蒸……一样的食材，就会做出百般美味。而爆落的竹箨，差不多也成了女人手上的宝物，她们用此给男人和孩子们做鞋样，打鞋底……在他们的心目中，竹子浑身都是宝。是宝，就要格外珍惜。他们因此特别害怕竹子开花，认为竹子开花就要败家。倘若哪一年竹子开花，他们的心里就如下一层厚霜，冰凉冰凉的，一年到头浑身都难受。

在夏天，竹山还是避暑的一方胜地。竹子从春绿到夏，在夏天就绿到了极致。炎炎夏日里，只在竹林的缝隙才会看到阳光。竹山因为有了这种浓绿，竹山深处总有一种带了绿色的阴凉。叶绿枝肥的夏天，小南风在竹林轻轻刮过，让人感觉头顶上千军万马在动，但竹枝随风摇曳，这时候划在人的脸上、身上、腋下，却是异常地凉爽、惬意。或者，猛然一阵狂风大作，雨像急迫的赶路人一样赶来，那也很有意思。雨打竹叶错落有致，或噼啪，或噗噗，或叮当……就像一位竹林的隐士弹奏着春天的乐曲。若说春天的竹山主要看春笋，那么夏天的竹山，就是听这雨声了。

他们说，他们一年四季都有竹林的庇护。这样的美景，竹山以外的人看不到；这种幸福，竹山以外的人也无法享受。他们世世代代生活在这里，他们是竹山的隐士。

## 四

春雨蒙蒙。春气氤氲。我看到的是天柱山春天的竹山。印象深刻的还有雾。天柱山竹山的雾，空灵而幽远。雾缭绕在竹林间，就像一个顽皮的小男孩，让人捉摸不定。它不知什么时候跑了过来，也不知什么时候跑去。往往，还没有等你回过神来，它突然一下子就包裹了你。仔细分辨，竹山的雾也是变化多端的。它时而弥漫，时而缥缈，甚至顷刻间就让整个竹山莽莽苍苍，雾气腾腾的，让人感觉竹山的神秘莫测。

朋友说，竹山一年到头挥之不去的就是这雾。天柱山竹山远不止传说中的万亩，而是三万多亩，它被称作中国的第三大竹海。

朋友名叫张方。他是我的老朋友，是天柱山风景区管委会的副主任。知道我上竹山，他特地赶过来。他说他赶来不是为了看我，是他正在这里开发竹山，他天天都来这里上班。他形象地把这竹山叫"竹海"。他说，他们将要在这里建起两条道：一条隧道，一条索道。隧道与前山相接，让天柱山前山与后山连在一起。那一条索道直通天柱山美丽、险峻的大东关。两道建成后，这绿水青山真正就是一座玲珑剔透的金山银山了。

他告诉我，竹山一年四季，春夏秋是绿海。冬日北风凛冽，卷起千堆雪，这里又是一片银白，如偌大的雪海……竹海真是绿葱葱又白茫茫。

他边说，边用手指指点点。这让我一下子就明白什么叫胸有成竹——站在竹山的高处，顺着他的手势，我依稀看见三万亩竹山里，隧道里已然车流如织，索道上人来人往，一片繁忙。

也就在说话的时候，我们周围突然生出一阵清凉。春雨又喧嚣起来了。随春雨而来的还有风，还有雷电。风一阵紧似一阵，竹林里一波未平，一波又起，万竿竹梢攒动，真的如一片竹海，万顷碧波忽然惊涛狂啸。这时候，看远处的竹林就有无数条青龙在雨中游伏，而近处的翠竹也仿佛一条条青蛇狂舞，它们与天幕中的一道道白色闪电交相辉映，仿若上演着竹简时代的一场世纪大战。

一会儿，狂风暴雨骤然停住。竹林里的风立刻小了下去。雾渐渐地褪去，竹山上，竹林一片片，一簇簇，仍然一眼望不到边。眼前的竹山，先是微微漾起一道皱褶，接着那皱褶就在竹梢上大幅度地荡漾开去，仿佛大海里掀起的一圈巨大的涟漪。波浪里，那一条条青色龙蛇也四散而去——从高处下来，我们重新走进竹林里，感觉竹林里的风明显减弱，只剩下无数的竹梢轻轻摇晃。竹叶婆婆的，无休无止的只是一片沙沙声，像是有谁轻轻摇晃着摇篮。

"竹子爹，竹子娘，你长高来我长长……"

竹林深处，一阵甜甜的歌声隐隐约约传来。听着那歌声，我恍然大悟，我立即明白这是竹林里的一群孩子在摇着竹子喃喃祷告，祈求着生命美丽地成长。

# 在黄昏的呼伦贝尔草原上

安 宁

## 一

一出机舱门，就被呼伦贝尔清冷的气流裹挟，全身忍不住打了一个寒战，牙齿也冻得瑟瑟发抖，嘴里似乎有两队人马在大动干戈，人有从酷暑瞬间穿越到深秋的恍惚。

刚刚下过雨，天空蓄满厚重的乌云，大地静寂辽阔，湿冷的雨珠沾满每一根草茎。于是，整个呼伦贝尔草原便沉甸甸的，大片大片的绿意摇摇晃晃，仿佛要从湿漉漉的草尖上坠落下来。

弟弟贺什格图开车接我回来的路上，顺便绕了一圈，带我参观一下西苏木。我惊讶地发现，不过短短的两三年，我已经有些不认识这个草原小镇了。它如此陌生，陌生到家家户户在补贴政策下，全部拆除了旧房，原地建了新房。

贺什格图家的格局，也发生了很大的改变。原来的房子变成了牛圈，此时牛正寄养在水草丰美的夏牧场，母鸡们便暂时得了天下，在里面吃喝拉撒，好不快活。但它们活不过雪花纷飞的十月，就被弟媳凤霞毫不客气地全部宰杀，放入冰柜，供全家在长达半年的漫长冬季里享用。

黄昏慢慢降临细雨弥漫的草原。十岁的朗塔，已经老得跟阿爸一样，走路缓慢，摇摇晃晃，毛发斑白。它的眼睛大约也有些看不清了，总是很用力地透过额前长长的毛发，从缝隙的光亮里分辨着来人。蚊子围着它嗡嗡地飞来飞去，它懒到动也不动。好像，趴在地上的它，已经一只脚踏进了坟墓，它留恋人间，渐渐腐朽的身体，却没有力气给予人间更多的热情。

朗塔真可怜啊！女儿阿尔姗娜和她的小姐姐查斯娜，同时朝我发出这样的感慨。

因为孩子们总是吵嚷，房间又不够，没有让我可以安静写作的独立空间，凤霞便带我去对面新搬来的邻居家，看看他们那里是否有合适的地方。

西苏木小镇上虽然人口日渐减少，却有一些海拉尔市区的居民，在此地买房，夏天时搬来度假。伊敏河岸边就有一家。黄昏时经过，看到开满野花的阔大院子里，停着几辆汽车，还有一座花纹精美的蒙古包，坐落在院子的正中央。隔着栅栏，听到房间里有女人在唱长调，窗户上映着举杯喝酒的朦胧的人影。

不过凤霞家对面这个新邻居，却是地道的本地人。女人在苏木医院里上班，属于事业单位职工，每个月可以领到四千元的工资。因为有文化，又喜欢读书，她很早就听人说过我是作家，还知道十年来我一直在坚持记录西苏木小镇的故事。因为陆续刊发的作品里，有对人生悲欢和一些家长里短的真实记录，又恰好被家族里的人看到，导致凤霞家和亲戚间生出过一些不愉快。尽管时间让这些起伏的烦恼最终恢复平静，但当女人提及我写的故事，在本地引发过的影响时，我敏感地捕捉到凤霞眼睛里有一丝躲闪；而且她始终不接女人的话题，我便知道凤霞依然心存芥蒂。为了避免尴尬，我赶紧拿别的话头岔开。大约怕被我写入作品，女人看见我拿出手机拍她家可爱的小羊羔，迅速地躲开我的镜头，并笑着说：别拍我啊。

女人家院子里拴着一只黑色的小狗，看见我们进来，它紧张地转来转去，发出低沉奇怪的叫声。那声音在清冷的雨天里，听上去有些苍凉，仿佛来自荒野丛林的呼唤。

你们家的狗好像不喜欢被拴着。我对带我去看房间的男人说。

它不是狗，是一只母狼生下的，只不过它的父亲是一条狗。男人淡淡地说。

我吓了一跳，这才明白那悲怆的吼声是狼的嗥叫。我快步离去，不想惊扰这只将被驯化成家犬的狼。

我没有看中邻居家只有一个低矮行军床的狭小房间，我宁肯选择睡在凤霞家的沙发上。阿妈很快做出了调整，让贺什格图睡沙发。原本，我还想找旅店去住，但凤霞骑摩托车载我绕着西苏木兜了一圈，才发现这个愿望已经无法实现。随着镇上的人慢慢迁往城市，旅馆早已倒闭，就连理发店和澡堂也关闭了。这也意味着，这段时间如果我想洗澡，要么在房间里自己用水盆打水擦洗，要么打车半个小时，去巴彦托海的澡堂。

忽然忆起十年前刚刚抵达草原的时候，我在院子里搭建的简陋太阳能"浴室"里，一边洗澡，一边看一只肥胖的田鼠，从窸窣作响的塑料帘子外大摇大摆地穿过。

想到这里，我忍不住笑起来。

## 二

这两年草原大旱，伊敏河河面变窄，昔日浩浩荡荡的大河，而今只剩了狭长的一道。只有在更远一些的地方，才能看到它依然向前流淌的闪亮开阔的河面。

这个有些陌生的草原小镇，让我莫名地惆怅。这惆怅像伊敏河瘦削的水面，只有河水蒸发后现出的枯寂的河底，提示着已经融入我生命的那些丰沛的时光，曾经怎样真实地存在过。

孩子们全然不管我的哀愁，草原上的一草一木，不管是怒放的，还是枯萎的，都让她们欢乐。于是流速变缓的伊敏河，依然是孩子们的天堂。

大娘，我好像听到摩托车的声音！

午后，正带孩子们在岸边尽情玩耍的时候，查斯娜忽然朝我喊。

阿尔姗娜则扭过脸，侧耳聆听着越来越近的摩托车的发动声。

看，朗塔！阿尔姗娜眼尖，指着一个小小的飞奔的黑点，朝我喊道。

紧接着，我又在朗塔的后面，看到风驰电掣的摩托车，上面坐着一个红衣女人，那是凤霞。这几年，她胖了至少有三十斤，加上草原上常年风吹日晒，她的皮肤变得更黑了，而且粗糙得像一张砂纸。所以虽然她比我年轻了六七岁，看上去却比我老很多，以至于她努力躲闪着我的镜头，不想让我拍照。前两天，她刚刚结束剪羊毛的工作，脸上还有些许的疲惫。凤霞是剪羊毛的高手，徒手就能抓住一头大羊，将其快速摁倒在地，干净利索地剪完羊毛。差不多，她一天可以剪五十头羊，挣到大约二百五十块钱。

坐摩托车一起走吧！凤霞朝我们大声喊。

阿尔姗娜最喜欢坐摩托车了，她立刻开心回应：妈妈，我要坐摩托！

那你们三个人先回吧，我走回去。

一起走啊，完全可以坐得下的。凤霞自信满满地笑道。

能行吗？

绝对没问题！凤霞说着，就将阿尔姗娜抱到自己胸前，查斯娜则爬到凤霞身后，我呢，便坐在最后面。于是，油门一踩，四个人便在草原小路上颠簸着飞奔开来。

朗塔也兴奋地奔跑起来，又时不时地扑向摩托车，并用这种亲密又危险的方式，表达它对我们的热爱。

阿尔姗娜和查斯娜也被朗塔鼓动着，一路开心地尖叫着，大呼小叫。仿佛我们的摩托是一艘飞驰的舰艇，在海面上乘风破浪，披荆斩棘。

草原清寂的黄昏，被四个女人的笑声重重地撞开，又在身后温柔地合拢。

三

院子里的鸡时不时地就被凤霞捉来杀上一只，所以它们吃得欢实，跑起来也虎虎生风，就怕一不小心被凤霞的菜刀带离这片处处都是飞虫和蝴蝶的生机勃勃的庭院。院子里的草都长疯了。我迷恋隐在高高的草丛里撒尿的感觉，好像自己变身为一只野性的狐狸，柔软清凉的草尖轻轻抚过我的肌肤，发出窸窸窣窣的声响。我仰头看着天空，感觉自己正化作成千上万的野草中的一株，化作自然的一个部分，与天空、大地、云朵、风和草原，融为一体。

在这样的庭院里，朗塔的孤独跟草丛一样深。只要有人在庭院里走动，它就会悄无声息地过去，寸步不离地跟着，仿佛它是一个刚刚出生的婴儿，每一个家人都是它存活于世的依赖。

朗塔啊，去睡一会儿不行吗？老是跟着人走来走去，你不累啊？阿妈总是这样自言自语地劝慰朗塔。

可是朗塔并不听。它温顺柔和的眼睛里，始终散发着对家人百分百的依赖和信任。似乎这个庭院，是它生命的全部。即便我已许久没有来过，它依然记得我的气息，在我刚刚踏进庭院的那一刻，就欢快地跑上来迎接我，好像我只是出了一趟远门。就在今天午后，阿妈才发现朗塔前面的左腿上，被昨天的大黄狗咬出一道长长的伤口，伤口周围的毛发脱落了大半，露出鲜红色的肉。但朗塔没有发出一丝的呻吟，以至于所有人都忽略了它的伤痛。它只是卧在门口的阴凉里，用舌头不停地舔舐着伤口，以此减轻它永远都无法向我们言说的疼痛。

朗塔真可怜啊！在院子里走来走去的阿妈，不停地絮叨着这句话。似乎这样，她就能帮朗塔尽快地好起来。

阿爸也很可怜。小脑萎缩的他，已经快要走不动了，即便拄着拐杖，也只能虫子一样向前蠕动。可他还是尽可能地劳动，去菜地里锄草。朗塔总是过去陪伴着他，一言不发地卧在草丛里，听阿爸一边干活，一边跟它絮叨。除了不会说话，我看不出朗塔跟人有什么区别，家里每个人说的话，发出的指令，它都能准确地接收到，并给出回应。

朗塔，进来！阿妈这样唤它，于是在大道上闲走的它，便会快跑几步，从阿妈敞开的铁门缝隙里钻进去。

朗塔，别过来！阿爸这样冲它说。于是它便乖乖地停住脚步，忧伤地注视着远方。

朗塔，出去！我一边打扫卫生，一边对钻进房间的它喊。于是它便扭头走出房间，停在门口，温顺地卧在地上。

据说十岁的狗，相当于六七十岁的老人。这样说来，朗塔已是暮年。可它依然像年轻时一样尽忠职守，甚至我睡前出门看一眼天上的繁星，它也会立刻警觉地起身，寸步不离地跟着我。

正午，阿妈搬一个马扎，坐在门口的柳树下抬头看天。阿尔姗娜和查斯娜在天南海北地聊天。朗塔呢，就卧在树下的阴凉里眯眼小憩。

天空上满是轻盈漂亮的云朵，有的像一座山峰，有的像一条游龙，有的像一匹骏马，有的像一只鹰隼。于是那里便仿佛另外一个人间，无数自由的生命在其中飞翔。它们空灵饱满，风一样在天地间游荡。一切都是轻的，柔软的，寂静的。阳光遍洒草尖，微风吹过，大地便闪烁着动荡迷人的光泽。两个孩子沉浸在她们自己的世界里。鸟儿啁啾鸣叫，草茎在空中起舞，牛偶尔发出哞哞的叫声。此外，世界便似乎只剩了我们这一个庭院，它远离尘世，犹如一枚琥珀，在草原的正午，散发幽静之光。

如果在这里待一辈子多好！我对坐在马扎上的阿妈感叹。

是啊，你老了来吧，每天都跟神仙一样，真舒服啊！阿妈也这样感叹。

我对凤霞说，永远不要跟风，把自家房子卖掉，这将是一笔宝贵的财富。那些用十万二十万就将庭院整个卖掉的人，他们搬去了海拉尔，住进了楼房，靠打工为生，总有一天会后悔的。

是啊，我不喜欢楼房，我还是喜欢有院子的家。我们的院子又大，还靠着伊敏河，以后查斯娜读书走出去了，我们老了，还是在这里住。凤霞注视着窗外拖拉机上一小片跳跃的阳光，无比神往地憧憬着未来。

## 四

在树木稀少的草原上，温度一上三十摄氏度，又没有风，就会酷热难当。以至于午睡后，我觉得身体憋闷，喘息困难。还好有雪糕，可以缓解这难熬的酷暑。于是我和查斯娜、阿尔姗娜一人抱着一根雪糕，以"葛优瘫"的慵懒姿势，半躺在沙发上吃。吃完之后，才觉得世界又恢复了一丝清凉，于是搬个马扎，坐在门口，看着杂草丛生的庭院发呆。

院子里大约有五十多种野草，年复一年地生长。我能叫上名字的，不过七八种，其余的跟我素昧平生，仿佛我们生活在不同的星球，一生都不会产生关联。阿尔姗娜和查斯娜对形形色色的野草产生了浓厚的兴趣，不断地唤我用手机软件识别。可惜软件并不是万能的，有些完全识别不了，有些只能提供相近的信息。于是我只好对两个试图扎入野草世界的孩子举手投降，我真的不知道这些无法清除的野草，到底有怎样的名字，又是谁将它们带到这里，子子孙孙，繁衍不息。或许是一阵风，或许是一只鸟。或许，它们原本就是这片土地的主人。

我们在草丛中游走的空当，凤霞则将视线锁定在一只有着墨绿色油亮尾羽的公鸡身上。她决定杀了它，让孩子们晚饭时饱餐一顿。杀鸡这事，家里的男人们都有些怵，对凤霞来说却是小菜一碟。凤霞只轻松地抓住鸡的翅膀，再把鸡头掰到一侧，提刀在鸡脖子上轻轻一划，将鲜血控净，鸡在地上挣扎着扑腾两下，便很快解脱人间苦痛，停止了呼吸。站在一旁观看的查斯娜，每次都双手合十，闭上眼睛说：鸡好可怜啊，我给它祈祷一下吧。凤霞便大笑说：吃的时候没有人比你更欢了。

查斯娜总是对凤霞说，妈妈妈妈，快给我生一个小弟弟吧！我要每天带着他玩，我的同学都有弟弟妹妹啊！

凤霞已经流掉了两个孩子。第一次在查斯娜之前，没有胎心，医生建议流掉。第二次，被一条马路上横冲过来的大狗惊吓小产。

在草原上，如果不是迫不得已，女人们一般不会做人流手术。但凡怀孕，人们就认为那是上天的恩赐。蒙医院里很少做人流手术，因为那有违他们对生命的态度。不管这个生命来自哪儿，他（她）都是无罪的，需要爱与呵护的。犹如草原上每一株卑微的野草，都是大地的孩子。

凤霞还年轻，她在计划着要一个新的孩子。她对孩子的爱，是发自肺腑的。她比我更娴熟地给查斯娜和阿尔姗娜扎各式各样的辫子，为孩子们变着花样做好吃的，每晚带她们去广场上溜达，或者找邻居家的孩子们玩。她还隔三差五地让贺什格图开车拉着她们去采蘑菇，或者到风景好的地方玩耍。睡前又给她们讲故事，教她们学习。

相比起来，每天忙于写作的我，对阿尔姗娜的关心，真是连我自己都觉得愧疚。因为童年时父母关爱的匮乏，我对孩子始终缺乏耐心，以至于一次我去海拉尔办事，临行前跟阿尔姗娜告别，告诉她我很快就会回来，她在墙角玩泥巴，头也没有抬。但我看得出，阿尔姗娜其实有些难过，在哭着要求跟我一起走却被拒绝后，她选择了冷漠回应我的离去。而当凤霞骑摩托车送我去大道上拦顺风车时，查斯娜明明知道妈妈很快就会回来，却飞奔出去，一直深情地注视着摩托车开出去很远，还傻傻地站在那里不肯反身。

五

每天都会有几只乌鸦，站在电线杆上呱呱地叫着，那寂寥的声音，在空旷中传得很远。我站在院子里，抬头看着它们，很想知道它们在说些什么。可是，它们并不理会我的注视，只是不停息地叫着，用不吉的声响，提示着危机四伏的尘世。

于是我也不理它们，决定带阿尔姗娜和朗塔出门，沿着西苏木的大道，做一次短暂的旅行。旅途中，我们见到一枚花朵一样炸裂开来的牛粪，大得犹如脸盆，大约是从一头健壮高大的成年奶牛身上坠落下来的。芍药正在人家院子里生机勃勃地绽放，蒲公英遍地流淌，它们总是面临随时被一个孩子无意中采下并吹走的飘零命运。"哈拉盖"浑身有刺，避免了被人伤害的意外，于是便在人家篱笆下，兀自旺盛地生长着，时不时就有无名的野花，穿过哈拉盖散乱的茎叶，忽然间闪现。

于是阿尔姗娜便喊：妈妈，看，哈拉盖开花了！

我们还看到一朵孤独的牛粪，在路边风干掉了，可是它的身体里，却长出两朵优雅的蘑菇。也不知道它们的种子，是经过牛肠千回百转的过滤，重新有幸回到这个世界；还是被某只鸟儿衔着，无意中掉落在新鲜的牛粪里，于是便借着风雨，汲取着牛粪中的精华，并有了此刻迎风招展的勃勃生机。我们蹲下身去，好奇地注视着这两朵奇特的蘑菇，仿佛它们是可爱的乌龟，或者羞涩的蜗牛，在路边忽然间停下脚步，张望着寂静无声的草原。

朗塔明显老了。家人从未专门喂过它吃的，总是将剩饭随手一倒，它便混在鸡群里争抢那点可怜的食物。大多数时候，它选择去河边寻找青蛙食用，有时也去邻居家蹭吃蹭喝。甚至，今天它还可怜到跟牛羊一样改吃素食，趴在地上，百无聊赖地嚼了一些青草。所以它跟着我们跑了一程，尚未到海峰商店，便疲惫地停下脚步，任凭我们怎么呼唤，也不肯向前。于是我们丢下朗塔继续向前，无意中回头，发现它已经转身朝家的方向走去。它的背影暮气沉沉，仿佛一个迈向死亡的老者，让人心疼。

## 六

在凤霞家的菜园里走上一圈，见豆角已爬上木架，开始结果。葱列队成行，剑戟般直指苍天。香菜老得厉害，已经高及人腰，且全都开满白色的花朵。苦菊匍匐在地，叶子散乱不羁。一场大雨导致人一天无法光临菜园，柳蒿芽、茄子、黄瓜、青椒们便都朝疯里长，朝老里奔，好像童年刚刚过去，就一步跨进了老年，人都来不及看到它们青春勃发的样子。只有土豆和西红柿，还在慢腾腾地开花。卜留克的果实埋在土壤里，却已经看出脚下的泥土，犹如十月怀胎的腹部，高高地隆起。玉米还没有授粉，尚在拔节之中。六月才开垦出来的菜园，此刻正是最好的时候。

镇上依然在此处居住的一些人家院子里，隔着栅栏看上一眼，菜园里也是如此生机勃发的样子。女人们只需在菜园里走上一圈，就能有满满的收获。朗塔也爱热闹，看见我和凤霞沿菜垄走着，它也悄无声息地跟在后面。有时它也会停下来，抬头看一眼硕果累累的夏天。

黄昏的时候，牛羊回家，我见到阿妈口中的"光棍"恩和。他跟贺什格图同龄，三十五岁，但还没有娶上老婆，每天只跟牛羊马匹为伴。这是一个长得很帅的小伙子，举止中还有一种风流倜傥的潇洒。可惜，因为镇上几乎没有年轻的女孩，她们要么嫁到城市，要么外出打工，导致他连对象都找不到。他的父亲早已去世，母亲去了姐姐家看孩子，于是，他便一个人守着偌大的院子独自生活。他自己对婚姻大事并不着急，但外人提起来，总是不免替他叹息，不知那个属于他的女人，何时会来到这片草原。

睡前出门，发现满天都是繁星。它们微弱神秘的光，正努力地穿透无边的黑夜，洒在苍茫的草原上。我对这数以万计的星星一无所知，不知它们来自何处，又最终划向哪里。它们也无需我的知晓，犹如天空与大地，是宇宙中永恒般的存在。

日间那些人生的烦恼，在这静谧的草原小镇，化作起伏的波浪，轻轻触碰着梦的礁石。躺在床上，不过片刻，我便将它们丢弃，沉入梦的汪洋。

# 七

正午，安纱窗修理煤气灶、油烟机的男人，照例开着汽车，用高音喇叭循环播放着生意，绕着小镇慢慢穿行。

在广袤的草原上，从一个牧区到另一个牧区，离了汽车是不行的。所以卖蔬菜水果的商贩，也是开着卡车前来。我怀疑配钥匙的人，如果想要寻找一点额外的商机，也要开着汽车，来小镇慢慢转上几圈。不过，钥匙在草原上没有用武之地。所有的大门，都只是铁栅栏做成，随手就可以拉开门闩。而房间呢，晚上睡觉也是不用上锁的。尤其大雪封门的冬天，西苏木小镇上几乎没有几户人家，安静得好像另外一个星球。而人，则是这个星球上居住的神仙。

神仙是不怕孤独的，所以凤霞一家三口，也不怕孤独。他们反而喜欢这样无人打扰的安静生活。以至于凤霞每次回乌兰浩特的娘家，住在邻居间只隔一堵墙的院子里，听到早晨鸡鸭牛羊和人沸腾的声响，常常很不适应，总是希望快一点回到草原的家。

而那些住在更远的、只有一两户人家的"嘎查"里的人们，在城市里的游客看来，活得更为荒凉。尽管那里的人们，从未这样觉得。

想想，如果有一个可以种植蔬菜瓜果和粮食的庭院，人其实无需跟外界发生太多的关联，便可以在无人关注也无人打扰的安静中，自由地度过一生。

凌晨四点出门，抬头见夜空上一弯细如美人眉黛的上弦月，正闪烁着清幽冷寂的光。

此时，大地尚未苏醒，万物都在沉睡之中。天际被幽蓝的光线温柔地包裹着，草原犹如子宫中甜蜜酣睡的婴儿。就连睡眠清浅的朗塔，也沉溺在梦中。它的呼吸轻柔，温热的身体在模糊圆润的光线中，轻微地起伏。空气湿漉漉的，草尖上沾满了露水。偶尔，会听到水珠在脚下滑落，发出细微的声响。人语，狗吠，牛叫，虫鸣，全都隐匿在某个神秘的洞穴里。

世界了无声息。

仿佛宇宙混沌未开，一切生死与来去，都从未在这片草原上发生。

# 春读泸沽湖

胡红拴

## 一

终于还是受不住泸沽湖的诱惑，在第四次踏入滇西的时候，也身随心行，踏上奔赴泸沽湖的解梦寻谜旅程。

丽江到泸沽湖有近 200 公里的距离，但由于路途的崎岖与艰险，让行程的时间被拉得老长。路是需要翻越小凉山的，而跨越金沙江峡谷的峭崖挂壁公路，也让为数不少的寻梦者因此而止步，当年的我，就是因为这悬崖道和十余小时绝壁峭崖险程的缘故，一次次与泸沽湖擦肩而过。

依维柯在新修的山间公路上穿行着，尽管新路的栈道以新的桥梁技术做了许多截弯取直的设计，但大峡谷的跨越，仍然让我们于险象环生中倍感行旅带来的惶恐与心惊。4 小时的旅程，随着路在脚下的减少，梦的距离也被一座座退却于身后的大山推动着、一寸寸地缩短着。

## 二

终于可以扑入泸沽湖的怀抱，可以以一方轻松打捞这一域秘境、心行这一湖碧波铺就的无尽心境了。

与熟悉的洞庭、鄱阳等平原湖泊不同，作为川滇两省界湖的高原湖泊泸沽湖，位于四川省盐源县与云南省宁蒗县交界处的崇山峻岭之中，湖为川滇共辖，巍峨的凉山群峰织就的篱墙，层层环抱、掩隐着这崇山孕育的自然之花和桃花源，掩隐着此方秘境弥散着的花香和奇景。泸沽湖湖东为四川省凉山彝族自治州盐源县泸沽湖镇，湖西则是云南省丽江市宁蒗彝族自治县永宁乡。盐源与宁蒗一左一右，亦如两位清秀的川滇妹子面湖而立，清澈干净通透的眸光，让静如处子的泸沽湖凸显出迷人的模样。泸沽湖古称鲁窟海子、勒得海、鲁枯湖，又名左所海，俗称亮海。高原之上的泸沽湖湖面海拔在 2685 米，湖泊南北最长 9.5 公里，宽 7.5 公里，最大水深 70 米，平均水深 40 米，面积据说有 49.5 平方公里。湖水清澈蔚蓝，是云南海拔最高的湖泊，也是中国最深的淡水湖之一。半月形的泸沽湖中有 5 个全岛、3 个半岛和 1 个海堤连岛，形态各异的绿岛翠绿如玉，确如"仙女散花"后的珠落玉盘，美轮美奂。说起来，泸沽湖并不大，以至于你无论是打开四川凉山州满幅地图或者是打开云南省丽江市属地的满幅地图都难看到她的丽影。可就是这样一个小小的高原湖泊，却总能撬动人心的坚强，总能将人们心尖的神经拨动，让人魂牵梦萦，让人流连忘返。

　　一域神秘总有一方别样的神秘之处。如果从高空鸟瞰，泸沽湖恰如一只展翅飞翔的蝴蝶，这让我想到那个谜样的故事"化蝶"。当然，这里的爱情故事没有那凄美的主人公"梁祝"，恰恰相反，这里众多的故事都与"甜美""欢乐""愉悦""惬意"等词汇交织融合，正如那清澈的湖水书写记忆，湖波上的神秘也将版本的闸门一个个打开。

　　关于泸沽湖的形成，最少有两个版本可说，先说说科学的版本，也就是地质学家们的研究结论。据说，泸沽湖地区在大地构造上属于横断山块断带和康滇台北斜交界地带，形成的时期按地质年代序列是比较新的，她既没有湖湘"浩浩汤汤，横无际涯"洞庭湖的"年轮密布"，更没有纳木错湖的"早踏一步"历经喜马拉雅运动凹陷和冰川作用的"伤痕"。泸沽湖作为第四纪中期新构造运动和外力溶蚀作用而形成的自然杰作，谜云，朦胧，清秀，轻盈，似乎都是她的乳名。说到第四纪，是应该多说几句了。也就是要说说6500万年前地球的那次生物大灭绝，之后，地球就进入了她的最新阶段，也就是新生代。而新生代的最新一个纪就是第四纪。说起来从第四纪开始，距今已有260万年了。这期间，全球气候"开启"了明显的冰期和间冰期的交替"按钮"，大地也就出现了一次次被冰雪覆盖的"严冬"模式。也是在那时，生物界的进化也已接近于现代的面貌，灵长目中完成了从猿到人的进化，也就是说人类的出现与进化让第四纪这个地质年代成为史海"名垂青史"的经典时段。由此看来，泸沽湖与人类确实颇有渊源，二者的形成出现竟然"同框"在同一地质年代。如果用地质学的概念来细说，泸沽湖其实是一个高原断层溶蚀陷落造就的湖泊，她是由一个西北东南向的断层和两个东西向的断层共同构成，三股地球构造运动的"力"共同"开挖"的结果，让"怀胎十月"的大地，生产出泸沽湖这位清秀的仙子，生产出了泸沽湖这位人间美丽的精灵。

事实上泸沽湖本身就具有"天生丽质"的基因，无论是东岸高耸挺拔的川西秘境，还是西岸的滇北高原。金沙江浑厚雄壮，大雪山熠熠生辉。丛林佛语，清音独享，让这碧珠金蝉一出生就注定拥有自然的灵光。这水与火，动与静的结合，也让这秘境中的处子，更具吸引四海五湖那些域外游人的引力。如果你是个有心人，如果将泸沽湖按比例缩小，或者干脆拿地图仔细研观，你会发现泸沽湖本身就是一对深情的恋人，

面湖而立，远眺群山，苍翠的群峰以粗犷的线条勾勒着远天那一抹抹的烟岚情缘。湖北面高达3754.7米的狮子山描绘着雄壮一词无尽的气势，东北面3737米的肖家火山，则让摩梭家的篝火演绎出山的壮美和她的美轮美奂。向西，向南，视觉已"站"在海拔

3400 米高的狗钻洞山地，而牦牛坪附近海拔高达 4200 米的主峰最高点，则会让相对高差 1500 米的壮观景象，成为泸沽湖明镜里那素指轻弹的轻盈丝弦。

说起来泸沽湖四周最有名的山还是要数狮子山，在摩梭文化里，狮子山早已被神化，她被称为格姆女神山，她是泸沽湖岸旁最高的山峰。格姆女神山屹立于泸沽湖北面，其山势雄伟壮观，倚天耸立，她俯视着泸沽湖，也俯视着山体从东北伸进湖中的狭长半岛里格岛，这山的秀手轻探，造就了泸沽湖"金獭捕鱼"的奇景，又如蛟龙于碧波中嬉戏，追逐湖中的尤物碧翠，将一方湖面逗弄得风生水起，活灵活现。摩梭语对狮子山称"格姆"，藏语则叫"森格格姆"。"森格"意为狮子，"格姆"意为白色女神。千多年来，被神化了的格姆山，在摩梭人的心中早已是女神的化身。每年的农历七月二十五日，是摩梭人的"转山节"，也是此域全民祭祀女神的隆重节日。

在"转山节"，登女神山是必须做的"功课"。而登山之行，如今似乎又多了个传统与现代的"艰难"选择。登女神山，传统的做法是要从达祖纳西村后的转山古道"盘旋"而上的。从这条古道"扶摇直上"再经过柏香林，就可以到达山顶的女神庙和女神洞了。当然，如今的索道，早已缩短了登山的距离，不过那些古道上的"乡愁"与自然的回归之味，也会离我们愈来愈远了。

转山节之日，据说是女神的生日，这是摩梭人一年中最盛大的节日，也是最有"摩梭味"的盛日。清晨，太阳还未升起，湖岸还沐浴在晨雾中，山下村子里早已为转山节而欢闹了起来。小伙子们准备着盛装，姑娘们在阿妈的操持下打扮得花枝招展，而老人们则在做着最为神圣的事，细心地为欢度转山节准备着经幡。吉时，当佛寺里头戴高高鸡冠帽的僧侣们骑马出现在公路上，朝拜的队伍便紧跟其后，浩浩荡荡，沿山道前行。祭拜山林，祭拜神山，祭拜女神。人们纷纷把准备好的"风马旗"布条拴在树上，喇嘛们则坐成几排吹响长号和唢呐，此起彼伏的人海面山叩拜，声如洪钟的喇嘛诵经之音，将山与湖，人与树，天与地，乐与风，种种自然造化的和合交融，种种人与自然和谐相处的和谐奇景，演绎到了这高原山水之墨绘就的画卷之中。之后，朝拜的队伍再缓缓绕祭坛及女神三周，并在女神庙里焚香、升篝火、献祭品、叩头祈祷。祭毕，人们便在草地上围成一个个圆圈，点燃篝火，煮酥油茶，吃野餐，咏歌谣。最热烈的是"凤凰舞"。随着鼓声，两只"凤凰鸟"欢快起舞，一群身着百褶长裙的摩梭少女手持花环，在"狮子"与"凤凰"之间来回穿梭歌舞，将充满欢快的节日气氛推至极致。入夜，转山的人们就地露宿，篝火旁的小伙与姑娘们，更会随着锅庄舞曲的长笛之声手挽手地欢快曼舞。夜幕之下，歌舞升平，锅庄欢乐，蜜语阵阵，谜样的节日将这个摩梭男女一年一度的狂欢盛会，绘染成"星空"里浪漫写意的诗的风景，也让这一域热烈成为湖光与日月织就的春风清乐里重要的弦音和鼓鸣。

说到这里，让我想起泸沽湖形成的另一个传说版本，也就是流传在当地的那个凄美的故事。据说在极为遥远的时候，泸沽湖地区曾是一个偌大的村庄。村里有个孤儿，善良勤劳，靠每天到狮子山上帮人放牧为生。村里的人家只要把牛羊交给他，他都悉心呵护，总会把牛羊喂得肥肥壮壮。有一天，他在山上的一棵树下睡着了，睡梦中他梦见一条大鱼对着他说话，大鱼说："善良的孩子，你太可怜了，从今往后，你不必带干粮了，就割我身上的肉吃吧。"小孩醒来后觉得很奇怪，但天生就喜爱探奇解谜的小男孩天性也让他在山上寻了起来。他在山上找啊找，寻啊寻，终于在一个山洞里发现了那条大鱼，他割下一小块肉用柴火烧着吃了，尽管只是一小块，可香喷喷的鱼肉竟然让他饥饿顿消，并顿感精力充沛起来。第二天，他去看望大鱼，他发现昨天被他割去鱼肉的地方已恢复如初，他完全相信了这条仙鱼，认为是上天对他的救赎。日复一日，放牛娃就这样在仙鱼的"割肉救人"壮举下生活着。突然有一天，不幸的事还是发生了。放牛娃的事儿被村里一个贪心的财主知道了，他要把大鱼据为己有。财主安排了一批人，用绳索拴住鱼，让9匹马、9头牛一起使劲拉，鱼最终还是被拉出了山洞，但灾难也在瞬间降临。因为从那个大鱼原来生活着的山洞里，汹涌的洪水喷涌而出，顷刻间就淹没了村子。那时，有一个摩梭女人正在喂猪，两个年幼的孩子在旁边玩耍，母亲见洪水冲来，急中生智，把两个孩子抱进猪槽，自己却葬身水底。两个孩子坐在猪槽里随波漂流到了安全之处。后来，他们也就成了这一地区人们的祖先。从此，拿大树树干的整段木头做成的"猪槽船"，也就成了后人纪念那个伟大的母亲的心理"供奉"，于是，母亲湖也就成为泸沽湖的又一个别称。

## 三

三十多岁的多吉是泸沽湖南岸大洛水村的一位典型的摩梭人，也是葛则家家主祖母颇为疼爱的男丁。魁梧高大、相貌堂堂、幽默诙谐、妙语连珠、开朗的多吉非常容易让人一下子就拉近与他相处的距离。这活泼的性格，也让多吉成为"闻名天下"的"网红"名人。

在多吉的带领下，我们来到葛则家，来到多吉生活着的这个神秘的摩梭人家。

葛则家的院子，乃是典型的摩梭民居木楞房，房屋紧靠着泸沽湖。优雅的小院，让我突然就想起了北京的四合院，一个街门，院子自成天地，四面房屋各自独立，宽绰疏朗的院落，让这优雅的摩梭人家更加赏心悦目。与京城四合院的不同之处，则是摩梭人的木楞房并非砖木结构，垒砌墙壁的建材不是用砖石灰泥，而是用古朴自然的圆木。这可能与泸沽湖在很长的时间里与外界相对"隔离"有关，据说，二十世纪八十年代之初，泸沽湖地区还没有通往外面的公路。这就让原始森林包围着的摩梭人有了将粗大的林木用于生活并有了将林木的艺术空间发挥到极致的民居建筑艺术。而房屋六面全由林木构建的两层木楼，也更让写意的画面，成为泸沽湖风景里意境飘逸的诗行中最美的诗句。

也许是出于地质人对陌生环境固有的亲和力和研究嗜好，我仔细地观察着葛则家的木楞房，只见房屋四壁用削皮后的圆木垒摆成墙，圆木两端以卡口衔楔。也许是为了更好地保护环境，与时俱进中的葛则家也与村子里的邻里屋舍"同步"，屋子的建筑已与传统的木楞房不同，早已做了艺术与材料上的改进，屋顶已淘汰了摩梭民居木楞房传统的以木板铺盖上压石块的结构，青瓦灰泥的时尚建筑格调，似乎让视觉的味蕾又多了个"花香"清爽的品味。

内院的门楼与经房是相对而立的，经房的楼上是家中的佛堂，而佛堂内檀烟的长期熏陶似乎更会让楼下居住的家中成年男子具有"佛性"的性格。花楼居于内院的左侧，也是一幢颇为优雅飘逸的木楼，是行过丁礼的成年女子的居住之所，这里是摩梭人神秘的所在，也是"阿夏"们欢度良宵的秘地闺阁。男子不经许可是不能进花楼的，而女子生育后也要从花楼搬至母房，可以说花楼是摩梭文化里更具诗意的青春之地。

摩梭人的正房叫作母房，它位于内院的右边，这是摩梭大家庭议事、炊事和祭祀的场所。母房结构复杂，一般进门后还有一条狭长走廊，走廊内的房屋又被隔成三间，左侧是主妇的起居室，右侧用来做大灶，煮猪食或酿酒，并放置生产工具。中间是正屋，正屋最显眼的便是设在一角的火塘，火塘上方是锅庄和祭锅庄时摆放供品的平台，锅庄所靠的壁上，有一块泥塑或硬纸板，上画日月星辰、火焰、海螺、金元宝等图像，这是摩梭人崇敬的"灶神"。在火塘左侧靠房壁，有一方形大木柜，柜内装零碎杂物，柜面则是家里最尊贵老人的床，一般是老祖母住。葛则家的母房，布局如是。而正屋祭台上的一头完整的腊猪，更让这谜样的摩梭文化多了些摄人心魂的味道。

一盏酒，一杯茶。酒茶之香，茶点之美，正屋里围坐，听多吉娓娓道来，让这摩梭人家的春意也更多了趣味浓郁的淳朴之香。

摩梭古称"摩沙"，是宁蒗境内的原住民族之一，其族源属于我国古代游牧民族"牦牛羌"。摩梭之名，最早见于《后汉书》第二十三卷的《郡国五》。据说，战国时期的羌人部有个叫邛的首领，为避秦国威胁，率领族人南迁而来。说起来摩梭人居住在金沙江、大渡河流域的年代已经很久了，据《元史·地理志》记载，摩梭人在永宁、宁蒗定居已有一千五百多年的历史。

唐初，摩梭先民从金沙江和雅砻江流域迁徙至此。1956年前，宁蒗分属蒗蕖、永宁南北两大土司统辖。比如永宁，自元朝始就设置永宁州，后升为府，由阿氏摩梭世袭土司职，历经明、清，至1956年民主改革时废止，共传世38代。特殊的社会地理环境使摩梭人一直保留着非常独特而神奇的风俗礼仪，他们富有传奇色彩的家庭婚姻形态，也成为东方这块古老的土地上最具神秘性和吸引力的历史文化奇观。

阿夏婚姻是摩梭人独特的一种婚姻文化。流行于摩梭人中的阿夏婚姻形式有两种，一是"阿夏异居婚"，另一个就是"阿夏同居婚"。"阿夏"是摩梭古语，其意为亲密的情侣。摩梭青年在结交阿夏关系时，盛行互赠定情信物的习俗。男子赠给女子的一般是戒指、耳环、银链或围巾等。女子若是同意，接受男方礼物后，回赠一条腰带。双方就算建立了阿夏关系。摩梭人特殊的"阿夏"婚姻形式，也就构成了摩梭特殊和谐的母系大家庭社会形态。夜聚晨离的"阿夏"婚姻，也并非都是传说中流传的物事，夫妻的亲情，家庭的责任，天伦的乐趣，在摩梭人的"阿夏"婚姻里都有生活书卷自然的描写，那亲情温情甜蜜的自然桥段，当然也会常常出现在摩梭人甜蜜的生活里，而和谐的词，则成为世界婚姻《辞海》中最为靓丽的时间名词。

摩梭人的婚姻形式除上述两种外，还有一种明媒正娶、正式结婚的一夫一妻制婚姻。这种婚姻要经过正式请媒、祭祖及举行繁琐、复杂的婚礼仪式来缔结。这种一夫一妻制婚姻，如要解除婚姻关系就不像阿夏婚姻那样自由，而要取得双方家庭、家族甚至社会的认可，办理必要的手续。摩梭人的婚姻因居住地域的不同而有所区别，居于滇蒗及金沙江一带的摩梭人，绝大多数早已实行一夫一妻制婚姻。永宁坝区的摩梭人，阿夏异居婚、阿夏同居婚及一夫一妻制三种婚姻形式也已并存很久。同时，三种婚姻形式在永宁坝区的摩梭人中也常常交替变化。事实上，每个家庭、每个成员，都依照自己的喜好，根据自己家庭的情况而选择自己的婚姻形式。

　　泸沽湖和谐的摩梭母系大家庭，被誉为"神秘的女儿国""人类婚姻的活化石"和"人类自由婚姻王国"，这里居住的摩梭人，至今保留着母系大家庭和"男不娶、女不嫁"的阿夏走婚习俗，摩梭人有句谚语，叫作"女儿一生都要活在妈妈的目光里"。摩梭人没有生母的概念，妈妈的姐妹都是母亲。葛则家一家三十余口人，而节假日，在外面生活的也回家团聚，一家子的人口数量可达到六十余。在泸沽湖的摩梭人家，家家都是四代同堂，五代同堂也并非稀有。温馨神秘和谐的母系大家庭形式，当然也就成为中外学者和游人心中最具吸引力的"圣地"，特别、神秘、别样的婚姻文化，自然也成就了泸沽湖别样的人文地理符号和地域文化标志。

　　母系家庭，母亲当然是主宰一切的"王"。女性在家庭中有着崇高的地位。"舅掌礼仪母掌财"，这是母系家庭权力分工的形式，也是摩梭人家凸显家主祖母权力权威的家庭"政治架构"。家庭的喜庆祭祀，较大的交换和买卖，除婚姻爱情以外的社会交往，都由舅舅或其他有本事的男性成员做主。而家庭内核的最主要部分，如财产的保管使用、生产生活安排、一般家务及接待宾客则由母亲或家庭中聪明能干有威望的妇女做主。家庭里的成员都是一个母亲或者祖母的后代。家庭中既不存在男子娶妻，更无女子出嫁。女子终生生活在母亲的身边。男子夜晚去女阿夏家，清早回自己家生产生活。而女子居家生活，只有夜晚才可静等心上人男阿夏的来访相聚。如此，摩梭人的家庭成员都是母系血缘的亲人。同一母系血缘，更没有父系血缘"外人"的干扰，加之摩梭人传承的崇母观念的道德意识，于是，摩梭人家的家庭就自然而然地呈现出亲切和睦、尊老爱幼、礼让长辈、非同寻常的团结和睦的社会形态了。

离别葛则家，我写下《霞光里访一户摩梭人家》的小诗，"春花陈酒，还有 / 木楼深沉，窗棂内存留着 / 别样的爱情基因 / 找一户摩梭人家 / 来一次深度的交流访问 / 听一听主人多吉的连珠妙语，和 / 葛则家家主祖母的堂屋，以及 / 那些生与死的人生年轮 / 血缘，和合与爱，贯穿着摩梭人文的主线 / 千年的传承 / 凉山内的泸沽湖 / 传奇，染透了青春 / 草海的清流 / 读懂了走婚桥上温柔里的浪漫 / 楼上的木窗 / 让晚霞的眼睛 / 喜泪狂奔……"。

四

如果说泸沽湖是高原大地明亮的眼睛，那么，泸沽湖的草海绝对是那双眉目传情时动人心弦的长长睫毛和美眉。尽管是初春时节，草海的草还紧紧包裹在大地缝制的华丽皮草里，但她的秀美清雅，更让这清秀的高原妹子，彰显出雍容华贵的姿容来。草海位居泸沽湖的东面，占地 15000 亩左右，37 种水生植物就这样惬意地生活在草海清澈的水流与沼泽里，他们欢快地拥抱着他们的 42 个孩子——42 种珍禽异鸟，而那些喜爱捉迷藏的鱼、虾、贝、螺、蛙等 11 种人间生灵，也总会用特殊的体语和舞姿，共同绘制出泸沽湖这云贵高原上罕见的一幅幅奇景美图。草海内芦苇如墙，莽莽苍苍。错综交叉排布的水路，似乎要将额尔古纳河的曲曲美韵和雪山环抱下的巴音布鲁克草原"九曲十八弯"的"桃源"之境浓缩于草海这优雅的"方寸"之地，似乎要让心神独享这天地赋予的一身轻松于这天海间迅疾开出春意盎然的惬意花朵来。芦荡水草也随风舞动着，清雅的姿容也确似摩梭妹子那又长又翘睫毛的微微颤动，草叶上遗存着的晨露，恰似睫毛上挂着的激动泪水，让美好的弧形，成为春日里草浪清波翻阅诗书时的俏丽剪影。

泸沽湖的草海，是上天镶嵌在泸沽湖东面的翡翠碧珠。尽管只是3月，草海的苇草们还没有从冬的梦境中彻底醒来，可那芦的歌，草的乐，水的琴，照样将一方境域弄得欢畅无比。水生植物默默竞技，珍禽异鸟和乐歌唱，鱼虾贝螺，嬉戏浅溪，这水天盛宴，这高原"牧歌"，构成了泸沽湖湖天旷远、悠然自得的高原湿地奇境。草海内的芦荡是别具一格的。在这里，芦荡们总是喜欢用娇小的身姿"浣纱"步溪，她们与清流缠绵，与鱼虾嬉戏，也用道不尽的软语细调，将错综复杂的水路写出苇墙谜样的诗行。如果是夏季，草海会更加热闹。红衣白裙的摩梭姑娘会划着猪槽船出没其中，若隐若现，清乐低回，悠扬的"啊哈吧啦"民歌在水草丛中穿行，在芦苇荡中回荡。那份自在，那份逍遥，恐怕天都会醉了。心神醉，人痴迷，草海，有这份自信。

如果说草海是那仿若星辰的天河美景，那么，走婚桥必然是永不消逝的彩虹鹊桥。走婚桥事实上是一座横跨草海连接两岸村落长三百余米的木桥。我走上走婚桥的时间，正赶上初春的最后一次劲风春寒，凛冽的风中还有冬所留下的点滴影子，而游客们和我似乎也都上足了发条，将手持相机的双臂，如时钟上的秒针，一刻不停地在风中运动着。芦荡里，闲暇的木舟也懒散地静卧在清流中，调皮眨动着的眼睛，也在拨动我诗魂飘溢的神经……明月初上，芦荡低吟，清流弹琴，蛙鸣和声。"阿夏"们走在这横跨草海的木桥上，和风习习，月色朦胧，玫瑰花香，红线丝绳，这便捷的"桥"，为"走婚"的"阿夏"们扮演着"红娘"的角色，更用"心血"为他们提供着源源不断的爱的温馨。

# 五

我在泸沽湖的夜宿之地，是一个叫作"花时间"的湖岸民宿。民宿坐落在泸沽湖的西南岸湖边。一条湖边水泥观光路，将店与湖巧妙分隔，也将喧嚣与宁静轻轻隔开，让湖光与市井，让鸥鸟与宾客隔路相望，而那用巨大的原木做成的"花时间"招牌，则竖立在路外临湖的路边古柳旁，使这幽境中的居所更增添了些许古雅的诗气来。

店主小叶，是位重庆来此创业的女士，优雅的举止恬静中透出微微的辣妹味道，也许是泸沽湖有意的考验，也许是上苍为了让我等体会湖光里藏着的久远，时至浅夜九点半，竟赶上此方区域难得的停电。苍山莽岭，秀岛湖面，夜色一瞬间将万物包裹，只留下此起彼伏的手机亮光，延续着心间诗的烟岚。借着手机的"烛照"下楼，人们聚集在店的大堂，借着老板娘点燃的一支支蜡烛，海阔天空，品茗交流，也将天南海北的见闻趣事，付诸在泸沽湖这方初春写意的清风里。

随着烛光的闪动，意识的手指不由自主地翻开了泸沽湖这本厚厚的书卷，泸沽湖的远与近，雅与幽，诗与词，也于瞬间跳跃于眼底的幕墙，烛光里的夜读，也顿让我脑海磁盘的存储愈加丰富，诗行的跳动，亦如湖中月下的粼粼波光，迷幻的味道，渐渐填满心房。

# 离家的猫头鹰

## 杨文丰

猫头鹰亦是人心善恶的一面明镜。

——手记

### 一

30 年前，6 月里的一个黄昏，奇怪的晴而空。我正想下班，晴川小跑着来到我办公室："爸爸，有人想送我一只猫头鹰，快跟我去看。"我半惊半喜，右转左拐，跟着儿子就走过去，迎面见一人，笑吟吟地走过来，手掌上蹲一只两叠拳高、翅膀下垂、病恹恹的东西，双眼却深黑如龙眼，嘴啄脚爪都尖利，正慢慢转着脑袋，忽然小嘴啄张合，"哑哑"叫出两声。晴川却兴奋着，但不敢伸手去捉。那人说，我弟弟些时在山林写生，刚感觉有冷飕飕的东西扑腾袭来，随即左肩就被硬爪紧抓了，他急用右手一拍摸，就捉到这只小猫头鹰，还不会飞，好几人出高价他都不卖，几天前送给我女儿，女儿养不好，也不太敢养，如果你们要，就送给你们……我听着，觉得这猫头鹰可怜，还病着，不禁心生怜悯，虽也心存些许忌讳，还是感谢对方，收留下这只猫头鹰。

童年时，我听过"猫头鹰叫，有人要死了"的话。在长江、赤水河汇合的四川合江城街头，那天中午，我抱着正牙牙学语的晴川，站在报栏前阅报，猛然一抬头，冷不丁就吓了一跳，一只被细铁链拴了脚、公鸡大小的猫头鹰，正屹立报栏上头，圆睁着大眼，睥睨尘世，它离我仅一两尺！那段日子，我才读过一篇名家散文，作者说他人病，文字流露出神经质，云"猫头鹰就是一个神"，还高呼"我的猫头鹰上帝"。

那时我还未与猫头鹰朝夕相处，不知道对凶猛的猫头鹰，你只要不固守惯性思维，爱它，与它亲近，像善待自己的生命一样善待它，一样可以相与和解，爱爱互动，相处和乐。"感情用事"一词，用在人与自然关系上，未必就是贬词，你只要付出爱，完全可以化为褒词，当然，在接收小猫头鹰时，我心有忌讳，也自在情理之中。

## 二

猫头鹰到我家之初，我曾一度想，这只该不是笑猫头鹰吧？如果是，就好，吉祥也……可几天下来，我并未能听到它有什么笑声，仅是"呃呃"地叫，而天地间，笑猫头鹰是有的，叫起来就像炫耀胜利般大笑，至于笑猫头鹰是否笑自己也笑天下可笑之猫头鹰，却未可知。看来，笑猫头鹰还是习惯固守新西兰南北部岛屿，不愿意飞来南粤。

猫头鹰无疑是思想致远的鸟，所以在我家，常常颇为宁静。白天我在客厅铺一张大报纸，将它轻轻地抱上报纸，因为是恒温动物，猫头鹰的身子，暖暖的。它是将报纸当成自己的地盘了，总是直直地、坚定地站在延绵的汉字上，独立夏天，难得见它怎么走动，或许它小，报纸很显得空阔。

该是猫头鹰享受了相当级别的待遇，病态很快就消失了，气色日趋正常。家人都很关爱猫头鹰，当然头几天对它的关注不算太高，但猫头鹰毕竟是猫头鹰，擅长受人之善，也善于保重身体，没多久，我们就无法不认真天天读它了。我下班回到家，首要任务就是读它，我拉来一张小矮椅，靠近它，坐下，人鸟相看，当然是我更专注地读它。读它，也成了妻、岳母和晴川的日课，以前一直反对豢养宠物的妻，还比谁读得都来劲。可能是猫头鹰，要比时尚散文有更强的可读性吧，你或坐或站在楼上看风景似的看它时，它也看你，颇有李白看敬亭山的意味，不同之处，至少是猫头鹰乃站在汉字之上。想想，除了在蜀地合江城，我什么时候如此近距离地读过猫头鹰呢？我们的猫头鹰啊，身上的羽毛多褐色纷披，细斑散缀，稠密松软，钩状的扁嘴和利爪总不忘先端钩曲，而且掩几根羽毛，真有些瘆人！值得一提的是那张鸟脸，还真与众鸟不同，眼周围的羽毛呈现辐射状，似猫的"面盘"，想来这就是何以叫猫头鹰的原因吧。生物学家说，如此的面盘就像卫星电视信号接收锅，可以集聚接收声波，判断声源，这相当于猫头鹰整个脸盘都缀满了耳朵。再细看其瞳孔，真大得惊人，完全就是狼的眼睛，根本不像其他的鸟双眼是长在头的两侧，而是固定在面盘前方，显然这样利于光线入眼。久闻猫头鹰的视觉极度敏锐，再漆黑的夜，它眼前的"能见度"也比人高出百多倍。

一天，家人在围观猫头鹰，晴川突然发现，猫头鹰的双眼不会转动，它要望不同方向时，总是先转动脑袋的朝向，还说幼儿园的老师讲过，猫头鹰的颈部能旋转270度。我听后想，咦，还真是，它经常看我时，都是头颅缓缓地朝一侧先一歪，面盘似时针那样要旋转90度的幅度，"横眼"已成"竖眼"。

我更发现，这猫头鹰虽尚年幼，但举止行为，已尽显山林之气，此鸟非凡鸟也！

一次，它可能瞬间获得了什么大顿悟，突然右腿金鸡独立，左腿爪用力一下子就朝身后笔直蹬去，左翅贴左腿随之朝后也极端地一伸展，那威势，霎时让我想起大将军猛张飞，这是猫头鹰本有的威猛，这是睥睨一切的大英雄气，它绝非目中无人，而是目无天下万物也！我这时也豁然省悟：只有大自然才是猫头鹰真正的家，它怎适合被宅入我这小小的家天地呢？作为昼伏高山深涧、密树荒草，夜飞阔原沃地、扑食威猛的猛禽，夏山秋漠，冬野春岭，长河落日，疏松月凉，才是它的伊甸园。我家"笼"它，等于在剥夺它的生活天堂……

我开始萌生何时将它放生的想法。

日出日落，人鸟相对，如此这般，又过去几日，天地又转入黄昏，还兼细雨，我在客厅翻阅《羊城晚报》，见报上说：人养宠物，人会向善——我突然就似抓着宝贵无比的稻草，马上向家人传达了文章的大意，家人都认为说得很有道理，还议论纷纷，说宠养猫头鹰嘛，单一个"养"字，已含"善举"……家庭会议还产生了决议：放生猫头鹰，很有些可惜；纵然放生，也还未到时候；如此小的猫头鹰，放了它，它又如何生活？我心明镜一般，这都是人和鸟，有了感情，但凡沾染感情的事，都甚难理智处理。

三

斗转星移，光阴易逝，又一个周末到了。我甫入家门，岳母就对我说，猫头鹰下午在客厅突然发出一声长啸，阴风颤颤的，以前夜里在山间，也听过猫头鹰这种叫声。

我很难想象猫头鹰在山林黉夜的叫啸，是怎样的恐怖阴森，可是很奇怪，知晓它能啸叫后，我却更敬畏它，更关注它，乃至对它有些着迷了。我和妻一起，将阳台上的榕树盆景搬进客厅，我双手抱起猫头鹰，轻轻引导它稳稳地抓上枝丫，随后，我退后几步，一看，宁静兀立于枝头的猫头鹰，愈加霸气四射，已焕发前无古人之势……翌日，堂弟来到我家，则坐在客厅高声说话，他偶尔转头，一见到榕树盆景上屹立的猫头鹰，登时就沉默下来，好一会儿，才说："这样凶的鸟，你家还敢养？"经他这么一说，我读书人"想法不坚定"的毛病，就像按入水的皮球手一松又浮了上来，遂想：

"还是赶紧放生吧……只是……"黑白想法，马上进入"相持阶段"，踌躇中，猫头鹰却病了。

文章至此，读者想必也秋毫明察，我们一家，都非常爱猫头鹰，而且，对猫头鹰的伙食，我们不仅奉行高规格的计划管理，更施行高质量的落实举措，而猫头鹰还是病了，何以会病？问题是出在饮食上。

猫头鹰天生以鼠为主食，上天赋予其超强的捕鼠能力，据考证，一只成年猫头鹰，不说其能吃多少昆虫、小鸟、蜥蜴和鱼等，单老鼠，它一年就可以吃掉一千余只。猫头鹰吃食物，喜欢囫囵吞枣整只吞入肚，这恐与它具有独特"食术"有关，因为入肚后难于消化的骨骼、羽毛、毛发之类残渣，会被揉成丸子，被它从嘴里吐出来，此谓"吐食丸"。显然，我们从未见猫头鹰吐食丸，在我家，它压根儿就没有见过老鼠等硕大食物。

这表明，对它的饮食，我们已无法适应，也难于满足。根据食谱，我们每天喂它的猪肉，全是精心选出的瘦肉，还加工成细丝，它每次就餐其实都蛮欢快的，总是伸爪子抓起一团肉丝，悬悬空，上下抖两抖，再低下头，以喙和爪慢慢拉扯着吃，有滋有味地吃，吃得相当用心。出于改善猫头鹰的生活，晴川还专门从楼下的灌木丛活捉来几只禾蝉，猫头鹰每次吃毕，鸟嘴即报以"哑哑"声，以示感谢吧。晴川也积极性更高了，就陆续捉回金龟子、菜青虫、鼻涕虫等喂它。可能这些都不是它最适合吃的鼠吧，加上吃得太杂，于是消化不良，患了肠胃病，屎稀不成条，尿中泛白，半小时不到就得拉一次。妻急坏了，赶紧喂保济丸、藿香正气丸，没想到这人的药，竟没有鸟用，一两天下来，猫头鹰又变得羽毛松弛，眼睑下垂，活像写失败的散文，"形神俱散"起来。

妻想打电话咨询，却不知到哪里去找鸟医生，突然情急生智，取出书柜上的《家庭日用大全》，翻到鸟肠胃条目，才明白可用木炭灰疗之，遂找来劈柴，烧木成炭，再碾成粉，用新鲜瘦猪肉丝沾裹喂之，果然鸟病还得鸟药医，吃过两三次炭粉拌肉丝后，猫头鹰果然痊愈了，似乎还长大了许多，更惹人怜爱了。

在这时，它表现出学飞的欲望，妻见状，找了根红色长绳，拴了它的一只脚，没承想绳子才拴住，猫头鹰竟就突显人性，以哀眼看人，哀声阵阵，偌大的客厅，弥漫了哀声。妻只好赶紧为它松绑，并回头对晴川说："要善待猫头鹰。猫头鹰可是国家保护动物……"

## 四

现在回头看，在对待猫头鹰是否马上放生的问题上，我的心态是颇为复杂的，当然，我情感的主基调还是呵护，是关爱，是怜爱，自然也心怀敬畏。敬畏，主要源自它有些吓人，敬畏是离不开惧怕的，有惧怕敬畏才有基础。当然，敬畏与文化有关，没有文化根基的敬畏不可能是自觉的敬畏，只能是盲目、盲从的敬畏，乃无本之木。

即便在动物界，在鸟类中，猫头鹰也是文化积淀最深厚者之一。西方的猫头鹰，其翼翅就披挂着文化色彩。古代的中国人更视猫头鹰为神异之鸟，"天命玄鸟，降而生商。"（《诗经·商颂·玄鸟》）在商代，猫头鹰被奉为军队的"保护神"，是人们崇拜的对象，猫头鹰的造型，甚至被刻上祭祀礼器青铜卣。我无从考证从何时起，猫头鹰才变成国人眼中厄运或死亡的象征。诚然，"不怕夜猫子叫，就怕夜猫子笑"之说，在现代科学看来，已不无道理，因为猫头鹰嗅觉非常灵敏，病入膏肓者散发的腐臭味，很可能被它高兴地闻到……

当然，猫头鹰不会知道这些。我敬畏它，以爱心待它，是应该的，而它最需要的，假如不是广阔天地，就是我们须能够喂养它。我不会想一只鸟会对你有感恩之心，但我能感到，它依恋我们……

记得猫头鹰学飞后，客厅就无条件地成为它的飞行“天地”，我还谓妻：“要定做一个大鸟笼，做得漂亮些，空阔些。”当时并未想到，家养它，对它再好也是囚养；它也不可能认同“人的家”是它的家……何况，家人已明显觉察，近几天来，但凡夜幕降临，猫头鹰就显得非常兴奋，总在客厅飞来叫去，但我们却未能认真地、深入地去想——室外那无边无际无涯的夜，才是属于它的，它的自由是在夜的天地间的。作为黑夜天地间的精灵，只有在无边的夜里，它才能享受自在、快乐和完美，它才能看到其他动物无法看到的一切，捕获自己钟情的一切。

现在看来，那夜是一个饱含预示的夜，我在卧室灯下喝茶，妻倚床头看书，猫头鹰竟能悄悄顶开虚掩的室门，一摆一晃地就步入卧室，边走还边“咂咂”叫唤，还一偏一扭着脑袋圆盘，轮番细看我们，突然，一张双翅，身子一蹲，双翅朝下一扑，就悄无声息，醉酒般一颠一簸地向我们飞来，飞上床沿，甫一站稳，又“咂咂”叫了两声，那淡定、可爱的小样，惹得我们哈哈大笑……我后来知道，原来猫头鹰羽毛柔软，翅羽又密生天鹅绒般的羽绒，纵然飞如闪电，其声频也不到 1 千赫，人和别的动物都难于听到。

一直以来，猫头鹰的夜寝，都由我亲手操办，每夜，我都是将它抱入大纸箱，箱盖上再压一把生锈的大铁锤。说不清是何原因，许是冥冥中有什么谕示，就在猫头鹰步入卧室的当晚，我居然没有去操劳这事，由妻代劳了。

翌晨，我和妻都在厨房，突然就听到岳母在阳台上惊异地说：“猫头鹰哪里去了？猫头鹰飞走了！纸箱盖开的，里头空空的。”我急急和妻来到阳台，晴川这时也从卧室小跑出来说：“我昨晚上做了一个梦，梦见猫头鹰冲开纸箱盖，一飞就飞上阳台的防盗网，站了站，然后扭转头看了看我们家，一会儿就飞回客厅，朝爸妈的房间走去，见门关着，就又走回客厅，‘咂咂’叫了叫后，又飞至阳台的防盗网，稳站了一会儿，最后低了低头，才朝阳台外一跃，飞了!"我一听,就问妻:"箱盖压了铁锤,猫头鹰怎么还能冲开?"妻忙说:"昨晚我只压了一根小小的竹竿……"妻未想到竹木太轻,还是通山林的。我有些气闷,有些感动,有些醒悟,也有些惋惜,更多的却是解脱,望着清晨阳台外辽阔高远的天空,顿感所有的鸟事都空了,似乎什么都没有发生,这一切,都是天意吧……

假如猫头鹰继续因在我家,既悖逆它的天性,也有违天地伦理——纵然猫头鹰和你相处得再不错,也不能说猫头鹰和人的关系就已臻入和美,何况这也只是人单方面的评价。人与自然也好,人与鸟也罢,彼此的关系,既相互关联,相互依恋,还须相互尊重,唯有彼此自在,各自独立,均感自由,各美其美,才算真正臻入和美。

猫头鹰飞离我家30年了。它是在夜间飞回它家的。它飞离时是有些不舍。它是一度离开了自己的家的。它飞回真正的家,该是共鸣大自然对它的召唤:归来吧归来吧,人的世界,不可以久留……

# 柳河溪谷

冯小军

"九九"节气歌里的物候特征按说是黄河下游的古人总结出来的，可柳河溪谷也基本适用。"六九"节气过上几天，柳河溪谷就有了春的端倪。走出老屋到距离柳河不远的井里挑水，土路两边儿的积雪开始消融，羊群留在雪地上的蹄印模糊起来。偶尔听见吱的一声或噗的一下，看看周围没啥发声的东西，其实那多半是周围在融雪，白雪和黄土地出现了缝隙。雪在悄悄缩小体量，土地在释放热能中吮吸积雪融化出的雪水。不过会突然变天，融雪再被冻结。垂挂在房檐上的冰溜子晴天明亮刺眼，气温提升时逐渐变瘦甚至断裂。正午阳光照耀，房檐滴水，滴滴答答地落进脖颈时凉得人直咧嘴。

放眼望去，整个溪谷的积雪在一天天变薄，山坡上大石头的罅隙间绿色已经萌动，地黄和苦菜最先破土，油亮油亮让人喜欢。从北山那边吹过来的寒风掠过树梢，那呜呜的调门儿明显降低了。仰头看看西山，在山顶一直盘旋的山鸦嘎嘎地叫得更欢了。

爷爷奶奶天天起早，我只在父母带我走亲戚时才偶尔早起。黎明时分空气清冷。站在老屋庭院往东山瞅一眼，山林黑黝黝的，星星在天穹上慵懒地眨眼。其实那会儿我比星星们还犯困呢。看见它们无精打采的样子，我心里抱怨父母不该让我起得这么早。不过，柳河岸边那条土路已经有脚步声和低沉的絮语传来，羊肠小道儿上影影绰绰，有骑驴赶路的身影在晃动。

那一次母亲要带我去二姨家"做十儿"，不知道为什么要起那么早。父亲配合母亲准备要带的礼物和我的穿戴。从东山崖口投射过来第一缕晨光时，我们在奶奶的嘱咐声中出发了。

河床边沿的土路白花花的，瞬间晨光乍泄，树冠镀了金色。身后传来踢踢踏踏的脚步声，原来是背后走来一男一女两个骑驴的人。我们见状赶紧让路，在路旁站立一会儿，见他们快速走过去，母亲明显加快了脚步，我需要小跑儿才能跟得上她。

前面出现了一个戴旧毡帽的老头儿，到近处才发现，他正猫腰用铲子往粪箕子里拨拉驴粪球儿呢。我想一定是刚刚超过我们的那两头毛驴拉的，现在让他拾到了……

天色越发亮了，远处的杨树林里传来群鸟扑闪翅膀的声音。微风拂面痒舒舒的。蛋黄色的太阳颤抖着在碣石山巅上升，一朵乌云依偎在它周围，铅灰颜色的云彩深浅不一，非常平静。

经过杨家台时我听见一只公鸡在打鸣，我想它一定是一只懒鸡，我们要是靠它司晨可得误事。经过小王柳河街道时村头儿上的那户人家的门吱扭一声开了，有人探头张望了一下，见到我们时竟掩门回去了。

走上鞍子岭那一刻天完全亮了。母亲放慢了脚步，在那个柳河溪谷西出口儿的制高点上遥望天际，灰暗的天色已经隐去，升高的太阳光芒四射，满世界都明亮了。

地气蒸腾的模样真让人兴奋。"七九"节气一到，柳河冻结一冬天的坚冰有了变化，过去河冰是横茬儿的，现在有了劈柴片子似的竖茬儿。如果你能静静地在河边蹲一会儿，一定能听见河床里哗啦儿、哗啦儿的细小声响，那情形告诉人们春水已经流动了。

山花开了又谢，好农人却没有一个在意它。连牧羊人也熟视无睹。他们只在意啥时候会下一场雨，只有山草蓬勃生长他的羊才会快速长膘儿。牧羊人会为母羊下羊羔儿高兴，"羊丁兴旺"会让他的钱包鼓起来，日子过得好一些。只有我们一群"吃凉不管酸"的半大小子才有心思去山坡上看花，揪下一片白头翁的花瓣含在嘴里品尝味道。我们常常花一两个小时在松树林里寻觅鸟窝，在新翻的庄稼地里追逐沙蜥，在河滩的土坎上趔摸獾子的洞口。

村街上的土狗在交配，我们一群半大小子看见就兴奋。我们哪能容忍长着两个脑袋的家伙出现呢！尤其不喜欢它们那虎视眈眈的目光。看见它们那一刻，总会有人跑着找来棍子，多人合力抬起它们。那一刻它们嗷嗷叫着，眼睛仇视地盯着我们，片刻间它们就分离了，夹着尾巴落荒而逃。从早春到初夏，柳河溪谷里到处生机勃勃。除了这些明目张胆寻欢作乐的土狗外，还有公羊在山坡上顶架，连大豆秧苗上都有黑色的小虫子摞在一起……

远远望去，那些尚未翻耕的白地上地气蒸腾，丝丝缕缕间地垄上绿影闪烁，那些过去被人遗弃在泥土里的杏核破壳后长出浅黄娇嫩的小杏苗儿，它的样子是春风里的柳河溪谷间最美的生态。

一年四季春天过得最快。好像"二月二馋老婆掉眼泪儿"的话音刚落，好像土地开化后缕缕地气蒸腾不久，好像刚刚脱掉棉衣棉裤，好像柳枝做的笛子已经吹不出兴趣，好像雏燕在窝里唧唧叫，那些时候我才有了夏天来临的感觉。

柳河溪谷里盛夏是哪种感觉呢？在我眼里它的盛夏是从夜晚有萤火虫在街心飞舞时开始的，是纳凉时那些只闻其声不见其形的蚂蚱唰唰地从东山飞向西山时开始的。坐在街心老槐树下纳凉，叔叔伯伯偶尔会讲一段"薛仁贵征东"或"杨家将"，他们的故事虽然有趣儿却常常没有下文，这事儿让我十分恼火。

父亲下地干活儿回家脱下汗衫，脊梁上满是黄豆粒儿大小的汗珠时我感觉真正的夏天到了。虽是这么说，我却从来没有产生热得喘不上气的感觉。"纳凉不用扇儿"那种感受唯有林间溪谷。也就是说，即使三伏天柳河溪谷的深山密林里也很凉爽。

柳河溪谷人认为我这种人"不利夏"，每年夏天我都会瘦一圈儿。运动量大，又没有好饮食，不瘦才怪！这时候我和小伙伴儿们总在人家的门楼里玩"下连""下五虎"和"歘把儿"的游戏，竞争和比赛容易消磨时光，一坐就是小半天儿。

躺在草地上看"云彩过"常常让人产生幻想。天上的云彩不时变幻形状，它们一会儿像白生生的棉花，一会儿像"大跃进"年代大炼钢铁时堆在路旁的废铁滓。看着，想着，上下眼皮亲近，不知不觉睡去。直到日落西山，田野间微风拂面时才苏醒过来，清醒那一刻懊恼耽误了要做的事。那时候我会来一个鲤鱼打挺，忙着去割草砍柴。

我夏天的装束曾经被一个大婶笑话，她故意当着母亲的面数落我："看你穿的，一个裤头儿，脖子上系一块布，咋这么会给你妈省钱哪！"其实那样的穿戴完全是我自己做主，和妈妈没有半点儿关系！穿着这样两件东西下地，我骨头缝儿都感觉舒坦。多自由啊，几乎没有束缚。夏天我总要下地割猪草，为下蛋的母鸡逮蚂蚱，披着这样一块粗布走在有露水的草地上舒爽得很！

哦，7月里的早晨，蛰伏在草地里的蚂蚱在我走近瞬间跳荡起来，像热锅炒豆子似的，有的都能跳到我的头上去。我左手攥着玻璃瓶子，右手张着手掌猫腰抓捕它们。有抓就有逃匿，较量的事最有成就感。最好抓的是那种褐色的母蚂蚱，它们个头儿大，胖墩墩的，一抓一个准儿。常常趴在它后背上的公蚂蚱体形要比母蚂蚱小很多，却非常灵敏，用手去捂那一刻它会立即跳远，没有两三次根本逮不住。挑战，反倒刺激欲望。它蹦，它飞，任它再怎么狡猾也难逃我的手掌。

柳河溪谷的蚂蚱有十几个品种，绿色和褐色居多。除大小有别外，方头和尖头是区分它们的重要标志。我们管方头的叫蚂蚱，管尖头的叫"老扁儿"。同类多得说不清。那种我们乘凉时从村庄上空飞过的蚂蚱我一次也没抓到过，不过我判断它是白日里我叫"大青"的那种，它们的个头儿和身长与成年人的中指差不多，长在脑袋最前的眼睛鼓鼓的，内层的翅膀颜色猩红，它们有强有力的大腿。傍晚时分我常常见它们在空中像小鸟儿一样飞翔。

柳河溪谷每一条山沟都有溪水。进入葫芦峪沟门口，不远处长着几棵高大的古杏树。麦收时节杏子成熟，红黄色的果实分布树冠，像钉在绿色饰物上的金色纽扣。雨中枝丫常常被风压低，近熟的杏子落在雨中柔软的地面上，天放晴时捡到的最好吃。

盛夏时节的杏叶儿已经不再娇嫩，花事已成旧梦，不过几天几夜连阴雨里潮湿的环境会催生树胶，它们是杏树的分泌物，软糖似的晶莹剔透。雨热同期的日子树上会长天牛，黑背白点儿那种居多，它们的触角比身体还长，好像用它探路。捉它不难，只是被抓时它会分泌一股难闻的味道。在杏树下觅食的马蜂嗡嗡叫着飞翔。它是一种"人若犯我，我必犯人"的家伙，被招惹时定会还击。我讨厌它的强势，只要见到蜂窝一定要捅。从附近砍来一根蒙古栎枝条绑上柴草点火燎它，被激怒的马蜂立马展开攻击。有一回被它们蜇了，满脸红肿了好几天。

"东虹（jiang）日头西虹雨"——出现这种天象时柳河溪谷人都会这样说。雨已经下得够久，人们企盼晴天，这时候只要东边的天空出现了彩虹，用不了多久就会出太阳；而西山上的天空如果出现彩虹根本不会开晴，雨还会接着下。

暴雨中电闪雷鸣时可不敢靠近大树！父亲说，前几年村里发生过雷电击死人的事。据说那个人在雷雨天里赶路，遇到暴雨时躲到大树下的一刻哐的一声，雷电击中了他。后来被人发现，赶紧通知他的家人。儿子把他背回家查看身体时，发现他的头上和脚心都有烧焦的口子。跟他有仇的人背后说他做了缺德事儿，遭了天谴。

柳河溪谷距离渤海不远，老年人说早年间下连雨时曾经"下鱼"，跟高空抛物似的，哗啦啦的庭院或道路上猛地落下一群鱼虾。我年轻时和邻居赵春笑要好，常去他家闲聊。有一回我看见他家墙角儿有一堆贝壳，询问时他奶奶告诉我，那是她年轻下大雨时从天上落下来的。按说一个八十多岁的老太太不会撒谎，有啥必要呢？

连雨天山里会暴发泥石流，柳河溪谷人叫打水炮。瓢泼大雨中猛地听见轰隆隆的一阵闷响，有经验的人坐在屋里就知道是怎么回事，说是"打水炮"了！披上蓑衣进山查看果真是。油松、蒙古栎和山草与泥浆混合在山沟里翻滚。失去植被的山坡露出土石，与周边的绿色形成巨大反差。这样的地方山里人也不去修复，让它自我更新，过好多年都恢复不到原有的生态状况。

苇子峪水库曾经发生一次溃堤事件。堤坝虽然没有彻底毁掉，却发生了严重泄洪，几里远的河川汪洋一片。下游村里的人赶过去站在高处看洪峰过境，一次又一次地汹涌澎湃。我村河岸上的杨柳和高粱地泡在洪流里，狂风暴雨把它们折腾得枝叶低垂，好些柳树叶子都露出了背面的白色。

还好我村损失不大。一个接一个的洪峰过后，川地里的高粱的水位慢慢下降，根部的爪龙（高粱露在地表的根须）露出来的一刻，站在高处的人突然大喊：快看，高粱地里有鱼！话音刚落，胆子大的人就开始蹚水过去逮鱼。你喊抓到了一条鲤鱼，他喊抓到一条鲢鱼。跑进高粱地的人越来越多，泥浆里面鱼乱窜人乱跑。折腾一段时间安静下来，人人都有收获。那天我抓了两条鲤鱼，为此家里改善了一次伙食。

柳河溪谷的秋天最有趣儿。站在柳河岸边瞧瞧，一个月前泡在洪水里的柳树底部已经有半个土墩消失了，褐红色的根须暴露，由粗到细直到末梢儿都已经被洪水塑形。洪水中一个时段里它们表现的是蛇摆尾的模样，如今已经硬邦邦的。让人眼前一亮的是粗大树根上已经长出了十几株叶子浅黄色的小柳树儿，根根向上，与大树的树干平行。根须虽然已经死去，但是生命体传输营养的机制尚存。活力强大的树根上的胚芽被暖阳催生，新的生命诞生了。这无疑是生命的接力，即使不会长成大树，也有利于新的胚芽生长。

柳河距离我村最近的分支我们叫南河，河岸有一段儿两米高的土坎。我和邻家伙伴经常去那里割猪草。有一回刚走近同行的百顺就喊起来：你看，獾子！那一刻我看到土狗一般大的野兽从湿地边沿蹿上土坎，转眼就不见了。

走，去看看。拿着镰刀走过去果然发现一个獾洞。我俩一前一后往洞里窥视，用镰刀把儿捅几下，没有半点儿动静。

我们的目光转向浅水里的红蓼。它翠绿的叶片有黑色条纹，嫩的茎叶是上好的猪饲料。我们不用费劲儿就能割一筐。

那时候我只知道红蓼是猪草，多年后才知道它的学名叫红蓼。有一种糕点叫"蓼花"，吃过多少回却不知道它的名字怎么写。十年前我在西安街头买特产时遇到蓼花糖。那一刻我灵光乍现，看它的形状酷似红蓼的花穗，才感觉它的名称一定与这种野草有关。之后求证，果然如我所料。"行万里路"对增加见识的作用，从这种甜点上又得到了印证。

柳河岸边多有湿地。从西夹河湿地边沿往深处走几步，在陷脚的地方停下，莎草间的蚂蚱和青蛙跳荡的猛烈程度惊人。脚底下多有蛐蛐儿，它们紧贴地面探头探脑，稍稍安静就吱吱鸣叫。我随手抓了一只，还没等拿稳它竟极力挣脱，宁可掉一条大腿也要逃走。追求自由啊，每一种生灵都有，而我们人类尤甚。有一种绿色蚂蚱脾气很大，当它被捉又逃不脱时嘴里会不停地吐酱油色的唾液，不松手它就吐个没完。折腾一阵，我动了恻隐之心把它放走了，那一刻它会猛地一蹦，跳入草丛里隐蔽起来。

吊子顶满山长满油松，深秋天去山里砍柴总会惊动山鸡，那一刻它们会扑啦啦飞走。这种鸟儿春天在草窠间孵蛋，成鸡跟鹌鹑一般大小，一群二三十只在山里集体觅食。它不擅长飞翔，跟山鹰和乌鸦等无法比拟。走在波浪起伏的帘柴（黄麦草，是打草帘子的好材料）中，闻着蘑菇和干草混杂的气味，透过松树的枝丫瞭望柳河溪谷，夕阳西下的两岸平畴中河水泛着红晕，会产生高瞻远瞩的豪迈感。

那时候我进山多半是为了拾柴，割帚柴，捡松塔。柳河溪谷人管松塔叫"松饽饽儿"，这名字估计是先人根据它的形状叫的，窝头儿本地人叫饽饽，二者形状相似。吊子顶下的山坡上油松密集，松饽饽儿经年后落在树下，捡回家里烧水做饭，是上好的燃料。

冬日里的柳河溪谷冷清萧疏，常绿的油松和落叶的蒙古栎是一组绝佳组合。绿的，黄的，搭配丰富。除非死亡，油松靠持续落叶成就它常绿的品性，而蒙古栎虽说落叶却整整一个冬天都枯叶满枝。常绿树的叶子持续不停地死亡，落叶树枯叶哗哗作响却没有丁点儿生机。

天空突然飘起鹅毛大雪，南望高高的碣石山，北望挺拔的兔耳山，整个柳河溪谷银装素裹。这时候那些保留着打猎习惯的人一准儿都在擦枪，预备套子。赵青庵村的杨山是打猎高手儿，他的诀窍是"打跑儿"。白雪覆盖的山场容易发现狼、野兔的踪迹，跟着它们的脚印走进深山，站立的地方静得能听见树叶飘落。树洞和土洞里或许藏着动物。荆条和黄麦草在雪地上露出上半截儿，那里多有动物足迹。山风卷雪，箍在楸树和油松的树墩部位，阳光映照下明暗参差。

在林间跟踪动物足迹突然消失了，猎人会分析它的藏身之地。一旦走到这种地方，杨山会用自己的一套办法让动物暴露，扔一块石头或呼喊一声，躲藏的野物猛地受到惊吓，趁它逃跑时开枪射击，他屡屡得手。

我家南邻赵叔擅长下套，他了解山狸子的生活习性，熟悉它们觅食的路径，在它们经常经过的地方设下钢丝套，每次都有收获。

俗话说山有多高水有多高。柳河溪谷的山溪春夏汩汩有声，冬日里所有溪水都会冻结。我在野鸡店的山里见过一条山溪，夜间的奇寒一次次把它们冻成羊胡子形状，跟丽江的白水台一样布满山坡，那波纹如同被雕刻过的汉白玉一般。

三九天的柳河溪谷常常天色阴沉，抬头看看天空，鹅毛大雪翩然而至，满眼白茫茫一片。下雪天狼因缺少食物会在夜里进村偷猪。它们大多后半夜进村，趴着猪圈的墙头偷窥一阵，在感觉没危险时跳进猪圈。狼偷猪有奇特的本事，它咬住猪的耳朵，用尾巴拍打猪屁股，被驱赶的猪会不声不响地随它离开猪圈。

为防备家里养的猪会被叼走，大多数农家会围着猪圈的墙头拉一圈儿铁丝，再去柴火垛抽几根高粱秸折成六边形的套环挂在铁丝上。夜间狼来村里偷猪时，远远看见那些晃动的秫秸套环会躲开。也有不设防的人家猪被叼走，天亮去猪圈时才发现家里的猪没了，喊一阵子，听见女主人的哭声邻居会过来说几句安慰的话。我们村北有一户赵姓人家养了三个月的猪被狼叼走，丈夫跑进山里寻找，当他提着血糊糊的半扇猪回来时妻子又抽泣起来。农家养一头猪不容易，她怎能不伤心呢。

当然这是多年前的事了，狼在柳河溪谷已经绝迹，旁的野生动物也很少见，国家颁布野生动物保护法，山里再也没了打猎的事情。

# 一条河流的生与死

## 王国华

"我不想死"。这样的挣扎声、呼喊声每天都在耳边震荡。

一只蚂蚁被鞋底踏住。一棵草被镰刀割断。一个人在车轮下一口一口地喘气，只出不进。一个瓷碗在水泥地上完整地跳了最后一下。

一条河在深沟里变黑……

墨汁，可以蘸着练习书法的那种墨汁，铺在河道中。一个看不清年龄的人（肯定看不清年龄，他的身上糊满了黑色的泥，从上至下，无一遗漏，连眼睛和牙齿都被遮挡住），在黑色的河水里，仿佛隐身人，若站住不动，还以为一部分河水立了起来。确认深沟中黏稠的、看不出是否流淌的事物为"河水"，亦需相当的想象力。那人一步一步地在里面艰辛探索。我们站在离他几十米远的地方大声问，你干啥呢？那个人的回答在风中隐约飘过来：在抓鱼啊。

里面有鱼吗。有啊。

能在这里面活下来的鱼，早已百毒不侵了吧？

这是几年前我和朋友在茅洲河岸边的亲历。我们开车从广深沿江高速上走过，看到一个人影，以为他要寻短见，特意问了一下。那么恶臭的一条河，除了想不开的人谁会踏进去？

茅洲河属珠江水系，发源于深圳市阳台山北麓，自东南向西北流经石岩、公明、光明农场、松岗和沙井等地，在沙井街道民主村入珠江口伶仃洋，干流长 41.61 公里，下游为深圳市宝安区与东莞市长安镇的界河，名东宝河，长 10.2 公里。以宽度、长度、水量、流域影响论，放到其他地方，也就稀松平常的一条河，但它是深圳最大的河，而深圳又是国内一线城市，所以它就重要了，要由本省最高官员来担任这条死河的河长，令其死而复生。

我印象里的茅洲河，已死得透透的，连骨头都腐烂了，水不是水，岸不是岸。说两岸寸草不生或许夸张，烂泥上即便有些草木，也非一般意义上的草木，它们带着一股摸不清底细的邪气，狂野、迷乱，迎风一闪，变成乱飞的暗器，瞬间置人于死地的那种。

两边的工厂里伸出一根根管子，夜以继日地向河中排放着污水。养猪的人在 500 米外的地方搭好了窝棚，穿着短裤拖鞋的小男孩儿把猪赶到烂泥地里觅食。猪们摇着尾巴，互相撞击着，嘴巴乱拱，也不知道它到底吃下了什么，但屁股上时不时掉下一坨一坨的排泄物，无形中增加了烂泥的高度。

有一段时间，我数次在茅洲河附近流连走动。我看到了一条活着的河。

一条中规中矩的河流。低矮的草丛中闪出含羞草粉红色绒球状的小花朵和它的羽状叶片。有段时间，经常在光明老图书馆后门见到大片的含羞草，留下了一个刻板印象，即，光明区的含羞草多。

河岸空旷，视野极开阔。没有很高的树，岸的斜坡上有一些树，亦斜，始终和坡面保持了垂直。这是一些会计算的植物，有所依傍，有所坚持，别人的斜便是它们的直，只是洒下的阴凉不多。人在阳光下走，常常无处躲藏。在我的字典里，必须高达五六米以至十多米的树才配有树荫。让一条河三两年内变干净变漂亮，只要下定决心，其实也没那么难，但要让它有绿荫，除非从其他地方把参天大树连根刨来（这样也不难），而让河岸上自己长出大树，就一定需要时间。树荫与河水一样，和我们能见到的外部世界一样，要有充足的时间去慢慢长大。这种慢，在宇宙中或许不足一纳米的稍纵即逝的瞬间，但对于一棵树，一根草，这就是一生。发芽，钻出地面，睁开眼，长出头发，每一步都左思右想，瞻前顾后。如何成为绿茵，成为什么样的绿茵，漏出多少阳光？都想明白了，再按着轨迹向前走。其间，步步凶险，每一个构思，都在生与死之间徘徊，分分钟掉下悬崖。一个"快"由亿万个"慢"组成，一个"慢"又分离出亿万个"更慢"。此刻我接近的是茅洲河的"快"。

河水稍显浑浊，清中带黄，总体还是清。厚厚的野生水草轻轻摇动，叶子上粘有泥渍，或为水落后沉淀在上面的，整条河因而少了雕饰痕迹，仿佛幼年在故乡村后常去游泳的河流。有水便有鱼。几条鱼儿凑在河边打麻将，跳广场舞，尾巴一摆一摆。一条中指长的鲢鱼，离群独自对着一棵水草碎碎念。也许是发呆。水草偶尔晃一晃，似在应答。

河岸上只有我一人，拦不住四面八方赶过来的风。水中的每一个波浪里都藏着一个小小的发动机，它们没日没夜地转动，产生风。风在水里慢慢长大，蔓延到岸上来，去拂动沿阶草、兰花草和斜着的树，顺便吹乱我的头发，让我的寂寞渐渐飘散。

一个入河排水口，内嵌直径一两米的水泥管子，哗啦啦的小水流，与家用自来水的水量无异。水是白的，没有异味。凑近了闻，仍无异味。令人心情无比舒朗。下面一个水池子，水池涨满后，再流入河中。池内有台阶，可直接上到路面。旁边立了一个入河排水口公示牌及举报电话，水池四周乃水泥栏杆，涂成原木色，上面写着编码：Mzy 042。不知其意，但起码可以得出一个结论，这样的排水口不止一个。

多年前，一个在北方某城化工厂工作的亲戚对我说，他们厂排出的基本都是原汁原味的污水。有人来查，请吃个饭，或者临时关闭几天也就过去了。去意大利考察，见人家化工厂里排出的水，金鱼就在水中，顶着水流往上游，当时汗都下来了。而此时的排水口，或可止住亲戚的汗水。

沿茅洲河一路往下，建了若干个公园。有的工厂或居民楼离河太近，几乎擦肩而过。地域稍宽一点的地方，种草种花种树，修几条弯弯曲曲的小路，乃至建个喷泉，便成一公园。最大最著名者，或为燕罗湿地公园。

此处水面颇宽，至少三五十米，百八十米也不意外。波光粼粼，深不可测的样子。阳光贴在水面，随着波浪闪出黑一块白一块长一块短一块的条纹来。如果不是写着警示牌，真想下去游个泳，让脚趾跟河底泥沙谈谈心。

天空显得高而远。水中大团大团的云瓦蓝瓦蓝，跟天上的云一模一样。原来是天上的云彩停在那里照镜子。它们走了那么远的路，居高临下地找，好不容易找到这么平这么亮这么大的一面镜子！云彩们久久地照着，越照越觉得自己好看，越照越舍不得离开，后来干脆就跳进水里。水天连接处，分不清哪是天上的云，哪是水中的云。

岸边花团锦簇却不喧闹，睡莲叶子油亮，紫红的花朵站得整整齐齐，跟花样游泳运动员一样，伸着胳膊，一天都不收回去。洋金凤、美人蕉、再力花等，红、黄、紫、蓝，各自保持着一定距离，又相互观照，疏密有致。高的高，低的低，搭出一个小棚子来。人在散发着浓重植物气息的花丛中探一探头，对面倏忽一个人影。

有风，有水，有颤颤巍巍触手可及的花朵，此时此地，我却很容易被世俗的想法牵走。即，要花很多钱维护的一条河流，如何可持续？一个知情者给我讲了半天碧道和绿道的区别。绿道多为林荫路，乃线形绿色开敞空间。珠三角城市中建成了很多绿道（吾所见，"绿道"常刷成深红颜色，在树下盘旋而去，有人沿着绿道骑单车锻炼身体）。而茅洲河两侧的开放空间，称为碧道。官方解释的碧道是"以水为纽带，以江河湖库及河口岸边带为载体，统筹生态、安全、文化、景观和休闲功能建立的复合型廊道"。除休闲外，确实要考量到产业，所谓"产城人结合"，比如，环境好了，一些无污染企业因此搬来，亦可提供就业、缴纳税金。若是这样，也是一种再生。

东莞市长安镇。有段时间一直传说要设立一些镇级市，长安和附近的虎门镇多次被耳语式点名。这个名为"镇"实为市的地域，距茅洲河几百米的一侧，是一个挨一个的工厂，有电子厂、金属加工厂等。门口站着很多年轻人，有工间休息的，有应聘的，有些不知在干什么。他们一律静悄悄，从不大声吵嚷，似乎已将自己定位为时代中的一点儿点缀。空气中弥漫着一股异味，不很强烈，却清晰闻见。此为二三十年前的深圳的样子，一河之隔，仍是隔了一个时代。

站在茅洲河下游长安镇一侧，看到对面的建筑，上书"深圳市水务局沙井排涝泵站"。有这么个东西站立于此，附近的水都老老实实，仿佛牛见了缰绳，老虎见了猎枪，兀自蔫了下来。你这里等待多少天，也见不到河水咆哮。

河岸上有5个骑行者的铁雕，四种颜色，绿、红、浅黄、金黄，很专业的那种骑行。如果有人骑着车加入其中，一点都不突兀，辨不出谁是肉身，谁是铁铸的。沿河种着一排琴叶珊瑚，指甲盖大的五瓣红色小花，都往里边收着，似乎要把阳光兜成一杯酒。白色的狗牙花，叶片抖抖索索。这么难听的一个名字，花朵依然白，像狗牙一样白。木槿越在阳光下开得越红，傍晚和早晨都拢起来，睡觉。从新安大桥往下走，河中有一片树林，树上趴着海刀豆，开出了蝴蝶状的紫色小花。每一种植物，每一朵花都在大荒上获得了最大的给养。空气好，水也好。它们不仅仅是长得更大，而且要长得像，长得逼真。多大都不走板儿。

新安大桥连起了深圳和东莞。桥下几个人，有的坐着刷手机；有的双手环抱着腿，脑袋窝进去；有的倚着栏杆往远处看，半天不动，如同被施了定身法；还有一个躺在大理石面的座椅上，四仰八叉，手臂耷拉下来。他们差不多就是一组生动的石雕。我骑着单车走过去，一个小时后回来，发现他们还是那个样子。酷热的天气中有这样的阴凉之地，人除了呼吸，身上的任何器官都不需有所作为，静静地打开就好了。

下游几公里又一座桥，乃广深沿江高速大桥。桥下几乎就是海了。这一段河常常是海水倒灌而来，咸水和淡水交界处，草木丰茂。水中树木乃是可在咸水中存活的红树，亦开花和结果。茂密的林中先是传出一阵鸟鸣，接着鸟儿们凌乱地飞出来，毫无秩序（也许它们自有章法），令整个天地增添了些许野性。

我沿着台阶走近了河水。河水撞击着岸边的石头和土，发出轻轻的啪啪声。站定，远眺，水面阔大，身体不由自主地渺小，心生置身于农耕时代的无力感，两岸的稻谷、小船，都比人壮观。再近些，一股水汽扑来，甚或浓重的水腥味。水汽里面有什么成分，是不是水一变大就会自然而然如此，就像大个子的人更容易散发体味一样。又想，这是河流的底线。河流可以治理，但也不能全换成矿泉水；河流可以退缩，也不能退缩成澡堂子，终究要有一点河流的样子。

紧挨着水边，长满田菁（一种可做饲料的豆科植物）。手指盖般精致的蝴蝶，扑打着翅膀站立在同等大小的黄花上。常在花间走，会发现多大的蝴蝶就找多大的花，各自匹配。巴掌大的蝴蝶只能到饭盆大的花朵上去撒娇。眼前这条河，冥冥中必然躺在深圳这座城市……

一条死去的河活过来了。但它不是死而复生，而是变成了另外一条河。一条穿行于山林间，汹涌奔腾、蹦蹦跳跳、来去自由的大水，变成了花枝招展的"植物河"。它头上缠满了绷带，绷带上绣着漂亮的 logo，搭着呼吸机，吃着各种补药，维持着一个正常的热量和能量。

从农耕村庄到都市街区，河流与人的原有关系已经失散，彼此都回不到过去了。人们不再需要蚊蝇滋生的湿地来维持河流的天长地久，不需要它的深邃和浩荡来浮起滑到对岸的小船，不再需要引流上岸，浇灌庄稼，不再需要水中保有什么养分。河岸可以改成水泥地，浅流亦可，清澈即可。宽阔的稻田改种花草树木。某种意义上，这已经是人造之河。人类所到之处，岂止茅洲河，很多河水都从自由飞翔变成了笼中鸟。人类让它们活着，它们就活着，一天不喂食，它就死掉。河流欢实不得，死不得，乖乖按着人类的想象和需要去活着。所谓的和谐，不过是河流的妥协。不妥协也不行。那些真正桀骜不驯的河流，人类也不去接近它们。他们敢于和能够接近的，一点点改造之，威逼之，终于将其驯服。

在与人类的关系中，多数河流无发言权。它只能静静地躺在那里，像一条条认命的蛇，听从人们的摆弄。

这么多年（尤其最近一两百年），谁见过新的河流诞生？但是死掉的不计其数，有的干脆被填塞掉，假装平地。复活过来的河肯定不是曾经的河。今日之河本来就非昨日之河，无论生死。而今日流淌在里面的河水，非但不知昨日之死，前生是谁，亦不知祖先是谁，自己来自何方。今日之河只关乎今日之人。岸边走过一个人，他和它就有了某种牵连。等那人过些年再来，想起一件往事忍不住泪流满面或者纵声大笑时，新鲜的河水呆呆地望着它，以为他是个疯子。

很难用对或者不对来形容眼前所见。如果人类不去管那河流，它们自己也会死掉。无身无形的神，不但会让一些河流死去，亦在某些时候安排冰川、森林死去。悄悄的变化，并非都是因为人类贪婪、过度消费所致。人类固然可以改变一些东西，但所谓"叫大海让路，叫山川低头"，"人定胜天"之类，不过一只蚂蚁面对一群大象时的无知无畏。河流的消失和改变，更可能是地球内部的熔岩滚动在起作用，也可能是因为太阳的一根绒毛掉落，或者某个我们完全不了解的事物在控制着地球，它手指头捏着这一玩物，体温传到地球上，全球就变暖了。茅洲河实为九牛一毛，细微的，一条完全可以忽略不见的河。河边的人更是微小如尘。

所以此时此刻的茅洲河肯定不是终点（只是个节点），随后可能出现另一种形态，既不是轮回，也不是前行和退回原点。什么方式，人皆不知。我甚至隐隐感到某种巨大的变化正在到来。

这些最美最幻的节点让我赶上了。茅洲河，我要握紧你的手。在此刻。

# 乌蒙草原重生记

卓　美（彝族）

　　云的影子是从侧面的草坡上溜走的，一会儿溜一个，一会儿溜一个，像时光。天空蓝得要兜不住它的蓝汁液，如果蓝汁液漏下来，有可能会漏进长海子湖，它们你中有我我中有你的，那么容易混淆。碗口粗的春风穿过矮杜鹃，穿过我们，穿过牛羊。远处的山抹着胭脂，矮杜鹃花做成的胭脂。我们身处的大山，胭脂又浓又厚。我形容不出来，这数万亩在群山之巅、在罡风中决绝怒放的矮杜鹃花所带出来的热闹和苍凉。这种热闹跟苍凉让我恍惚——山是假山，花是假花，天空是假天空，我们身处之地，是不真实的故乡。我们在花山上走，像走进了另一段光阴，也像走出了另一种光阴，我有一种重生感，尽管我晓得，真正重生的不是我，是乌蒙草原的草与花，是曾经在草原上开荒薅堆刨生活的乡亲。

　　父亲看哪里都新鲜得很，就像我们来的地儿，不是他放了四十年绵羊的山头山垴。在驼峰群景区，在一堆被人们唤作"驼峰"的苔藓堆前，他蹲下来，双手扒开厚厚的苔藓堆，就像当年扒开羊脊背上的毛并拢四个指头量厚度一样。草的队伍从我们脚下绵延到天边，不是一般的浩荡。如我们所愿，阔阔的草占据了这片群峰托举出的广袤土地，草原有了草原该有的样子。父亲讲："这块草皮，真的活过来了。"父亲说的草皮，是草原土得掉渣的称谓，是草原小如苔花的乳名。我心头一暖，脑海里冒出来一幅场景——乌蒙草原浓烟四起的场景，然后，有一种名叫热泪的玩意儿在我眼眶里滚。真的，只有亲眼见证这片草皮死过的人，才会在活过来的草皮上，万分欣慰并百感交集。

乌蒙草原地处贵州盘州、云南宣威和贵州六盘水城区两省三地交界处。这是一大片由乌蒙山脉家族中的众多山峰托举出来的高山草原。站在这片草原上，日出日落的华丽以及裙边般层叠无尽的远山，通通为低处的风景与风物。因为相中这片高高在上的草原，1958年1月，国营坡上畜牧场落户于此，我的父母，就是坡上畜牧场的第一批工人。从上无片瓦到初具规模，我的父辈们，在这片高寒的土地上建设家园，打拼事业。多年以后，也就是在七十年代末、八十年代乃至九十年代的二十多年的时间段内，来自威宁以及异国他乡新西兰的优质绵羊，也将这片草原当成了安身立命之所。而对于坡上牧场周边二十里地范围内的村民而言，当时的乌蒙草原，属于谁开荒谁耕种的荒草野地，于是，到乌蒙草原上开荒种地的人越来越多。成片成片的草皮被揭开，东一块西一块的泥土裸露在大太阳底下，大风一来，黄灰四起。衣衫褴褛，成了乌蒙草原的样貌。

年均气温十一摄氏度的乌蒙草原，种别的庄稼成不了大器，只有种荞麦跟燕麦才能长成人们想象中的样子。想象中的样子，就是稀稀拉拉的样子，是很低很低的收成。庄稼跟肥料是亲两口子，缺肥的土地能长出苗壮的后代吗？于是，烧荒增肥。在古代，烧荒是一种御敌方式，"每到秋天，守边的将士出塞纵火，尽烧枯草，以此防止敌人来牧马。"近代乌蒙草原版的烧荒有两层意思，一是将草原烧上一片，然后开垦成庄稼地。再有就是在早春大风天，将头年的荞麦地犁开，用钉耙将长满杂草跟荞麦秆的土坨薅成堆，放火焚烧。一块荞麦地少说也有二三十个火堆，这种火堆看不见火叶子，它们以煴的形式完成焚烧，以烟的形式宣告存在。点上火，烧荒人就回家去了，或者到另一块地里薅堆点火去了，任凭荒堆煴一天到黑，焐一夜到亮。放眼望去，成百堆上千堆冒着浓烟的荒堆，为乌蒙草原布置出一幅宏大的场景，焚烧人世的场景。草原失火，更是冬末早春时段常有的事。夜晚在山坡上跳舞的一条火龙，等你第二天去看，那一整片山都变成了老黑山。

浓烟让人流泪，让牛羊流泪。父亲只好吆着一群羊，从浓烟的阵仗里逃出来，往别处逃去。别处，是翻过云裳口子，绕过三个大湾之后的贵州第二高峰牛棚梁子。牛棚梁子也有烧荒的烟，只是相对而言烟要稀薄一些而已。转场途中，那些刚刚出生十天半个月的小羊羔最遭罪，它们边走边往母羊的胯下钻，一路未停止嫩如豆腐脑般地喊叫，一路绊着母羊的脚。迫于生存，乌蒙草原上的牛羊学会了岩羊的本事，尽往陡峭的沟坡上爬，去寻活命的草。父亲披着棕衣坐在半山腰的石头上，像一尊收拢翅膀的岩雕。而真正的岩雕也学着父亲的样子，缩着脖子歇在更高的石垴包上，你无法知道，它是不是已经决定放弃这片草原以及与之对应的天空。"彝人靠家支，老鹰靠天空，青蛙靠水塘。再过几年，这块草皮上的牛羊就彻底没得靠头了。"彝族史诗般的谚语，被父亲给搬了出来。大风猛劲刮，遥远的群山，被忧郁的眼神一遍遍梳理。

矮杜鹃蓬，曾经是这片草原上折损过半的生命。矮杜鹃蓬被烧荒人连根刨起，晒干，变成做饭煮猪食的柴火。长在山势稍缓地带的矮杜鹃蓬，被刨得只剩下坡顶的那几蓬，老远望去，山坡像一个光溜溜的人，头上顶着几丛乱发。矮杜鹃矮下身子匍匐大地而长，是生存的需要。尽可能贴近大地的温暖，以此对抗风大雪大的生存环境，是矮杜鹃求生的本能。可是，在人与自然的生存命题面前，矮杜鹃的一切努力败给了我们以及我们的贫穷。"我祈求寸草不生的三月，让杜鹃再站一百年。这是我们，唯一的出路。"那时候的我还没有读过这样的诗句，即使读过，除了给悲伤绝望抹上一点诗意的蜜糖之外，再无别的用处。

"我们原本是天神放牧在草原上的绵羊，我们领略草原旷世的孤独。"在我们彝族的文化理念里，崇尚自然，是生而为人的起码底线。崇尚自然，是族人对自我灵魂的一种关照。在方圆几百里的彝族毕摩的经书里，矗立在乌蒙草原上的牛棚梁子是一座神鹰翱翔的圣山——大梭柏山。从前的从前，每年的三月初三，周边的彝族先民在毕摩的带领下，聚集到牛棚梁子山下举行祭山仪式，向这座圣山献上祭品、祝词和歌舞，感谢自然无私喂养大地上的一切生灵。在二十世纪的后几十年里，这种仪式一度中断。中断的原因当然不止一个。破除迷信是中断的因素之一。另一个因素是，人的精神需求与生存现实之间的差距所衍生出的抓狂和浮躁。抓狂或浮躁的人，不可能有闲心去致敬一座山。更或是，在千疮百孔的圣山下，在草原的啜泣声里，我们，羞于呈现这种仪式。因为，我们吟诵不出诗意的祝词，唱不出想唱的歌，跳不出真情实意的舞。云裳口子中的佛光一次次显现，放羊人与烧荒人一次次双手合十，一次次跪拜，祈愿"云裳仙子"保佑吃穿不愁，福禄双全。可是，吃穿不愁跟福禄双至，仅仅只是一种愿望。

没有雄鹰翱翔的草原还叫草原吗？矮杜鹃步步后退的乌蒙草原还叫乌蒙草原吗？没有草原的坡上牧场，还有多少生存下去的望头？羊吃不饱肚皮，你一个放羊人还称职吗？父亲习惯于用叶子烟明暗不定的烟火来对付他毫无用处的愁。从另一个角度讲，父亲毕竟是从农村出来的人，他对那些烧荒人，对跟他一样挣扎在大地上的布满虫洞的草菅人命是报以深刻理解的。尽管种下的荞麦收成极低，但再怎么低，总能解决烧荒人家仨月俩月的粮食问题。这已经很值得了，很值得村民走上三个小时来山上开荒种地了，很值得村民将甜荞苦荞和燕麦当成星星月亮来收割了。日子里的希望，不就是零星的生活的火星凑成的光芒吗。长风浩荡，四野苍凉。你看，土黄灰齐头贯耳的烧荒人哪里还有一点人样，他们如果愣在地里，活生生的就是一把站起来的黄土，脸上有泪痕的黄土。"凉山姑娘大花鞋（hai），大长辫子甩起来，羊皮口袋扛起来，苦荞粑粑滚出来。"这是那片土地上长出来的民谣，对居住在高寒梁子上的大姑娘而言，多多少少有一些贬低嘲笑的意味。不过，在贫穷的年头里，有苦荞粑粑装在羊皮口袋里，已经是很万幸的事儿了。你放眼望去，在这片土地上刨食的，哪一个不是饿怕了的人？

身处在这般揪心的生存场景当中，除却心痛，除却在苍白的纸上胡乱写几句，我还能做啥？我曾经这样写道：

"人跟草原要粮食。烧荒的人翻开草原，拔掉矮杜鹃，以成百上千冒烟的荒堆向天空宣告，这是失守的草原。浓烟朝高处长，长到鹰的翅膀上。鹰朝别处飞，别处，是乌蒙草原之外。风驱赶翅膀，鹰黑黑的影子滑过忧伤的大地。野兔一下一下地跳，跳出熟悉的土地。金黄的狐狸，一步一回头。

"咖啡色的荞麦站在风中，浅黄的燕麦站在风中，乌泱乌泱的洋芋花站在风中，缺肥的庄稼像失血的母亲养育面黄肌瘦的儿女。村庄摇摇欲坠，日子拧巴，违背自然求温饱，幸福的尺子始终短一寸。

"风跟雨水卷走泥土，一天天变薄的不只是土地，还有人跟鸟、跟野兔、跟鹰、跟狐狸的情谊。我们以飞禽走兽为敌，我们吃自己的根本，啃山的骨头饮江河的血。我们暴躁、目光短浅，我们急功近利，不顾山河疼痛。"

在穷日子的深渊里挣扎，让村民停止开荒，保住乌蒙草原，保住长江中上游的水土，跟登天没多大的区别。

2000 年 3 月，有一场意义深远的春风从遥远的北京吹来，吹过大西南的沟沟梁梁，吹进西南各族同胞的心窝窝。西部大开发十大工程之一，退耕还林还草工程，不是这绿汪汪的几千丈春风还能是什么？作为长江上游以及黄河下游最先构建生态屏障的一百七十四个县之一，盘县（今盘州）就此走上生态发展的全新征程。就在这年的早春，乌蒙草原上的烧荒节气还未结束，无数的烧荒堆还未被村民扒散，甚至是，烧荒堆还冒着浓烟，春雷落地，春雨疏疏而下，青草玩命长，从烧透的土堆上，从每一把消停的泥土里。

毫不夸张地说，以国家出资补贴促进退耕还林还草的好政策，实在是一种釜底抽薪的生态环境治理方式。有国家下发的补贴，把土地还给草原，村民还得心甘情愿。只是，让烧荒人没有想到的是，他们亲手薅拢的荒堆，因为自身为肥，堆上所长的苔藓或杂草总比其他地方壮硕。每到秋冬季节，这种比地面高出一尺多的驼色的草堆子，成了乌蒙草原上的特别风景，驼峰群。无意间，烧荒的人儿成了绘制驼峰群的丹青手。

"一片草原被时代慢慢抬高，抬出生活。我们短浅的目光被绵延，趋于辽阔。"

二十年的生态巩固，乌蒙草原的元气几近恢复。草皮变厚，矮杜鹃正在慢慢往山下扩张领地。国家4A级旅游景区、佛光出没之所、避暑胜地、花草的天堂，是乌蒙草原今天的名片。身居乌蒙草原腹地的坡上牧场，退出了历史舞台，牧场的工人被划归为景区的员工。曾经的放羊人，成为草原的守护人和景区的服务者。而对于草原周边的村民而言，致富的目标，有多条路可以抵达了。牧草锁住水土，旅游业锁住丰衣足食。

坡上村的杨三哥，他可是曾经的烧荒人。现如今，在乌蒙草原景区，他家有一间固定的餐屋。每天早上九点，他家的小轿车一准开进景区。小轿车的后备厢里，全是些牛肉羊肉，洋芋豆腐，瓜瓜菜菜。我们进餐屋吃饭，他们两口子边跟我们讲话边干活，忙过来忙过去的，脚底生风。我问杨三哥一年能挣多少钱，他仅仅告诉我："反正，现在一年苦来的钱，敌得过原来十年的收入。""在景区，只要人不懒，即使是卖风筝，卖烤洋芋烤鸡蛋，小打小闹的也能把日子过活泛了。"在杨三哥看来，只要勤劳，依靠景区致富，并不是什么稀奇事儿。

乌蒙草原周边的村庄——落机壳村、下排村、海子村、坡上村、洼泥沟村，这些村庄的名字，是刻在我记忆里的名字。再次走进这些村庄，可以说，是我的身体跟无限欣慰的同路抵达，我走进的，是活着的村庄。活着的村庄，就是当你走进她的时候没有空寂感。当你走进某栋漂亮的小楼，进到的是一个有欢声的家而不是一座生冷的建筑。活着的村庄，是通过种乌洋芋、养土蜜蜂、养土鸡、开民宿、开餐馆、在景区就业等多种途径实现富裕的村庄。

鸟群从空中落下来，像一把种子。牛羊或吃草，或半卧打盹，它们居然在矮杜鹃花的汪洋里打盹。今年的三月初三，牛棚梁子山（大梭柏山）下旌旗猎猎，锣鼓齐声。我和我的族人身着盛装，我们在毕摩的带领下，举行了一场规模空前的祭山仪式。我们为圣山恭献祭品、祝词与歌舞。关于祭品，我想，曾经消失的花草树木也应当是一种祭品。它们，是国家发展所承受的疼痛，是为今天的蓬勃付出的生态代价。

祭山仪式，除却感谢自然绵延不绝的奉献，还有一层重要的意义——感恩我们有幸见证的"绿水青山就是金山银山"的新时代。

# 石隙生花

施　毅


一直向往大自然。越临近中年，生活的步伐和工作趋于稳定，"规律、慎独、稳健"成为这个年龄段的品格名词，到一个不可预估，甚至是光怪陆离的陌生地域，看似与自己的秉持相悖，但我还是想如孩童般，在原始森林里走一走。我想寻求的，或许就是最初对这个世界的懵懂和新奇感知。

几年前，受到一个摄制组邀请，让我协拍一部生态专题片。一听是要进入森林腹地，我随口就答应下来。十岁前，《动物世界》和动画片一直占据着电视屏幕的大多数时段。前者是一个真实的、令人无限向往的世界，后者是精神世界的启发。两者的结合，让我生命最初的十年，对这颗蓝色星球产生波澜壮阔、五彩缤纷、广袤无垠的印象。

我们将要深入拍摄的地方，叫弄岗，全名叫广西弄岗国家级自然保护区，它位于广西西南部崇左市的龙州和宁明两县境内，保护区由西北向东南，由三块片区组成。据我所知，从地图上看，原始的森林在六十多年前，应该是蝴蝶大小的面积，追溯更远，则如同大象般，而今，它则像一只怪异的毛毛虫，不过，总面积也大约有一万公顷。

进入弄岗，走的第一段却是水泥路。这条路是唯一一条通往弄岗腹地的人工道路，据说，是一个以越南人为主的施工团队在前些年修建的。这个与崇左接壤有着五百多公里的国家，多年以来，一直为我们的甘蔗砍收输入劳动力。可以说，我们生活中的"甜"，有一部分他们的辛劳在里边。

"前些年刚建好的？"我看着脚下有部分开裂的水泥路问道，护林员点了点头。起初，我以为是工程质量的原因，后来才慢慢觉知，大自然也有它的脾气，对这类现代化工制品，会生出破坏的迹象。

它只会包容一切由来已久、生死更替的自然之物。

行进途中，我们发现了一种奇特的蜗牛。它打翻了我对蜗牛的基本认知，"肉包壳"的外形，如同奇特的外星生物。它被护林员轻轻置于手掌，用指甲从中间轻缓揭开土灰色的肉皮，就露出了黄褐色的内壳，犹如拨开乌云见到夕阳的感觉。后来我才知道它有一个很漂亮的名字——皇勇蜗。

这里依稀可见的"豁口"，是护林员巡逻时走过的路印，但弄岗的藤蔓和树木、杂草，还是显示出强大的生命力。它们缓缓修复那些被人为踩踏、折断枝丫的道路。

许多参天大树以及灰白色的岩石慢慢映入眼帘，黄泥路变成了坑坑洼洼的石头路。脚下变得坚实，但耳边和脸颊开始围绕着很多烦人的虫子，我不时驱赶着，才能专注拍摄。护林员称这种虫子为讨厌虫，但没告诉我们学名。

保护区宣传科的农科长从地上捡起一根豆芽大小的植物向我们展示，仔细看时，才发现这株奇异的植物底部居然是虫子的躯壳。热带雨林中为数不多的光线印在脸上，他缓缓吐出话语，这是一种真菌进入蜻的体内，慢慢长成了弄岗版的"冬虫夏草"。说完，他很快就把这株奇异的植物种回这片山林中为数不多的浅泥坑去，仿佛放下离水的小鱼。

我们行走时，偶尔也见到一些镂空的大树。后来才知道，那是一粒种子，通过小鸟的粪便，掉落在树上，慢慢生根发芽，再经过十年左右的时间把宿主慢慢吸干。如果用经年累月的延时摄影快速播放，就可以看到一棵茁壮青绿的大树，快速被一株嫩芽长出的藤蔓慢慢覆盖，直到养分被全部吸光，只剩表皮，随着雨打、风吹、虫啃，慢慢腐败成灰，不复存在。

看着镂空、颇有园艺风格的藤蔓，其实是残忍的植物竞争结果。

小道旁的一块岩石缝隙，一个蛇头晃晃悠悠地伸了出来，眼尖的护林员，马上摆手让我们退后。但我的好奇心战胜恐惧，举着相机缓缓靠前。这是一条黑黄相间的小蛇，似乎感知到人类经过，吐着信子，缓缓伸出半截身子，如同横生拦路的枝条一般。

四年后，我再次通过微信找到农科长，询问这条蛇的品种。过了许久，他翻阅资料截图给我说，这是南方链蛇。亦如当年一样，他没说有毒没毒。我回想起，作为弄岗保护区的守护者，对于有关森林里的问题，他们似乎不想过多解读，或许是他们想维护大自然的一种神秘性，让踏入森林的人始终保持一种敬畏感。

我们看到了裸露在小道旁滴水的石幔群。有那么一个片刻，一股山风穿透水帘扑面而来，水滴声和虫鸣声交织在一起，令人陶醉，这种清爽舒适的感觉，让大家缓缓放下紧张的情绪。我提醒队员安静些，想录下这悦耳的自然声响。

不一会儿，前行的嘈杂声渐渐弱下，我举着相机，独自面对这群滴水的小石幔。没有人声的干扰，洞口渐渐生出一种难以言喻的魔力，仿佛拨开水帘，就能走进一个神秘的洞穴……不知过了多久，我才发觉队伍已不见人影。森林空荡且悠远，只有水滴声和蝉鸣声在耳边。从相机的取景框回到肉眼视野的一刻，莫名的恐惧涌上心头……人影销匿，森林恢复它的肃穆和神秘，看似空荡荡的山林里，却藏着很多张着利齿的动物……

相对比，都市整齐的道路，密密麻麻交错的人为制定的各种规则，包裹着一个稳定的人类社会圈子。安全、舒适、文明，是城市森林的标签，但也是此般稳定，让"两点一线""三点一线"的都市人容易生出疲倦感，失去对许多事物的新鲜感，忘记了自己还身处在一个广袤无垠的蓝色星球上。当然，也有"都市的自由"，但那是相对的自由，在我内心深处，"自由"不应如此，它应脱离一定的"规范"认知，带有不可预测的新奇感。更具象来说，是一片荆棘丛林中飞出的不知名小鸟，一片被蛛丝牵引的落叶，风吹动的神秘。

罗马尼亚的著名诗人卢齐安·布拉曾说过："万物均有意味，宇宙充满了神秘，哲学的任务是一步步揭开神秘的面纱，而诗歌的使命是不断扩大神秘的范围。"我或许无法写出"言有尽而意无穷"的诗歌，所以想要深入这神秘的弄岗来感受广袤的世界，暂时脱离那个由来已久的"疲倦感"。

在小道旁，我发现了一根长约一米、黝黑腐朽的木头。好奇心顿起，我掂在手上，却颇有重量。我直觉这根木头不一般，护林员说，在几十年前这里还没设立保护区，很多人来砍伐质地坚硬的龙州桄木，所以有很多腐烂的树枝遗落在这片山林里。这根独特的木条，长期受到自然侵蚀，但历久弥坚，已经超出一般"朽木"的概念。

再次站在人类文明的标志物之一——水泥地板上，踏实、稳妥的感觉再次回到身上。此时，重新看看这条水泥路，如同离海岸很久的泳者又看到大陆的感觉。

那些"讨厌虫"还是紧跟着，这一刻，我才清晰感受到它们的些许怒意。护林员看到有些狼狈的我们，以为就此作罢，但我们还想深入最真实的大自然。返回途中，就提出想拍摄点小型动物和昆虫，以及一种较为出名的爬行类动物——凭祥睑虎。

夜漆如墨，在保护区旁的村头附近，虫子欢腾地叫着，仿佛拥有无穷的精力。护林员很熟稔地打开手电筒，随着一道道明亮的光束，许多小动物一下子显出真形。我们看到了螳螂、七星瓢虫、蟋蟀、蜘蛛、蚂蚁，还有许多叫不出名字的毛毛虫，天上也偶尔掠过不知名的鸟儿以及蝙蝠。弄岗是如此神秘，靠近村子的地方，竟然也有这么多的生物。

在一棵枯枝旁，护林员的电筒又打过去，我奇怪为何对枯枝打了这么久的光束。农科长伸手过去，轻轻一捏，提起一只缓缓张爪的枯木条。我隐约知道是什么，但记不起名字。农科长很自豪地说，弄岗的植被保护良好，这里的竹节虫品种丰富，且数量很多。说完，如同耍巫术般把竹节虫放在脸上，任由我们拍照，比巴掌长的竹节虫，在农科长脸上久久停驻，自然和谐。他轻吐话语，说着竹节虫的特点，以及弄岗的神秘往事。他一路低调，此刻却有点"显摆"的味道。他侃侃而谈，这种自豪感，好似某个大庄园主人在介绍他的奇珍异宝。

我忽然想起《哈利·波特》系列电影里的一些场景。那些光怪陆离的妖魔鬼怪，那些令人咋舌、看似天马行空的想象力，其实离不开英国作家 J.K. 罗琳对大自然的观察以及融合了许多历史传说。

反观我们这个国度，当下似乎就缺乏一些奇思妙想，一些神奇的创造力。而今想来，弄岗丰富的自然生态就蕴藏着激发想象及思考的源泉。

搜寻许久，在一小片绿植下边，眼尖的护林员还是发现了凭祥睑虎。它如同一只大型壁虎，但不同的是，它蓝黄相间的颜色，被我们的电筒光打着，闪着奇异的光泽，煞是好看。我拿起相机蹑手蹑脚靠过去，它似乎害怕人群的靠近，有些闪躲。随着我靠近，这只奇异的动物逐渐在镜头里清晰起来，此刻看来，又如同一只小型恐龙，色彩很好看，那是一种用现代油漆永远也无法调配出来的颜色。它虎头虎脑的，眼睛时而瞥向我们，后来，慢慢爬向草丛深处。

在坡顶，虫鸣此起彼伏，远处石山和树木如同铁艺般，凝固在远处，也好似巨大的铁栏守护着这片古老神秘的土地。湿热的空气中，昆虫的密度越来越大，似乎我们才是那些"外人"，来打搅此间主人。在山坡上休息的间隙，众人才发现天上月亮很圆，很明亮，似乎快到十五了。

"初一、十五"是民间习惯上香的日子。记得刚搬进新家时，母亲叮嘱我说，新的神台，旧历初一、十五要上香，让祖宗认得路，保佑你。但这特殊的时日，我经常忘记，只有在街头喝酒，偶尔抬头看见月圆时，才知道，靠近"十五"或者刚过不久了。

在这他乡异地的山坡上，我重新思考这个时节的特殊意义时，弄岗的山风吹过，山下的许多人与事逐渐飘远，变成夜的一部分。"山坡、明月、奇虫"渐渐在心中勾勒出一首诗歌的雏形，但寥寥诗意如同山顶枯枝，无法生叶。黑暗很快吞没了我，影子和肉体重叠，诗意复归山野。

明月依旧在，人群山下走。

车轰隆隆地开着，路边的树枝草木愈发密集，仿佛都想"碰瓷"一下，拦住这铁皮怪物。人类的探寻欲是无止境的，这是刻在基因里的性格。翌日，我们通过那条越南人修建的水泥路，再次进入弄岗腹地。但由于近段时间下雨，有那么一段水泥路湿滑，坡度也过陡，车上不去。我们一行四人，只能开"11"路，背着拍摄器材往前走。

眼前可见的是一小口山塘，旁边则是移动板房似的一小排房子。这是小型野外科考基地，也是护林员歇脚的地方。除此地之外，四周都是石山与密林。后来飞无人机上去看，这小巴掌大的点，是方圆十几公里中，唯一的人类建筑。

我坐在山塘前的一块石阶上，手肘支着大腿闭目休息。不知过了多久，身旁似乎有什么东西飞起，我缓缓睁眼一看，许多蝴蝶围绕身旁。我的第一感觉不是惊奇，而是柔和的、淡淡的温暖，仿佛是彼此熟稔的生物。我把手撑到两侧石板，如它们般，呈敞开的姿态。一只蝴蝶自然而然停在右膝上，缓缓扇着翅膀，似乎想帮我驱赶湿热，其余的十多只，则一直在身边环飞。

我有些发愣时，小腿处传来刺痛，原来蚂蚁也爬了上来，咬着小腿。我很喜欢眼前这只蝴蝶，虽叫不出名字，但这莫名的缘分，让我有些感动。为免惊扰蝴蝶，我忍着疼痛，保持着姿态不动。不知过了五分钟，还是十分钟，我渐渐失去对时间的觉知。怔怔看着眼前的蝴蝶，一种奇妙的感官替代了"为人"的主体，从黄白相间的翅膀到伸向虚空的触角，再落到它的黑白两色的复眼中。有那么刹那，它替代了我，它成为她，我仿佛看到了这世间终极的秘密之一。都市悠远，人世缥缈，无人无我，许多人和事物不复存在……

不知坐了多久，脑袋发蒙，仿佛刚才的场景是梦。后来，同行的伙伴用她手机里的视频和相片，佐证了刚才经历的奇异景象。我看着眼前的莽莽山林，没有说话，只有一些调皮的蝴蝶还在脑海翩飞。

在农科长的指点下，在路旁山坡上看到了一株令人生畏的植物——毒箭木。它在民间有个更加形象的名字：见血封喉。他不知道从哪里捡来一块石头，在树干上猛砸了几下，树皮上顿时留下一小块类似人类皮肤的伤口，赭红色的汁液，顺着树干流下几滴来。或许是害怕这毒箭木的汁液，也或许是爬上来时有点喘，镜头推进它的主干时，我清晰地听到自己的心跳声。

再往回走时，忽然从远处山林里传来一个诡异吓人的声音，似乎是某种大型动物的叫声。农科长说，这是黄猄，也叫赤麂。壮族里有句歇后语：黄猄走老路——照旧。这种动物因为喜欢走旧路，所以很容易被猎人下夹子捕捉，现在数量稀少了。它们的叫声或许是因为受到惊吓，或许也是为了寻找为数不多的同伴。

我忽然想起一个老奶奶的面孔。在远离崇左市的一个偏远小镇上发生过的故事，那会儿我还在邮政局上班，轮岗到这里不久。在一个赶街的日子，中午时分，人群逐渐散去时，只见一个老妪拄着拐杖，艰难行走在街上，看到年纪大的人，就拦住，说着我听不懂的土话。后来才知道，这是住在小镇附近村子里的一个老奶奶，因为半年前，几个相熟、常往来的老人相继离世，她孤单难耐，就想到街上来找曾经熟悉的老人聊天叙旧。但儿女觉得她年纪大了，身体不好，就不带她上街。后来，倔强的她硬是拄着拐杖，一点一点往小镇蹒跚走去……虽同属一类人种，但她似乎没能从儿女身上找到与同类人交流的感觉，只能靠着记忆往小镇走去，找老友叙旧。后来的故事，我不记得了，但此时，觉得老奶奶与这深山里的黄猄有点相似。

人类需要共情倾诉的对象，而动物呢，需要吗？

我记起来拍摄前看过的资料，这片弄岗的森林里不仅有赤鹿、云豹、熊猴、林麝、中华鬣羚、白头叶猴，还有许多蛇类，以及种类繁多的昆虫。

看着此起彼伏的原始森林，嗅着清新的空气，我似乎找到了小时候对于大自然的期待感。我缓缓敞开五官，小时候的那片"森林"与眼前的喀斯特石山森林幻化重叠，同样的青翠、神秘，绿树浓荫，野花遍地，各种动物活跃其中，处处勃勃生机。

这里是石头的心，披着柔软的绿植；这里峭壁千仞，千万年来滴水穿石，造就了奇特的喀斯特地貌；这里藤蔓遍地，虫吟交响，群鸟飞过，即使在深幽的石隙中，也会开出红色、黄色、紫色的小花……但我知道，瑰丽的风景之下，又是另一番残忍的困境。喀斯特地貌的泥土浅薄，且不连片，只有一些低洼地或者谷底，存有一点土壤，加上弄岗特殊的地貌，渗漏能力强，地表水严重缺乏，很多树木还没有长大就因缺水而枯萎、腐败。

但也正是这些倒塌的树干和腐殖质缓慢填充裂缝，减缓了雨水的下渗，在这个过程中，多种树木花草，依靠祖辈用身体拦截下的珍贵水分，汲取着腐枝落叶中的养分，缓缓生长，开花结果，最终占据了这片山林的每一个角落。

森林不需要赞歌，四季更迭，它们生死往复。


曾在崇左参加过一个名为"青年人的家国天下情怀"的讲座，

主讲人叫潘文石。很早我就听到一些传言，说他是一个倔强的老头，占山为王，性格孤僻。

但后来，我知道，他是北京大学的教授，研究大熊猫出身，是一个善良、温和、博学又富有热情的生物学家。1996年，他把目光投向了广西崇左的白头叶猴，后来就一直留在崇左。讲台上的他面色红润，虽然是八十多岁的高龄，但神采飞扬，热情洋溢。他反复提及的两个字就是"生命"。一个常年行走在丛林里研究大熊猫、深入研究过白头叶猴的人，我能从他脸上品读到丰富的情感，他的手臂随着激荡的声音富有韵律地上扬，神情里有着白头叶猴的坚定，目光中却充满人性的温暖。

当时，会场几乎坐满，大家都慕名而来，想看看这个有着许多传闻的老爷子。潘教授在会上也提出了生物多样化的重要性："人类不可能独立生活在地球""诺亚方舟必须在大水前建成""即使面对不公平的待遇，也要热爱生命"等言论。大家被他强烈的呼吁、富有激情的演讲所打动，内心震颤，那发人深省的言论，令人心境大开，产生了许多新的感悟。

我曾去拍摄过白头叶猴，很幸运，第一次就与它们见面。在位于白头叶猴保护区的拇指山下，猴王在最前端的树冠上攀爬，它一边用手快速扯着树叶进食，一边观察着远山的"猴情"，距离我们只有五六米远，但并不怕人，偶尔还飞跃在树丛上，那看似惊险的跳跃动作，对猴王来说却如履平地。

手机上还存有我当天写下的文字：第一眼看到猴王的面孔，就如同看到一个勇猛好斗的人，它的眼神中充满原始的野蛮，有着强大的自信与笃定，它瘦小的身躯里似乎蕴含着无穷的力量。

原始灵长类动物是人类与猴子的祖先，在地球上所有的动物中，形体与人类最为相近，久久地观察拍照，使我从白头叶猴身上感受到些许燥热。人的体内一直潜藏着兽性，但人性与神性，一直在包裹，或者说在融合着这一种古老的力量。

弄岗保护区也有白头叶猴，但数量极其稀少。听说，二十世纪八十年代以前在宁明花山岩画附近也有白头叶猴，但后来也消失了。人类过度砍伐及偷猎，让很多物种都消失了。如同人类僭越上帝的手，抹去了本属于地球一起共存的生物。我在想象，作为崇左的一张名片——世界文化遗产花山岩画，再加上全球只有崇左独有的白头叶猴。一群白首黑背的猴子，攀爬在花山岩画顶上的树丛里，这个场景，一定很美妙。但想象终归是想象，现实瘦骨嶙峋。据说宁明县在二十世纪六七十年代还曾经开过一个以猴骨酒为卖点的制酒厂，后来八十年代时，被政府关闭。在左江花山岩画旁，再也见不到白头叶猴。古老神秘的赭红色人像或许再也不能与白首黑背的叶猴相遇。

从弄岗腹地走出来，我用体悟的方式，再次感受到"生命"的可贵，理解了潘文石教授对地球上所有生命的热爱。他无私、纯粹、好学、坚韧的品格，也成就了他在中国生物学界泰斗的地位。但我想，他应该是不在乎这些名声的。我与他握过手，温暖有力，似乎想紧紧握住每一个与他接触过的生命。

他对会后还围着他的一些年轻人说，有空去他位于白头叶猴保护区的研究所游玩，他们团队养了许多鸡鸭，种了很多青菜，都是原生态的，大家来的话，可以一起煮来吃……这只是一个对生活充满热情的老爷子而已。

我曾写过一首散文诗《猴王》，从另一个角度，记录过这位老人家：

> 黑暗中，一束光亮了起来，有一个保护者出没在这片贫瘠、神奇的土地。/"猴子难，人更艰难"，1996年，潘文石教授来考察时发出了以上话语。/白头叶猴保护区周边的村民因为生活，而去砍树，也因为贫穷，去盗猎，白头叶猴只是他们交易的动物之一，开荒也只是为了生存。/

潘教授发出深沉的叹息。比起研究保护动物，他更注重一个地区的和平共生，良性发展。/他开始利用自己的人脉发动捐款，拿出自己的奖金，给周边村子建造了一千多个沼气池，修建多条村中道路。/在生物界，他多以讲座、论文交流，于村民，他以实际帮助，作为交流的语言。/十多年过去，植被茂密了，叶猴数量增长了，它们似乎也感受到这位老者的善意，时而盘桓在研究所房顶上，偶尔还会蹲坐他身旁，静静看着这位平凡又非凡的老者，仿佛，他才是这片土地上最受尊敬的猴王。

大道至简。他的确是平凡又非凡的一位老者。

那根疑是枧木的"朽木"，被我带了回来。它先是被我置于书柜顶上珍藏着。但后觉不妥，它没有这么脆弱，这是一根硬朗的木头，在喀斯特石山森林里，历经了几十年雨淋虫咬仍不朽烂的一根木头。

后来，我把它放在门口鞋柜旁。出入大门时，都会看上一眼，它有时会散发一些有趣的意象：不朽、光阴、坚韧。

朽木非不可雕琢，心中可成木佛。

崇左被誉为"中国糖都"，甘蔗占全国总产量的五分之一。但有些年，因为旱灾严重，各地的甘蔗都萎靡枯黄，但在弄岗保护区周边的村子，因为背靠着良好的森林生态圈，所以不受旱灾影响，甘蔗长势良好。这可以算是当地民众自发保护弄岗自然保护区的一种"意外"收获。

偶尔，我还会翻阅保护区的公众号，里边时而更新出《终于登顶，目睹了海伦兜兰盛开之美》《追寻山间跳跃的精灵——熊猴》《保护站救助一只国家二级保护动物——斑头鸺鹠》等新奇有趣的推文，这也算填补了弄岗之行的一些遗憾。

在龙州当地的壮语里，"弄"是形容幽静的山谷。"岗"，则指的是喀斯特地貌形成的丛峰。正如名字所述，这里有着茂密的植被，几万年来形成的石山森林。

从弄岗回来后，我开始尊重生活中遇到的每一个生命，敬畏一切由来已久的自然产物。我们与各种动植物，似乎连着一根看不见的线，彼此相生相伴。野生动物的今天，也许就是人类的明天。

天地玄黄，斗转星移，纵观这颗蓝色星球几十亿年的历史，生命已在这里存活了久远的时光，人类与地球上共生的动植物们沐日浴月，享受着大地的滋润，但五彩斑斓的自然界，不会以某个物种为中心，造物主的视线一直在游移，这是一种亘古的常态，有时，无关强弱，唯有适者生存。

# 陕北册页

郝随穗

## 陕北话题

陕北，是多个符号的名词。民歌、黄土、剪纸等，都是这些符号相互独立又有内在关联的支撑体。陕北是一个宏大的文化景观，荒凉、偏远、风沙、窑洞等静与动的事物，均属于这个景观的文化元素。陕北啊，就是一首诗词，塞上秋来、大漠落日、万里雪飘，这些吟绝地理意义的自然日常，写尽山川大地风物人情的壮美诗句，已成为陕北时空最具有色彩化的形容词。

陕北是一大片黄土色的高原，莽莽大地上还能看得见其他色彩。红的山丹丹花，白的羊肚子手巾，以及高亢到蓝天的民谣、扭起大秧歌的黄绿彩绸。陕北，是一个道场啊，生息于此的子民用淳朴和厚道修行，用旧时光中的苦难和负重拜日月。天地开阔、山路蜿蜒、河流曲形、草木向上。陕北，是人与自然对话结果的语言现场，这里的万事万物都是苍天大地的语言放象，被命名为苦难地域的陕北，在独有的话题中叙述着陕北的前世今生。

长城以南、黄河以西，陕北坐标昭然天地间。陕北话题由此放任一条蛮荒与文明的黄河，讲述一万座大山的神话与传说，呈现古老与现代承载起的时光周转与瑰丽。

陕北话题，就是陕北册页中从开头到结束的方言叙述，就是陕北现场登台谢幕、谢幕登台的生生不息的陕北故事，就是陕北这方水土的前世今生在土窑洞、石窑洞、砖窑洞里递进而来的每一页。

## 黄土山，由黄至绿的风沙往事

来一场虚拟，把时光置入半个世纪前的日子里，在当时的山水天地间真实地亲历风沙侵袭自然环境的初春。春初，在大江南北的时序里是春和景明、春机盎然的季节，而在陕北，却是一年中最为难熬的日子，因为每年的这个时候沙尘暴就要如约而来。遮天蔽日、昏天暗地的沙尘暴把陕北大地上稀薄的春光扫得一干二净，徒留于大地的是满目疮痍的枯草飞扬、折断树枝，更不忍面对的是狂风中卷起来的沙砾石子，犹如一阵密集的点式扫击，使行走在其中的人的整个脸部在瞬间布满黑色的点痕。风是黑色的，是黏稠的，是排山倒海的，席卷而过时，身轻的人会被卷起来，一些鸡鸭、小猪如果躲避不及时，就会被沙尘暴吹出很远。

被称作"风沙"这个有点轻、有点碍于面子的名字，其实就是春初的沙尘暴，在陕北叫老黄风。老是一种资历和沉淀，也是一种经验和分量；黄是一种凌厉和锋芒，也是一种高于色彩的面目；风在这里被曲解、被扭曲、被放大、被隐喻。老黄风三个字的内在意义组合在一起，其极具破坏性的重大意义整装待发、所向披靡。

这一页上的沙尘暴力透纸背，让整个陕北册页的线装几近散落。

那首被信天游唱词深度解读的《刮大风》，刮得石碾子的石碾盘翻烧饼，刮得石轱辘飞起来要流星的老黄风，撼动是风暴中无以安宁的万物，撼不动的是苦日子里活下来的一辈一辈的陕北人。

民歌是沙尘暴中吟唱出来的另一种表达，那些依托在日常之中的民俗，也是沙尘暴中的一种表达，这种表达是对生命、对自然对等的精神存在。陕北人，之所以把苦难用艺术的手法去化解，是因为这里的人在漫长的艰苦条件下形成了乐观而积极的生活态度。他们深懂苦难，懂得眼前的沙尘暴卷走田地里刚刚破土而出的禾苗意味着什么，懂得沙尘暴将山坡上小树苗连根拔起将会带来什么，他们目睹这一年又一年的沙尘暴对这片土地的撕毁，将要给自己带来什么样的境遇。他们懂得一切，但是他们从没有因此而退却过、放弃过，他们用精神语言来化解这种不可抗拒的苦难，这种语言就是陕北民歌。

这一页写着沙尘暴的时光太漫长太漫长，数千年的时光里这方水土和人们，在沙尘暴的呼啸中走到二十世纪九十年代。

退耕还林，这不仅仅是一个具有强烈政治色彩的名词，它更具有解除魔咒的法宝功能。对于国家而言，这片黄土地上开垦出来的土地太贫瘠太脆弱，种下的五谷经不住一场风雨的折腾就会让土地的主人颗粒无收、血本无归；于是一个改变这片土地命运的大手笔在千山万壑间展开，种庄稼的人开始种树，种树的人可以在国家的庇佑下过上从未有过的幸福生活。

短短二三十年光景，满目苍黄、风暴肆虐的陕北，已是绿水青山、满目苍翠的另一番景象，那年初春要来的沙尘暴再也没来，那些多年不见的喜鹊和乌鸦回来了，那么多野生动物在树林里找到自己的家园。

册页上长出茂密的树林，山水之间的陕北不再是与自然环境带来的苦难而形成的那片黄色了，而是一派生机一片翠绿。

## 黄河水，由黄变绿的泥沙沉浮

水是不是生命之源，对于某些质疑，不攻自破的显然是水的存在与巨大。地球上三分之二的水的面积足以证明水对人类的哺育是所有事物的不可替代。黄河是被中华民族誉为母亲河的一条黄色的河流，给黄河水命名的黄土高原，以其掉皮掉肉、流血断肢的代价赋予了这条河流肤色和灵魂。黄土，已然成为这条河流的图腾，成为这条奔腾不息的河流以自己的风骨和精神汇入大海的一支劲旅。

二十多年前，黄河的时代段以此隔开一个漫长的跨度。二十多年前的整整十万年，是黄河从青海的三江源一路而来的命运不可逆转地前行。十万年啊，对于时光而言是一瞬间，而对于人类而言那是何等的漫长？十万年的黄河一直在黄色的流动中，一直在大自然对黄土高原的百般肆虐中奔腾着。大自然没有想到，黄河没有想到，二十多年之后的今天，黄河竟然可以改变肤色，可以由黄变绿，可以不再愤怒，不再肆无忌惮。

随便选择一座黄河两岸的山头，站在那里看看黄河。它就是一条龙，就是一个母亲的乳汁，就是一种悲壮而雄浑的蜿蜒，就是一部苍天般的苍生沉浮录。以二十多年前的那个时间点作为坐标，向前看，黄河是生存艰难之象；向后看，黄河是美丽风景。

这是陕北境内的黄河，是来自陕北黄河段的视角。陕北是一个历史性话题，也是这个时代不可忽略的话题。历史上的陕北自古就是民族融合的"绳结区域"，因为地理位置的特殊性和重要性，历史上这里成为各民族长期相互征战的战场，同时也是民族文化、生活习俗广泛交融的地方，形成了黄河流域上独特而具有魅力的一种文化。这种文化的特点主要表现在豪爽仗义、扶危济困、舍生忘死，并且创造和传承了极具魅力的民歌基因。

而这种特点的形成，必须是在黄河的影响之下。黄河作为一条河流的另一种意义，它的存在与奔腾昭示的是对生命的觉醒和鞭策，它虽然是大自然派出来破坏生态的一条爱恨交织的河流，但是浩浩荡荡、所向披靡的气势深远地影响和改变了陕北境内的黄河人。

黄河之水天上来，有一种理解是，黄河的一部分水来自天上，自然是来自天上的水，那就是雨水。雨水在雷电的作用下有时候会是倾盆大雨，那么黄土高原的黄土就会在大雨的冲刷下，在千沟万壑中迅速形成山洪，山洪向低处一泻而下，然后聚集在河道里，再以势不可当之蛮荒之力冲向黄河。这样的山洪年年在发生，年年在为黄河输入桀骜不驯的血液。陕北的干旱是恐怖的，一年之中下不了几场雨，一旦下雨就是大雨，大雨就是山洪的另一种存在，这种存在致使干涸的土地雪上加霜地遭遇摧残。

河流揭开山洪退却的新一页，这是发生在二十多年前"退耕还林"的时代背景之中的绝无仅有的事。二十多年的退耕还林时间改变了十万年的黄河肤色，黄河水由黄变绿的事实摆在眼前，黄河不仅仅是母亲河，更是一条流淌着血性和骨气，流淌着美丽和情怀的河。

黄河是大自然派来的一种力量，它在苦难中升腾精神宣言，它在与人的精神契合中把自己的肤色改变，它需要纯粹的水的品质来实现大海的理想，而这个理想，正是陕北人用二十多年的时间帮助它实现。二十多年的时间在黄河十万年的时光之中是沧海一粟，但它却改变了黄河十万年时光留下来的肤色，它让黄河成为真正的水，没有杂质的水。

## 信天游，从古至今的民谣香火

音乐是最懂得人间烟火的一种艺术，它酝酿和诞生于民间草木山河之中，它如同山野之风徐徐而来，恰如其分的旋律触及人的内心，成为人类的心灵语言。

在陕北，信天游这种音乐的地域性概念，给民歌赋予的意义不可低估，它的价值体现在对地域的深度解读中，获取这方水土内在的组成元素，比如被天灾破坏生态的深重苦难，比如被放言为生命禁区的难熬苦焦，比如被雨水忘却的十年九旱等等。悲壮，成为这个地域概念中的主题色彩。因此，陕北人沉重的生命感，从信天游的传唱中生动地体现出来。而信天游对于陕北人而言，它的解读是另外一种意义存在。音乐作为一种抒情化的语言，更能表达人的内心感受和情绪变化。陕北人与信天游所建立的关系是相辅相成，歌中有我，我中有歌的密不可分的关系。在这种关系的基础上，信天游对人的解读主要体现在一个情字上，这个情，在信天游的唱词中更多的是爱情。陕北人懂得爱，懂得珍惜爱，更懂得用民歌的形式保存这种爱，传唱这种爱，把生命中刻骨铭心的爱情以信天游的形式留存在这片黄土地上。

信天游的双重意义是自然与人在排斥、冲突、和解、融合中形成的。信天游作为黄土地上从古至今传唱不衰的民谣，如同柴米油盐具有一定的营养价值，滋养着陕北人。信天游是香火，跟人一样的香火，只要人在，就有这种民谣在。

从旧时光的场景中打望那些正在远去却总能温暖我们的苦难往事。山路上背着暮色归来的月光父亲，村口瞭望着羊肚子手巾三道道蓝归来的要命的二妹子，山峁上挎着土枪过黄河打鬼子的酒盅盅量米不嫌穷的三哥哥，一次次吆骡子拉盐走西口的硬汉子心上人。

陕北，就是一场用黄土做的风花雪月，凌厉的风沙中，有民谣的宋词委婉；粗犷的大地上，有民谣的唐诗浪漫。民谣是一曲陕北心灵史，它不仅仅记载了自古以来的陕北苦难，更记录了陕北情感之中珍贵的爱情。

陕北民歌以爱情为主题的歌曲甚多，这些歌曲的感染力净化和提高了一代又一代陕北人追求美好生活和爱情的忠贞度。

时代在进步中改变着人，陕北人在改变中把旧时光中的事儿珍藏于民谣之中。而陕北民歌作为陕北人不可缺失的心灵语言，至今依旧是他们发出诉求的最好表达方式。当下的日子完全刷新了以往的苦难色彩，安居乐业的陕北人正在用古老的民谣致敬父辈们在那个时代的不容易。

人间烟火正旺，民谣里的陕北，不再是黄沙漫天、蛮荒偏远的陕北。交通和网络正在加速消除距离，再大的世界再远的地方，也就是速度之中的一个站点。陕北，地域文化中形成和积淀下来的纯朴形象，正在这个时代的进程中，以民谣的方式，延续着这方水土的香火。

## 感　慨

一出人间戏，就是一万盏人间灯火照过的春秋，合起的书页里，有无数民谣长在汉字的土壤里，长出辽阔的烟火味和山水一样的日子。我留不下一个脚印的天空中，你的黄金如同青瓷，我在你的民谣里连夜赶来，抬头相望，天空中都是你黄金的话语发出青瓷的问候。我转身，原来我的身后，山水涌动，时光涌动；我的身后，一万丈红尘也在涌动。合不住的心扉，容得下我的全部书页，一册山水，栖息在时光的山峁，我来问好你的天空，这些黄金的话语就能纷纷落下，青瓷就是你话语的品质，与我一次次相逢在山水册页中。

陕北，我和所有的陕北人，都是你册页中的一个汉字，或者一粒黄土。

# 塬上的树

*禄永峰*

## 一

庆城路这条街，栽植了两排樱花树。

樱花树并非本土树种。之前，在北方的城里我并不认识。与一棵棵樱花树擦肩而过一个夏天后，我才知道樱花树是一种只开花不结果的树。

伏天一天，没有风，气温比前几日升高了几摄氏度，上午十点刚过，太阳光芒已经铺满了这一条东西走向的街道。这里是新城区，各条街道显得格外宽阔。但两旁的行道树却显得格外低矮。

每棵樱花树的树身还没有一人高，树梢也没有来得及扯开，像一把雨伞打到中途被人停止了一样。我只顾着朝树荫里走。有的树冠过矮，我低头绕行，有时候头顶快要贴到树身或者树枝上的树叶了。

与我一同靠近树荫的，就是那些朝树荫涌过来的车辆。它们大多是私家车，还有中型工程车，树下成了临时泊车位。车身较高的几辆工程车，车身硬是把几棵树的枝梢掀到了一边，看起来，车辆若再动弹一点儿，树枝就要折断了。

本来树冠就不大，又被一辆车挤占了树荫，我半边身体潜藏在树下的阴影里，半边身体裸露在阳光里。我成了一个半明半暗的人。由于需要避开车辆，绕行的时候，经过前一棵树下我的右半边身体在阳光里，到了下一棵树或许就沉浸到了阴影里。

相比街道的宽度，人行道并不宽。每天中午时分，会有更多车辆挤过来，停泊在树荫里，把一个个骑行共享电单车的人挤到了机动车道上。沿街有几户人家，在门前摆放了"禁止停车"牌。要不，与他们相隔一条街的那个小区的住户，一定会有人把车辆堵在这几户人家的门前，挡住他们的去路。

每个车辆驾驶者，从未像今天这般为一个临时停车位而苦苦发愁。这也难怪，有谁购买车辆的时候考虑过这辆车的停车位呢。每到晚上，除了沿街两侧泊满了车辆，道路中间还停了几十辆车。交警几次突击检查贴了罚单，但问题还远远没有得到根本性解决。若多次违停而没有受到处罚，人就会心怀侥幸，违停也就不止。

气温蹿至三十五摄氏度的几天中午，那些樱花树下的阴凉，一辆辆车照旧争先恐后地争抢着。每天总少不了有几辆车与一些树枝发生剐蹭。看似车辆对树木的破坏，说到底还是人与树之间的一次肇事。树能够怎么样呢，在树面前，人都成了一个个肇事逃逸者。

每年初夏，城区总有一些人对这条街的樱花的花期了如指掌。樱花树的花期有十多天，有粉色的、白色的，一棵树接着一棵树燃烧了起来。成群结伙的人来到这条街上，有拍照的，有拍小视频的，也有现场直播的。有人折断树枝，捧着一束花拍照。或者有人干脆攀爬到树上，换着各种姿势，硬是把自己塞进了一个个镶嵌满无数花朵的相框里。

那些照片，他们几乎都少不了晒一次朋友圈。自然，晒照片的人看到的全部是属于春天里一树树繁花的美，而彻底忽视了一束束花背后，人们为所欲为的攀爬、折枝以及一棵树遭受的疼痛。

# 二

　　教育路，我至今不认识那条街上移栽的外来树。

　　那一街的行道树，都是些无头树。尽管有几棵树留有枝杈，但大多枯萎了。活过来的几棵树，几乎是紧贴着树身抽出几片叶子。稀稀拉拉，数得过来，个个像是无精打采的人。太阳光匀称地泻满街道，路上没有一点儿阴影。包括每棵树，树身全部裸在光里，一枚枚叶子裸在光里。抬起头的刹那间，我整个人也裸在光里。树成了透明树。街道成了透明街道。偶尔遇到擦肩而过的人，在宽阔的、透着光的街面上，也成了一个个透明的小人儿。

　　我想，树是需要有点儿阴影的。在光里跑动或者跳跃的那些阴影，都是树的眼睛，一枚枚叶子是树的眼睫毛，晃来晃去的阴影是树的大眼睛珠子，睫毛飘动，眼珠子忽闪，树便能够看到自己奔跑的方向。

　　缺少眼睛的树是不完整的。我站在这条街上的一棵棵无头树下，不知道它们是从哪里移栽过来的。来这条街之前，它们一棵棵一定都有漂亮的眼睫毛和黑眼睛珠子的。

　　从一个地方来到了另一个地方，一棵棵树昏昏欲睡，一准是迷路了。那些紧贴着树身抽出的枝条和叶子，在清风里正在东张西望着。或许它们正在朝头顶的哪一朵云点头。或许，它们也正朝我点头。看高度，它们棵棵有三四米高的树身，至少现在还不算一棵完整的树。我相信它们都会长成一棵棵完整的树，一棵棵树的梦，就是要展开一个个像云块那么透亮的大树梢。

　　树的梦，一准都是隐藏在它们的身体里、根系里。好吧，这些被移栽到北方城里的无头树，我们不妨把它们的秘密暂且交给树身，以及给根系供养的大地。

　　靠近一棵树，我发现几棵树身上，有几枚钉子穿过几根薄木条，扎进了树的身体里。从露在外面钉子的铁帽盖判断，那一枚枚钉子足有一指长。这是我的经验，钉子圆形的铁帽盖越大，钉子会越长。铁帽盖越大，便增加了受力面，钉子会扎得越深。不知道这些钉子是不是在搬运过程中留下的。它们一枚枚透露着光，瞬间扎到了我，让我疼了几下。树已经移栽结束了，为何那一枚枚钉子还留在树身上？人挪活，树挪死。人一定是把树当人了。先是在出生地去枝去头，绕开树根刨土，把主根侧根留下，再用草绳缠绕根须，缠成一个大泥球状，最后搬运到另一座城里或者街道。移栽一棵大树，程序差不多都是这样，再加上这几枚钉子，每个环节，树一准都要疼一下子。

经过新城区的树，经常看到吊挂在树干上的一袋袋营养液袋子，已经干瘪了。它们的营养，是让一棵棵树还阳的。

绕树干撑开的几根木杆子，搀扶着一棵棵树，成了树临时的拐杖。与此相似的场景多出现在医院里。久病初愈，或者术后恢复期的病人，就是这般架势。树从出生地，被人挪这儿挪那儿。再生、重生、起死回生，也包括挪动的树。树的憋屈，谁知道呢。

再朝东走，教育路靠北有所中学，与教育路平行的另一条街上有一所新建的小学。中学的校门朝南开，小学呢，电动门，朝西了。一栋崭新的教学楼也朝西了。没有树遮挡，西朝阳的光线刺穿进了每个教室。那时候，我的注意力并不在学校，有一排婆娑的大树已经吸引了我。有十八九棵树，也可能是二十几棵。那一棵棵树，冠大荫浓，叶似手掌状。这才是完整的树。我几次用手机拍照识别为"七叶树"。这些树并不是行道树，所有的七叶树都被中学的后墙围起。最西方向的一棵，甚是茂盛。与七叶树相邻的是一座寺——金斗寺。寺门紧闭。寺里寺外，像那些七叶树，安安静静。

至于教育路上那一棵棵无头树呢，它们与金斗寺只隔一条街，佛自然会护佑受了疼痛的树，一棵棵都会长出明亮的大眼睛珠子和长长的眼睫毛来的——直至奔跑到另一条街或者下一个路口。

# 三

楸树，在黄土高原上算得上是一种高大的乔木。树身笔直，树冠呈锥体形，属于我们北方城里为数不多的本土树种之一。

相比一个人，一棵树在一个地方所生长的时间，是格外久远的。少则几十年，多则上百上千年，有谁能够完全见证一棵树的生命轨迹？！我们所见到的树，只是它们生命过程的某一个点而已。所以说，树与人一样是有籍贯的。

我见过不同地方的楸树。最早是在童年时代的村庄。楸树的个头儿完全可以跟北方的杨树媲美。杨树之中有大杨树和钻天杨两种，大杨树的"大"，除了体现在树个头儿之外，还体现在树冠上。至于钻天杨呢，似乎总是顾不上展开树冠，只是一味忙着直冲云天。仰起头来看，钻天杨的个头儿就是直冲云天了。没有哪棵树让尖尖的树梢钻进了云天里。我认为大杨树和钻天杨都具备北方的籍贯。

楸树恰恰具备了杨树和钻天杨的优点，有婆娑的树冠，叶子比不上梧桐树那般宽阔，但很是稠密，把落在满树的阳光都统统收拢到它那一顶巨大的树冠里，阴凉送给了树下的人。它的高度，总是直奔主题，笔直的主干，"伞"形状的树冠，从不节外生枝。而且木料的质地质感，比杨树和钻天杨更加细腻而颇有韧性。

黄土高原上的人，有栽植楸树的传统。至今乡村人的房前屋后，谁不栽植几棵呢。只是，它们的高度、巨大的树冠，受制于环境的影响，让村里人生发不少苦恼。但凡哪一棵树长得过于高大，总有一些被人去枝头或砍伐。说来也是，隔壁邻家的楸树，打开的枝梢蹿到了自家的屋顶上，树荫落满屋顶，影响了采光，阴潮的屋顶下沉漏雨水。为这样的事，邻里发生口角，主人一气之下不是锯头就是砍伐了之。

近年老家有一户人家，楸树长得太高，想在每年的清明节砍伐。但树身怎么倒下去都会伤及左邻右舍的房屋、墙壁，抑或邻家的另一棵树。需要砍伐的树，倒下去的瞬间，只有树身树梢全部落在空地上，才能确保安全。无奈之下，邻家找来专业伐树人员说，树被谁伐倒，归谁，只要把树砍倒就行。谁知，人家不接活，说，如此高大的楸树，谁也伐不了。

这岂是树的错？！

——树是无辜的。本是乔木，长得笔直高大，这算是楸树的本分，是名副其实的。与一棵树较劲，是人的浅薄和短视。

如果说在乡下，楸树栽错了地方而遭人砍伐，那么在北方的城里呢，我见到的是只长了几年的幼树。它们正准备放开手脚朝头顶的云天奔赶，但头顶等待它们的呢，是几根高压电线，几乎与行道上的楸树平行。一根根电线成了树生长的金箍儿。每年夏秋两季，只要楸树长一截，电力工人便狠狠地砍去一截。好端端的一棵树，像个歪脖子人，失去了身体的重心，看上去极为不舒服。

树需要自由性，凡是束缚一棵树生长的做法，都是人对自然的不敬。让树回归一棵树，让自然回归一片自然——这是树给人类带来的启示。

四

槐树花香了一条街。那应该是 7 月。

整条街，一鳞一爪溢满枝头的花絮，像是黄色的米粒，与浅绿色的叶子平分秋色。一眼望过去，惬意极了。

槐树的种类，主要分为国槐和刺槐两种。城里栽植的都是国槐。刺槐生得毛手毛脚，大多生长在山野沟壑之间，春季的花惹得一树蜜蜂绕枝。那花儿和小麦面粉，掺点水揉搓成棉絮状蒸食，清淡爽口，至今，北方的村庄人每年春上都忘不了采集一些食之。搁在过往，那全是缺粮逼的，而今更多是尝鲜。那满树上的花，似开而未盛开，清香才会溢了出来。一旦盛开，花香都泄了，蒸食就缺少了那股鲜味。

槐米，是生于国槐树上的一种花。槐米可以入药。采集槐米得抓准时机，满树的花含苞待放刚好。采集当日还得遇上好天气，晾晒几日，黄亮亮的，抓起一把闻之，清香萦鼻。村庄人采集槐米都是在过去。活跃在街市上的不少小贩，集中收购。谁家若有两三棵槐米树，每年便可有一两百元收入。没有槐米树的人家，村里公共区域的槐米树，大家便争相去采集。那树大呀，几个孩子爬树上了树杈，你一根枝，他一根枝，抢着采集槐米。

有一年，一个小伙伴爬上一棵大槐米树，那棵树我们三个人展开双臂也抱不住。他不慎从树上掉了下来，腿部骨折。还做了手术，骨头上固定了钢板。听大人讲，那几块钢板待骨头愈合之后才能取出来。我们一群孩子好奇地摸摸他那条装了钢板的腿。我们几乎都是轻轻地抚摸，怕把他腿内的钢板弄断。好在，钢板取出来后，他那条腿无恙。从那年之后，那棵树的槐米我们都不敢贸然前去采集。

国槐树被当作市树，栽植在北方的城里。一整条街一整条街都是。枝叶繁密，鸟翻来覆去，鸟叫声繁密。鸟给一棵棵树增添了生机。秋天的清晨，走在人行道，偶遇疏疏落落的叶子，落在地上。不知道它们何时落下来，是风吹落，还是鸟择枝撞落。与一行国槐树并植的是一行松树。松树的天性笔直，与任何树不相扰，树梢相遇，它们似乎会自觉避让。松树的叶子是一枚枚绿针，从松树的枝头万箭齐发一般，遒劲，有力。松叶也有落下来的，铺在树下慢慢枯黄。

我喜欢漫步的凤凰路，栽植的正是国槐和松树。它们一起擎起一整条街的绿色天地。

我发现，树一旦被栽植在城里，便与黄土地划清了界限。树槽或方或圆，大多一米见方。如此小巧玲珑的蓄水槽，不知如何收集一年之中不多的几次雨水。树槽外围，都是用砖铺过的，砖下面还铺了一层厚厚的水泥砂浆。硬化了的路面，让一棵棵树似乎彻底隔绝了土壤。

初夏正是树木生长的好时节。栽植几年的国槐树，好不容易绽开了枝叶。城市园林人员却举起安装了锯条的长杆，频频伸向一棵棵树的枝头，像是实施一台台手术，锯末纷纷扬扬落下来，淡淡的槐木香散发开来，巨大的树枝跌落在地，装满一辆辆垃圾清运车，被当成垃圾拉走了。

树的路都在天上。但是在城里，树总是打不开自己的身体，奔跑不起来，树身粗大，却没有绿荫厚重的树冠（城里的人，束缚了一棵棵树的自由）。尤其是新移栽的大树，没有头，只有少数的根须被新栽在人行道上，它们的绿色是靠营养液催开的，树干顶部冒出的都是嫩绿的枝条，没有方向感，胡乱地伸向四方。而那树干呢，七八年的树龄是有的，与枝梢彼此看起来极不协调。

其实呢，本土树种大槐树的侧枝会轻轻松松地伸向马路中央，它们能够与对面伸来的枝叶携手架起一条街的绿色长廊。那些展开的长枝，是树与树在马路中央携手进行的一次绿色约会。

## 五

深秋的郊区，我与一棵丢了头的柳树相遇。那棵柳树紧靠旁边的农田，是近几年长起来的。枝梢高过街道的行道树，被夹在行道树和农田中间。它似乎成了多余的。不知被谁砍掉了头，只留下光秃秃的三根枝杈裸露在外面。我走近细细地观察，锯子的痕迹仍然清晰，木头细密，有一股木头香的气味。这棵树还年轻。锯子过处，并没有留下水晕般的年轮。我无法判断出这棵树的树龄。锯子明明是打开了它的身体，它的树龄呢？是这棵柳树还没有顾上留下生长的痕迹，还是这棵树年轻而没有开始留下生长的记忆？

但是，生长多年的树呢，一旦被锯子伐倒，树身的横截面都留有一圈一圈的年轮。这一棵被去头的柳树，接茬处就是没有树的记忆。不知道树是否跟人一样，记忆都是到了一定年龄后才开始的。比如说三岁，也或者五六岁。总之在之前的年龄段，自己所经历的人与事情都是没有记忆。这一点，树与人是不是也一样？

还是，柳树生长得太快了，把自己的记忆丢在了半路上？柳树算得上速长性树种。所谓有心栽花花不开，无心插柳柳成荫，这句话的本义还是重在说明柳树的速成特点。在北方，没有哪种树像柳树那般长得快。栽植在哪儿，哪儿绿荫茂盛、盖天，把身旁的其他树远远地扔在一旁。偌大的广场，新引进了那么多挂牌公示的新树种，几年过了，空落落的，缺乏的仍然是绿荫。那就干脆扔几棵柳树苗子，用不了多久，几乎是眨眼间的事情，树梢便超过了多年的树。

带有本土标签的树种，都几乎是这么不经意间成木成林的。我们小区的树，品种多样，由于树身上没有挂牌，我大多不认识，它们的确生长得太慢。树身略微高过成年人一头多，树冠还遮挡不住树身自己。指望一棵树的绿荫，但树连自己的乘凉都做不到。11号楼下有棵山桃树，春天的花煞是好看，有人专门坐在树下看花；到了夏天，山桃成熟没几天，大人孩子采摘。16号楼前的杏树，枝梢扯开把楼前的一大块草坪都遮住了。再看看几棵柳树，枝繁叶茂，高度直接蹿到八层楼房那么高了。蝉都喜欢落在高大的柳树上鸣叫。一棵棵树展开的绿荫，给整个小区带来生机和活力。树替人做了许多事。

我相信树是有籍贯的。把栽植在上海城区的悬铃木移植到北方城里，树身上的皮一层层开裂，露出了内部的木质。枝头新生的叶子干枯。树总是一副还不了阳的模样。而在上海市的巨鹿路，我所邂逅的一街悬铃木，在上海生长得自由自在，展开的枝梢接近了街道两旁居民家的二三层楼房的窗口。那样子，树跟人融为一体了，亲密得谁离不开谁的样子。我想，树与人应该就是这样子的。

在我们北方的城里，一棵丢了头的柳树，本该依赖树冠树梢探路的。树的路都在空中，奔跑。至于朝哪个方向奔跑，这应该全是树的自由。我想。

## 六

秋天遇见所有关于树的美好，似乎都在一瞬间。

山楂树上的山楂红了。叶子还是绿的。一棵棵树，红绿相间，格外惹眼。附近小区里的人，频频走到山楂树下，踮起脚，伸出手臂采摘低处的山楂，不多几日，低处的采摘完了。高处的山楂，也未幸免，有上树采摘的人，有折附近别的树枝狠狠敲打的人。叶子落下来，山楂落下来。整棵树看起来病恹恹的，一下子就没有了精气神。

山楂树并非黄土高原上的本土树种，默默地长了几年，直到开花结果的那一年，人们才认得那些树是山楂树。不知道是不易成活还是别的原因，城区移栽的并不多。我只是在一些小区里，或者广场上、公园里看到过。数量上，大多就七八棵。与别的树相比，山楂树立于树之间，更多像是一种陪衬。只是到了深秋，挂了果实的山楂树才摆出一副喧宾夺主的模样。万劫不复，死里逃生，俨然一棵山楂树在异域的宿命。

银杏的叶子渐黄。银杏果渐黄。黄色是成熟的颜色。沉甸甸的稻穗是黄的；远远地就会散发出香味的梨子是黄的；咧开大嘴巴，露出爬满了亮闪闪牙齿的玉米棒子是黄的。人们追逐着秋天丰收的节奏，走进满眼黄灿灿的秋天里。成熟的颜色像潮水一样涌来，把丰收的大地照亮了。

一群人跑过来。

有的人采摘银杏树上那黄色的叶子，有的人抱住树身让整棵树跟着他们的身体摇摇晃晃起来，接着一棵树摇摇晃晃起来，一棵树上的所有枝丫和叶子摇摇晃晃起来。叶子哗哗啦啦飘下来，站在一旁的人给她们的闺蜜拍照。那一个瞬间，整个笑声都抖动了起来。——让一棵棵成熟的银杏树无处逃避。

还有的人呢，瞄准的是银杏树上的果实。银杏果可以入药。富含淀粉、蛋白质、脂肪、维生素、钙、磷等成分。一棵树的营养，皆源于大地。那人举起一根长长的竹竿，把银杏树的果实敲打下来。敲打毕，他们一边捡拾，一边剥去黄黄的果肉，把一粒粒果仁收入囊中。其实，我靠近才发现，银杏的叶子无味，银杏果的味道并不香，四处散发的倒是一股股腐朽物散发出来的臭味。那臭味，让我想起了"臭味相投"这个词语。

人，成了不速之客。但是，树木所有的美好，都比赛似的正在朝秋天的深处汇聚。瞧！挂满树的柿子，红彤彤的，染红了远处与山坡相接的那一块块白云。那是整个秋天里，我们黄土高原上最美、最亮堂的颜色。亮红的颜色。火红的颜色。秋天的颜色也会燃烧起来。鸟雀落在一棵红过了的柿子树上，啄破柿子皮，啜吸汁液。一树鸟突然安静下来，谁都忘记了鸣叫。大地如此光亮、透明、富足、安详。

另一条街呢，我把自己扔进一条正在纷纷落叶的大街上。那条街上栽植的全部是国槐树，它们繁密的叶子被一辆工程车上安装了大型吹风机的风吹动着。吹风机的风口朝向树冠疯狂扫射，一枚枚叶子受到惊吓般拼命地跳动了起来，像雨点一样哗哗掉下来。

难道一棵棵树什么时候落叶，也是由人掌握着吗？是的。让树上摇摇欲坠的叶子在同一时间落下来，让环卫工人一次性完成清扫，让一条街接一条街的树叶落尽，呈现另一个季节的干净和整齐划一。

我发现，那几天，不仅仅是国魂，庆城路上的日本樱花、教育路上的七叶树，还有其他街道上的楸树、梧桐树、银杏树，都没有逃得过那一架架吹风机虚拟的巨大吹风口。虚拟的大风，让一座城提前入冬。

　　这是我一个人在秋天里，与一棵棵树擦肩而过时遇到的最后一件——每个人都心照不宣的事情。

# 妙高峰下的森林村庄

剑　钧

　　初闻京城海淀有座森林村庄，七分惊愕，三分疑惑。在我印象中，海淀坐拥北大、清华、中关村，素以中国科技和文化实力最强之区而闻名遐迩，至于森林村庄，恕我孤陋寡闻，还真头一次听说。也恰恰是这"头一次"，引发了我的兴致，接到海淀区园林绿化局办公室邀访电话，我便搭车去了那座神秘的森林村庄。

　　说森林村庄神秘，第一感觉就秘在村名上，雅号为"七王坟"，是不是有点悬疑的味道？只知京城后海北沿有座醇亲王府，是清朝道光皇帝第七个儿子爱新觉罗·奕譞，人称"七王爷"的府邸。那么，这个七王坟村，可否与此一脉相承呢？

一

　　车行于京西山峦起伏的葱绿之中。虽逢初秋，眼前仍是碧山翠谷，浓荫蔽日，我打开车窗，一股清新的山野气息扑面而来，做了一个深呼吸，好一个飘逸绿色的天然氧吧。车上朋友告诉我，前面就是介于门头沟区与海淀区之界的阳台山。阳台山脉绵亘南北，沟壑横贯东西，其主峰妙高峰的古香道旁就是七王坟村。此村因醇亲王陵墓而得名，也因守陵者繁衍生息而形成。

　　我闻此言，顿觉有了精气神，俯在车窗朝外张望，俨然进入了一条绿色走廊。一座座仿古风格的乡间别墅小院，一簇簇怒放的野菊花，一片片硕果累累的园圃，一棵棵枝繁叶茂的杨槐……放眼望去，除却房舍和路面，前后左右皆草木、鲜花、山林和果园，古树成荫，绿野仙踪，真乃森林村庄。那一刻，我甚至不相信自己的眼睛了，这是在大都市北京吗？这是在科技文化强区海淀吗？

"刘老师，七王坟村早在2013年就被评为'北京最美乡村'了。"同车年轻的园林专家王晓星说，"这个村有9300亩土地，其中7200亩山林，1046亩果园，再加上绿地，整个村庄植被覆盖率为80%，是名副其实的森林村庄啊。"

车未进村，我先前的疑惑就释然了。都说百闻不如一见，如若坐在家里，我无论如何也想象不出森林村庄是何等"尊容"的。时值初秋，黄澄澄的柿子沉甸甸地压弯了枝头，红彤彤冬枣宛若串串小灯笼悠然自得地摇曳。村路两旁的杨榆柳槐也尽显风姿绰约，几缕山风吹过来，偶有寥寥落叶，有的微红，有的微黄，飘飘悠悠而去，恰似一幅多彩水墨画。

我们一行下了车，环顾村路鲜有机动车，也鲜有行人，这边小院墙外有几位老人家围坐在一圈，玩起扑克牌是那般悠闲；那边林荫小路，几个顽童在玩滑板车，你追我赶的嬉笑声是那般惬意。我脑海瞬间闪出一语"黄发垂髫，并怡然自乐"。我怎么像是走进陶渊明笔下的桃花源了呢。不过，这是21世纪北京的"桃花源"，在古色古香的村落里，现代化的元素竟如此鲜亮。村内是清一色的二层小楼围合院落，灰色墙体、橙色门窗，再配以太阳能采暖系统，水电、燃气、宽带入户，优雅古朴的民居也不失时尚的现代感。

"太美了。"我由衷地赞叹道，"不愧为妙高峰下的森林村庄。"也就在那一刻，我对七王坟村有了全新的解读，醉心于观赏路边栽种着的法国梧桐、洋槐、榆叶梅，还有那月季花、绿萝、丁香、连翘，纵目看那绿草坪像是一条绿毯一直铺展到山脚下，好美好美。我站此向西眺望，妙高峰苍茫横翠，烟岚如幻，旷远幽深，随手拍了几张照片，回看一下都挺漂亮，随便翻出一张都是美妙风景，妙高峰的"妙"字也许就源于此意吧。

二

说到妙高峰的妙，可追溯到一千年前的昨天。从唐代香火缭绕的法云寺，到金代章宗完颜璟满园杏花的香水院，再到清代醇亲王的退潜别墅，以至最后的七王爷园寝之地，竟都出于阳台山麓的妙高峰下。这片奇妙山林又恰恰在七王坟村域内。说这是上天对七王坟村的眷顾是一点也不为过的。难怪一聊到此，村支书王栋和村主任刘文强，以及苏家坨镇林业中心副主任马芸的表情都灿烂了。

"走，我带你们去村西口瞧瞧我们村的后花园去。"王栋说到兴奋处，站起身，如数家珍般说，"我们村的古树群有262棵呢，树龄大多在150年到170年之间，最多的是油松220棵，还有侧柏23棵、白皮松17棵、银杏1棵、蒙椴1棵，这可都是老祖宗给留下来的。"

王栋此话不虚。一进妙高峰脚下，我就有了步入千年古驿道之感。连绵的柏树、油松、杨槐、银杏、椴树……依着山势，翠幔连云，尽显古老苍劲，其盘根错节、悄无声息地扎进沃野里，吮吸着从山下潺潺流过来的清泉，若古树有情，也会学古人道上一句："岂不乐哉"了。

我不由想到诺贝尔文学奖得主，法国传奇的外交官诗人圣-琼·佩斯的长诗《阿纳巴斯》。这部获诺奖作品就是他在距妙高峰6公里的创作地"桃源观"一带写就的。1916年，他来北平的法国使馆任职期间，沉醉于东方异域文化和风土人情，曾不止一次到过妙高峰一带采风观景，从而激发了创作灵感。他在这部书中写道："啊！我们满墙披垂绿叶的故事，内容多丰富，泉水又纯净得似入梦的美景"，也让我很容易联想到身边的此情此景。

我沿着青砖石阶往上走，一天前刚刚下过雨，略有湿滑，但也丝毫不影响兴致。山路蜿蜒如龙，掩映在参天古树之中，虽说不陡不险，却让人顿生仰之弥高之感。我站在一棵古侧柏前久久凝望，其树冠像是硕大的广圆形伞，高耸近20米，躯干虬曲苍劲，纵裂成了条片，让岁月风霜打磨成了略带黝黑的灰褐色，枝杈交错，纷纷向上伸展或斜展着，似乎竞相与蓝天争宠。侧柏老态龙钟，瘦骨嶙峋，只有枝杈上对生排列的绿色鳞叶还在证明着古柏还有颗不老的心。如今的侧柏和国槐这对兄弟树一道入选北京市树了，睹柏思槐，让我联想到中山公园社稷坛门外的7棵辽代侧柏中，有棵千年侧柏的躯干裂缝里竟长出一棵高大的国槐。两兄弟天然共生，相拥而长三百多年，如今仍枝繁叶茂，为人称"槐柏合抱"，也是古树佳话了。侧柏是有韧性的，干旱、盐碱和贫瘠的土地都无法让其却步，原野里、沙壤中、悬崖上都有其身影。古柏是有灵性的，人世间的千古风流，或悲怆或辉煌或风光或残酷都熔铸到它的年轮里。

三

　　妙高峰山麓的千年古树倘若有知，可记否这里曾有的香火缭绕和风花雪月？此时，我的脚下也许就深藏着唐代法云寺的木鱼、引磬和梵钟。我行走在弯弯小路上，领略着古诗中"蝉噪林逾静，鸟鸣山更幽"的意境，一眼山泉从山崖断层中汩汩而出，在林壑间叮咚有声地跳动着，奏响大自然的乐音，直叩我的心扉。对建于此地的法云寺，史籍《帝京景物略》有过描述："一尊峰刺入空际者，妙高峰。峰下法云寺，寺有双泉，鸣于左右，寺门内甃为方塘。殿倚石，石根两泉源出：西泉出经茶灶，绕中溜；东泉出经饭灶，绕外垣；汇于方塘，所谓香水已。"

　　而今，法云寺早化为林中云烟，消逝在妙高峰之巅。但从峰上流下的清泉依然在，仍在涓涓发声。遥想当年，有多少文人墨客品茗观景，迷恋于山水之间，坐拥山泉的清幽，醉卧山林的翠绿，回头再想想圣-琼·佩斯沉迷于斯就不足为奇了。

想到这，我望着山中潺潺的溪流出神了。中国的法云寺何其之多，只可惜妙高峰下那个大唐法云寺不见了，空留无语的千年古槐，若想寻觅历史遗踪，也只有凭吊见证过历史的古树了。我注意到山下有棵苍老的白皮松，枝干虬曲苍劲，呈灰白色，布满了岁月的皱纹。古松的树干开裂了，裂成了不规则的鳞状块片纷纷脱落，又裸露出粉白色的内皮，白褐相间，似乎在诉说着昨天的故事。初看这沧桑树干，会以为这白皮松已寿终正寝，但再往上看，它依然扬起翠绿的松针，向苍天伸展着悲怆的造型。

谁也说不清法云寺是何年何月在这个世界消失的，是毁于天灾，还是毁于战乱？可妙高峰依旧在，沧桑古树依旧在，笑对白云千载梦悠悠。再往前走，有一条窄窄的月牙河，听七王坟村乡亲讲起这里的传说，说法云寺有块石碑就埋在月牙河底，也许有一天挖掘之后，真相会浮出水面。

法云寺不见了，但妙高峰这个"美女"，"天生丽质难自弃，一朝选在君王侧"。几百年后，金朝出了个喜欢游山玩水的皇帝完颜璟。他在大定二十九年（1189年）正月，金世宗去世后，以皇太孙身份即帝位，为金章宗。他不再满足老祖宗传下来的春水秋山游猎的规矩，而是醉心在金中都近郊大兴土木，建行宫、寺院与园林。他这位玩家慧眼识珠，一眼便看上了妙高峰这块风水宝地，在法云寺遗址上兴建了"八大水院"之一的"香水院"。至于为何称之为"香水院"，也是有讲究的。清代诗人法式善有诗《寻香水院遗址》为证："石厂三五峙，言是香水院。香水从何来，杏花了不见。闻说辽宫人，夜镫洗残砚。风瀹朱砂泉，春烟微雨变……"

看来，早在八百多年前，七王坟村这一带的杏就声名大噪了，以至漫山的杏香把河水都染香了。由此，王栋谈起村上的特产"玉巴达杏"，也是津津乐道："你们来得不是时候，要是六七月份过来，就可以尝尝我们村的玉巴达杏了。这个品种个大皮薄，香醇味美，杏熟时皮底色黄白，阳面有鲜红晕，咬一口柔软多汁，香味浓郁，连慈禧太后都喜欢吃，还曾是宫廷的贡品呢。"他还告诉我，七王坟村是以果树为主产业，村民的果园都在村北，主要水果为杏、樱桃、枣，还有少量的苹果和桃等。2013年，北京市海淀区农科所申报的"玉巴达杏"通过了农业部评审，实施国家农产品地理标志登记保护。王栋的一席话把我的心说活了，想象得出春日的七王坟村杏花樱桃花竞相绽放时，那散发出的诱人馨香一定很醉人。眼下，我身在的妙高峰山脚也长有许多杏树，虽谈不上是"香水院"年间的古杏树，但也至少有大几十年树龄了。我不知晓这山野林中的杏树与七王坟村果园的玉巴达杏树有何关联，当年"香水院"的杏花香与今天村上的"杏黄杏白樱桃红"可否有异曲同工之妙呢？

四

妙高峰之奇不在于其峰高，而在于传奇的身世。千百年来，草长莺飞，花开花落，唯有这千年古树伴着流淌的月牙河，静静地守候着妙高峰山麓的秘密，后来，月牙河也断流了，但古老的银杏树尚在，一脸沧桑地面对层嶂巍峨，在嶙峋怪石的陪伴下，每日都翘首望着循环往复的日出日落。随着金王朝的衰败，香水院也香消玉殒于战乱之中，留下那断壁残垣还在历史瓦砾中呻吟。

时光荏苒，一晃到了大清同治年间，一阵遏流云的马蹄声冲破了这座千年古刹遗址的寂寞。一队马背上的侍卫簇拥一位气宇轩昂的年轻人纵马而来，堪显王者之尊。一路山峭峰奇，林深树密，草木芳菲，溪水淙淙……王者心情大悦，下马徒步而行，不时指点妙高峰颇为兴奋。日后，他在《退潜别墅存稿》卷一中记述了对此地的观感："山水清寒山果甘，莓苔满径足幽探。相逢野老不相识，晴雨桑麻一再谈。"时值1868年，来者是未来光绪皇帝的父亲，醇亲王奕譞，时年28岁。

是年夏日，奕譞欲选身后墓地，听了府中服役的两个太监之言，说京西燕山余脉有个"九龙口"，九峰环抱，水湖深潭，景观瑰丽，便带个姓托的风水先生去看，却没说出个子午卯酉来。到了秋日，奕譞再请风水先生李唐（字尧民）同往，他看了"九龙口"，言此地山高地狭，不妥。奕譞颇为失望。岂料，李唐一转身却对相邻的妙高峰产生了兴趣，连连称奇称妙，也便有了先前纵马山林一幕。一行人随醇亲王爬上妙高峰，纵览四野，皆大欢喜。李唐指着远处一棵古松说，那里便是来龙的"正脉"。他们从妙高峰顺势而下，来到那古松前，见松高六丈有余，相邻还有一棵银杏树，结满果实，围粗竟然三丈五尺，仅树荫就遮盖了一亩地。周边也是林木繁茂，溪流潺潺，鸟语花香，果然是个有灵气的好地方。奕譞一打听，方知这里曾是法云寺与香水院的遗址，顿感英雄所见略同，不觉喜上眉梢，当即把墓址选定于此。后来，主人还在北侧花园的敞轩内立了块卧碑式的石碑，碑文记录了选址过程："同治戊辰九月十九日看定妙高峰风水志喜并序……尧民即遥瞩称善，至则层嶂巍峨，丛林秀美，遍山流水潺湲，其源澄澈如镜"。

我不知晓当年七王爷看到的风光是何等之美，但时至今日，目见耳闻仍能让我备受震撼。那数以百计的斑驳古树，遮天蔽日，躯干被风雨打磨成铁石之色，枝杈横出左右，相互扭曲、交错攀绕，远处天空只能露出一点蓝，完全被树林的绿色遮盖住了。那嶙峋的树干开裂了，形成了空洞，好像张开着无数张嘴，在向我倾吐着千百年的风霜雨雪，诉说着人世间的喜怒哀乐。

五

妙高峰脚下还真是个修身养性的好地方，山水花草、亭台楼阁应有尽有，四季都有绝妙景致。参天古树下长满了野草、野花，还有乱窜的小生灵，伴着涓涓细流，到处充满了生机。奕譞很喜欢这块风水宝地，岂止甘心身后厚葬于此，生前当要享受这番绝美风情，故授意在陵寝完工之前，先在其北侧建个阳宅，后命名为"退潜别墅"。这是一个五进的四合院落，整个园囿构思精巧，上百间雕梁画栋之舍，凸显中国园林建筑之美。如今退潜别墅的小花园还散落许多刻石，有块署名退潜居士的石刻写道："一条寒泻玉玲玲，激石穿云昼夜声。悟彻澄清淆浊旨，洗心洗耳总邀名。"可见七王爷对这里喜爱程度之深。至于何以称此为"退潜别墅"，还有鲜为人知的故事呢。

同治十三年，十二月五日，短命的同治帝亲政不足5年就驾崩了。是日深夜，奕譞年仅4岁的儿子载湉被从睡梦中唤醒，在群臣和侍卫的簇拥下，进入了紫禁城。奕譞得知儿子被册封为帝之后，非但没欣喜若狂，反倒"五内俱裂"，哭晕倒地。他深知慈禧太后为人心狠手辣，她公然违反祖制，将妹妹与醇亲王所生的外甥立为皇帝，实为独断揽权，垂帘听政之目的。故次日，奕譞上书请辞朝中所有职位，躲进了妙高峰下的退潜别墅，自取别号"退潜居士"，十年闭门谢客，以"闲可养心，退思补过"为名，隐居在此，常常抒怀于诗词歌赋之中。

从此妙高峰山麓打破了法云寺和香水院消逝后的沉寂，又多了一处精致的人文景观。山环水抱、溪水叮咚，留下了千年古树的垂影；青砖黛瓦、飞檐斗拱、绿苔红墙，与林海松涛相映成趣，成了达官贵人游玩的好去处。春日里，古树抽芽，一片翠绿；夏日里，林深叶茂，鸟语花香；秋日里，红叶似火，秋实累累；冬日里，古松苍劲，雪染林海。难怪王栋感慨地说："一百年前，这里是清朝王侯的赏玩养心之地，如今却成了七王坟村民的休闲好去处。"我也由衷地感叹道："七王坟村的乡亲们好福气，每天都生活在天赐的乐园之中。"

我沿着111级台阶向上走，见到一座高大的碑亭，亭后就是那条月牙河，横卧着一座弧形的石拱桥，站在桥上就可见到醇亲王陵寝了。眼下的碑亭、飨堂等均用油漆彩画做装饰，十分典雅。在陵寝宝顶下的平台尚有一通碑。碑首刻有浮雕祥云，碑身雕有花草图案。碑文为醇亲王撰写的碑文，还特意写了古树："余生圹东南隅古松，完颜之朝已称乔木……"

奕譞当年为造阴宅、阳宅，可谓煞费了苦心，但百年沧桑之后，七王坟也已风烛残年，衰败破落了。听说闹义和团那会儿，这里做过坛址。八国联军也来过，还烧了陵寝两侧的殿堂。不过，七王坟墓地的整体建筑风格保存了下来，在一片松柏之间耸立的牌楼虽旧，但飞廊雕花依然很漂亮，牌楼的飞檐和墙壁也有整修过的痕迹。

在返回村里的路上，我走上那座石拱桥头，一旦放慢了脚步，方察觉到青石板的凹凸不平，那是岁月磨砺的印记，再往下瞧，月牙河道长满了荒草，依稀可见的还有少许雨水在泛着亮泽。桥下不远处就是以油松为主的古树群，连绵不断，一直铺展到妙高峰山脚下。当年，古树也许目睹过醇亲王纵马驰骋的风采，见证过七王爷退隐山林的无奈。光绪十年，慈禧太后罢免了恭亲王奕䜣，启用醇亲王奕譞主政，十年韬光养晦的奕譞沉潜之后出山，但仍顾念那座退潜别墅，有诗为证："甲第园林各寄身，随宜长物镇纷陈。萍踪聚罢浮云散，只此青葱永结邻。"一百多年后，那个声名赫赫的醇亲王几乎被人遗忘了，苍莽中唯有那连绵的松林还在挺立着，带着曾有过的遥远记忆。也许，这就是历史。

妙高峰山下的七王坟村，一个森林环抱的小山村，一个有历史有故事的小山村，一个如诗如画的小山村，一个迈向现代生活的小山村。当我乘车离开时，我把心留在了这片绿色的土地。我回首对主人说，等到来年杏花吐香时，我会带着我的朋友重访这座风景如画的森林村庄。

# 村子里的树

提云积

真正想坐下来写那些村子里的树，是从辛丑年的春天开始的。

其实在这之前对那些树一直比较关注，这源于我长期的乡村生活经历。

我人生大半的生活经验来自乡村。工作进入社会后，也是一直在泥土地上行走，便会在一些偶然的机会里遇到一棵树。这棵树以村庄为基点，饱受风霜雪雨的侵袭，于这世间与人类同呼吸共命运。有的是一棵槐树，有的是一棵酸枣树，有的是一棵黑弹树，树种多样，相似了那些不一样的村庄，有不同的来历与属性。

关于村庄的属性，我是这样理解的，每一个村庄生活着不同姓氏的人群，这些人群各有各的来处，不单单是来处的出发地，还有他们各自代表的姓氏的起源，人们于此生活的岁月多寡。

如果将一座古老的村庄视作一则鸿篇巨制，树就是开头部分，它起到提纲挈领的作用。这些树有的是百年、数百年，甚至是上千年，那些岁月所特有的印记将它们描画得沧桑廓然。这些树是村庄的特定的记号，记住这些树，便是记住了曾经生活的村庄，也记住了自己的血脉。

在此地，村庄多与一棵古槐有关。在一些传说里先人曾经生活过的故乡有一棵高大茂盛的大槐树，先人们离开故乡时会从大槐树上劈下一根树枝上路，到了定居的地方后，先把这根树枝栽下。因此，这棵树与村庄是同时出现的。这样的传说听多了，便以为每一个村庄都会有一棵古槐树。直到在我行年半百之后，开始寻访这些村庄的来历时，才发现，那些传说给我的认知是错误的。不仅仅是有槐树，还有酸枣树、雪柳、榆树、赤松等。

一个人如果没有与一棵树为邻过，那他的一生肯定是有缺憾的。我的胞衣地曾经有一个雅号，叫作"木碗提家"。起初听到这个称呼的时候是在我的少年时期，对于提家是知道的，姓提的人的家，就是我们提姓族人于此共同生活的大家庭，而对于木碗就难懂了。

村庄南面不足三华里的地方有一座土山，高不过一百公尺。有一年，跟着一帮大孩子去爬山，因为听大人说可以从山顶看到村子，还可以找到自己的家，孩子们都想从半空的角度看看自己家的样子。

爬上山顶的时候，我们这些提氏后人都极力寻找提家村，也想知道自己的家在村子的位置。遗憾的是，村庄被葱茏的各式树木的树冠覆盖着，村庄也只是隐隐地露出几处屋脊，根本看不到整个村庄，相邻紧挨着的两个村庄反而是清清楚楚的，可以看到有人在自家院子里的活动，看得见烟囱冒出的炊烟，但那时我忽然明白了村庄雅号的出处。

村子因为树多，像是装在一个木头做的碗里，这便是"木碗提家"雅号的来历。现在还能清晰地忆起村子里的那些树。一棵粗壮的国槐在一人家青灰色门楼的门东，大门朝北；一棵刺槐，在一段黄泥墙的外面，紧挨着村子的主街；一棵樗树，在俺家院墙外；一棵柳树，在俺家门前的路南；一棵榆树在东邻的院墙南；一棵梧桐树，在俺家向西的一条胡同里，胡同向南有一块空地，空地上除了梧桐树，还有几棵香椿树；在村庄的东北角还有一棵国槐树，树下还有一个麻石做的碓臼……

少年的记忆是粗犷的，只是记住了一些有特点的树，要说的树太多太多，几乎家家户户的周围都有三两棵树，这些树木皆高大挺拔。很可惜，这些树在二十世纪八十年代初，村庄进行规划的时候都被砍伐了。村庄整体调整了朝向，这些树便不在规划线上。还有一个最主要的原因，村庄只是规划了人类的居住空间，却没有给树们留下一个自由生长的地方。整齐划一的街道栽种了一些景观树，这些树没有高度，树冠还没有早年那些树的一根侧枝庞大茂密。

村子里的榆树最多，初夏时节，榆树是孩童们的天地。爬树撸榆钱，榆钱过时后就撸榆树叶，有时候也会剥一截榆树皮。榆树钱甜，榆树叶黏，榆树皮也黏有韧劲。榆树钱、榆树叶拿回家后，母亲会兑一点儿面粉蒸着吃。榆树皮是要偷着吃，不敢让大人们知道。剥榆树皮的时候，先用小刀把榆树麻粒状的外层皮剥掉，露出里面黄白色嫩皮。嫩皮用小刀割一缕，顺着树皮的纹理上下撕下一缕，就像现在吃辣条一样，不断地用牙齿将树皮吞进嘴里，直嚼得双腮酸胀也不能下咽。及至最后，榆树皮没有了黏甜的感觉后，就赶紧吐掉，舌头也早已麻木了。

少年时期，吃榆树皮的经历屈指可数，只是孩子们的一种恶作剧，是无聊之后的小恶行。经过几年，榆树原来被剥掉树皮的地方，便会长出树瘤，长树瘤的地方在春夏秋三季冒出白色的黏液，这是榆树的自我修复。好在，我们一帮孩子们没有把榆树拦腰割皮，这样会断了榆树的生机。及至了半百之年，才恍然明白为何要栽种这么多的榆树，早年粮食经常歉收，有时绝产，这些榆树便做了填充人类口腹的食物，也难怪大人们会对孩童们剥榆树皮的行为深恶痛疾，原来榆树曾经养育了一个村庄。

其实，在说到这些树的时候，作为与人类一并寄托了生存之地的村庄是不能忽略的。比如，我们提姓，姓氏来源没有一个明确的说辞，从哪里来的，也没有具体的文字记录。如果在早年，作为村庄的那些树们还存在的话，村庄的历史可以借鉴它们的年轮互相印证。现在，这一切只是遗憾之后的猜想。

村子里也有果树，早年最多的是石榴树，现在各种果树都能在村子里找得到踪影。苹果树、杏树、无花果树、柿子树、梨树、栗子树，等等，这些果树都种植在街门外。早年人们缺衣少食，社会环境也不允许种植这些树木，不管谁的家里有这么一棵，待至果实到了成熟期也会怕偷。乡间对于这种偷窃行为好像也是默许的，并不会有多大的干戈。现在好了，几乎家家户户都会种几棵，品种多样。如果哪天树上的果实少了，也是如旧没有过多的理会。乡民们有一个憨实的情理，果实就是吃的，谁吃也是吃，只要别浪费了就行。到了这些果树的果实成熟期，一个村庄都是那种熟悉香甜的味道。

　　我的老父亲对石榴树情有独钟，如果在别处看到好的石榴品种总要向人家讨要一棵树苗回家种在院子里。我家的院子里曾经有过一棵桃树，这棵桃树只是在家人们的话题里出现过，那时我还没有出生，或者是尚幼，没有丁点儿的印象，反而是那些石榴树在院子里去留过几个轮回，对它们的印象比较深。

　　在我家的老院子里曾经种过一棵苹果树，是青香蕉，老品种。印象最深的是刚结的小苹果，带着莹莹的绿，晚上也有荧光。秋后苹果熟了，院子里便是苹果的清香。还有一棵山楂树，春天盛开白色的花，及至秋后便是红盈盈的果，山楂的果实紫红，表皮点缀着细碎的白点儿，现在想到山楂，嘴里的唾液已经分泌得旺盛。

　　似乎是一个规律，越是心性单纯的人对那些树越是有虔诚的心。老家院门外曾经有过一棵香椿树，并没有刻意种植，是母亲最先发现了它。在乡村有很多不知来处的树，它们在一个角落里默默地生根发芽，及至长成一棵小树的模样时，人们才会发现它们。母亲发现香椿树后，便刻意管理了起来，按时浇水，有时候也会从粪坑里挖一点儿农家肥布到树的根部。待至香椿长到一人多高后，才采摘一些叶子煎鸡蛋，或者加盐揉搓后密封，待至发酵后用来佐饭，都是不可多得的美味。

早年乡村的树好像都能寻得它最大的利用价值。前面说到的那棵国槐树，长槐米的时候，也就是槐树未张开的花蕾，会把槐米摘下来，晒干后送到供销社去换一点零钱。遗漏的槐米便结了槐莲果，这个名字里有一个"莲"字，少时不明所以，现在知道了也是猜测，是不是因为槐树结的果子太苦，像莲心一样的苦而得名。槐莲果很苦，人们会制作一种茶，多次蒸晒，最后调上红糖，像泡茶一样，用滚烫的热水浇上去，然后浓黄泛红的液体落下来，可以泻火。现在有这样的产业，前段时间还喝到了槐米茶，槐米茶的汤色浅，和槐莲果的味道也不一样。

槐莲果还没有成熟的时候，是孩子们的玩物。我们会把采摘下来的果子用碓臼捣碎，捣碎的果子黏性强，抟一个圆球，找一段细麻线事先埋在圆球里，这是我们的流星锤。很小的一个圆球打在身上也是很疼的，孩子们互相攻击，常常鼻青脸肿的，这样的玩乐游戏没少做。现在想想，唉！是不能想了，那些遗落的旧时光架不住任何情感的煎熬。

在我说到村子里这些能用肉眼看到的树的时候，想起村子里还有一棵树，这棵树是永世不能遗忘的。这棵树比较有特点，与那些眼观可以发芽开花的树不同。这棵树是根据姓氏栽种的，每一个姓氏就是一棵树，每一位姓氏的子民就是这棵树的枝叶。

每年春节期间，我和发小都会去村里的一位老人那里，老人收藏了提氏宗亲的族谱，听他说一些关于提姓来历的故事，包括提姓迁到现在的村庄居住的一些传奇故事。为了印证这些故事的真实性，老人会把珍藏多年的族谱拿出来，就着灯光，翻阅着泛黄的纸页，从始祖开始，直到现在最小的班辈，一一给我说道。族谱是用柔软的绵纸制作的，先辈的行楷蝇头小字在泛黄的纸页的映衬下清晰如昨。

提姓尊春秋时期晋国正卿赵盾的车右提弥明为始祖，提弥明英勇曾为救赵盾击杀了晋侯的恶犬。对于提弥明的最终结局有两个版本，一个版本是被埋伏的士兵砍杀而死，一个版本是隐遁于高山大川。

《左传·宣公二年》记载：秋九月，晋侯饮赵盾酒，伏甲，将攻之。其右提弥明知之，趋登，曰："臣侍君宴，过三爵，非礼也。"遂扶以下。公嗾夫獒焉。明搏而杀之。盾曰："弃人用犬，虽猛何为！"斗且出。提弥明死之。

《史记·晋世家》记载：初，盾尝田首山，见桑下有饿人，饿人示眯明也。盾与之食，食其半，问其故，曰："宦三年，未知母之存不，愿遗母。"盾义之，益与之饭肉。已而，为晋宰夫，赵盾弗复知也。九月，晋灵公饮赵盾酒，伏甲将攻盾。公宰示眯明知之，恐盾醉不能起，而进曰："君赐臣觞三行，可以罢。"欲以去赵盾，令先毋及难。盾既去，灵公伏士未会，先纵啮狗名敖，明为盾搏杀狗。盾曰："弃人用狗，虽猛何为？"然不知明之为阴德也。已而，灵公纵伏士出逐赵盾。示眯明反击灵公之伏士，伏士不能进而竟脱盾。盾问其故，曰："我桑下饿人。"问其名，弗告。明亦因亡去。

上面这个故事只是提姓的渊源其一，可信度有多少，我们现代人不知。对于提家村的来历，幸存的族谱也没有详细说明，仅仅是说到"永乐年间徙天下民最夥"。而问于老人，老人却说是土著。作为土著一词的涵盖面太广，为现代人造成极大的寻找难度。

村里的族谱清末创立，从始祖名讳到最小班辈姓名都有详细记载。始祖与晚辈之间会有一根线条连接在一起，就像一棵大树结满了枝叶的样子。我曾这样描述这棵树：提姓是这棵树的根，村庄是树干，每一个提姓的支系就是形成树冠的分权。我们提姓在此正好有三支，合乎道教的一生二，二生三的道理。每一条侧枝上有无数小的分支，这是每一支衍生的、不同的小的家庭，小家庭再继续分化，形成茂密的树冠，也成就了一棵高大繁茂的大树。这棵树种在每一个后世子孙的心里。

这棵树在每一个村庄都会遇见，每一个寄存于这座村庄的姓氏都在认真地描绘着这棵树的样子，每一个姓氏的后世子孙都在努力地浇灌着这棵树，以期它枝繁叶茂，繁荣昌盛。

　　我承认寻找这些古树，不管是有形的，还是无形的，是为了寻得遗落的一些旧日时光，不管这棵树现在哪里，也不管这棵树现在何种状态，这个世间因为有它们在，便是美好的。一句话，树有着无限的可能性，人类社会也有着无限的可能性。

　　守住一棵树，是守住一座村庄，也是守住我们自己或平淡无奇，或波澜壮阔的一生。

# 叩开大地之门

付春生

地还没刨的时候，心是焦虑的，表情是僵硬的，情绪是低落的。像一株寒冬的杏树，还没迎来那股花信风一样。

我家刚收了玉米的地就是这样，被踩踏了太久，吸咂了太多，冷漠了太长，地已没有了任何精神焕发的气象，死沉沉的，像对外界没了什么耐心。田埂上，地沟里，长了太多的草。有的，以前缠绵在玉米上。等砍了后，没了依托，软绵绵地匍匐在地上，但仍有气无力地生长。砍了玉米的茬，像钉子一样钉在土上，根须像蛛网一样，向广度和深处延伸，把火热的精神束缚起来，自由禁锢起来，失去了张扬和迸发的气势。叶上的毛毛虫、瓢虫等落到地上，来回爬行，让地显出了疲惫的神情，憔悴的模样——这是我家那块地在经过了一个季节的奔波后，留给这个世界的粗略背影。

我们要让地重新焕发生机。因为来年还要收麦子呢！

必须用虔诚之心叩开大地之门！这是打开来年丰收的第一笔书写！我们拿着当地最好的一种笔—— 一种只在我们那里使用的笔。网上，我查遍了所有百度图片，也没看到一种和我们那里相似的。那是一种能将地刨得又深又平的镢头。相比于一般镢头，把要短得多，为的是能将腰深深弯下，将地刨得十分平整。铁制部分又细又长，为的是将地的每一部分都松到。网上，我查了一种叫"条镢"的用具，不知是不是我家乡的那种。体态矫健灵巧，内质坚硬

204

刚健，尤其和大地接触的部分，光滑尖利。这是和土地长期啃噬的结果——两瓣牙磨得亮亮的，透着寒光。柄也磨得光光的，这是手把木头感化了。尤其是那把枣木柄，又坚又硬。这个头儿磨没了，再换上下一个，这一代人没了，下一代人再用。汗水浸润，日光辐射，把包浆弄得越来越厚，本来颜色就很深的柄更加黑乎乎的，非常油亮。

农人们非常钟爱枣木柄，不仅因为它颜色漂亮，质地坚硬，更重要的是还带着一种吉祥寓意和警示的作用。父亲常说，枣就是早啊！每天带上一把枣木柄锄头，或镢头，就能时时刻刻提醒自己干什么都要早——种要早点，不违农时；草要早锄，不会长疯；虫要早除，伤害最轻，何不趁早呢！枣木柄放在家中还能辟邪，干了一天活儿，把洗净的枣木镢头放在家里，驱鬼除妖，这多好！

经过一个季节的玉米吸吮，地的养分被耗得差不多了，必须给它补充新的营养。空洞洞的地在等着一场粪的漂泊。那天它走了太远，从山坡上走来，从河边上走来，父亲从山上割了荆子，从地里掀起了土，然后把它们一起搅到猪圈里。漫长的等待，风雨的侵蚀，再加上猪的加盟，让土草的功能得到了质的升华，成了土地所需的各种养分。大地笑了，风也笑了，因为它们知道父亲正迈着沉重的步子往地里赶呢。越接近一步，大地的心就跳动一下，咚咚的，仿佛能感受到它急促的呼吸。紧接着是一场雨，粪的雨，父亲紧紧地握着锨，抖着，扬着，将那松散的粪泼洒到地里。父亲的技术很高，那是他多年操练的赐予。把锨抖起来，扔到一个合适的高度，合适的速度，还有力度、角度等，他都拿捏得恰到好处。这是父亲和锨长期合作的绝活儿。完全靠经验，靠感觉，不论锨里的粪是多是少，他都能均匀地洒下来，细密如一场雨。

有时怕地里的虫子把麦根咬坏，我们还会撒上一些药。记得那时刨出最多的就是蛴螬。"金龟子幼虫，长寸许，居于土中，以植物根茎为食，为主要地下害虫。"这是大多数书上对它的描述。我

205

有时一镢头能刨出来两三个。不过一见人，它就立马变尿，立刻卷起身子，仓皇而逃。别以为它胆小啊！在看不到光的地方，它可太疯狂了。据说，一只虫子能咬掉十几株幼苗的根，好端端的都被折腾死了。

为了打掉它嚣张的气焰，我们一边刨一边把它们捏死。看不到的，就用药把它们清除。可，是药三分毒，那气味会跟着风跑出来，呛得人难受。不过为了让庄稼们安心，我们根本不在乎这些，有时戴着手套、口罩，但大多时候会直接用手撒到地里。有营养，有药，还有未来的水候着，齐齐全全，地能不被打动吗。

父亲猫着腰，斜着头，瞄着地，像木匠掠过一块未刨过的木板一样。哪边高，哪边低，他早就心中有数了。从这里开始吧。父亲一边说，一边刨。我和弟弟也跟着他一齐上阵。翻过一浪又一浪，今年翻到这边，明年再翻到那边，这样才能保持一个平面。如果一直朝一个方向翻，高的一端肯定会越来越高，低的一端肯定会越来越低，逐渐形成一个坡状。以后浇水，肯定会往一边跑，水从高处涌向低处。那高处的呢，庄稼一定会抱怨个不停：这里存不住水啊。低处的庄稼也不住地晃脑，要这么多水干吗！只有大家公平，才心安理得。

我们拉开架势，把镢头扬得很高很高，把地刨得很深很深。高山流水。一边刨，一边把高处的土往低处拉，只有这样才能让地尽可能平。但这还不够，必须一边刨，一边还要把掀起的土坷垃打碎，然后用镢头条来回抹平。这是一个很难言说的过程。像一张纸，让一把镢头在上面挥毫泼墨，提、压、按、翻、转、推，僵硬的土就立刻松动开来，眉上的云就舒展开来。父亲说，这地里住着很多神啊！有掌管生命的神，有掌管颜色的神，有掌管品种的神，有掌管体态的神。这些神都能耐大着呢！能让土里的种子萌芽，生长；能长出不同的庄稼，玉米、麦子、高粱、棉花；还能把它们绘成不同的颜色，绿的、黄的、红的、白的，能让各种庄稼长成不同的模样，高的、低的、大的、小的。你想象不到它们的功能有多大，能量有多强！但必须对它们虔诚。首先要供它，敬它。认真地刨，就是对它们的敬，就是对它们磕头烧香。机犁不如人刨，牛犁也不如，因为它们的力气都太大了，犁得太快，一趟过去，就能将很宽的一大绺土翻起来。这土，看起来都松了绑，其实是一大坨和一大坨在松动。整体间挪移，并不代表着个体间也发生了转变。就像一河冰开了，虽然大块与大块分开，但同一块的密度和硬度并没有改变。再平整，拿一个大耙子，用绳套在牛身上，拉着耙走，虽也能将一些土坷垃碾碎，让土松一松，但仍不会像人刨得那样细，土碎得那样彻底。

俗话说，"小麦不怕草，就怕坷垃咬。"这"咬"，大概就是土坷垃身上的粗粗糙糙，把种子磕得太生疼了。被架空着，悬在坷垃之间，根本不可能和泥土完全接触。若是十来天，甚至几十天不下雨，地里的水分肯定会被很快抽干，种子饥肠辘辘，怎能好好地酝酿呢！而没有一点坷垃的地，足能抵御外界干旱，很好地保持墒情，让种子精神饱满，快乐地生长。

但人刨得实在太苦了。每年我都觉得刨地是最苦最累的活儿，特别慢不说，且累得腰酸腿疼，直不起腰。弟弟有时大胆地和父亲说，咱们也找头牛犁吧。每到此时，迎来的总是一顿呵斥。父亲说，地里的神都看着呢，你省把劲，地里的坷垃就多些，神都能感知到，又堵，又闷，哪能痛痛快快显灵呢！太阳升起，把地照得松松软软，暄暄和和，一切都是那样清新和舒爽，仿佛神在微笑。

农人们大多实诚含蓄，一般不会和女人说些肉麻的话，更不会写在纸上。就像我的父亲，刚见到母亲时，她已和原来那个丈夫离了婚，且带着我。但父亲一见到她就喜欢上了。因年龄悬殊，从心理上处于劣势，格外宠她，不仅给她买最喜欢的东西，还一下子给了姥爷家一百多元。在当时，这可不是个小数目啊！一沓厚厚的钱交给姥姥、姥爷时，可把他们惊坏了。当时，谁家能攒那么多啊！

母亲说，那都是父亲一家人靠种地，省吃俭用攒下的家底。

我从记事起，就知道父亲沉默寡言，一头扎进地里，从没和母亲说过什么亲密的话、甜蜜的话，更不可能写过什么情书之类。母亲说，你对地比对我还亲呢。可父亲的心谁懂呢。他从小就苦，几岁就失去了母亲，家里穷得叮当响，一心想的就是多种地，种好地，然后多打粮，把家里的瓮填得满满实实，让家人有饭吃，能吃饱，这就是他最大的心愿。有时父亲爱得几近荒唐。山高路远，甚至连兔子都不去，他也要将家粪挑到那里，种上粮。还有些地，荒寒贫瘠，根本打不了多少粮，他也要将这些地都种上易养活的作物。看着满山庄稼，心里才踏实。

有一年，有一块窄条地，我忘了怎么闲了下来。不大，沙石土壤，属贫瘠之地。但父亲仍舍不得扔，每次走到那里，总要多看几眼，心里很不是滋味。咱栽红薯吧。父亲和我说。到了夏天，还怎么栽啊！过了时节，我说。用长长的红薯藤栽，父亲很坚定。

用红薯藤段栽红薯，肯定不如春天的秧苗。毕竟从母体上断裂下来，失去了原始秧苗的推动力，更何况生长期又大幅缩短了。若是好地，还能长成一点大红薯，要是贫瘠之地，根本不可能长大。但父亲硬是栽。于是，我们把红薯藤截成一段一段，插进了泥土。为了让它们都成活，我们还担足水，施足肥。个把月后，蓬蓬勃勃的红薯藤活跃了遍地。父亲看着这块地，心里甭提多高兴了。但到了收获时节，果不其然，红薯都长得像指头那么粗，没有一个大点的。

父亲看出了我的心思，但他没有作声。而是用沉默让我过了很长时间才懂得，漫不经心的做法是让我以后不论干什么，都不要荒了自己的地！

野菊花开的时候，种麦就开始了。这是一个很庄严的仪式，必须等到不冷不热，空气不黏不腻的时候进行。以前无论做多少准备，都是为了给它打造一个适宜孕育的子宫，一张舒适自在的温床，为以后埋下伏笔。农人们手巧，不知谁最先发明了这种叫耧的农具。据说是一位西汉农学家赵过，但很多人宁愿相信这是集体改进的结果——上面有一个盛麦子的斗，下面是伸进泥土的"两只脚"，麦子从斗里下来，从"脚"中伸入泥土。最关键的是中间有一个能控制麦子下流的机关——控制仓门。这里有一个推拉板。上下推拉可控制门的大小。更巧妙的是还有一根一端尖的木棍。粗的一端拴在耧的横档上，另一端可触动小麦，让它均匀下落。这是一个最重要的农具。每次种麦前，父亲都要认真检查一遍，看看每一个部位是否完好。然后，再擦拭一番，完成所有这些仪式。

蓝天白云下，平平整整的地里，父亲在前面拉着绳，姥爷在后面摇着把。这是一幅多么美妙的画卷啊！山上有鸟儿啁啾，河里有流水荡漾，枝上的柿子在欢笑，斑斓的叶子在飞扬……这是大地在抒情，上天在抒怀，农人在书写。

几十年的耕种，让姥爷的功夫十分了得。他能很准确地调节下麦口的大小，然后根据小木棍的敲打声和肉眼的观察情况知道下种多少。麦子像一个个活蹦乱跳的孩子，在一片祥和的氛围中，欢呼雀跃，兴高采烈。姥爷凝神地看着它们，扎根基层，就等着生根发芽，蓬蓬勃勃的幼苗破土而出了。

这是一个疏密有间的书写过程，不能让麦子太稠，也不能太稀。要让大地读出节奏感和韵律感。像写一篇文章，段和段之间，句和句之间，要衔接自然，搭配合理，疏密有致，结构得当，只有这样才是一篇美文。父亲的心可以理解，但往往事与愿违。那次姥爷在种麦的间隙，不知去干了点什么。回来后，仍摇着耧。但摇了一会儿，觉得不对劲儿——种麦的节奏变了，韵律也变了。种，下得太快了，不是原来的手感，姥爷能感觉得到。他问父亲，你是否动仓门了。父亲点了点头。第二年，有一片麦子明显变稠，麦秆细，麦穗小，和其他麦子比，体态明显瘦干，弱不禁风。有一天，风好像打探到了什么，突然来袭，打在其他麦子上，被顶住了。而打在这片麦子身上，却得逞了，加上雨，麦子摇摇晃晃地撑了一会儿，就倒下了。这正是父亲偷拉仓门种下的那片。麦收时，那片地，减产了不少。

父亲太想有收成了，总是感到姥爷那次种得有些稀。其实不然，是他的错觉，内心和实际产生了距离。麦子天生能滋生，一根能滋生好几根，原来稀稀疏疏的麦子，一长就稠了。正适合麦子萌蘖，透风，接受阳光。但这需要给它最充足的条件，首先不能缺水。

这是河流寄给大地的最温暖情书。写的时间不能太早，也不能太迟，必须在上冻前寄出。北方的冬天实在太冷了！有时能达到零下二十摄氏度以下。这么冷的天，麦子哪能挺得住啊！透过细小的土壤缝隙，呼啸的风早将麦根冻僵了。这时幸亏寄来了水，才锁住了寒，让地始终保持一定的温度。水利万物而不争，能将麦苗紧紧抱住，让寒冷化在自己怀里，还能让地保持墒情，留待明年催苗生长。

从冬到春，遥远的距离。麦子蛰伏了一个季节，早已急不可耐了，它要抖擞精神，快乐生长。但地已结疤，让苗十分烦躁。一个冬天，水分蒸发，风沙吹蚀，让它郁闷愁结，气血不畅。我和父母看不了这个。每到这时，就开始锄。将身子埋进绿油油的垄里，用一个锄头在干硬的地面上哗哗啦啦。有时候地里还有草，我们就将它们连根拔起，喂猪去。枯燥干涩的土地，经过多情的锄头左一撇，右一捺，一下子变得松散开来，振作起来，曾经瘀塞的血脉变得开通，曾经愁闷的心情开始化解，疲惫不堪的地变得容光焕发，精神饱满。

激昂的麦子噌噌地生长。再经过几天，再浇几次水，生长就更旺了。满眼浓郁的绿色，像波浪一样铺展开来——根紧紧地抓住地面，秆有力地撑着麦穗，叶子拼命地够着阳光，麦粒全身心灌浆……

它们被农人们的虔诚感动了。

# 香山雨

戴荣里

## 一

香山是我最喜欢去的地方。一年大抵要去十几次吧！如果京城的路上到处可见的都是混凝土森林，公园里的路则给人田园的景色之美，而香山的路则如一位善于讲历史故事的老人，每次去，都有不同的发现。香山之美，美在静中出奇，美在不语而语，美在四季不同，美在时时给你不同的享受。香山是一座奇怪的山。我一向爱山，在泰城工作时，泰山周围的小山爬了个遍。我感觉自己就是那山里的一草一木，一沙一石。融入山中，人就格外地清静，静成一枚树叶，平成一池碧水。山之美，给人的陶冶太多。有时一个人在山间，看那松鼠跳跃，风吹树枝，山草幸福地摇动，就不知不觉流泪了。这装满自然的大山，着实让人喜欢。秋天里，到泰山顶上摘几颗酸枣儿，看山下积木一样的楼房摆在那里，小鸟的眼界也会变得宏阔，这就是山啊！泰山之上，有流水，有核桃树。泰山石横亘在山涧里，张牙舞爪，有时我依偎在山石间，双脚插在冰凉的溪水里，那些无忧无虑的赤鳞鱼就在山溪里游荡。多美的山啊，每年，山洪来的时候，巨石也挡不住水的力量。水在山中，带来的绝不只是灵气。水能摧毁一块块巨石，让有底气的迎客松悄然倒下。离开泰山二十多年，泰山上的一草一木，依然活在脑海里，我太喜欢山了。这些年，每到一处工作，那里的山，就会成为我的朋友。山之美，在于层次，在于驳杂，在于包容，也在于各自的差异感。有一年在衡山，我看着高大耸立的树，惊叹不已！地域的差别，让山的景色各自不同。山之美比人之异大有不同。我会靠近一棵树，触摸着树皮，脸贴近了那树，闻那树皮的气息，这是一个个生命的宣言啊！我在树木之间慨叹，慨叹生命的伟大，概念自然的伟力。

　　雨中登山多年前有过。记得有一次去泰山上摘核桃，突然天空涌起了云，顷刻噼里啪啦起来。瓢泼中，无处躲藏的我们，顿时就成了落汤鸡。那份畅快，好像读完了一本厚重的书，劳累中却有百般的收获。核桃没有摘到，却成了地道的雨中客。行走在山路上，从慢走到小跑再到奔跑，雨儿像追踪你的强盗，一路跑回家里，内里的热和雨的冷，交相辉映在身上。洗一个热水澡，喝几口姜糖水，那冷，还一直藏在心里。这样的感觉，在泰山上有过几次。云雾中的泰山如梦如仙，给游客无限的想象。不是念想雨中登山，而是享受到泰山雨的爽利。在南方，雨中登山若遇上山路的湿滑，人就会跌跌撞撞，活像一个泥人。能在雨中感受山的境界，也是别样的一番经历。我与山的交道，因为雨作为媒介，山更了解我，我更喜欢山了。南方的山多水。有一年到黄山，随处可见的水流，在淅沥小雨中，那水一直在山路旁盘桓着。贵州的山、湖南的山、云南的山，各自有水路畅流。南方的山多有瀑布惊现，会给游客以惊喜。有时我站在瀑布前凝想，是雨水练就了瀑布的白，还是瀑布赠予了雨水的急？我喜欢山，更喜欢山水的自由和欢快。

## 二

　　北京还是有不少妙山的。房山的奇，密云山的险，延庆山的偏，我都感受过。登香山的感觉，就像进了一个图书馆，没有街头盗版书的困扰，也无险峻之态可以描绘，香山更像一个有教养的读书人，静静地卧在那里。倘若你登过泰山，香山更像一个敦实的汉子，没有泰山那么巍峨。泰山上的人文景色多于香山，碑石多于香山，登泰山就像在历史长廊里穿梭，香山缺少这种景致；倘若和衡山比，我觉得香山没有衡山奇秀。虽说香山上的松树奇绝于京城里公园里的树木，但和衡山一比，还是要逊色不少。衡山的高树竹林，让我这个北方人称赞。香山上有一种白皮松，远远看去，迷彩服一样的斑点富有质感，凑近了看，富有苍劲、古朴之态，但和衡山的树木相比，其蓊然向上的心力，还是少了些；要是和云南的山相比，因为气候的缘故，四季常青的云南植被，和一岁一枯荣的香山草木相比，就要明朗得多。香山之树，多了些层次美。若是春天登香山，这种层次感会更强。山顶上下望，几抹新绿就像刚学丹青的孩子随意涂抹出来的，层叠中显出些顽皮。那些早落干绿叶的枝条像不情愿的汉子，一个个悄悄地又在春天里换上了绿衣。花朵或黄或白或红地开着，那份不经意，在南方的深山里，你是很难感受到的。

　　第一次登香山，好像是十几年前刚来北京时的深秋。那时，登山的驴友很多，他们全身登山服，一看就像征战的战士，在登山途中，随处可遥望北京城里的景色。和泰山不同，香山和主城区相对疏离，山顶上瞩目北京主城，似乎遥远了许多，立体感不强。景色因对比而存在，相对于华山的险峻，香山真像一个有教养的人在那里脉脉含情。第一次登香山，只感觉些微的累，要比登泰山、衡山、华山，这累，简直就可以忽略不计了。开车到香山脚下，或乘坐公共交通到香山脚下去爬山，就没有旅途的劳累之苦了。想想古时候皇城人登山，即使有骏马夹于胯下，也不是什么好滋味。现代人登香山，各种偷懒的可能性都有，香山上有索道，也可以免去了登山之苦，我是一次没有体验过索道的，索道会让登山者丢掉大半好情绪。古人修行喜欢跑到深山里，大约在人迹罕至的地方，仰赖天籁之音，一个人就会心无旁骛。静下心来，修行才会有功效。人

213

是群居动物，若从群居中剥离出来，需要舍弃的功夫。与山水为伴，赏日月而生，需要追求与众不同的生活态度。寂静中有孤寂，反省中有无助。有一年看到一位僧人坐豪车、用最时尚的手机，心中就猜想，这样的僧人，怎会像古人一样获得静心的功夫？！

三

通往香山顶的路有无数条。香山景区被四面围墙拦住，沿着南北围墙，有登山的台阶，靠近南面围墙的那些台阶，稍微舒缓一些，北面靠近围墙的台阶，则要陡很多。不过，北面围墙处的台阶上，上山、下山都铭刻上台阶的数量，爬一段，数量增加了，就会从心底里增加几多希望。倘若平时不锻炼，这样的台阶，还是给人不少恐慌感。要是和泰山上的石阶比，香山的台阶倒实在没有什么了不起，无论长度还是陡峭度，香山的台阶都不足以让游客害怕。跨山涧的，倒有一条相对舒缓的路，以前爬香山，我就喜欢沿这条路爬上去。等登上香炉峰，回望山下，也会有星星点点的自豪感。

倘若沿着香山饭店往上走，有几条分岔到山顶的路，行至半山腰，那条蜿蜒而行的土路最好走。有两次，我沿着那条土路走，感觉不像是爬山，倒像是在平地上散步。春日，小雨绵绵，雨滴在土路上，激起路上的土气，那气息，好像来自远古，又好像是久违的自然，路旁的野花也笑着，一路延伸到沟壑里，好像延展着水脉。一棵树老去了，树墩趴在土路中间，就像一个倔强的老人匍匐在那里。植树的工人在躲着雨，旁边是他们新栽的树。一只鸟在路上啄食，鲜花瓣被雨滴打落在地上，露出黛玉葬花的情景；蜿蜒山路上，响着喜鹊此起彼伏的鸣叫声。众人大多沿着石阶路走了，这条土路，不再受到更多游客的青睐。何况还是雨天，土路上行走，时刻还有被滑倒的危险。

出门没带伞，雨儿好像一个促狭鬼，专门往你脖子里钻，随着那一声声鸟鸣，滑落到你的衣服里。在春雨里游香山，浪漫中还有一丝清凉。到一棵大松树下避雨，双脚踩在松针上，看已经润湿的路，听鸟儿们越来越沉滞的叫声，香山似乎淹没在阴雨中了。以往清澈的山，此刻躲藏在云雾之中，往远处看，远方的山水躲在神秘之中。我看着松树下干爽的土地，看越来越湿润的不远处的土路面，想着深冬里，整个香山像瑟缩的流浪汉，裹紧了衣衫。春天的香山，舒缓了，跳跃了，慢慢地舒展开了。

树与树比着冒芽。那一年冬天，扒开厚厚的积雪和几层树叶，露出酸枣的红，那一刻，天地忽然亮了。那些酸枣，层层叠叠躺在枯叶的覆盖之中。它们保留着年月的记忆，一年又一年，沉浮的落叶保护了酸枣，这一年的酸枣还来不及发芽，下一年的酸枣又接踵而至。我用矿泉水洗净那些酸枣，陈年的甜香，荡漾在我的口腔里，香山的韵味在这层叠之中积攒下来。那一刻，我感觉到香山的亲切。有一年，祥鹤白云展翅在香炉峰上，心底格外地敞亮。自然之美，给人无形中的力量。登山之美，藏匿在点滴感受之中。面对枯叶覆盖的酸枣，我联想起很多与香山有关的事。当你手捻这一粒粒酸枣，比从酸枣树上摘下它们还要动情，那一层层枯叶像历史的黄沙，那一粒粒酸枣就像晶莹的化石。有一年，我在沂蒙山某一处山顶，看到燕子石，那些栩栩如生的燕子，让你想起远古的生命。香山的土路上，时常看到不知什么动物挖出来的深坑，在无数个漫漫长夜里，山路上的生命们，正开启它们的希望之路。雨中，一只跳跃不已的松鼠，像小鸟一样，从这棵树上蹦到另一棵树上。这只欢快的松鼠啊，从觅食的欣喜中，感受着香山的静谧给自己带来的安全感。有一年冬雪中，香山顶上的小鸟儿嘶鸣着，它们在寻觅白雪覆盖下的果实。不知这些鸟儿们怎么样度过冬天，那一次，我将面包撕碎成渣，希望鸟儿们能享用这些美味。

# 四

下山总要欢快许多。在阴云密布中，看云雾、听松涛，外面是冷雨，里面是热汗，这样登香山，真是一种绝妙的感受；顺着水流，看着路旁的野花，山再重新变得高大起来，这是下山的感觉。下山时，脚重重地踩在台阶上，让你感到肉身的沉重。以往登山，回家双腿总要疼几天，今天走了山中的土路，感觉少用了不少气力。遇到一位老者，说实在没有信心爬到山顶了，我鼓励他，曙光就在前面，再努力十几分钟就到山顶了。那老者鼓起勇气向上爬去，我向他竖起大拇指。

一位老者，东北人，开饭店十几年了。老伴去世也快二十年了。他把三个女儿和一个儿子拉扯大，自己一个人租住在北京城里。如今，他什么也不干，过着清心寡欲的生活，也不愿回家给儿女添麻烦。当他再一次爬香山，说这比他十几年前爬过的香山更累人了。我笑着问他今后的打算，他说，就一个人过日子，挺好的！我突然感觉到，人们对生命幸福的理解意义不同，就会选择不同的生存道路。这位老人，或许从长久的登山体验中感受到生命本身的意义吧！

带了几个硕大的矿泉水瓶来装这香山的水。花瓣落在泉水上，水簇拥着这些花瓣，我瞥着花，轻盈的水就露了出来。没有了冬日的清凉，泛着春日的清光。离泉水几十米远的地方，冬日里曾有硕大的冰块在暖阳里闪闪发光。香山春雨中，这些清冽的泉水懒洋洋地流进矿泉水瓶里。背起这水，如得了香山的馈赠。泰城人喜欢到泰山上打水，香山附近的居民，也喜欢到香山上打水。山之水，因了沙层的沉淀和草木的滋润，沏茶甘之如饴。雨儿继续下着，沿石铺的山道而行，雨水汇集成流，早湿了鞋袜。背着沉甸甸的香山之水，一点点向前走着，想那曾在西山居住的曹雪芹，提着瓦罐，装着香山肚子里的水，慢慢地行走在香山之路上，该是多么彷徨啊！

和其他山相比，我更喜欢香山的自然之美，无视它人文的存在。香山就像一位内敛的绅士，平静中透着高傲，雨中攀登香山，这份感觉会更浓烈。香山之美，美就美在平静之中诸多蕴含吧！一座疏离开城市的山，应该有这种实实在在的格调！

# 走进白洋淀

丁厚银

我最早接触到白洋淀这三个字，还是儿时看过的小人书《小兵张嘎》《雁翎队的故事》，对于机智勇敢的嘎子和神勇无双的"雁翎队"羡慕不已。上中学的时候，又接触到了孙犁先生的《荷花淀》，也知道了现代文学的"荷花淀派"，对白洋淀更是向往……

然而，由于各种原因，我一直没有去过。直到去年夏天，我到北京出差，才决定要到白洋淀去看一看。

从网上搜索得知，位于冀中平原的白洋淀，是华北地区最大的淡水湖，由白洋淀、烧车淀、羊角淀、池鱼淀、后塘淀等总称白洋淀，面积 366 平方千米，为国家 5A 级旅游景区。关于白洋淀的文字记载，最早见于晋代辞赋家左思的《魏都赋》，书中写道："掘鲤之淀，盖节之渊……"这里的掘鲤淀就是今天的白洋淀，北宋年间始称白羊淀，后因汪洋浩渺，势连天际，遂称白洋淀。

8 月，正是白洋淀一年之中最美的时节。整个淀区，年平均蓄水量 13.2 亿立方米。到了白洋淀，就进了水的世界。在北方，有这么一大片水简直是不可思议。光是一大片水倒也罢了，还有三千七百多条盈水的沟壕河汊，把一个白洋淀分割着，又联系着；环绕着，又滋润着；氤氲着，又爱抚着；是那么毫无私处地坦荡着，又是那么风情万种地娇媚着。

水是白洋淀的魂，水是白洋淀的精华，水是白洋淀人的希望，水更是白洋淀人赖以生存的根，白洋淀人的一切活动都基于水展开。白洋淀不仅是鱼的乐园，也是鸟的天堂。这里不仅有一望无际的芦苇，更有美若天仙的荷花。靠山吃山，靠水吃水。凭借着这淀中的水，白洋淀人不仅从事农渔业，现在还搞起了旅游。

从北京出发，大约经过两个半小时的路程，我们就到达了白洋淀景区。此时，码头上已经人山人海。在导游的安排下，我们登上了一艘游船，开启了一天的旅程。

游船驶过一片水塘，把我们送到了白洋淀的第一个景点——元妃荷园。元妃荷园位于旅游码头南侧，是白洋淀生态游乐景区中最美的景观之一。初登白洋淀，一下子就被这里的景观深深地吸引了，那成片的荷园，硕大的荷叶，层层叠叠，把水面遮得严严实实，从脚下一直向着天边蔓延。用"接天莲叶无穷碧"来形容一点都不为过。

荡舟于清澈、辽阔的元妃荷园，淡淡的荷香在鼻翼间弥漫。明媚的阳光下，叶心的积水清澈透明，在微风的吹拂下随着荷叶的波动而在叶心像水银一样来回滚动。刚露尖尖角的荷花，含蓄矜持却又蠢蠢欲动，像少女藏不住心事，在迫不及待地等着幸福地绽放。在荷叶丛中，竖着一根根挺拔的花茎。花茎的顶端有新长出的花骨朵，有含苞待放的花蕾，有盛开的花儿，还有花瓣凋落后的莲蓬。绽开的花儿花瓣肥厚，颜色鲜艳，有粉色的，有纯白色的，有淡黄色的，也有紫红色的。花瓣儿有单层的，有双层的，还有多层的。那粉色像朝霞，像少女脸颊上泛起的红晕；那纯白色像冬天里的雪莲，又像阳春白雪；那淡黄色像初生鸭苗身上茸茸的羽毛；那紫红色宛如牡丹园里盛开的紫色牡丹，雍容华贵。微风掠过，荷香飘溢，让人如痴如醉。

环元路是环绕元妃荷园的一条路，在距离路口近200米的地方，我们发现路下有一座栈桥直通对岸的一个亭子，就下了台阶，来到栈桥上。栈桥两侧满是荷花，葱绿的荷叶丛中，星罗棋布的荷花像漫天里的星星，在微风中摇曳。越过栈桥，我们来到了元妃亭。亭子中央矗立着的是元妃全身雕像，背南面北，模样俊俏，身姿娟秀，手持荷花，极目北眺……

元妃遗址前游客盈门，此时，在元妃亭里小憩片刻也是一件非常惬意之事。在荷花簇拥下的环元路上漫步，呼吸着馥郁的沁人馨香，任何人都会陶醉其中、流连忘返的。飘飘乎如遗世独立，羽化而成仙，也许就是这种感觉吧。王昌龄的诗《采莲曲》："荷叶罗裙一色裁，芙蓉向脸两边开。乱入池中看不见，闻歌始觉有人来。"诗中情景和目前情景是多么相似呀。

导游告诉我们，这里还不是真正的荷花淀，前面的荷花大观园里的荷花比这里还要美。带着憧憬，我们继续前行。一路上，热情的导游，用她那熟练的普通话和甜美的嗓音，给我们介绍了荷花大观园的概况，让我们先入为主。园子占地面积 1800 平方米，虽没有元妃荷园那么大，但这里的荷花绝对比元妃荷园要精致得多，2003 年全国第十七届荷展在此举办。整个园区，荟萃中外名荷 366 种，可观赏到能托起儿童的南美王莲、小巧玲珑的碗莲、层层叠叠的千瓣莲、随风起舞的舞妃莲、日本的大贺莲、中美合育的友谊牡丹莲，更有太空育种的太空莲、神奇的五色睡莲……

大约过了 40 分钟，船就到了十里荷花大观园。远远望去，匍匐在水面上的荷叶，近的如盆景精致，远的如玉带延伸，既有诗的辽阔深远，又有文的洒脱别致。荷叶风卷动夏声，芙蕖照水笑盈盈。荷园之上，人行其中，如诗如画。清新脱俗的味道，风姿绰约的叶荷，人在荷花丛栈道上，花摇风过，红花白花黄花，尖尖小荷，含苞待放，莲瓣迎天，黄丝绿蓬……

水池里的睡莲，也是各色纷呈，绚丽而不妖娆，精致地绽放着一世的风韵，如梦似幻。凝碧的圆叶，簇簇相生，拱卫相守；深湛的翠绿，团团相拥，温润似玉。水中的荷，亭亭静逸，如绝世女子，黛眉秀目，红颐粉颈，顾盼盈盈。微雨轻扬，叶心花上，细碎着密密的晶莹。此时此刻，我才真正地领悟到当初孙犁老先生为什么要将白洋淀称为《荷花淀》了。

在荷花大观园的东面，我们登上了观景山，山虽不是很高，但已将整个大观园尽收眼底。远处碧水蓝天相映，荷苇丛被壕沟分割开来，整个海淀区宛如一个偌大的棋盘，绿苇红荷相间，禽鸟翱翔淀上，鱼儿漫游水中，景色清明，空气清新。荷花淀六区、十二园、三十六景、七十二连桥把园中景物全部涵盖和连通一起。移步换景，景色各异，百顷荷园，碧叶连天，映日荷花，十里飘香；静观鱼湖，群鱼戏水，锦鳞翻飞；赏禽鸟园，水禽游戏，百鸟鸣啭；驻足蟹园，看蟹上楼；入沙滩浴园，人水相亲，趣味无穷。

来到大观园，除了欣赏荷花美景，还有一个地方是不能不去的，那就是孙犁纪念馆，尤其是对于我这样的一个文学爱好者，对于孙犁老先生更是仰慕已久，作为现代文学荷花淀派的创始人，用他那妙趣横生的文笔，影响和培养了一大批优秀文学青年，当代的阿宁、贾平凹、铁凝等文学大家的创作也深受孙犁作品的影响。荷花淀派文学对当代农村题材的文学创作有深远的指导意义。

孙犁感谢白洋淀，是白洋淀给了他创作的素材；白洋淀更应该感谢孙犁，是孙犁揭开了白洋淀的神秘面纱。孙犁老先生的《荷花淀》不仅在文学方面影响了一大批文学后人，就是对于今天的白洋淀旅游也是做出巨大贡献的。我站在孙犁像前，向他深深地鞠了三个躬，表达了一个文学后人对他的敬仰，也是对白洋淀的礼拜。

离开荷花大观园，我们继续登船前行。游船在宽阔的水道上行进，水道两侧是茂密的芦苇丛。芦苇丛是白洋淀的又一个特色景观，其面积辽阔，一望无际，有近12万亩。每当风生水起，波浪涌动时，芦苇也就随风荡漾起来。天地之间，似乎只有它了。

时光在每一株芦苇上都刻下标记，根，一节一节，向着远方，延伸，不仅仅是目标，不仅仅是方向。在时间的每一次更替中，根都在探索。根到哪里，茎就到哪里，叶就到哪里，绿色就到哪里，只要有水，哪怕是几滴雨水，芦苇都可以继续在这天地之间开拓，绵绵不绝，从远古到未来，从天荒到地老。人物在更换，情节在变换，但舞台依旧。以芦苇为幕，以芦苇为台，一次又一次演绎着经久不衰的曲目，成就了这在水一方的永远之国。

白洋淀的芦苇也是名不虚传，白洋淀是绿色的故乡，也是芦苇的故乡。在《荷花淀》里，孙犁说："要问白洋淀有多少苇地？不知道。每年出多少苇子？不知道。只晓得，每年芦花飘飞苇叶黄的时候，全淀的芦苇收割，垛起垛来，在白洋淀周围的广场上，就成了一条苇子的长城。"到了这儿，你才知道，这话一点儿也不夸张。

这些跳跃在芦苇荡里的绿色，现在只是以景的形式存在着，以绿的姿态存在着。但抗日战争年岁里它可是保护伞，是救命的苇荡。密密麻麻处一定掩藏着一段历史，演绎着一个神话。这芦苇丛像阅兵场上受阅部队的方阵，3700条通道将整片的芦苇丛分割得像迷宫一样，一旦进去，不知道从哪儿出来。难怪雁翎队能凭借着芦苇荡将日本鬼子打得晕头转向，首尾难顾，屁滚尿流。在绿的深处，我仿佛看到了雁翎队的神出鬼没，小兵张嘎的机智勇敢。

我们的船驶向下一个景点——异国风情园，并现场观看了大型户外情景剧《嘎子印象》，这是张艺谋的印象系列继《印象丽江》《印象刘三姐》等之后的又一力作。该剧主要以白洋淀雁翎队在水上伏击日本鬼子为背景，以除汉奸、端岗楼、打伏击为主要内容，塑造了雁翎队员、小兵张嘎、嘎子奶奶、罗金宝、毛泽东等人物形象，以搞笑、幽默、滑稽的舞台剧表现方式为主，打造了一部集现代武打、实景烟火、夸张搞笑为一体的剧作。惟妙惟肖地表演，引得大家阵阵掌声。

在白洋淀，"小兵张嘎展览馆""雁翎队纪念馆""孙犁纪念馆"，像这样的文化痕迹到处都是。一张张黑白照片、彩色图画，一座座特色建筑、雕塑，一件件老旧实物，一处处遗址遗迹，哪一项都有英雄的故事，哪一个都是英勇和智慧的定格。这里不仅是旅游景区，更是爱国主义教育基地。

最后游船把我们带到了"渔家乐"体验区。在溢满绿的湖边，农家小院这里一处，那里一间，就像那些芦苇荡一样，被随意安置在湖边，河淀相通，田园交错，像山水画里的写意一样，色彩的浓淡、空间的错落、物与物的搭配、动与静的组合，没有哪位画家比它更在行。选一家走入，院子不大，井然整洁，敞开的院子像热情的怀抱，一踏进院子，就有回家般的感觉。这里有露天的厨房，地道的农家饭菜就地取材，如果你想一展厨艺，还可以亲自烹饪，湖里当天捕获的鱼，荡里新捡的鸭蛋，田里刚割的韭菜，一盘田螺、一盘白馒头、一碗小米稀饭，还未品尝，满桌的绿意就已经抵达味蕾了。当然如果你为了省事，可以坐享其成，只管掏钱就是了。

今年的芦苇还青青地站立在水中，去年冬天收割下来的芦苇还有许多堆放在岛上，一些年龄大的渔民正在那里利用芦苇编织着各种生产生活用具和工艺品。娴熟的动作，让我想起了孙犁老先生在他的小说《荷花淀》中的精彩描写："女人坐在小院当中，手指上缠着柔滑修长的苇眉子，苇眉子又薄又细，在她怀里跳跃着……"如果你有兴趣，也可以上前亲自体验一下，他们免费提供芦苇，所编制的作品你还可以免费带走。看似简单，但很多人都半途而废。

一番体验之后，我们从另一条路线开启了回程之旅。虽然依旧是一望无际的芦苇，却也有不一样的地方。导游告诉我们，白洋淀虽然没有专门的鸟岛，但是这里的野生鸟类依然很多，达二百余种。大的有绵羊一般体态的鹈鹕，小的有鸡蛋个头的翠鸟；文静的有恩爱的鸳鸯，凶狠的有凌空直下的鱼鹰；还有人称"气象鸟"的灵秀苇莺，鸣叫声音的变化就是在直播"天气预报"，有雨有风还是大太阳，准得很。因为时间关系，导游说的是不是准确，我们也无法一一验证，姑且信之。

回程的途中，我们将经过一片鸟类相对集中的聚集区，我们满心期待。

不远处的苇丛边，三两只鸥鹭停在水面上，时而追逐觅食，时而自由嬉戏，时而情爱相依，时而啁啾鸟鸣，尽情地享受着这片辽阔水域，带给它们天籁般栖息的家园。成群的野鸭拨动红掌，漂浮在湖面之上，一声声嘎嘎地鸣叫，呼朋引伴，回响在万亩苇丛之上。

那些刚孵出不久的小鸟在成鸟的带领下自由自在地游弋、玩耍于水面，一旦发现有人靠近，便倏地一个猛子潜入水下不见了踪影。芦荡深处，不时传来苇莺清脆而悠扬的叫声，此起彼伏。黄鹂鸫在忘情地卖弄着自己婉转华丽的歌喉；须浮鸥也耐不住寂寞操着沙哑的嗓音，时断时续地加入进来，共同来演奏这曲唯美曼妙的大自然交响乐。

那跳跃在荷花上的鸟、飞翔在苇子上的鸟、漂浮在水面上的鸟，一只只，一群群，就如同白洋淀的通天精灵，毫无顾忌地将这浩瀚的芦苇荡当成了它们排兵布阵的演练场和才艺表演的大舞台。

有人说，水鸟、芦苇、荷花是白洋淀的宝；也有人说，鱼儿、芡实、菱角是白洋淀的宝，都没有错，而我却认为，水，才是白洋淀当之无愧的瑰宝，没有了水，这里的一切都将不复存在。

上承九水之泽，下通海河之津，藏风聚气，浪远天澄的白洋淀，不但养育了勤劳质朴的淀边儿女，也滋养催生了悠远璀璨的淀边文化。就像是一颗璀璨的明珠，镶嵌在人杰地灵的华北大地上，令人神往，更令人流连忘返。

# 南北草木，以及星光

祁云枝

一条神奇的"天线"秦岭淮河，在中国版图上划出了南方和北方。

南北差异，就这样在诸多事物上显现出来：南腔北调、南辕北辙、南粉北面、南甜北咸、南床北炕、南船北马、南拳北腿……雪莲薰衣草，绽放在北方，椰子榴莲，悬挂于南方；黍稷菽麦，听着京剧秦腔在北方生长，稻蔗棉茶，哼着黄梅戏越剧在南方茁壮……

当我在秦岭北麓的西安街头，看到由南方植物编织的热带风景时，一种时空的折叠感随即升腾起来，我感觉自己既行走于当下的北方，又仿佛置身于遥远的南方。那些经历了南下北上长途跋涉以及环境胁迫后草木的故事，那些牵手草木的人和盘桓在时光深处的往事，星光般翩跹而舞。

南木北迁，拟或北木南移后，在异乡站稳脚跟，栉风沐雨，开花结果的样子，宁静而坦然，宛若异地烟火里，孤单、坚韧地执着于梦想的我和你。

## 含　笑

早春的第一缕芳香，携带着鸟语和晨光，一起推开我家的窗户，墙壁、窗帘、家具和客厅里的金鱼，悉数，都收到了香气的问候。

我居住的这栋楼房的南侧，是植物园的木兰园，这里，聚集了玉兰、辛夷、含笑、厚朴、天女花、天目木兰、鹅掌楸等一园子木兰科植物。

当玉兰们抖落掉羽绒服，绽开第一缕香气的时候，植物园家属区居住在这栋楼房上的人，总是幸运地第一批知晓花儿的讯息。

第一位给西安植物园引种培育木兰的人，也曾住在家属区里，潜心木兰育种的王亚玲博士，就住在这栋楼上。

2月中旬，雨水。

园子里遍地清露，阳光从木兰园里倾泻而下，像一场金色的雨，落在王亚玲的身上，四周安谧，偶尔，会响起蜜蜂振翅的轰鸣。站在金色的雨里，王亚玲一手拿一支毛笔一手拿着纸袋，在一朵花心的雄蕊上刷粉，随后，她走向另一株玉兰，她要让毛笔上金色的雨，落在这株花朵的雌蕊柱头上，她甚至听到了花粉簌簌融化的声音，像那一刻无比清晰的心跳。来自花朵里的胎动，蕴藏着玉兰性状的无限可能。

鼻尖传来熟悉的气息，这气息她已经闻了30年，阳光下，飘浮着泥土与花香交融的气息，花朵与花朵彼此缠绵的气息，花朵里雄蕊和雌蕊的深呼吸，还有，希望的味道。

在一只蜜蜂的轰鸣声里，王亚玲刷粉的手停在了半空，眼前飞速叠起某些场景——那时，她刚从南京农业大学毕业来到植物园上班，跟随师傅杨廷栋学习玉兰杂交育种，毛笔、纸袋、花药、花粉、花柱、柱头、父本、母本、去雄、套袋、授粉，这些既是名词，也是动词，同时又是形容词的物件、动作与场景，比肩而立，洋洋洒洒地站满早春每个晴朗的日子。

她和师傅像两只巨大的蜜蜂，在芳香植物区木兰的花朵间奔忙，促使不同性状的花朵婚配……父本的"形"与母本的"色"，历经无数次杂交、无数次错过、无数次失败后，才有可能稳定结合在一株木兰的花朵上。

这是一种"广种薄收"的劳作，王亚玲清楚地知道，一个杂交组合后代即便是收了五百多粒种子，在能够出苗的二百多株后代里，也只有一株，才有希望培育为新品种。换个说法，能幸运地获得想要的优良性状的杂交品种，往往要跨越10年、20年的时光之河。而一个人的一生，能有几个10年20年呢？

1972年，高级工程师杨廷栋在中科院华南植物园木兰专家刘玉壶老先生的指导下，成为西北第一位"吃螃蟹者"——"木兰科是亚热带植物类群，不适合在西安等温带地区栽培"的认知局限被打破，大批木兰科植物跟随杨师傅从武汉、杭州、南京、庐山、嵊州等地跋涉千山万水抵达西安。从此，北方早春的风里，有了南方植物芬芳的笑脸，"绰约新妆玉有辉，素娥千队雪成围"。

10年后，杨廷栋培育出了玉兰新品种"玉灯玉兰"，这也是我国第一个自主培育的玉兰新品种，后被陈俊愉先生纳入《中国花经》。它有着玉的色，兰的香，含苞待放时形如灯盏，盛开时，如一朵洁白的莲，并且，适应性强，生长迅速。

玉灯玉兰，仿佛一盏明灯，一束星光，照亮了玉兰的育种之路。其后，玉兰新品种"香蕉""红脉二乔""紫二乔"等在杨师傅风尘仆仆的身影里相继问世。星星之火，可以燎原。很快，它们的足迹，遍布大江南北。

杨师傅1995年退休后，玉兰育种的担子落在了王亚玲博士身上，青出于蓝，近30年里，王亚玲让西安植物园的木兰育种水平站在中国乃至国际木兰育种业的前沿。王亚玲生命里几乎所有的日子，都有木兰科植物的身影，她与木兰彼此成全，互为映照。

王亚玲对"含笑"有一种别样的情感，她觉得含笑的名字好，含笑的香气，含笑的姿态，她都喜欢。如果选一种花来对应人生，王亚玲说她选含笑。敛首，端然，有种说不出来的优雅，不动声色的娴静——在含笑和王亚玲身上，我看到了这些共性。没错，花如其人。

春天，是含笑一年里最美的时候，绿叶间的花朵，娇俏，羞怯，香入骨，态含蓄，妥妥的是一首诗的模样："仙子着云裳，轻匀淡妆。回眸微一笑，笑里亦含香。"

西安植物园里祖籍南方的含笑很多，乐昌含笑、兰屿含笑、广东含笑、深山含笑等等，听名字，就知道它们来自哪里。含笑，历来被视为南方花木，南宋初宰相李纲在《含笑赋》中说："南方花木之美，莫若含笑。"

在杨师傅和王亚玲的呵护中，这些来自南方的含笑，已经适应了北方的环境，好多品种都诞下了自己的孩子。它们在岭南老家时，或许是常绿灌木，立足北方后，入乡随俗，竟然学会了在冬季里落叶，变成了高大乔木。

2001年，王亚玲以兰屿含笑为母本，使用金叶含笑未减数分裂的小孢子进行授粉，获得了一株三倍体含笑杂交实生苗，这在无法通过种间杂交获得三倍体含笑里，简直是个奇迹。漫长的13年后，这株独苗才迎来了首次开花，2016年获得国家植物新品种权证书。

十几个春秋的深情守候，这株新品种含笑知恩图报般用理想的脾性和身姿安抚了王亚玲——它开花时，枝头似腾起花朵与香气的祥云，植株以年两米的速度长个子，可忍耐零下十摄氏度低温。北方城市的街头，从此多了南方含笑优秀的后代，也多了如许的诗情画意。

她叫"小璇"，像是从唐诗宋词里走出的女子，半隐在碧叶间粉红的脸蛋，羞涩地笑着，接受微风的膜拜。秀丽的小璇在美国街头熠熠生辉，浑身上下洋溢着中国古典美人的神韵，引来无数欣赏的蓝色眼睛。

小璇诞生在2008年春季，她的父亲和母亲分别是阔瓣含笑和星花玉兰，很幸运，小璇身上聚集了父母的全部优点，比如，春季和夏秋花开两度，八年生种苗的个头仅一米六，是目前世界上最娇小的玉兰新品种。玲珑的植株上，碧叶和花朵笼满树冠，像是温柔的话语，花香清幽，非常适宜居住在客厅里。小璇还具备两个唯一：是王亚玲当年人工杂交后获得的唯一的一粒种子，是由这粒种子长成的唯一一株杂交实生苗。

在野外，王亚玲发现野生木兰资源消失的速度越来越快了，可供收集的木兰种质资源已越来越少。植物育种一个重要瓶颈，是栽培种的遗传基础日趋狭窄，迫切需要野生种质资源来救急。养活了近14亿人口的杂交水稻何以能够成功？关键点是袁隆平院士在海南发现了几株天然不育的野生稻。几株不起眼的小草，成就了杂交水稻。从这个意义上讲，是野生资源改变了我们的生活。

然而，这些年人类对木兰科植物资源的过度采挖，加上木兰科植物脆弱的自繁能力，已经把很多可怜的野生木兰推向了绝境。BGCI红皮书里显示，全球木兰科植物约有31种极危、58种濒危、23种易危、9种近危。

这情景让王亚玲痛心，也坚定了她收集保存培育木兰种质资源的信念。到2022年底，中国95%以上的木兰科植物被收集保存在西安植物园里，其中，濒危种类25个。西安植物园成了中国收集木兰科的种与品种最多的种质资源圃。

王亚玲没有满足，她要让这些孩子一样的木兰新品种走向更广阔的天地，承接不同地域不同气候的锻炼和考验，也扮美居住地的春天。于是，北京房山、河南郏县、浙江景宁、广东高要等多地，都有了王亚玲培育的新品种木兰，木兰的清香覆盖了大半个中国，行走在木兰树下，步步生香。

像燕子归来，木兰科植物从南至北迁徙后，又以全新的面貌回归故里。

当你在南方街头，遇见树牌上写着名为"大唐红""长安玉盏""长安香雪""秦荷"等含笑或者玉兰时，一定看得出来，它们来自秦岭以北的长安。

光阴含笑，岁月凝香。这几年，木兰科植物的脚步已不仅仅停留在中国的南方或是北方了，王亚玲团队把小璇连同十多个木兰新品种，礼物一样送到了美国还有欧洲。木兰用芬芳一点点衔接起地球的南方和北方。

我在电视上多次看到王亚玲站在玉兰和含笑的身旁，讲述木兰迈出国门的故事。中年的她还有着少女的笑容。她浅浅地笑着，牙齿洁白，眼神纯真，姿态含蓄，俨然一株含笑。

现在，谁也说不清木兰科植物到底是南方植物还是北方植物，因为这些芳香植物的身体里，有南方的骨骼，流淌着北方的血液。

# 王　莲

这是城市夏日里的一个傍晚。

一泓水面的旁边，挤满了一圈人，所有人的视线，所有人的心思，均被水面上一种名为王莲的水生花卉牵引。和往日一样，太阳已如约翻过池塘西边的楼房，坠向地平线处的水泥森林，余晖消隐在天边。

夜的黑，一点点漫了上来。

灯光亮起来了，这是刚刚引到池塘边的灯盏，这盏灯要和电视台的摄像机以及无数双眼睛，一同见识热带植物克鲁兹王莲第一次在北方水面上的华丽绽放。

等。池塘边上，声音此起彼伏，人们望眼欲穿。

好多人，其实是第一次见到这么奇怪的叶子——叶子像是用圆规画出的圆，叶缘向上直立翻卷，看起来就像是一个浮在水面上的巨型平底锅，竖直翻起的"锅沿"外侧，布满了尖刺。看到它的人，除过"啊"的一声惊叹外，或许会聊发少年狂，想到这平展展的叶子上去坐坐，电视里不就报道了好几个小孩子坐在这样的叶子上嘛。

超级巨大的叶子，除了能看出被培育者精心照料外，剩下的，就是王莲愿意将他乡当故乡的姿态。

这一年，老家在巴拉圭的克鲁兹王莲，第一次从南京植物园迁徙至西北的水面上，长势喜人，这个夜晚，它要开花了。好多市民从电视里看到花讯，专程赶来观看。

一些人眼睛已经困顿，一些人有了睡意，偶尔，能听到打哈欠的声音，可那个众目睽睽的花苞，依然没有动静。

忽然，一缕芬芳叫醒了鼻子，水面上的花苞响起了轻微的声响：啪！俨然蝴蝶振翼，褐色的苞片纵裂开来，露出白色的花瓣。

"看，开啦！"伴随着一声呐喊，所有的眼睛都醒了过来。只见那水面上的花苞，睡醒了似的，最外面的花瓣，抖动了一下，像伸了个懒腰，一下子就拥有了花瓣的婀娜，其余的花瓣仿佛受了召唤，也跟着一枚枚伸展腰身，渐次舒展、舒展，直到层层叠叠的花瓣，完全张开自己。

池塘边的人，都看到了电视里开花快放镜头的现实版。

花如盘，色如雪。那香呢，把池塘和池塘边上的人和树，一下子全然覆盖。香比光走得远，光无法穿透的每个地方，香逐一抵达，无孔不入。

站在水面中央，被圆叶簇拥的王莲花，有女王的气势，女王一般优雅。

夜深了，人们带着满身的香陆续离开。

其实，这天夜晚的盛开，只是拉开了王莲神秘花朵的序幕。这朵花绽开一夜后，于第二天早晨太阳出来前闭合，第二晚再次打开时，花瓣已嫣然变红，似二八少女的脸庞，不胜娇羞。第三天上午再合，夜晚最后一次绽开时，花瓣变成了紫红，随后，花朵的使命完成，沉入水中结籽。

这个被西安植物园载入史册的夜晚，我是在我们单位拍摄的纪录片里看到的。

其实，一部纪录片的记忆，并不比一朵花里存储的更多、更鲜活。热带植物王莲能够在北方水面上盛开，凝聚了几代植物园水生植物工作者和研究者的心血。

时光逆流而上，1983年春天，第一批王莲种子在盛满清水的塑料桶里，跟随水生植物研究者王忠振老师从南京植物园出发，乘坐绿皮火车抵达西安。长途跋涉一千多公里后，当年，只有两粒种子长出了叶子。但它俩看起来蔫蔫的，像水土不服的人，充满了不安和焦虑，生命的高光时刻，也无力开花。

第二年春天，又有几粒种子在桶里跟随王老师一路颠簸，从南方摆渡到北方。这一年，王老师重修了种植池，竭力为它们构建了一池春水，他日守夜候，呼唤王莲的到来。终于，有一粒王莲种子接受召唤，长出小苗，开出了善变的花朵。三天三色的花朵和香气，沸腾了北方的水面。

文中开头的场景，描述的就是这朵王莲花在北方第一次盛放。

然而，这朵花的种子在西安的秋天里没能成熟。此后的10年间，每年春季，都有王莲子跟了我的同事从南方城市摆渡而来。

那10年，从事水生植物研究的几位同事虽全力以赴，却始终难以走进王莲的心内。有人说，世上最遥远的距离，是我站在你的面前，你却不知道我爱你。那10年，世界上最遥远的距离，是我的同事们历经千辛万苦，终于可以让王莲开花了，它却无法结出成熟的种子。

这是王莲出现在西安水面上的第11个年头。池塘里，王莲美艳，如时光的莞尔一笑，经历了3天的变色绽放后，沉入水底结籽。那些沉寂的日子里，没有人知道它的体内究竟发生了什么，当它被从事水生植物研究的李淑娟研究员从水底捞出后，终于发现了它和以往的不同。

只有李老师清楚，自己对王莲做了什么。多少个骄阳似火的白天，多少个披星戴月的夜晚，李老师穿着水裤站在王莲的身边劳作，像照料襁褓里的婴儿，用爱心和耐心，感受王莲的呼吸和心跳。

李老师的付出终于感动了王莲，王莲种子成熟了。

从南到北长达10年的摆渡，画上了句号。

这个冬日，我在李老师的培养箱里见到了王莲种子，绿豆大小、浑圆，身穿灰褐色留有絮状物的胞衣，远观，如宇宙初开时混沌态的地球。在李老师忙碌的身影里，它们似乎披上了一层亮光，有了神奇的美感。从王莲的父母乘坐绿皮火车赶来植物园的那个年代开始，一粒王莲种子就向世人演示，奇迹是怎样一步步发生的。又过了10年，李老师从美国引种的朗伍德王莲与定居十多年的克鲁兹王莲，做起了邻居。李老师也把王莲杂交种子的发芽率，从30%提高到95%。

李老师说起王莲时眼神放光，像在说自家珍宝。这些年，李老师把眼神里的光全都交给了王莲，王莲在西北多地的水域里穿行，星光般绽放在更多的水面上。

要说王莲从南到北迁徙后的表现有何不同，答案是它的叶片更大了。去年8月中旬，李老师测得王莲一片叶子的直径2.8米，卷边高28厘米，这组数字，是她见到的全球有报道以来的最高值。王莲在北方水面上领受了气温的挫折后，把它转化为生长的契机，变得宽广和大气。

我多次看到过李老师穿着雨裤下到池塘里，水位没过了她的腰身，只露出头和双臂，她给王莲、睡莲和热带睡莲们做物候观测、除虫、施肥、修剪，为花朵授粉杂交，她的试验田就是整个池塘的水域。

上午明亮的阳光里，不时滑过一声声鸟鸣，一只蜻蜓站在一旁的花蕾上，像一幅画。李老师头戴草帽身穿水裤站在水里专注工作的样子，也像是一朵盛开的莲，被摄进许多人的镜头里。镜头记录了这种美，却无法记录草帽下流汗的脸，浸湿的头发，还有酸胀的膝关节。

除过炎夏，好多时候，水里的温度其实并不高，隔着水裤，依然能感受到寒意。下水的次数多了，李老师说她的膝关节现在一点儿也见不得凉，有时身体还没有感到冷，膝盖已经感觉到了，走起路来就酸，就胀，就不舒服，大夏天也离不开护膝了……想起一句话，世间所有的不凡，其实都由平凡成就，而所有的神奇，均源于付出。

我喜欢站在由王莲、热带睡莲、再力花、梭鱼草、大藻等热带亚热带奇花异卉装饰的池塘边，感受美与花香的轻轻拥抱，身心的浮躁焦虑以及诸多鸡毛琐事，开始一点点消融，行走尘世的步调，也得到了一次小小的修正。

这些水面佳丽，都来自南北植物的联姻。撮合这千万里姻缘的媒人，都是我平凡、智慧、勤劳的同事。

这些美妙的花朵，是种子与水、种子与人、种子与星光的联合制造。

## 柚子树

它站在池塘边上，有点鹤立鸡群的样子，树干脸盆粗细，个头四五米高。修剪成篱笆的雀舌黄杨给它圈出了一方独立的树池，池底平铺了麦冬。与身旁一株落光了叶子的垂柳不同，它全身青翠，昂扬在萧瑟的寒冬里，像一个执着眺望远方的诗人。是在眺望南方的家乡吗？

它是一棵柚子树，这些年，年年挂果。在栽培者眼里，当一种植物在全新的环境里正常开花、结果，就表明这种植物已经适应了当地的立地环境。

柚子树，该是地道的南方植物。我曾在福建莆田的仙游，见过几千公顷的人工柚林，也造访过当地的野生柚子树。两年前的秋天，我收到了南方朋友邮寄来的家乡特产甜柚，这箱柚子刚刚从南方某座山的某片柚林里采下，柚子皮还泛着油润的光亮。柚肉，像被阳光灌注的水滴，粒粒饱满、甘甜，我吃出了比以往任何柚子更香醇的味道。

有枝叶从树冠上垂下，跨越身边的绿篱，伸到了我的眼前。雪后的叶子，干净，青翠，手不由自主地向叶子摸去。柚子树的叶子很是别致，革质，每片叶子，由一小一大两部分叶子组成，小叶心形，大点的叶子，长椭圆形，两者由一条主叶脉连接起来。竖起来看，像是一片长椭圆形的叶子，插在一个心形的花瓶里。

查询《中国植物志》，书里把柚子叶上心形的小叶称为"叶翼"，这么说来，每片叶子都拥有一双翅膀，都拥有飞翔的梦想。这对翅膀合起来成为心形，这样匪夷所思的长相，柚子叶究竟想表达什么意思呢？

我绕着这株柚子树行走，像是穿行在南方的柚林和北方的寒冬之间，青绿与枯黄的色彩在我身旁呼啸而过，我似乎听到了这棵树在严寒里倔强的心跳。

听这个片区的管护人员说，这株柚子树已经开花结果了很多年，只是果子没能等到成熟就被人摘掉了，到现在为止，植物园的工作人员没有品尝过它的滋味。可无论滋味如何，每年，这棵树都用圆溜溜的果实倾诉对家乡的思念，也诉说着南方植物对于北方的适应。

只是，没人能洞悉这株柚子树移居到北方后的心思，没人知道它的根系在北方黑暗的泥土里，遇到过什么样的障碍，遭遇过什么样的危险。也没人知道它的身躯站在与家乡迥异的环境里，经历了怎样的煎熬、苦痛、思念与挣扎。

我查询过单位的引种植物名录，上面只有一行字：1980年从湖北引种。我不清楚它来这里的时候多大，若忽略之前的年龄，四十多岁，该是柚子树的青壮年，它还会长得更高大，结出更多的花果。

想来，在秦岭以北的温带，这棵柚子树能在露地无保护的自然环境里开花和结实，该归功于它所站立的水边满足了它对于湿润的需求，还有，这些年西安生态环境逐渐变好，气温有所变暖。最重要的，柚子树拥有对立地环境锲而不舍、坚忍执着的适应力，这力量，是它对"适者生存"的理解与践行。

我知道，在秦岭以北的西安，和这株柚子树一样，及时转变了世界观，不断调整自身生存状态的南方植物，还有八角金盘、桃叶洒金珊瑚、棕榈、凤尾兰、茶梅和夏蜡梅，等等。这些植物由南至北迁徙而来时，最初只生活在我们植物园的温室里。

北方的街头，该有南方的风景，有让人耳目一新的植物多样性——这是植物园许多同事的共识。从建园之初开始，我的同事先后对引种的南方植物开展了抗寒、抗风锻炼等人工驯化，在局部试种后，把这些"待在闺中人未识"的南方植物，推上了西安的街头，让更多的人感受异域的美丽与风情。这些南方佳丽，也有机会在行道树丛、绿化隔车带和立交桥下，在晨钟暮鼓中，与其他本土植物一起，笑看灞柳风雪和曲江流饮。

也有南方植物迁居西安后一下子乱了方寸，也或许，是对故乡南方思念成疾，不多久，就在北方冬日的严寒里或是在夏日的干热中郁郁而死，只留下一截干枯了的树干，成为一个个植物园引种名单里的过客。

"橘生淮南则为橘，生于淮北则为枳"一说，虽有品种的误会，却也道出了植物适生地的问题——周围环境给予物种的影响，不可以低估。

北方常见的小麦，迁居至南方后，突然发现这里对它来说实在是太舒适了，没有一年一度寒冬的侵袭，四季都是生长季，花儿（小麦花非常不起眼，以至于好多人以为它不开花，北方常说的"扬花"就指小麦开花）常开不败。在这里，小麦一年里任何时候都绿莹莹的。长得跟草一样的小麦很快醒悟：用自己蓬勃生长的根系，就可以轻松、大量地繁殖后代，于是，生长在热带的小麦，开始不愿意再结麦穗了。

万物都有惰性，生命行为都遵循尽可能减少能量付出的原则。

但这个时候，如果将适应了热带气候的小麦，再次移植回北方的田野，麦子又会回归到原先的状态，因为小麦清楚：只有经历种子阶段，才能够避免自己在严酷的季节里彻底消亡。生死面前，生命个体付出再多的能量，都愿意。

植物，其实和人类一样，懂得如何适应环境。

# 时光水印

袁海胜

## 一

雪一片一片地落下，毛茸茸的，像谁把上帝的棉被扯破了。

落雪无声，实乃有声。人的内耳听力非常迟钝，低于二十赫兹的声响会捕捉不到。譬如落雪的声音，羽毛飘动的声音，花开的声音……人耳竟然不如旷野上站着的一棵树，它在倾听呢。是一棵什么树呢？它的叶子已经落尽，树枝像铁条一样凝重。北方的冬天，树都长成一个模样。纷扬的雪花扑向树身，树枝上驮着雪，枝丫上垛着雪，树冠像用银子打造的，也像大洋深处的白珊瑚，晶莹剔透。此时，树就不是那棵树了。雪继续落在树身上，它完全进入陶醉状态。倾听是自然界里一个沉寂的表象，生灵心灵相通、彼此知晓。这时天地间一切都静了下来，静，恰似雪落的声音。旷野在雪地前仆后继中脱胎换骨，想要否定尘世的一切，变成一种全新的、唯一的统治。光阴里的一些零碎牵挂，现实中的物，自然地凸起和凹陷……一件一件收起，藏进雪宽大的袍袖里。却看不见那只改变一切的手，只有雪花片片，争先恐后，大地多出一层洁白柔软的铺盖。雪花落下是一种什么声音呢？观望者眼里或心头会有零点一秒的微凉。零摄氏度以下是一个秘境。血肉人体，包括世间大多数生灵，不宜触碰的领域，隐匿或逃遁。人类最大的妄念，是想涉足人

238

力所不能及的地方，不惜耗尽人力物力心力。我注定有一些愿望终生都不能到达。一个平凡的人，知道地球的美好就已足够。我珍惜所有自然界的呈现，所以迷恋雪，这种无声的美妙，这种神赐的珍品，地球上唯一的、不可模仿的生态。大自然诸多的不可思议中，雪是其一。雪片片落下，覆盖山川，把树打扮得仙风道骨，谁看了都心生敬畏；僵硬的岩石和苍茫的山峦在雪的安抚下转眼间柔顺，像变了性格。

雪精心打造银质的世界，让人间看到平静和安宁，殊不知，这是自然界一种残酷的美丽障眼法。谁能忍心揭开雪带来的创痛呢？像雪压塌人类蔬菜大棚——虽说此乃人类逆袭大自然规律的回应——体现出雪给人类带来的实质性损失。雪也给自然界的生灵带来一场生死劫。被美化的破坏行动适度减轻施暴者的罪恶感，像雪无与伦比的精美，像我对雪无法自拔的痴迷。暂不提雪给人间带来的隐性善恶。美和伤害同一载体出现时，往往忽略疼痛。雪是自然界的辩证者，掌握客观规律的现实，如它的纯净、洁白、飘逸，打造自己的殿堂，形成世间唯一的水质的结晶，像一种信仰；同时，根本不为遮挡本性寻找借口，遵循自己的法规。雪的精美是人类感官的结论，其品性无善恶可言。

一只灰褐色的野兔在雪地上艰难跋涉，身后留下一串醒目的、歪歪扭扭的蹄印。厚厚的雪原，让野兔的蹦跳变成行走，小短腿费力迈起的弧度，蹚起的雪沫闪烁簇簇银光。野兔的皮毛上、尾巴上结着一绺一绺的冰霜，让它的行动更加吃力。它会选择一个合适的地方挖出一个雪洞，像密探一样钻进去寻找食物。白雪皑皑的山坡上密布洞穴，粗阔一点的是野兔挖的，细窄一点的是山鼠所为。还有一些不规则的雪洞，它们来自自然界不明的生物，为了生存暴露行踪。雪层下面干枯的植被和籽粒，藏着往昔的阳光雨水。草这种天底下最卑微的植物，是神留给牲灵保命的口粮。野兔吃过几口枯草后迅速退出洞口，扭头警觉地向四周张望。它在警惕什么？当然有人的成分。人类对众牲灵犯下的错误不能推诿，承认便是。恐慌、疲惫、饥饿的野兔再次钻进雪洞，一只狐狸悄然出现在它的身后。食物链的魔咒，是自然界解不开的恩怨。

大雪降临之前，候鸟早早地飞往温暖的地方。留鸟面临又一次饥寒交迫。雪把大地封存，同时封存的还有鸟类的食物。降雪后，鸟类更加激愤和匆忙。鸟在空中极速飞翔，像一枚枚黑色的石子。若不是为了生计，鸟不愿在寒冷中停留片刻。妻子把小米撒在窗台上，盼着鸟来吃。麻雀掠过一圈，又掠过一圈，像侦察机。这种整天与人类厮混的鸟，太清楚人的品性，时刻充满了警惕。饥饿是一只无情的手，会把鸟推搡至危险的前沿。终于有一只麻雀带头落在了窗台上，啄一下米，头颈灵活扭动。我从麻雀的眼睛里看到了惊恐，像妻子眼中流露出的惊喜一样鲜明。又一只麻雀落在了窗台上，接着又落下了两只。妻子很满意，拍了一下手，反身到厨房做饭。窗台的麻雀越聚越多。


二


我们在贡格尔草原看云。云是天边的另一场雪。

正逢佳季，草色芳菲，野花像对饮的酒盅，纷纷举起又纷纷落下，前仰后合开怀畅饮。贡格尔河鲁莽，腰身肥硕，碎银般的浪花扬起半尺高，醉汉一样跌落。水在草原上忘我潇洒，水有骄傲的本钱，一边流淌，一边揽天色于怀，胸襟宽阔；吉日河细如麻绳，晶亮隐忍，草深处只闻其声，平坦处婉转迁回，细腰性感，常见牲灵涉足其中，饮水或者打滚沐浴，弄得浑身皮毛湿漉漉地打绺。草原的水栖牲灵最亲。我很想蹲在河边捧水啜饮，又怕同行人笑话。有时人活得真不如一只羊、一匹马洒脱。河流是草原里的神仙，呵护众生，神通广大。自然生长的植物、牛、羊、马、骆驼，还有鸟和河流，它们都是草原的主人，人才是外侵者，混成这片天地里的异族。

我们开始拍照。拍照是旅游最热闹的桥段。一群牛在吉日河畔散开，岸边的水草高过人的头顶。牛——白底衬黄色花斑，或黄底衬白色花斑，也有一身纯黄、一身素白的——在赞叹造物的精妙同时，我在想，牛可以自主选择皮毛的花色吗？像人类出门前挑选衣服？眼前一切都是好景致，像草原的拼盘。我们纷纷选择背景和姿势，留下永恒的瞬间。视角、凸透镜、影像传感器、曝光，相片把人和景物固定在一个时光的镜框内。人生不易，相片是最好的纪念。同行的女子们换完衣服后，又照了一次。她们为此行准备了好多饰物，伞、遮阳帽、太阳镜、围巾……蒙古族女孩丽花送的一条蓝色哈达辗转其手。快门声此起彼伏，她们用科学的手段，把生活的细节收集一起。

我们租住的蒙古包主人叫孟克（音），他说，过去的草原渺无人烟，羊啊、马啊、牛啊四处游荡，自由自在。放牧的人偶尔看一眼就行了，余下的时间去做别的事情，譬如喝酒、摔跤、唱歌、恋爱。说到这里，孟克枣红色的脸庞更深了一层，加上了手势。当然还要劳动嘛，像捡牛粪、种马铃薯、割草。蒙古包与蒙古包之间最近的也要骑马走上半天。孟克用手摸了一下下巴，眨了眨细长的眼睛。现在的人突然多了起来，草原到处是人，搞得人心里慌得很。我说，你们不也挣了好多钱吗？孟克咧了咧嘴，对呀，钱，我儿子上大学，每年要花好多的钱，年迈的父母也要花钱买药。可是，草原啊！孟克欲言又止，好像有许多话硬憋了回去。他默默地把一袋袋从景区捡回的垃圾放到架子车上运走。

草原上人一多，肯定遭受不同程度伤害。一些人打着热爱自然的旗号，在野外徒步，践踏原始的草地，踩碎野花，踢翻山路上的石块。在贡格尔草原景区，我们前面的一群游客，女子头上都戴着用野花编织的花环，像公主一样美丽。同行的女伴，指着一位女孩头上的花环问，花痛吗？花环女孩的脸瞬间通红，白了女伴一眼，悄悄把花环摘下藏起来。行走时踩碎野花，爱美的手采摘野花，算不上大错。但在自然界恒定的公平意识里，一个物种用暴力侵犯另一个物种，有失公允。我在景区骑过马，也骑过骆驼，在西藏骑过牦牛，在老家骑过毛驴，小时候还骑过狗，骑过大鹅，虽然它们并没有反抗，也算是侵略。错事无论大小，做得习以为常，这才可怕。

贡格尔草原天边的云层层叠叠，洁白至无法言说，姿态万千，饱满、圆润、立体、流畅、玄幻……云阵刚露一小手，观望者的智商便跌至谷底。我的想象千奇百怪。首先想到的是牲灵，一匹狂奔的马，一头骆驼，一群羊——潜意识里，牲灵带着野性，凸显原始的、烈性的美。假如天上的云层突现人的模样，是不是索然无味？

真有一群羊缓缓向我们靠近，在广阔的贡格尔草原上。绿色的草地被一块块淹没，像草甸上绣上一片云朵。

三

谁会在城里专门关注一棵树？无论是什么树，像杨树、柳树、银杏、国槐、暴马丁香……在城里做一棵树很不容易，有哪一棵树能在一个地方站一辈子呢？

6月中旬，我居住的朝阳城长江路两侧的暴马丁香，会从葱郁的叶子里捧出一嘟噜一嘟噜雪白的花串，浓香把整条街熏透了。这是最好的季节，连梦都是香的。常看到麻雀跌跌撞撞地从树冠里钻出来，熏晕了。一对对年轻人，喜欢偎依在树下谈恋爱，月光是香的，记忆也是香的。有一个春天，暴马丁香被挖了出来，横七竖八地躺在坑里。说是路面要扩展，暴马丁香都要往后挪一两米，给汽车和行人让出一条路。经受此劫的暴马丁香一直没缓过神，蔫巴巴的，没精打采、一身疲惫。又过了一年，一些暴马丁香被间隔着挖走了，说是为一条新修的马路做绿化。暴马丁香间隔变得很宽，遥遥相望，已形不成严密的花阵。后期，间隔又栽上了小树苗，组成老中青结合树列，绿化部门的创意很奇葩。

每次上下班，行至市政公司的院墙外，要穿过一片杨树林。杨树林只有三排，五米宽，一百多米长。城里难得有这么多的树凑到一起，撑起一片林子，虽然小，却为人遮阳避雨。在林子里走走，甚感欣慰。冬天寒冷、树干银白，上面有许多凝神的眼睛盯着你，你看它的一瞬，它已经把你看透。春天树枝结蕊，像紫红色的虫，七上八下挂满枝头。暖风徐来，树干泛青，白絮纷飞，绿叶初展，小树林给人绘一幅春光。夏天绿色沉淀，一切归于平静。燥热的日子里，一棵树的枝叶编织出一小块儿树荫，树荫连绵不绝，树林里多出一百多米的清凉。秋风起时，树叶和树干一起变化。叶片一部分鹅黄，一部分嫣红，还有一部分黄绿相间，像是一场没有秩序的辩论。这样一闹，秋天就五彩缤纷了。

我天真地认为，这片林子是属于我一个人的。虽然有一堆麻雀占据了这里，吵成一个蛋，我毫不介意。每一次走过，格外精心。连树下的一棵草我都心怀敬意。喝过酒，感情最易暴露的时候，我会站在一棵树前痴看，用手抚摸树干，像抚摸爱人。仰头看树冠的叶子，想搞出名堂。偶尔会有一两个路过的行人，故意远远地绕开我，认为我是一个精神有毛病的人。麻雀不嫌弃我，围着我跳来跳去。有一只飞落我的肩头，我俩对视约三秒钟。大多数时光里，我都是匆匆地走，默默地看，默默地想。

某一日，这片林子靠马路的一侧的树冠被统统锯掉，树桩被挖掘机叼走。原来的位置换上了国槐。我也喜欢国槐，但一排杨树的突然遣散，让我很意外，也很惋惜。一段光阴里，我们每天都见面，熟悉了。世间的物件一熟悉就有了感情。哪怕是一棵树，突然不见了，我会想念它。不知挖走的杨树在城市的哪一个角落里，它每天会遇到什么样的人，还有没有像我一样的人，在酒后孤独地与它交谈。

为什么换上国槐呢？这也是一个谜。搞城市绿化的人，更像阴谋家，而且有暴力倾向——横逸的枝丫往往被锯掉，苍白的创口历历在目。一个城市的使命都掌握在他们的手中，会有不同的结局和命运。几个来回，我和国槐也混熟了。一群曾经落在杨树上的麻雀，又落在国槐上。

　　世上的事情变化太快，城市变化得更快。好像没离开多久，再回去寻找一个老地方、老建筑、老物件，大多都消失了。有时寻找一个熟人，也会找不见。我们好像生活在一个擅长消失的时代。像明明看好的一个村子，再寻它的时候，它变成另外一个模样。

　　一日清闲，我找到了那条新修的马路，看望迁到那里的暴马丁香。它疲倦的叶子里挑着零星的花束，好像一直在路上迁移。有麻雀匆匆而来、匆匆而去，像过客。暴马丁香认出了我，这个头发不多，常在树下傻站的人，现在和它一样疲惫。我拍了拍暴马丁香的树干，告诉它，你的伙伴在想你。

　　挖走的杨树不知所终。它们太普通，在哪里一站，很难让人认出来。在凌河花园的一角，我看到一棵枯死的杨树，它的根部，钻出了几条嫩芽。我很为它的命运担忧，如果是在野外，这棵树无疑是重生，但在城市里，这棵树注定会被挖走，包括它重现生机的嫩芽。长在城里的树，很难完成自然轮回。

　　当我揣摩一棵树的命运时，自己也将面临风吹日晒、雨雪交加。在这个自认为熟悉实际上很陌生的城市里，甚至不能把自己活成一棵树。从一棵树身上，我摸清了自己在这座城市中的轨迹，漂泊，停顿。再漂泊，再停顿。

　　"出大门左拐，在第五棵树下等我，不要着急，一会儿就到。"

　　这是一场刻骨铭心的爱情。我忠诚地站在第五棵树下。下雨时，树叶渐渐油亮，像换了一片新叶；刮风时，树枝尽量往一起靠拢，树冠吼叫着俯下身子；下雪了，空枝丫垛上雪，像白珊瑚一样婀娜多姿，雪会埋过二尺高的树根。

我等到半生，直到那棵树消失，渴盼的熟悉的面孔也没有
出现。

## 四

家里没有粮食了，是我的一时疏忽，忘了买。没有谁比一粒米
重要。饥饿降临时，人再次发现自己是弱者。

这是一个凌晨，我要出差，需要做一顿饭垫垫肚子，这样旅行
才会温暖，少一些恐慌。米桶空了。面粉早在一个星期前就没了。
我是个懒散的人，认为楼下就是超市，随吃随买不会耽误事。思想
一麻痹，就会出现失误。等米下锅时才发现米已告罄。

粮食是一种意料之内，又意料之外的物。我太熟悉它了，每一
天都靠它维持生命，它养活我半辈子。我又对它很陌生，这一句真
不是胡话。粮食出现在世上，本身就是一个神话。春耕秋收是一种
表象，千万别认为，粮食真是通过这个渠道来到人间的。千万别这
样认为。

自然万物，人是很奇特的物种。一只羊、一匹马、一头牛，只
要有一片草地就能活下去。从大地上生长出来的草，从一棵树上生
长出来的树叶，赋予多少生灵的活路，却不能养活一个人。这一点
有悖自然法规。粮食是唯一为人类操心的东西（请不要说代食品，
我会）。粮食身份显赫，它的地盘不会容忍一株野草，它孤傲地生
长着。它有极好听的名字——大豆、谷子、高粱、水稻、麦子、玉
米……生长时统一称为庄稼。这些和草一样生长在大地上、阳光中
的草本植物，体系庞大。它们的果实就是人类赖以生存的粮食。进
入大地腹部，庄稼地一块连一块，铺到天边，毫不客气地把野生植
被挤到了边边角角，庄稼有着人类的豪横。耕地走进了法律条文，
受到法律保护。但仍会被蚕食，我最不喜欢看到的就是征地信息，
有一种生命失窃的痛感，也像经历了一场诈骗。农民拿到的征地

款，是那片土地最后的馈赠。我搞不懂农民离开土地后，是怎样的一种活法。

世上最卑鄙的手段是把粮食当作武器，攻击恐吓对手，以救助的名义胁迫弱小，形成一场国际上的危机。擅弄强权的国家，都是人类的敌人。他们一直站在粮食的对立面，像站在道德对立面一样猥琐。粮食就是粮食，纯洁的、无辜的、伟大的、高尚的。捧起一把大豆，像捧起一把金子。用什么样的美好的词汇赞美它都不为过。托起一粒粮食，看到它的饱满、圆润、可爱，没有一丝一毫的不妥帖。而托起它的手掌，却有万千心思。

粮食和水一样，养育着城市。粮食完全可以代表人类生命的全部，实际上却身份卑微。人说起它们，只会说到一袋大米多少钱，一袋面粉多少钱这种庸俗的话题，面孔上表露的是惊讶、愤懑、焦虑和不安。粮食确实能逼人焦虑和不安。聪明的人已经从不断攀升的价格上洞察到粮食的危机。这是一场生存的危机。民以食为天，这种危机只存在普通百姓的意识里。富足的人不会为一粒粮食担忧，更不会拿出宝贵的时间去关注一粒粮食。这就是民生的真实性。粮食作为人类不可或缺的物品，成为一种精神层面的参照物。

普通人不会浪费掉一粒粮食，尊重生活的人不会浪费掉一粒粮食，珍视生命的人不会浪费掉一粒粮食。无法想象出一个人会用一种什么心态去浪费一粒粮食。粮食危机出现，是自己的失败和沦落，应该为过去的浪费感到耻辱。在人间，浪费是一种罪。人的德性和粮食的仁性根本不是一个水准。

"看，还有一把挂面！"妻子喜滋滋地说。

那是半包被遗忘在冰箱底层的食材，说不清是谁，什么时候把它放在那里。它像救世主一样出现在我这个即将远行的人面前。妻子给我煮了一碗热汤面。我再次闻到食物的清香是多么激动，像从沙漠中走出来的人，生活因此饱满滋润，瞬间达成一种完美。

# 五

　　一滴水在水龙头上缓缓落下，叮咚一声，盆里的水震出一圈一圈涟漪。又一粒水珠在龙头孔缓慢形成，久悬不落。我等得有些焦躁，拧开水龙头，水哗的一声喷涌而出，水盆顷刻外溢。

　　有多少人会想到，水是城市的一部分？像水是人的一部分一样。城市里，我们看到的是高楼大厦，好像跟水没啥关系。但仔细想一想，每一块砖，每一处根基，每一根梁与柱，哪一个不是从水开始呢？何况还有一种叫"水泥"的东西，支撑着城市这个庞然大物。一座大楼的崛起，像一棵生长的树一样，需要水浇灌和滋润。一座建筑完成后，会散发出浓重的水汽，经久不散。水汽悄然隐退，交给我们一个城市。

　　城市的幸运是有一条河，比这里出现一位大人物幸福多了。人类会谦逊地把它称为"母亲河"。像大凌河，是朝阳城的"母亲河"。凌河水汤汤千年，哺育无数生灵。水的神圣，是人类无法到达的领域。世上的人谁能说清水的来路呢？一条河，人会帮它找出许多源头，人极会用一些假象欺骗自己。水却不能，实实在在摆在那里，任由人肆无忌惮地利用它、破坏它，它仍会义无反顾地出现在人的眼前——灌溉、滋润、为众生解渴，成为人身体的百分之七十。假如没有工业废水，没有人为污染，或者说没有人类的掺和，水一辈子都是清白的。

　　在城市的居民区或是某条大街小巷，经常会看到一汪自由流淌的水。这是一条逃跑的水，是哪一处管道破裂造成的。浪费只是人的说法。水欢快地流淌，从一个封闭的空间逃出来，水很高兴地伸展着身躯，像是从课堂里出逃的孩子。麻雀纷纷落下叼水，欢快地啼叫，呼朋引类，它们比人更懂水。

　　水能流多远就流多远，不惜体力。实际水一直流向自己。水流着流着消失不见了，不久后它会重新出现，像是和人捉迷藏。

人的身上藏着更多的水。专业说法是人身上有百分之七十多的水，我认为说成百分之百也不为过。人的悲喜极限都要落泪，眼睛是人身上的泉眼。眼泪这种无根之水，纵横千古、包罗万象、无限丰饶。人类才是真正的水货。人这一辈子，实际上是和水一起混日子。水在人身上叫血肉，像起了一个笔名。人喜欢观赏自然风光，一草一木、一枝一叶，绿植的体液和人的血液是一样的出身，人类真的和植物有血缘关系啊！水在身体里流动，在五脏六腑中形成江河湖海，拱起手背捂住耳朵，会听到水在身体里流动的声音。如观赏自然界的江河湖海，每一朵浪花都代表现实的意义，实际上是人在观看自己的前世今生。

水是最大的民生。人把河水囤积起来，形成水库，以备人饮用，但仍能出现水荒。人的缺点之一是不懂节制，荒废了很多水，破坏掉很多水源。像抢劫性开采大自然矿产资源一样使自己陷入绝地。城市出现过定点供水，说明缺水的问题很严重，严重到影响生存。人很聪明，学会从另一个地域引过一条水。像南水北调，像把鸭绿江的水引到朝阳城。随之而来的是水费暴涨，这事更关系民生。人总是为自己犯下的错误买单。花钱买来的水，老百姓用着忧心，也焦虑。水本身是无辜的，天底下的水都一样，纯净、做自己的事。复杂的是人心，经常把好事弄砸。

大街上人来车往，妻子说，多像一条河啊。

妻说得没错，这本来就是城市里的一条河，人不过是一滴转瞬即逝的水。

# 秋山那边

李治本

　　裸露泥土的山坡，随处都是一棵棵幽暗的落叶乔木。这些柿子树，将粗粝的枝条扩展向空中。满山圆圆的白点，像朵朵盛放的皎皎花蕾，又像片片飘落的皑皑雪花，漫天遍地，素裹银装，美醉了眼眸。

　　9月的南方落雪吗？没见过，也没听说过。我被这迷离的景色吸引了。

一

　　圆圆点点，不是雪花，也不是花蕾，是雪白的纸包裹的太秋甜柿。我恍然大悟。来到这里，就是为着在这邃寂之中品尝太秋甜柿。寻好果子吃，自然怡怡而乐。

　　这一带的地形，与我喜欢的不远处的红枫叶观光园十分相像。山势陡峻，秋韵邃美，相同的情境，相同的状态，只是彼此色彩的张力上迥然不同，"不识庐山真面目，只缘身在此山中。"

　　沟壑之间，或者于清晨薄雾的荫翳之中，粗细的枝梢，斑斓的枝叶，或明艳，或黯然，使我总也看不够。从日出到日暮，阳光总是在错落有致的柿子林间挥洒。太阳光之所以这般明亮，是同深沉的阴影互相对比产生的结果。这个时候，既不是早晨，也不是黄昏，而是秋阳杲杲的巳时。

阳光在层层叠叠的树叶中过滤，描画出圆圆的轻轻摇曳的光晕，像扁圆形的太秋甜柿，圈圈连连，圆圆扁扁。

山路呈"S"形纵深，路面宽度勉强能一辆轿车通过，短短百米的距离内，就有几个近乎直角的弯道，又陡又险，连本地小型货运司机都不敢怠慢，何况初来乍到。就这个山势，采摘柿子时，柿子不小心掉落地上，转眼就不见踪影。还未见到太秋甜柿，心里就犯起了嘀咕。

下车步行，既有叫人喘不过气来的斜坡，也有让人心惊胆寒的陡坡。正为这陡峭的山路发怵时，头顶乍然划过一道弧圈，吸引了我们的视线。一群大雁，扇动着美丽的翅膀，不受羁绊地自由飞翔在蔚蓝的天穹，那充满野性的呼唤，回荡着群雁的方言，似乎在诉说大自然的美妙，太秋甜柿的纯粹。

鸟与人类和谐共生。鸟的视觉较人的视觉发达，光谱范围有一色盲之差，无怪乎四色盲的鸟儿飞得高看得远。在这里，鸟瞰的是五百亩柿子园，我们看到的是柿子园的一角。鸟的脑海里，柿子园的路就像一张蜘蛛网，丝丝缕缕，缠绕着座座山梁，连接着棵棵柿子树。放大，然为一片树叶，叶茎、叶脉、叶柄层次分明；缩小，看似一张版图，广袤无垠，橙黄橘绿。渐行渐远，灰褐色的柿子树很粗犷，但每一棵都劲拔。

柿子树坚硬的枝干，在秋风中"啪啪"作响，枝头上的太秋甜柿，荡荡悠悠，仿佛尽情地歌唱着丰收曲。我们迫不及待地与太秋甜柿见面。第一次印象：果大橙黄，表皮光滑，硌硌如石，果肉无褐斑。正端详着如何下口时，却发现人家已动口了，动作麻利的已是大半个下肚。大家都是冲着太秋甜柿来的。咬一口，嘎嘣脆；嚼一嚼，甜心底，无渣无核，既有苹果的清脆，雪梨的水分，又有哈密瓜的甜度，即采即食，没有涩味。

品尝太秋甜柿，并非受他人意识支配，而是出于对柿子的嗜好。此时，璀璨的阳光，正越过山脉河流，越过原野丛林，越过柿子园如画的山川，潇潇洒洒地从身上抖落下赤朱丹彤。空中飞翔的群雁俯冲直下，落在离我们几十米的地方。群雁和我们一样，也是冲着太秋甜柿来的。

一棵棵柿子树，树枝均匀地向四面山坡延伸，看得出这些树都经过精心的修剪和护理。它们用全部的生命力，奉献自己果实，装点山野秋色，把沟壑的一切虚空盈满，融入山乡人美味的行囊。

二

每个人都有自己的故乡，太秋甜柿同样也有属于自己的故土。它的家乡不是中国，而在日本。它不远万里落户到这个名叫峡口官山底的山上，静静地生活了七年。从培育嫁接，到种植，施肥，再到修枝，防冻，以土为根，以山为本，开花结果。

太秋甜柿，不光能在柿子界称王称霸，就连在整个水果界也算得上极品。柿子园主人给这个"老外"注册了品名——江峡秋王。背井离乡的太秋甜柿，因而有了中国名字。

官山底柿子树每棵都长满柿子，有的独占枝头，有的三五成群地聚在一起，簇拥着，晃悠着，一棵多达七八十斤。一斤太秋甜柿的价格三十元左右，高的五十元不等，年丰时稔，"一亩山万元钱"不是梦想。

喜欢吃太秋甜柿的人，不分南方北方，但大多还是上海人，这与上海人爱吃甜食的习惯不无关系，但关键还是健康的消费理念。太秋甜柿静卧运输车上，舒舒服服地来到黄浦江畔，大大方方地现身南京路上。太秋甜柿能否像南京路上好八连改编的电影《霓虹灯下的哨兵》一样受人喜爱，就看它的魅力了。

太秋甜柿果面不光洁，顶部易产生网状同心裂纹，与其他柿子相较，表象上不占上风，为何留给人们特别强烈的印象？有一句歌词说："我很丑，但是我很温柔。"我虽丑，但是我很甜啊！不图外表重品质，太秋甜柿自信满满。

柿子好吃，且要吃得讲究。柿子是寒性水果，不能同酸性水果同吃，也不要与海鲜、甘薯同吃，不然会引起腹泻。贫血的人尽量少吃，空腹时稍加注意，否则会刺激胃酸分泌，发生反应，容易并发"胃柿石症"。

深秋将至，阳光依然火辣辣的，看样子即便到了冬天也会是火伞高张。天气一反常态，几十年不遇，秋天像夏天。为防炎炎烈日把太秋甜柿晒伤，或表皮灼红，或皱起黑斑纹，满山的太秋甜柿全部用白纸套上，远观误以为是雪花。五十万件"防晒衣"，全员出动穿了一个多月。太秋甜柿安然无恙，人个个黝黑发亮。

阳光充足的地方，是柿子树生长的必备条件，土壤深厚、肥沃、湿润、排水良好，这里也具备。天时地利人和，占了三分之二。其实人和也占尽，否则哪会有这个"老外"远涉重洋，根生官山底呢。

自然界是一个血脉相连的生态体系，所有的成员都共同栖生于这个大家庭中。柿子树在官山底自然环境中，不畏酷暑，不怕干旱，找到了一种平衡的生长沃土，就像黄土地上繁衍生息的乡亲们一样顽强坚毅，它不是大地的陪衬或背景，而是一种生态系统及土地伦理的体现。

太秋甜柿单宁含量低，抗氧化成分高，维生素 C 含量是苹果、梨、桃等水果的二十倍，中西联袂，超群出众。从它形态结构、生理特征、行为方式的性状中，我们看到了它故乡的姿影。日本著名作家川端康成先生说："故乡是巡礼的起点，遍历的归结。在艺术家一生的旅程中，随时随地都可能找到故乡。然而，这故乡存在于何时何地，却难以寻觅，难以期遇。"太秋甜柿不期而遇，找到了真正属于自己的故乡，不在日本，是在中国。

# 三

我国是柿子的原产国，也是世界上产柿子最多的国家，有三千多年栽种历史。早期柿子树只是作为观赏树木，栽植于宫廷、寺院中。柿子树作为经济果树栽培始于南北朝，至唐代种植规模进一步扩大，到了明清时期，柿子树栽培较为繁盛，并作为"木本粮食"用于备荒。

相传明太祖朱元璋，早年瓦灶绳床，有一天来到一个村庄，饥饿难耐，无意中见到结满果实的柿子树，终于填饱肚子得以活命。朱元璋当上皇帝后，再次路过这里，发现柿子树还在，便脱下身上的红袍披在树上，封其为"凌霜侯"，并劝告百姓多种桑树、枣树和柿子树，"丰年可以卖钱，歉年可当粮食"。我们无法考证传说的真实性，但历史上的确大力推广过柿子树的种植。

官山底柿子园的自然景象，着实让人流连。我一边细数着柿子树上结的柿子，一边重着儿时的记忆，一种乡愁的情绪紧紧将我的心锁住。我仿佛看到柿子树下一位白发苍苍的老人，戴着眼镜，正在缝补衣裳，时而抬起头，望一望成熟的柿子，时而远眺村口，期待着游走他乡的儿孙们早日归来，品尝她种的柿子。

脚下弯弯曲曲的山路，不正是通往家乡的路吗？掩卷相思，情难自抑，再也抵挡不了油然于心的那份牵挂。瞬间，我的心飞过一道道峡谷，飞过绿意迷蒙的远山，飞过空阔无垠的天际，回到了久别的故土。

打小起，母亲时常跟我讲，家境敝衣枵腹，她连柿子都没吃过。而到了我们这代，山村依旧穷窭，我们同样吃不起柿子。父亲为让我们能吃上柿子，几经周折，在自家门口种了一棵柿子树。我和村里的小伙伴们，守在柿子树旁，盼它快快结果，天天如痴如梦。几年过去了，柿子树结满了红红的柿子，像天上的星星亮晶晶，清香醉人。而这时的我则离家从戎，临行匆匆未顾得上吃口柿子，但父亲慈祥的笑容和那甜甜的柿子，一直留驻于心。美国自然文学作家威廉斯说："记忆是唯一的回归家园之路。"与柿子树的那段过往，早已化作一根长长的丝线，将我的心绕满。心海里那份牵念，始终在沧海横流的世事中萦系。

"凌霜侯"是历史的，是幸运的。而父亲种下的那棵柿子树，在无情的光阴中，渐渐老去。时光所留下的，只是门前光秃秃的树干和斑驳的背景。"沧海桑田，谓世事之多变。"

柿子从色泽上可分为红柿、青柿、朱柿、黄柿、白柿、乌柿等；从果形上可分为长柿、方柿、圆柿、葫芦柿、牛心柿等。我家乡的柿子属于牛心柿，与官山底的太秋甜柿同为柿子，味道却判若云泥。

柿子树不与桃李争春，不与百花争妍，一心挚爱着脚下的土地，默默地生长着。吃过太秋甜柿的人，都知道它那独特的风味，却少有人见过它醉美的花季。4月花开，芬芳馥郁，朵朵黄花引来无数蝴蝶翩翩起舞，引得数只蜜蜂嗡嗡欢唱。官山底荡漾着春风的热烈，黄花的烂漫，悦目娱心。

楚楚动人的黄花，在些微的阳光下，勃勃地呼唤着春天，青翠而富有朝气，烘染而罗曼蒂克。忽闻一阵秋风过，清香扑鼻如人醉。有人说，柿子树开花，是爱情的征象，情之所起，一往而深；柿子熟了，则是爱情的结晶，情之所钟，一往而深。太秋甜柿，只念你一人，尝与不尝，都会深爱你一生。"时光清浅处，一步一安然。"

耳闻鸟鸣，沁闻花香，心中充满了安适和亲切之感，霎时那回归故乡的感慨、缅怀和喜悦之情又油然而生。自然面前，我们是平等的，故乡的情结，谁也难以割舍，我们不能选择生命的长度，但我们能够拓展生命的深度。

# 四

万物应运而兴替，只是因缘起。人有缘，柿子也有缘，缘起一个叫陈荣的人，也就是官山底柿子园的主人。本该早就提及，可低调内敛的陈荣总是不矜不伐。

陈荣选择太秋甜柿，全在他人之荐，个人之举。经过几年的精心种植、管护，满山的柿子树渐渐挂果，丰收在即，怎能不叫人兴奋难眠。可是到了采摘的时候，陈荣却猝然发现，太秋甜柿表皮长满了黑斑，不是一个，是所有的太秋甜柿，就像女人脸上长满了麻子。几十万斤太秋甜柿无人问津！

"柿"面楚歌，路在何方？沉重的打击，陈荣苦不堪言，肚里泪下。丢掉幻想，重燃希望，可是希望又在哪儿？在眼前，在天际？怅然若失。现实与幻想交织中，倾听着太秋甜柿的呻吟，难掩陈荣心中的惆怅。人力无须与天对抗，因为人本来就是天之产物，只有运用充分的时间冷静思考，不一味地抱怨。太秋甜柿毕竟是从他国"嫁"过来的，出现黑斑病，也在情理之中。"谁让你是柿子园的主人呢，太秋甜柿水土不服，你就得服！"陈荣喃喃自语。

陈荣这个名字看起来简单，读起来也简单，可他行事的风格倒是不简单，山里人都了解他矢志不渝的品性。率直地倾听着内心焦灼的声音，无论如何得拿出办法来，陈荣沉着冷静。"卖柿不成卖树！"是个好主意，笃定能缓解困境，可他不想这样做，也不能这么做。太秋甜柿的黑斑病因找不到，把树卖出去了，种植的人同样遭殃。良知，是无愧人生的底色，陈荣感知而润行。

从起点回到原点，解铃还须系铃人，陈荣辗转南北，千里寻方。太秋甜柿长黑斑，主要是斑点球虫病引起的，好在没有扩散到果肉，还可以食用。"酿酒！"陈荣从失望中找到希望，一触即发。

太秋甜柿酿酒，就不是太秋甜柿了，那是太秋甜柿原浆酒。有道是"有心栽花花不开，无心插柳柳成荫"。太秋甜柿原浆酒，口感纯正，生津润肺，清热止血，还有助于治疗高血压，对于慢性支气管炎、干咳、咯血有很好的疗效。喝过太秋甜柿原浆酒的人告诉我，酒的功效果不其然。说话时，还一个劲地拉我的手。都说酒后吐真言，他的话如同太秋甜柿原浆酒一样醇和。

一切美好事物的背后，往往都是辛酸的堆积。江峡秋王品柿会上，我看到了陈荣那张坚毅的面孔，还带着粲然的笑意。有过花开的惊艳，也有过花谢的落寞，终将见得繁花不惊，修得心淡如水。太秋甜柿赋予了陈荣战胜病灾的能力和毅力，他最无奈最充实也最悠闲的日子，都是在官山底柿子园里度过的。

与其说江峡秋王品柿会，不如说是柿子树认养会。到场的七位嘉宾，成了七棵柿子树的认养人。他们心会荣誉背后的责任，怀感自然的沐恩。崇尚自然，保护生态，是对生命意义的一种诠释。秋去春来，相柿相随，"柿柿"如意。有人悄悄地问陈荣，为何选择七位认养？陈荣笑笑，七象征着他七年的种植生涯，蕴含着吉祥与吉利。接下来还会有更多的人认养，一人一棵，或是两棵三棵，守护有加，爱绿有方。

人生得意须尽欢，难得最是心从容。成功的人，往往不再回望失败的缘由。而陈荣能在失败中寻找成功的机遇，从机遇中把太秋甜柿放大，走文化品牌之路。一个人对生活有着不同的信仰，生活的意义自然不同。陈荣与太秋甜柿，缘生缘起，缘来深深。

世间事物都在彼此的因缘际会中，生生不息地存在着。人是众因缘和合而生，与太秋甜柿的缘分，是一个想吃一个愿给，两厢情愿。


# 五


从官山底的秋色中，我们看到了太秋甜柿生命沉静而强劲的跃动。越靠近柿子树，便越强烈地感到自然风物中所含的奥秘与生命活力。

山坡人头攒动，来自杭州华语之声的诗人们，个个精神奕奕。远道而来，已不是第一次。他们心潮澎湃，随兴创作，以诗言志，柿意咏怀。闭目聆听，音乐声中那抑扬顿挫的吟诵，一枝一叶总关情，一字一句总关柿，字字珠玑，句句入心。诗为何意，柿归何处，问柿不语，问诗不言。诗柿两相遇，是画意，也甚欢。

"满目青山空念远，不如怜取眼前人。"手持长枪短炮的摄影发烧友们，特地从浙闽赣皖边际赶来。他乡遇秋王，那份涌动和心绪，在心中泛起浩瀚的涟漪。面对镜头，大秋甜柿仿佛低声絮语："快把我们拍下来吧。"于是，哪怕是寻常的一景，也会一见倾心。镜头定格的不光是太秋甜柿的影像，而是他们无尽的兴趣。

"赶紧品尝呢！"一个个拣软柿子捏。殊不知，橙黄的太秋甜柿是越硬越好，吃硬不吃软，硬的清脆、爽口，软的就不用说了吧。摄影人成了"食"人，那诗人呢？也不例外，成"柿"人了。大家张口就来，不是不讲卫生，而天然环境下生长的太秋甜柿干净着呢，根本用不着水清洗。个个吃撑了胃，挺着个肚子洋溢着笑容。他们慕名而来，人人手持相机，却忘了给自个儿留个影，都是柿子"惹的祸"。

太秋柿子树是其他品种柿子树无法比拟的，百分百结果，果实营养丰富。"秋后，我们将砍去部分柿子树。"一语道出，令人百思不解，是不是疯了？为了给柿子树留有足够的空间和养分，陈荣忍痛割爱。品质是陈荣心中的砝码。

柿子有着一生一世的含义，因为柿子的名称中柿字同世字。我们对太秋甜柿的依附，如同我们彼此之间的依附。看到过往的生活经验，带给我们的情绪和局限性的习惯，进而回归到一种自然的幸福的生命状态，我觉得有必要斩断日常生活，置身于成片的柿子林中，平心静气地待上一天，或是一个夜晚，与太秋甜柿静静对话，纵使自己萎靡的心灵也能够鲜活起来。

人生如诗，也如柿，都是美好的，甜美的。走进官山底柿子园，来一场大型诗会，抒一次人生柿情，是陈荣心辄往之的夙愿。太秋甜柿已有了自己的品牌，诗会定然指日可待。

枝叶轻轻地翻动着，飘飘然，翩翩兮。澄爽的流云，宛若风中的承诺，诱人的橙黄晶莹剔透，欢快的色调无拘无束，柿在当下，未来可期。

## 六

秋高气爽，轻风又拂盈盈柿。栖息官山底的鸟儿，扑打着翅膀，纵身飞起，在澄澈的天空中，编织出太秋甜柿的造型，惊艳纷呈。可爱的群鸟，将我们视线又拉回到来时的情景。

鸟是官山底柿子园忠实的守望者，人在鸟在，人离开鸟还在。鸟和人一样，都偏爱柿子，它不仅是人的果味，也是鸟的美味。每天一群群鸟儿落到柿子树上，争相啄食。红尾鸫不但自己吃，还引来一批红嘴蓝鹊。山阔坡陡，用什么办法驱赶鸟儿呢？索性用彩布条系在树上试试。可是，聪明的鸟，不吃这一套，管你怎么飘动，甚至用竹竿敲打，都无济于事。《增广贤文》语出："人为财死，鸟为食亡。"不是言过其实。不过，也有含德之厚的鸟儿，知之种柿的艰辛，只啄些掉落地上的柿子。

鸟是适应于陆地和空中生活的高等脊椎动物，自从柿子树开始挂果，它们就经常来光顾，每棵树上的柿子成熟与否都了然于胸。

来吃太秋甜柿的不光有红尾鸫、红嘴蓝鹊，还有喜鹊、黄臀鹎、凤头雀嘴鹎、暗绿绣眼鸟等，有时松鼠也会来凑热闹，野猪更是神出鬼没，时有拖家带口倾巢出动。它们径直穿越，迂回行动，熟门熟路。也难怪，这里原本是它们的领地，方圆几十里无人烟。

太秋甜柿果皮脆，鸟爱啄，虫爱咬，对陈荣来说，也乐陶，只是野猪常来蹭树，搞破坏，着实头痛。但在维护生态和保护柿子树面前，他选择生态，禁止捕获。生命的安然适意，源于那份悯物之心——陈荣身上显而易见。

坐在山坡最高处，心如明镜地观察着太秋甜柿的变化。太秋甜柿寂寥无声，只点头，一直不停地点着。是风的缘故。柿子喜风，风眷顾柿子，是一种成长，也是一种美幻。冥冥之中，我发现柿子园另一番景象，既不是月亮，也不是太阳，是太秋甜柿的倒影。原来，柿子林的最低处，有座水库，蜿蜒山丘。平静的水面，碧波荡漾，银光闪闪。对岸的丘陵，近处的花草，仿佛在库水中游泳。"仔细观察平常事物，就会有非凡的发现。"世界著名风景画家结城素明先生言必有中。

几只凤头雀嘴鹎在柿子树旁啄食，悠然悠哉，几位外来的客商，看得有些发呆。待回过神来，连忙笑曰："鸟儿都在吃晚餐了，我们还饿着肚子呢，我们也赶紧去吃饭吧。"鸟儿听不懂说话，只顾埋头啄食，瞧都不瞧他们一眼，甭管你是从北京还是从广州来的。我是在柿子园漫步时认识了这些鸟，挺可爱的，对它们有种亲切感。

"山山落秋色，叶叶闻秋声。"时光的辙痕中，柿子树的纹路依然粗犷，清晰！太秋甜柿在我生活的某个角落，闪耀着最温暖的故乡情愫。生活的路上，总有些人和事，不过一程相伴，却总会放在心里深深萦念。柿子树有种说不出的力量和乡愁，也有诉不完的相思，语不够的爱恋。

初冬已然，霜降至，柿子树叶由黄变红，红得像一团团火焰，在山野坡地绽放着炽热的情怀、瑰丽的想象，那种丰盈、静谧的情趣悠然而然，恍如梦境。柿子园的万千气象，不知不觉地把我们带入梦中。"梦里不知身是客，一晌贪欢。"

树叶凋零，叶落归根。裸露的树干，虬枝苍劲，棵棵向天。

# 风沙林变奏

李景平

风还在，沙也在，只是，以一种不同方式存在。

存在于林和草的延绵里，存在于雨和雾的清鲜里。

多少年前，一群油光发亮的外国人来到这里，风把外国人刮得灰头土脸，外国人说，这是一个不适宜人类生存的地方！

多少年过去，我来到这里的时候，一切变了。

风还在，但风变了。风浅吟着徐缓的背景音乐，云在天空涂抹着铅色的油彩，树在草地滚荡着浓稠的绿浪，空间飘洒着雨的微尘，四野弥漫着雾的梦幻。雨落在湖里，湖波澜不惊，雾飘在原上，原绿意不减，雨雾间，树轻轻摇，草微微斜，立在草间树间的风电树，缓缓地，舞动着银色的风叶。

一切依然在风动，却又似乎凝固，凝固在缓缓的动静里。凝固在云里，凝固在绿里，凝固在树里，凝固在草里，凝固在沙里，凝固在雨里，凝固在雾里，凝固在湖里，凝固在原里，凝固在——风里……那么风呢，风自己最好的形式就是凝固在风里，凝固在缓缓的动静里，也凝固在柔润的雨雾里。

就在这样的动静里，风和沙，别离了。风和沙在别离中找到了自己的归宿。风和沙，不再搅和得天昏地暗、昏天黑地。

这可是曾经的风沙地啊！

往前，再往前，再往前，就是著名的科尔沁沙地——由科尔沁草原沙漠化的科尔沁沙地。

那么，风沙地的风呢？风沙地的沙呢？

这已是著名的风沙林了。风和沙别离后，都和森林结了缘，在森林里重构了另一种存在。

天苍苍，野茫茫，这已是重生的彰武草原。

风沙地的风，藏起来了。风沙地的沙，也藏起来了。藏着藏着，风不放心地跑了出来，吹一吹藏沙的草，吻一吻掩草的花，拂一拂遮花的灌木，捋一捋灌丛里的树，告诉它们，也告诉灵动的飞禽走兽，把沙藏好了，别让沙给暴露了，却不料，风把自己给暴露了，风把自己暴露得没有了隐秘。

风是透明的了，风已经不携带任何杂质了，风也不裹挟任何沙粒了。风担心的是沙没了遮挡，风担心的是沙会被暴露。风其实担心的是沙不好好在地底待着而闹腾开来打搅了风的清静。当风拂过被草被林覆盖的沙和被沙被土支撑的林的时候，看它们浑然融合的样子，风也越发轻松起来。

人轻松的时候总想起回忆，风也一样。风是向前刮的，回忆是向后走的，风想回忆的时候，就突然折返，往回走了。


风折返到一个狂风呼啸的时代，自己都觉得太疯狂了。

没有树，没有草，没有绿，只有沙。

沙里是沙，沙外还是沙。全然没有了绿的覆盖与遮蔽，像是辽阔的地球的边缘，像是遥远的外星的荒漠。

风就在那个时候遭遇了沙，遭遇沙就把天地卷成混沌。

风是一个游走在地球的侠客，沙是一袭匍匐于大地的黄龙。风知道，地球承载大地，大地哺育生命，生命生于绿色，绿色被黄沙吞没，大地便缺失滋润，风就会喘息，就会呐喊，就会咆哮。风遭遇了沙，风会暴躁，沙也会暴躁，风与沙，就会暴躁对暴躁，狂怒对狂怒，就会暴戾，就会狂烈，就会肆虐。

风沙肆虐的时候，会上演一场魔幻。听过地面的雷吗？那就是地面的雷。见过滚动的墙吗？那就是滚动的墙。看过直立的浪吗？那就是直立的浪。一种浑黄的、呼啸的、奔腾的、翻滚的、铺天盖地的、顶天立地的、排山倒海的沙浪，碾压过来，碾压过来，把一切碾压成惊天动地的雄奇与惊骇。

如果不以给人类造成的危害看待，这完全可以称得上自然造化的威力、风与沙酝酿的气势、自然审美的壮观。

壮观吗？壮观！风也壮观，沙也壮观。

然而，那是被称为风暴、沙暴、沙尘暴的灾难！灾难蔚为壮观的时候，给世界的是一种近似末日的威胁与绝望。

在威胁与绝望里，村庄和田野，被沙尘吞没。

当村庄从沙尘里醒来，屋顶被黄尘覆盖，房门被黄沙掩埋，而人要出门，连门都推不开了，只能从窗户跳出。

人灰头土脸，村灰头土脸，世界灰头土脸。

风太知道了，这灰头土脸的世界，是风的杰作，是风和沙的杰作。风把沙一粒一粒吹过草地，一抔一抔刮过绿源，一波一波掠过山丘，然后，风沙线前移了，风沙地拓展了，风把沙，刮成了一个沙化的王国。风最熟悉大自然的蝴蝶效应了，多么微小的微妙的沙粒啊，竟然把一片世界改变！

人呢，村庄呢，田园呢？是风进沙进，沙进人退，人退绿退。风以自己的速度裹挟了黄沙黄尘，从彰武刮起个把钟头就刮进了盛京。它把天空染成浑黄，把大地染成浑黄，把村庄染成浑黄，把城市染成浑黄。风走过的地方，它再走回来，若不是沙地留下风的足迹，风自己都不知道哪里是哪里了。

但风知道那不是自己的过错，风已经四处走遍，走得多了久了，风知道，是谁把草变成了沙，把草原变成了沙地。


风又向历史的深处走去，返回到一个老绿的时代。

那时候，林，草，树，还在，牛，羊，人，也在。

绿还是无边无涯、澎湃激荡地漫溢着，时间还是莺飞草长、风吹草低的样子，像地球上所有滋养生灵激扬生命的地方。

风在万物怒放的地方，成为翠草青蘋之末的呼吸。

风想起来了，那是清代的皇家牧场哦。科尔沁沙地那时还不叫科尔沁沙地，而是水草肥美的科尔沁草原。科尔沁草原铺展过来，羊没在草里，牛立在原上，马和牧马人穿行在草原，飘在空中的蒙古长调和牛哞马嘶羊咩，落在地上的辽西肥草和农耕牧养人居，构成了盛京皇家牧场的万种风情。

不过，这样的皇家牧场，并不是给人看风情的。风看的是风情，人看到的却是实利。皇家牧场必有皇家牧场的作用，皇家牧场其实就是皇家的生鲜物库。牛羊进贡皇宫，酥油进贡皇宫，粮食进贡皇宫。大地生长了肥草，肥草养肥了牛羊，牛羊养肥了宫廷，宫廷养肥了皇亲国戚大臣，也养活了牧民。

皇家牧场，年年月月，月月年年，皇家肥了，牧场瘦了，抑或，瘦了的不只是牧场，瘦了的，还有丰润的草原。

草原瘦了，但毕竟还拥有自己生存的魅力。

生长草的地方，生长牛羊；生长牛羊的地方，生长人类。牛羊逐水草而居，人类，也逐水草而居。

之后，战争，兵燹，灾荒，流离失所的人们，冒风走来。

逃荒的来了，开荒的来了，闯关东的来了。来了，就将垦殖的艰辛，农耕的苦累，种植在了草原之上。

风于是听到了，人说，不垦荒，喝西北风吗？

垦荒的人们，把草根都垦出来了，把树根都垦出来了。农人们将草根树根挖起来抖开来，抖落根须的沙土，沙土便在风中飘扬。在风里，农田黄了绿了，庄稼绿了黄了，风把点点的黄，刮成片片的黄，把片片的黄，刮成茫茫的黄，最后，黄已不是草黄禾黄，而是沙黄，是浩浩汤汤的沙漠的黄。

一截历史有一截历史的行程，一个时代有一个时代的方式。风把皇家牧场刮成农家垦场，把游牧时间刮成农耕时间，把绿的草地刮成黄的沙地，风之过吗？其实，历史给你什么样的路途，你就注定到达什么样的地方；时代给你什么样的方式，你就注定收获什么样的结果。似乎，你别无选择！

别无选择吗？风走过黄沙之后，却看到，历史重新选择了扭转，时代重新选择了不同，人们重新选择了改变。

风终于回到黄沙返绿的现场，沙地新绿的现场。

黄沙的世界可以造绿吗？黄沙的世界可以变绿吗？

世界似乎都不曾相信不曾见过。世界见过的是海市蜃楼，世界见过的是沙漠幻影。然而风见过，风见证了黄沙变绿。

风其实见过并且见证的，是彰武人的风骨和风韵。

风与彰武人是做过交锋的，风记住了彰武人的个性。就像一位高官，抛却城市的厚禄，把自己投到这风沙之地，种树。这个人种下第一棵樟子松的时候，自己也站成了一棵樟子松。风，就在这个时候与樟子松交锋，与这个人交锋。风凶猛地刮过来，樟子松倒了；他躬耕着种过来，樟子松活了。

要知道是怎样的风！是尘暴的风、沙暴的风、顶天立地的风、幕天席地的风。风刮倒一棵樟子松，他种植一群樟子松；风刮倒一群樟子松，他种植一片樟子松。不仅种植樟子松，而且培植彰武松；不仅培植种樟子松的人，而且培植种彰武松的人。樟子松彰武松和它的种植者，始终屹立在大漠风中。

然而在松林终于耸立如海的时候，这个人，却倒在了他的大漠林海。永远地，躺在了黄沙之下，躺在了风沙林里。

一颗灵魂，永远种植在了科尔沁沙地的风沙林里。

一颗灵魂，永远成为一棵大树，成为对科尔沁沙地的挑战和进击，成为彰武人的生命感召和生态凝聚。

于是，一个人一群人的植绿，成为一方人一域人的植绿。

风看到，这个人，这群人，这方人，这域人，他们相信绿色，他们相信生态，他们相信自然，他们也相信自己。

彰武人由此铺开了现代化的沙地造绿的世纪重建。

风走过山水林田湖草沙，风看到了这样的重建。彰武人以树当沙，沙被挡在绿林之外；以草固沙，沙被固在了青草之地；以水含沙，沙被含在了碧水之间；以工用沙，沙被用在了工业之中；以光锁沙，沙被锁在了光伏之下。是人进绿进，绿进沙退，沙退人进，彰武由此进入了新的千里江山图。

风这时意识到，彰武沙地在重归彰武草原，科尔沁沙地在重归科尔沁草原。风从草原、森林和云雾、细雨里穿过的时候，风听到人们的叙说，在彰武，森林覆盖率已经由 2.9% 提升到 31.47%，风的速度新近又由 3.4 米 / 秒下降到 1.9 米 / 秒，而降雨量，则正在由 350 毫米 / 年上升到 800 毫米 / 年。

风沙林与天地人融合在自然的柔情里了。绿树微雨里重生的风也旋转进风电树的叶片，化作了点亮城市乡村的粲然。

这是中国北纬 42 度曾经荒凉的风沙线啊！

在这曾被外国人称为不适宜人类生存的地方，风听到彰武人说，老祖宗把我们搁在这里，我们就要干出个生存的样子。

风已经不是曾经的风了，沙已经不是曾经的沙了。

人呢，也已经不是曾经的人了。

# 犹如梵音

韦　露

一

我该怎样说出那最初的震撼？多年来，我一直被这份感动润泽，就像天地初开那一瞬的澄澈，就像忽然被一道神秘的佛光镀亮。那天，在舟山半岛，我与《念奴娇·赤壁怀古》中"乱石穿空，惊涛拍岸，卷起千堆雪"的壮阔劈面相逢，除此诗句，似乎没有更准确的言辞来描述当时情景，而观音禅院传来一阵阵玄妙恬远的梵音，与浪涛声同频共振，穿过耳鼓，直澈心源，不断把我托举进一个圣洁空明的意境。

离开的时候，我频频回首，仰望那尊三十三米的南海观音不肯去佛像，观音菩萨低眉垂首，仿若在聆听芸芸众生虔诚的祈愿。

那是 2000 年的普陀山。

"你在北部湾，你在钦州湾，你是三娘湾，你是梦中的湾。"源于这首歌的召唤，也源于"潮起三娘湾，壮观胜钱塘"的传说，三年后，我们来到这里。

夕阳坠下海平面，余晖收尽，海水过滤掉所有的炙热。将暮未暮的微茫里，有两个身影。身边这个高挑的女子，她大我一岁，我叫她——师父。每次出去拍外景，她健步如飞，像一阵风从身边吹过。我紧赶慢赶也追不上，最后干脆放慢了痛苦的脚步。她的脖子上挂着两部体积庞大的相机，空包顺理成章地披挂在我身上，使我感觉自己好像她随身携带的一个行走的衣架。

每当我追着她叫师父的时候，我会不由自主想起二师兄倒扛钉耙气喘吁吁追着唐三藏的情景。但今天，我们不再是去"西天"取经的师徒，我们是到三娘湾听经的师徒。

她牵着我的手，我们踩过潮湿的黄沙，避开脚下高低错乱的石头，爬上三娘湾著名的母猪石。三娘湾以石多而闻名，三娘石、海狗石、风流石、天涯石……每一尊石头都有一个或欢欣或忧伤的故事，而母猪石阔大平滑，像一头敦厚的母猪匍匐在海里，几块圆溜溜的小石头则如卧伏身边的小猪崽。据说这也有一个母猪为救猪崽跳海牺牲的传说，这种传说刚好契合一个准妈妈涌动的母爱，所以母猪石在诸多巨石中被我们选中。

这里，就是听海的最佳位置。

我让自己心理上略感笨拙的身子，小心翼翼地安躺在微凉的礁石上，而我的腹中，安躺着我亲爱的宝贝，虽然她只是一个三个月大的胚胎，我只在 B 超单上看到过她的模样，可是，她已经和她的妈妈，还有妈妈的师父，在三娘湾的某个夜晚，聆听过大海的呼吸。

我只在 B 超单上看到过她的模样，现代化的透视技术尚不能描述她尚未丰满的血肉，她像一个三叶虫的化石，在羊水中静静地躺卧，让我想起多年前看过的一篇小说《童女之舞》里的一个细节：十八岁的少女钟沅，刚刚做完堕胎手术，隔着玻璃门，她对自己的女伴童素心用手指比划，童，你知道两个月的胎儿有多大？五公分，这么小？奇怪我们都是从这么小慢慢长大的。

头顶是无垠的夜空，点缀着寂寥的星辰，三娘湾的夜晚是如此幽静，看不到一点渔火，只有海在耳边慢慢靠近，我听到由远而近、由近而远的涛声，一浪接一浪，犹如佛教中让人心旷神怡的梵音。

与我在母猪石上一起听涛的女子，她出生在柳州青云街，她告诉我，她的家面临柳江，江边就是历史久远的西来古寺。汤汤柳江，悠悠江风，郁郁紫荆，孕育了柳州女子既爽朗又细腻的性情。但我们的相识，却是成年后离家到异地求学，在另一个城市，因摄影喜好而结缘。海桑说，即使一生都无缘谋面，但你和我，以及万物之间，也以某种未知的方式，遥遥又细致地神秘相连。

而我出生在离柳江十里之遥的九曲河畔。后来，我经常坐一个小时的动车从南宁回到故乡，回到西来寺，当我双手合十，仰望佛祖那慈悲的面容，当我被一股青烟缭绕的禅意包裹，我会想起我的师父。这袅袅的香火，十几年来，可曾飘到她青云街的家，孕育出一位善心的女子？后来，我读到一首诗歌《滴水观音》——"每一个善心的女子 / 都是一座安详的观音 / 一生 / 流着一种不为人知的幸福泪"。我默然了悟，那些亲近安详与慈悲的女子，总如山水相连，千江见月。

浪潮汹涌而来，一浪接一浪，拍打着巨石，浪花飞溅、涛声轰鸣。

太虚法师有言："妙音观世音，梵音海潮音，胜彼世间音，是故须常念。"

如果我们的双耳不能常常沐浴晨钟暮鼓，如果我们的尘心不能常享菩提清凉的甘露，何不亲近每一片海，听潮起潮落，犹如梵音。

二

四年后，我又回到这里，带着三岁的女儿，我牵着她的手，踩着绵软细腻的沙粒，避开脚下高低错乱的石头，我们爬上三娘湾敦厚的母猪石。她像一只活蹦乱跳的蚂蚱，一刻也不能安静。我揽住她，像怀抱着一个沉沉的小佛陀。

要经历怎样一个艰难坎坷的过程，一个生命才能从无到有？从无知到有知？

那天，孕期例行检查后，我的主治医生，她两手插在白大褂口袋里，来病房告知，你肚里的胎儿疑为畸形，要及早做掉，如果同意，就签个字，中午就可以手术。

我不啻遭遇了人生中的第一个晴天霹雳，却无论如何也不能相信，那么调皮灵动的一个生命，会是残缺不全的。我拒绝在堕胎手术上签字。在我们的坚持下，医院同意送我们去外医院复查，结果一切正常无虞。

回到医院，在走廊上与那位主治医生迎面相逢，在她毫无表情的脸上，我看不到任何因误诊带来的歉疚和不安。那一刻，我心里冷冷地想起帕斯卡的一句名言："在人的心里有一块空缺，它的形状是上帝！"

换上病号服，被众多的护士七手八脚搬上了车，从病房推往手术室。我忽然意识到这个情景已在潜意识中预演了多年，但当这一刻真正来临时，对未知的一切，倒没有了想象中的恐惧。戴上氧气罩，一根细细的管子穿入我的脊柱，麻醉药从中一点点输入我的身体。但我的头脑依然清醒着，我清醒地听到几个医生的对话，她们拍着我的肚子，像掂量一个半生不熟的西瓜："这么小，恐怕没有四斤！""不一定！应该会有五斤吧。""我敢打赌不超过四斤半。"她们的轻松言语颠覆了我对神圣的接生仪式的所有想象，那一刻，我心底甚至轻快地掠过一个念头："是不是应该建议她们下个赌注？"然后，我感到冰冷的手术刀慢慢划开我的身体，然后，我感觉到疼痛。然后，我听到天籁般的第一声啼哭。

可惜还没等看到她的模样，她就因羊水呛入肺部呼吸困难被送去急救。

肩上扛着连着细管的麻醉泵，麻醉药的药效还在持续，我挣扎着下床，在病房门口找到一把废旧的拖把，去掉一头的烂布，当作拐杖，一步一步挪到儿科病房，儿科重症病房里有几排氧箱，里面躺着一溜身子光溜溜的新生儿。无须任何人的暗示和指引，凭借着母亲的直觉，我第一眼就准确地找到她——因为是早产儿，她显得比其他新生儿身子都短，浑身上下通红，攥着两个小拳头，像一尊丰腴喜乐的小佛陀。

我看着她，泪水开始止不住地淌下来，在值班护士惊讶的眼光注视下，我失声痛哭，像个不顾一切的任性孩子。所有的惊悸和委屈，所有的不安与忧心，在看到她的那一刹，终于如潮水般汹涌而出。

一年之后，当我牵着长着一双南方少见的杏眼的女儿，在1路车站蹒跚学步时，看到了当年我的那位主治医生，当脱下白衣天使的外衣，她与一位普通的中年妇女丝毫无异。我看到她与许多人簇拥在一起，神色仓皇地等待公交车的到来。那一刻，我有一种冲动，抱着我的女儿走到她的面前，对她说，看，这个就是曾经被你宣判死刑的孩子。

但最终，放弃了这样的念头，犹如放下心头压抑很久的一份重负。

头顶是无垠的夜空，点缀着寂寥的星辰，三娘湾的夜晚是如此幽静，看不到一点渔火，只有海在耳边慢慢靠近，我听到由远而近、由近而远的涛声，一浪接一浪，犹如佛教中让人心旷神怡的梵音。

而此时，我们只需做一个安静的聆听者和冥想者，守望着大海一遍一遍地叮嘱，禅衣单薄，禅心厚朴，以永久的合掌状，感恩着岁月赐予我们的微光与恩泽。每个人都必须经历破蛹成蝶的过程，我看到流光中的自己，像一滴清露，最终会回到大海，实现自我的皈依。

我也相信，躺在我怀中安静听涛的这个孩子，她会像心怀珍珠的贝壳，铭记与海潮声最初的相遇，就像波兰诗人安娜·卡敏斯卡《林中路》的诗句：

> 但我仍想对我最初的震撼保持忠诚
> 仍想将孩童的好奇作为智慧
> 并一路携带它
> 直到尽头

# 我与瑶山野生猕猴的跨世情缘

郑万生

我是盘王的后裔，二十世纪六十年代末出生在中国萌渚岭深处的大瑶山深处，从小喝着酸酸甜甜的瓜箪酒，听着苦苦涩涩的长鼓调，坐在晃晃悠悠的瑶家竹背篓里长大。

从我记事起，就记得父亲在农忙之余，常常扛着鸟铳去山上狩猎，主要以放套索和铁夹为主，携带的鸟铳主要用来防身或猎杀套住的野兽。在黄龙山境内的打木寮、狮子头、螃蟹木、前座充、雨梁口等方圆三十多万亩原始次生林，无不留下了父亲狩猎的足迹。父亲狩猎是专门跟师傅学过的。每当有猎物背到家，他总要到堂屋的香案前，装上三炷香，化上少许纸钱，一边作揖祷告山神，一边为捕获的猎物超度亡魂。在那个物资匮乏的年代里，稻谷、玉米、红薯等农作物显得无比珍贵，常有野猪到村里糟蹋农作物，为保护老百姓秋收成果，县里出台了奖励措施：凡猎杀一头野猪，凭割下的野猪尾巴可以到公社领取一定数量的粮食奖励。

父亲是狩猎好手，每年猎捕的野猪数量不在少数，每当领到上级奖励的粮食时，那种作为瑶家猎手少有的自豪感常洋溢在脸上。父亲的猎物多半是大山里的麂子、野猪，有时也有山羊、野牛，偶尔还能捕获到豺狼、山豹等。常言道：山中无老虎，猴子称霸王。黄龙山野果较多，如山楂、狗巴、野生荔枝、猕猴桃、冷饭团、牛卵尻等，加之生态环境优越，这里一度成为野生猕猴的王国。人们进山伐薪烧炭、砍竹挖笋、捡拾野菌、捕鱼捉蛙时，经常能听到失散猕猴在山里凄惨悲凉的叫声。有时还能遇上成群结队的野生猕猴在原始次生林的树枝上跳来蹿去，时而与你做鬼脸，时而有意与你挑逗嬉戏。父亲放的套索、夹子有时也能捕获到少不更事的野生小猕猴，看到小猕猴眼泪婆娑、一副孤立无助的样子，父亲就犹如看到了自己的孩子。如果小猕猴没怎么受伤，父亲总是小心翼翼地把它从套索或铁夹上解脱下来，在山上就地放生；如果小猕猴手脚受了伤，就把它带回家，用草药包扎好，喂些苞谷、红薯等食物，伤口痊愈后，再把它带到大山里放生。

后来，我沿着弯弯的山道，通过读书，走到了山外的世界。大学毕业后，到了四川天府之国——成都工作。母亲嫌我走得太远，时常念叨着我。而我呢，大山的孩子，习惯了开门见山、推窗见绿的山林生活，对城市遍地的钢筋水泥建筑又是多么不适应。二十世纪九十年代，我放弃了大都市繁华的生活，回到湖南老家，通过全省林业公检法的招干考试，到江华大瑶山当上了一名森警，从事着自己喜欢的职业，可以终日以山为伴，与林为伍。那里有自己熟悉的青山绿水、蓝天白云，还有童年挥之不去的野生猕猴留下的欢乐情趣。重要的是母亲再不用为远在千里之外的游子牵肠挂肚。

刚开始，我分配在局机关办公室工作，日子虽然过得安逸，但青春萌动的心却早已飞向一望无边的森林大世界。因为我喜欢大山的繁花似锦、鸟语花香以及丰富多彩的野生动物，1994年6月，我主动请缨要求下基层一线体验火热生活，到了江华大瑶山腹地深处的水口林业派出所工作，当上一名普通的外勤民警。水口曾是江华的老县城，也是瑶族最集中的聚居区。"青山环秀城，旖旎彩云间。终身居此地，胜似瑶池仙。"四面环山的林区小镇，虽有几分清新秀丽，但视野为群山阻断，人常年生活在盆地里，变得有几分忧郁和落寞。辖区点多线长面广，山情林情社情极为复杂，森林警察的职责是打击毁林犯罪，保护森林资源，维护林区治安和生态平衡。

江华是全国南方重点林区县，"江华条子（指杉条）"驰名天下。二十世纪九十年代，随着改革开放的深入和木材市场的放开，一些不法木材商受经济利益驱动，大量林木被偷砍滥伐。毁林事件屡禁不止，野生动物的生存环境进一步恶化。随着人们生活水平的提高，在一段时间里，追寻吃"野味"（即野生动物）成了一种时尚。那时的我，每天下乡办案，提着一个公文包，腰间别着手枪，头戴大盖帽，着一身橄榄色制服，在乡野林区的瑶民看来煞是威严。

　　多年前的一天，我与同事到湘粤桂三省区边界的蔚竹口乡黄南源下乡，见林农提着一个铁笼在路边叫卖："有很乖巧的猴子卖，有谁要吗？300元一只。"只见一只小猕猴被关在用铁丝做成的笼子里，约三五斤重，一双明亮的小眼睛东张西望，露出紧张兮兮的神情。我上前说道："我们是林业公安干警，快把野生猴子放了，不然我们要追究你猎捕、买卖野生动物的法律责任。"那个林农却振振有词地说："你们知道吗？猕猴在这里泛滥成灾，上百只猴子到处损害农作物，搞得老百姓不得安生，你们讲保护它，老百姓耕种的农作物受了损害咋办，谁来赔偿我们的损失，还要不要人活了？"我们说："国家出台了野生动物保护法，要求人类与野生动物和谐相处，维持自然界生物的多样性，乱捕滥猎、乱买滥卖野生动物是违法行为，情节严重的，要追究当事人的法律责任，请你务必配合我们的工作。"在我们林业公安执法人员威严的目光下，这位林农极不情愿将那只野生猕猴放了生。

　　对我们将野生猕猴放生的行为，除了那位林农想不通外，当时住在村子周围的老百姓心里也是想不通的。他们说，瑶家自古以来就有狩猎的传统习惯，更何况黄南源这里常年有上百只野生猕猴，每天成群结队地到村里来找吃，村民种的玉米、红薯、瓜果等农作物全让这些该死的野生猕猴糟蹋得不成样子，它们吃了还不算，还随意采摘拿来玩耍、嬉戏，扔得哪里都是，现场一片狼藉，看到令人十分痛心；你们说要保护它们，而我们种的粮食被猕猴破坏，一年到头得不到收成，我们地方人对猕猴都是恨不得除之而后快。我根据现场收集到的情况，随后写了篇通讯稿投到《中国绿色时报》，文中提到野生保护动物损害农作物的赔偿问题，引起了地方政府和县林业行政主管部门对野生动物保护工作的高度重视。

后来，我随江华史志办组织的红色采风团到蔚竹口乡采风，再见到这群野生猕猴，不再像十多年前那样怕人了。据了解，早十多年前，江华县林业局、蔚竹口乡政府把保护珍稀野生猕猴的通知下发到村组，村委会还出台了保护野生猕猴的村规民约。随着国家改革开放的不断深入，村里大部分的青壮年外出打工，留下的多是老人、妇女、儿童，种田种地的事少了，加之县乡出台了对野生猕猴糟蹋粮食的奖补措施，猕猴也不像以往那样令人生厌了，它们的生存环境得到了有效改善。猕猴从深山密林到村边田间地头、房前屋后，可以自由自在、无拘无束地活动。村民一看到野生猕猴来瑶家山寨，纷纷从家里拿出玉米、红薯、瓜果招待。稍不注意，还有猕猴从身后拉扯你的衣襟，与你做鬼脸，逗你开心。即使偶尔发生林农的农作物被猕猴损毁事件，经村组核实上报，也能及时得到上级的相应补偿。

早二年，我到蔚竹口乡搞扶贫，听到上塘一冯姓瑶民在家闲着无事，到山上放套索套到一只野生猕猴，以300元价格卖给了一个在村里帮人开屋场地的码市挖机老板。村民随即将此事向村委会报告。村支书说，我们这里有野生猕猴经常活动，正在向县、乡申报生态旅游开发项目，如果此时猕猴群发现有猕猴失踪，会觉得此处生存环境不安全，向其他地方迁移，我们要赶紧找到买猴的老板把猕猴追回来。野生猕猴被村民从码市挖机老板处给要了回来，交给水口森林派出所民警放生。第二天，办案人员带着冯某来到小冲源踏勘现场。现场位于磨刀村东北方向3公里的深山老林里，属天然林地带，人迹罕至，大树、古木随处可见。冯某用尼龙绳制作了十多个套索分布在小冲源的几十亩范围内，布置在野生动物经过的路径上。冯某指认他所布置的套索范围和确切地点，并将之前所放的套索予以全部拆除。经鉴定：冯某猎捕的野生猕猴为国家二级野生保护动物。冯某被江华县人民法院判定犯非法猎捕珍贵、濒危野生动物罪。

冯某没想到自己无意之中接触了一下野生猕猴，而带来牢狱之灾，整个人像做了场噩梦。通过办案民警现身说法，不但警醒了当事人，也给周边村民上了一堂生动的法制课。

为留住这群在湘粤桂边界迁徙流动的野生猕猴，县森林公安局与磨刀村两委班子协商，决定给这些野生猕猴投食，得到县林业局、蔚竹口乡人民政府的大力支持。磨刀村委会当即组织村民到小冲源山场开荒，种植玉米、红薯，供野生猕猴采摘食用。县旅游部门修通了上塘到架枧源的旅游便道，在村部建起了风雨桥和活动广场。县林业局每年划拨经费给村部做投食野生猕猴用。县森林公安局经过认真考察，确定由磨刀村七十多岁的冯荣财老人到3公里之外的架枧源为野生猕猴投食。

"喂喽嘀，喂喽嘀，喂喽嘀——"，每天清晨9时许，随着冯荣财老人在远方山谷坪子上的三声深情吆喝，一群群野生猕猴从四面八方的树梢、藤条、竹枝跳跃而来，有的手舞足蹈，有的抓腮挠头，模样极为可爱。老人一边抛撒玉米，一边将背篓的红薯倒在地上。百余只野生猕猴争先恐后地抢吃食物。投放完食物后，老人静静地坐在树桩上抽烟，用慈祥的目光像看待自己孩子一样亲切地瞧着身边这群猕猴。在现场，我亲眼见到人猴和谐相处的一幕，即兴写了篇通讯稿并附上图片发诸媒体，磨刀村的野生猕猴和喂猴老人一时成了网红。

江华大瑶山深处的蔚竹口乡地处偏僻，气候温暖湿润，境内山高林密、荆竹遍地，是野生猕猴理想的栖息场所。经过冯荣财老人长达两年的投食喂养，一个规模较大的野生猕猴种群在这里逐渐固居下来，磨刀村的生态旅游顿时火了起来，一个新兴的生态旅游扶贫项目在这里悄然兴起。

更令人惊喜的是因为磨刀村保持了良好的生态环境，通过江华县森林公安局招商引资，引进了康利菌业有限公司到村里投资发展羊肚菌产业。如今，大量的外地游客到磨刀村一边观赏野生猕猴，一边品尝营养丰富的羊肚菌，成了假日休闲的时尚之举。而当地瑶民因发展生态旅游和羊肚菌产业，腰包逐渐鼓了起来。

目前，江华已建成国家生态文明建设示范县、国家重点生态功能区、国家生态主体功能区建设试点示范县，想起我与瑶山野生猕猴的跨世情缘，我衷心祝愿在萌渚岭江华大瑶山深处的这群野生猕猴能自由自在地生活，让生物多样性在美丽中国的生态文明建设中焕发出勃勃生机。

# 湿地之眼

## 徐向林

### 一

中国东部，黄海之滨。

这是一个被长江、淮河南北相夹的平原。平原的西部，是纵贯南北的京杭大运河；平原的东部，是浩瀚无垠的黄海。中国大陆南北分界线从平原上横穿而过，平添通南彻北之利。

这里被称为里下河地区，面积约 1.35 万平方公里。它是江淮平原的重要组成部分，是大运河文化带的重要覆盖区域。

打开中国地图，目光锁定于漫长的黄海海岸线。胶东半岛沿东海岸线蜿蜒向南，延伸至长江出海口，构成一个喇叭口向右舒展的"V"字形状，里下河地区就在这"V"字的右侧中上部。这个形状，也像极了一副向外张开怀抱的双臂，而里下河地区就处于这右臂的肘关节至手腕处。

里下河地区的东部沿海地区，与韩国、朝鲜、日本隔海相望，距韩国釜山、日本长崎的直线距离均为七百四十多千米。

里下河地区，有城市、有村落，有海洋、有滩涂，有河流、有湖泊，有碧野、有平畴，有森林、有草原……唯一稀缺的，就是山丘。特别是东部地区，地势平坦，一马平川，一览无余，平均海拔不到 3 米，最高海拔 5 米，低洼处海拔 1 米以下。

坐落在里下河地区东部沿海的盐城，是一个没有山的地级市，但盐城并不感到缺憾，因为它拥有江苏最长的海岸线、最大的沿海滩涂、最广的海域面积，是江苏省湿地类型最齐全、资源最丰富的地级市，涵盖近海与海岸湿地、河流湿地及湖泊湿地三大湿地类型，湿地总面积 76.94 万公顷，占全省湿地面积的 27%，被誉为"东方湿地之都"。

2019 年 7 月，盐城黄海湿地被列入《世界遗产名录》。

2022 年 11 月，盐城被授予"国际湿地城市"称号。

## 二

海客谈瀛洲，烟涛微茫信难求。古时盐城，是一座海中之城，它因此还有一个别称——瓢城。

时光拉回到两千多年前，那时，盐城还是一片汪洋大海，只有四处散落的、面积不大的盐碱荒滩裸露出水面。当地先民靠海吃海，渔猎之余，累代竭智，汲海水以煮盐，继而推动了"煮海为盐、税利天下"的兴起，终使这片"东夷"蛮荒之地落入中原王朝的目光。

汉武帝元狩四年（公元前 119 年），这片海边滩涂地始建盐渎县，自此正式拉开这座海滨城市开发建设的序幕。

初始，县城取土筑墙，依海而建。城墙之东，即为黄海，常闻滔滔不绝潮声；城墙的西、北、南方向，各路客水汇聚而至，毫无规则地从此处东流入海。盐渎县城随地势附形而建，从空中俯瞰，小小土城状若一只漂浮于汪洋中的水瓢，"瓢城"之名由是而起。

瓢城，亦有永不沉没之意。

然而，理想很丰满，现实却很骨感。

自古以来，"瓢城"因地处里下河地区的低洼地，各路上游客水汇聚于此，仅流经"瓢城"的较大河流就有蟒蛇河、皮岔河、串场河及新洋港河等，再加上各种名目繁多的支流、涓流，可谓百水汇聚。而"瓢城"之东有泥沙淤积而成的沙岗等古海岸线，海拔高于内陆，致使"瓢城"处于东西两头高、中间低的"锅底洼"之中，每遇汛期发水，"瓢城"多被大水浸泡，城内城外，四处皆水茫茫一片。

特别是隋炀帝杨广组织民力开挖贯通了流经扬州、淮安的大运河后，历朝历代为保住大运河这一国家经济命脉，每遇大运河涨水，必将盐城之境当成泄洪之地。北宋末年，宋兵为阻挡金兵南下，决黄河之水以代兵，引发了史上规模最大的"黄河夺淮"事件，滔滔黄河之水泥沙俱下，滚滚东流，对盐城之境反复碾压，更加重了此处的承载负担。在此背景下，盐城境内数年一大涝、一年数小涝，几乎成为常态。

从这个角度看，"瓢城"之名，可谓有名无实。

然而，换一个角度来看，尽管数千年来盐城境内遭遇的大小水灾数不胜数，但盐城却一直没有沉没，陆地面积反而在不断地变大，这"瓢城"之名，又可谓实至名归。

"瓢城"之名，也由此告诉了我们看待历史的唯一方法，那就是对待历史，要着眼于长远的、全局的、完整的历史，方不失历史的客观性和本真性。

由盐渎而盐城，改名于东晋义熙七年（411年）。改名的理由直截了当："为民生利，乃城海上，环城皆盐场也，故名盐城。"此次更名之后，盐城之名，一直沿用至今。

盐城，也是中国唯一一个以"盐"命名的地级市。

三

一方土地的文明史，往往是从人的栖居而正式拉开序幕的。

盐渎建县初期，虽有了县的建置，但境内地广人稀，需大量人丁填充。

人丁从何而来？汉武帝刘彻大手一挥，全国各地大量流民，纷纷迁徙而至。而刘彻"徙民填海"的做法，并非他的发明——

早在汉高祖刘邦之侄刘濞为吴王时，就招揽大量流民充实此地，并以免刑责、免赋税和免徭役的政策笼络人心，进而将"煮海为盐"推向历史性的第一个高潮。

此后的历朝历代，均看中此处的盐业生产，将其视为充盈国库的重要支柱，不断向盐城沿海迁徙民众。由是遥想，太史公司马迁著《史记·货殖列传》，其中"天下熙熙，皆为利来；天下攘攘，皆为利往"的千古名句，是否从"徙民填海，煮海为盐"中获得过点滴灵感呢？

我想，极有可能！

因为太史公在书中明确交代："彭城以东，东海、吴、广陵，此东楚也……东有海盐之饶。"说明太史公对"煮海为盐"并不陌生。

盐城这方土地，自古以来就是移民汇聚之地。历史上有组织的人口大迁徙，除建县伊始的"徙民填海"外，西晋的"衣冠南渡"，明太祖的"洪武赶散"，民国初年张謇推行的"植棉移民"，均为盐城注入了源源不断的人口资源。

除"植棉移民"外，古时迁入苏北沿海的人口大多成为盐丁，当地海盐生产也随着盐丁的激增而迅猛发展，很长一段时期，盐城境内"烟火三百里，灶煎满天星"，大小盐场遍地开花，大量盐税盐利收入充盈国库，时有"两淮盐赋甲天下"之说。

大自然也似乎配合着人类的"向海探宝"，长江、淮河，包括后来"黄河夺淮"而改道的古黄河，东流入海裹挟而来大量的泥沙，经过海潮的顶托，在海岸边累淤成陆，海滩不断地浮现淤长，陆地不断地向海生成，使这里逐渐向东铺展、扩大，盐灶随之东移，盐丁们追随大海的脚步从未停歇。

然而，犹如硬币的两面，桀骜不驯的大海向人类奉献盐业资源的同时，从未温驯听话过。千百年来，沿海飓风、海啸不断，大量盐丁因此而丧生，家园因此而冲毁。

加之"黄河夺淮"七百多年，黄河水灾给沿河两岸人民带来深重灾难，真可谓怨声载道！

故而，这片平原的生长史，既是沧海变桑田的传奇史，也是饱含血泪的发展史，更是人与自然对决的抗争史。

四

二十世纪九十年代初，一首名为《一个真实的故事》的歌曲，唱响了大江南北。

这是难得一见的"叙事歌"，演唱者朱哲琴用她富有穿透力、感染力的嗓音，打破当时流行歌曲"风花雪月"的抒情，娓娓道来一个真实的故事，叩动人心——

一个名叫徐秀娟的黑龙江姑娘，跟着南飞越冬的丹顶鹤，来到盐城沿海滩涂，在此处倾注心血为丹顶鹤营造一个温暖的家。然而，在寻找一只走失的丹顶鹤时，她不慎落入滩涂上的复堆河，被滔滔河水淹没，再也没有上岸……

徐秀娟，成为新中国成立以来第一个环保烈士。

让她欣慰的是，她曾经工作过的这片滩涂地，如今发展成为国家级湿地珍禽自然保护区，每年飞来越冬的丹顶鹤达六百多只，占中国越冬种群数量的八成以上。

鹤舞鸥翔，如诗如画。从湿地珍禽自然保护区沿着黄海海岸线南行不远，那里的滩涂又是一个别样的、充满激情的世界：众多麋鹿在这广袤的滩涂上奔跑，其中纯野生麋鹿占全球数量的七成以上。

从麋鹿自然保护区再沿海岸线一路向南，就到了黄海森林公园和条子泥湿地。条子泥，被誉为全球候鸟的"中转站"和"停机坪"，常年有四百多种、三百多万只候鸟来此中转、栖息、换羽。其中，还有全球仅存六百多只的勺嘴鹬。

在这生机勃勃的海岸线上，自北向南，风情各异，气象万千，鹤鸣九皋、鹿饮林溪、森林繁茂、候鸟翔集。飞翔、奔跑、生长、生长、飞翔、奔跑……每天，这里都演绎着"速度与激情"；每天，这里都交互着静的哲思、动的狂想。

在这辽阔宁静的海岸线上，远离人工光源，远离尘世喧闹，每当夜幕降临，天空幕布上皓月清朗，群星流转，银汉横空，呈现出宇宙的深邃和神秘。这里的星空，每年可见天数高达二百五十多天，特别是仰望星空的最佳观测地野鹿荡，是中华暗夜星空五大保护地之一，可清晰地看到夏季银河，这在人口稠密的华东地区尤其显得难能可贵。

在这草木葳蕤的海岸线上，茂密的林地连接成绿色的长龙，构建出一道阻挡海潮、台风的绿色屏障。碱蓬、芦苇、茅草等海滨植物相互交杂，河流、湖泊、沼泽遍布其间，放眼海滩，水色天光，欣欣向荣，流光溢彩。

星辰大海、鹤鸣鹿舞、万鸟翔集，浩荡滩涂、茂密林海、临海凭风，让此处成为世界自然遗产的核心区，成为生物多样性的东方样本。

## 五

我在黄海湿地上第一次见到章麟，他正领着几名外地友人在此观鸟。

章麟有一个新鲜的身份——"鸟导"。"外行看热闹，内行看门道。观鸟专业性很强，如果没有专业的人加以指引，大多数人只能看看热闹。"章麟的这番话，引起了我的强烈共鸣。

章麟认识的鸟类多达上千种。他给人当"鸟导"，不仅能如数家珍地告诉你：你看到的是什么鸟儿，来自哪里，飞向何处，全球数量有多少，鸟儿有什么习性等等，还能根据观鸟者的需要来选择合适的观鸟地。

2008年，章麟接待的第一批外国客人是一对美国情侣，他们提出要看勺嘴鹬。章麟接到电子邮件时，对勺嘴鹬了解也不多。他为此花了足足一个月的时间，扑到了黄海湿地上四处寻找，终于在盐城发现了珍贵的勺嘴鹬。在章麟的指引下，那对美国情侣如愿以偿。回国后，他们向朋友介绍章麟，帮章麟带来很多外国客人。"我先后带过美国、丹麦、比利时、加拿大等几十个国家的观鸟团队，他们对我的服务很满意，回国后都主动帮我宣传。"

"通过观鸟，我向国际友人讲述中国生态故事，这也算是民间的生态外交吧。"说到这儿，章麟目光盯向了远方，由衷地感叹道，"我国的生态越来越好，这也是我做'鸟导'的自信和底气。"

章麟做过统计，勺嘴鹬是外国友人最喜爱观赏的鸟类。因此，勺嘴鹬的栖息地盐城黄海湿地是他常来的观鸟地，几乎每个月他都要带团队来盐城黄海湿地上走一走。他已经熟悉了这里的鸟类、滩涂、植物，在这里，他还结交了许多朋友。

"来了，快看，鸟群来了。"章麟从包里掏出一副望远镜给我。

我接过望远镜举到眼前，镜头里清晰地出现一大群黑头白身的海鸥，它们展翅滑翔，张嘴欢叫，伴着浪花飞舞而来。

章麟边看边讲解："你看，那全身羽毛灰褐色、个头比麻雀大些的短嘴鸟儿叫灰斑鸻，胸部有黑环环的叫剑鸻，那只长着弧形大长喙的大鸟儿叫大杓鹬。快看，比大杓鹬还大些的叫白腰杓鹬，头背腹部黑色、下体大部白色的，叫黑腹滨鹬……"

"啊，看到它们了。"章麟欢呼起来。顺着他的方向，我用望远镜看去，只见在远离鸟群的海滩上，两只比麻雀大些的水鸟在海滩上徜徉。它们走路的方式很特别，将嘴伸在泥水中破沙前行，或左右扫动，或转弯探行，当它们抬起头时，立马头靠头、嘴靠嘴，像是在交换觅食的情况，又像在传递劳累与否的关爱。

"这就是自带饭勺的勺嘴鹬！"我真不敢相信，我很随意地走上黄海湿地，就能一饱眼福，看到全球濒危物种勺嘴鹬。虽然，此前我从李东明的照片里看了很多勺嘴鹬，但通过望远镜真真切切地看到勺嘴鹬，却是第一次。

"我国的观鸟者还是太少，我希望这支队伍越来越壮大。"章麟告诉我，世界上一共有九千多种鸟类，有对英国夫妇卖掉了房产，放下手中的一切，开始满世界观鸟。在数年时间里，他们找到了4265种鸟儿，打破了之前一位美国人创下的3662种的吉尼斯世界纪录。

章麟给自己规划了一个目标：尽快赶超这对英国夫妇，让中国观鸟人在世界的舞台上扬眉吐气。

我相信，他的愿望会实现的。

# 六

法国雕塑家奥古斯特·罗丹说："世界从不缺少美，而是缺少发现美的眼睛。"

黄海湿地上，活跃着杨国美、孙华金、戚晓云、李东明、严正东、孙家录等一批善用慧眼发现美、展现美、诠释美的生态摄影师。镜头之内，他们以光影为笔"画"出湿地之魂，搭建黄海湿地与世界互联互通的桥梁；镜头之外，他们将这片湿地的生态故事讲给世界听，用艺术心、环保情、生态梦绘就人与自然和谐共生的画卷……

春夏之交，微风拂过，芦花飘荡。一簇簇芦苇在阳光的照射下闪耀着光芒。盐城珍禽自然保护区的工作人员陈国远拿出望远镜，调好了角度，看向远方，远处的水塘里，一群水鸟或蜷缩休息，或在水面嬉戏，一举一动清晰可见。

拍摄水鸟，是陈国远多年来雷打不动的工作。而且，他的拍摄范围不只局限于保护区，他曾追着迁徙的水鸟四处奔波，以至于同事都笑称他就是一只"候鸟"。

在珍禽保护区工作多年，丹顶鹤是陈国远镜头中的主角，但不是唯一主角。比如有"黑面舞者"之称的黑脸琵鹭，就经常进入他的镜头。黑脸琵鹭是全球最濒危的鸟类之一，2022年4月，香港观鸟会发布全球黑脸琵鹭同步普查结果，显示黑脸琵鹭种群全球数量只有6162只，而陈国远观测和拍摄到的黑脸琵鹭就有上千只。他镜头下的黑脸琵鹭或在芦荡间嬉戏打闹，或踩着浅滩上的细碎霞光觅食，或神态优雅地在沼泽水汪边来回踱步……陈国远细心收集着这些珍稀生灵的生活图景，点染成黄海湿地的美丽长卷。

去年冬天，陈国远开了一场普及观鸟知识的视频直播：他驾车行进在无人的滩涂湿地上，拍摄机器被固定在车窗外，群鸟在水天相接处盘旋游弋，不时从他的镜头前掠过，留下的几声鸣啼，久久于碧空回响。"珍禽保护区现在发现了418种鸟，我拍到了105种，最大的愿望就是把它们都拍到，给保护区留下影像资料，对未来的保护和研究工作都有用。"

陈国远带着这样的初心，终日奔波，收获满满。盐城黄海湿地在申报世界自然遗产时，申报资料就选用了陈国远的不少照片。但陈国远从不拿这些说事儿，他觉得随着生态文明建设的纵深推进，最美的风景永远在前方、在未来！

## 七

千百年的光阴流转，盐城先民们没有想到，他们穷尽一生、历经百余代人的接续努力，战天斗海的这方滩涂，如今已成为人与自然和谐共生、美美与共的东方湿地之都。

他们没有想到，他们一直想战胜的盐碱荒滩，一直想战胜的大自然，都已成为现今人们最好的朋友！

每当我感到疲累时，我会到这沿海湿地走一走，任海风吹拂我的愁绪；每当我踟蹰不前时，也会到这沿海湿地走一走，与黄海森林公园"林"距离、自由"森"呼吸，在旷野上远望奔跑的麋鹿，在芦苇荡聆听丹顶鹤的鸣叫，在野鹿荡仰望浩瀚的星空。如果给我插上一双能够飞翔的翅膀，我更愿成为那数百万只候鸟中的一员，跟着它们自由地展翅高飞，飞呀，飞呀，飞向辽阔的天空，飞向比远方更远的远方……

在这湿地上，我领悟到"道法自然"的真谛，感受到"把自然还给自然"的惬意！

即使我不在这沿海滩涂湿地上，我也心心念念着这片滩涂湿地。我的手机中，一直保存着这样一幅由无人机航拍到的图片——

正是深秋季节，广袤无垠的滩涂湿地上盐蒿红遍，像一片片铺展开的、硕大的红地毯。树木层林尽染，色彩斑斓。成群结队的候鸟在蓝天下恣意飞翔，海风拂来，芦苇、盐蒿随风轻摇，隐于其中嬉闹的麋鹿若隐若现，恍如把人们带到了"风吹草低见牛羊"的大草原。

图片的中间，有一泓椭圆形的碧蓝湖水，像极了人的眼睛，它在凝神张望，蓝天白云映入它的瞳孔，湿地上所有的事物都被收藏进它的眼底……

这幅图片，我称之为"湿地之眼"。

这湿地之眼，在中国的东方，看着天空，看着湿地，看着大海，看着平原，看着人类，看着世界。我揣摩着，它纯净的眼波里一定掩藏着秘密，甚至它也在思考和追问——

过去，黄海湿地有什么？

现在，黄海湿地有什么？

将来，黄海湿地还会有什么？

这是跨越古今、通向未来的思考和追问！

等待着我的、我们的回答。

# 跟着黄河走

丁尚明

## 一

秋分一过，天气渐渐凉爽起来，这时候黄河也结束了一年中的枯水期，河里的水越来越多越来越猛。

我们留恋夏天的黄河，因为这时候的河水是清的是柔的，温顺得就像家里饲养的羊儿猫儿，任凭你怎么戏弄摆布，它依然乖巧地偎贴在主人身旁。这时候的河道也瘦成了一条弯曲的线，站在河边就能听到对岸村子里的鸡鸣犬吠，瞭见对岸院落里升起的炊烟，闻到各种饭菜的香味。

这时候的黄河，也是我童年的乐园，同村的十几个一般大小的男娃，整天泥鳅般光着身子浸泡在清清的河水里，嬉闹、追逐，看谁凫得快游得远，在水下憋气时间长。玩腻了，就干脆一猛子扎到对岸，钻进人家的西瓜地里乱啃狂嚼一番，然后一个个腆着西瓜般的肚子折游回来。

眼下，乡人们刚收完麦，原本平静的河面，澄清的河水，一夜间就变得波大浪高起来，河水浑浊得像碗泥汤。

送走了夏天，随着黄河的一天天暴涨，也就意味着男娃们快乐的时光结束了。可是，有一个脑袋硕大、黑不溜秋、肚皮滚圆、身材矮胖的少年，依然每天痴痴地守望在黄河边。他时而凝望着奔腾咆哮的黄河发呆，时而紧随潮涌的浪花沿河岸狂奔。此时的黄河浊浪排空，浪花飞溅，那样子像极了赛场上百米冲刺的运动健将，一波接着一波，一浪高过一浪，你追我赶，互不相让。少年稚嫩的腿脚怎能赛过波浪的脚步？他气喘吁吁实在跑不动了，就停了下来，眼里流露出万般无奈的神情。他眺望着那一河浊水大声呼喊："爹爹您撑大船，多穿衣裳防风寒；爹爹您撑大船，出门在外别忘带盘缠；爹爹您撑大船，撑完大船把家还……"少年的呼喊很快淹没在了黄河的浪涛里，他知道爹爹的大船，就在波浪的前方，他不再呼喊，他相信黄河上的爹爹一定能够听到他的心音。

算来，当船工的爹爹已在黄河上待了大半年光景了，分别的日子里，他一遍又一遍地想象着，人高马大的爹爹如何撑篙摇橹，逆河而上时，如何和船上的叔叔大爷一起背绳拉纤。爹爹的身子弯成了一张大弓，手腕粗的纤绳嵌入他的胳窝，汗珠如雨般从他宽厚黝黑的脊背上滑落下来。但爹爹他们似乎并不在意这些，仍把号子喊得山响："喂来，嗨，喂喂来，嗨……拉起来，拉拉哩……抬起头来看着嗨，低下头小心橛橛嗨……"此时，少年脸上泛起红晕，泪水夺眶而出。

他想爹爹，他期盼亲亲的爹爹早日归来！

## 二

这个追逐着黄河奔跑的少年就是我，四十余年过去了，这一幕却永远定格在了我的记忆深处。

如水的日子里，我无忧无虑的童年时光，我色彩斑斓的青春梦幻，连同我一路攀爬前行的酸甜苦辣、喜怒哀乐，就像儿时黄河滩上玩耍时握在手里的沙，不经意间便在指间溜走了。蓦然回首，年届天命的我这才真正意识到，生命的河床上，就像那滚滚奔流的黄河水，历经千万次的荡涤洗礼，沉淀下来的便是最珍贵最值得拥有的东西了。是的，在这个世界上，令我牵肠挂肚、难以割舍的莫过于生我养我的爹娘和我唯一的女儿，再就是那条一直澎湃在心中的大河。

"君不见，黄河之水天上来，奔流到海不复回。君不见，高堂明镜悲白发，朝如青丝暮成雪。"少时，每每读诗仙李白的《将进酒·君不见》便陡生疑惑，也充满无限遐想：黄河水怎么会从天上来呢？哦，黄河很可能是雨水变成的，可转念一想也不对呀，雨水多清黄河多浑，再说黄河奔流不息，一年才下几次雨呀，这位叫李白的大唐诗人是不是搞错了呢？！

多少年来，带着对诗仙李白的狐疑，对千古绝唱的猜测，我长大成人，我步入学堂，我从军入伍，我成家立业。漫漫求索路上，我这个和爷爷爹爹以及祖祖辈辈一样生长在黄河岸边，喝着黄河水长大的男儿，骨子里依然敲上了黄河的钤印，血管里奔腾着黄河一样的血液，大脑里叠印着黄河的身影。离开故乡和黄河的数十载里，我一刻也未停止过思念故乡，思念奔涌在故乡大地上的滚滚黄河，以及阡土陌野上的大豆高粱和傍河而栖的青青杨柳！

记得，席慕蓉在《写给生命》一文中说道："生命是一条奔流不息的河，我们都是过河的人。"的确，搏击在生命的河流中，历经无数次的风吹雨打、搏风斗浪之后，我总算略知了黄河的前世今生：据《山海经》载，关于黄河的起源，准确记载于大史前文明时期。地质学的研究显示，黄河至少在地球上生存了115万年，就人类起源看她是如此的古老，但在浩瀚的宇宙间，她仍是一条年轻的河流。是的，在世界的东方，在世界屋脊的青藏高原上，她就像一头横空出世、脊背穹起、昂首腾飞的巨龙，呼啸着跨过青、甘两省的崇山峻岭；越过宁夏、内蒙古的河套平原；穿过晋、陕之间的千谷万壑；她"龙尾"轻摆，于巍巍华山南麓调头向东，在华北平原的千里沃野尽情驰骋，继而一头扑进渤海的怀抱。在她流经的9省（自治区）中，汇集了四十多条支流和一千多条溪川。她全程5464

公里，滋生出七十五万多平方公里的冲积平原，孕育着一代又一代华夏儿女，和泱泱五千年的中华文明。

哦，我终于感悟到了"仗剑去国，辞亲远游"的浪漫诗仙的浪漫情怀，重新审视了从大唐走来，从历史深处走来的黄河，似乎明白了从诗仙笔端喷涌而出的"天上之水"。

黄河，我的黄河，我不老民族的母亲河！

# 三

佛说：每个人所见所遇到的都早有安排，一切都是缘。缘起缘灭，缘聚缘散，一切都是定数。我不是佛教徒，今生也注定与佛无缘，可喝着黄河水长大的我，自 18 岁参军入伍离别离故土，在历经部队数次变革和调换了数十个单位后，我依然没有离开过黄河，我的肌体里依然充盈着黄河的血液。在文学创作的百草园里，我总是不由自主地书写黄河和关于黄河的故事，我培植、采撷了太多"黄色"的"花朵"和"果实"。

在我离家的数十年里，我知道在那个千里之外的小山村，娘无时无刻不注视着我，无论我工作、生活中遇到什么困难或挫折，一想起娘的期待眼神，心里就涌起暖流，身上就陡增力量。其实，黄河如同我的娘亲，我也从未走出过她的视线。这条从远古走来，从遥远的唐古拉走来的大河无时无刻不滋养着我的肌体，给予我无穷的力量。也许这就是我的宿命，也许如佛家所说的"命中注定的缘分"。

算来，在黄河口这座叫东营的小城落脚整整 30 年了。我看着小城一天天长大变美，目睹了山东的"北大荒"如何蜕变为今天"油洲加绿洲"的生态之城。记得多年前，山东电视台举办了一场知识竞赛，在抢答环节，赛场主持人："请问山东哪座城市没有树？"参赛选手："东营。"主持人眉开眼笑："答对了，加 10 分！"顿时，掌声四起。

目睹着这一幕，电视机前的我如坐针毡，脸上就像挨了一记重重的耳光。东营是我的第二故乡，我工作、生活在这里，我为电视台出如此题目感到不快，可人家说的确是实情，你也找不出反驳的理由呀。那晚，我郁闷至极，平日里滴酒不沾的我一饮数杯，我烂醉如泥。翌日醒来，我心里默默为东营祈祷，我也相信未来的东营一定会更加美好。

多少年过去了，这一幕始终像梦魇一样纠缠着我，想起那晚的情景，脸上至今感到火辣辣的。的确，由于东营地处黄河入海口的"退海之地"，土地含盐量大多在4‰左右，林业专家普遍认为："一般乔木存活的土壤含盐量3‰即为极限。"显然，若想城市绿起来美起来，对东营人来说是多么大的挑战。但东营同样有着得天独厚的优势——这里依河傍海，土地广阔，地下蕴藏着丰富的油气、盐矿、卤水资源，而更令东营人引以为傲的是，二十世纪六十年代初诞生在这里的我国第二大油田——胜利油田，经过一代又一代石油人的不懈努力，这里孕育出了令东营人倍感自豪的"东营精神"和新时期的"胜利精神"："艰苦创业、不畏艰难；以国为重、无私奉献""从创业走向创新，从胜利走向胜利！"永不言败、勇往直前的"东营精神"和新时期的"胜利精神"，在改革开放的崭新时代，同样有着旺盛的生命力，它激励着英雄的东营人"宁愿吃尽千般苦，誓将荒滩变绿洲"！

不知从哪天起，"关上门，堵死窗，刮场小风，就喝牙碜汤"，"电线杆子比树多"这些曾经被人戏称的口头禅，渐渐被人们抛在了脑后，如今的东营已是"三季有花、四季常青、生态宜居"的"国家级园林城市"。

沐浴着4月的春光，穿过一条条绿树鲜花的林荫大道，我来到了黄河的身边。在绿柳如烟的黄河大堤上，我望着缓缓东去的黄河水，在思忖。东营，这座崛起于盐碱荒滩上的小城，今天之所以天这么蓝，地这么绿，同样有着黄河的功劳！亲亲的黄河，在满足东营人生活生产用水的同时，皆因了它的浇灌，湖泊才碧水盈盈、清波环绕，白花花的盐碱地才披上了翠绿的衣裳。

## 四

据史料载，约6000年前，氏族公社的典型代表——半坡氏族就定居在黄河流域。由于黄河流域气候温和，水文条件优越，有利于农作物生长，约4000年前，黄帝和炎帝部落结成联盟，便在这里生活、繁衍、生息下来。炎黄部落即构成了华夏族的主干部分。于是，无论时空如何转换，即使沧海变为桑田，这条从远古走来，从遥远的地球之巅走来的汤汤大河，始终矢志不渝、初心不改，始终静观云卷云舒、雷电虹霓，任凭风吹雨打仍不为所动，像母亲一样敞开胸襟，用甘洌的乳汁哺育着炎黄子孙。

每每品尝着从黄河里捕捞的鱼虾，咀嚼着岸边采摘的瓜果、蔬菜和粮食，我就对这条浑黄的大河充满无限的感激、虔诚和敬畏，也无数次地对她生发出许多奇特的幻想。

黄河，她本就是一位勤劳、善良、博爱、无私的美丽女人的化身。在青藏高原，她降生在冰山雪峰之间的约古宗列盆地。这里没有人烟，没有滚滚红尘中的纷争忧扰。在这洁净童话般的世界里，她安享着美妙的童年时光。她抬头可以仰望峰巅之上蓝蓝的天，飘动的云，以及空中翱翔的雄鹰；低头可以俯瞰脚下潺潺的流水，青青的草地，以及那些溪水畔、草地上奔跑的野驴、原羚、黑牦牛，远眺可以欣赏在风中摇曳的那些游牧藏人挂起的经幡……

童年的时光渐行渐远，幼小的黄河一天天长大。显然，待字闺中她壮志难酬，她要去外边的世界闯荡出一片属于自己的崭新天地。她本不属于自己，她属于东方这个古老的国度和民族。于是，她收拾行囊，行囊盛满了甘甜的雪水。她恋恋不舍地挥别故乡，一路向东。

山高路远，征途漫漫，千回百转中历经无数次的跌倒摔打，她依然停不下前行的脚步。在跋涉到 1900 公里处，她已出脱成一个周身散发着青春气息的美丽姑娘，在内蒙古托克托县那个叫河口镇的地方，她披上了鲜艳的红盖头，做了别人的新娘。在富饶的"塞上江南"河套平原上，她结束了短暂的蜜月，怀揣着对新生活的希冀与憧憬，又匆匆星夜兼程开始了跋涉之旅。

我臆想，当黄河穿行在晋、陕西省的千谷万壑间时，她已是一个身怀六甲的孕妇。她硕大的子宫，永不停歇地充盈着黄土高原的漫天黄沙，然后再永无止境地分娩。今天，30 万平方公里的华北大平原，即是在人类活动之前，黄河分娩的儿女。今天，在黄河入海口，她仍以每年 3000 米的造陆速度向大海挺进，为东营这片共和国最年轻的土地，奉献着更年轻的土地。

从空中鸟瞰，辽茫的黄河口就像上苍绘就的一幅水墨丹青，当黄河巨龙扑入大海的刹那，蔚蓝的海面上立时呈现出一个巨大的扇形。海河交汇，黄蓝相拥，在阳光的照射下，碧波浊流泛着奇异的光芒。那些觅食的鸥鹭在波峰浪谷间不停地翻飞鸣叫……这是多么令人心醉的景象呀！此情此景，面对大自然的鬼斧神工，有人说像两匹美丽的锦缎在缠绕，有人说像重逢的恋人在私语。我却以为，大海就是母亲，而黄河则是归来的游子。倦鸟返巢，游子归来。此时，大海母亲不正是张开温暖的臂膀拥抱她远游归来的游子吗？历尽千辛万苦的游子黄河不正在偎依母亲怀中享受那份迟来的天伦？

舐犊情深，羔羊跪乳。当年少小离家时，爹娘正值中年，如今我已年逾半百，爹娘也化为故乡大地上一堆低矮的土丘。与他人相比，我与爹娘相守的日子实在太短。我从军的二十多年里，憨厚朴实的爹娘竟未有来部队看过我，他们的理由便是不想让儿子为难，不想给部队添麻烦。如今，父子母子阴阳相隔，我想爹娘只能一遍遍回忆二老的模样。爹娘想儿子，也只能在梦中来到我的身旁。蓦然，我的耳畔竟回荡起那首尘封在心底的歌："小时候／妈妈对我讲／大海就是我故乡／海边出生海里成长／大海呀大海／是我成长的地方／海风吹／海浪涌／随我漂流四方／大海呀大海／就像妈妈一样／走遍天涯海角／总在我的身旁……"

## 五

那年，还是一名新兵的我，冥冥中调到了东营一支新组建的部队。身处人民军队变革的大潮中，我也在不断地锻炼成长。那年月，东营除了荒凉依旧是荒凉，一望无际的盐碱荒碱滩上，除了"鬼剃头"般散布着片片芦苇，便是石油人竖起的钻塔和稀稀疏疏的采油机了。尤其到了夜晚，一阵阵野狼、狐狸的哀嚎瘆得人直冒冷汗难以入眠，只好爬起来，痴痴地眺望窗外钻塔上点点闪烁的灯光，静听隐约传来的钻机的轰鸣，心才得到少许的安慰。记得，当时部队上下叫响了一个口号："投身军营艰苦创业，扎根荒原建功立业！"正是在这一口号的感召下，我随部队无数次参与了地方两个文明建设、帮困扶贫、黄河防汛（凌）、抢险救灾、植树造林、农（油）田开发、捐资助学……我滚烫的汗水洒在了这里，我青春的岁月留给了这里，在这片贫瘠的盐碱地上，我生命之树不断地吮吸营养生根发芽、枝繁叶茂、开花结果。

现在，东营已是令人艳羡的"石油之城，生态之城，文明之城"，还有诸多像"地球之肾""鸟之天堂""人间仙境"的美誉……行笔至此，我也不得不重新审视安身立命的这个小城了。

——这里有保存完整的原始湿地生态系统和数以万亩的原生植被，有各类生物1917种，其中各种野生动物达1524种，属国家重点保护的有50种。有各种植物393种，属国家重点保护植物的野大豆分布广泛。有天然芦苇3.3万公顷，天然杂草地1.8万公顷，天然柳林2000公顷，天然柽柳灌木林8100公顷，人工刺槐林5600

公顷。

——这里有 63 平方公里的广阔水面，生存着白鲟、达氏鲟等国家一级保护的水生动物。这里已成为东北亚内陆和环西太平洋鸟类迁徙的"中转站"，每年有丹顶鹤、白头鹤、大鸨、金雕、白尾海雕、中华秋沙鸭等一百多万只鸟类在此迁徙、停留。

——这里生长着我国华北地区最大的平原人工刺槐林。这片刺槐林，锁住了肆虐的风沙，挡住了北来的寒流，改善着黄河口地区脆弱的生态……

的确，水天一色，天高地阔的东营小城，春天，茶余饭后的人们可以在绿树掩映、鲜花盛开的小径上散步行走；夏天，可以在碧波潋滟的万顷荷塘中泛舟赏莲；秋天，黄河口独有的黄须菜霜染成一张张偌大的红地毯，徜徉其间游玩、拍照，累了再支起营帐来一次别具风味的野炊。酒足饭饱之后，再移身芦荡深处，尽赏百鸟翱翔、鱼跳虾跃、芦花飞雪的盛景；冬天，原本荒凉的黄河口大湿地，又热闹非凡，南徙的天鹅、大雁在这里歇脚休息，各种各样的候鸟云集在这里越冬。天上鸟儿飞，地上鸟儿舞，不冻的水面上美丽的绿头鸭、白天鹅、灰头鹤在引吭高歌……

今天，城里的人们多么渴望停下奔波的脚步，挣脱钢筋混凝土的藩篱，让生活重压下的疲惫身心得以生息和放松。原生态的黄河口大湿地自然成了他们神往的世外桃源。将身心置入大自然的怀抱，忘情地捡拾逝去的童年时光，重新找回本真的自己，摆脱一切红尘世俗的袭扰，这是多么惬意幸福的事呀。

哦，我终于明白，那些北京、天津以及身居闹市的俊男靓女们纷至沓来的缘由了，正值 4 月，寂静的黄河口大湿地正被春风唤醒。

伫立在护城河的栈桥上，清波荡漾中，只见群群鱼儿浮在水面可劲地甩开膀子游呀游，有些调皮的翘嘴鲢还不时地跃出水面来个后空翻。

"我说你是人间的四月天 / 笑响点亮了四面风 / 轻灵在春的光艳中交舞着变……"已是人间四月天，"雪化后那片鹅黄，你像 / 新鲜初放芽的绿，你是 / 柔嫩喜悦，水光浮动着你梦期待中白莲 / 你是一树一树的花开"。我醉在了林徽因的笔端，醉在了和煦的春风里。

# 六

站在万里黄河的入海口，我竟有一种超凡脱俗、欲醉欲仙的感觉。右边是波涛汹涌的大海，左边是奔腾不息的黄河。一手抚着大海的额，一手捻着"黄龙"的须。睨一眼大海我心潮激荡，瞥一眼"黄龙"我热血偾张。我泪流满面了，依稀觉得大海、黄河就是我眼里的两滴泪。在黄河、大海相拥的臂弯里，我已安然度过了 30年的静美时光，这泪水是为大海、黄河而流，更是为那些为确保黄河安澜而默默付出的人们而流。

几千年来，古老的黄河养育着炎黄子孙的同时，由于她的"善淤、善决、善徙"，历史上也给生息在两岸的人们带来了沉重的灾难。

在有史记载的两千多年中，黄河下游发生决口泛滥一千五百多次，重要改道 26 次。每次黄河决口泛滥都造成哀鸿遍野、饿殍遍地、民不聊生、背井离乡的惨状。仅 1933 年下游就决口 54 处，受灾面积 1.1 万多平方千米，受灾人口三百六十多万人。1938 年 6 月，为阻止日寇的大举南进，国民党政府在没有疏散百姓的情况下，命部队扒开了郑州以北花园口的黄河大堤，虽然某种程度上破坏了日寇进攻武汉的阴谋，但 89 万百姓被淹亡，这一人为的大灾难，造成了中国乃至人类灾难史上著名的黄泛区，多少年以后，生灵涂炭的黄泛区百姓仍走不出这巨大灾难带来的厄运。

黄河水患，自然亦成为新生的共和国的心腹之患；黄河安澜，势必牵动着人民领袖的心弦！

1952 年 10 月下旬，刚刚诞生的新中国百废待兴，毛泽东主席的首次出京巡视，便来到了黄河。在山东黄河泺口段视察后，又马不停蹄地前往徐州，紧接着又来到河南兰考县城北的著名黄河险工——东坝头【该险工是清朝咸丰五年（1855 年）黄河在铜瓦厢决口改道处】。毛主席在听了陪同视察的国家黄委主任王化云关于黄河治理的情况汇报后，望着波涛滚滚的黄河，沉思良久后说："这可是'悬河'啊，你们一定要把黄河的事情办好！"

"一定要把黄河的事情办好"，这既是人民领袖的深情嘱托，也是向全国人民发出的治理黄河的伟大号召。70 年来，它一直成为人民治黄，实现黄河长治久安的巨大精神力量！

儿时，我目睹过黄河扶堤的情景，那时忙完秋的人们就听从上级的号令到黄河上出夫。长长的大堤两侧满是黑压压的人，白天，人们靠人拉肩背独轮车、提篮把土一点点运到大堤上。晚上，就睡在就地支起的帐篷或用苇箔、秫秸搭起的简易屋子里。年幼的我不懂大人们为什么这样拼命地劳作，我只是觉着长长的黄河堤一天比一天高很好玩儿。但我永远记住了这一幕，也知道了人们为什么这样做了。

1961 年 4 月，新中国开创了治黄史上的创举，"万里黄河第一坝"——三门峡大坝投入运用，实现了防洪、防凌、灌溉和发电。再到 2009 年 4 月，治黄史上的又一创举宣告竣工——黄河小浪底工程投入运行，"手牵黄龙跟我走"人们可以自主调水调沙，黄河安澜和黄河中下游人民的生命财产安全得到了根本保证。同样，在黄河口地区，人们筑起了一条 43.6 公里长的防洪防潮大堤，这条被誉为"海上长城"的防洪防潮大堤，确保了胜利油田五百多平方公里孤东油区的安全，黄河口治黄专家发明的"工程导流，疏浚破门，巧用潮汐，定向入海"的科学治黄方法，则基本解决了黄河入海流路"十年河东，十年河西"这一历史性难题。

黄河安然入海，"黄龙"不再"摆尾"，东营不仅是"地球之肾""鸟之天堂""人间仙境"，人们安居乐业的家园，而且将成为创业者、奋斗者建功立业的乐园。

七

在黄河口地区，有一句广为流行的"经典"谚语："要吃饭，跟着黄河转；要糊口，跟着黄河走！"再则，从一个个独特的地名上，也轻易看出东营是一个"移民城市"。

"营""屋""户""组"这些字眼以及数字，在东营的地名中尤为常见，且背后都有着历史的渊源和传说。就"营"来说，应追溯到盛唐初期了。据传，公元644年至公元668年，唐太宗李世民亲率大军先后5次东征高句丽，因在黄河口地区安营扎寨，由此，这里便有了东营、西营、哨头等"兵味"十足的地名。

到了二十世纪二三十年代，当时山东的国民政府将鲁西南一带遭受黄灾的大批灾民迁移到黄河口，灾民们被分成八大组（村）和下八个大组（村），建起的新村都以顺数为名，依次到二十五村。其他外来移民则以姓氏、数字、方位不等而取名，如北王屋、中王屋、南王屋，六户、东六户村、西六户村等。

再到抗战时期，因黄河口地广人稀、物产丰富，"八大组"一带便成了八路军清河军区司命部驻地，成为整个山东抗日根据地的大后方，被誉为"垦区小延安"。这里生产的食盐、粮食、棉花源源不断地运往延安，运往山东乃至全国抗日的战场。

时至二十世纪六十年代初，在东营村东南边，发现了一口日产原油十几吨的油井，这即载入胜利史册，在新中国石油史上占据辉煌一页的华八井。于是，几十万石油大军浩浩荡荡地挺进荒原，从此，这些来自四面八方的石油人以及他们子孙的命运，便与这片荒原休戚与共、紧密相连……

想来，爹娘离开我已整整十周年了，记得在爹去世前的那个月，我回去探望已下不了床的爹，爹非要我带他去黄河边转转。我当然明白他的心思，在风里浪里闯过来的爹，在黄河上漂泊了大半生的爹，一辈子没有离开过黄河的爹，他心里怎能割舍下这条朝夕相伴、生死相依的大河呢？

我搀着颤颤巍巍的爹在河边踯躅着，在一棵粗大的柳树下，我试图停下来歇歇脚。哪知，显得异常兴奋的爹，吃力地抬起手指了指奔涌的黄河，声音微弱且口气坚定地说："走，继续往前走！"于是，我搀着他又跟着黄河走去……

# 泛舟月亮湾

田万里

其实，月亮湾只是塔里木河流域的一个河段，我已经来过这里两次了，但每一次都是站在岸上欣赏月亮湾的美景，从未真正地下过水，划过船。今天下午坐在船上，悠悠地向月亮湾驶去。我欣赏着塔里木河两岸的胡杨树，心情惬意极了。总是盼着船儿慢一些，再慢一些，漫无目的地漂泊，这才是我最喜欢的生活和情趣。

烈日炎炎下的惬意，早已被汗水浸透。这样无忧无虑地出游，是我崇尚亲近大自然的一种精神。哪怕背着行囊畅游天下，我也是很乐意的。

我从遥远的樱城鹤壁来到月亮湾，总觉着这里的山水与家乡的山水味道不一样，到了天山脚下，我才知道家乡的淇河是小桥流水般的一条河，是委婉的一条河，是清澈的一条河，是生态的一条河。而塔里木河则是雄浑的一条河，是野性十足的一条河，是神秘莫测的一条河。而且性情十分古怪，令人难以琢磨。

但塔里木河流到月亮湾这一段水域，却突然变得清澈起来，温顺起来。手搭凉棚，放眼望去，宽阔的河面上是那么平静。河道两边都是清黝黝的芦苇荡，成群的鸟儿栖息在芦苇荡中，享受着人间最惬意的美好时光。

这时，陪我前来采风的塔里木乡副乡长阿里木尽情地在船头唱了起来。他一边唱，一边扭动着身子，手舞足蹈，能歌善舞，一招一式足可以见其功底。看起来他是那么兴奋，投入，仿佛我这个客人根本不存在似的。

我很好奇，就问身边的工作人员，阿里木唱的是什么歌啊？工作人员向我介绍说这首歌名叫《沙雁飞起的地方》，词曲作者都是王柏先生，旋律悠扬、悦耳。节奏昂扬、明快。词与曲搭配得当，恰到好处。词就是一首歌的灵魂，曲则是这首歌飞翔的翅膀。在我辞别塔里木河一个多月的日子里，阿里木的歌声依然回响在我的耳畔……

河面上的鸟儿飞起又飞落，那清脆的鸟鸣声悦耳动人，仿佛月亮湾的河水是那么清澈，可人。河岸上都是一眼望不到边际的胡杨林。记得第二次来这里采风的时候，沙雅县文联一位工作人员告诉我说，月亮湾西岸上的那个村叫克力也特托格拉克村，村里的胡杨叶子与其他地方的是有区别的。其他地方的是扁圆形的，而这里的胡杨叶则是圆形的。说着说着，他就走近一棵胡杨树指着树叶向我介绍道："你看你看，这里的胡杨的确与其他地方的长势不一样！"想到这里时，不觉船儿已经靠岸。

在岸边，乡亲们一看来了客人，就纷纷前来问候，不时地打着招呼。有的端来奶茶，有的递上长长的羊肉串，还有的端上来了烤鱼。奶茶是那么香甜，羊肉是那么鲜嫩，烤鱼是那么鲜美，这在内地可是品尝不到的哟。就在我写这篇文章的时候，感觉依然回味无穷，舌苔上的香味似乎还没有散去……

记得每一次来到月亮湾，我的心情都是那么惬意。同时，我也会拿出大部分时间用来观察月亮湾的生态。上次在胡杨林深处见到它的时候，它的河水是凶猛的，浑浊的，而且让人感觉是那么神秘。我坐在河岸上，观察着塔里木河，欣赏着塔里木河，思考着塔里木河，感受着塔里木河，领悟着塔里木河，偶尔伸手也会拍打几下河水。就这样待了两个多小时，等到司机喊我上车时，我久久地凝视着塔里木河，内心深处总是舍不得离开它。

司机牛师傅告诉我，塔里木河性情古怪，平时看似很温顺，一旦到了雨季就会泛滥。在牛师傅曾经的记忆里，塔里木河的洪水泛滥之时，别说这周围乡镇了，就连胡杨林都被淹没掉了一大半。他说那样的场景好可怕啊，附近的农民都受灾了。

如今的塔里木河已经得到彻底的整治，生态十分完好。在政府的文旅意识引领下，村里的农民们背靠着塔里木河，已经完全脱贫致富。

月亮湾犹如一部生态交响曲，碧蓝、碧蓝的河水，已经成为村民们茶余饭后常常光顾聚会的地方。我看见他们充满喜悦和幸福感的脸庞映射在河水里，使这一篇文章又有了精彩的细节和出色的韵脚。今天，我与塔里木河第三次相会在月亮湾，心情别说有多高兴了，自然会坐船下水一游。

塔里木河在我眼里，并不仅仅是一条河，它是其流域内两岸人民群众的母亲河，亦是幸福的源泉。说起来长江黄河，人们都已经司空见惯、习以为常了，但月亮湾却是我久久放不下的一个牵挂。

在离开它的那些日子里，光写作有关塔里木河的文章，就占去了好多时间。塔里木河与淇河各有千秋，各有特色，我从未见它掩饰自己的真实面目，但浮现在我脑海里的，还是它穿过胡杨林时，那种神神秘秘的样子。

到了月亮湾终于看明白了，塔里木河原来是一条性情中河。我伫立船头，尽情地饱览着两岸的景色。虽然此时双唇紧紧闭住的只有沉默，但心中的千言万语却不知该对月亮湾如何表达。只见船儿悠悠行驶着，船儿两边掀起的波浪迅速向两边散去。我在塔里木河的清澈之中，看到了它的生态前景。我在这里的每一分钟都在享受着它，仿佛一个 18 岁的少年，看到了自己未来的走向。

眼前这一切，仿佛又是我的昨天。河水之中，那些往事历历在目。美丽的月亮湾，一到秋天宛如抹上了金黄色的色彩，那是胡杨林浸透了河水。即使在我离开的那些日子里，我始终都没有忘记过它们。

我爱阿克苏，我爱沙雅，我爱塔里木河，但我更爱月亮湾。今天，在月亮湾的波光里，我又想起了很多、很多……

没有人比我更热爱塔里木河了，我的爱绝对不会是那种庸俗不堪的、低级趣味的，或者是见不得阳光的，我的爱是皇天后土赋予的一种生态意识。热爱大自然，或走近大自然吧。这是谁也无法剥夺的权利，我会永远关注大自然的生态，并对那些亵渎大自然的行为，敢于说"不！"

大自然的维护者，这是人类的大爱与幸福，这样的爱才具有社会性的广泛意义。

作为一个生态写作者，天性如此。生命就像塔里木河，在清澈的同时，也有浑浊的水域。就像月一样，在圆满的同时，也会留下些许遗憾。塔里木河并非放荡不羁的一条河流，有欲望，有理想，更有胡杨林的生命支撑、精神支撑。尽管它不懂得罗曼蒂克似的爱是什么，但它深爱着这一片土地和胡杨林，而且爱得深沉。

往日的冲动，无非是无意识的河流在变化而已。

最让塔里木河感到骄傲的是，为了这一片土地，它已经付出自己应该付出的一切，并用清澈的爱滋润着这一片土地和胡杨林。它的这种大公无私的精神，使这里的村庄、土地以及胡杨林都先后分享过，而且现在还在分享。

蓝天知道，白云知道，星星知道，月亮知道，塔里木河已经不知养育了多少植物与生灵。可以说塔里木河的大爱精神，并非是一条河流的倾情付出，完全靠一条河流的力量是难以支撑的。但塔里木河从来没有停下过流动的脚步，无论何时何地，始终勇往直前。

对于"月亮湾"这个名字，我早已清澈地刻在心里了。这里的一山一水一草一木永远懂得塔里木河无私的养育，丰盈而美丽。有关这些方方面面的，当然我也懂得。若是晚上出游，月亮湾还会给我带来更多的想象和惊喜。

船儿畅游在月光下，星星送来一束又一束鲜花。月亮湾波光粼粼，星光清澈而灿烂。若是再斟上一杯，那酒杯里闪闪的水花，仿佛一种乡情，使我热恋着这一片古老且又年轻的土地。

哈哈，夜游月亮湾，感觉的确不一般。在每一滴浪花里，在每一滴河水里，似乎已浸透一个梦，那是新时代村民们脱贫致富以后的一个梦，甘甜的一个梦。

在每一次桨声里，在每一阵歌声里，仿佛看到塔里木河未来的生态前景，今后我一定会为了这片土地早日步入金光大道而努力，而奋斗。

即使在遥远的八千里之外，我亦会想念它的。月亮湾时常出现在我的文字里，字里行间都有它流动过的痕迹。月亮湾常常闪现在我的梦里，我把它记在眼角的泪水里，我把它画在跳动的思念里。月亮湾就是阿里木倾情演唱的那一首歌《沙雁飞起的地方》，歌声里的我，久久地沉醉在对月亮湾的思考里。

阳光明媚的月亮湾深深地吸引着我，这无疑是遥远的思念遗忘在了那里。星光灿烂的月亮湾，那是我梦中的大美之态啊！就连这个夜晚，生命的向往依然在期待里辗转反侧……

# 寻幽览胜在庐山

黄渺新

## 一

夜宿庐山脚下沙河镇，第二天一大早，披一身明媚的朝阳去登庐山。

车出沙河后向南行驶，准备沿庐山山南公路往上攀登。一路上，只见青山葱茏，高低错落。庐山看上去近在咫尺，高耸的翠嶂绵延车窗外，仿佛触手可及，整个山体背阴显得沟壑幽深，在晴空下浮现柔蓝的烟霭，似乎藏着无限神韵，令人心驰神往。

公路弯弯曲曲，掩映在茂密的林木中，山间湿润的空气灌进车厢，清凉如水，清新怡人。灌木与野草在林下丛生，整个山坡就像一层厚厚的绿色的海绵，吸足了水分。清泉从草木中涌出，沿公路边的溪沟潺潺流泻，向庐山脚下绿色的原野奔腾而去。

汽车越爬越高，视野越来越辽阔，天空越来越近，而庐山脚下的群山越来越远，渐渐地成了一片连绵起伏的绿色波涛，与天际的漠漠平野和茫茫烟水相衔接。

峰岭峻了，沟壑深了，烟霭薄了，山色清了，汽车倏地投入庐山的怀抱，满目葱茏扑面而来，顿时坠入清幽之境，感觉肌肤、呼吸、脉搏、心跳都被染绿了。明丽、澄净的阳光照耀着山城牯岭，牯岭多雾，被称为"云中之城"，像今天这般将清朗的面目呈现游

306

人眼中很难得。屋顶或红或绿的房子被郁郁葱葱的林木掩映着，高低错落，沿山谷排布成一幅秀美、典雅的图画，牯岭日复一日带给游人一种幽雅、宁静、闲适的情致。

牯岭街上的法国梧桐，刚刚在初夏的阵阵暖风里舒展婆娑的新绿，雨后初晴的鲜活的阳光，则将满树法国梧桐嫩叶的清新绿意洒落地上，整条明亮的牯岭街上，都洒满这种随风摇曳的清新怡人的绿荫。牯岭街不宽，但非常洁净，弯弯曲曲，饶富情趣地从这一边山坡伸向另一边山坡。阳光满目的山城，恰如山间清澄的空气，能慰藉游人的旅途劳顿。牯岭分为东谷和西谷，一条悠长的隧道连接东西。站在隧道里望去，明亮的隧道口仿佛一只炯炯有神的眼睛，游人从隧道经过，情不自禁对隧道外美丽的山谷充满神往之情。

二

从高处看，如琴湖像庐山西谷一颗透明的心脏，走近去看，又像一双明亮的眸子。于山林幽深处，如琴湖揽一片蔚蓝的天空，那么宁静，那么澄澈。层层湖波携着片片天光，弹拨山林的重重倒影，确似有一双无形的手在轻轻抚弄琴弦，恰如碧湖诗意的名字，其如琴一般的韵致，可以用心静静地聆听。九曲长桥通向湖中小岛，岛上松林墨绿，如孔雀零落的一支翎子，这岛就叫"孔雀岛"，它的神韵又如山林垂落碧湖上的一滴珠泪。

白居易的一首《大林寺桃花》，成就了"花径"这一闻名遐迩的胜景，从此引来无数游人，到这高山上来寻觅春天，寻觅人间业已消逝的芳菲。潺潺溪水流经草堂，这草堂固然不是白居易的草堂，却是参照他的《庐山草堂记》而建，"五架三间新草堂，石阶挂柱竹编墙"，古朴、简洁、清静、明亮，一如白居易的诗，但有谁会觉得它粗制滥造呢？

"锦绣谷"，一个绚烂至极的名字，其实这里非常清幽，而且非常险峻，满山满谷都是郁郁葱葱的树，满山满谷都是怪石嶙峋。"天桥"有其名却无其形，它其实是悬崖峭壁上悬空突出的一块巨石，但动人的传说能让人生出浮想联翩，于是，你看见了那座"天桥"，马蹄"嘚嘚"，朱元璋的坐骑跨越"天桥"，消失在锦绣谷的云雾里。锦绣谷里有太多的嶙峋怪石，或如老翁，或如仙人，或如雄狮，或如野马……形态各异，气象万千。游人凭借灵动的目光和丰富的想象，以或远或近或高或低的角度，一边欣赏一边诗意地琢磨它们，它们便会幻化成栩栩如生的生灵。你若有神奇的目光，精美的石头会为你唱歌！

若锦绣谷只有树与石头，它怎么可能拥有一个如此绚烂的名字呢？锦绣谷除了树与石头，还有花，还有五颜六色的花，多姿多彩的花。"春有锦绣谷花，夏有石门洞云，秋有虎溪月，冬有香炉雪"，这是白居易《庐山草堂记》里的描述。锦绣谷的花卉争奇斗艳，四时不断，正因为谷中花团锦簇，才有了"锦绣谷"这样一个绚烂至极的名字。

天气晴好，风和日丽，锦绣谷没有片云与薄雾，只有满谷的清爽与明媚，于是可以眺望山下辽阔的平野，游目骋怀，心旷神怡。可是，没有云雾，观妙亭便看不到云蒸霞蔚的妙景，仙人洞也少了云雾缭绕的仙气。那块刻有"纵览云飞"四字的岩石，以及岩石上那棵苍翠挺拔的青松，都因为没有云雾而变得有些平凡。若山也有性别，庐山必是女性，清婉、含蓄的庐山，云雾是一件不可或缺的衣裳。云雾缭绕的庐山，更有一种清幽的意境，更有一种朦胧之美，凡是谙熟风情的人，谁不愿透过一袭薄纱去领略它的美妙呢？

朱元璋早已作古，他创立的大明王朝也在几百年以前改朝换代，熙熙攘攘的游人有谁驻足细读石碑上明太祖亲撰的充满天子盛气的诗文？一座古朴厚重的"御碑亭"对多数游人来说，其妙处不是欣赏石碑上的诗文与书法，而是能给人遮阳和避雨。"白云千年骨，青山万古情"，自古以来永恒的东西莫不如此：要么了无痕迹，要么寂寂无闻。

三

天池被称为"庐山最高处"，其实这里海拔仅九百余米，相比庐山诸多海拔过千米的山峰，这里并非最高处。天池之高，是曾经的地位高。天池峰顶有座天池寺，初为晋僧慧远所建，后废。明太祖朱元璋于洪武六年下诏重建，赐名"天池护国寺"；明成祖朱棣再敕"天池万寿寺"；明宣宗朱瞻基又敕"天池妙吉禅寺"。皇帝一而再地对天池寺恩宠有加，天池寺借此规制益盛，地位也陡升，一跃成为匡庐首刹，当时宏伟壮丽甲一山。

此后，天池寺迭有兴废，而地位则一再跌落，而今，这座昔日辉煌一时的古老禅寺只剩下山间一片荒无人烟的遗址。若不是在残缺不全的山门上，尚有一块康有为题写的朱红大字的"天池寺"门额，恐怕游人如果不看旅游指南、不听导游解说，很难想到这里曾有过一座规模宏伟的寺庙。在封建社会，人事的兴衰往往摆脱不了这个规律：凡和统治者相关的都可能飞黄腾达，而一旦改朝换代，又难逃颓败的厄运。天池峰顶天池寺遗址上，残留着一口长方形的水池，相传为文殊菩萨施法力而成。池水清亮澄澈，温润如玉，终年不涸，池中游鱼历历在目，池水倒映天光云影，明亮如一面镜子。如果历史也是一面明亮如天池寺池水的镜子，那么从一段天池寺的兴废史，是否可以折射出一点点历史的真谛？

龙首崖，是天池峰的最险峻处，危崖壁立如刀劈斧削，高有一两千尺，据说过去有天池寺的僧众舍身向佛者由此纵身跳下深崖，又名舍身崖。龙首崖对面，高耸的铁船峰昂然宇航青天下，两峰隔空对峙，形同两扇石门，中间是狭窄、幽深的石门涧。石门涧一泓碧水湍急喧嚷连连下跌，两边是悬崖峭壁，除了猿猴无人能从石门涧登上庐山。

但有一个人例外，那是徐霞客。史书记载："自古至今，由此（石门涧）登天池者，霞客外，并无二人。"作为名垂千古的明代大旅行家，徐霞客在他一生的旅行中究竟经历了多少艰险与不测，恐怕连他自己也记不清。但可以肯定一点，没有一种冒险精神，徐霞客成不了名垂千古的旅行家。没有一份事业不需要执着的精神，将旅行变成一种事业，把一个游山玩水者"玩"成一个大旅行家，靠的就是无畏艰险、勇于攀登的执着精神。

现在，普通游客都可由石门涧爬上龙首崖，这一路有平整的石块砌成的台阶，一级一级一直通向天池峰顶。甚至连这种攀登的努力都可不必付出，掏钱乘坐缆车，腾云驾雾，仿佛神仙一般就可飞上庐山。像这样的游山玩水者，充其量不过是一个旅行者而已，与大旅行家徐霞客相比，他们少了勇气与精神，也少了发现的成就与征服的欣慰。

一座铁索桥悬于石门涧上方，浩荡的风从幽深的峡谷吹来，携着清凉的水汽与瀑布的轰鸣，翻卷着悬崖峭壁上密密匝匝的草木和层层叠叠的暗影，犹如一条汹涌奔腾的河，不断地摇撼铁索桥，胆战心惊地站在桥上，感到整个峡谷都在风里瑟瑟发抖。

四

此时此刻，暮色逼近群山，它也仿佛是一条无形的河，沿着幽深的峡谷往上溯流，渐渐地，整个峡谷都笼罩上淡淡的暮色。山林上方浮现一片柔蓝的雾霭，更高处，明亮的夕晖在峻峭的山头如一顶耀眼的皇冠。晚天晴朗无云，映衬着苍翠的山色更加透明透亮，如一个巨大的深邃的玻璃穹顶。峡谷里，喧腾的流水给人带来阵阵凉意与惊悸。

独自沿着陡峭的将军河河谷往上攀登，小巧玲珑的石桥两次引领我从溪涧上经过，站在桥上望去，大小不一、奇形怪状的石头布满溪涧，黑黝黝的如一群沉默的绵羊，山林在这些被流水磨去棱角的石头上投下或浓或淡的阴影。水汽袅袅，蒸腾一股清新的气息，沁人心脾。几幢房子静静地矗立在河谷淡淡的夕晖里，那里曾是一座疗养院，如今荒草湮没了昔日的花园与道路，一片荒凉的景象让河谷余晖变得如旧梦一般清冷而黯淡。

沿着崎岖不平的古老石径，一口气爬上电站大坝，眼前呈现一汪碧水，被四周淌绿滴翠的山林揽在幽深的怀抱里。山坡上，人工种植的杉林层层叠叠，茂密的枝叶漫山笼翠，宛如云团一般，山间乍然风起，漫山杉林摇曳，响起一股股悠长的林涛声。

黄龙在一片幽谷的幽深处，是一个静极、幽极的地方。晚天虽然仍明朗，但黄龙的黄昏已提前来临，暮色苍茫如水，从层层叠叠的山林倾泻而下。黄龙大小、深浅不一的沟壑都升起了幽蓝的暮霭，山林的苍翠仿佛湿漉漉的，从林梢滴落淋漓的暮色。

"千峰环一寺，杖入白云深"，循着林间弯弯曲曲、细细长长的古道往黄龙寺去，一路有溪涧相伴，有古木参天，林间淡淡的天光如薄薄的蝉翼，轻盈、空灵却不可捕捉，稍纵即逝。山谷愈走愈深，山路愈走愈暗，山林愈走愈静。脚声回荡山间，如石子投落深潭，倏地消逝在林木幽暗的影子里。心绪飘飘忽忽、悠悠荡荡，如入缥缈的梦境。

黄龙寺前有三株高大挺拔的古树，人称"三宝树"。"寺前三株树，一树一菩提"，三株古树就像三位参禅的老僧，在这深山幽谷里，已经坐化一千六百多年，是否已参透高古、深奥的禅机？树无语，人无言，幽深的山谷里，响起了寺院绵绵的晚钟声。

黄龙寺的晚钟声，在我心头留下一缕绵绵不绝的禅意，宁静的心里仿佛有一口澄碧的深潭，潭水起了微微的涟漪。独自穿过被密密交织的林梢掩映的林间小道，往芦林湖去，石径上的枯枝在脚下发出几声轻响。空谷响起几声鸟啼，清脆的啼声如利箭一般穿越林中的幽静，消逝于心中那口澄碧的深潭。暮色挟着密林深处几股潺潺的流水声，从幽深得望不到底的沟谷潮水一般涌上来。我加快脚步，赶在暮色填满山谷前走到芦林湖。

五

薄薄的暮霭静静地笼罩着芦林湖，湖面微波不兴，漫山遍野的静穆的松杉倒映在澄碧的湖面上，湖水幽邃，恍若一块闪烁着温润光泽的碧玉。青山静寂，暮霭如烟，在湖滨墨绿的松柏林里，静静地掩映着一幢幽雅的建筑——"芦林一号"别墅，也就是现在的"庐山博物馆"。暮色里，庭院深深，大门紧闭，寂无人声，时而有鸟雀从树上飞落地上，悠然漫步于庭院。隔着森然的铁门，松柏的气息扑鼻而来，一位面容清癯的老者从门房里走出来，对我说："参观吗？明天来吧，下班了。"我微笑致以谢意，轻轻转身离开，老者的身影消失在林木幽暗处。此刻，芦林湖幽谷更加静谧，林隙闪烁着几丝幽邃的湖光。

向晚的心境，和密林掩映的道路一样幽静。一个人沿着弯弯曲曲的山道，从芦林湖回牯岭。翻过山坳，山那边残留一片淡淡的夕晖。实在喜欢向晚时山间的宁静，唯恐匆匆的脚步打破了这种宁静，于是驻足，在路边林荫下椅子上静坐，贪享片刻小憩的闲适，让思绪如山岚一般飘浮于幽静的山林。几缕残照穿透幽暗的林子，洒下斑斑驳驳的光影。高大的杉树戴着一顶顶绿冠，透过挺拔的树干可以望见幽深的山谷，谷里暮色深浓。

转眼间，日落西山，山林很快遁入四处弥漫的暮色里。山风吹拂，林梢摇曳，无边的林涛此起彼伏，几缕清脆的鸟鸣被幽咽的山林吞噬，不久，山上山下渐归沉寂。山道上，路灯亮了，偶尔有汽车轻轻滑过，拖着沙沙的车轮声消失在幽幽的灯光外。

再翻过一个小小山坳，牯岭灯火跃入眼帘，山城的灯火宁静、明亮、温馨，犹如天上繁星，掩隐在深浓的树影里。长冲河流贯庐山东谷，沿着谷地，一幢幢古朴的别墅高低错落分布，从这些饶富艺术魅力的别致建筑里幽幽透出柔和的灯光，林中的幽暗变得薄如蝉翼。时过境迁，别墅早已易其主，大多做了旅馆、酒家和咖啡吧，闪烁的霓虹、曼妙的音乐，让东谷夜晚变成富有情调的小夜曲，那么地轻柔，那么地缥缈，那么地空灵。

幽谷最深处，长冲河一路搏击河中大小不一、形状各异的石头，在夜色里发出喧嚷的奔腾声。水声萦绕耳鼓，带给人一股股清凉的气息，沁人心脾。站在长冲桥上凭栏望去，满河床的石头在夜色里淡淡地浮现柔和的轮廓，河水闪烁银亮的光辉，在这些大大小小的石头间流泻，它从幽深的山谷流来，带着片片光影，往下游更幽深的山谷奔去。

在临河的一片树荫下，我拣了一把椅子静静地坐着，用心聆听不断汩汩作响的流水，一颗心自然而然沉浸在一种忘我的境地里，仿佛心中的一切都被流水带走了，被带到了一个悠远的地方。河边旁逸斜出的树枝，在河上投下斑斑驳驳的树影，几缕灯光从枝叶间筛落河面上，反射的光芒粼粼闪烁。从河对面茂密的山林里，飘来若有若无的几声虫鸣，飘来依稀如梦呓的几声鸟啼，随之消逝于深沉的梦境。夜风低咽，唤我走出幽暗的树荫下，悄悄来到高处。呀！庐山的月色笼罩整个山谷，给远近的山林披上一袭轻柔的银衣。

月下，循着山间小路，寻觅"月照松林"的胜景，格外富有情趣。落满松针的沙土路面软软的，踩上去发出沙沙细响。松影浓淡如泼墨，脚声淅沥如细雨，月下松林像一首诗。无风，有虫唱盈耳；有风，则万顷松涛。脚下苍岩累累，头顶皓月当空，洒在石上的松影飘飘忽忽，随风浮动。那石上的题刻，在朦朦胧胧的月色里，仿佛活了过来。

# 六

翻过庐山东谷的大月山山麓,穿过芦林湖后边的幽深山谷,独自一人,沿着密林中的小径,往含鄱口而去。漫山松杉笼翠,密林深处阳光暗淡,林间寂静无声,唯有沙沙的脚步声伴随孤独的行者。偶尔,响起几声啾啾鸟鸣,忽又沉寂了,或是一阵山风拂过,响起一阵悠长的林涛声,而后是一片更加深沉的静谧。幽谷深处,绵绵的林荫里响起潺潺的溪水声,渐渐地离我近了,又渐渐地离我远了,最后剩下的依然是无边无际的静谧。

柏油马路弯弯曲曲,蜿蜒如带,眼前豁然呈现一片辽阔的天地,极目所望是一片曚曚眬眬,这个所在就是"含鄱口"。在状如鱼脊的含鄱岭上,依次排布着石牌坊、含鄱亭、望鄱亭,它们绿色的琉璃瓦熠熠生辉,反射着耀眼的阳光,透过葱茏的林木,若隐若现。鄱阳湖浩瀚无垠,在遥远的天际下,天光与水色糅合,揉成渺渺茫茫的一片。

阳光无限明丽,远远近近的山林苍翠欲滴,尽收眼底。放眼望去,向阳的群山明亮耀眼,背阴的群山沟壑深沉。北有五老峰逶迤,南有汉阳峰叠翠,两峰之间,"犁头尖"巍然耸立,直插云天,在阳光的照耀下,其陡峻给人头晕目眩的感觉,仿佛微风吹来,便会腾云驾雾而去。深浅不一的山色让眼中的景致层次分明,心中亦是一片朗然。

含鄱岭以西,在深山幽谷里,坐落着一座我国历史最悠久的植物园——创建于 1934 年的"庐山植物园"。一条幽雅的林荫道通向幽深、宁静的山谷,植物园就在这样一个群山环绕的地方,犹如一个与世隔绝的世外桃源。在这个狭窄的山谷与两边陡峭的山坡上,分布着松柏园、花草园、岩石园、果园、茶园、药圃、苗圃和柔缓起伏的绿茵茵的草坪,而在这片林木苍翠、花草缤纷、鸟语花香的山谷,点缀着温室、实验室、图书馆与别致的办公楼,让这个花园一般美丽、幽雅的山谷，又洋溢着一种宁静、高雅的科学氛围。

踏进植物园的大门，穿过茵茵草地间蜿蜒曲折的小道，一直向植物园的幽深处默默走去。偌大的园子里，阳光斑驳，浓荫遍地，除了孤零零的我，再没有看见别的游人，满眼都是清幽，满眼都是静谧，让我几乎迷失在一种似曾相识的孤独与惆怅里。

在植物园幽雅、静谧的林荫深处，安葬着庐山植物园的创始人胡先骕、秦仁昌、陈封怀三位先生，三位先生都是我国著名的植物学家，他们一生与植物相伴，潜心做着研究植物的学问，去世后，又不约而同地回到这片植物园，回到清新、幽雅的绿荫怀抱。在三位植物学家墓右侧小山丘上，则安葬着著名国学大师陈寅恪先生及其夫人，先生及其夫人的坟墓简朴而庄重，一块天然大石充当墓碑。在这块石头上，镌刻着著名画家黄永玉手书的"独立之精神、自由之思想"十个大字，这十个大字曾经是陈寅恪先生给国学大师王国维的最高评价，同时也是先生的毕生追求，更是这位国学大师留给后世的一个绝响。

四位著名学者先后魂归这片清幽、宁静的山谷，长眠于这片幽谷的绿荫深处，这是庐山植物园的荣幸，无疑，他们的墓地为这片僻静的园子平添了厚重的人文气息。而先生们选择这样深山之中的幽寂所在作为他们的安息之地，也恰恰反映了四位大师有着淡泊与宁静的人格，一如这里幽静的青山，一如这里幽雅的草木，让人心生无比崇敬。

# 滴水诗

沈俊峰

水有生死吗？水的三种形态（气态、固态、液态）相互转换，这是水的永生、生生不息的轮回吗？无论怎样变化，水还是水，仍然是水的灵魂。既如此，这条河里的水应该也流过远古的岁月，也就是说，这条河里的每一滴水，都通了古今，见识过无边的悠久。"今人不见古时月，今月曾经照古人。古人今人若流水，共看明月皆如此。"流水，何尝不是明月的影子，悠悠千古。那么，曾经扎根这河岸 30 年的九九〇厂，我长大的地方，是否也会伴随着无尽的河水，流向遥远的未来呢？

我想应该是的。这条河，每一滴水都隐藏着古老的诗句，也是通往未来的新诗，滴水成诗。

一

其实，这条小河比溪流宽不了多少，个别狭窄处被荆棘野草遮盖，乍一看，还以为是河水断了流。离开 30 年后，当我再见到它，立马有了久别重逢的相思感觉。对于我，它在不经意间变得重要起来了。

还是原来的轮廓，却已不是旧时模样。世界总是在不断地变化，丑小鸭出落成了白天鹅。它变得宽阔、深邃，弯道的岸边还砌上了高陡的石坝，石缝勾勾连连，像稚拙的甲骨文，看上去整洁拙美，牢不可破。河变美了，两岸零落的农舍、旧厂房也秀气起来，有了深深长长的情韵。不变的是心灵的窗户，一如既往清澈明亮，欢歌笑语，在大地的怀抱里流淌着欢乐。嬉戏穿梭的细小游鱼和搅水的泥鳅，是品质的最好佐证。

小河发源于石门山，全长只有 11 公里，流域面积不过 26 平方公里。这个身量，实在是苗条秀气。它出了银孔桥，便温情脉脉扎入桃源河。桃源河带着它，勇猛地冲进沘河，沘河浩浩荡荡汇入淮河，淮河千里奔腾，呼啸入海。瞧瞧，这条河里的每一滴水，都能顺利抵达大海，去见识真正的浩瀚。

河虽小，却有着不凡的历史文化背景。东汉末年，方士左慈在这条小山冲修道成仙，命寿 134 岁。晋葛洪在《神仙传——左慈》一文中写道："慈告葛仙公言：当入霍山中合九转丹。丹成，遂仙去矣。"当然，古时的霍山概念应该比现在宽泛，然而，山冲现有的"棋盘岩"一景、民众自古烧石灰的传统，皆表明左慈盘桓于此的真实不虚。小山冲因而得名"仙人冲"，小河自然就是"仙人冲河"了。小小的山冲，常年云遮雾绕，流水淙淙，仙气袅袅，恰似人间仙境。红军时期，许世友所在部队司令部驻扎过这里，所以，军工厂在筹建之初，南京军区司令员许世友步行来到这里，亲自选定了这块风水宝地。

那天，我沿着仙人冲河溯流而上，见岸边竖了一块铁牌，写着河长的名字和职责，"河水资源保护，水域岸线管理，水污染防治，水环境治理，水生态修复，水利工程的划界确权、执法管理等，逐步实现河畅、水清、岸绿、景美。"看罢，不觉心头一热，这样一条名不见经传的小河，也受到了如此重视。

想当年我背着书包，天天在河边嬉戏，蹚水过河，下河捉鱼，却不知道这些历史，少了一份敬畏和凭吊，多么幼稚。不过，这不能怪我，因为从来没有人向我说起过这些。现在，漫步这条小山冲，脚步都有了自信的力量。我承认，我这个凡夫无法克服骨子里残存的那份对历史的势利和热爱。

二

大别山区千山万壑，大山小岭绵延逶迤，水也多，河溪盘桓穿梭，缠山绕石，或激情澎湃，或柔情悠长，将这块英雄的土地滋养得生机勃勃，赛过江南佳地。

军工厂搬走后，当地政府将其旧址改造成画家村暨艺术部落，吸引了一批艺术家入驻。现在，仙人冲河成了我的乐园。每天，我顺着它走路，从此岸到彼岸，然后过小桥绕回到我的住处，寻找仙人的感觉，装模作样地"艺术"。

4月初，是大别山的花季，漫山遍野新绿簇簇，花朵点点。房前屋后的桃花还开着，杏树已经结满了豆粒般大小的毛茸茸的果儿。河上的简易桥变宽了，厚实了。站在小桥上看水，除了诗意，还有历史岁月和人生，以及人生的悲欢离合。

太阳如少女一般明媚，让河水波光粼粼。河床上，一块稍高些的沙地裸露出水面，沙地上长着青草、小树苗，十几只鸡气度悠闲，信步觅食。第一次遇见如此养鸡，是真正的散养，可是，河床离地面两人多高，两边皆是陡峭河堤，人怎么下去，鸡怎么上来？

仔细打量，发现桥头垂着一挂不被人注意的软梯，可以攀缘下到河底。贴着桥肚，吊搭着一个离水面一米多高的竹架，像一个吊床，夜晚或雨雪天，鸡可以飞上去，睡觉或观雨赏雪。相较于那些封闭的养鸡场，这些鸡无疑是自由幸福的，虽然也逃脱不了被宰的宿命，但是生命质量却是得天独厚。

忽然想起我生命中第一次落水就在这条河里。仙人冲河下游靠近桃源河的入口，河床变得宽阔。那时，离河不远的地方盖着几幢军工厂的干打垒土房，父亲和一些单身工友住在那里。那年夏天，母亲带我来住了一段时间。正是热天，父亲和几个工友去河里洗澡，把我也带去了。

第一次走在沙地上，感觉很奇妙。水清见底，层层纹波。脚下是沙滩、鹅卵石，对岸是一片小竹林，几棵山柳树。他们欢快地扑进水里，像一群刚入水的花鸭。有人干脆躺在水里，一动不动，顺水漂流。我觉得很有意思，便照葫芦画瓢也躺了下去，没想到直接被水冲走了。整个身子漂浮起来，顿时被一种空空荡荡的恐惧紧紧捏住，被捞上来时，我已经喝了好几口水，吓得哇哇大哭。那时才三四岁，惊吓一番也就过去了。

没想到几年后，我再一次被淹，差点丢了性命。

这一次是在平原上的老家，跟着一帮爷们儿去护村河洗澡。那条河是新中国成立前为防土匪挖的，新中国成立后废弃了功能，用土截断填出了一条大路。傍晚，村里的爷们儿都在路东的水里，赤条条一片，我却别出心裁，扑进了一个人没有的路西。

我哪里知道，路西的河刚挖过塘泥，岸边陡如刀削，无有缓冲，一下子就掉进了水里。只觉得脚指头能挨到泥土，却丝毫用不上劲，用力往上蹿一下，立马又沉了下去，总差着那一把子力气。我在水里挣扎，大口喝水。水有点凉，带着一股泥腥气。

幸运的是，同门一个爷们儿路过，发现水中冒泡，知道有人落水，毫不犹豫跳下去把我捞了上来。那次被淹，让我从此对水心生敬畏。

山里的河水多温柔，偶尔才有暴怒。夏季，长时间下雨会引起山洪暴发，水势陡涨。来不及流走的水，便急速漫上两岸，毫不留情地冲进地势低洼的职工家里。职工们用沙袋、油毛毡、砖头，想尽办法在门口拦坝堵水。漫进屋里的水，要一点点舀出来，清除泥沙，把水泥地拖干净。

说起大水，九九〇厂的老军工都会说到1969年的那个夏季。今年八十多岁的父亲，仍然能清晰地讲起那年的大水。

厂里建在桃源河岸边的水泵房被大水连根拔倒，厚厚的钢筋混凝土墙歪斜在沙滩上，颓墙残壁卧于沙滩许多年，裸露的钢筋锈迹斑斑，支棱着伸向天空，昭示着洪水的力量。大水过后，厂里易地重建水泵房，保证了工厂生产和生活用水。

还有一次，我读小学的时候，半夜被一阵呼喊声惊醒，有人高呼我爸妈的名字。拉亮灯一看，顿时傻眼，只见洪水已在屋里浩浩荡荡，木盆和几双鞋子晃晃悠悠。多亏下夜班职工及时报警，否则，水淹到床上也可能还没有知觉。洪水上涨似乎习惯于屏住呼吸，无声无息的。还有一年的春夏之交，大大小小的雨几乎没有停过，田家冲小水库的水已经快涨满了。父母天天晚上不敢睡觉，警觉地听着，怕水库突然破坝。我家住的那幢房子正好处在下游水口，墙壁砌的又是空心墙，力气大的人一拳就能打塌一块砖，哪经得住洪水的冲击。

这些都已经成了历史，连同当年轰轰烈烈的三线建设，只剩下了部分老军工、军工二代以及"三线"精神，令人追忆。如今我在河边散步，听水流潺潺，看水深水浅，细鱼隐现，过往皆已云淡风轻，成了怀念。我和附近居民聊这小河，聊这河水，他们说的最多的，已经是 2015 年的大水。1969 年离他们太遥远了，他们也无法体会军工人当年战天斗地坚持生产的热血情怀。对 2015 年的大水，他们仍然心有余悸，仿佛一条蛇贴着皮肤刚刚游走，还带有令人恐怖的寒意。

在他们惊恐的诉说中，我努力还原大水的惨烈。我能想象那个场面，整个仙人冲连同桃源河两岸广阔的山间田野、沟壑，成为茫茫海洋，浊浪滔天，激荡嘶吼，惊天动地，惊心动魄，似乎要将世界毁灭。

# 三

供销社退休职工老汪告诉我,那次大水,冲走了一对母子,那个母亲,是姜老八的女儿。

我吃了一惊:"姜家的老儿?"

姜老八那时在商店当营业员,商店与学校中间隔着这条小河。我们常常从露出水面的石头上踏过,去店里买铅笔、橡皮和本子。姜老八赫赫有名,是因为他生了八个女儿。据说姜老八最终灰心丧气,偃旗息鼓,抱憾认命,却落了"姜老八"的绰号。他的八个女儿,我只认识老大老二,一个比我高一届,一个好像比我低一届。另外六朵金花,长得都差不多,我分不清楚谁是谁。印象中,姜老八的孩子个个穿得光鲜,甚至没见过衣服上的补丁。在那个物资匮乏的年代,这应该算是一个奇迹。有人说,姜老八若不当营业员,这么多孩子不光屁股才怪。这话有点损,也不无道理。

老汪说,山洪下来的时候,姜家那个女儿带着儿子躲闪不及,被河水冲走了。大水落下去后,人们找到了她的儿子,却没有找到她。那年的大水,上了中央电视台《新闻联播》。

老汪继续向我描述2015年的大水,他家的进水高度达到了7厘米。我站在他家门口,发现他家的地基已经很高,要登两个台阶才能进到屋里。

老汪指了指山墙头上那个红色记号,说:"那就是大水的位置。"

见我疑惑,老汪解释说,上游有一户人家,院子里堆存了许多毛竹待售,没想到被突至的山洪冲散。那些散开了的毛竹顺流而下,横七竖八到了银孔桥,被桥洞堵住了。毛竹堵在桥洞,越聚越多,很快将桥洞封得死死的,洪水瞬间漫过了桥面。

我听得目瞪口呆。二十世纪八十年代,我参加工作不久曾写过一个短篇小说,发表于《中国军工报》,小说情节竟然与他说的一模一样,也是洪水,树和毛竹堵了桥孔,为了排水保护工厂和职工生命财产，我笔下的主人公奋不顾身下水排堵，不幸被洪水冲走了。没想到，虚构和现实竟然如此相像，如果军工厂没有搬走，或许还会完全吻合吧。

大水过后，当地就把银孔桥拆除了。好在原来的道路已经改道，这座桥已没有多大价值，借此机会，还疏通治理了整个河道。这就是我现在看见的仙人冲河，据说，河的上游准备修一座水库，以调节水位开通旅游漂流。

傍晚散步，见一户二层小楼的门楣上贴着一副对联：幸福人家和气致祥，荣华富贵财运临门。横批是：飞熊镇第。

"飞熊镇第"是什么意思？查资料，知道飞熊有两种解释：一、根据《武王伐纣平话》：西伯侯夜梦飞熊一只，来至殿下，周公解梦谓必得贤人，后果得贤人姜尚，当时姜尚正在渭水之滨垂钓。后人以"飞熊"指君主得贤的征兆。明孙仁孺《东郭记·人之所以求富贵利达者》说："把先齐豪杰还援比，钓竿儿飞熊渭涯。"二、指隐士见用。

姜尚，姓姜，名尚，字子牙，号飞熊。这说明这家人极有可能姓姜。向人一打听，此楼正是姜老八的家。不过，姜老八早已作古"看山"去了，房子也已卖了，丫头们嫁于县内外，各成其家。

原来如此。

根据这栋楼的位置，我能确定旁边那几间低矮废弃的青砖房就是当年的代销店。可是，既然房已易主，买家为何还贴着"飞熊镇第"呢？难道新主人也姓姜？或者是对姜家的怀念？抑或原来的春联尚没有更换下来？

很想去问个究竟，可一直不见"姜家"人，大门始终紧锁。向人打听，都不清楚。倒是"姜家"大门旁边的偏厦门口，拴着一只白色大狗，身躯庞大，吼声如雷，呼啸山林，不知是何种血统。

# 四

这个春天雨水少，河滩上长了许多野芹菜。

不见人采摘，大概是山里的野芹菜太多，或者是人们不喜欢浓烈的芹菜味，我倒是视为珍宝。做饭前，妻去河滩上采一把，佐以肉丝、辣椒、生姜炒了，鲜嫩美味。其后经常下河去采，就像是自家的菜园子。

路边，也就是河坝边缘，有几拃宽的空地，被附近山民辟成了菜园，长着豌豆、蚕豆和油菜。邻居老大姐的门前屋后，也都是菜地。她热情地说，你要吃菜就来弄啊，我一个人也吃不完。做饭时，临时需要一点青菜、葱、蒜之类，开门就去薅儿棵。这些带着野菜味的家常饭菜，有着浓浓的地气儿，新鲜可口，仙人也不过如此吧。

宋朝的慈受和尚写过一首《警世》诗：

> 美食意生贪，
> 粗食心起怒。
> 喃喃嗜饱满，
> 殊不知来处。
> 人生一饭间，
> 贪嗔痴悉具。
> 智者善思惟，
> 莫为铺啜误。

这老和尚说得真是在理。想来，人确实是最难伺候的，食物美味，会心生贪欲，食物粗劣，又会生起嗔怒，念想着吃饱吃好，竟不知饭食从何而来。人吃一碗饭，却是极有讲究的，吃得好是道粮，吃不好是贪嗔痴；吃得好是修行，吃不好是造业；吃得好往生极乐，吃不好轮回三途。一个人若是为饮食耽搁了一生，或者说活着就是为了美食，那就太没有智慧了。

清晨的鸟叫声把我吵醒，于是起床，牵着花少去遛弯。花少是英国博美犬，精小乖巧，洁白似雪。离开城里，它就像到了乐园，撒丫子尽情疯跑。

花少忽然站住，盯着从河里上来的人。那是老汪的儿子，端着一个破瓷盆，里面装着十多条活蹦乱跳的黄辣丁鱼、泥鳅和色彩斑斓的河鱼，都是他在河里逮的。

见我瞅着，他喜滋滋地说，都是野生的。

其后，连续下了好几天大雨，河水涨起来了，舒缓地潺潺流水声变得急促而响亮，甚至有了轰轰隆隆的巨响，我坐在屋里看书或者发呆，竟然一点也不担心涨水的危险，如今的河水，已是畅通无阻。我干脆停下手头的事，专心致志听水声。活了大半辈子，我始终没有离开这条河。小时候，它伴我身边，我进了城，它在我的梦里。现在，我回到了它的身边。

日日夜夜，我想问问河里的水，扎根仙人冲 30 年的军工厂，我成长的地方，会成为未来的一行诗吗？

# 春，丽江花

蒋　殊

一

知道丽江不缺少花，却不曾想到迎接我的是樱花。

想象中丽江该是四季如春，不曾想到正当春季却把人冻到要穿羽绒服。

到达丽江是 3 月下旬一个下午，料想到春和日丽，却没承想突然间就乱花渐入迷了眼。那一丛一丛的粉簇拥着，热烈绽放在去往酒店的道路两旁。

"竟是樱花吗？！"

"是樱花！"接机师傅一边行车，一边兴奋地做着解释。他说，这一条名为"雪山路"的大道，因了每年 3 月这些美丽的樱花竞相绽放，已经被誉为"樱花大道"。说这话时，他一双眼里铺满樱花，亮晶晶的，绽放着粉红色的光芒。

印象中，云南是花的世界，丽江一定也是，独没想到迎我的会是樱花。那一路似锦的繁花，让这个城市定格在我脑中的形象一下被打乱。不愧是丽江，竟要这样神秘而浪漫地拉开初相识的帷幕。

次日，恰逢春分。拉开窗帘，一树樱花扑面而来。突然就待在床上，生怕一挪步，那良辰美景就要移向别处。小心出门，才发现担心是多余的。柴门外，小桥旁，甚至餐厅边，都是一簇簇如青春少女般的樱花，泼洒着满身烂漫。

披着满身樱花香，进入永胜。这个丽江的后花园，花的模样会给我怎样的惊艳？不承想又是一个没想到，迎面而来的，竟是菌花。那带着浓烈烟火气息的花，一朵挤一朵，组成千军万马的阵势，浩浩荡荡纵横在属于它们的天地间。那是一个阳光明媚的午后，太阳有些热辣，我们却一趟趟在不同的棚间穿梭，它们开心被检阅，我们欢喜结识它们或熟悉或陌生的原始面庞。

这是一场菌花大集会，黑的，白的，灰的，黄的；也是花朵大比拼，大的，小的，张扬的，婉转的。就是在那一个个棚中，我认识了木耳背后的"树"，见识了羊肚菌成长的沃土，更惊讶地结识了一种富丽堂皇的菌花。

这花，有一个与它本身色泽一般动人的名字——金耳。

就是黄灿灿的金色。彼时，那一朵一朵夺目的金色的花儿，簇拥在属于它们的王国，窃窃私语。它们高傲十足，每一朵都在骄傲地谋划未来。

然而我知道，它们最终的归处，是一方小小餐桌。

好在，它们很快完成角色转换。换了身份，也有了新的谋划，那便是以更诱人的姿容，更独特的味道，给食客的味蕾打上深深印记。

其实这餐饭，一伙人本是执意要回丽江古城的。对于第一次走进丽江的人来说，古城的诱惑当然大过一顿饭。然而这期间，陪同的永胜县委书记杨晓敏几次真诚规劝，"这顿饭，一定要在永胜吃！"

他的眼神真诚，又倔强。一干人不好再拒绝，却执着决定，饭后赶回丽江古城。

晚饭不得不提前到下午 5∶30。谁都知道，这是抱着不扫主人兴致的一场应付。

沸腾的水中花出场了。那只是一锅纯净的菌汤，还未入口，所有的器官便相继开启，所有人瞬间抛开矜持，变成大胃王。那号称永胜八大美食之一的鸡枞，呼朋引伴，欢欣鼓舞，一朵朵携手，盛开在一锅沸水中。那一刻，它们犹如一只只天鹅，完成着属于它们的水上芭蕾。

松茸来了，牛肝菌来了，羊肚菌来了，初次相识的漂亮金耳也来了……一餐饭，完成了一次菌世界的游走与朝圣。

二

夜游古城，推至第二天。

樱花远了，菌花远了，夜风真冷，风飕飕的，古城却自顾着它该有的热烈。游人如织，灯红酒绿，燃烧着丽江该有的温度。

那是阴历三月初，天空挂着半轮月。那样的夜晚，其实完全看不清古城的容貌，建筑，造型，色泽，细节，一一隐身霓虹里。即便是脚下的路，也已经淹没在一双双或匆匆或悠闲的脚步中。

才发现，古城确实成为历史，默默退守在这繁华背后。

有美味飘来，却混杂着花香。疑惑之际，那美好的东西已举在眼前，没错，是鲜花饼。眼前的女孩笑意盈盈，必须停下来品尝几口才对得住她的盛情。有同伴更当场完成了交易，让那些鲜花饼先他而归家。

这座被鲜花包围的城市，连饼也奢侈到要用大朵大朵的鲜花做原料。

古老模样的客栈，在人流不息的商铺间若隐若现，幽暗的灯光透着暧昧的气息。不愧，这是年轻人艳遇的传奇所在。

一批批男人女人，抱着艳遇的心态，流连在每个小巷的转角处。

一条轻柔的河流，缠绕在古城腰间，荡漾的流水，也让不同心境的人一次次沉醉。

"一米阳光"，或许是最沸腾的场所。只需站在店外，便可看到一扇扇玻璃后的喧嚣，那是真正年轻人的天下。有人试图走进，然而很快便被那骚动的青春与激情撞出门来。

才发现，空有一颗年轻的心是不够的。

我们这群中年人，只好悄悄隐进一家相对安静的酒吧，一男一女两位驻唱歌手在安静唱歌，只有两位年轻男女在座。丽江古城，这恐怕算得上最安静的场所。点了几首歌，没想到两位歌手说不会，包括一首眼下正当红的歌。男歌手哼唱了几声后，依然坚持说，不是他们的歌。他的眼神里，并没有歉意，只微微透出些遗憾。

换场休息的时候，女歌手便坐在旁边的桌子上，燃起一支烟。她并不看我们，也不在意我们是不是看她。她的眼神时而清澈，时而迷离。烟抽毕，她又坐回男歌手旁边，散漫地跟着节奏打鼓，眼神却时而飘出窗外。

突然意识到，她和他，只是在工作。他们的内心，或许早已期待着下班那一刻。这样的夜晚，他们更期待属于自己的燃情时刻。果然，当酒吧一条街上所有的音乐在 11∶30 戛然而止，当"一米阳光"内的年轻人依然在静寂中摇摆着挥霍青春时，他们一脸放松，收起乐器。

男歌手背起吉他，扭身在墙角桌边花瓶里抽出一朵红玫瑰，放鼻下闻闻。女歌手也掐灭手中的烟头。两人相继与我们挥手告别时，一丝不易觉察的温柔划过女歌手眉角处。

他们一转身，消失在这曾经的仓廪集散之地。

我知道，远处一个街边，有一个女孩，在等待一朵随吉他而去的红玫瑰。也或许一出门，拐角处还有一个男孩，燃一支烟，捧一束花，翘首以待他的心上人。

近 700 年历史的古城只是一座戏台，任这现代的人们在上面浓妆艳抹，唱念做打。

花束纷飞。

离开丽江的最后一个夜晚，几人还是一并相约，到了丽江古城的另一处必须去的地方——束河古镇。这是纳西先民在丽江坝子中最早的聚居地之一，被誉为"高峰之下的村寨"。

然而，同样的时间，束河古镇的气氛与丽江古城却是冰火两重天，寂静清冷得让人心疼，却又心生欢喜。

店铺的主人早已归家，把白日的赤橙黄绿青蓝紫也关离视线，让我们有幸看到古镇的容颜。月光映在脚下的青石板上，映出茶马古道曾经的串串痕迹。

静悄悄的束河古镇，一步步慢慢踩过。

"来一碗过桥米线！"终于，一家店铺的迎客灯光迎面而来。

清幽幽的春夜，静幽幽的古镇，一碗滚烫的过桥米线，散发着丽江从前的气息。

"吃好！"一勺碧绿的葱花撒入碗中，再加半勺辣椒，瞬间，红、白、绿相间的美味，弥散心间。

## 三

女孩的眼神，让我想到丽江的眼神，又纯净，又炽热。

正如那雪山脚下一眼眼碧绿的泉水，以及蔚蓝的天空，还有阳光下身着婚纱的新娘。

沿着这纯净，一路走到长江第一湾。这个名为江湾的地方，之所以生出伟大与神圣，不仅仅因了三江并流的壮阔，也不仅仅是"江流到此成逆转，奔入中原壮大观"的罕见。

是一个眼神的撞击。这样的眼神，似曾相识。是故乡下院的爷爷，是谁家田间猛一个抬头的农者，更是山坡上那个啪啪甩着鞭儿唱着山歌的放羊老汉。满脸的沧桑，满身的苦难，满眼的忧郁，却满臂的力量。

没错，当初，就是他的一身力量，一腔热血，日夜不停，将一个个年轻的红军战士顺利送往彼岸，也送向新的天地。

他叫周崇礼。

那是 1936 年，也是像这个时候一样的春天。那时候，该是没有樱花，菌花也深深散漫在山里。那一年，周崇礼 37 岁，正当壮年，在格子渡口摆渡为生的他遇到红军。红军，于他是个陌生的名词，他甚至不知道红军是什么样的军。可是，他亲眼所见，红军亲手救出因"拖欠两石租谷"而入狱的苦难百姓；亲眼看到，红军首长竟然拉起百姓的手，关心他们的吃饭穿衣。

今天，丽江石鼓镇上，人们用一座"金沙水暖"雕塑做了回溯与重现。一位红军战士，一位当地船工；一个拖着一把桨躬身向前，一个打着裹腿微微前倾；一个满眼不舍与担忧，一个双目果敢与坚定。真的是"金沙水暖"呀，红军战士的感恩与深情，丽江船工的不舍与依恋，紧紧握在两双手里，写在两双眼中。

当初，这令人惊讶的一幕又一幕，让与周崇礼一样的穷苦百姓看到希望，更看到自身的未来与光明前程。

"嗨——嗨唷嗨——"船工的性子，被激发。他们打捞起沉船，卸下门板，修复木船，制作木筏，拖着简陋的木船奔赴江边。他们要担负一个重大使命，要向这大江大浪发起冲锋与挑战。

可是，那何尝不也是一场艰苦的战斗。与敌人斗！与江水斗！与黑暗斗！与疲乏斗！与恐惧斗！ 37 岁的周崇礼，连续三天三夜奋战在咆哮的江水中，战斗在怒吼的金沙江上。

他当时一定是像江水一样，咆哮着一路前进。他不知道他摆渡的红军去往哪里，他也顾不得夜间摆渡有重重危险。他只知道前方就是光明之地。映红他眼前道路的，就是那一枚一枚鲜红的五角星，那鲜艳的红映现在上下翻飞的水花中，红星闪闪，光芒万丈。

那就是希望，那就是力量。惊涛拍岸中，周崇礼把浑身的力气用来对付咆哮的江水。当然，不止他一人，在丽江石鼓至巨甸七十余公里的 5 个渡口，一伙像他一样的船工，交替轮班，人歇船不歇，用仅有的 7 只木船、十几只木筏，战胜了一次次迎面而来的强大袭扰，将红二、红六军团一万八千多名红军全部安全摆渡过江。

一颗一颗鲜红的五星，闪耀在对岸星空下，像一朵一朵盛开的小红花，星星点点，一路向北。

"老乡，再见！"那个时候，不知道丽江的天空有没有飘下丝丝小雨，空中却一定有细细的水花。

丽江的历史，因此而光芒万丈。

今天，长江第一湾的江水将一切尘封，静静度着它的光阴。激流成为历史，然而曾经夜鹰一样的眼睛，鲜血一样的花朵，却犀利地荡漾在江面上。

# 牟平有座金牛山

## 初铭忍

据我所知，在祖国大江南北有很多座金牛山，譬如北京、湖南、江苏、辽宁等地。人们可能对北京和湖南的金牛山更为熟悉，前者是牛栏山二锅头的生产地，后者是中国佛教名山之一。相比之下，牟平南部水道镇的金牛山则显得名不见经传。

参与《山东地理志》《山东风物志》《牟平县志》等志书编写时，我走街串巷，积累下不少资料，但有的逸闻趣事只能忍痛割舍。如今想来，用文字方式记录下来或许更有意义。

有关牟平金牛山的传说，带着些许神话传奇色彩，但核心故事相近——祖孙二人相依为命，爷爷种了一片西瓜，孙子是地主老财家的牧童，放牧时发现牛群里多了头皮毛似金的牛。他们未曾将牛据为己有，而是精心照料。赶上天降冰雹，瓜田毁于一旦，孙子只抢下个头最大的西瓜。地主老财心如蛇蝎，擅自加了地租，大有赶尽杀绝的意味。走投无路之际，那个西瓜自动在地上滚动，顺着它前行的方向，地面慢悠悠地裂开一条缝，成了开山的钥匙。眼前的山分开了，金牛正吃着石头，屙着金豆子、金圉圉，扭头甩尾巴，示意他们进山取金豆子。祖孙俩并不贪心，只弯腰捡了一粒，用来交租。地主老财不相信他们手头有钱，严刑拷打之后，抢走西瓜，最终与金牛消失在山中。

寓意朴素而真挚，教人向善，切莫贪得无厌。传说终归是传说，金牛山地处纵贯半岛的黄金地质断裂带，在牟平地界，尤以此处最为富聚且含金量高，史料记载隋唐时期便有人开采金矿。

广义上讲，金牛山为山脉，向南绵延至乳山境内，其间有一山坡谓之"鬼刀神"，地名由来颇具戏剧性，实为宦官魏忠贤恶贯满盈的罪证。

当年，魏忠贤在此建起玉皇金矿的厂房，在相邻处建刀鞭神庙，名义上是祈求神灵保佑众生，私底下用来监视私人开采金矿。

庙西侧筑戏台，魏忠贤令人鸣锣开演，美其名曰防盗采宣传。虽然来过几家真正有唱功的戏班子，但占据舞台的多是乌合之众。因为魏忠贤阴险狡诈，那群人类似于明朝时特有的东厂西厂，用来镇压劳苦大众。

据说魏忠贤特别推崇关云长，动辄安排以关老爷为主角的武戏，事无巨细地过问演出事宜，甚至吹毛求疵，到了令人发指的地步。他嫌道具不逼真，命手下爪牙招募手艺人重新打造，水道村银匠初凤楼迫于淫威，为木质青龙偃月刀贴上银质刀片。刀片光芒四射，煞是好看。扮演张飞的"戏子"手舞足蹈地向人比划，刀起刀落，那人头颅落地。"关公显灵"被一张张兴奋的嘴巴传递开来，说得神乎其神，而受害者恰是矿工们推举的头领。原来，人们不满魏忠贤搜刮民脂，预谋造反却被秘密镇压。

得知来龙去脉后，初凤楼不再制作银器，请求族长给予家法处置。初氏家族深明大义，索性将计就计，传出"木刀砍死大活人，鬼刀成神了"和"鬼刀神，必遭灾"的风声，暗指魏忠贤的矿业长远不了。玉皇金矿仿佛被施了魔咒，只赔不赚，就连看矿的"洋枪队"也时不时地丢枪死人，魏忠贤不得不弃矿而撤。

"鬼刀神"这段故事疑点太多。"九千岁"魏忠贤权倾朝野，在宫内明争暗斗，绝不可能拿出精力去计较细节，更无暇顾及小小的道具。好多事情消失在历史长河中，但我始终认为，逸闻与正史有千丝万缕的联系，虽然无从考证，可无风不起浪，至少证实了魏忠贤阴险狡诈、心狠手辣的嘴脸。

金牛山的矿产资源始终被人觊觎。及至清末、民国时期，外国侵略者更是强取豪夺，令有民族大义的人们极度愤慨。德国、日本先后"占山为王"开办金矿，并以种种方式挟持水道周边的青壮年村民下井采矿，人们苦不堪言。

彼时，水道初氏业已成立辕秀合，相当于现在的家族企业，用来统一管理家族事务。族里长辈三番五次碰头开会，一致认为山上的资源是属于中国人的，不能被外国列强轻易拿走。不过他们在如何抵制上产生分歧，有的说必须以弱制强，叫老外知道马王爷长几只眼；更多的人觉得不能以卵击石，最好是以智取胜。

毫无疑问，辕秀合的老人们最终选择了第二种方式。一旦形成决议，族人们便团结一心，派人秘密与其他村庄族长对接，集体与侵略者抗争。辕秀合带头示好，主动将精明且懂行的族人派往矿山，打入采矿各个环节，犹如谍战片里的卧底，目标是保住矿产资源。

《水道初氏谱书》介绍，"族人打'卯子工'、技漏、毁什、盗矿和舞弊，使美国矿师得出'品位低，不适工业生产'之结论，德、日开办的矿山企业相继亏损倒闭……"通过字面分析，"矿师"即地质专家，"品位"指的是含金量，可想而知，外国人的投资最终打了水漂。

上述文字有的很好理解，如"卯子工"，意思是出工不出力，专干眼皮子活儿，让监工挑不出毛病，借以降低工效；有的则晦涩难懂，我曾用近二十年的时间在乡间走访，搞清了它们的含义——技漏，就是在采矿时故意把含金量高的矿石埋在废石中，降低产出率；毁什，就是故意毁坏采金工具、设备、设施等，人为造成塌方、冒顶，使其不能正常生产；盗矿，就是把含金量极高的矿石（俗称明金）藏起来，然后想方设法运出矿山；舞弊，就是矿方派人取样化验矿石含金量时，故意提供含金量低的矿石，或趁人不备往矿样里掺些石粉等，使之成为废石料。

如此一来，美国采矿师便被"蒙上了双眼"，打消了掠夺者继续开采的念头。据我了解，张家洞、姜家洞、卯山等矿源，也是采用这些手段保留下来的。抗战后期，确切说是1944年，八路军华东军工区后勤处在金牛山等地开采硫化矿石，烧制硫黄，用于军火生产。

一代代睿智而勇敢的人们保住了矿产资源，让其为中华民族伟大复兴所用，金牛山也持续发挥着火热能量，并见证了时代的变迁与发展——

新中国成立后，作为国有企业，金牛山金矿为牟平经济建设发挥了不可替代的作用；1988年4月，牟平县氰化厂在金牛山山脉腊子堰破土动工，两年后的年底，"原料、硫酸、氰化、冶炼"四位一体流水线一次性试车成功；1995年11月，二期工程竣工投产，次年合并金牛山金矿，完成了由加工型企业到加工型与资源型企业相结合的华丽转身……在国家的大好政策下，氰化厂后来改制为恒邦集团有限公司，金牛山的东山坡建设为厂区，工人们严谨有序地忙碌着，现代化运营模式令这里焕发出勃勃生机。

如今虽年事已高，我却仍喜欢眺望金牛山。我时常想，有些故事或许只是演绎，却在山岚的见证下植入人们心间，好似一粒粒种子生根发芽、开枝散叶，它们在阳光雨露下蓬勃生长，一如风华正茂的新时代建设者。

# 桃花岛上鸟儿飞

陈华清

初听说桃花岛，我脑海出现桃花盛开、灿若明霞的画面；再听到岛主保护生态的感人故事，我决定探访桃花岛。

桃花岛在广东省九州江畔。我与好友以文、刘强、王玲开车前往。车子沿着安铺镇一条笔直的水泥路往前开，到了河插村往下右拐，开进一条散发着泥土芳香的土路，再上到一座小桥。很快，我们看见一块醒目的牌子，上面写道：廉江市野生动物救护中心　安铺候鸟保护区　桃花岛。

岛主梁一元迎接我们。一只白鹭鸟跑到他的跟前。它全身的羽毛像雪一样白，两条长腿细如竹枝，黑色的喙长而尖，灰黑的眼睛圆溜溜地转，看起来漂亮又灵动。我们欢喜地围着白鹭看，它泰然自若，昂首挺胸，像高傲的公主，一点都不怕生。我们实在是喜爱，忍不住伸手去摸它。梁一元说，它有时候很凶，会啄人，其他鸟也怕它。

白鹭啄梁一元的裤脚，用身子蹭他，像孩子对父亲撒娇。他蹲下身子抚摸着白鹭，亲切地叫它"慧灵"，如同叫唤自己的孩子，满是慈爱。慧灵啄着他，身子转向河的方向。梁一元告诉我们它想吃鱼了，要捕鱼给它吃。我们十分感兴趣，跟着去看。

身穿绿色迷彩服的梁一元和一身白雪般羽毛的慧灵，并排走在前面，我们跟在后面。

一条不大的河在我们来时的土路边。河水潺潺，两旁种满植物，青翠的竹子，浓密的灌木丛……满眼青翠。紫荆花、三角梅，还有叫不出名字的鲜花争奇斗艳。一条旧木船静静地在河边等候。慧灵显得很激动，要冲下船。梁一元轻声说："不要下去，在岸上等。"它停下了脚步。他下到船中，伸手从河里捞出一个竹篓，从竹篓里抓出几条鱼，扔到河岸的草地上。慧灵马上用长长的喙啄食鱼。几条鱼下肚，它心满意足地望着河，望着他。梁一元上岸，它马上飞起来跟着。我们也跟着他们走在河岸的土路上。

梁一元告诉我们，2019年，慧灵还是一只雏鸟时，从鸟窝掉到草丛中，奄奄一息。他巡查经过这里，把它带到候鸟治疗室治疗。经过精心救治，白鹭的伤好了，也长大了。梁一元放它回大自然。它在桃花岛上飞了一圈又飞到他身边，怎么劝都不肯走。其实，梁一元也舍不得它走，干脆就让它留下。他的好朋友、安铺观音庙住持感动于人鸟情深，给这只有灵性的白鹭鸟起名"慧灵"。

梁一元生长于安铺镇，曾是安铺瓷厂工人。下岗后，他到珠三角地区打工。2007年，安铺河插村发出承包被弃置旧村场的公告。他回乡承包了河插旧村场60亩江中荒地，加上周围的湿地，共有一百多亩。这里本应百鸟翱翔、婉转啁啾啊，可此时的旧村场难觅候鸟的影子。他的心被揪得很紧。痛心之后，他开始实现"宏伟蓝图"。他不种庄稼，全部用来种花草、种树木、育盆栽、养蜜蜂等。他改治岛内外的环境，建起生态廊道、动物通道、巢箱、人工池塘等设施，打造成适合鸟儿栖息之地。不久，这里绿树成荫，水草丰茂，百花争妍，成了空气清新、环境优美的"绿洲"。尤其是入口处那棵古老的桃子树，春天盛开时花白淡红，非常漂亮。因此得名"桃花岛"。

筑巢引得凤凰来。鸟儿在桃花岛停歇、觅食，发现岛上很安全，于是在此筑巢、下蛋、孵化、育雏……开始只是几只鸟，后来越来越多。几十、几百、几千、成万。品种也越来越多，白鹭、白鹤、鸿雁、绿头鸭……

我们赞梁一元是"鸟的朋友",造福大自然,为保护生态立下大功。他却惭愧地说小时候也伤害过候鸟。

梁一元回忆起童年,脸上纵横交错的皱纹舒展开来。那时,天空蔚蓝,白云朵朵,成群结队的候鸟与白云齐飞,哨音与欢乐共振,美好飘荡于天地间。累了,候鸟栖息在树上,挨挨挤挤,多得几乎把树枝压弯。天上飞翔的、树中停歇的小鸟,实在是太可爱了。他与小朋友仰视着,议论着。调皮的小孩子用弹弓对准小鸟,无知的"子弹"射向它们。"叭"的一声,小鸟断了翅膀掉下来了。梁一元也加入顽童射鸟的行列。

父亲得知此事后,狠狠地批评梁一元。他是归国华侨,具有慈悲之心。他教育儿子:"人类不能伤害鸟儿,要保护它们,要保持生态平衡。候鸟是圣洁的吉祥物,会给人类带来福气。护鸟就是做善事,千万不要打候鸟,尤其是白色羽毛的鸟儿,要更加珍爱。"从此,梁一元不再捕鸟,而是爱鸟。在桃花岛建候鸟保护区,正是这种爱的延续。

在实践中,梁一元发现,光是建好的生态保护区是不够的,还要充当"候鸟医生""护鸟卫士"。经过多年的摸索,他自学成才,根据鸟儿拉在地上的粪便,就能判断出它们得的是什么病,给予相应的医治。病重或伤重的候鸟,他带出树林,到候鸟治疗室医治,到候鸟试飞室锻炼。等完全医好了再把它们放回巢里,或是放归大自然。

2017年5月,有人把一只灰雁送到桃花岛让梁一元救治。这只灰雁腹部鼓鼓胀胀,拉白屎,无精打采,像打了败仗的士兵。原来是鸟贩子为了多卖些钱,硬塞了很多东西给它吃。这个人听梁一元做过宣传,知道灰雁是国家二级保护动物,便出钱把灰雁买下来,送到岛上。

当时正在广东附属医院照顾患病妻子的梁一元,一听说此事,交代人照顾妻子，连晚饭都顾不上吃，马上打车心急火燎地连夜赶回桃花岛。见到那只患病的灰雁，他根据其粪便，综合其他观察，判断它是得了肠胃炎。他拿出药物喂它。第二天，这只灰雁的情况好转。

梁一元自觉当民间"候鸟医生"，有人却充当"候鸟刽子手"。随着桃花岛的候鸟越来越多，捕鸟者偷偷在桃花岛外围布下天罗地网，不少候鸟撞上捕鸟网。捕鸟者甚至把录音机藏在灌木丛中，播放雌鸟鸣叫声。雄鸟听到后，赶紧飞来，结果也成了捕鸟者囊中之物。梁一元知道后怒火中烧，立马操起一把长刀，砍掉捕鸟网，毁掉捕鸟设施，并且在岛上立起"伤鸟即伤我"之类的警告牌，向不法分子发出警告。

有人为梁一元的护鸟情深感动，放下手中的"屠刀"。可是依然有人执迷不悟，梁一元充当"护鸟卫士"，无疑是断了"猎手"的财路。他们恨，牙齿咬得"咯咯"响，叫他不要多管鸟事，否则给他颜色看。梁一元说，捕鸟是犯法的，发财的道路千万条，要发财走正道。"猎手"把他的劝告当是九州江吹过的风，仍然故我，甚至闯进桃花岛捕鸟。他怒不可遏，又操起家伙，并打电话叫朋友过来桃花岛助阵，双方对峙。经过一番较量，正义压倒邪恶，猎鸟者缴械投降。

梁一元从民间立场保护候鸟、做公益的善举渐渐得到认可。从2009年开始，湛江的官方媒体跟踪报道，梁一元护鸟的故事广为人知。中央电视台"遍地英雄"栏目等媒体也大力宣传。当地政府授予桃花岛"安铺候鸟保护区"的牌子，梁一元也获得诸多的荣誉称号。附近的村民也加入他的保护生态行列，从嘲笑他"鸟痴"到尊称其"鸟叔"。2015年12月，候鸟文化室在桃花岛挂牌了，梁一元又多了一个角色：候鸟文化宣讲员。来这里参观学习的人不少，尤其是中小学生。不少学校把这里作为生态教育基地。通过他的宣讲以及榜样作用，学生们增强了保护生态意识，也开始加入爱鸟护鸟行列，并以实际行动保护大自然。

2020 年，梁一元更是喜事连连。广东省生态环境厅给桃花岛候鸟保护区颁发了"广东省环境教育基地"牌匾；生态环境部、中央文明办联合在全国范围开展 2020 年"美丽中国，我是行动者"主题系列活动，他入选全国"最美生态环保志愿者"。这份荣誉是社会对他的褒奖、鼓励，梁一元十分感动。

令我们欣慰的是，爱在桃花岛延续，保护生态后继有人。不只是在社会，也在梁一元的亲人中。女婿看见梁一元自己一个人住在岛上，便不到外面打工了，在桃花岛与他一起保护生态。女婿白天在桃花岛上劳作，喂候鸟；晚上也住在桃花岛。儿子梁主国大学毕业后，先是留在广州工作，后回到桃花岛与父亲一起保护候鸟。我很是好奇，像他这样玉树临风的大学生，怎么甘于在清贫的桃花岛？他说："之所以选择回桃花岛，原因有两方面。一是岛里的工作很多，爸爸的年纪大了，回来帮他分担一下；二是从爸爸身上看到爱鸟护鸟的工作非常有意义，功在当代，利在千秋，我愿意和爸爸一起做一名护鸟人。"

梁主国说这番话时，我看见梁一元古铜色的脸上露出欣慰的笑容。

爱鸟护鸟，保护生态，让人与大自然和谐共生，这是时代的需要，也是发展的需求。梁一元从一个人的保卫战，到一众人的加盟，队伍不断壮大，社会的关注度越来越高，让候鸟自由地飞翔在桃花岛及九州江畔已经成为现实。但是保护生态不能松懈，每一个人都应肩负责任，砥砺前行。

落霞满天时，我们要离开了，又看到鸟儿从四面八方飞回桃花岛，翱翔，欢叫。这是多么美好的画面！

# 海岛物象志

*虞 燕*


## 一艘待拆解的渔船

那艘渔船排在船厂坞道的第一个，斜阳散漫地落下，将船体割成明明暗暗几大块，仿佛预示了它即将降临的命运。

它与其他十来艘渔船在坞道里依次排开，同样的深蓝船舷棕红船底，船舷下方同样画了个白色的圈，圈中的白色"拆"字极其刺目，如盖上了印章，一切已尘埃落定，无法改变。很快，这些渔船将被氧气焊切割，被吊车钩起，船体土崩瓦解，走向终结。

它并不是"三无"船舶，而属于政策里要缩减的渔船类型——帆张网船，且船龄偏大，船老大（船主）不得不忍痛割爱，将其上交。

一艘渔船就跟一个渔民一样，终有不合时宜、衰老的一天，也终将告别海洋，告别劈波斩浪的生涯。船主王老大看了他的渔船最后一眼后，大踏步走出了船厂。

那艘帆张网船打造于十八年前。当年，新船如新人，靠在码头意气风发，印着"一帆风顺""满载而归"等祝语的三角形旗帜猎猎飘扬，红蓝白相间的桅杆高高耸立，甲板一侧，十余只大型铁锚乌黑锃亮，气势威武，像一支镇守船只的军队。

帆张网船必配大铁锚。帆式张网渔船在海上作业，以铁锚带动渔网沉入海中，并稳稳当当地固定于海底。帆张网具有巧妙的旋转构件，可任由渔网随着洋流方向做三百六十度旋转，各色浮子如一串串拙朴的项链，缓慢扭动，在海面摆成各种造型，宛若海上芭蕾。水纹一大圈一大圈荡漾开去，海鱼被一大群一大群旋进来，这简直让海洋捕捞具有了某种美感和诗意。然此种捕捞方式其实就是利用了潮水的冲击，迫使带鱼、小黄鱼、梅鱼、虾等经济水产动物进入渔网，不加以选择，大小通杀，对渔业资源破坏严重。

帆张网船被减船拆解的结局似乎可以预见。

但帆张网的优势又那么明显，低耗高产、省劳力。新船造好时，王老大正值壮年，他站在船头，海风鼓起他的衣衫，胸口好像猛地蹿进了海浪，激流澎湃。此后无数次，他驾驶着渔船开出中心渔港，奔赴各个海区，一路把大海当作蹦蹦床，在其上弹跳起伏。浪头一个紧接一个拍过来，"噼噼啪啪"，船体勇猛地回手，击碎了海浪，碎沫儿齐齐扬起，若白烟滚滚。

帆张网得依靠潮水的力量撑开，故帆张网渔船是跟着潮水作业的，大水潮捕捞，小水潮回港。近海海域的潮汐属半日潮，一个太阳日内会出现两次高潮和两次低潮——日涨日落，夜涨夜落，帆张网的收放跟着潮水起落即可。涨潮完毕，起网倒货，随后立即放回海里，落潮完再起网倒货。周而复始。这大概是潮水跟渔网最亲密和谐的合作了。

蟹笼船、拖虾船之类捕捞渔获物后多由运输船回港投售，帆张网船算得上渔船中的劳模，渔场里，与海浪搏斗，跟鱼虾周旋，结束作业后再自行运回，靠泊卸货。每每，王老大的帆张网船及同类渔船满载而归之时，码头上挤满了渔民、商贩、渔工等，他们为成箱成堆的鱼货而聚，在机器的轰鸣声里嬉笑聊天，讨价还价。浓烈的鲜腥味肆意穿梭、弥散，渔民们爱极了这样的气味，称之为"丰饶的空气"。

王老大常说，他的渔船是立下过汗马功劳的。那些年，帆张网船跟随他闯荡各海区，为跟时间和气候赛跑，即便台风的余威尚在，浪涛示威似的翻卷、拦截，他的船依然昂着头，不顾颠簸、摇荡，一心朝着鱼群进发。渔获物一网又一网地拔起，甲板上满满当当，闪闪发亮。帆张网船基本在舟山近海深海区作业，以捕捞带鱼为主，此区域独特的地理环境造就了异常肥美鲜嫩的带鱼，被誉为"带鱼中的爱马仕"。尤其秋冬季，带鱼品质上佳，价格自然也高到让王老大红光满面，所有的疲劳困顿就此消解。

收网的那一刻多么令人兴奋，网袋从幽暗的海面缓缓升起，如同闪着银光的热气球，网里，数不清的锃亮的带鱼密密麻麻交缠、堆叠。松开网口，"嘭"，"轰"，船体被砸得摇晃不止，带鱼如月光倾泻下来，铺满了整个甲板，"唰"地照亮了黑夜和眼睛。远远望去，还以为此船堆满了银子。

在王老大眼里，那的确是银子。多年来，他的帆张网船甚为得力，好些时候，出海半个月能返港两次，属于岛上的丰产船。他也算不枉一船渔民兄弟的信赖。

然而，渔业资源终究不容置疑地走向了衰竭，成了所有渔民的隐痛。从前，岛上有首顺口溜，"春天黄鱼咕咕叫，夏天乌贼晒满礁，秋天虾子随处跳，冬天带鱼整网吊"，谁都了然，这种盛况将不复再现。过度捕捞所带来的恶果以最直观的方式击痛渔民，近些年，船越来越大，网越来越多，多种经济鱼类却数量骤减乃至绝迹，好不容易挨过了禁渔期，兴冲冲开捕，拔了几网，船老大的脸色比浑浊的海水更晦暗。王老大还遭逢过产量不低，渔获物的品质却难堪，带鱼多为三四两重，只能以统货价出售，他的心脏犹如扎进了鱼刺，细细碎碎地疼，连绵不断地疼。作为渔船老大，海洋逐渐贫瘠，他感受最深，大海母亲的双乳不再丰盈饱满，蓄满乳汁，任尔再怎么用力吸吮，出来的也只是稀稀的奶水。

终于，帆张网这种掠夺性捕捞渔具的弊端被反复鞭挞，帆张网的普遍使用与近海渔业资源濒临枯竭之间的关系被狠狠拎出来，专业、非专业人士用嘴和纸张——列出它的罪状。帆张网最遭恨的一点大概是网口用帆布，帆布的吸水性能强，网具入水后易沉入底层，如此，很可能一扫而光底下的鱼类，甚至连微生物都幸免不了。更别提小部分渔船老大一味追求经济效益，竟在帆张网具上垫了密眼衬网，人为导致大鱼幼鱼一网打尽。或许他们这么做只想摆脱目前的困境，要为其短视买单的却是子子孙孙。

而因为装备了沉重的铁锚和网具，帆张网渔船如若碰上恶劣天气，抗风浪能力相对弱，事故发生率高，且一旦遇险，救援相当困难。帆张网船之网具杀伤力大，船只列入了高危，产量高效益好的优势原是一把双刃剑。政策里说，要逐年削减帆张网船直至淘汰。

可落到实处又谈何容易呢？

减船转产，各村都有指标，优惠政策也随之出台。帆张网船老大主动上交船只并接受拆解的，可享受各级资金补助，并为其转业提供帮助。不出所料，响应者寥寥。

船是渔民老大的命根子。有渔船在，他们就似礁岩般挺立、硬气，睡得着觉吃得下饭，心里踏实。即便亏损情况时有出现，出洋一趟，渔获物的价值抵不上全船渔民的工资及网具、船只的损耗等，老大们深感无力的同时，又不得不一头扎进大海，他们像鱼一样离不开海，那是渔民的谋生之源啊。有些帆张网船打造不过几年，船老大贷款尚未还清，更是铆足了劲，一次次破浪乘风，下网捕捞，总得碰碰运气。一艘船承载着十多户家庭的生计和希望。

再者，他们跟海洋打了多年交道，若突然转到陆上工作，心慌、茫然、忧惧……各种不适。虽说总体渔业环境不算好，捕鱼也比不上其他工作安全舒适，他们还是喜欢驰骋于那一片片蓝色的海域，一网网放下去，一网网拔上来，每一网都盛满了全船渔民兄弟的期待，那样的乐趣，别处可寻不到。

王老大自然也如此，但心里又明镜似的，像他这样年近六十，船龄亦不小，且受大海眷顾获益颇多的老大不交船的话，有些说不过去了，总得把机会留给仍需从海里打捞生活的年轻老大。再把眼光放远了看，减船、整治，修复海洋生态环境，就是给子孙留后路，"海里的鱼不捕白不捕，多捕多赚钱"的信条是时候改变了。

王老大属于村里第一批交船的。决定交船前，他数次回到船上，踱过来踱过去，打扫角角落落，摸摸铁锚和渔具，用手机拍了些照片，留作纪念。十八年来，这艘帆张网船在泱泱大海就是一匹钢铁骏马，与他并肩作战，出生入死，他要以自己的方式跟这位"战友"告别。而告别了它，王老大四十年的渔民生涯也正式结束了。

看起来，拆解一艘船并不费劲，至少要比建造它省力多了，随着船厂内切割声阵阵，火花飞溅，起重机、推土机频繁运作，船板卸下，零部件一个个拆下，最后，庞大的钢铁之躯以近百吨废铁的样子呈现于世间。

可是，要如何才能"拆解"渔民为生、致富需求跟海洋生态及资源保护的矛盾呢？

## 蟹笼，蟹笼

在岛上，蟹笼实在常见，它们或如散兵游勇，被抛球似的投进海里，"咕咚"下沉，零零落落潜于码头、海滩、海塘之边沿，却总被留在岸上的长绳暴露了踪迹；或大举进犯，黑压压堆叠的蟹笼船，到达目标海区后集体"跳海"——随着机器的轰鸣声响起，船"嗒嗒嗒"往前开，浮标、浮标绳、沉石、干绳、支绳和蟹笼依次落水，飞溅的海水在海面形成一长溜"白线"。放完所有蟹笼，渔船抛锚坐等。

什么时候拔蟹笼？多久拔一次？视情况而定。梭子蟹旺发季，一天拔两回不嫌多，淡季大多一天一夜拔一回。蟹笼船拔蟹笼，先拿浮标，而后，机器运输带将蟹笼一组一组地拽上来，一组一般为两千五百只。原本还算平静的海面瞬间碎裂，那像是一场跟大海的拔河比赛，蟹笼出水，代表已胜券在握。笼里的海水"哗哗哗"流下，笼里一阵"窸窸窣窣"，猎物逐渐清晰可辨。一下子从幽暗的海里到暴露于光亮的半空，笼中之蟹惊惶地挣扎，举着蟹螯却不知该与谁格斗。

数千上万只蟹笼不断从运输带传上来，专门有渔民站在船沿，机械地从绳子上摘下蟹笼，一只又一只，同一个动作重复无数次。其身后，数位渔民接过蟹笼，不停歇地揭开盖子，倒出渔获。大量的梭子蟹聚集在一起，活蹦乱跳，张牙舞爪，为防止它们互相撕咬，须用橡皮筋将蟹脚绑住。蟹离了海，存活时间有限，尽快处理完毕后，让接鲜船直接运走，以飨陆上的老饕们。

蟹笼算得上一种低能耗、少劳力，又不易破坏生态环境的渔具，因其主捕蟹类，渔获选择性强，对近海渔业资源、种族结构调整等都有利。岛上的蟹笼以圆柱形居多，铁质框架为筋骨，撑起柔弱的渔网，立体网面设有引诱口，那是螃蟹的进笼通道，也是它们的生死之门。引诱口具有易进难出的特点，螃蟹一旦进了笼，就休想出去了。关于引诱口，打蟹笼的人说过，最难就是"扎口子"，要用手指拉，拉不平，线就进不去，好不容易做好了，口子过宽，容易让螃蟹逃脱；太紧，螃蟹则爬不进。特难伺候。一个陷阱的入口，总是令人煞费苦心的。

蟹笼底部，收拢绳与横梁扎牢，而顶部的收拢绳却是活络的，可根据需要随时松开，比如放置饵料、倒出螃蟹或整理渔具。

蟹笼入海前，必先挂好饵料，不然，扔海里也是白扔。在笼捕作业里，饵料对收成的影响巨大，根据梭子蟹的觅食习性，饵料应以腥味大，光泽度好，且能保持较久散发时间的新鲜鱼类为佳。蟹笼船常会根据季节调整饵料，像春季基本以龙头鱼为主，而等禁渔期过后，则轮到梅鱼上场了。总之，要想诱蟹进笼，总得对了人家的胃口。

蟹笼是安静的猎手，它们在海里默默蹲守，顺便让饵料的气味四处发散，引诱整片海域的梭子蟹。蟹们循味而来，先在笼外观察、打转，见蟹笼乖乖待在那，半晌不动，胆子便大了，开始伺机往里钻。如此，正式中计，网面的几道口子就等着它们横行而入呢。螃蟹纷纷钻进蟹笼争食，殊不知，自己已然是人类的美食。

并非每一只深入海里的蟹笼都能安然回到岸上。它们就如出征的士兵，披盔戴甲，冲锋陷阵，把后路交给一根不甚起眼的绳子。风浪、撞击、钩拉、破损、操作不当等均有可能令蟹笼遗落海中，成为海洋里的外来客。掉了队的蟹笼失去指引，漫无目的地游荡、沉浮，一天天挨过海里的时光。渐渐地，它们的铁质框架生满了铁锈，网面经海水反复冲击和海洋生物不断噬咬，变得脆断、残破，像一个历尽沧桑的人，曾经的光鲜蓬勃早已不再。

广袤的海洋收容了无数被遗弃的蟹笼，它们以废渔具的身份散落各处，加入了庞大的海上垃圾队伍。就这样，蟹笼从捕蟹功臣沦为了危害海洋环境和渔业生产的固体废弃物。

海里的废蟹笼是渔网的强力杀手。渔船兴冲冲开赴海区，一张大网撒下，在海里尽情伸展，准备将鱼虾一网打尽。蟹笼闪现得出其不意，一只或数只，锈迹斑斑，像特意埋伏在那里的敌人。其铁质锋利，两者纠缠，终究是渔网败下阵来，被扯破，被钩烂，出师未捷身先死，渔民损失惨重。

废蟹笼还是海洋里的密室构建者。它们虽被废置于海底，构造、功能依旧，会以一贯的沉默和坚韧等待猎物上门。不可胜数的游泳生物因自己的好奇、贪婪被诱捕，直至被困死，是白白困死，然后腐烂。渔民们心疼并焦虑，海洋资源哪经得起如此破坏和浪费？

长久以来，岛上的渔民凡在海上遇到废蟹笼，即便已随渔获物捞上来，也会不假思索地将它扔回海里，他们一心扑在捕捞和收获上，怎顾得上理会一只废弃的蟹笼？而新的废蟹笼一直在产生，海洋就像一个容器，任何东西只进不出，逐渐积聚，均会成为巨大的负担，乃至祸害。

近些年，岛上渔民的环保意识提升了不少，毕竟，海洋环境的变化已涉及了切身利益。他们慢慢习惯将生产过程中捞上来的废电池、矿泉水瓶、硬纸板等带回岸上，这些轻便的占空间小的海上垃圾与陆上其他废品一起，进驻到了收购站。然而，面对处理废蟹笼，渔民们心情复杂，深知任其留在海里危害甚巨，但若要凡遇蟹笼就捡回，他们仍是不大乐意的。就算船老大下令，手下的渔民也免不了怨气连连。

废蟹笼不同于一般海上垃圾。它是立体状渔具，体积大，占用空间就大，出洋一趟，有时候可捡回数百只废蟹笼，这些蟹笼占据了一部分船舱，分走了本该安置渔获物的空间。况且，它为实打实的铁架子，沉得真真切切，渔民费力捞上船，稍作清理，再一只只叠整齐，不然更占地方。待清掉蟹笼子，船舱还须冲洗。而船靠岸后，除了运送捕获的海货，所有的废蟹笼也得搬至码头，又是不小的工作量。

对渔民来说，这些都是无报酬的额外负担，且做起来可不轻松。渔民出海捕鱼，工作连轴转，不分白天黑夜，收网、分拣、装筐、打扫……本就耗体力，再加上处置废蟹笼这一块，颇有雪上加霜之感。废蟹笼卖给废品收购站，几块钱一只，政府为鼓励此举，相应做了点补贴，渔民根本不会把这些放在眼里，自然没可能为此等小利勉强自己，促使他们捡回废蟹笼的，最终靠的是自觉，靠的是个人素质。

如今，在小岛上，已经有几十艘渔船主动参与了捡废蟹笼。常常，几艘渔船回航，一靠岸，渔民们仿佛被同时摁到了哪里的开关，齐整整地忙碌起来。码头上，迅速铺满了成筐成筐的渔获物，一只又一只的废蟹笼也随之报到，它们曾流落于汪洋大海，兜兜转转，终于回到了陆地。

码头一侧，暗淡的破败的蟹笼们紧靠一起，弯弯扭扭地列了队，还叠了好几层，犹如一群老弱残兵团聚后，举行的某种庄重的仪式。

## 烂网衣与废电池

码头上，烂网衣与废电池随意堆放，跟海鲜满地人群欢腾的景象产生了隔阂。不久前，两者完成了身份的转变，从渔网的两种重要部件变成极有危害性的海上垃圾，它们一如当初下网捕捞时的顺服、沉默，静静地等待接下来的命运。

烂网衣与废电池收集于不同艘渔船，却往往来自同一类渔网——流刺网，它们跟绳具、浮标、沉具等组成了此款主捕洄游性鱼类的长带型网具。流刺网以白色细尼龙线织成，垂直放置于海里，水网一色，浑然一体，鱼蟹们丝毫未觉已被截断洄游通道，冒冒失失随海流往前冲，最终，被网缠住。一长溜渔网上挂满了各种姿态的鱼蟹，这是那些已然静止的生命留于世间的最后形象。

岛上，捕捞梭子蟹的流刺网船甚多，均配有专用的单层刺网，干脆就叫蟹流网了。渔船到了目标海区，蟹流网投放下去，布下隐形大陷阱。此网至少一天投放一次，涨潮时，一道数公里长的直立网墙随船横切主流，循潮而漂，蟹们一旦触网，便进退无门，难逃生天。夜晚，网标灯自动亮起，白色、红色、绿色、紫色……单色闪烁，多色闪烁，灯光流溢在海水中，给海洋捕捞增添了点浪漫气息。

每一次，满载着梭子蟹的流刺网被拉上甲板，看上去就像在海里遭受了凌迟，网线到处断裂、缺损，网衣整个儿破破烂烂，极少能找到一块完好的部位。流刺网的网衣细脆，若被钩刺刺到，势必扯出大小形状各异的口子，而试图挣脱的螃蟹更是用锋利的大鳌剪碎了它，怪不得渔船老大说，每捕捞一公斤梭子蟹，就会有二两网衣弃置海底。自然，蟹类不过做无用功罢了，只会被网衣缠得越来越紧，解都解不开。菜场里的梭子蟹，餐桌上的梭子蟹，不常常还有白色尼龙线杂乱地绕着吗？

捕捞螃蟹对网具的损害相当大，修补渔网的代价要远远高于购买新的，只好选用一次性的流刺网。流刺网纤细易断，一天放下的网，长度和面积又堪称壮观，似要在海里布下天罗地网，如此，难免与各种障碍物缠结钩挂，而后，以自己支离破碎告终。尤其，蟹流网船和蟹笼船都在同一片海域捕捞梭子蟹，流刺网与蟹笼在海底狭路相逢，你来我往，葛蔓纠结，脆弱的白色网衣哪是铁骨铮铮的蟹笼对手，终究被又撕又割又挖，残破之躯浮浮沉沉，最后的归宿无非被拉上船或沉入海底。

起网后，即是网衣废弃之时，随其一起的，还有用于网标灯的一号干电池。其他部件可再利用，将和新的网衣编织在一起，生成一张崭新的流刺网。

岛上的好些渔船环保意识渐强，自发带回了烂网衣与废电池，大伙的目标一致，尽量别将捕捞过程中产生的垃圾再留在海里，只能尽量，总有小部分碎网片和废电池一起网就擅自脱离了集体。更别说其他不可控因素，如碰到大潮汛，网钩挂到了更多更重的障碍物，实在拉不上来，只能被迫遗弃在海里。

常有船老大叹息，蟹流网再不规范治理，长此以往，对海洋环境的影响只怕要超过任何一种作业方式了。

岛上的蟹流网渔船，平均每年每艘消耗电池达一千节以上，过去，渔民总将包括废电池在内的垃圾顺手一丢，以为偌大的海扔点东西怕什么呢，殊不知，这样恣意的后果是，自个成了最直接的受害者。

大量的废电池入海，随着浸泡时间增加，电池中的重金属逐步析出，铜、锌、镉、汞、铅等，无辜的海水就这么被慢慢污染，海里的生物更冤，一呼一吸间就中了招。有实验表明，一节渔用废电池的金属若全部溶出，可导致二百八十五立方米水体内百分之五十的生物急性死亡，可以这么说，出海时乱丢废电池，就等于在海里投下了慢性毒药，隐患无穷。

相较之下，弃置烂网衣的危害要更直观，也更严重。它们隐蔽于水下，不断"招兵买马"，形成一个巨大的且一直在扩张的海底组织，航行事故、资源衰竭、渔业事故纠纷等背后，都可寻到其助推的证据。人们甚至给这个组织取了一个颇惊悚的名字——"幽灵渔网"，它们看起来老老实实待在海底，却会继续捕获和杀死游泳生物，鱼类被不断地无谓地消耗。当一块地方废弃的渔网越来越多，也意味着那里已经形成了一片死亡区域。

逃过此劫的生物就安然了吗？烂网衣等塑料污染如瘟疫在大海里肆意蔓延，已从海洋浅表延伸至海洋深处，深海变成了塑料碎片的"终极（垃圾）槽"，所有活着的海洋动物都深受其害。它们终身被塑料微粒包围，因误食塑料垃圾而死亡的不一而足，庞大强悍如鲸鱼，都没能幸免。那条关于长达五点三米的居维叶喙鲸死亡的新闻让多少人震惊惶恐，它被发现于希腊罗德岛某海滩，经尸检，胃里竟有超过十五公斤的塑料垃圾，专家说，像居维叶喙鲸这样吞入大量塑料致使无法正常进食，进而引起恶病质和死亡的海洋动物并不少见。

从前，渔船从岛上出发，一两个小时便可下网捕捞，而今，要开出老远，起码十多个小时。渔民们心知肚明，废置渔具、金属污染等多重伤害导致近海渔业资源下降得厉害，海洋已经受不起折腾了。

近年，岛上有更多的蟹流网船老大开始贴钱处理废弃渔具，那些体形硕大的流刺网不值钱就算了，还费钱，船老大除了需自行承担运输费用，请工人解网也是笔不小的开支。人工解离渔网，可以更好地利用回收废渔具，以及加工再生产品。

海边空地上，网具积成了小山，绿色绳具、白色网衣、彩色浮子……像一群无比落魄的人乱糟糟聚集在一起，浓郁的蟹腥味散发得无法无天，阳光猛烈，腥味转为臭味，能把人熏到头晕。遮阳棚下，工人面对一堆堆纠缠得难舍难分的渔网，操起剪刀，麻利地分解出绳具、网衣、浮标、沉具等，分别堆放，流刺网的各部件算是被动拉帮结派，暂时建立了自己的小圈子。

浮标、沉具和绳子能重复利用，还给船老大们，至于占比最大、缠绕成团的白色烂网衣，唯有等专门的人来回收。网衣的成分为尼龙，细而脆，被一些环保型旧塑料造粒企业收购后，加工成塑料颗粒，塑料颗粒又可再生为其他塑料制品。这也算为废置流刺网找到了一条出路。

曾经，废电池常陪同烂网衣在码头上坐冷板凳，往后，恐怕烂网衣要落单了，使用干电池的传统电筒已出现绿色替代品——太阳能网标灯，模样跟手电筒相仿，灯筒为三角柱体，三面均有太阳能蓄电板，充满电后绑于渔网即可。

岛上首批换上新装备——太阳能网标灯的渔船怀着隐隐期待出海下网了。天色渐暗，渔网上灯火乍起，那片海熠熠发光，彻夜长明。

# 鲁迅的动物伦理

## 李木生

鲁迅有一个动物世界，热闹天真又深刻别致，至今流动着鲜活的鲁迅动物伦理。

"其实人禽之辨，本不必这样严。在动物界，虽然并不如古人所幻想的那样舒适自由，可是噜苏做作的事总比人间少。它们适性任情，对就对，错就错，不说一句分辩话。"（《狗·猫·鼠》）鲁迅的"动物伦理"，至今熠熠生辉，与同时代利奥波德的"土地伦理"，有着本质上的相通处：人类应当设身处地地理解动物与土地。

他的动物世界，就是一面镜子，不仅照见一个更为真实也更为可爱的自己；同时，也折射着那时的中国，更因与动物的比较而凸显出人性的深度、嘴脸的真相、心灵的独白——"古今君子，每以禽兽斥人，殊不知便是昆虫，值得师法的地方也多着哪。"（《夏三虫》）

### 蛇的真相与隐语

蛇，在鲁迅的动物世界里，是一个复杂的存在，乍看是爱恨交加，其实是在不同语境中的不同呈现，内质却是统一的。

在《野草·我的失恋》这首拟古的新打油诗中，作者用 4 种信物回赠自己追求的爱人：猫头鹰、冰糖葫芦、发汗药与赤链蛇，

"爱人赠我玫瑰花；回她什么：赤链蛇。从此翻脸不理我，不知何故兮——由她去罢"。虽是"打油"的，讽刺的，"是看见当时'啊呀阿唷，我要死了'之类的失恋诗盛行，故意做一首用'由她去罢'收场的东西，开开玩笑的"（《三闲集·我和〈语丝〉的始终》），但这四种物事却是鲁迅所喜欢或者日常必备的。赤链蛇当然也是他的所爱，不然不会以此赠送自己的爱人。

这条赤链蛇，有着美的意味。早在他的百草园里就出现过，"长的草里是不去的，因为相传这园里有一条很大的赤链蛇"。而且这条很大的赤链蛇，又可以成为诱人的"美女蛇"。更早的时候，"赤链蛇"，则出现在小说《补天》中，是由女娲挥舞的紫藤变幻而成。

写《我的失恋》是 1924 年 10 月 3 日，两年多后的 1927 年 1 月 11 日，鲁迅在给许广平的信中，又提到了蛇，当然是直抒对于蛇的爱："我就爱枭蛇鬼怪，我要给他践踏我的特权。我对于名誉，地位，什么都不要，只要凶神鬼怪够了！"这里的"枭蛇鬼怪"，更是指真正所爱之人许广平，态度决绝而坚定。早在 1926 年 11 月 11 日，在《写在〈坟〉后面》里，鲁迅就已经说到"枭蛇鬼怪"："我有时也想就此驱除旁人，到那时还不唾弃我的，即使是枭蛇鬼怪，也是我的朋友，这才真是我的朋友。"他回忆起那个用带着自己体温的钱买他书的青年学生，说"这体温便烙印了我的心"，并决心"毫无顾忌地说话，对得起这样的青年"。

而在他如火如荼地写《野草》的 1925 年，鲁迅还写下过一篇名《杂感》的杂文，内中有这样已经成为名言的论说："无论爱什么，——饭，异性，国，民族，人类等等，——只有纠缠如毒蛇，执着如怨鬼，二六时中，没有已时者有望。"这里，更直接请出"毒蛇"，作为自己正面表达的象征，并进而深化地明确地说道："见了酷烈的沉默，就应该留心了；见有什么像毒蛇似的在尸林中蜿蜒，怨鬼似的在黑暗中奔驰，就更应该留心了：这在豫告'真的愤怒'将要到来。"其实，"毒蛇"一词，最早是出现在《呐喊·自序》中。《呐喊·自序》是鲁迅对于自己前期思想、精神，以及生命历程的一次系统而又重要的梳理与总结，主旨是讲在一个无声的国度中觉醒者的呐喊得不到回应的寂寞："独有叫喊于生人中，而生人并无反应，既非赞同，也无反对，如置身毫无边际的荒原，无可措手的了，这是怎样的悲哀呵，我于是以我所感到者为寂寞。这寂寞又一天一天地长大起来，如大毒蛇，缠住了我的灵魂了。"

在这些地方，蛇是鲁迅的喜爱所在，甚至就是他的自况。

从童年时代对于绘图本《山海经》的喜爱开始，那种"人面的兽，九头的蛇，三脚的鸟，生着翅膀的人，没有头而以两乳当作眼睛的怪物"，就让他与动物结下了不解之缘。那个"很高的眉棱在金黄色的长发之间微蹙了"的爱罗先珂的回忆，则让鲁迅体验到了音乐家的蛇，"在缅甸是遍地是音乐。房里，草间，树上，都有昆虫吟叫，各种声音，成为合奏，很神奇。其间时时夹着蛇鸣：'嘶嘶！'可是也与虫声相和协……"（《鸭的喜剧》）；以至充分表现着自我的"游魂"，可以"化为长蛇，口有毒牙。不以啮人，自啮其身"（《墓碣文》）；到了"我的身上喷出一缕黑烟，上升如铁线蛇"，那朵花儿一样美丽、终生反叛着地狱的死火，就是他的所爱了。

鲁迅属蛇，曾有笔名"它音"。对此许广平有过明确的解释："它，《玉篇》，古文佗，蛇也。先生肖蛇，故名。"鲁迅从八道湾搬去砖塔胡同暂居，与俞氏小姐妹有了10个月的相处，并在此留下了一个充满童趣的外号：野蛇。其实，野蛇的获得，得益于他的调皮，是他先以属相分别称她们俩为"野猪""野牛"，遭到"反击"，才有了"野蛇"的回赠。

对蛇也有贬抑，那是在蛇凶残地杀死老鼠的时候，鲁迅称之为"可怕的屠伯"。鲁迅对于弱者有着天然的怜护，从而对于压迫与残害弱者的强者，便会腾燃起一种不可遏制的反抗与斥责。"咋，咋咋咋咋"，老鼠数铜钱的声音，正表现着老鼠的"绝望的惊恐"。戏耍、玩弄，而后将其吃之的猫也不会让鼠如此心胆俱裂，只有蛇才会让老鼠发出数铜钱的"咋咋"声。正是在这里，鲁迅称蛇为"可怕的屠伯"。他就是在这种鼠的"咋咋"声里，在梁上蛇的窥视之下，救下了他的"口角流血，但两肋还是一起一落的"的小隐鼠，并因小隐鼠而与另一个强者——猫——结下了梁子。

## 仇猫与打落水狗

在鲁迅的动物伦理中，动物与动物、动物与人类，是平等的，又是相互映照、对比，并牵动着也丰富着他的情感、精神与思想。而虐猫与"打落水狗"，则显示着鲁迅动物伦理的另一个层面。

在《兔和猫》与《狗·猫·鼠》里，猫是主角，兔与狗都是配角，而且鲁迅并不讳言他对于猫的厌恶与他的"仇猫"。那时的正人君子，学者名流之类正与鲁迅论点正酣，其"仇猫"也便成为他的罪状之一。比如陈西滢说："看哪！狗不是仇猫的吗？鲁迅先生却自己承认是仇猫的，而他还说要打'落水狗'！"直接将鲁迅逻辑成了狗。鲁迅才不依了他们的葫芦画瓢，径直地说出自己仇猫的缘由来，而且觉得"理由充足，而且光明正大"：一、猫的性情与别的猛兽不同，凡捕食雀、鼠，总不肯一口咬死，定要尽情玩弄，放走，又捉住，捉住，又放走，直待自己玩厌了，这才吃下去，颇与人间的幸灾乐祸、慢慢地折磨弱者的坏脾气相同。二、它不是和狮虎同族的吗？可是有这么一副媚态！三、交配时候的嗥叫，手续竟有这么繁重，闹得别人心烦，尤其是夜间要看书、睡觉的时候。四、"只因为它吃老鼠，——吃了我饲养着的可爱的小小的隐鼠"，"到了北京，还因为它伤害了兔的儿女们"。

在这里，鲁迅是将猫与人共论的，"幸灾乐祸，慢慢地折磨弱者的坏脾气相同"。他是亲见了青年们抛洒的鲜血与被虐杀的生命，"我失掉了所爱的，心中有着空虚时，我要充填以报仇的恶念！"

"鸷禽猛兽以较弱的动物为饵，不妨说是凶残的罢，但它们从来没有竖过'公理''正义'的旗子，使牺牲者直到被吃的时候为止，还是一味佩服赞叹它们。"这里，虽然写的是动物们，却又是在写压迫者与压迫者的帮凶们。我们却可以结合鲁迅的其他文章，细细地体味，将更能真切地理解他的这些有关动物文字背后的深意。像1926年"三·一八"惨案之后所写的《记念刘和珍君》，柔石等左翼青年作家被枪杀于上海龙华之后所写的《为了忘却的记念》——"长歌当哭，是必须在痛定之后的。而此后几个所谓学者文人的阴险的论调，尤使我觉得悲哀"——这些，不是与鲁迅写猫的文字有着同质的吗？

鲁迅关于打落水狗的名篇《论"费厄泼赖"应该缓行》，与《狗·猫·鼠》可称姊妹篇，一个是打猫，"最先不过是追赶，袭击；后来却愈加巧妙了，能飞石击中它们的头，或诱入空屋里面，打得它垂头丧气"，或者"我便要用长竹竿去攻击它们"；一个是打狗，"但若与狗奋战，亲手打其落水，则虽用竹竿又在水中从而痛打之"。

落水狗之所以必须打，也是因为血的教训。那些在革命中被打落水之狗，终于"爬上来了，伏到民国二年下半年，二次革命的时候，就突出来帮着袁世凯咬死了许多革命人，中国又一天一天沉入黑暗里，一直到现在，遗老不必说，连遗少也还是那么多。这就因为先烈的好心，对于鬼蜮的慈悲，使它们繁殖起来，而此后的明白青年，为反抗黑暗计，也就要花费更多更多的气力和生命"。比起打猫论，鲁迅打落水狗的理论更加精细与完备，除了与狗激战亲手打落水必须继续痛打之外，还有两条十分重要。一条是"倘是咬人之狗，我觉得都在可打之列，无论它在岸上或在水中"，也就是"无论其怎样落水……为坏狗也则打之"。

另一条是要"打叭儿狗论"："虽然是狗，又很像猫，折中，公允，调和，平正之状可掬，悠悠然摆出别个无不偏激，唯独自己得了'中庸之道'似的脸来。……叭儿狗如可宽容，别的狗也大可不必打了，因为它们虽然非常势利，但究竟还有些像狼，带着野性，不至于如此骑墙。"在《秋夜纪游》中，叭儿狗是躲躲闪闪"汪汪"叫得很脆，鲁迅仍然是一个"打"字，且是用石子，恶笑着，"举手一掷，正中了它的鼻梁"。而在《准风月谈·前记》中，则成了"只会做'文探'的叭儿们"，虽然"翘起了它尊贵的尾巴"，其卑鄙可憎的面目已经跃然纸上。

而《狂人日记》中那只"又叫起来了"的"赵家的狗"，则是有着"狮子的凶心，兔子的怯，狐狸的狡猾"，更是不管是在岸在水，都必须高度警惕，有机会便痛打不已，因为这是个"四千年来时时吃人的地方"养痈成患的恶狗。在《野草·狗的驳诘》，我们会听到鲁迅的呵斥："呔！住口！你这势利的狗！"等到"连只会做'文探'的叭儿们也翘起了它尊贵的尾巴"，则是对鲁迅眼花缭乱的笔名或疑似鲁迅的笔名，都要"呜呜不已"了（《准风月谈·前记》）。鲁迅一生都在为改革鼓与呼，他的"打落水狗论"有一个根本性的结论："反改革者对于改革者的毒害，向来就并未放松过，手段的厉害也已经无以复加了。只有改革者却还在睡梦里，总是吃亏，因而中国也总是没有改革，自此以后，是应该改换些态度和方法的。"（《论"费厄泼赖"应该缓行》）

等到鲁迅写下《"丧家的""资本家的乏走狗"》一文，则三十年代的上海已经与二十年代的北京，有了某种相同的气味，甚至更加"每况愈下"：二十年代的北京共产党人李大钊被杀，三十年代的上海，国民党人杨杏佛，只因同情共产党人便被特务伏击枪杀。在赴杨杏佛的追悼会时，鲁迅是将开家门的钥匙都不带的，他的悲愤让他这位主张"壕堑战"的战士，也赤了膊迎着死亡昂首向前。悲愤还不能纾解，便又写下被泪水打湿的诗稿："岂有豪情似旧时，花开花落两由之。何期泪洒江南雨，又为斯民哭健儿。"

打落水狗的精神，还体现在他的《夏三虫》中。蚤，蚊，蝇，当然都是害虫，皆在非打不可之列，虽然跳蚤"一声不响地就是一口，何等直截爽快"。鲁迅有个比较：为什么野雀野鹿"当初不逃到人类中来，现在却要逃到鹰鹯虎狼间"的山野中去？就是因为人类不仅像蚊蝇一样将细菌传播，却还要在传播的时候，嘤嘤"哼哼地发一篇大议论"。在鲁迅的心底，一直都期待并唤起人们的觉醒，能有一个如打落水狗一样的"捕蝇运动"的展开。

这些当然都是社会的狗。对于自然的狗，鲁迅则又有着别样的态度。比如他路过西四牌楼，"看见一只小狗被马车轧得快死，待回来时，什么也不见了，搬掉了罢，过往行人憧憧地走着，谁知道曾有一个生命断送在这里呢？"悲悯与怜惜之意，让人动容。

## 一只中国的猫头鹰

人民文学出版社二十多年前曾出版过一套丛书"猫头鹰学术文丛"，封底有这样的介绍："在希腊神话中，猫头鹰是智慧女神雅典娜的原形；在黑格尔的词典里，它是哲学的别名；而在鲁迅的生命世界中，它更是人格意志的象征。鲁迅一生都在寻找中国的猫头鹰。他虽不擅丹青，却描绘过猫头鹰的图案。我们选取其中的一幅，作为丛书的标志。"

猫头鹰曾是鲁迅的自画像，也是他精神与意志的象征。早在1909年在浙江两级师范学堂任教的时候，就曾在一本书上手绘过一只铁线描的猫头鹰，是男女两个站立的人组成全图，以男女两人的脸作为猫头鹰的两只眼睛，似乎既在观察又在解释这个世界。到了1927年，鲁迅为自己的论文杂文集《坟》所设计的封面上，更有了一只自己绘制的猫头鹰，刀刻般醒目：它站在封面图案的右上方，大大地睁开着一只眼睛，瞪着这个充满着罪恶与苦难的人间；而另一只眼睛则微微地虚闭着，对着各式的敌人，透露出强悍的不屑与轻蔑。

鲁迅有一篇名《夜颂》的文章，是他之所以热爱猫头鹰最好的注解。猫头鹰，正好有"听夜的耳朵和看夜的眼睛，自在暗中，看一切暗"；而白天，"却依然弥漫着惊人的真的黑暗"，自比中国猫头鹰的鲁迅，当然也要在这光天化日的黑暗里，看见与揭露、批判与书写，"惯于长夜过春时，怒向刀丛觅小诗"。于是，中国便有了一个全天候都在大睁着警惕眼睛的猫头鹰了，一只中国的猫头鹰。猫头鹰及它的延伸，曾被鲁迅用作各种笔名：隼、翁隼、旅隼、令飞、迅行等。鲁迅说，"迅即卂，卂实即隼之简笔"（致章廷谦信），许广平也曾说，"隼性急疾，则为先生自喻之意"。

沈尹默在《忆鲁迅》里说"豫才的话不多，但是每句都有力量，有时候要笑一两声，他的笑声是很够引人注意的，玄同形容他神似猫头鹰，这正是他不言不笑时凝寂的写真"。在《鲁迅生活中的一节》里，沈尹默有着更为灵动的记述："他在大庭广众之中，有时会凝然冷坐，不言不笑，衣冠又一向不甚修饰，毛发蓬蓬然，有人替他起了个绰号，叫做猫头鹰。这个鸟和壁虎，鲁迅对他们都不甚讨厌，实际上毋宁说，还有点喜欢。"鲁迅一生最为忠诚的朋友许寿裳也说："殊不知猫头鹰本是他自己所钟爱的。"喜欢，总会与爱相通着，《我的失恋》，猫头鹰直接成了赠给爱人的首选定情之物，"爱人赠我百蝶巾，回她什么：猫头鹰"。

鲁迅从心底热爱着猫头鹰。这种热爱，又源自他的"猫头鹰"式的夜间的清醒与发声。他当然常常处于绝望之中，但他又深信"绝望之为虚妄，正与希望相同"，他要在沉默的中国发出"惨厉"的叫声——这个"惨厉"，是他早在1912年的文言体小说《怀旧》里的话，"猫头鹰，鸣极惨厉"。他是旧中国，最大的一个守夜人，是他在几乎窒息的铁屋之中，发出了第一声呐喊，第一声毁了这摆着"吃人宴席"的铁屋子的呐喊，第一声"救救孩子"的呐喊。这是反抗的、批判的，又是爱的呐喊——对青年、对中华、对民众没有尽头的爱与眷恋。

这只猫头鹰，更期待着唤醒与点燃更多的声音、多元的声音，"我们能够大叫，是黄莺便黄莺般叫，是鸱鸮便鸱鸮般叫。我们不必学那才从私窝子里跨出脚，便说'中国道德第一'。我们还要叫出没有爱的悲哀，叫出无所可爱的悲哀。……我们要叫到旧账勾销的时候。旧账如何勾销？我说：'完全解放了我们的孩子！'"（《随感录四十》）他当然知道统治者的北洋军阀与后来的国民党政府，是要千方百计地阻止与扼杀他的声音，"我有时绝不想在言论界求得胜利，因为我的言论有时是枭鸣，报告着大不吉利事，我的言中，是大家会有不幸的"。（《且介亭杂文二集·序言》）压迫愈烈，反叛的战叫也便愈加坚忍与长久，他执拗地要破坏"所谓正人君子的统一"局面，让他们"不舒服"，偏"要在他们的好世界上多留一些缺陷"。"我且去寻野兽和恶鬼"（《失掉的好地狱》），他一生都在呼啸着"反狱的绝叫"。他的《秋夜》里，必定要"哇的一声，夜游的恶鸟飞过了"；他的《希望》中，必定会有"星，月光，僵坠的蝴蝶，暗中的花，猫头鹰的不祥之言，杜鹃的啼血，笑的渺茫，爱的翔舞"。

鲁迅在《一点比喻》中曾塑造了一个山羊的形象，"脖子上还挂着一个小铃铎，作为智识阶级的徽章"，走在一群绵羊前面，为了牧人的天下太平，带领他们，"挨挨挤挤，浩浩荡荡，凝着柔顺有余的眼色，跟定他匆匆地竞奔它们的前程"——屠宰场。鲁迅总想喝问：你们"往哪里去？！"紧接着，鲁迅说到了野猪与野猪的那两颗"使老猎人也不免于退避"的獠牙，并告诉人们，"这牙，只要猪脱出了牧豕奴所造的猪圈，走入山野，不久就会长出来"。这里，仍然是对于奴役与压迫的反抗。《灯下漫笔》里对于中国历史有一个经典的概括：想做奴隶而不得的时代；暂时做稳了奴隶的时代。怎么办呢？鲁迅不容置疑地说："扫荡这些食人者，掀掉这筵席，毁坏这厨房，则是现在的青年的使命！"

"假使我的血肉该喂动物，我情愿喂狮虎鹰隼，却一点也不给癞皮狗们吃"（《且介亭杂文末编·半夏小集》），这个中国的猫头鹰，比我们想象的还要彻底。

## 白象、害马及其他

在鲁迅的动物世界中，亦有温馨与柔情。

对于动物最早的亲近，是那个"胡羊尾巴"。许寿裳作于1937年5月的《鲁迅先生年谱》中记载："其五六岁时，宗党皆呼之曰'胡羊尾巴'。誉其小而灵活也。"胡羊亦即绵羊，尾圆短灵动，可爱异常，是鲁迅家庭变故迭起时童年里的一抹亮色。

那只小白象到来的时候，已经是在1929年的5月14日、鲁迅49岁的时候。鲁迅北京探母，上海的许广平在思念的信的抬头便用了"象"的缩写字母"EL"（Elephant）。这个"象"字来源于林语堂的《鲁迅》一文，说鲁迅在厦门大学"实在是一只（令人担忧的）白象，与其说是一种敬礼，毋宁说是一种累物"。此文说鲁迅是"现代中国最深刻的批评家""少年中国之最风行的作者"，而"白象"，当然是说鲁迅的珍贵与稀有，也即许广平的"难能可贵"。白象，是深得鲁迅认可的，稀有倒在其次，主要是其可爱，不然他不会在回信的时候，会在落款处再手绘两只长鼻之象，且一只长鼻高昂，一只头颈谦垂。不仅如此，还在第二天15日的回信中，直接以"害马"（HM）称呼爱人广平，并一定让他们共同回忆起北京相携战斗的日子。"十年携手共艰危，以沫相濡亦可哀；聊寄画图娱倦眼，此中甘苦两心知"，题在《芥子园画谱》上的这首诗，当是白象与害马最为深挚情感与经历的记载。

在《柔石日记》中，有关于鲁迅和象的记述："鲁迅先生说，人应该学一只象。第一，皮要厚，流点血，刺激一下了，也不要紧。第二，我们强韧地慢慢地走去。"坚韧地慢慢地走去，不惧怕，不退缩，不妥协。等到他们的孩子海婴的出生，那个一身通红的婴儿便成了鲁迅的"小红象"。正是这个"怜子如何不丈夫"的中国白象，创有了哄睡儿子的摇篮曲："小红，小象，小红象／小象，红红，小象红／小象，小红，小红象／小红，小象，小红红"。

还有百草园中的动物们——鸣蝉、黄蜂、叫天子、油蛉、蟋蟀、蜈蚣、斑蝥、飞蜈蚣、麻雀，那只在匾下卧在画中的肥大的梅花鹿，还有那条为"冤气所化的"怪哉虫——都会给他的生命带来欢乐与温馨吧？而故乡中的跳鱼与青蛙，月光下的獾猪、刺猬与猹，则会在这种温馨之中渗洇着一种淡淡的生命远去的忧伤。

鲁迅的爱，也会在一些小的动物身上，慈祥地降临。如果我们仔细体味乱飞的蝴蝶、唱着"春词"的蜜蜂，以及那条"苍翠得可爱，可怜"的小青虫，就会爱上他的那个秋夜，并理解《野草》的真谛。不是吗？就连山阴道上的野花鸡狗，都可以成为他的"好的故事"。哪怕是死后在他脊梁上爬着的蚂蚁、停在颧骨上的青蝇，都会让他感到了生人的活的气息。

鲁迅有一篇《战士和苍蝇》的杂文，很短，却精彩纷呈，如再现苍蝇的可恶，"战士战死了的时候，苍蝇们所首先发现的是他的缺点和伤痕，嘬着，营营地叫着，以为得意，以为比死了的战士更英雄"；还有著名的论断："然而，有缺点的战士终竟是战士，完美的苍蝇也终竟不过是苍蝇"。这篇文章写于孙中山逝世后的第9天，不久又写下《这是这么一个意思》，对《战士和苍蝇》有个说明："所谓战士者，是指孙中山先生和民国元年前后殉国而反受奴才们讥笑糟蹋的先烈；苍蝇则当然是指奴才们。"将近一百年过去了，鲁迅先生仍然还在被苍蝇式的奴才们叮咬讥笑糟蹋。但是，中国需要鲁迅，我们需要鲁迅，"有缺点的战士终竟是战士，完美的苍蝇也终竟不过是苍蝇。"

# 垂直的秘密

石红许

一

一只肥硕的黄麂不慌不忙从眼前穿过马路，朝左右张望了几眼，一头钻入丛林去找野趣了，那呆萌可爱的样子就像是在自家门前闲庭信步。

是的，这里就是它们家。这里是黄冈山腹地。

一行人继续向上，去问鼎主峰，向着更接近天空的高度、接近梦的海拔挺进。

路边上，一只灰色麻斑大鸟踩着慢三一样的小碎步从容而行，丝毫没有想要逃窜的意思，比照手机上图片，我惊呼："黄腹角雉，鸟中大熊猫。"这是一只雌性黄腹角雉，一副若无其事的神态，看了看我等一行，撅起屁股进入草丛里，它压根就没有防护戒备之意，难怪山里人称之为"呆鸡"，真担心容易被人捉住。转而一想，这里是江西武夷山国家级自然保护区，谁敢冒大不韪去以身试法？不远处，一只雄性黄腹角雉头戴华冠，身披精美的羽毛，吊着鲜艳的肉裙，仪态万方地缓缓走过。

走在黄冈山的山路上，这样的场景不时撞入眼帘，一阵阵惊喜来得猝不及防。没有仓皇失措，攀崖越岭是它们与生俱来的技能，一如行走平地，日日悠闲地风餐露宿。瞧，一只黑獾猪急急忙忙的，不知从哪里冒出来，很快又轻巧灵活地钻入了草甸子，似乎与小伙伴们在玩游戏躲猫猫，还有小动物们把那里当蹲坑，草丛里不时可见到一粒粒圆圆的排泄物，看着这一幅幅如同幼儿园的画面，我忍俊不禁，暗暗思忖：但愿可爱的精灵们不被打扰。扪心自问，恰恰我们就是入侵者，侵入了它们的领地，是否应该说声抱歉？

这里还生长着黑熊，俗称"熊瞎子"，沿路山崖上的蜂箱为它们提供了"行盗"的便利，蜂蜜是黑熊的最爱。还真有些怕遇上黑熊，毕竟是凶猛大型动物。保护区管理局的人笑着说，没有那么好的运气，况且人是坐在车上的，还怕熊瞎子撬开车壳吃"罐头"吗？尽管放心大胆地朝前走。同行的铅山人讲述了一个关于黑熊的故事，说的是早年一人去福建崇安，穿越武夷山时，居然遇见了黑熊，幸亏出发时带了一双竹筒手套，立即套在手上，黑熊冲上来使劲地抓住了两只挥舞的"竹筒手"，那人轻易就将手抽出来跑走，黑熊握着竹筒还朝奔跑的人大笑，这听得一行人也哈哈大笑，"真是个名副其实的熊瞎子"。

有人问武夷山深处是否有华南虎？据说最后一只华南虎定格在五十年代出版的《铅山报》上，老虎伤人后被一众老百姓用武松一样的拳头捶死了，作为英雄而登报受到表彰。暗暗感叹真是此一时彼一时。

进入秋季了，蛇类们开始准备冬眠了，我以为可以松口气，大胆进入丛林。"不过，秋天的蛇游上树，要小心！在树底下逗留的时间不宜长，更不要擅自进入茂密的林深处。"回想进山时当地人的善意提醒，我不时警惕地望着头顶的枝丫间是否有蠕动的身影，侧耳细听爬行的声响。

那天在黄冈山，我们没有遇见一条蛇，估摸是季节过了秋分的缘故吧，山中红叶高举手臂，涂抹着黄冈山秋色，那是画笔难以绘就的七彩斑斓。

雨燕轻灵的身影，在天空翱翔，甚至与无人机伴飞。山上一处雨燕崖是它们诗意的栖息地，悬崖峭壁，一个个蜂窝状的泥筑物藏着一个个燕窠，雨燕依山就势，衔泥筑巢，把家高高地挂在了悬崖上，挂出了一道险象环生的风景。我脖子都仰酸了，只等亲爱的雨燕（还有烟腹毛脚燕）归巢，估计是还没有到傍晚时分，它们依然乐不思蜀，或纵情山野，或搏击蓝天。

大山总是折叠着许多的神奇和秘密，令人向往、探寻。苏门羚、藏酋猴、黑麂、短尾猴、中华鬣羚、白鹇、蛇雕、灰喉山椒鸟、娃娃鱼、大竹象、"蝶中仙子"金斑喙凤蝶……"黄冈山是一个精彩纷呈的动物乐园，记录在册的野生动物有 7407 种，仅蛇类种数就达 58 种，占全国种数 27.75%"，其中挂墩后棱蛇属于我国特有种，真的想一一拜访，向它们一一致敬，表达人类的友好。

## 二

山下依然炎热如夏，这是一条提前通往秋天的壮美之路。进入黄冈山叶家厂保护管理站，桂花知时节送来第一缕幽香，黄红绿混搭的山色在提醒人们，黄冈山的秋天到了，那漫山红叶绚烂多姿，似一幅氤氲开来的水彩画，触手可及，眼到之处，美可尽揽。我想，这应该是黄冈山一年中享受美景的最好时光。偶有一片落叶飘飘，也都写满了秋的深情、秋的诗意，那是对大地的亲吻，对时光的告慰。

在通往黄冈山的沙石公路上，隔一段距离路旁就竖有一块宣传标识牌，蓝色底板上，"绿水青山就是金山银山"十分醒目，在这里"垂直带谱"是使用频率极高的一个词。看到这个词，我就联想起五线谱，丰富多样的树木在黄冈山垂直带状排列成独特的五线谱景观，从 300 米低海拔到 2160.8 米高海拔，五个森林植被带错落分明，毛竹林带、常绿阔叶林转为针阔叶混交林带、针叶林带、中山苔藓矮曲林带、山顶灌丛草甸带井然有序，各自安好，和谐交融，彼此守望。

大约一小时，我们奢侈地穿行在这典型的植被垂直带谱画图里。由下而上，一路上呼吸着大山芳香、清凉、洁净的气息，我们向着锋芒挺进，向着云端挺进。就像行进在大片大片植物铺设成的宏大五线谱上，车子如跳动的音符落在绿色的弦间演绎着一首天籁般的"生态文明间奏曲"，山中一棵千年南方铁杉挥动多只手臂，正在像模像样地指挥这场音乐会。

这棵雄姿伟岸的南方铁杉赫然站立眼前，我试图靠近，去摩挲皱裂的树皮，去拥抱挺拔的主干，然而树苑下生长的大片矮竹、松树以及一些叫不上名的灌木阻止了我跃跃欲试，不得不放弃，还有点担心蛇在头顶的枝丫间出没。抬头仰望树枝、树冠，高大、优美，怎么看怎么喜欢、崇拜，我无法用语言去形容南方铁杉的姿态，譬如那四散开来的枝干，比数学老师在黑板上画的几何图案还要对称，也难怪被人誉为"千手观音"。它身旁还有一大片铁杉，形成了群落，这是极为罕见的景象。我惊叹，大山里藏着一支训练有素的"铁军"，整装待发，时刻准备着。总算接近了一棵不高的南方铁杉，小心地摸了摸它的针叶，并没有想象中那么刺手，却是那么柔软、温和，对南方铁杉又多了一份好感。和遮天蔽日的南方铁杉站在一起，人显得是那么渺小，我还是留下了一张珍贵的合影，多么希望南方铁杉能借我一份"铁"的意志，奔向未来。

保护区人说，南方铁杉是第四纪冰川时期的孑遗树种，已近乎灭绝，其他分布区仅株状或散状分布，唯有武夷山保护区未受到第四纪冰川侵袭，保留有这么一大片群落。恰恰是黄冈山群峰似一座长城，构筑起绵延千里的铜墙铁壁，成为许多古代孑遗植物的"避难所"。试看逶迤群峰，如一道道天然屏障，庇护着这里的众多生物。

波叶红果树、云锦杜鹃、蜡子树、湖北海棠、野青茅、玉山竹、台湾松、豆梨、芒（丝茅草）、沼原草、苔藓……这些海拔

1900 米以上的众多植物多么有福气，年年岁岁在这里与云共舞、与风追逐，接受阳光近距离的亲吻，夜里与星星喁喁私语，或近水楼台偷听嫦娥、吴刚谈笑天上的风情话，洒落一地柔美的月光。

中山草甸上，一株株植物都在努力讨好阳光，野菊花默默地含苞待放，其貌不扬的地茄子高举着蓝色的花朵，松树在这里也放低了姿态。面对气压低、空气稀薄、昼夜温差大，植物们都学会了用压低身姿、浓缩叶面的方式表达对大自然的敬畏，自认为是灵长类的人们不应该向它们好好学习吗？像黄冈山草甸上的生物们一样藏锋守拙、低调隐忍。

而黄冈山的巅峰之顶，正是一株红果树抢镜头站在"C 位"，似乎在骄傲地举着 2160.8 米的海拔标高，这是由几块褐色石头自然天成垒叠成的黄冈山最高峰，它们才是扛起黄冈山大旗的坚实身影，即江西最高峰、华东屋脊、武夷支柱、大陆东南第一峰，多顶桂冠集于一身。而这样的高位，由红果树把守当是绝配，满树红果摇曳出了黄冈山的一片火红灿烂。

放眼望去，1 平方公里的黄冈山顶生长着不少红果树，一株株、一丛丛，树枝上一串串细密的红色小果，像一只只小小悬挂的灯笼煞是好看，芒草、野青茅铺天盖地，随风摇荡，山坡上像是铺上了毛茸茸的雪白地毯，衬托得果实累累的红果树更加美丽迷人，衬托得黄冈山更加宁静高远。

三

坡地、草甸、丛林、界碑、天空……构成了黄冈山的垂直精彩。黄冈山，一座人迹罕至的山，一座遗世孑立的山。

黄冈山又名黄岗山，其得名源于山顶长满萱草（黄花菜），八九月份开花季节金色染遍山冈，一派秀美澄明。黄冈山的海拔，因萱草而生动，因萱草而更加绚丽，成为江西的最高点，面对万峰匍匐，它都不屑于把"一览众山小"挂在嘴边，西北对面的独竖尖（海拔 2128 米）屈居第二，也不得不忍气吞声。而今，萱草无影无踪，此景观不再，不无遗憾。

在山顶醒目位置竖立着一块赭色界牌石碑，上面"黄冈山"三个大字为当代著名书法家钱君匋 1997 年 8 月所书，当年钱老 92 岁高寿，那一笔一画勾勒的峭拔气势与卓尔不凡的黄冈山是匹配的，左右两边小字是"武夷山主峰""江西武夷山自然保护区管理处"等字样。"黄冈山"界石巍然屹立，在无声地宣示：制高点在江西。

绕到石碑后面的嶙峋石头上，一块银元大小的铜色地标镶嵌在黄冈山顶的高地上，上书"国家著名山峰地理信息标志"字样。独立高山之巅，确实有伸手想摘天边月之豪迈，叩问苍穹，也模仿着古人的样子慢条斯理吟诗一首："登上巅峰黄岗，览观秀美武夷。茶香峡谷云绕，壮志飘然不羁。"唱毕，不由哑然失笑，终是吟不出那种"赤壁怀古"的气魄。

俗话说靠山吃山，黄冈山下的百姓与大自然共生共存，描绘出国家公园的"中国样板"。大山怀抱着各种山珍，大山典藏着巨大的绿色宝库，苔藓菌类、草木之英、飞禽走兽，都是山中精灵。大山养育了大山子民，山下的竹子是做纸的主要原料。野生茶园不挑肥拣瘦，随遇而生，一丛丛一畦畦，尤喜贫瘠的乱石岗背阴处，一般长了苔藓的老枞大都是有年头的，茶叶品质也更佳，泡出的汤汁更香醇、明丽，一款款生态茶深得爱茶人喜欢。仅这一项，山下茶农就有了大半年收入，这里几乎家家种茶、制茶，或参与到茶的种植、生产中。家住山下东坑的杨先生，房前屋后茶树环绕，高山上有三十多亩茶园，几乎不用怎么侍弄，打理仅限于人工除草，不施肥，自然生长，春夏之交时节要忙一段时日，采摘茶青，制作、销售河红茶，每年的茶叶收益足够供应一大家人开支。近些年兴起的夏日纳凉经济，助推了山区民宿、农家乐如雨后春笋般涌现，成为黄冈山下村民的又一项收入来源。

上黄冈山，桐木关是必经之地，一路茂林修竹，"破土凌云节节高"，寓意登黄冈山势不可挡一路高攀。关山悠悠，偶尔还会遇上从山上放竹子的，路边有人把守不时挥动手中的小红旗提醒过往行人、车辆小心慢行，这在当地也叫赶山。可以说，走在桐木关，就是走进了万里茶道的起始地，走进了"一带一路"的一个重要节点。

黄冈山深处的常年性瀑布、季节性瀑布多不胜数，飞溅成了山中柔情灵动的画卷，溪流时而舒缓，时而湍急，泉声似琴，深潭如镜。最负盛名的当数情侣瀑。情侣瀑，顾名思义，是由左右两条瀑布组成的一道风景，日日夜夜相约在黄冈山的怀抱里谈风花雪月、赏峡谷绝美，唱着飞流直下的山歌，然后彼此"执子之手"朝武夷大峡谷奔腾而去。雨燕崖附近是观看武夷大峡谷的极佳位置，是谁大手笔"挥剑决浮云"？东南大陆就留下了一道雄奇壮观的天然断裂带，观者无不叹为观止。看山下屋舍掩映，烟霞袅袅，一派静谧祥和，莫不是遗落在人间的宋元山水画长卷？

古老的地质历史、典型的区域原始地貌、富集的生物多样性，使黄冈山赢得了一张张珍贵的生态名片。黄冈山核心区域也备受众多高等院校青睐，如北京师范大学等多所国内著名大学就在此设立了研究基地，生态学野外研究基地、濒危雉类研究基地、生物多样性研究基地等一块块货真价实的金字招牌扩充了黄冈山的人文内涵，升高了黄冈山的人文海拔。

四

从鸿蒙弥漫中走来的黄冈山，依然巍峨耸立苍穹，每天拨动云烟缥缈，迎送斗转星移。伫立高山之巅，环视层峦叠嶂绵延不绝似万马回旋，眼前幻现不朽的元气在时光的隧道里奔腾不息。

是黄冈山的海拔高程，还是黄冈山相对封禁的秘不示人？总让人跃跃欲试前往，欲罢不能。身为自然保护区、作为国家公园，黄冈山必须有南方铁杉一样的威严，铁面无私审视、盘查每一个进入者。对黄冈山的生物来说，每多一个人进入，就意味着多了一份不受欢迎的打搅。

那年夏日第一次上黄冈山，印象贼深。沿着武夷大峡谷的桐木江逆行而上，经过高店水库时，车上有人戏谑，这水库像从鄱阳湖舀了一勺水放在这大山，一时大家兴致大增。俯瞰水库，又何尝不是天帝遗落在黄冈山的一面明镜？车子过了篁村、垄岭后，我就暗暗地一路数着要经过哪些村落：西坑、杨家排、东坑、徐家厂、草坪、叶家厂、烟铺、桐木关……离开桐木关，蜿蜒盘旋向上而行，才算真正进入黄冈山，便渐行渐远了尘世的纷扰。

离峰顶还有 1 公里时，我就急不可耐提议下车，先在松软如毡的草甸上打了几个滚，然后一鼓作气冲了上去，去拥抱那直入云端的山巅，去实现用脚步丈量的登峰造极。所谓山巅，其实也就是几块耸立的褐色石块，举起了黄冈山的顶天皇冠。

我珍惜每一次上黄冈山的机会，喜欢它的与世隔绝，喜欢它的不食人间烟火，尤其喜欢它的冷漠、原始与野性。也有几次扫兴而归，我不能不耿耿于怀，一次是越过了上山的栏杆因手续不全终究还是被追回来了，还有两次说是安排好了"进山科考"，出发前却告知有变故，无奈只好在桐木关逗留一番，望山兴叹。

也正是一代一代保护区人的精心呵护，擦亮守护大自然的眼睛，才有了今天黄冈山生物多样性的生态模样，才有了大自然展示和生态文化传承的最美华章，才有了山民在自然保护与绿色发展里提取生活的美好、采撷生活的芬芳。

黄冈山，给人类望向自然提供了一扇五彩斑斓的窗口。走在黄冈山，一个一个生命不经意从眼前掠过，彼此尊重打量、交换眼神，那清澈见底的陌生目光直抵心灵，一次次受到震撼，深深体会出，生命是地球上最伟大的存在，一段生命就是地球上最富有诗意的一段旅程，无论精彩与否，都充满了神秘而未知的诸多因素，机遇与挑战并存，智慧与勇敢相伴。

走在黄冈山，倾听风送来的各种声音，似乎都是大自然的吟唱和赞美，那是无法复制的原汁原味，那是雨燕崖、情侣瀑释放的修辞，那是大峡谷弹奏的乐章。

致敬黄冈山，它为人类保护了两百多万年自然生物资源。我深知，黄冈山藏着太多太多的秘密，行走的、挺拔的、蛰伏的，也许人类的探索永远都难以抵达。

对话黄冈山，就是与第四纪冰川的"活化石"对话，人类轻而易举就完成一次无缝穿越。

# 我的植物故交

## 黄丹丹

"蒹葭苍苍，白露为霜，所谓伊人，在水一方。"白露节气，不免又想起《诗经》里的句子。诗词的美好在于它们书写了贴己的日常，那种被生活的烟火熏透了的真实，能逾越岁月沟坎，度过时光的水流，千百年，甚而在几千年后，令后世之人还能真切感受到古人彼时彼刻的心意，而能恰切地同频共感。诗词中的植物，不枯不朽，在现世的烟火红尘中，依然可亲。暗诵这样的句子，惦记着旧识的植物，我走进黄昏的田野，与它们一一相认。

最先遇见了蓼。在夕光中，我见到的这株蓼，纤瘦高挑的茎上顶着一寸长短的淡红色花穗，它的样子病恹恹的，显得薄凉而孤绝。记忆中的它，生得蓬勃茂盛。小时候，我们叫它辣蓼子，它们会在暑假疯狂地盘踞我所居住的校园。开学前夕，那些像蛇一样匍匐在路上的蓼，探着它们蛇信子似的开满红花的头，一夜之间就成了"砍头鬼"——家住学校的老师们，用镰刀将它们疯狂地杀戮，将它们侵占了一个暑假的地盘，还给学生。蓼的汁液沾到皮肤上，会火辣辣地疼——这是我妈告诉我的。因为，我每次看到满地的蓼尸，都会怪那些坏心肠的大人们：凭什么好好的就要砍辣蓼子的头，它们又没惹你！直到今天，我都不知道蓼的汁液是不是真的很辣。我很想掐一截蓼，揉出它的汁液，往身上试一试。但又不敢。就像年纪越大，我越没有揭露真相的勇气一样。我宁愿选择相信，相信妈妈几十年前对我说过的话，因为验证，是有风险的。如果妈妈说的是真，我的皮肤就会被蓼的汁液弄疼；如果她说的是假，我便是被她欺骗了很多很多年。

蓼足下的湿地上，生着一"朵"雪见草——它多像一朵紧贴土地的绿牡丹啊。雪见草是味止咳消炎的草药，那年在皖北采风，同行的文友中，有位中医师，拔了一布口袋雪见草，她说，晒干了，染了风寒咳嗽时可熬水当茶饮。我不敢拔，小时候，我们叫它蛤蟆皮。小伙伴们嬉闹的时候，有人偷偷地攥一片蛤蟆皮的叶子，突然往旁人脸上抹，被抹的如果是爱美的小女孩，就会大哭，因为据说，蛤蟆皮的汁液会让人的皮肤变得像癞蛤蟆的皮一样癞。小时候，我们会笃信那些毫无根据的传说。长大后，人们又会没来由地怀疑一切。大人还是孩子的矛盾体，虽然每一个大人都由小时候的自己长大，但大人总是那么健忘，或是佯装遗忘。

继续向前，我看见草地上匍匐着一株马泡秧子。失踪多年的它们，这两年总被我发现，对此，我很欣喜，这是生态变好的明证。好的生态环境，让一些鲜见的植物、昆虫、鸟雀又渐次回到了人们的视野。小时候，我家住的校园里生长了许多马泡，那些马泡果，是神赠予孩子的礼物，它们多像袖珍的西瓜啊。马泡果在我们的期盼下长大，长到果实微黄时，我们摘下它，放在手掌心里，双掌搓揉，让它变得柔软。被揉软的马泡果，投进嘴里，上下齿猛地一咬，嘴巴里便隐匿了一场小型爆炸。

路边的狗尾草在晚风里摇曳。狗尾草有神性，它被光拂照得近乎透明的绒毛柔韧而多情。露珠挂在绒毛上，映出一个袖珍的世界。小虫子钻进去，变成一个隐士的居所。狗尾草会一直活着，哪怕枯了，也有顽强的种子，遇风遇水遇土即可复活。

与狗尾草相伴的是伞骨状的三棱草。它是我们小时候玩"斗草"的道具。时光粗暴地拖走了我的记忆，我已经忘记了那个曾经很爱玩的游戏的规则。忘就忘吧，曾一起游戏的小伙伴早已失散，并相忘。人也像狗尾草的种子，一成熟便被抛向远方，在另一片天地里生根发芽。

渐暗的天光里，我发现一株老得结籽的野苋菜。小时候，炒野苋菜是挑食的我爱吃的一道菜。自从我认识了它，就常常满校园去寻觅它的身影，找着了，就掐一把的嫩头，屁颠颠地捧回去给妈妈，巴巴地等着妈妈用热锅滚油把它们炝成一道美味。现在想来，挑食大王的我之所以爱吃野苋菜，可能源于那野菜是我亲手所摘。今天的采摘园里，也有许多孩子的身影，他们捧着自己亲手采摘的瓜果蔬菜，笑得憨态可掬。那模样，总让我想到自己的童年。孩子们总希望自己长大，对孩子来说吃自己摘的菜，是长大的一种证明。我想起还有一种红苋菜，我喜欢吃用它的汤汁染红的米饭。那汁不仅能把米粒染红，还会染红衣服和脸蛋。脸染红了可以洗干净，但我那件白色线衣上，被红苋菜汤染了色，怎么也洗不净。但因祸得福，妈妈在那污迹上绣了花儿。从此，那件用工人的棉纱手套拆线织成的线衣，成了有别旁人的花衣裳。那时，我们院的小伙伴，都有一件同款的白纱线线衣。衣服是我妈织的。线是微微的爸爸省下来的手套，由鹏鹏妈妈拆洗好，绕成一团一团，交给我巧手的妈妈织成的。线衣的针法是元宝针。那件右襟上绣了一簇黄色小花的线衣，我女儿小时候还穿过。洗衣时，我将它翻过来，发现那淡淡的污渍还在，它一点儿也没旧。不像衣服，已经很旧了。当然，当年穿此旧衣的人，更旧了……是时光之水把人汰旧了的。

在水边，我看见一株临水照花般的美人蕉，它的花苞，柔荑一般，搔着一朵绽开的花，那姿态在水边倒影，犹如美人对镜贴花黄，在我的镜头里，这株水边的美人蕉，正是对镜贴花黄的美人。那年，在悉尼的街头，我看见国内很金贵的天堂鸟植满了街角的绿化带，就像我们在城市里的绿化带种植美人蕉。天堂鸟于悉尼的市民与美人蕉于我们一样，都是寻常的植物。我想起自己拍摄的一张美人蕉的图片，被旅居国外的女友彩印后装框，作为她家书房墙壁上的一件装饰品，与名人画作相比肩。有时候，物的贵贱，与人的情感和态度有关。再平凡的事物，因为被珍视就会变珍贵。

遇见一片萎谢了的格桑花圃。认识格桑花是那年在陕西汉中的留坝县，上万亩格桑花海把一个山坡编织成了彩色的神毯。这单瓣的小花，一株两株不成气候，但众多的花们凑在一起，各自绚烂，汇成的缤纷花海就蔚为大观了。而这时节，我遇到的格桑花已然过了花期。那些曾绚烂的朵瓣被粗暴的时光之手掰掉，丢在地上，化成了泥。但不要紧，在下一个春天，它们将托生成新的朵瓣。

发现一株混迹于这片格桑花中的凤仙花，居然热烈地开着桃红色的花朵。小时候我们叫它指甲花。夏天，妈妈们会采一大堆指甲花，和明矾一起捣碎，然后用那花泥敷在我们小小的指甲盖上，用芝麻叶裹住我们的手指头，隔一夜，每个孩子就都有了十个红莹莹的染色指甲。被指甲花包了指甲的孩子据说不会被邪气所伤。是不是因为染色的指甲鬼里鬼气？我从不做美甲，觉得一个大人还举着染色的指甲是很奇怪的事。

那株凤仙花旁还有一株卧倒在地的矢车菊。矢车菊的花蕊里藏着一朵朵袖珍的花。花里还有花。它们变戏法似的美得颇不正经。小时候，我家的前后院长满了矢车菊，红的粉的黄的紫的，它们太霸道了，挤得别的花都生不了根。它们的花期又很长，花里藏着种子，花谢了种子就落地生根，子子孙孙无穷尽也，害得我们拔都拔不净。那矢车菊的种子是一位偶尔来做客的大姐姐给的。她是谁？她是来自何方的客人？如今已无人可以作答。在我的记忆里，她比矢车菊的花朵美得还要繁复，她系着一根长长的发带，发带在头顶打了个蝴蝶结。害得我小时候结了三条手绢想模仿那根发带。

从田野里侵略到石板路上的藤蔓是葎草。小时候我们叫它啤酒花。我被它藤上的小刺拉得满腿是细长的血痕。我喜欢它手掌似的叶子，想摘大小不一的叶子夹在书里做标本。结果不小心被绊倒，腿被地上的藤蔓弄伤。人总会被喜欢的事物施加意想不到的伤害。

暮色苍茫，天光越发暗淡，我更小心地行路，突然被一株探头探脑的野鸡冠花绊住了。我小时候有一个野鸡冠花朵晒干后当瓤做成的小枕头。我妈热衷采集各种花朵晒干给我做枕头，我还拥有蔷薇花、金银花枕头。小伙伴都羡慕我是一个被大人独宠的孩子，我却羡慕他们拥有弟弟或妹妹。那时候，我只有一个洋娃娃和一只猫，我悄悄地喊它们弟弟。

天黑了。我从田野里走出去，走向被路灯染亮的城市街道，然后进小区，上电梯，钻进悬在半空中的家……在归家的途中，我看见了一堆码得整整齐齐的柴火！那是一堆粗细不一的树枝，小时候，我所居住的小院里，伙夫老丁的院门前就常堆那样的柴火。黄昏，由柴火燃着的烟顺着烟囱徐徐地漾在暮色里，那炊烟袅袅地融进暮色，也默默地消失在了时空里。如果不是遇见这堆柴火，我甚至想不起，在我小时候，曾经那么痴迷地注视过炊烟：躺在生着厚厚八根草的操场上，望着炊烟从老丁家的烟囱飞出来，开始是一股浓白的雾，渐渐散开，成一缕缕云絮般的烟阵，再扩张、变幻成一些鬼脸、猫狗、花朵的形貌。也许，那是我的眼睛在天空勾勒的简笔画，它们已然与炊烟无关。我怔怔地看了会儿那堆柴火，想到年前无意中得知老丁死于一场车祸，赔偿款正被家人打官司争夺……我绕开了那堆柴火，那株植物的断肢，令我顿生怅惘。那柴火，勾丝般牵扯出我的伤感，我想到殁了的老丁，被烧成灰，装在匣子里，搁在殡仪馆落满灰尘的架子上，无人问津。

我迈着缓慢的步子，走到田野与街道交接处的公园，目光触及公园里新植的一种我不认识的植物，它们正趴在地上开着不起眼的花。我发现，这座新建的公园光秃秃的坡道上，一大片一大片全是它们。它们一点也不好看。但我特意借助识花软件，查了它们的底细，原来，它们有个很好听的名字：六道木。植物也和人一样，不起眼的，有故事。我在所查的资料里，读到了关于它的故事：六道木又称降龙木，忍冬科，其木质坚韧，木面光滑细密，生长于文殊菩萨道场五台山。据传，文殊菩萨从印度归来时所带拐杖，长有六条纹路，后种于五台山，至此授名"六度木"，念念不忘修学佛法，行持六度，断除烦恼，以此度化六道众生，现俗称"六道木"。受文殊菩萨加持，六道纵纹代表六字真言，持此佛珠，可福慧俱增、永脱六道之苦。

被赋予神性的六道木，真能度人断除烦恼？人的烦恼即便神仙也难以断除。因为，人总以企图摆脱烦恼的方式自寻烦恼。就像，我要踏进的家，那些坚固的防盗窗，分明是妨碍了主人与自然亲近的桎梏。在更古的时候，人与植物多么相似，立在土地里，享受着自然赋予的阳光雨露。后来，聪明的人，给自己制造了层层叠叠的障碍，与自然相阻，与植物远离。吾辈尚有与植物亲近过的童年，可是，我的孩子，她连一颗天然的龙葵果也没有尝过。而我小时候，曾因过食龙葵那黑紫色酸溜溜的果实而中毒，后来又被龙葵的叶子熬水治好了皮肤瘙痒症。因而，我知道，每一株植物，不仅是治病的药，同时也有致命的毒。正如人，可能是尊神，也可能是个魔。植物、人，以及世间万物，莫不如此，秉性里，本无善恶。是人，貌似聪明地学会了定性与定论，非把世界分出个阴阳两极，黑白两端，殊不知，习于计较，是人永远无法断除的烦恼的症结。

上楼，进门，锁上门的那一刻。一朵木槿"啪"地从枝头落下来。那条木槿枝是我一天前从小区地上捡到的一根残枝，因为枝条上有朵木槿花，我才将它带上楼，用水养着了。一天后，它对我，报之以死。这是植物的决绝，抑或节令的旨意。

我拍下那朵赴死的木槿，打开微信，准备发朋友圈，却又在朋友圈里遇见了它——作家王青发的一张萝藦图片。看到它，我就激动了，这是我久违的植物故交啊！宝贝般地存下了萝藦的图片后，读青姐的配文："傍晚在梨园见到萝藦，如遇故人。现在是农历八月，花在开，果尚青，再过两个月，那果才能完全成为自我。寒风一吹，果壳裂开，萝藦就到了空巢期，那些蒲公英似的小降落伞飘了出去，如飘飞在时间的漩涡里，永远不再回还。有时想想，其实每个人都像一只萝藦，只要他见过别离。"

如果不看到这张图片，我几乎是忘记了曾被我称作元宝的萝藦。在我儿时居住的校园，屋后的树林里，满是萝藦。夏天，攀绕树干的萝藦藤上缀满了一个个青绿的宝囊状的果实；到了冬天，果子开口，一团团棉花般的白絮便会随风飘散。那些青果子，被我和小伙伴们摘下来，玩打仗的游戏时，它们充当炸弹，谁中了弹，就要躺在草地上，装死。死亡对于我们，是神秘的未知，直到有一天，我们的一个小伙伴，因为脑炎而夭折后，我才明白，死是永远的离别。倒是从那以后萝藦的青果子都安全地活到了老。

我已很久没有再遇见过萝藦了，多想找到久别的它和他们，再玩一回打仗的游戏。

# 范家渊的晚秋

菡 莒


一


菰已经老了，移至很远的角落。

这种舟一样，随风漂移的水生植物，根，可水可土，具有两栖性。因喜水，多发岸边，或浅水中。

菰是江汉平原湖泊池塘的常见物，根部膨出的结节，叫篙芭。

三月三，篙芭是乡间的一碗鲜菜，能吃到，便是口福。绵软，清甜，号称水中参。

月朗星稀，河清人静时，鳝鱼在篙芭丛里做窝。少年们挽着裤腿，打着赤脚，弓身摸下水。空当里，滑溜的黄鳝，倔强的黑鱼，一摸一个准。插、钓也可，手疾眼快，总有收获。

二十世纪七十年代初，每年此时，婆母在齐腰深的水中砍菰。拖上岸，装上车，推回家。寂静的小路，若响起吱吱嘎嘎独轮车的声音，便是婆母回来了。爱人幼时，也会跑出去接。

一车车的菰，摊晒在日光下，直到干干的，成了柴，再捆好，沿着大堤，拉往江边造纸厂。十多里的路，全靠脚，凌晨三点出发，六点多才能到。江风弥漫的造纸厂门前，队伍一直蜿蜒至堤上。东方破晓，汽笛声声，大人小孩，板车马车，好不热闹。待上班的人来过秤，再至财务处领钱。两分钱一斤，十斤两毛，一百斤两块。

卖的钱，攒在泥巴烧的坛子里。坛子糙，大肚子，上扣一个钵，坛口有碗口粗。钱积到一定数量，做了屋。

2010年，老屋拆迁，婆母已走了三十年。公公在满是灰尘的角落，发现坛子里一分一分的硬币，还有一百多枚。那时，一个馒头一分钱，如今只能作为一种留念。

婆母一镰刀一镰刀，砍了多少菰，没人知道。

如今的造纸厂，荒草没径，野鸦哀鸣。高耸的烟囱，粗粝的厂房沐浴在悲切的江风中。2006年破产，1953年建，历时五十余年。不破产，也得停产，或搬迁，工业废水对江水污染大。

如今的菰，很少有人砍；砍，也扔在塘边。即便水草丰美时节，基部有蒿芭，也懒得下塘掰，尤其这野塘，几乎自生自灭。

我喜欢菰，碧玉一般，摇曳多情。下雨时，唰唰唰，吧嗒吧嗒，于旷野晶莹渺茫得不得了。即便现今黄了，有了老意，亦苍然盈目。那一眼的幽宁，着实令人心痛。

秋天的湖水也是痛的，像一颗颗眼泪。它珍贵，尤其在这旱年。

这个塘与范家渊相连，原是通的，范家渊治理后，怕塘里的脏水流过去，孔被堵死。

稠密的水浮萍，已变成黄绿色。平展的水面，无风无浪。岸边翅果菊稀拉的叶片，高举着零星的花朵，宣告着，生命的倒计时。

植物的生命便是这般短暂，追着日光与温度。

从手机相册，翻出半年前拍的图，比了比，塘的水位明显降低。春时慌乱，水浮萍泼泼洒洒，快溢出塘面，如今老水横陈，深凹似镜。

吾爱春之炸裂，亦爱秋之沧桑。短暂的轮回，你我均在其间。

菰在唐以前，是六谷之一，稌、黍、稷、粱、麦、菰，有其一席之地。菰又是菇的异化名，植物里的姑娘，抑或植物中，孤独的存在。又美又孤，便是菰。古人最早的审美情思，体现在造字上。

菇从形，菰从性。

"秋"乃禾苗趴下之意，熄了火气，慢慢归于泥土。回家之路，自是风尘仆仆，何况这苍苍晚秋。

植物的家，便是泥土。

<br>

## 二

<br>

我蹲在一块洼地，俯身挖着什么，一条堤埂横在头顶。

老伯从上面走，看了我两眼，继续前行。

我说了句，再观察。说完，自己倒笑了，我又能观察什么？怕他误会而已。

这荒田是老伯的，今年5月初，我曾来过。他站在这条堤埂样的小路上，用手指点着，扬言10月份有场官司，在省城开庭。今天已是10月24日，不知道他的官司如何。疫情，出不了门，只怕要延期。

从他摇过去的背影看，身体精神都很好，依旧满头银发、身姿挺拔。只是相较初夏，他打着赤膊、光着脚的那个黄昏，多了一套深色秋装。

他没认出我，我戴着鸭舌帽，还有一个口罩。

他家掩映在一片密林里，柴门，红砖、石棉瓦搭建的小屋。喂了两条狗，不知为何今天没吠。每次来，都恍若隔世。这里原是党校，他们一家从湖南逃难来，谋下党校看果园的差事。

前几年拆迁，党校迁走，只有他家没扒。他说，老子在这儿住了三十多年，没户口又咋样。老家的屋塌了，你让老子住哪儿去？我八十多岁的人，怕个鬼。这儿就是俺的家，断水断电，老子就告你，乖乖地给俺接上。有本事，给老子安排住处，赔老子钱。

他告的是开发商。

这时节，田里几乎没什么作物。秧残枝败，一垄垄的蕹菜，腐烂到只剩下骨头。那低矮、匍匐的躯干，竟开出一些洁白细腻的花朵，状若喇叭，又似翻过来的伞。我竟不知蕹菜，能开出如此美丽的花朵。

洋姜花，开成了小太阳，似一个个小向日葵。洋姜苗疯长，蹿出一人多高。果实生土里，皮褐色，肉白白的。挖出来，洗净，晒秧，放辣酱坛子里，腌好后，吃着脆。

土里有鹅卵石，亦有透明的，我用小棍抠起来，放进裤袋。也有墨绿色荧光闪闪的甲壳虫盖。最多的是螺蛳壳，成千上万，或碎，或整，白花花掺在田里。我说的考察，便指这。

我痴迷这些小物件，一个人蹲着，玩半天。也足以说明，古云梦泽不是白叫的。这里曾是汪洋，土里埋了许多水生物尸骨。我捡了两个一筷子长的蚌壳和一些残片。这些古老生命留下的残骸，到底有多少年了，谁也不知道。

春天的土，黑而黏腻，去一趟范家渊，鞋底沾满泥巴。这时的范家渊，土白坚硬，即便拣这些，手也是干爽的。

蛾子的须很长，足有四五厘米，估计是它的口器。它在一朵丝瓜花里，扎进去很深，触角一探一探。干枯的丝瓜叶，满身是洞，吊在藤上，成了镂空的艺术品。

秋葵的花很美，淡黄色，朵大。扁豆花擎着紫色花冠。这时节，很多花都很美。尤其紧裹的花苞，有奔放之势。

在最早的古代，没家菜、野菜之分，皆植物，都有自己的个性，平衡着人体的寒凉。


三


地肤丛的枝头，两只蚂蚱交叠在一起。大蚂蚱驮着小蚂蚱，一动不动。大的比小的大出五六倍，是母亲背着孩子吗？我不甚了了。

蹑手蹑脚，绕着齐腰高的地肤丛，左拍右拍。它俩纹丝不动，拨开丛枝，镜头悄悄摇近，亦不动。直到走时，恋恋不舍瞅了两眼，它们还在那儿。

去春来时，地肤是嫩绿的，芽叶可吃，清炒、凉拌，包包子、包饺子，满口留香。如今固若金汤，染了萧萧秋意。植物换装，如人之衰老。抽出的穗，像小麦，也似松枝，扎手，所以又叫地麦，或孔雀松。

公公在世时，傍晚，从归家的小路，拖回一大蓬。夜里坐在幽深的堂屋，就着昏暗的灯光，笨拙地扎扫把。第二天清晨，便能听到"唰啦，唰啦！"扫竹叶的声音。

他扎的扫把粗糙、松垮，但露水时节，那便是最好的音乐。

有时想一想，好日子，便是那风调雨顺宁静的日子。

至于那两只蚂蚱，实是一对恩爱夫妻，雌的比雄的大出数倍，尤其肚子鼓鼓的。秋天正是繁衍的好时节，交配后，雌的要在十厘米的地下埋上五十颗左右的白色卵。

土地是许多动植物的秘密家园。

此时的蚂蚱，无论大小，皆黄褐色。春时翠绿，藏在草丛。昆虫换肤色，如人换衣服。它们很会保护自己，让自己的肤色，与自然同调。也无疑告诉我们，春天是绿色的，而秋天是黄色的。肤色随季节走，这是其特异功能，也是智慧，至于如何做到的，真是一个谜。

周遭也只有地肤丛是焦黄的，它密，易躲藏。洋姜的叶片依旧绿着。交配地点，也许事先侦探好的，也许临时选择的安全处。天清地静，阳光似只金色的大鸟，风刮过的声音都不曾有。

我一直迷恋它们的生存状态，每种生命皆有自己的道场与罗盘。那维度，真不是人类能穿越的，尤其它们的大脑神经。

大自然神奇，田螺姑娘有薄薄的壳，河蚌拥有坚硬闪亮的房子，是家，也是衣服。猫狗虎狼身上长毛，只人类，光滑柔嫩的皮肤，需要缞麻索缕，掩形避寒。想想，人真是脆弱，得制造各种武器武装自己。

四

站在一朵鬼针草花前，一只黑色箍金腰带的蜜蜂，弓腰趴在圆盘样的花蕊中。它肥硕，几乎盖住整个花盘。我怎样凑近，都看不见它的动作。它太专注了，无暇顾及我的到来。

花蕊细细的毛囊下，藏着它要吸的蜜。

它是一只工蜂，母的。雄性通常留在家中，只负责交配。于动物的世界，我总是感动于雌性的伟大，它们工作、繁衍两不误。尽管蜂群只蜂王受孕，但所有雌性都肩负着抚养幼虫的责任。每次蜇人，竭尽全力。刺，是它们的产卵管，扎进人体，倒钩拔不出，扯出来的反是自己的内脏。

儿时便知，蜜蜂蜇人，自己也得死。

邻家的男孩捅了马蜂窝，蜇得满脸满头是包，疼得满地打滚，惊动整个家属院。哺乳的阿姨，掀开衣襟，挤出新鲜的奶水浇上去，也有跑回家拿来大蒜、生姜片涂抹的。治不好，家长背着跑到医务室，医生用镊子拔出刺，又是消毒，又是上药，很是一番忙碌。

家里先生说，黄蜂喜欢在刺树上做窝。儿时，喜欢吃刺树上的嫩叶，穿着短袖、短裤，不小心碰了蜂窝。黄蜂"嗡嗡嗡"地紧追不舍。他们抱头鼠窜。

其实，蜜蜂仁义，护家，人不惹它，不穿太花哨的衣服，不涂香水，它不会攻击。它有点色盲，以为那花衣服，那香味便是蜜源。它喜洁，不像苍蝇，哪脏哪去。它尽量死在外面，哪怕有一点点力气，都歪歪斜斜，爬离家园很远。

花是一种奇妙的精灵，能最早感知空气里的甜度，吸至体内，储存起来，再作为诱饵，招蜂引蝶。一生都在为繁衍后代做准备。

每朵花都是一株植物的太阳，攒足力气，为此刻绽放。

　　花儿把蜜，藏在花粉下，安上花萼花托，再安上花瓣，一朵花完美的形式便呈现了。这美丽的表象，只是它的小伎俩，目的只有一个，运送花粉。而花粉里，裹着它们的精子。

　　花，华的变异体，草木为华。花粉这样的旅行家，高山大海都不惧。它轻盈，于暗夜或白日，冒着被吞噬的危险飞翔。每个生命皆偶然，从肉眼看不到起始。我喜欢小，那是生命最基础的部分，童真，意趣。

　　蜜蜂的造访，成就了花儿的梦想。花儿懂得借助力量，平等互惠的交换原则。自然界是一个利益共同体，一味讲奉献，简直不道德。

　　它把自己的生殖器，武装得如此之美，像一场宣言或盛典。

　　蜜蜂眼睛里的鬼针草花，作何样，我不知道。可以肯定，与人类所见略同。它的眼睛与人眼焦距不同，光感也不同。据说花蕊在其瞳孔里是深色的，它能迅速找到蜜源。

　　吃饱了，请带走我未来的孩子，这是花儿想说的。它准备了丰盛的午餐、晚宴，大家闺秀一样，不说破。而蜜蜂这个贪婪的家伙，会不会心领神会？

　　鬼针草花，不大，叶白，五片直绷绷的花瓣。它秀气，清逸，星星点点，所谓碎花，不过如此。一丛竟引来数十只蜜蜂起伏忙碌。它的花瓣极易掉落，悠忽一片，又一片。有些枝头，只剩下金色的蕊。

五

　　湖岸有很多翅果菊。它们秋时绽放，春时只是低矮的几片嫩叶，鸡叨羊啃，如今蓬勃至几尺高。

　　一只细腰蜜蜂，张着金色透亮的翅，尾部一翘一翘，拱在翅果菊的花盘里。它纤秀，灵活，敏捷，几只细足，快速不停地在花蕊里扒着、翻着，或侧身打着滚，沾得满脸满头都是粉。它如此顽皮，是在工作，不时用前足洗着脸，左一下，右一下，是怕花粉糊住眼睛吗？看不见它的口器，可以肯定，与足一样忙碌。

蜜蜂采蜜，也采花粉，花是它的命。

这只浑身是毛的小家伙，已粘附了许多花粉，还在那儿拱，不时用后腿刷着花粉。不知何时，后足已携了一小坨。

此刻，你相信造物主吗？它又吸又带，随身带着小工具：刷子、粉筐，以及装蜜的口袋。

据说一只蜂，飞上一千朵花，采的蜜，方能装满体内蜜囊。若是采不到，空空如也回家，会不会挨训。这也是蜜蜂依赖人类的原因，养蜂人可以帮它们找到更多的花。它们把多余的蜜，分给人类，也愈发忙碌劳累。而它们的一生又是那么短暂。

树林里，春天开满一年蓬，招引蝴蝶的地方，已被养蜂人占领。一座蓝帐篷，无数只黄黑木箱，叠放在一起。甬道里，稀稀拉拉，飞着几只蜂。我来了几次，都没人，太安静，箱里不知有没有蜜蜂。

经过科学研究，许多蜂群集体失踪，先是美国，后是韩国，它们去哪儿了，没人知道。据说是农药所致。农药是洗不掉的，渗进泥土，长在植物里。蜜蜂吃植物的蜜，蜜里有农药。蜂儿锐减，粮食作物授粉，成了大问题。人工授粉，不切实际。

若那样，自然之手下的这盘大棋，也就乱了套。只顾眼前，后续必然手忙脚乱，加倍弥补才是。五十多年前，胡兰成在《禅是一枝花》里说："为除虫害，而发明农药，又发明医药来治。而此医药的副作用，要另发明医药来解。为疗病而引致工业污染了自然环境，又要增大对处理污染而造的科学设备，由工业来制作。如此治一经，损一经，越来越多，终至于尽大地是药，人靠吃维他命剂度日，不晓得吃饭了。"话虽招毁，思维却是明哲的。

387

很多时候，我们走在一条不归路上。所谓解决问题，只是错中错，挽救一时而已。

现在的范家渊，并没多少花，能见到的，最多的是一枝黄花。它任性，呈泛滥之势，举着刷子样的花穗，四处传播。几个工人拿着镰刀在砍。我问，为什么不拔，他们说，砍了，不传播花粉就行。这里的一枝黄花，果真是加拿大黄花，二十世纪引进，对本土植物疯狂掠夺，武汉、荆州都在砍。一枝黄花，也有国内品种。

刘姐把工人砍下的一枝黄花的秆，拖至门前，枯了，当柴烧。

# 六

西北风吹走了河岸蓬勃的绿意，取而代之的是无尽的萧索，红色的地肤围裹着一湾逝水，斑斓惆怅。

秋天有大族气象，虽败犹荣。

我喜欢"晚"字，比如这晚秋，不似"早"，仓皇，疾驰的马蹄。"停车坐爱枫林晚"，多好的意境。来得太晚，方从容，才是高兴之事，也是可有可无之事。"晚"属于秋，春晚、夏晚、冬晚均不适合。即便晚，依旧有许多的路要走，依旧有山深水寒、大雪纷飞的日子。

栾树，是这个城市的常见树，簌簌掉落的金粒，满街皆是。酷似金桂的花粒，只是不太香。足以慰风尘，我如是说。不如意的日子，有了这些细小花粒，便诗意顿生。

说这话时，我正走在范家渊华美的夜色里，身上满是掉落的金粒。月亮像个赤足的孩子，夜色是他沉默寡言的双眼。我爱这幽深夜色里，藏着的童真，仿佛重回遥远的古代。"哗"的一声，鱼儿在动。我曾担心打了净水剂后，鱼儿会遭殃。怎奈江汉平原太恩赐了，土里有鱼卵，便有鱼。

岸边燃着孤灯的位置，是刘姐的家。那昏黄的灯火，多么温馨。夜深沉。我想起"万物皆是自然之息所成"。

这时节的栾树，已被满树的灯笼果代替，锦缎一般，满地皆是。那暗粉，干枯的，三棱像花一样的果子，掩在杂草中，有殉情的味道。栾树的果，也叫蒴果，口子炸裂，可以看到里面绿豆大小的种。

在枯草中，发现一株葱莲，白花瓣，黄丝蕊。过去家里种过两花池，搬家时，挖了两盆，还是死了。这可能是一只鸟的杰作，总之它在荒野里安了家。这样干旱的天，着实难得。本想挖回家，又转念放弃，自然之物尽大地所藏才是。也想看一看，下次来时，它还在不在，是越发越多，还是被其他植物侵蚀。

没见到蝴蝶，也没见到红壳花大姐。秋天寡淡，即便绚丽，也似锦衣华服的夜行人。

我拿着手机，专注拍着。篱笆转角处，转出一个人。我抬眼望过去，又低头摆弄着手中事。忽觉不对，抬头问道，是范伯吧。呵呵！范伯笑出了声，我！你都不认识了。我摘下口罩，说哪会，只是没想到。

他问，在做啥？我指了指篱笆旁，一大丛高粱米大小的累累红果。

他说，能吃吗？我说，不能，才尝了，无滋无味。他说，你也不怕有毒。我说不会，鸟能吃，我就能吃。范伯听后，又笑将起来，问，有用吗？我答，有的，叫接骨草，骨折肿痛，外伤出血都能治。

他露出惊讶之色，说，那得弄点。我便笑。其实，所谓的药用，也得看植物的哪个部位。

佛经里云，文殊菩萨命善财童子采药，不是药者，采将来。善财童子遍观大地，回说，无不是药。文殊又说，是药者，采将来。善财童子在地上，拈起一茎草，度与文殊。云门禅师也说，尽大地是药。"尽大地是药"这句，对应胡兰成的"却要吃维他命"，是不是有点本末倒置、舍近求远的意味。

　　前方，一望无际，漫天雪白的荻，逸在空中。荻苍秀，比芦苇洁白，清绝洒然，毫无市气。我问能走过去吗？能，只是走不远，我这也是溜达溜达，范伯答道。有蛇吗？我担心地问。按说往年过了中秋，蛇就进洞了，今年不行，气候反常，今年降霜，你看天还是这样热。它在土里待不住，这不又在外面了。范伯摊着手说道。

　　范伯走后，我踯躅前行了一段，怎奈太荒凉。天高地阔，风从故乡来，八角金盘，宽大的叶子，完全枯了。假番薯，即野牵牛，号一样的小紫花，星星点点，匍匐一地，让人怜爱。

　　我并不喜欢油画般绚丽的秋，或伟峭之观。一花一叶一虫足够微妙，我爱的是自己。

　　视频里一名四五岁的小女孩，瞅着窗外，哭着对她爸爸说，树叶是她的朋友，可惜要落了，很抱歉，她无法挽留。这便是秋！善良的小女孩，还没遇到更深的别离与磨难。

　　那落叶，只是一小缕秋风，大自然珍藏的典籍。大地在回收，那金色的诗行。而那毛茸茸的绿，明年还会来。

# 黄河三叠

简　默

## 一

我承认，在20岁之前，我没见过黄河。

黔南沙包堡镇，读小学时，每当听到《黄河大合唱》中开篇的发问："朋友！你到过黄河吗？你渡过黄河吗？……"我总羞愧地低下头。我的音乐老师姓敖，教英语是他的主业，音乐则是他的副业。敖老师一眼觑中了我，叫着我的名字，问道："你到过黄河吗？"我像一截瘦骨伶仃的木棍杵在课桌后，害羞似的垂下头，嗫嚅道："没到过。"在四下一片哄笑中，我机械地坐下了。敖老师肯定清楚黄河流向了北方，凭着他的经验和想象，他大概认为像我这样的山东人都到过黄河，甚至满怀期待着我向那些没到过黄河的南方同学描述下我见过的黄河，可我偏偏让他失望了。这一次深深地刺激了我，我暗暗地想，以后有机会一定要看看黄河。

五年级放暑假，我刚满12岁，父亲将两只浅蓝色的旅行包用布带系在一起，一前一后地搭到右肩膀上，它们像两只大拳击手套反复击打着他的前胸与后背，我和弟弟紧紧跟随在他身后，这是我们俩第一次坐火车。一列被漆成春天颜色的火车，载着我们仨，从都匀站出发，一路逶迤起伏，穿桥梁钻隧道，经高原历丘陵，进入了平原。伴随一声长鸣，火车冲上南京长江大桥。车厢里的乘客像一个个浪头，汹涌地奔向两边的窗户，就像要穿过玻璃，纵身跃入江中，化作一朵浪花。我的反应慢，待我意识到火车正在驶过长江头顶时，它长长的身躯已经舞动到了大桥中间，矮小的我挤不进人群中，我仿佛一只窜天猴，一次又一次地拔起自己，努力向上蹿，可就是看不见窗外。正当我焦急之际，火车的尾巴已经摆过长江大桥，人群猝然松动，闪开一条缝，我终于望见了正在后退的长江。火车轰隆隆碾过我的心，头也不回地开往陌生的北方，长江被甩在原地，不紧不慢地向前奔流，一如我们的生活……

这也是我第一次看见长江。这时，我已经读过李白的"黄河之水天上来"和杜甫的"不尽长江滚滚来"，一条大河和一条大江，挂起唐诗的云帆，自天上，自水天交接的远方，在前赴后继的入海途中，拐了一个弯，流到我的梦里。若干年后，我才恍然认识到，这两句诗是两行清泪，诗人一吟一泪流，吟出万古流淌的大江大河，是它们永不干涸的源头，磨洗不掉的胎记。

一梦就到了 20 岁——一个不绝出门远行的年纪。我参加工作的第一站是矿务局的一个仓库，它远离城区，四周麦田和村庄环绕。我们的工作是负责看管仓库里的设备，不停地对外出租和回收。上班一个月后，同事书生到济南瞧他的股骨头坏死，需要针灸治疗一段时间，单位派我去陪护他。一天晚上，一位济南病友说到了黄河，他说济南黄河大桥是当时亚洲跨径最大的桥梁。我听后心一动，真想不到心心念念了这么多年黄河，原来黄河就在眼前，我决定明天就去看黄河。第二天早晨，安顿好书生，我骑着自行车出发了，一路打听着，穿街过巷，来到北郊，上了黄河大桥。粗如小孩胳膊的斜拉索向两边绷紧了自己，构成了好看的扇形，充满着力量和阳刚。桥下宽阔的河面上，黄河水自西向东，波澜不惊地缓缓流淌，奔向她最后的归宿。此时正是九点钟，太阳经过一夜养精蓄锐，浑身抖擞着光芒，升上了天空，洒下万千金光，映照得河面闪闪烁烁，灿灿烂烂，仿佛漂浮着万斛珍珠和黄金碎屑。

我惊呆了，内心涌起激动的潮水，就要冲破胸腔，不惜粉身碎骨，也要跌入桥下黄河中，成为她微不足道的一滴水。可我是一个内向的人，声嘶力竭不出口，只是象征性地跟黄河打了个招呼：黄河！我来了！黄河肯定听见了，一阵大风刮过，河面上卷起无数漩涡，她干脆以这些漩涡拧成一个声音，穿过风声和浪花，回答我：孩子！我听见了！

当晚，伴着书生的鼾声，敖老师叫着我的名字，问道："你到过黄河吗？"我骄傲地答道："到过。"同学们一齐向我投来羡慕的目光。接着，他又问："你渡过黄河吗？"我低下头，支吾道："没渡过。"仅此一问，我猛然惊醒，窗外月光皎洁如水。我知道，我与黄河之约仍要约下去，我的黄河之梦仍要做下去。

## 二

这些年，我一直在路上。

有一天，我回首走过的地方，惊讶地发现，我一直在黄河身边转圈。

从甘肃、宁夏到青海，我溯流而上，距离黄河源头越来越近。我遇见了主动脉似的黄河干流，也邂逅了她毛细血管似的支流，她们一律清凌凌地流淌，或疾或徐，或呈土白色，或碧绿如翡翠，河底大小石头和鱼儿清晰可见。在青藏高原，一座座雪山，一条条冰川，都圣洁如垂天的哈达，将自己栽种到大地之上。随着季节的深入，它们受了太阳热情的感染，消融了自己，化作涓涓溪流，汇成不舍昼夜纵横大地的黄河。

在宁夏中卫的沙坡头，我享受着高空滑沙的刺激和乐趣，我的左右，兴奋和满足的尖叫先后溅起。站在坡顶，与定格在时空中的王维塑像相依相偎，遥望黄河岸上，一条又长又细的飘带舒展在大地上。此时正值黄昏，夕阳缓缓下沉，定身在了飘带之上，像是别在黄河衣襟间的一枚勋章，又大又圆，没有一丝寒凉，反倒袅袅地散发着热气儿。我想起奔跑在乡间原野上的母鸡下出的那种笨鸡蛋，啪地磕开，里面的蛋黄就是这种颜色和轮廓，鲜红如血，湿润似伤口。"长河落日圆"描述的正是眼前的景象，像王维的许多诗句一样，这句也颇有画面感。它沉浸在雄阔酣畅的山河禅境中，也颇具禅机和禅意。黄河不废，万古长流，日升日落，昼夜更替，此长彼消，循环往复，所谓永恒如斯，浴火重生，说的就是这条长河和这轮落日。夕阳终于支撑不住了，掉入了河中，激起满天霞光，仿佛钢花出炉，四下飞溅，天地燃成一片火海。恰在此时，我自坡顶，驭风滑沙俯冲下去，一直向前，向前，冲入河中，化为水滴。

徜徉在青海湖边，风扬起乌尔朵，驱赶羊群似的湖水，一波又一波地涌向岸边，像在叠着罗汉。浪花一遍又一遍地唱着偈，我不知道它为什么又为谁而唱，但我不敢说它在我脚下，我看上去比它高，这其实是空间距离上的错觉，只要它愿意，它随时都能立地成佛。我闻到了黄河的气息，这气息是真实的，来自亿万年前，挟带着冰雪的凛冽和纯粹，让我猝然清醒如遭电击，呼吸欢畅如沐春风。黄河是青海湖的前生。关于这个湖的遗传变异史，以及湖中每一块礁石、每一粒贝壳隐匿的密码，湖自己开口说出了，一种叫湟鱼的鱼现身提供了佐证。那时黄河清澈见底，各种形状的云彩在水中梳妆和沐浴，一条条鲤鱼自由自在地游来游去，撞碎了云彩，好一会儿没复原如初。威力巨大的地壳运动，截断畅流无阻的黄河，日月山挺身隆起，围堵形成堰塞湖，一部分鲤鱼彻底脱离黄河，永远留在了湖中。后来，堰塞湖拓展成一个咸水湖，习惯淡水的它们不得不逐渐地适应这咸水，鱼鳞一片一片地脱落，变成了无鳞鱼，仅仅留下鳃处几片鳞片，仿佛特地以此来怀念那条姓黄的河，它们遍布鱼鳞的祖先。当这个湖被唤作青海湖时，它们也作为一个新物种，被命名为青海湖裸鲤，但它们更广为流传的名字却是湟鱼。每年七八月份，湟鱼由青海湖逆流而上，游入每一条流进青海湖的淡水河中，它们成群结队，浩浩荡荡，一路经过拦河坝阻隔、小支流搁浅、鸟类捕食等关口，在水流的不断刺激下，性腺发育成熟了，游到流水平缓的河道里，产卵受精后将卵留在这儿，自己则在休养生息中，等待借一场雨水重新漂回青海湖。这就是湟鱼一年一度的溯河洄游，它们是在繁衍后代，更是在循着黄河遥远的气息，借助一条条河流，寻找祖先的故乡，重温曾经的生活方式和习惯。因此说，湟鱼洄游是河流上的行为艺术，是千年乡愁的活化石，自有其文化标本意义，湟鱼也是一种附着文化属性的动物。

年轻的黄河三角洲形如扇形，这是九曲黄河荡气回肠，裹挟着几千公里的泥沙，与迎头涌来的渤海角力和碰撞后塑造出的地貌。我想起了济南黄河大桥上一根根斜拉索构成的同样形状的索面。这是我喜欢的形状，简洁大方，一目了然，从原点出发，向四下里辐射和扩充，具有无限的可能性和冲击力。只能怪我与黄河口的缘分未到，到的那天下午，恰逢大风起兮，水势汹涌，浊浪滔天，无法乘船陪伴黄河奔赴生命最后一程，聆听雄浑黄与沧桑蓝交响奏出的壮丽乐章。我不清楚海水的一半是河水，还是河水的一半是海水，就像东风和西风的殊死搏斗一样，不是河水在海水上面，就是海水在河水上面，泥沙是大自然唯一的导演和操纵者。黄河入海，黄蓝交汇，是接纳，是包容，是和而不同，是味道由淡入咸，是一条大河成为汪洋大海，是流浪千遭的水回到故乡。我不知道黄河与渤海谁的年龄更大，也不想知道，这是否属于科学考察论证的范畴。我只知道，黄河在古代中国叫海，如此说，黄河入海是回娘家，还回了自己女儿身。

住在利津县城，出酒店走上几步，脚下逐渐地凝滞起来，是沙砾混杂着大小贝壳和蜗牛壳，在柏油路两边，一直铺向前方；芦苇扎根其上，迎着有些咸腥的晨风，腰肢柔美地摇曳着。这种植物在我的生活中随处可见，它遇土即生，即使再贫瘠恶劣的土壤也能存活下来，也无所谓野生或家养，它的存在原本就是有意无意地营造野性与野趣。我猜测眼前是一片新生的陆地，抓起一把脚下的沙砾，也许还能舔得出盐碱味儿，你的舌尖也会因此被刺激和灼痛。我想象得出她曾经的沧桑，饱受的苦难，双眼泪水充溢，油然而生敬意。

我是一个植物爱好者。在黄河口生态旅游区，盐碱环境催生了耐盐碱植物，有碱蓬、白茅、罗布麻、柽柳、盐蒿、马绊草等，它们心连心，手挽手，共同聚起黄河口植物部落。我第一次辨清了一夜白头的荻和在守望中泛黄的芦苇，"枫叶荻花秋瑟瑟"，红颜与白发相映衬，多么唯美的秋日画面啊，偏偏让我遇见了，而曾经我分不清荻和芦苇，是黄河口揽它们入怀，当场教会了我如何分辨它们。潮汐激情冲刷过后，在泥沙中形成的潮沟，是另一个黄河口植物部落，只有上帝的视角才能一览无余。它们凹凸有致，纤毫毕现，惟妙惟肖，也唯有自然的膂力与慧心，才能信手涂鸦出这一帧帧杰作，精美绝伦，独一无二。

一个声音总是在耳边问我："你渡过黄河吗？"也许在他看来，渡过黄河才算真正到过黄河，否则，都是像我曾经浅薄地跟她打个招呼，在她岸边走一走，吐出梦呓似的赞美诗，连鞋都没湿就转身走了。来到甘肃景泰县黄河岸边，望着宽阔而湍急的河面发愁，我们要渡河到下游去看石林，它藏匿于一条深深峡谷中。羊皮筏子适时现身了。这是我第一次与它遭遇，在黄河岸边。这符合它专属的地域和功能，只有出没于黄河胸膛的它才会说这条河的方言，才识得这条河的水性，才呼吸得出这条河的肺活量。如果有一天你在黄河岸边看不见它了，你就只能去博物馆寻找它，它像一只瑟瑟发抖的羊，蜷缩在某个角落，身上落满了灰尘，被以民俗和非遗的名义评头论足。你问我它流行在黄河两岸有多少年了，我真的说不清，它自己不会开口说话，它的前生羊也说不清，羊只会咩咩地叫。我只知道在没有桥飞架起两岸以前，两岸的居民和旅人出行时仅能依靠它，仿佛只有它懂得黄河，也只有桀骜不驯的黄河敞开胸怀接受它。说是羊皮，其实已经不是我们日常生活中看见的羊皮，正穿和反穿皆可的羊皮，而是经过一系列处理加工后吹足气的皮囊，表面透明光洁，映得出天上的太阳，也盛得下水中的月亮和繁星。此刻，它载着我们，贴紧河的胸腔，顺流而下，像一只只羊活着时一样，渡水如履平地，稳稳当当，我们不担心它会发脾气颠覆我们，自有熟稔它性情的船工划着它，因此，我们兴奋地跟后面筏子上的同伴挥着手，探身掬一捧河水，听任阳光、水和泥沙自指缝间缓缓俱下。直至靠岸，它们被扛出水，倚在堤上晾晒，阳光均匀地照在每一个皮囊上。我隐隐约约地听见它们胸腔间滚动如雷的呐喊，没了最初渡河的高兴与骄傲，四周一下子安静了下来。

## 三

我曾经认为，黄河距离我所在城市尚远。我邻近的城市，有一条黄河故道，又叫废黄河。我多次坐车路过，就在公路一侧，地基落差比公路低了两三米，已经看不出昔日黄河的模样与痕迹，仅是一条废弃的河道。我惊叹于黄河改道的伟力，柔情似水，坚硬如水，黄河发起飙来，六亲不认，摧枯拉朽，一往无前，颠倒红尘，重置楚河汉界，废黄河正是此产物。

后来，我有机会了解到，黄河不断改道带来的水源汇成了微山湖，原来黄河距离我如此近，近得就像在家门口，日夜潺潺流淌。

在砀山县，我也遇见了黄河故道，它与邻近城市的废黄河是同时期的产物。黄河改道冲刷和留下的盐碱地，孕育了砀山酥梨，每一个酥梨的内心都流淌着一条甜蜜的黄河。据说，你将一个酥梨举至半空，轻轻地撒手，落到地上，能够摔得粉碎，每一块都是一小朵浪花，属于黄河的浪花；梨子知感恩，不惜以此粉身碎骨的方式回馈土地，皈依河流。那一声落地脆响，远在沾化的冬枣捧着黄河盐碱地的血脉与神经听到了，一粒冬枣踊跃跳下枝头，有点儿勇猛地砸到地上，没砸疼土地，却将自己砸得粉碎。在沾化的下洼镇，我看见了那棵传说中的冬枣嫡祖树，以它为母树，开枝散叶，繁衍出了四世同堂的枣乡佳话；一树树冬枣累累，我在一粒粒白中泛红的冬枣上，找到了我的故乡，找到了中国，也找到了世界，她们都在饱满的果肉和细小的汁液滋养下，欣欣向荣，美丽优雅。

我一直渴望，有一条河流过我门前，可以濯我缨，濯我足，淘米洗菜，烹水煮茶，可这对身心俱困在城市的我，永远是一个无法实现的奢想。我退而求其次地想，在一座城里，能够日日夜夜听到河的歌唱，嗅到河的气息，看见河的身影。

直至我遇见滨州——一座以三点水为偏旁部首的城市。在她母亲般温暖的怀抱中，一点水是黄河，一点水是乳汁，一点水是眼泪。如果你在她蓝色路牌指引下，沿着东西方向走，一条路一条路地走下去，可以一直走到黄河十八路，这让我自然而然地想到了黄河十八道湾，不知是巧合还是命名者就是据此而命名的，我忍住了没问；如果你在黄色路牌指引下，向着南北方向走，一条路一条路地走下去，可以一直走到渤海三十二路。滨州人习惯以黄几渤儿来称呼它们，所谓渤海之滨，黄河之洲，大河与大海珠联璧合出一座城市。这是公共交通的黄蓝交汇，纵横有序地构成了城市大动脉，任由人和车子欢快地流淌，汇入生活的海洋之中。可以说，这是一座被黄河垂青的城市，黄河穿城而过，有了黄河加持，她便水光潋滟了，水迹淋漓了，水波荡漾了，水袖飘拂了，挂起云帆，直济沧海。

我住的酒店门前，是一座水上公园，至今我也说不出它的名字。它开挖引来了黄河水，好大一片清澈浩荡的水域，从此，附近的居民有福了，黄河水流到了他们的家门口，他们就在黄河岸边住。早晨，迎着喷薄欲出的朝阳，踏着长龙摆尾似的栈道，一路向前踱去，岸边芦苇青翠地伸展，有的挑出娇嫩淡红的芦花。朝阳像是临盆在即，躁动不安，终于一跃而出，金光迸射。我猜它是从黄河腹中跃出的，仿佛一条金色大鲤鱼，撞过龙门，跃上了天。天上云彩轻描淡写，似乎破绽百出，凝神端详，相由心生，顿觉韵味无穷。朝阳、云彩、拱桥、绿树、路灯、楼群，纷纷投影到水面，像是一只丹青妙手在挥毫泼洒，似在人间，胜却人间。我突然觉得我的渴望离我如此近，就在眼前，即使在此短短浮生一两日，也足以宽慰我一生。

沿着黄河大堤，我们向着黄河走，堤上堤下落差至少有七八米，堤下杨树成行，大都笔直挺拔，少数齐刷刷地歪向一边，那是大风刮过时它们与横扫一切的风拔河的结果，虽然它们身不由己地倾斜向风掠过的方向，但脚指头似的根须仍然牢牢地抓紧了土地，才不至于一刹那轰然倒地。到小街湾，这儿是眺望黄河的最佳位置。黄河流至此甩了一个弯，风高浪急，水势滔滔，水声吼吼，在正午阳光的照耀下，河水有时呈铁锈色，有时是金黄色，黏稠稠的波浪堆卷，一口一口地，打着旋儿，呼啸而过。我总觉得像一口巨大的锅，不分昼夜地熬着一锅油，一只无形之手不间断地搅拌着，但油太黏太稠了，就要凝结了，搅不动了，好似一个陀螺，原地转着圈儿，闪着亮晶晶的油花。河的对岸是河水冲刷出的沙滩，有一棵棵树筑起的屏障；这岸是大小石块参差砌出的护堤，石缝间钻出一些野草，一根根，不成片，郁郁葱葱，与河水的黄对比鲜明，也与对岸的树隔河呼应，绿是它们扯出的旗语。黄河曾有断流之时，我们常将黄河比作母亲，黄河断流等同母亲断乳。那些日子，她两岸的子孙无不忧心如焚，无不嗷嗷待哺，呼唤母亲河水源充沛，长流不息。岸上的老柳树将这一切都忠实地记录在了自己的年轮中，许多棵这样的老柳树并肩站在一起，就是一部黄河断代史。

回来路上，我看见在城市道路中央，或马路牙子上，红色的抽油机正在磕头如捣蒜，它每磕一下头，就有一车原油从地下顺着管道运走。这是工业社会和机器时代的生产场景，我原本以为只会出现在荒郊旷野之上，想不到居然深入到了城市腹地。抽油机看似狠狠地夯向地面，一升一降，一起一落，虎虎生风，财富滚滚而来，这是上天的慷慨赐予。生活就在这不厌其烦的动作中，保持着安宁与平静，正如身边的这条大河，我们注视着她在自己源远流长的容器里，永远安澜从容，且歌且舞，水清河晏。

# 家住黄河边

聂虹影

"一条大河波浪宽，风吹稻花香两岸"，第一次听到这首歌，我就认定，这条河，就是我身边的母亲河——黄河。

黄河，于我有着不解之缘，关乎老家，也关乎姥家。

小时候，黄河是一条神秘的河。尽管老家离黄河不过几公里的路，但很长一个时期，黄河只存在于奶奶的叙述和我的想象。对奶奶而言，黄河似乎并不是那么美好，她常说，我们在开封鹅堆逃荒那八年……我问奶奶为什么要逃荒啊，奶奶说，因为黄河决堤了啊。黄河决堤时，她和爷爷正睡着觉，突然水就到床跟前了，紧接着就浮起来了。于是赶紧起来逃命，爷爷挑着担，担的两头是筐，一头筐里装着爸爸，一头筐里装着叔叔，然后拉上我的三个姑姑一起跑。奶奶说水火无情啊，你跑水也跑，水不但跑，水还往上涨。我说你们往哪里跑啊，奶奶说，跟着人流跑，大家往哪里跑我们就往哪里跑，幸亏离黄河还有好远的路，紧挨黄河大堤住的是跑不掉的。奶奶说最后跑到了开封鹅堆，一待就是八年。水彻底退了乡亲们才回来重新盖房子重建家园。我不知道鹅堆是哪里，但我知道开封，是我眼中的大城市，来自那里的人都很洋气，不像我们这个小村庄，土得掉渣。我深感遗憾，说如果你们当时不回来就好了，那样我们就是开封人了。奶奶白我一眼："城市大有啥用，再大也不是家，还是聂寨好，本乡本土的。"可我依然觉得还是开封好，依然感到遗憾。我对鹅堆这个地方充满好奇，曾在地图上找过，也上网搜过，还问过开封当地人，都一无所获，我不知道到底是哪两个字，我只是回忆奶奶的发音写下的，也许是早就改了地名。

我没有领教过但深知河水泛滥的凶险，爸爸当时在基层工作，每到汛期，他几乎没在家里待过，都是坚守在黄河大堤上，随时防止大堤决口。那时候觉得黄河不遥远却无比神秘和恐怖。读中学时，班里有个来自黄河边的女生，学习刻苦到不可思议。在她的作文里看到了答案，她文中写道，父辈靠天吃饭，每年春天在黄河滩地种上庄稼从来不敢确定秋天一定有收成。如果赶上涝灾，就会颗粒无收，连买种子的本钱都回不来。她说她想离开那里，只有学习才能帮她实现梦想，她的人生理想是不再靠天吃饭。

第一次见识黄河，是送一个姐姐到渡口，我的老家和开封分别位于黄河南岸和北岸，黄河大桥没修通时，去开封只好坐摆渡船。那天眼巴巴看着姐姐买票登船，看着船驶离码头，向对岸驶去，满心的羡慕。面对滔滔黄河水，再看看雾蒙蒙的对岸，觉得这条河好难跨越，穿过我的整个童年少年也没能完成，开封永远在河对面，在我的梦中，我渴望着，向往着。

以游客的身份游览黄河，是高二的暑假，妈妈有一天突然宣布，周日要带着我们姊妹三人去邙山黄河游览区旅游。我们坐上逢站必停的绿皮火车，到邙山站下车，步行半个小时，终于见证了什么叫"一条大河波浪宽"。整整一天，我们都待在黄河边，从朝阳升至水面，到日出中天，再到黄河夕照。那天妈妈很慷慨，拿出两元钱，让我以黄河为背景照了张单人照，大家又一起照了合影。读军校时来到济南，也是一个紧邻黄河的城市，毕业后到郑州工作，依然紧靠黄河，我在这个母亲河流淌的城市里，结婚生子成家立业。周末休闲时，常常一家三口驱车至黄河边，静静地待上一天，躺在黄河边，看着悠悠黄河水，不管是烦恼还是喜悦，无论得意还是失意，嗅着黄河的气息，心都会沉静下来。

万里黄河九曲十八弯，有个极为重要的渡口，叫茅津渡，与风陵渡、大禹渡并称为黄河三大古渡。茅津渡是沟通晋豫两省的交通要津，黄河南岸是三门峡的会兴镇，黄河北岸是山西省的平陆茅津村。知道茅津渡，是从姥姥口中，我出生时，姥姥已经在我家，我记事时，姥姥就开始给我讲茅津渡的故事。姥说，这里不是她的家，她的家在茅津渡。姥说，"黄河两岸是我家"，黄河南岸是生她养她的地方，三门峡陕县。姥姥命苦，六岁时妈妈去世了，爹也去世了，只剩下她和弟弟，爹妈没了，家也没了，姐弟俩靠着给财主大娘的孩子洗尿布打零工，换得在大娘家柴屋栖身。吃上顿无下顿的姐弟俩，靠讨饭过日子，姥的脚被缠得只有三寸长，疼得走不成路，只好让弟弟去讨饭，讨回来两人一起吃。回忆起这些时，姥姥常常自责，好不容易讨回半块馍，还和弟弟抢吃的。姐姐说我是姐姐，大块的馍给我吃，弟弟说是我讨回来的，我要吃大块。后来弟弟去讨饭时再也没有回来，解放后才知道，弟弟被财主家孩子割掉小鸡扔到了井里。姥每次提起这段经历，都会落泪，她反反复复说，我不该和弟弟抢吃的，要是知道他遭人暗算，就是饿死我也不会让他去讨饭。爹娘没了，家没了，弟弟也没了，姥被大娘从黄河南岸卖到了黄河北岸。一条河隔断了所有的血亲。姥爷是黄河渡口的艄公，比姥大了二十多岁，姥爷弟兄三个，他是老大，两个弟弟都去世了，每个弟弟留下遗孀和一堆孩子，几家整合成一大家子人，姥爷挑起了家庭重担，他命令姥姥和他一起挑。刚刚十几岁的姥姥不谙世事，还没有完全学会做家务，却要承担一大家几十口的吃喝拉撒，稍微做不好就遭家里人的辱骂。姥姥说，她从不懂得反抗，也从没想过要反抗，因为她没有别的选择，这里是她唯一栖身之处。她没有娘家，她没有兄弟姐妹，所有人都知道她是买来干活的，所有人都知道她无处投靠，所有人欺辱她时都无比理直气壮。姥姥说，她每次到黄河边打水或者种收庄稼时，总想着直接投进黄河去，可众目睽睽，很难有机会。后来，姥生了妈妈，她改变了主意不再想死，为女儿她要顽强地活下去。

姥说，做艄公的姥爷，心眼好，黄河边常有小孩掉河里，不管是五黄六月还是十冬腊月，只要有人落水，姥爷就会毫不犹豫跳入水中去救人，黄河水流浑浊湍急，搭救不及时转眼间鼻子眼睛耳朵一起被泥沙糊住，很快就会没命。姥说，五黄六月还好说，十冬腊月那水刺骨凉，黄河结冰了，小孩在河面上走，哪一块冰薄了，一不小心就掉下去了，姥爷遇到这种情况，常常是连衣服都来不及脱，直接就跳下去了。把人救上来自己也冻成冰棍了。姥说每个救上来的孩子都把姥爷当成恩人，一定要认干亲，姥爷有二十多个干儿子，全部都是他救过命的。

姥爷不但救人，还为共产党做过事情。抗日战争和解放战争时期，姥爷帮着在茅津渡口转移过地下党，保存革命力量。1947年8月，陈谢大军在茅津渡和济源长泉渡之间，乘"油包"渡河，渡了三天三夜，风雨交加，电闪雷鸣。姥爷是油包渡河的艄公之一。当时找艄公时都是悄悄进行的，有的胆子小怕连累的人当时就回绝了，姥爷水性好，找到他时没有丝毫犹豫就答应了，还帮着积极协调船只，冒着枪林弹雨，参与创造了用油包把大军渡过黄河的奇迹。姥说那段时间姥爷神神秘秘，姥不敢问，姥爷也不让问，直到完成了任务，姥才知道。后来解放军来答谢时，姥爷拒绝了。我专门查了资料，才了解到姥爷当年参与的那场战斗是著名的"灵陕战役"。茅津渡因其特殊地理位置和区位优势，影响了中国历史的发展进程。

因为年轻时总是下水救人，尤其是十冬腊月下水，刺激了姥爷的关节，后来姥爷就瘫痪了，两条腿完全失去了知觉，人只能趴在地上，双手扶个小板凳，一点点往前挪。姥姥常感慨，姥爷一辈子没享啥福，净是在黄河边摆渡和救人了。姥爷在瘫痪了六年之后，撒手人寰，留下孤儿寡母艰辛度日。姥没文化，却有见识，她把妈妈送到了河对岸的陕县读书，妈妈在黄河北岸一路读到省会郑州，读到大学毕业，毕业分配好工作的妈妈跨过黄河接走了姥姥，娘俩一别家乡二十年，不曾回去过。

妈妈说，读书时每次回家返回学校，姥姥都会把妈妈送到黄河渡口处，看着妈妈登船远去。妈妈说每次离家，都是含着泪，船开出去好远了，回头看，姥姥瘦小的身影还在岸边站着。妈妈说姥姥的性格太懦弱，她实在走不下去，担心姥姥受气，担心姥姥到黄河边打水不安全，担心姥姥地里的活干不完累倒，担心那眼用棍子支着的窑洞会塌砸着姥姥。她说有时听着课，突然想起姥姥，眼泪就哗哗顺着脸流下来。她拼命读书，因为能够改变母女境况的只有读书这条路，读书有了工作，才能把姥姥接出去，可她又怕其间发生意外，姥姥等不到那一天。姥姥说，妈妈是她唯一的希望和寄托，她在老家不管受多大的苦，都要撑着，她有什么好歹，闺女就像她当年一样没爹也没妈也没家了。当族人看上她那眼窑洞要逼她改嫁时，她不走；当妯娌骂到她脸上，往她碗里吐唾沫时，她不走；当她生病无法到黄河里打水，渴得厉害只好喝马尿时，她不走；她要为女儿守住这个家，守住一份母爱。姥姥说，她当时的日子，比黄连还苦。因为掏不起船票钱，她从不过河，有一年听说河对岸有免费温泉可以治腰腿病，她和妯娌讲好了，姥姥替她背包袱，她负责给姥姥买船票，一米五的个子，三寸小脚的姥姥随妯娌到她娘家背上大包袱，走了几十里山路才到河边，结果妯娌拿过包袱，只买一张船票自己上了船，姥姥百般无助时，姥爷当年的徒弟认出了她，跟船长说这是我嫂子，姥姥才得以成行。

故事听了几十年，直到姥去世，我才第一次来到姥描述过无数次的茅津渡。这里水面开阔，山谷对峙，林木茂盛，倒影相随，想起宋代诗人魏野的《茅津渡》："数点归鸦啼远树，人行欲尽夕阳路。暮霭还生竹坞村，西风乍起茅津渡。"滔滔黄河水，悠悠茅津渡，我感慨万端，这里承载了姥姥和妈妈太多太多有苦涩也有温馨的记忆，我不知该如何概括和描述那一刻的心情。

姥在这个家生活了几十年,她陪伴着我们姊妹三个出生成长,辛辛苦苦把我们养大,又目送我们远走高飞,她随着这个家东奔西走也可以说是颠沛流离,任何时候任何事情任何情况下,她都不缺席,静静地守护着这个家。她是我们家的功臣,但她一直认为,这是闺女家,她的家在黄河岸边,在世时她多次嘱托妈妈,等她不在了一定要让她回家,把她葬在黄河边,她说她要去陪姥爷。在黄河边她还能看到河对岸的娘家,她的父母和弟弟都在河对岸。那年是"非典",姥快不行了,遵照姥的心愿,妈妈陪着姥往老家赶。路上妈妈给我打了电话,让我请假也回去。等我到老家时,姥姥已经躺在门板上全身都冰凉了,我拉着姥姥的手,幻想着我能暖热她,然后她坐起来说,我回家了,我带你去看黄河。姥活着时,多次说要带我回家,要带着我去看看姥爷当年摆渡的地方,看看黄河岸边她的家,现在我回来了,她也回来了,可是,我叫不醒她,她再也睁不开眼睛,再也起不来身子,兑现她的承诺陪我看黄河了。

我们把姥葬在了黄河岸边的桃园中,完成了她叶落归根的夙愿,从此,姥和姥爷在天堂相依相伴,守望着黄河,守望着黄河岸边的家园,也守望着河对岸那片葬着姥血亲的故园。

# 古村古樟记

梁路峰

冬天的蜀水河，涓涓清流，雾霭茫茫。白雾弥漫崇山峻岭，森林幽幽，河流悠悠。

河岸上一群白鹭掠过河空，穿越一栋栋低矮的民居古屋，停留在古屋后的一片樟树林的树顶，叽叽喳喳，咿咿呀呀。瞬时，这片林子热闹了，百鸟齐鸣，就像一曲曲春天的歌谣在林子里荡漾，此时此刻天也亮了。随着咯咯咯、咕咕咕的鸡叫声，在茫茫的白雾中，古村老屋上空盘旋着袅袅炊烟，古屋里的居民都起床了，村子里有了"吱呀"的开门声。

早就听说这个村子很古老，据史料记载有千年的轮回，村子里有一座古老的书院，有一片古樟树林，还有古塘、古塔、古柏、古楠木，古朴淳厚的村民，传颂着一段辉煌的历史，一串串可歌可泣的千年故事，带着书香气节，成为井冈大地人文胜地的一颗耀眼明珠。

走进古村上镜，果不其然，那一栋栋古色古香的土砖古屋，以及一座雄浑的新兴书院与大自然完美结合，书院屋后有一片林立山坡、高耸挺拔的古樟树，耀眼夺目；书院前庭，是一块田字形的水塘，悠悠水塘，浮萍踪影，潋滟秀色；水塘小道一棵百年珍稀竹柏引人注目，河洲坝上一棵棵高大婆娑、枝叶茂盛的古楠木，树干粗大，树冠如盖，郁郁葱葱；一座青砖砌造，塔身6面7级高8米，塔顶呈圆柱形的，有着四百余年历史的惜字塔，就像东方神塔，镇守古书院的前方，古村古树古书院古塔，千古绝唱，见证了上镜古村的历史文化底蕴。

我感到惊叹，在这远离遂川县城一百多里的大山里，还有这么一个厚德崇文的古村，好奇与惊喜，一幕幕古老的风流韵事，摄入耳目。

江西罗霄山脉南端东麓，井冈山东侧，高山流水，一条清澈的河流，涓涓奔出大山，向东涌流，途经上镜村落。那河，当地人称之为蜀水河，河道优美流长，逶迤蜿蜒。

上镜古村因石镜而得名，名副其实，颇为神秘而传奇。上镜村古时地处禾蜀，有左右两条江，左江之阳石悬鉴溪旁有一块巨石，巨石有一石镜，光亮如镜，透彻闪耀，无影不灼。下临深潭处层岩壁端，有一青墨色的平石一二丈许，石名叫仓库。仓库岩壁上有仙人足迹，石镜与对面山峰遥遥相对，称谓"美女峰"。每当太阳聚焦下，石镜闪烁一道道耀眼的光芒，光彩照人。"美女峰"上有五颜六色的花团锦簇，时常招来仙鹤在此峰上盘旋、栖息、飞翔。据传"美女峰"顶常有一仙女游此，对着石镜梳妆，婀娜的倩影，映影河中，如醉如痴，于是先祖们称之为"仙女照镜"。

也不知道是什么年代，人们又在石镜下方的蜀水河下游三华里处发现了另一块石镜。据《龙泉县志》记载："离县城七八十里禾蜀，有二石，光明如镜，一石在山，一石在水。"后来人们把在山上的石镜称之为"上镜"，把在水中的石镜称之为"下镜"。大清康熙十三年（1674年），草寇兵变，此镜石晦暗了几十年，平定之后，石镜渐以复原，光明磊落。

上镜村的古书院是吉安庐陵最大的古书院。彭述抗老人是上镜村的退休教师，他出生在上镜村，长在上镜村，高中毕业后一直在村里从教四十余年，对上镜村的山林草木和新兴书院的古今往事、前世今生了如指掌。他说，北宋咸平年间这座古书院由乡绅倡捐。新兴书院创办后，上镜村读书求学蔚然成风，人才辈出，培养了数以百计的天之骄子、国之栋梁。自宋朝至清代，上镜古村翰林和进士出身的就有20人。他们有获得一品光禄大夫、二品资政大夫、三品通义大夫、四品中宪大夫、五品奉政大夫、六品儒林郎、七品文林郎、八品修职郎、九品登仕郎的，还有秀才、举人、国学大学生、国学贡元等功名头衔的一百二十多人，皇帝敕封嘉奖圣旨13道，受敕封嘉奖的达24人，皇帝册封翰林以下学士的有22人，朝廷、州、府所赐的牌匾有36块，现"名登天府"之匾仍悬于梁上。

上镜古村与下镜古村久居的村民多为彭氏家族。彭氏三十五世孙彭飞龙、兴让、兴伦在上镜与下镜的渡棚凿石建亭，取名为"光裕堂"。光裕堂建好后，许多名人墨客纷纷到此游赏。礼部进士东乡县知县尹宗焞，赐进士阿南王德府鹿德县知县高世书，礼部进士儒学教谕胡海容到此一游后击掌拍称上镜是洞天福地，宜为仙人之足迹！吉水明朝洪武进士江西道监察御史解缙称此真为人间名胜之地……

站在光裕亭前朝石镜处望去，只觉"碧烟一泄，白杏月千里，浮光耀金，静影沉璧也。俯而临其下，锦鳞触浪，渔歌唱晚，嫣然回头，此乃世界之洞天福地。仇池之穴、潜通小有、安知非造物之秘惜、以贻我者耶！"上镜"镜石"之名胜，让人心旷神怡，叹为观止，难以忘怀，凡到此观光的游客，都感受到了一种别样的仙境。

一段神奇的石镜传奇故事，揭开了千年古村的神秘面纱。据《遂川县志》记载，古樟树的这块山坳，彭氏先祖们称之为"象山"，山坳里一棵棵高耸挺拔的樟树植于元朝，屈指数来，一棵棵樟树都差不多已经是"千岁爷"了。据彭氏族谱记载："二十四顺改禾蜀（上镜）种树数百棵。"现世先祖彭彦微自元成宗元贞二年，在三十三古都彦微公生于元世祖丙寅，配何氏，生一子，名凤迈。

他自小苦读勤耕，聪明好学，但由于父母常年患病在身，16岁毅然挑起家庭重担出外做苦力活赚钱维持家庭生活。忽一日，他从龙泉（今遂川）城南来到禾蜀看到这里绿水环绕，山奇水秀，便有了想留在这山里做一番事业的念想。他回到遂川县城城南家后，与父母商量，决定到禾蜀大山里去开荒造林，依山而居，傍水而息，父亲欣然答应。元成宗元贞二年，彭彦微挑着一担家常用具和被子来到这里开垦荒地，砍树建棚，安顿扎营。他在上镜村环绕一圈，首先想到的是在上镜石潭深处上首砌河堤五百多米，沿河堤边种了六十多棵樟树。后来，又在后山和雷公洲河边种上柏树和金杉树百余棵，从而成为上镜村自古历史上的绿化杰作。

上镜村古樟群、新兴古书院经历过无数个春夏秋冬，见证了几多沧桑岁月，也见证了几多悲欢离合的传奇故事。新兴书院与古樟群是上镜村的两大珍宝，如果说新兴书院曾经为国家输送了一批又一批的国之栋梁人才，那么它身后的那一片古樟群则是新兴书院繁荣昌盛的见证者。古樟群与古书院相毗邻，给上镜古村披上了一层神秘的面纱，吸引了一代又一代文人墨客去探索、去书写，给这块人杰地灵的古村赋予了浓郁的书香韵味。

百年树木，人抚育山，山涵养人。这种良性循环的朴实道理已深深地刻在上镜人的心中。一方水养一方人，人与自然和谐相处，创造出了上镜古村数百年来的历代繁荣。

"象"山坳里的参天古樟成群结伴，古樟树高大威武壮观，一棵棵古樟树之根裸露在树苑的四周泥土外，有如盘虬卧龙，占地为王之势，樟树枝叶郁郁葱葱，晶莹透亮，散发出生命之活力。多种多样的珍禽异兽在密林中各得其所，各得其乐，和人们一起演奏着优美的生命乐章。上镜村群山环绕，依山傍水，群峦环抱，像一颗闪耀夺目的明珠，与古樟树群下的古书院珠联璧合。

上镜村古樟群是大山里的百鸟天堂，白鹅的栖息地，野生动物的王国，莽莽的密林中，"野猪刨土咆哮，松鼠树干蹦跳，萤烛冷光闪烁，野兔月下嬉闹"。五彩缤纷的珍禽宝兽在古樟林里各得其所，各行其乐，古樟群里的野生动物与乡民们一起演奏着和谐优美的生命乐章。在古书院祠堂前的池塘堰上，有一排古柏、古楠木、红豆杉林木达百余棵。上镜村的乡民崇敬风水，围绕古樟群四周垒筑了青石防护石坎，意欲固定塘堰土壤不致流失和抵御大自然暴风骤雨的侵袭。

古樟群有一大奇迹，古樟树不仅树枝树干交错生长，成互相搀扶形状，根系更是盘根交错，更奇特的是发达粗壮的根系大多裸露地表，让人走进古樟林便有一种"头上遮天蔽日，脚下蟠龙舞动"的感觉，成为世人津津乐道的一道奇观！如今，很多前往欣赏古樟群的人们亲切地称这块神奇的山冈为"天然养吧"，因为在这里，上镜村的村民都感受到了大自然无私的馈赠，也感受到了植树者"功在当代，利在千秋"的功勋。可谓先人植树，后代乘凉。然而，这一棵棵高大挺拔的樟树，或许不仅仅是乘凉那么简单，因为在上镜村的乡亲们看来，这些樟树对于他们来说更多的意义是对他们世世代代的庇护。古樟群静静地守护着辉煌耀眼的新兴书院，悠然岁月，偏安于一隅，与新兴书院交相辉映，成为上镜村民们不可或缺的无价之宝。

神奇的古樟树林里，有一棵繁叶落尽，只剩下枝干的枯樟树，它粗大的枝干令人生畏，光秃秃的树干直上云霄，据村里彭老教师说，那棵古樟树已经干枯了七八年，尽管枝干脱落，光秃赤裸，但它依然威风凛凛地耸立在这片遮天蔽日的古樟林里，令人惊艳。我走近这棵干枯的樟树，抚摸樟树的身躯，掰开光滑的树纹，瞬间一股樟木的清香扑鼻而来，5米余高的树丫，延伸出了三根粗壮的树枝，每根枝条向上延展了三四根分枝，我顿时感觉到了这棵老樟树的高大雄伟，但它却是那么的干枯而光秃，我又为它感到委屈和辛酸，干枯的樟树似乎在向上天老地诉说什么，也许它是在向乡民们告慰：我生是樟树王，死也是樟树王，我绝不能倒下！我站在樟树下，抚摸着它的根底，那树根下的伤口，好像依然在流血，我心底感到一丝苍凉。尽管樟树王根部伤痕累累，但它坚硬的外壳依然那么挺拔，任凭8年日晒雨淋，风霜雪冻，依然岿然不动。

据村民彭才祥介绍说，这棵巨樟并非自然枯死，而是被人为伤害至枯的。细问得知，8年前的一个深夜，这棵巨樟底下突然冒起大火，火焰冲向天空，樟树林一片火光……山下书院附近居住的农家全然不知，幸亏有一只猎犬发现樟树林突然起火，它咆哮着奔向樟树林。它跑到着火的樟树林里，发现是樟树王着火了，可樟树下不见人影，火势蔓延，万分危急。猎犬奔回主人家，使劲拍打主人的大门，向主人求救。主人闻声而奔到樟树林发现火灾，呼叫邻居乡亲急忙来到樟树林齐心协力将火扑灭。由于夜晚灭火迟缓，巨大的樟树底下被烧了一个大洞，从此这棵巨樟慢慢枯萎，叶落枝干，直到干枯而死。彭氏村民想方设法抢救巨樟，可树根周身已燃干，巨樟无力生还。神奇的是巨樟周边七八棵枝叶茂盛的樟树都毫发未损，这是一个难解的神奇现象。被燃烧的巨樟，给上镜村民蒙上了一层神秘的符号。至于是谁图谋不轨，加害于巨樟，或是谁人放火烧树的，至今是一个无法破解的谜。

当年，巨樟无比霸道，它的根系所到之处，其他植物基本没有生存的空间，因为它需要尽可能多地吸收更丰富的养分来维持自己巨大的身躯，在它的霸气影响下，其他的植物基本没有扩展的余地，因此在它生长的区域，所有植物树草均似乎"绕道而行"，因此当地村民称其为"霸王樟"。

上镜村是一块神奇之地，古往今来，仍是兵家常争之地。井冈山革命斗争时期，这里曾是井冈山革命根据地的重要区域。1928年1月份毛泽东率领工农红军在这里驻扎，并在这里进行尾坑口战斗、斧头坑战斗。

1928年1月，毛泽东在宁冈砻市召开军事会议。1月2日，毛泽东、张子清带领工农兵革命军第一营和第三营一连及茶陵县八十多名地方武装从宁冈县砻市出发，准备攻打肖家璧靖卫团。3日晚，红军部队在上镜村彭氏祠堂及财主彭文斋家宿营。次日早晨吃饭时，毛泽东正与指挥员研究攻打路线。这时，地方民团高友仁、李世廉派兵悄悄围住了浓雾笼罩的上镜村庄。上镜村中年妇女钟兰德正好路过发现了敌情，气喘吁吁地跑来报信："外面保安团来了好多兵，有的已经进村了。"部队当即转移，钟兰德领着毛泽东沿水圳向尾坑突围。天遂人愿，部队借助浓雾的掩护成功脱险，部队撤退时被敌军发现，敌军随即吹响冲锋号，一位红军连长举枪击毙了敌军号兵后也当场中弹牺牲。后来，当地群众把红军连长葬在"惜塔"旁的斧头坑墩上。部队脱险后，稍作调整后即向大坑肖家璧靖卫团的老巢进发。为报上镜被袭之仇，红军一鼓作气地猛攻肖家璧靖卫团，肖匪被打得仓皇溃逃。1月5日，国民党工兵连的一个排和县靖卫团又分两路从县城向大坑合围工农革命军，也被毛泽东、张子清率部各个击破，工农革命军乘胜追击，挥兵东进，第一次占领了遂川县城。

上镜村老支书彭才祥说，1928年到1930年春，红军在井冈山斗争时期，多次在上镜与下镜村里筹款，村里有百余名青壮年参加红军。

1929年，当年红军在上镜的秘密联络点遭到敌人的破坏，红军联络员彭四秀、彭梭子、钟峻生、李领兰等红军战士也因此被捕，被敌人杀害。如今上镜村庄仍然保留着红军书写的"彻底均分土地""守望队是帮助土豪守门狗""工农劳苦大众要求推翻国民党反动统治，建立苏维埃政权"等标语。

1964年，毛泽东同志派人来到上镜村寻访当年报信的带路人（由于"上镜"与井冈山的"上井"同音，所以寻访几番周折，终于找到了钟兰德），寻访核实后，委托江西省人民政府赠送了一台收扩两用的立体收音机给上镜村。红色故事浸透了上镜古村，为中国革命立下了不朽的功绩，上镜村在中国革命现代史上写下了光辉的一页。

　　雷公洲河坝边的一片古樟、古楠、竹柏参天入云，河坝是一片绿色的世界，这里山好水好，天空明净，神清气爽，超凡脱俗，风都夹带着绿的温馨，真让人舒服极了，素有"天然氧吧"之称。还有河坝堤上一排排柚树、板栗、柑橘的香甜，山泉的滋润，置身其中，古村古樟，百果飘香，千年传奇，令人魂牵梦萦。

# 黑山谷里有竹芽

*程 华*

竹子多生活在南方。它们喜温畏寒，总是生长在肥沃、疏松的厚土里。竹笋，是竹子最初从土里拱出的嫩芽。在《笋谱》里，竹笋叫竹芽；在《尔雅》里，竹笋叫竹萌，都是些美滋滋的称谓。总之，竹笋是竹子的幼儿时代，脆嫩，明媚，带着天然的清香。

如同人类分为不同种族，作为中国传统佳肴的竹笋品类繁多，有甜竹笋、苦竹笋、淡竹笋、桃竹笋、毛竹笋、麻竹笋、慈竹笋……我认识一种竹笋，姓方，叫方竹笋。说方嘛，方竹笋也不那么绝对地方，只是与其他身形圆润胖壮的竹笋相比，方竹笋身条较为修长，带四条棱，切面看来稍稍椭圆，似方非方，似圆非圆，正暗合了中庸之道。

第一次邂逅方竹笋，是在渝南小城万盛。万盛区距重庆城区约100公里，位于大娄山北麓，地处重庆南部与贵州遵义的交界处，虽然秀丽、安谧、闲适，但多年前发展迟缓，被飞奔的时代甩出老远。

那是 2000 年前后，我去万盛出差。工作结束后上街寻吃的，整条街灰扑扑几无生气，如同灰头土脸的守摊人，于黯淡的生意间隙昏昏欲睡。想找一家不起眼的小馆子随便解决一顿，不意却欣赏到一锅色香味俱佳的干锅鸡，红红绿绿麻辣鲜香，里面就有方竹笋。肉厚，色呈黄白，嚼起来柔中带脆，"嚓嚓嚓"，既有咬劲又化

415

渣。土鸡的鲜香粑糯与方竹笋的嫩脆醇厚搭配得浑然一体，堪称绝佳 CP（组合）。

一趟万盛之行，我那不争气的记忆库，被这一锅吃食占据得满满当当，别无他物，当然也就不去深究为啥要在竹笋前面冠以一个"方"字。管他方的圆的，身为食物，好吃才是顶重要的。

数年以后，万盛开始发力追赶主城发展的脚步，不知不觉间我去万盛的机会也渐渐多起来：旅游、采风、同学会……在惊叹于这方土地神奇蝶变的同时，每次都能与方竹笋故地重逢。这才开始了解其身世。

方竹笋当真有些与"笋"不同。世界各地的竹种多达几百个，大多生长在热带、亚热带和温带。中国作为世界上产竹最多的国家之一，有二百多种竹子分布各地，特别是珠江流域和长江流域。竹子多的地方竹笋自然就多。竹笋一般都长在低海拔的溪河岸畔、丘陵山麓，但方竹笋不同，它把家安在海拔 1400 米至 2500 米的高原山区，地势再高点或再低点都不能好好长，也长不活。加上对自然环境的高要求，使它们主要分布在重庆南川、万盛和四川、贵州等少部分地区。紧邻南川金佛山和贵州桐梓柏箐自然保护区的万盛黑山谷，因海拔适宜、气候温和、降雨充沛，自然成了方竹笋的乐园。

关于黑山谷，颇有得一说。这里距万盛城区 20 公里，总面积 100 平方公里，隐于茫茫林海深处，是重庆最大的原始生态风景区。黑山谷堪称鬼斧神工的喀斯特地貌，要拜距今大约 7000 万年前的一次大规模地壳运动所赐。全长 13 公里的 V 字形狭长山谷里，悬崖高耸、峭壁对峙，河谷两岸坡度 70—80 度，最低处峡谷海拔六七百米，最高处则奇峰崛起达到 1973 米。在重庆直辖前，此处一直占领"重庆最高峰"之桂冠，直辖后这"第一"才拱手让给了渝东北的巫溪阴条岭。在这条以"幽、险、奇、秀"著称的绮丽风景带上，集峻岭、峭壁、幽峡、森林、竹海、飞瀑、碧水、溶洞于一体，春日百花争妍，夏日万山叠翠，秋日层林尽染，冬日粉妆素裹、蝉鸣鸟唱、泉水叮咚，更添山林空幽。天然基因优良加后天呵护得当，黑山谷加持了一长串响当当的名头：西南动植物基因宝库、国家5A级旅游景区、国家级森林公园、国家级地质公园、中国最佳绿色低碳旅游休闲胜地、重庆"巴渝新十二景"、重庆首家环保示范景区……

第一次被黑山谷惊艳到，是在2003年前后。随着上世纪末万盛到黑山谷的公路修通，我才知道了黑山谷的存在。那年夏天，与几个朋友结伴游玩，方首次见识了黑山谷的别有洞天。山高谷深，林密水清，呼吸里满满都是林木的清芬、青草的微腥，吐纳间似乎整个肺叶都被染绿。

浮桥令人兴奋。顺山水之势铺陈在峡谷间的蜿蜒浮桥，离翡翠般的碧水就那么一点点距离，晃晃悠悠走在木桥上，一伸手一抬脚就能与沁人清凉来个亲密接触。清凉还来自山间飞瀑。那是水系中的谷爱凌，健康、活泼、清亮、活力飞扬。飞瀑一路唱着歌儿顺着山势欢跳而下，与峭壁山石扑面相撞，阳光下如碎银四面飞溅，灵动了山野，跳跃了眼眸，洇湿了发梢，也润泽了岁月。

时逢盛夏，主城全面沦为巨型桑拿屋，然而此处阴凉宜人，恍如光阴在此掉头打转溜回了初春时节。一行人且玩且行数个时辰，直走到腰酸腿痛，偌大山谷中竟然没邂逅几个游人。空旷溪野成了几个浪子的天下，游走、撩水、拍照、呼啸，一边猛力摇晃脚下浮桥一边荒腔走板唱歌，唱出最难听的调调。陡崖深谷、林莽野草不会嘲笑俗人偶尔地恣肆，对此我们有十足信心。于是一路上怪态百出，大有当年逃离课堂疯跑于山野间的酣畅淋漓。

若干年后，又一个繁花星点的夏季来临。再见黑山谷，依然丰神俊朗。游人络绎，本地话、普通话、南北方言，还有外语在山谷间萦回，与水声一起飘出很远。那年，我们的高中同学会就约在这里。少小作别，人生倏忽，再聚首已是鬓角挂霜。一大群中年男男女女兴致勃勃三三两两自驾车直奔而来，有的从外地甚至国外飞来，就为了短短两天的把酒言欢，共话沧桑。有人身形膨胀让人不敢相认，有人除了几丝鱼尾纹依然玉树临风。有人已远走，再不能见。这八方啸聚，同学间的深挚情分固然居首，黑山谷得天独厚的自然环境也功不可没。

　流年锦时，怎可辜负。把盏叙旧，席上有酒，有笑语，有唏嘘，有感慨，有陈年故事，还有获誉"西南一绝"的黑山谷方竹笋。所谓靠山吃山，靠水吃水，背靠大娄山脉，山中奇珍哪能缺席。说它奇，前面有述；说它珍，亦有出处——《本草纲目》有载："竹笋方而厚，性硬、脆，专蓄此笋，常食之，有延年益寿之功能。"想来李时珍也品尝过这大自然的恩物。但位于重庆之南这片山川灵秀之地所产方竹笋，我敢料定他无福消受到。不过几百年后，今人的科学检测印证了李氏的论点：方竹笋的蛋白质和粗纤维含量超高，脂肪含量超低，各种维生素和人体所需微量元素十分丰富，可促消化助减肥，还能辅助防治肠胃及心血管疾病。有一点最值得显摆：此地方竹笋可是见过大世面的，人家终日与中华黑叶猴、云豹、黑鹤、穿山甲、红腹锦鸡、白尾长冠雉等珍稀动物做伴，与银杉、桫椤、珙桐、红豆杉、福建柏等国家一级二级保护植物为邻，天沐清风明月，听虫吟蝉鸣鸟唱，那原生态风味在当地绿色食品家族中也堪称顶流。每当说起这些，当地人难掩满脸得色，黑山谷是"渝黔生物基因库""西南神农架"，这里的方竹笋有我们当地七大国家地理商标之一，绝对的绿色稀有食品哇！

　当然，临返之际少不了提走一大包，特别是长居国外省外的同学。带不走山水景致，带不走幼时光阴，带上些沾满地气乡情的吃食是必须的也能办到的。自从家乡遥远成故乡，在游子心里，美食既可饕餮，也供怀想；既慰口腹，也慰乡愁。是呢，美食就是浓缩版的故乡，可以咀嚼回味的乡愁啊。

　方竹笋可谓兼容并蓄，与猪肉、排骨、腊肉、鸡肉、木耳、黄瓜、蒜苗等诸多食材都能组成好搭档，也能接纳从咸鲜到辣口等一应烹饪料理，烧肉、炖汤、油焖、素炒、凉拌……各有各的鲜。不过遗憾也是有的，好几次吃到的都是干笋，要吃鲜笋，得等到秋季。与一般竹笋相比，方竹笋坚持不走寻常路：它不发于春，而茂于秋。春天，别处的春笋已破土而出，黑山谷的方竹笋却在呼呼沉睡，雷也打不醒它。直睡到金风送爽，它才从泥土中探出小芽，使劲汲取天地灵气，拼命噌噌拔节生长。几场秋雨后，它开始大举攻占餐桌。因此，热情的万盛人总在秋季举办方竹笋采摘活动，来，来啊，一大家子都来我们黑山镇吧，竹林里摘它个箩满筐满，玩也玩尽兴了，吃也吃过瘾了，赏景、聚会、采摘、美食一条龙。就问你约不约吧？

心里又暗暗多了一个念想。据说秋天的黑山谷山色如黛，层林尽染，斑斓浓烈，全然不同于盛夏时节的苍翠清雅之美。那时进山，既能寄情山水，还可品尝经过整个春夏孕育的鲜笋，既饱眼福更饱口福。美食美景当前，一个多小时车程算什么。

一定得不时走上那么几趟。身为吃货，断不能辜负了方竹笋干锅鸡、方竹笋炖猪蹄、鱼香笋丝、毛笋干烧肉，也不能辜负了用黑山谷优质猕猴桃和无污染矿泉水酿制的猕猴桃果酒，还不能辜负了汤色润绿、鲜爽醇厚的黑山雪芽。这些汲饱了日月精华的山野精灵，统统等着与我来一场秋之盛会呢。

# 物华在野

邹贤中

## 一

花生，这种在我国广泛分布的植物，也曾像其他物华一样大量进入了文人墨客的视野，唐代诗人郑愚的《茶诗》、近现代杨雪窗的《花生》都是大家耳熟能详的关于花生的诗词作品。貌不惊人的花生，数千年来与人们亲密接触。在湘南农村，我们与花生骨肉相连。

当清明时节的蒙蒙细雨降临在湘南的大地之上，那被当作宝贝供奉的花生种子被父亲从干爽的仓库取了出来，一颗颗早已剥了壳的花生种子穿着红色的内衣，它们紧紧地依偎在一起，一副憨头憨脑的模样。父亲深情地凝望着种子，在他眼里，这里面凝聚着一年的希望。

烟雨蒙蒙，长时间地劳作，如果不披戴一些遮风挡雨的物什，只消一会儿工夫，薄薄的春衫就将被打湿，雨水与人的肌肤紧密地相贴，进而让人患上风湿病。蓑衣斗笠是农家下雨天干活的标配，蓑衣取材棕树的皮毛，斗笠则取材于稻草，它们都是大自然对人类的馈赠。在早已翻过的土地上，父亲带领哥哥和我开始了劳作，我们将身子弯成了一张弓，头与脚是弓的两端，身子就成了弓背，直挺挺地面向天空，而弓弦则是虚空的。只是每一把弓的弧度有所不同。手持锄头的父亲在松软的土地上勾勒出一道道花生的安眠之所，他是一把大弓。负责将种子放入土地的我如一把满月的弓。我低着头，弯着腰，左手提着篮子，右手不断地从篮子里取出花生种子，按照均匀的间距，将种子落入父亲为它们特制的安眠之所。哥哥和我差不多，他弓着身子，给花生种子掩上自家制作的火灰。

清明时节的雨多愁善感，动不动就泪水涟涟。此时的雨与盛夏的暴雨有所不同，盛夏的天空好像被钢钎戳穿了一个个大窟窿，雨下得急，去得也快。清明的天空则是千疮百孔的细小的筛子，细微的雨如烟如尘从天空漫洒，它们并不受重力作用垂直下落，只需一点微风就能改变它们的走向，对着在土地上讨生活的人们横切过来。本身就沉重的蓑衣吸满了水变得沉重不堪。水沿着蓑衣顺流而下，滑进裤腿，紧贴着肌肤。斗笠的四周有雨水滴滴答答地落下，土地上的人，什么男女老少已经没有了分别。

种花生本身是不辛苦的，因为弯一次腰并不难，然而人生怕的是数据的量化，怕的是长时间的考验，当你千百次、上万次弯腰、直立时，当你数小时弯下脊梁时，我们柔软的腰部像是经历了千百次捶打即将折断。辛苦到了极点的我们，只能短时间直立着身子，放下手上的农活，用沾满泥水的双手不断地捶打着腰部，达到放松的目的。然而，休息终究是不能长久的，当你望着眼前一望无际的土地，一阵又一阵的无力感会袭上心头。脚下的土地不会移动，手上的农活更不会长着手帮助你去完成。休息得越久，这种无力感越强，只能逼得你将还没休息够的身子继续投入工作。诸葛亮在《出师表》中写得真好，"躬耕于南阳"。耕作就需要弓下身子，而"躬"不正是"身"字与"弓"字的组合吗？人类在造字时，就想到了劳作的艰辛。

休息的人们心头是不踏实的，像是有闹钟在耳旁催促着你。闹钟催促得久了，农人坐不住了，他们得到了鼓舞，他们提振了精神。在土地与土地之间，在村落与村落之间，在山峦与山峦之间，在树木与树木之间，绵延不断的土地与清明的烟雨在一起密谋，到处洋溢的都是赶紧干完农活就回家休息的芬芳的诱人气息，它们在提醒你，该继续干活了。

春雨贵如油。我们弯下身子在土地上一寸一寸地移动，在移动中改变已种面积和未种面积的比例，直至取得全面胜利，才能直起已经失去知觉的腰肢，收拾农具回家。

## 二

春雨滋润着大地，土地比人们更懂得世道人心和礼尚往来的等价交换。你给予它们肥沃与种子、阳光与雨露，它们就回报你绿色与希望乃至收获。种下去的花生在泥土的芬芳中吸收营养，积蓄力量。在破土之前，在世人的眼里，它们悄无声息，它们一动不动。其实，它们只是借助土地掩盖生长的真相，期待一举给农人一个惊喜。十来天的工夫，泥土下的花生完成了发芽、成长、破土的惊人壮举，将一棵棵嫩绿的新苗展现在农人的面前。

新苗出来后，补苗是一项必不可少的工作，补苗的多少取决于种子的优劣、下种的技术。在数千上万颗种子中，谁也无法保证每一颗种子都能发芽，有的种子是注定无法发芽的。没有种子萌芽的地方是明显的，这就需要补苗。而间苗也是顺带完成的一项工作，在植株过密处，就需要将一些花生苗移走，以保证植株密度合理，营养均衡。

花生的破土而出让农人的心情美妙起来，第一步的成功给予了人们很大的信心，尽管这只是花生成长的一部分，在后面还有除草、管理、收获、加工和销售等诸多事宜。农人们不怕，农人们有的是时间。农人们的时间是最值钱的，其实又是最不值钱的。在家里耗着也是耗着，那就去土地里耗着吧，多耗上一份心力，就多了一份希望。

破土后的花生疯狂地吸收来自大地的营养，它根部丰富的根瘤或直立地下，或匍匐大地之上，既有深度，又有宽度，稳稳地把控着地面。

　　清明时节多愁善感的雨似乎下得有些过头了，它们把接下来几个月的雨水都下完了。下完了雨的天空晴朗了，澄澈了。夏日的光辉洒在大地上，烈日蒸腾着大地，蒸腾着花草树木。大地上的水、地底下的水在蒸腾中消失。高大的乔木都委顿了，蔫蔫的没了生机。而花生这些矮小的农作物更是难以抵挡烈日的炙烤，它们的根系远远没有乔木发达。

　　在落日消逝的傍晚，母亲背着满满的一喷雾器水，父亲挑着一担水往山上的土地而去。有时候，连我们兄弟都需要抬着水上山。常年的农耕生活，父亲掌握了农作物的规律，这一切他了如指掌。父亲知道，如果不浇点水，花生就要枯竭而死。农民靠天吃饭，当老天不肯支持农人的时候，农人只能自己想办法。大片大片的花生，无法做到用瓢泼水——水根本不够。山上没有水，珍贵的水需要从山下挑上去。父亲有自己的办法，他用喷雾器喷洒，既节约力气，还不浪费水资源，又能保证喷洒的均匀度。

　　到了山上的土地，父亲将水放下，他背上了喷雾器。左手摇动摇柄，右手抓着喷管。水花从喷口喷出，父亲校准了喷口的大小，踽踽独行在土地的沟壑间，为每一株花生苗洒上生命的甘霖。一点一滴的水滋润着大地，滋润着作物，虽然不足以让它们饱餐一顿，却也能挽救濒临死亡的生命。

　　天色一点一点地暗淡了下来，父亲的身影消失在黑夜里，只能看到一团黑影在缓慢地移动，几乎与暗夜融为一体。一喷雾器的水用完后，父亲把挑上山来的水倒入喷雾器里继续工作。

　　喷雾器的水沉重地压在父亲的肩头。一点一滴地喷洒，重量一点一滴地减轻。一点一滴，喷洒的是生活的希望，也是人生的苦难。

　　不知何时，月亮攀上了山头。在皎洁的月色下，当忙完一切下山时，山风徐来，人的影子在月色下移动，有的只是疲劳与辛酸。文人墨客眼里戴月荷锄归的诗意荡然无存。

草总是不甘心的，它们永远在土地里兴风作浪。它们似乎能无中生有，只需要一缕春风，就从地底冒了出来，与庄稼抢夺生长空间，成为农人的大敌。

绿油油的花生终于茂盛了起来，它们铺天盖地将裸露在外面的土地全部覆盖住了。父亲带着我和哥哥在地上拔草。草狡猾地生长在花生的植株中间，要想有效地拔除每一棵草，需要在花生地里进行地毯式的搜寻。搜寻到草之后，将每一棵草连根拔除。拔除的草是不能随意丢弃的，它们的生命力达到了让人类吃惊的地步，如果不把它们丢弃到坚硬到无法扎根的土地上，而是将它们随意丢弃在地里，也许只需要一场雨，甚至只需要一晚上的露水，它们又能存活下来，并再一次将根茎扎入土地之中，那除草的工作就白忙活了。

双手翻过每一株花生，抚摸每一片绿叶。突然间，我发出一声"哎哟"的惨叫，手指迅速肿胀起来，肿胀处有一种难以名状的酥麻感。在花生叶子的背部，一条青色刺毛虫匍匐着——我被刺毛虫刺到了。刺毛虫是昆虫中的变色龙，它们与绿叶保持着一样的体色，不仔细看根本无法发现，对于匆忙干农活的人们来说，又哪里有时间去发现这种极难发现的变色龙呢？

手疼痛难当。然而你拿刺毛虫一点办法也没有。这就是农人必然要面对的生活的苦难，农耕生活的辞章远远没有桃花源里的潇洒写意。

父亲问："痛吗？"

我的眼泪都要流出来了，却答："不痛。"

虽然痛，但这是农村孩子的必然经历，是干农活的必然遭遇。刺毛虫还不是最可怕的，最怕的还是蛇，蛇有毒，能要人命。除了地里的刺毛虫，田里还有蚂蟥，条条都咬人。

貌不惊人的花生招摇了起来，在绿油油的椭圆形叶片中，一朵又一朵金黄色的花朵点缀其中，它们单生或簇生于叶腋部，每株花生开少则一二百朵、多则上千朵，实在是一大壮观，而花生的花期又长，能达到两个月之久。在湘南的大地上，这种金黄在土地、山峦延展，与天空金色的太阳互相呼应着，好像大地都成了金色。此时的父亲就喜欢在他的土地上转悠，那是他用心、用情打造的王国。与其说父亲喜欢花生，还不如说是父亲在检视自己的心血。

大片大片的金黄的花朵在7月中下旬谢幕，就连曾经绿得让人心醉的叶片也变成了深绿色，随后不可避免地走向败亡。花生就像人的一生，有少年的激情和青春的招摇，中年的睿智和老年的落幕。它短暂的一生，招摇过后就在地底下结出了果实。

## 三

七八月份，正是盛夏的时光，也是孩子们放暑假的时间。庄稼熟了，此地的农人是忙碌的，这是豆子成熟的季节。豆子和花生像是约好了似的，一起下种，豆子却比花生早半个月收获。它们懂得体谅农人，它们知道农人忙，知道农人不是孙悟空，分身无术，于是给了农人半个月的时间错身劳作。它们体谅农人还表现在另一个方面，它们让大部分农活都在暑假进行，比如收豆子、拔花生、打稻子……放暑假好哩，有孩子干活。谁家没有几个孩子呢，少则两个，多则四五个、七八个。男将是全劳力，女将们也有八分工，而这些小将们，也是半个劳动力。但是它们又是不体谅农人的，豆子往往还没晒干送入仓库，花生就迫不及待地提醒农人，该挖花生了，该挖花生了。它们根本不给农人休息一下，没办法，谁让你是农人呢？

望着已经败亡的花生苗，望着即将喜获丰收的花生，父亲笑了。他站在地头，张开嘴，眯缝着眼睛抽着旱烟，我知道，他是喜在心头。经历过播种、浇水、除草、除虫等一系列工作，人们在花生身上投入了大量的时间和精力，现在似乎闻到了地底下泥土的芳香。准确地说，是花生的芳香。在父亲的心头，在所有农人的心头，芳香在洋溢着，充盈着，让你忍不住要去收获。这是值得振奋人心的。现在，花生果实还藏在地底下，藏在泥土里，农人不怕，他们知道，这一切都将变成实实在在的花生米、炒花生、煮花生、花生油。如果你有了手艺，有了闲情逸致，还可以让它们变成花生糕、花生饼、花生糖、花生露、花生浆……在城里，它们还会变成花生酱。农人也需要改善生活，心灵手巧的人儿，还会做怪味花生、麻辣花生、鱼皮花生、玉米炒花生、花生乌鱼汤、猪蹄炖花生……甚至，把花生卖到集市上去就会变成钱。钱的作用就更大了，能变成农人的一日三餐，变成农人的礼尚往来，变成农人朴素的日子。

风风雨雨人生路，一半喜来一半忧。人们的日子就不光是喜上心头，还需要有苦头，只有酸甜苦辣齐全，才是真正的人生。

光想着花生为改善生活带来的种种美好是不行的，花生在地里，它们不可能像成熟的板栗从树上掉下来，刚好砸到你的头上，让你一伸手就接着了。如果板栗球子真的砸到了你的头上，等待你的绝对不是开怀大笑，而是痛哭流涕。你不把花生挖出来或者拔出来，花生在地里待久了，它们就会埋怨农人，它们的日子没法过了。正好是秋老虎的天气，它们就搞破坏，从花生壳里伸展身子，又发芽生根了，让你吃花生芽子去。所以，农人不能让花生再来发芽生根，那是明年的事情了。

农人出动了。收割花生有两种方法，一是拿镰刀割去花生苗，然后用锄头将花生从地底下挖出来，农人一株一株地，把放眼望去横无际涯的花生苗割下来。他们左手薅住花生苗，右手拿着锋利的镰刀，用镰刀对准花生苗的根部，一使劲，花生苗应声而断。这样的动作重复了十几遍，农人才能向前挪动一小步；周而复始，一步一步地前行，直到把一块地的花生苗割完了，活还没有结束呢，人们又得手持锄头，对准花生苗的边缘。锄头下去了，带出了一把一把的花生。大人们在前面挖，小将们跟在后面用手择花生，一颗一颗充满农人艰辛的花生饱满着，被小将们放进箩筐里。带上一些泥土是在所难免的。

农人是聪明的，他们擅长在常年的劳作中发现生活的秘密，淘汰不合时宜的劳作方法。很快，农人抛弃了这种做法。这个做法太辛苦了，你想想看，暑假期间的太阳多毒辣？你一株一株地割、一锄一锄地挖、一颗一颗地摘，得需要多少时间？平时的农人有的是时间，现在是特别忙碌的暑假，农人没这个时间。其实除了时间，最关键的是农人的腰也受不了。除了腰，太阳公公也不允许你在日头下暴晒，灼热的阳光像一个巨大的燃烧的火球在你的面前，汗滴禾下土的滋味真不好受。

于是，农人发明了第二种收获花生的方法，农人双腿打开，沉稳地站在大地上，双手薅住花生苗，抓实了，往上一发力，花生苗将泥土下的花生就带出来了。一颗一颗的花生从地下突然回到了人间，它们欢欣雀跃地在根部中跳跃。小将们的力气不够，往往很难将花生拔出来，于是就帮忙收集花生，将苗连同花生一起装进筐里，满筐后，由男将们挑回家。这样一来，时间就节省了下来。至于摘花生，留给晚上吧。一家人坐在一起，慢慢摘，一边享受着村庄凉爽的夜风，还可以讲讲故事，时间就过得格外快。花生摘完了，故事也听好了。当然，第二种方法也是有弊端的，不是每一颗花生都能回到人间的，还有一些会留在地底下。农人舍不得，然而农人不怕，土地是不会闲着的，接下来还得种别的庄稼，这就涉及翻地。一翻地，那些花生还是会回到人间，回到农人的手上，变成他们的日子。

第二种方法好是好，但是辛苦依然是存在的，只是减轻了不少而已。劳动带来的辛苦简直是刑罚，怪不得那些犯罪的人要送去劳动改造，只有经历过劳动的人，才知道生活的艰辛。这样的刑罚一受就是很多天，但是你不能不接受，而且你还得心甘情愿地接受。你见过几个人种下了花生最后因为怕辛苦而不要的？没有，根本就没有。人们不喜欢干这些活，又不得不干这些活。在这种复杂的心境中，农人还是干了，以虔诚的心情，以朝圣的态度度过了一个又一个日子。

花生与苗完成了分离，盛夏的阳光是适合晒花生的。然而在花生的表面，还有不少泥土，大块的泥土会随着暴晒掉落，而细微的泥土可不会，这就需要洗花生。母亲将花生装在篾片织成的篮子里，在河边洗刷着，泥土被水一冲，纷纷扬扬地沉入河里，那些不够饱满的花生则扶摇直上漂浮了起来，只有留在篮子里的才是真正的好花生。只需要一点水，农人就完成了花生好坏的分拣。

被人们精心挑选的优质花生一副心满意足的模样躺在禾坪上晒太阳，直到彻底晒干，才被农人用袋子装起来送入仓库。它们完成了自己阶段性的使命。当然，它们的价值还没发挥出来，到集市上卖一点，变成白花花的钞票或者变成餐桌上的美味才是它们应有的价值。

为了犒劳自己，农人也会拿一些花生出来，榨油、送礼、做菜、做美食，都是很好的选择。一粒一粒的普通花生，写意着农村生活的辞章。

这些年，我常居深圳，回乡甚少，湘南故土已然成了他乡。2019年7月，父亲去世了，办完丧礼，在启程来深圳的前一天下午，我放开步子信马由缰地在故乡的大地上行走，大山里再也见不到花生了，昔年的大片土地早已退耕还林种上了杉树，它们躯干笔挺，直指苍穹。只有小块地的花生在村头巷尾点缀着，告诉人们，这里还是农村。我问伯父，他说："现在退耕还林，生态好了，野猪大行其道，种啥都是在给野猪忙活，于是山里啥都不种了，在家门口种点花生自己吃，挺好。"

我心头一堵，花生飘香，遍地金黄的日子已然远去。我站在黄昏薄暮的微光里，夕阳将我的身影拉得很长，与山野慌乱的乔木、灌木影子交织、重合。夏日的热风依然从四面八方汹涌而来，我仿佛看见汗流浃背的身影，像幻灯片在田间地头回放。

# 一江清水出巴渝

邹安音

自古以来，中国西南的巴渝大地，江河纵横，血脉相连。

秋末冬初的太阳，暖暖地映照着四川广安，也沐浴在参加川渝作家环保行活动的每一位作家心上。

水是这片土地上万物之母，中华民族历来逐水而居，沿河兴邦。广安境内水系发达，河流众多，共有二十余条跨省、市河流。其中渠江穿境而过，是长江支流嘉陵江的最大支流，孕育了厚重的红色文化、桑蚕文化等，成为这方子民的母亲河。

秋阳烁金，走进广安，与水同行。看渠江水轻拍着城市堤岸，在低吟浅唱中，谁能料想其地下的污水处理厂却在静静地发生着质变。这是四川省首座下沉式城市污水处理厂，有着先进的处理工艺和除臭技术。在这里，你能亲眼看到一管污秽不堪的脏水变成一股洁净可人的泉流。

污水处理厂之上，江风轻拂着花木，拥吻着一座鲜花盛开的公园。江河、城市于此完美交融。

"当清晨被鸟语叫醒的时候，当散步感受清风徐来的时候，当戏水能看到鱼翔浅底的时候，我明白了环保工作的重要意义。而那些在烈日下测水样，在田间地头找排污口的日子，也都变得明亮了起来。"广安市基层环保人张臣满怀深情的一番话，就是对这片土地最好的告白。

蓝天白云，清风明月，小桥溪流……这是我们都向往过的自然生活。"绿水青山就是金山银山"，如实记录"人与自然和谐共生"的美丽中国与美好生活，这也是作家们义不容辞的责任和义务。

出四川广安至重庆合川，一眼就看到清澈碧绿的嘉陵江，像一湾温润的玉石，铺陈在城市的心脏。

合川最不缺的就是水，嘉陵江、渠江、涪江于此汇合，境内水网密布丰沛，共有河流251条，人均拥水量是全国的19倍。

有水便有了一切，合川人最自豪的就是有很多的滨江公园。东津沱滨江公园、赵家渡水生态公园、花滩滨江市政公园等二十多个亲水休闲公园，把城市变成了一座地地道道的拥江水城。

金阳暖暖地照在身上，不是春光却胜似春光。赵家渡水生态公园褐红色的巨石上，标识醒目而赤诚，与它脚下的红艳花朵一起，热烈欢迎着踏上这片土地的每一个人。

公园里，湿地边上，花圃竞艳；湿地对岸，城市林立。它们两两相望，中间江水清澈纯净，白云飘落进水中。

为了还江于民，赵家渡水生态公园以"人水和谐、生态治理"的发展观创新理念、优化设计、改良工艺，为广大市民提供了一条生态、亲水的休闲健身步道。

此外，赵家渡水生态公园还将河道治理与水生态保护有机结合，将防洪排涝、生态修复、城市景观、休闲游览等多功能集于一体，是全国首例生态防洪护岸工程，荣获中国水利优质工程"大禹奖"。

如果把大江大河比喻为"主动脉"，那么农村的条条河流就好比是它们的"毛细血管"。为解决生活污水随意排放对三江水质的影响，合川严格落实河长制，从源头加强水污染治理，在全市率先启动农村25户以上重点聚集区生活污水处理设施建设，才有了这随处可见的美景。

大禹石像下，有花海、草滩、栈桥；天空中，有飞鸟、白云，世间万物皆有生命，它们正与合川的人们和谐相处，同融共生。

站在东津沱滨江公园的观景平台瞭望，"三江六岸"是合川重要的生态廊道。生活岸线、生态岸线、景观岸线成沿江最美岸线。

随着"三江六岸"治理成效的不断显现，水域生态环境持续改善，每年冬季，大量红嘴鸥为躲避北方的严寒，都会成群结队迁徙到合川，把这里作为过冬的温暖家园。

在渠江、涪江和嘉陵江交汇的地方，漫步鲜花盛开的江岸，或者在钓鱼城墙上看江上涌动的碧波，怀古幽思之情顿时如天上白云般，荡漾在水中。

在重庆西北部与四川交界的潼南区，奔腾的江河至此放慢脚步，缓缓流淌。

古桥这边，江堤之上，进入潼南大佛寺湿地公园，天上飘着些微云，阳光不再炽热，人的心绪平静了许多，就像那一江清水，从容地从石板桥下流淌而过，去往更远的远方。

踏上敦实的青石板路，绿意悠悠的青苔和崖壁褐红的巨石映衬，更显这片土地的沧桑和古老。

物华天宝，人杰地灵；出则繁华，入则清幽，这应该就是大佛寺湿地公园慧心独具的一面。它仿佛与世隔绝，却又处处召唤着人们。

湿地公园依涪江而建，位于潼南老城区和大佛坝片区交汇处，南侧紧邻大佛寺景区。"江舟花堤悠悠走，三千须弥漫漫寻"，行走在湿地公园，内心不染一丝杂尘，就像面前的江水一样清澈、山花一样素洁、小草一样青绿，仿佛行走在自己的内心。

眼前的江河是经历过潮涨潮落的，就像岁月的更迭，时空的变换。大佛寺湿地公园其原场地为涪江河道滩涂，如何把潼南的航运文化表现出来，如何体现大佛寺湿地公园的本土文化特性，让城市滨河湿地景观公园别具一格，这需要蕙心兰质的发现和体验设计。

大佛寺湿地修复方案颇具匠心，在尊重传统本土文化，做好生态保护和江岸线修复的基础上，围绕打造休闲旅游的花园城市、现代宜居的滨江城市和绿色养生的田园城市为总体目标，因地制宜建设成绿地公园。

清水出芙蓉，大佛寺湿地公园在一个面积达99公顷的人工湿地上，用类似荷花叶脉的肌理，控制全局，水泡湿地重复出现，配置各种乡土植被而形成旷野本底，这是高密度城市中难得的滨河滩涂绿洲。

湿地是城市的肾，护佑着人们安居乐业；湿地也是江河的眼睛，让它们内心时时刻刻都保持着洁净和明亮。涪江潼南城区段水质常年保持在Ⅱ类，曾获评2021年重庆市美丽河湖。

行走江堤，暖风吹得游人醉。江河放慢了脚步，原野上的小溪流就增多了，人间也增添了很多烟火色，一个个的古镇和村落就是小溪流栖息的地方。

漫步在潼南区双江古镇上，踩着很有年代感的青石板，想象着不知道有多少人从这上面走过，又有多少人喝过这小溪流的水。

浮溪河、猴溪河是古镇的"毛细血管"，滋养着一方的人和土。但这一方的人和土却曾生过病，比如急功近利等原因让大地和花草失去了它原本的模样，河道综合整治迫在眉睫。

好在古镇人做什么都讲究匠心。浮溪河、猴溪河通过物理、生物及生态修复相结合的治理措施，为居民打造了景美水绿的生态环境，重新构建了健康完善的水体生态系统，让双江古镇的生命力得以延续。

河道不会辜负每一份匠心。民居之外，田野之中，河岸坡上碧草茵茵，曾经污浊的溪水华丽转身，"水净、河畅、岸绿、景美"的生态环境重现世间。于是，小溪流哗啦啦地唱着歌儿，奔涌进江河，去向了自己想要去的地方。

# 后 记

梁路峰

　　编辑出版这部 2023 年度的中国生态散文年选，我们深刻地感受到了生态散文的魅力和责任。编辑这部生态散文年选，不仅是对过去一年生态散文创作的梳理和总结，更是对未来的期待和探索。

　　生态散文，作为一种关注自然、生命和人类生存状态的文学体裁，已经成为当下文学创作的重要领域，也成为当下中国文学的重要组成部分。它不仅揭示了生态环境的现状，更对人类对待自然的态度和行为进行了深刻的反思。在当前全球生态环境日益严峻的背景下，生态散文的意义不言而喻。它以其独特的视角和深刻的思考，为我们提供了认识自然、审视自我的途径，呼唤我们珍惜自然资源，保护生态环境，实现人与自然的和谐共生。

　　在生态散文年选的策划和编辑过程中，我们深感生态散文创作的丰富性和多样性。从山野林间到城市角落，从河流湖泊到海洋天空，生态散文的作家们以真挚的情感和独特的感悟，描绘了一幅幅生动的生态画卷。他们关注野生动物的生存状况，反思人类对自然的掠夺和破坏，探讨人与自然的关系，呼吁生态环境的保护。这些作品不仅具有较高的文学价值，更传递出对自然、生命和人类未来的深切关怀。

　　在年选的编辑过程中，我们力求选出最具代表性和影响力的作品，以展示生态散文的创作成果。这些作品风格各异，或激情洋溢，或深沉内敛，但都表达了对生态环境的热爱和对人类未来的忧虑。我们希望通过这部年选，让更多的读者关注生态散文，感受生态散文的魅力，共同探讨人类与自然的关系，为生态环境保护鼓与呼。

生态散文年选的出版，只是一个新的起点。在未来的道路上，我们将继续坚持生态散文的创作和推广，以期在全球生态环境日益严峻的背景下，为人类对待自然的态度和行为提供一种反思和启示。我们相信，通过生态散文的力量，我们可以唤起更多人对自然的敬畏和珍惜，推动人与自然的和谐共生，为地球家园的美好未来贡献自己的力量。

生态散文年选的继续工作，将更加注重发现和培养新的生态散文作者，鼓励他们用文字关注和记录大自然的美好与困境。我们将加强与国内外生态散文创作者的交流与合作，借鉴先进经验，提升年选的品质。同时，我们也希望通过年选的出版，唤起更多人对生态环境的关注，推动生态散文的创作和研究走向深入。

在这个充满挑战和机遇的时代，生态散文无疑承担着重要的使命。我们相信，通过持续的努力，生态散文年选将为推动我国生态散文创作的发展，为提升公众的生态意识，发挥积极的作用。

感谢所有参与本次年选的作者和读者，感谢您们的支持和鼓励。同时，我们也期待作者与读者一起见证生态散文的繁荣与发展，共同书写人与自然和谐共生的美好篇章。

让我们携手共进，为生态散文的发展，为我国的生态环境保护，贡献自己的一份力量。愿生态散文年选成为一座桥梁，连接人与自然，连接过去与未来，连接我们的心与大地的脉搏。在这个充满希望的时代，让我们共同期待生态散文的辉煌明天！

（作者系中国作家协会会员、鲁迅文学院 23 届高研班学员、中国林业文联生态作协分会副主席、遂川县作家协会主席、公安部签约作家）